PENNY VINCENZI
Der Glanz vergangener Tage

Penny Vincenzi

Der Glanz
vergangener Tage

Roman

Aus dem Englischen
von Claudia Franz

GOLDMANN

Die englische Originalausgabe erschien 1995 unter dem Titel
»Forbidden Places« bei Orion, London.

Sollte diese Publikation Links auf Webseiten Dritter enthalten,
so übernehmen wir für deren Inhalte keine Haftung,
da wir uns diese nicht zu eigen machen, sondern lediglich auf
deren Stand zum Zeitpunkt der Erstveröffentlichung verweisen.

Dieses Buch ist auch als E-Book erhältlich.

Verlagsgruppe Random House FSC® N001967

1. Auflage
Neuausgabe September 2020
Copyright © der Originalausgabe 1995 by Penny Vincenzi
Copyright © der deutschsprachigen Ausgabe 2020
by Wilhelm Goldmann Verlag, München,
in der Verlagsgruppe Random House GmbH,
Neumarkter Str. 28, 81673 München
Die vorliegende Ausgabe ist eine Neuübersetzung
des erstmals 2002 unter dem Titel »Septemberrosen«
auf Deutsch erschienenen Romans.
Umschlaggestaltung: UNO Werbeagentur, München
Umschlagmotive: Ildiko Neer/Arcangel Images; FinePic®, München;
Elisabeth Ansley/Trevillion Images
Redaktion: Ann-Catherine Geuder
KS · Herstellung: kw
Satz: Uhl + Massopust, Aalen
Druck und Bindung: GGP Media GmbH, Pößneck
Printed in Germany
ISBN: 978-3-442-49089-9
www.goldmann-verlag.de

Besuchen Sie den Goldmann Verlag im Netz

Für Paul.
Dafür, dass du mir, wenn es turbulent wurde
und der Abgabetermin nahte, die Hand gehalten
und gut zugeredet hast, ganz zu schweigen
von der praktischen Hilfe bei dem Entwurf
von Handlungen und Rückschlägen
und der mehr als einmal drohenden Gefahr,
dass die ganze Geschichte
in sich zusammenbricht…

Die Hauptfiguren

Grace Bennett

Charles Bennett (Major), Rechtsanwalt, ihr Ehemann

Frank und *Betty Marchant*, Grace' Eltern

Clifford und *Muriel Bennett*, Charles' Eltern

Florence, seine Schwester, und *Imogen*, ihre Tochter

Robert Grieg (Major), Florence' Ehemann

Clarissa Compton Brown, eine alte Freundin von Charles

Jack (Geschwaderführer), ihr Ehemann

Giles Henry (Lieutenant-Commander der Royal Navy), Musiker und Florence' Liebhaber

David und *Daniel Lucas*, zwei junge Evakuierte aus Acton, London

Ben Lucas (Sergeant), Vater der beiden, und *Linda*, ihre Mutter

May Potter, Clarissas Kameradin bei den Wrens

Michael Jacobs, Seniorpartner der Anwaltskanzlei Bennett & Bennett

Archibald McIndoe, Pionier der plastischen Chirurgie

Corporal *Brian Meredith*, ein Heimkehrer aus Kriegsgefangenschaft

Die Hauptpersonen im Dorf

Mrs Boscombe, Vermittlerin der örtlichen Telefonzentrale

Mrs Lacey, Grace' Vorgesetzte im Komitee der Landarmee der Frauen

Miss Merton, Musik- und Tanzlehrerin der Dorfschule

Miss Baines, Imogens Kindermädchen

Elspeth Dunn, eine Musikschülerin von Grace

Jeannette, eine Evakuierte, die Muriel und Florence den Haushalt führt, und ihre Tochter *Mamie*

PROLOG

24. Juni 1995

Heute werde ich ihr das Geheimnis entreißen. Fünfzig Jahre hat sie es für sich behalten – das reicht jetzt, wenn du mich fragst.« Diese Worte, hervorgebracht mit einer klaren, melodischen und äußerst kultivierten Stimme, hallten durch den Palmenhof des Ritz, ließen etliche Gespräche mitten im Satz, wenn nicht gar mitten im Wort verstummen und brachten viele Tassen zum Klappern. Die Besitzerin der Stimme, eine elegante, höchst stilvolle, in einen weißen Seidenanzug gekleidete Dame mit langen, wohlgeformten Beinen, die sie unter ihrem vergoldeten Stuhl verschränkte, wurde sich der Aufmerksamkeit bewusst und schenkte ihrer Begleiterin ein zufriedenes Lächeln. Die Begleiterin, konservativer gekleidet, aber ebenfalls von großer Eleganz, mit ihrem schwarzen Wollkleid und der breiten Perlenkette um den langen, anmutigen Hals, betrachtete sie ernst und sagte schließlich: »In dem Fall würde ich mein Geld auf Grace setzen, Clarissa. Du hast sie schon so oft bearbeitet, ohne jeden Erfolg. Ist es denn wirklich so wichtig? Du sagst doch selbst, dass es schon fünfzig Jahre her ist. Vielleicht lässt man die Vergangenheit besser auf sich beruhen.«

»Mir ist es einfach zuwider, im Dunkeln zu tappen«, sagte Clarissa. »Geheimnisse machen mich nervös. Erst recht fünfzig Jahre alte Geheimnisse – zumal Grace' Geheimnis besonders pikant ist.«

»Aber du hast keine Geheimnisse, nicht wahr?«, stellte Florence beiläufig fest.

»Ich?« Clarissa riss ihre großen braunen Augen auf und schenkte Florence ein unwiderstehlich offenes Lächeln. »Natürlich nicht. Über mich wissen alle alles, wirklich. Ich kann gar nichts für mich behalten. Das solltest du wissen, Florence, Schätzchen.«

»Mhm«, machte Florence, die grauen Augen nachdenklich auf Clarissa gerichtet.

»Was soll das heißen?«

»Nichts. Gar nichts.« Sie winkte ab. »Nur dass wir drei einen aufregenden – oder besser gesagt: überaus aufregenden – Krieg erlebt haben. Meinst du nicht auch? Keine von uns ist ungeschoren davongekommen. Lauter interessante Geschichten. Und alle mit Geheimnissen behaftet.«

»Mag sein. Aber du und ich, wir kennen unsere Geheimnisse«, gab Clarissa zurück. »Grace hingegen hält sich bedeckt. Jedenfalls was ihr wichtigstes Geheimnis betrifft. Für meinen Geschmack schuldet sie uns… Ah, wenn man vom Teufel spricht – da ist sie ja.«

Sie stand auf und winkte graziös. »Grace, hier sind wir!«

»Hallo, Clarissa. Hallo, Florence!«, sagte Grace, umarmte beide und zog sich beim Setzen die Handschuhe aus. »Tut mir leid, dass ich zu spät komme. Ich bin im Verkehr stecken geblieben.«

»Setz dich, mein Schatz, und trink einen Tee. Oder sollen wir Champagner bestellen? Ich denke, der Anlass schreit förmlich danach.«

»Champagner!«, protestierte Florence. »Es ist halb vier, Clarissa.«

»Ich weiß, ich weiß. Aber einer der Vorteile des hohen Alters dürfte darin bestehen, dass wir tun und lassen können, was wir wollen – und wann wir es wollen. Und jetzt würde ich gern Champagner trinken.«

»Ja«, sagte Florence. »Zumal du darauf spekulierst, dass er Grace die Zunge löst. Ich warne dich, Grace. Sie wird dich heute zum Reden bringen, koste es, was es wolle.«

»Wirklich?«, sagte Grace. »Worüber denn, wenn ich fragen darf?«

»Du weißt schon, worüber«, sagte Clarissa. »Du weißt es genau. Und ich denke, nach fünfzig Jahren schuldest du uns wirklich…«

»Das ist aber ein schöner Anzug, Clarissa«, sagte Grace. »Wo hast du den denn aufgetrieben?«

»Ach, du kannst einen wirklich auf die Palme bringen«, sagte Clarissa. »Bei Harvey Nichols, wenn es dich so brennend interessiert.«

»Unbedingt. Ich habe immer noch Nachholbedarf in solchen Dingen. Vermutlich habe ich es einfach nie verwunden, dass ich früher das Landei mit Kleidercoupons war, während du in einer flotten Marineuniform herumstolziert bist.«

»Das ist nicht ganz falsch, du hast wirklich oft armselig ausgesehen«, sagte Florence und griff mit ihrer perfekt manikürten Hand nach einem Sandwich. »Ziemlich oft sogar.«

»Danke, Florence. Und du hast es immer schon geschafft, mir die Laune zu verderben. Ziemlich oft sogar.«

»Mädels, Mädels«, ging Clarissa dazwischen. »Wir wollen uns doch jetzt nicht zanken. Jedenfalls nicht hier. Ah, der Champagner, wunderbar. Grace, mein Schatz, du zuerst.«

»Danke«, sagte Grace. »Aber vielleicht sollte ich dich vorwarnen, Clarissa. Ich habe nicht die geringste Absicht, mir die Zunge lösen zu lassen. Wenn Florence recht damit hat, dass du das vorhast.«

»Aber wirklich!«, erwiderte Clarissa. »Was könnte es schon

schaden, wenn du uns alles erzählen würdest? Als würden wir etwas weitersagen.«

»Ich nicht«, erklärte Florence. »Aber du mit Sicherheit. Allen und jedem, der zuhört.«

»Das ist ungerecht«, sagte Clarissa. »Ich kann schweigen wie ein Grab. Außerdem – wer würde dem Gefasel einer alten Dame schon Gehör schenken?«

»Alle«, sagte Florence munter. »Gezwungenermaßen, da sie gar keine andere Wahl haben.«

»Ich kann nur hoffen, dass du im Unterhaus mehr Takt walten lässt, Florence, Schätzchen«, sagte Clarissa. »Obwohl ich fürchte, dass Takt in diesem Ambiente keine große Rolle spielt. Wenn ich so mit meinen Aktionären reden würde, wäre die Hölle los. Aber wie ich bereits sagte, Grace: Die Zeit ist reif.«

»Aber warum?«, fragte Grace. »Wieso ausgerechnet jetzt?«

»Weil es ein solcher Meilenstein ist, wie ich schon sagte. Fünfzig Jahre treffen wir uns nun schon in diesem Restaurant, an jedem einzelnen Mittsommertag. Was für eine schöne Idee, muss ich schon sagen, auch wenn es meine eigene war. Und wir waren immer zur Stelle, egal was los war, nicht wahr?«

»Außer in jenem Jahr, als Florence auf Stimmenfang war und wir sie unterstützt haben. Damals haben wir uns dort oben getroffen«, sagte Grace.

»Und dann damals, als Grace mit ihren Schülern zu diesem wunderbaren Festival in Irland gefahren ist und wir ihnen nachgereist sind, um uns die Aufführung anzuhören«, sagte Florence. »Nicht zu vergessen das Jahr, als du nach New York gefahren bist, um den Ableger deiner Agentur zu eröffnen, und wir alle aufs Empire State Building gefahren sind …«

»Ja, richtig. Vollkommen richtig«, sagte Clarissa. »Du bestätigst nur, was ich sagen wollte. Unsere Treffen waren uns heilig, und wir sind uns immer verbunden geblieben. Und haben uns wechselseitig unterstützt. Ehemänner, Babys, Erfolge, gescheiterte Projekte, Herzschmerz, Glück, alles haben wir geteilt. Und trotzdem behält Grace ihr großes Geheimnis für sich. Dabei weiß ich mit absoluter Sicherheit, dass es in der Tat ein Geheimnis gibt und auch weit mehr dahintersteckt, als du durchblicken lässt. Das finde ich ziemlich gemein von dir.«

»Tut mir leid, dass du das gemein findest«, sagte Grace, »aber ich kann es euch trotzdem nicht erzählen.«

»Aber ...«

»Entschuldigt mich bitte«, sagte Florence. »So spannend es auch gerade ist, ich muss trotzdem mal telefonieren. Ich will wissen, wie es bei der Abstimmung in Europa gelaufen ist. Bin gleich zurück. Nichts erzählen, Grace, ja?«

»Und jetzt zu uns, Clarissa«, sagte Grace, während sie Florence nachsah, die in Richtung Foyer zu den Telefonen ging. Ihre blauen Augen wirkten plötzlich erstaunlich kalt. »Ich bin nicht die Einzige, die ein Geheimnis hat, nicht wahr? Und es würde dir keineswegs gefallen, wenn ich in dich dringen würde, oder?«

»Nein, aber das ist auch etwas anderes«, sagte Clarissa mit einem versonnenen Lächeln, und über ihre immer noch zarte englische Rosenhaut huschte ein rötlicher Schimmer. »Mein Geheimnis ist eher ... na ja ... persönlicher Natur.« Sie schaute sich um, um sicherzustellen, dass Florence nicht zurückkam. »Wenn ich es erzählen würde, wäre es vielleicht immer noch verletzend. Deine Geschichte hingegen – jedenfalls soweit wir etwas darüber wissen«, fügte sie schnell hinzu, »gehört eher zu denen, die Stoff fürs Kino bieten. Unglaublich aufregend. Ein Ehemann, der ...«

»Das ist überhaupt nichts anderes«, unterbrach Grace sie

mit einem ebenso lieblichen Lächeln. »Geheimnis ist Geheimnis. Und ich habe vor vielen, vielen Jahren versprochen, nie jemandem davon zu erzählen. Daran habe ich mich gehalten, und ich gedenke es auch weiterhin zu tun.«

KAPITEL 1

Frühjahr 1938

Als Grace Marchant ihrem zukünftigen Ehemann zum ersten Mal begegnete, brach sie in Tränen aus. Nicht weil er etwas Schlimmes gesagt oder getan hätte, im Gegenteil. Sondern weil sie vom Fahrrad gefallen war und ihr sämtliche Glieder schmerzten; außerdem waren ihr ein Eierkarton und eine Tüte Zucker aus dem Korb gefallen, und der Inhalt verteilte sich nun auf der Straße.

Den Sturz hatte sie teils sich selbst zu verdanken, teils aber auch einem Scottish Terrier, den seine Besitzerin, Miss Parkins, nach Meinung sämtlicher Dorfbewohner – außer der von Miss Parkins selbst – eigentlich an der Leine führen sollte, besonders auf der High Street. Er hatte eine Katze aus dem Metzgerladen kommen sehen und war losgestürmt, und Grace, die sich nicht hinreichend auf die Straße konzentriert, sondern eher die Sonne des späten Frühlings im Gesicht genossen und die Kirschblütenzweige bewundert hatte, die über die Mauer der Pfarrei ragten, stieß mit ihm zusammen. Dem Terrier ging es bestens, trotz seines erbärmlichen Gekläffes. Grace hingegen hatte sich die Knie aufgeschlagen und den Ellbogen aufgeschürft und musste nun auch noch den Zorn von Miss Parkins über sich ergehen lassen, die sie aufforderte, doch besser auf die Straße achtzugeben. Grace hatte eine zu gute Erziehung genossen, um sich mit Miss Parkins zu streiten, und verfügte außerdem über die nötige Einsicht, um zu wissen, dass die Dame nicht ganz unrecht hatte. Als sie sich aufrappelte und darum bemühte, ihre Würde wiederzuerlangen und den stechenden Schmerz in ihren Knien zu ignorieren, hörte sie einen Wagen neben sich anhalten. Eine Stimme, die ihre Mutter als dunkelbraun bezeichnen würde, erkundigte sich: »Alles in Ordnung mit Ihnen?« Grace sah auf, blickte in das Gesicht eines äußerst attraktiven Mannes (hinterher war sie selbst überrascht, wie genau sie es noch in Erinnerung hatte, mit dem vollen blonden Haar, den strahlend blauen Augen, dem wunderschönen Mund und der leichten Sonnenbräune), schaute dann auf ihren dreckigen Rock, ihre blutenden Knie und die gerinnende Masse aus Ei und Zucker auf der Straße und brach schließlich – zu ihrer unendlichen Beschämung – in Tränen aus.

»Oje, kommen Sie, ich helfe Ihnen«, sagte der Mann, stieg aus seinem Wagen – einem hübschen kleinen MG, wie sie zerstreut registrierte –, hob ihr Rad auf und lehnte es an die Mauer der Metzgerei. Dann nahm er ihre Hand, führte sie zu einer Holzbank (die eher dazu diente, Hunde anzuleinen, als dort ein Päuschen einzulegen) und hieß sie niedersitzen. Grace schaute zu ihm auf und rang sich ein Lächeln ab, in ihrer Tasche nach einem Tuch kramend. Der junge Mann reichte ihr sein eigenes und unterzog ihr Fahrrad einer eingehenden Prüfung.

»Alles in Ordnung«, sagte er. »Keine bleibenden Schäden.« Dann schenkte er ihr ein absolut überwältigendes Lächeln.

»Nun«, sagte der junge Mann, als er zu ihr zurückkam und sich neben sie setzte, »erlauben Sie mir bitte, Sie nach Hause zu bringen. Sie sind ja ganz blass. Ach so …« – er streckte ihr die Hand hin – »… Charles Bennett, sehr erfreut.«

»Ebenso«, sagte Grace und schüttelte ihm matt die Hand.

Eine angenehme Hand, dachte sie, fest und trocken. Ihre eigene war vermutlich eher feucht. »Grace Marchant.«

»Leben Sie in Westhorne?«

»Ja. Ganz am Rand, wo das Land beginnt.«

»Dann bestehe ich darauf, Sie nach Hause zu bringen. Kommen Sie, ich schiebe Ihr Fahrrad. In Ihrem Zustand können Sie nicht aufsteigen. Ich fahre nur den Wagen aus dem Weg, dann können wir aufbrechen.«

Grace' Eroberung, wie ihre Mutter es beim Abendessen ihrem Vater gegenüber ausdrückte, war beträchtlich.

»Er ist der Sohn von Clifford Bennett, weißt du? Diesem Anwalt in Shaftesbury, der aber auch eine Kanzlei in London hat. Sie sind steinreich und leben in einem wunderschönen Haus in Thorpe Magna. Seine Mutter ist eine Adlige.« Grace' Vater fing den Blick seiner Tochter auf und zwinkerte ihr zu. »Die ehrenwerte Muriel Saxton, eine ziemlich bedeutende Dame der Gesellschaft. Ihre Tochter, also Charles' Schwester …«

»Das passt ja wunderbar«, sagte Frank Marchant mit einem seiner wohlwollenden Lächeln.

Mrs Marchant ignorierte ihn. »Charles' Schwester hat als Debütantin großes Aufsehen erregt, wenn ich mich recht entsinne. Sie lebt in London und ist mit einem Anwalt verheiratet. Die Hochzeit war ein Traum …«

»Mutter«, unterbrach Grace sie lachend, »woher weißt du das alles?«

»Das weiß man doch, mein Schatz. Das ist Allgemeinwissen. Charles ist natürlich nicht verheiratet. Ein lebenslustiger Junggeselle. Und steinreich.«

»Ich halte es eher für unwahrscheinlich, Mutter, dass ich Charles Bennett heiraten werde, falls du darauf hinauswillst«, sagte Grace. »An deiner Stelle würde ich mir nicht allzu große Hoffnungen machen …«

In diesem Moment klingelte das Telefon.

Betty Marchant stand auf, um den Anruf entgegenzunehmen. Sie konnten ihre Stimme im Flur vernehmen und registrierten auch, dass sie in ihren hoheitsvollen, wohlmodulierten Tonfall verfiel. Frank schaute Grace mit hochgezogenen Augenbrauen an. Als Betty zurückkehrte, war sie hochrot im Gesicht, und ihre Augen funkelten.

»Er ist es«, verkündete sie, und es wäre nicht übertrieben gewesen, ihren Tonfall triumphierend zu nennen.

»Wer?«

»Charles Bennett natürlich. Der Anrufer. Los, Grace, lauf hin. Lass ihn nicht warten.«

Grace lächelte immer noch, als sie zum Hörer griff. »Woher haben Sie denn meine Nummer?«, fragte sie.

»Von Mrs Boscombe natürlich.«

»Ach ja, natürlich.«

Mrs Boscombe war die Dame von der örtlichen Telefonvermittlung. Sie versorgte nicht nur jeden, den sie mochte (eine unbedingt notwendige Voraussetzung), mit jeder beliebigen Telefonnummer, sondern übermittelte auch Nachrichten (»Ihre Schwester lässt Ihnen ausrichten, dass sie mit dem Drei-Uhr-Bus eintrifft«) und gab Informationen weiter, die sie bei ihren passionierten Lauschaktionen abstaubte (»Jetzt müssen Sie dort gar nicht anrufen, meine Liebe. Sie ist spazieren gegangen und wird dann dem Pfarrer einen Besuch abstatten, wegen der Schwester von Mrs Babbage«).

»Ich wollte mich erkundigen, wie es Ihnen geht«, sagte Charles.

»Mir geht es gut, danke. Und danke auch dafür, dass Sie sich heute Morgen so freundlich um mich bemüht haben.«

»Es war mir ein Vergnügen. Hören Sie, ich wollte Sie noch etwas fragen – falls Ihre Knie nicht zu sehr in Mitleidenschaft gezogen sind. Könnten Sie sich vorstellen, am Sonntag auf eine Partie Tennis vorbeizukommen?«

»Oh.« Grace verspürte, wie eine leichte Panik nach ihrem Herzen griff. »Ich weiß nicht. Ich fürchte, ich spiele nicht sehr gut.«

»Um Himmels willen, wer tut das schon. Meine Schwester und ihr Mann kommen am Wochenende zu Besuch. Sie leben in London, daher sind sie vermutlich jämmerlich in Form. Aber das wäre doch schön. Bitte, kommen Sie.«

»Also, danke«, sagte Grace. »Das klingt gut.«

»Wunderbar. So gegen drei also?«

Grace kehrte ins Esszimmer zurück. Sie erzählte ihren Eltern von dem Gespräch, um einen beiläufigen Tonfall bemüht. Ihr war sofort klar, dass ihre Mutter, solange sich Charles nicht offiziell mit einer anderen Frau verlobte, bereits die Hochzeit plante.

Grace war neunzehn Jahre alt. Sie war auf eine Mädchenschule in der Nähe von Salisbury gegangen, hatte erfolgreich einen höheren Schulabschluss erworben und dann auf Insistieren ihrer Eltern einen Sekretärinnenkurs belegt. Eigentlich wäre sie lieber Musikerin geworden. Sie war eine talentierte Pianistin, hatte eine ziemlich schöne Stimme und spielte auch gut Geige. Es sei aussichtslos, in diesem Bereich eine Stelle zu bekommen, hatten ihre Eltern erklärt. Außerdem sei sie ein Mädchen und schneller verheiratet, als sie sich umschauen könne. In dem Fall könne sie immer noch einem Laienorchester oder einem Chor beitreten. Grace hasste die Vorstellung, irgendetwas zum Zeitvertreib zu tun. Entweder ganz oder gar nicht, dachte sie. Andererseits war ihr klar, dass sie, um Musikerin zu werden, äußerst hart und zielstrebig sein müsste – und dass sie schon an der ersten Hürde scheiterte, am Widerstand ihrer Eltern nämlich, konnte nur heißen, dass ihr beides abging. Gut möglich, dass ihr sogar das nötige Talent fehlte.

Frank Marchant war Bankdirektor in Shaftesbury. Er hatte es zu bescheidenem Wohlstand gebracht, war aber frei von jeglichem Ehrgeiz, der ihn auf der Karriereleiter noch wesentlich weiter nach oben führen würde. Für Betty war das eine große Quelle des Kummers, da sie selbst erheblichen Ehrgeiz verspürte – nicht für sich selbst natürlich, sondern, wie das damals so war, für ihren Ehemann. Viele Jahre lang hatte sie unermüdlich auf Frank eingeredet, hatte ihn gedrängt, sich auf diese oder jene Stelle zu bewerben, hatte Gesellschaften für seine wichtigeren Kunden gegeben und sie mit ihrem Charme umgarnt, immer von der unbändigen Sehnsucht nach einem größeren, standesgemäßen Haus getrieben, da sie selbst nur in einem zugewucherten Cottage in Westhorne lebten. Sie hätte auch gern eindrucksvollere Angestellte gehabt als Mrs Hobbs, die täglich im Haushalt half, und Mr Hobbs, der sich um den Garten kümmerte, außerdem einen Ehemann, mit dem sich wirklich Staat machen ließ, und den Zugang zu Gesellschaftskreisen, denen sie (auf keiner anderen Grundlage als einem irregeleiteten Instinkt) unbedingt angehören zu müssen glaubte. Ihr größter Traum war es, glanzvolle Dinner und Tennisfeste zu geben und zu besuchen, und wenn sie zu Tanzveranstaltungen eingeladen werden wollte, die es auf die Seiten des *Tatler* schafften, hatte das nicht nur mit Eigennutz zu tun, sondern auch mit der Hoffnung, ihre Tochter könne in diese Kreise einheiraten und die entsprechenden Privilegien genießen.

Obwohl sie nämlich eine respektierte und engagierte Bewoh-

nerin ihres Städtchens war, Vorsitzende etlicher Wohltätig-
keitsvereine und die zweifellos hochgeachtete Gattin eines
Bankdirektors, war ihr durchaus bewusst, dass sie es nicht geschafft hatte und niemals mehr schaffen würde.
Für Grace hegte sie allerdings noch Hoffnungen.

Grace arbeitete als Nachwuchssekretärin für den Direktor
von Stubbingtons, einem Fuhrunternehmen in der Nähe von
Shaftesbury. Sie mochte die Arbeit nicht. Tatsächlich war sie
ihr sogar zuwider, aber bislang zeichnete sich der Ausweg, den
ihre Eltern ihr mit einer baldigen Hochzeit in Aussicht gestellt hatten, nicht am Horizont ab. Andererseits war sie erst
neunzehn, und obwohl drei ihrer engsten Freundinnen bereits
verlobt und eine sogar schon verheiratet war, hatten sie und
die anderen noch ein bisschen Zeit. Obgleich die Ehe (und
die Mutterschaft) die unbestreitbare Bestimmung eines jeden
Mädchens war, ging für Grace kein großer Reiz davon aus.
Das Dasein einer Ehefrau, soweit sie es bei ihrer Mutter sah,
bestand im Wesentlichen darin, eine Unmenge von lästigen
Aufgaben zu erledigen und sicherzustellen, dass den Wünschen und Anordnungen des Familienoberhaupts Rechnung
getragen wurde.
Dabei war Frank Marchant ein überaus reizender Mann,
überhaupt nicht wie manche anderen Väter, die den gesamten
Haushalt in einen Zustand fiebriger Angst versetzten und un-
bedingten Gehorsam und Respekt verlangten, nur weil sie die
Ernährer der Familie waren. Dennoch bekam er sofort seine
Zeitung, auch wenn Grace oder Betty gerade darin lasen, oder
stellte das Radio einfach auf sein Programm um, wenn sie gerade etwas anderes hörten. Das letzte Stück Kuchen und das
schönste Stück Fleisch gebührten ihm, das stand gar nicht zur
Debatte. So war es immer, und so würde es auch bleiben. In

ruhigen Momenten fragte sich Grace, ob eine Ehefrau, wenn
sie arbeiten und zum Lebensunterhalt beitragen würde, vielleicht wenigstens anmerken dürfte, dass sie ein Konzert gern
zu Ende hören würde, bevor man wieder zu den Nachrichten umschaltete. Oder ob sie erwarten dürfte, dass ihr Gatte
auch nur ansatzweise beim Abräumen des Tisches half oder
ihre Ansichten über die sich zuspitzende Krise in Europa zur
Kenntnis nahm. Grace war aber nur zu bewusst, dass es keinen Sinn hätte, ihrer Mutter gegenüber solche Ansichten zu
äußern, zumal selbst die Mädchen ihrer eigenen Generation
sie tendenziell als Sakrileg betrachteten. Aufgewecktere Mit-
schülerinnen hatten solche Überlegungen in den Debattier-
clubs vehement verteidigt, wurden aber immer in Grund und
Boden geredet. Wäre Grace in einem geistig anspruchsvolle-
ren Umfeld aufgewachsen und nicht auf eine Mädchenschule
gegangen, in der man bestenfalls eine Ahnung von höherer
Bildung mitbekam, hätte sich ihr Leben vielleicht anders entwickelt.

Grace war außerordentlich hübsch. Sie hatte rotblondes
Haar (wenngleich zu wild gelockt für ihren Geschmack, sodass erhebliche Ausdauer vonnöten war, um es mit Hilfe von
Haarfestiger zu bändigen), dunkelblaue Augen, eine kleine,
gerade Nase und einen Mund mit einem perfekten, im Moment sehr modischen Amorbogen. Trotz ihrer Körpergröße
(fast ein Meter siebzig) war sie sehr schlank, hatte wunderbare Beine und ungewöhnlich schöne Hände, wobei sie ihre
kleinen Brüste mit einem gewissen Missmut betrachtete. Ihre
Umgangsformen waren bezaubernd, aber bei aller Freundlichkeit, Fügsamkeit und einer gewissen Schüchternheit verfügte
sie doch über eine gewisse Klarsicht, was sie selbst und andere
betraf.

Frank Marchant bestand darauf, sie am Sonntag zu den Bennetts zu bringen. Grace wäre lieber mit dem Fahrrad hingefahren, aber Mrs Marchant fragte entsetzt, was denn die Bennetts denken müssten, wenn es so aussähe, als hätten sie keinen Wagen. Natürlich müsse Frank sie hinbringen.

»Ich wünschte, du hättest mir das Autofahren beigebracht«, sagte Grace. »Dann könnte ich selbst hinfahren.« Ihr Vater war allerdings der Ansicht, dass sie mit einundzwanzig noch genug Zeit dafür hatte; das sei das Alter, in dem man frühestens fahren lerne, was für junge Mädchen erst recht gelte. Die Straßen seien derart überfüllt, dass er keinen Moment Ruhe hätte, zumal es ihm nichts ausmache, sie irgendwohin zu bringen. Im Gegenteil, dann könnten sie sich mal ungestört unterhalten. Grace und ihr Vater hatten sich viel zu erzählen, aber wenn Betty in der Nähe war, brachten sie selten auch nur einen einzigen Satz zu Ende.

Die Abtei war ein erlesenes Gebäude im Queen-Anne-Stil am Rande von Thorpe Magna und lag hinter einer langgezogenen, geschwungenen Backsteinmauer.

Frank Marchant fuhr mit seinem Morris vor dem Eisentor mit den großen Steinpfosten vor. Grace stieg aus, den Tennisschläger in der Hand, und fühlte sich plötzlich hilflos und schüchtern.

Als sie über die geschwungene Zufahrt schritt, betrachtete sie die großen Fenster, das mächtige Eingangsportal und die Glyzinien, die zu beiden Seiten emporwuchsen und vom oberen Geschoss herabhingen. Misstrauisch beäugte sie den schwarzen Labrador, der auf sie zugetrottet kam und halbherzig bellte, und musterte dann die drei Wagen, die vor dem Haus parkten: Charles' grünen MG, einen flotten roten Morris Tourenwagen (vermutlich das Auto der Schwester aus der Großstadt) und einen höchst imposanten Daimler. Über die Rabatten entlang der Einfahrt beugte sich eine Gestalt, offenbar der Gärtner.

»Guten Tag«, rief er, und sie nickte leicht distanziert, wie man es bei einem Gärtner vermutlich tut, vor allem in einem Haus wie diesem. Gleichzeitig konnte sie sich des Gedankens nicht erwehren, dass es ziemlich hart sein dürfte, auch am Sonntag arbeiten zu müssen. Die Bennetts waren zweifellos knallharte Arbeitgeber.

Sie zog am Klingelstrang und hörte die Glocke durchs Haus schallen. Im nächsten Moment hörte sie den Gärtner rufen: »Die sind alle hinten bei den Tennisplätzen. Es wird Sie niemand hören. Gehen Sie einfach an der Seite vorbei.«

»Danke«, sagte Grace und machte sich auf den Weg, immer noch ein wenig beunruhigt wegen des Labradors, der sie offenbar nicht aus dem Blick zu lassen gedachte. Aber dann öffnete sich plötzlich die Haustür, und Charles rief ihr einen Gruß zu.

»Hallo! Tut mir leid, ich hatte Sie gar nicht gehört. Wir haben schon ein paar Schläge gewechselt. Wo ist Ihr Wagen?«

»Mein Vater hat mich gebracht«, antwortete Grace verlegen. »Er hat mich vorne am Tor abgesetzt.«

»Ah, verstehe.« Er wirkte ebenfalls ein wenig befangen und gab sich Mühe, sich seine Überraschung nicht anmerken zu lassen. Das gefiel ihr, auch wenn sie sich plötzlich noch schüchterner fühlte. »Gut. Kommen Sie einfach mit.«

»Ich wollte gerade ums Haus herumgehen. Ihr Gärtner hat gesagt, dass ich ...«

»Wer? Der Gärtner ist heute gar nicht ... Ach so, Sie meinen Dad. Kommen Sie, ich stelle Ihnen meinen Vater vor.« Wieder lachte er leicht befangen und führte sie dann zu der gebeugten Gestalt.

»Vater, das ist Grace Marchant.«

Clifford Bennett richtete sich auf und lächelte. Er war sehr groß, größer noch als sein Sohn, und hatte weiße Haare. Aber seine Augen waren genauso blau und durchdringend. »Sie müssen das Fräulein sein, das ein solches Missgeschick hatte. Wir haben viel darüber gehört.« Er streckte die Hand aus. »Clifford Bennett, sehr erfreut.«

»Ganz meinerseits«, sagte Grace und wurde knallrot bei dem Gedanken, dass sie fast an ihm vorbeigegangen wäre, ohne ihn eines Blickes zu würdigen. Sie konnte nur hoffen, dass Charles nichts sagte, was ihren Mangel an Takt offenbaren würde.

»Gesellst du dich zu uns, Vater?« war aber alles, was er sagte.

»Nein, ich muss mich noch um diese Beete kümmern. Was für eine schreckliche Jahreszeit für Gärtner. Viel mehr Unkraut als Blumen. Mögen Sie Gärten, meine Liebe?«

»Ich liebe Gärten«, antwortete Grace. »Wirklich. Eines Tages möchte ich einen umfriedeten Garten haben, voller Rosen und herrlicher Kletterpflanzen ...«

Wieder wurde sie rot, selbst überrascht, wie bereitwillig sie mit ihm plauderte. Sie konnte nur hoffen, nicht töricht zu wirken. Das schien aber nicht der Fall zu sein. »Wir haben einen, obwohl ich nicht weiß, ob er Ihren Ansprüchen genügt. Er ist ein wenig verwahrlost, fürchte ich. Bitten Sie Charles, dass er Ihnen das gute Stück später zeigt. Ach nein, ich führe Sie lieber selbst dorthin, es ist auch mein Lieblingsgarten. Kommen Sie einfach nach dem Spiel zu mir. Jetzt aber erst einmal viel Spaß.«

»Danke«, sagte Grace.

»Kommen Sie mit«, sagte Charles, »dann stelle ich Ihnen meine Leutchen vor.«

Leutchen schien nicht ganz das richtige Wort zu sein, da es einen zärtlichen, warmen Klang hatte. Charles' Mutter – groß, dünn und »durch und durch grau«, wie Grace später zu ihrem Vater sagte – begrüßte sie jedoch mit ihrer monotonen Stimme, aus der man die Generationen von Oberklasse-Drill förmlich heraushörte, als wäre Grace eine potenzielle Angestellte. Oder Aushilfe, dachte Grace, die sich verzweifelt bemühte, ihren Humor nicht zu verlieren. Wo sie denn genau wohne und was ihr Vater tue? Nachdem sie die Antwort auf die zweite Frage erhalten hatte, nickte sie kurz und wandte sich wieder an ihre Tochter, um zu signalisieren, dass das Einstellungsgespräch beendet war.

Die Tochter, Florence, war noch schlimmer. Dunkelhaarig, aber genauso groß und von derselben verhärmten Schönheit, hatte sie auch dieselben langen Beine und dieselbe Stimme. Ihre Nägel waren lang und rot und ihr Mund breit und voll und mit derselben grellen Farbe angemalt. Die Besucherin hielt sie offenbar für keine würdige Gesprächspartnerin, denn sie schenkte Grace nur ein flüchtiges Lächeln und begann dann mit einer ausgedehnten Schilderung eines Hauses, das ihr Ehemann und sie in der Nähe von etwas, das eher Sloane Squaw als Sloane Square zu heißen schien, zu kaufen beabsichtigten. Ihr Ehemann hingegen wirkte freundlich und schien Grace das Gefühl geben zu wollen, willkommen zu sein. Sein Name war Robert, ein wahrer Hüne von massiger Statur. Seine schwarzen Haare waren mit Pomade zurückgekämmt. Die Augen waren sehr blass, aber die Haut erstaunlich dunkel, und er hatte eine lange, eindrucksvolle Nase, über die er buchstäblich hinabzuschauen schien. Trotzdem wirkte er sehr sympathisch, schenkte ihr ein warmes Lächeln und erklärte, dass er ein absolutes Tennisass sei. »Ich hoffe für Sie, dass Sie da mithalten können.«

»Sei nicht so garstig, Robert«, sagte Florence, den Blick auf Grace' Tennisschuhe gerichtet, die trotz der morgendlichen Bemühungen ihrer Mutter leicht angegraut waren. Offenbar war es genau das, was sie von Grace erwartete. »Mädchen vom Lande sind immer gut im Tennis. Vermutlich spielen Sie jeden Tag. Oder spielen Sie eher Golf, Miss Marchant?«
»Bitte nennen Sie mich doch Grace«, sagte sie. »Nein, ich spiele kein Golf. Und auch im Tennis bin ich nicht gerade ein Ass. Dazu habe ich gar nicht die Zeit.«
»Oh Gott, nein«, sagte Florence. »Das hatte ich ganz vergessen. Charles sagte ja, Sie würden arbeiten.« Aus ihrem Mund klang das, als hätte Grace eine fiese Krankheit.
Schweigen senkte sich herab. Schließlich sagte Charles: »Gut, dann mal los. Lasst uns ein paar Bälle schlagen. Grace, sind Sie mutig genug, um mit mir zusammen anzutreten?«

Zu ihrer großen Überraschung spielte sie genauso gut wie Florence und wesentlich besser als Robert, der tatsächlich kein großes Ass war. Sie gewann den Eindruck, dass er sich nicht einmal besonders ins Zeug legte, sondern das Ganze eher als dümmlichen Zeitvertreib betrachtete. Das war ein kleiner Trost. Sie und Charles, der wiederum ein ziemlich guter und ehrgeiziger Spieler war, gewannen die erste Partie, worauf Charles vorschlug, sie möge doch mal mit Robert spielen. Florence, die etwas irritiert war, spielte plötzlich ziemlich hart und legte ein paar hinterhältige Aufschläge hin, die zweimal im Aus waren. Sie beharrte jedoch darauf, dass sie drin waren, und niemand hatte große Lust, ihr zu widersprechen. Trotzdem verloren Robert und Grace nur knapp.
»Sie sind wirklich ziemlich gut«, sagte Charles, als er sie zu den Stühlen neben dem Spielfeld führte. »Ich kann mir kaum vorstellen, dass Sie so wenig spielen.«

»In der Schule haben wir schon viel gespielt«, sagte Grace.
Das war ein Fehler.

»Auf welche Schule sind Sie denn gegangen?«, erkundigte
sich Mrs Bennett. »Es ist wirklich wunderbar, dass Mädchen
heutzutage zur Schule gehen. Ich hätte es geliebt, auf die
Schule zu gehen, aber ich bekam natürlich Privatunterricht.
Tatsächlich sind viele unserer Freunde immer noch nicht davon überzeugt, die Mädchen wegzuschicken, obwohl ich für
Florence darauf bestanden habe. Meiner Ansicht nach erwei-
tert das den geistigen Horizont.«

»Ich bin auf die ... die St. Catherine's School bei Salisbury
gegangen«, antwortete Grace. »Das ist eine sehr kleine Schule.
Sehr persönlich. Sicher haben Sie noch nie von ihr gehört.«

»Nein, ich denke nicht«, sagte Mrs Bennett gemessen. »Mit
den Schulen hier in der Gegend kenne ich mich nicht aus.
Florence ist auf die St. Mary's Wantage gegangen, die war
nicht sehr persönlich. Für meinen Geschmack war sie ein bisschen zu gelehrt. Vielleicht wäre sie an einer Schule wie der
Ihren besser aufgehoben gewesen ...« Ihre Stimme verlor sich,
und es war offenkundig, dass sie nichts dergleichen dachte.

»Lasst uns eine Kleinigkeit essen«, sagte Charles etwas zu
munter.

Nach dem Tee, der auf der Terrasse hinter dem Haus serviert
wurde und zwar von einem dieser standesgemäß uniformier-
ten Hausmädchen, von denen Betty Marchant immer träumte,
verlangte Mr Bennett, der deutlich Gefallen an Grace gefunden hatte, ihr nun endlich seinen umfriedeten Garten zeigen
zu dürfen. Es war eine zauberhafte, von allem abgeschlossene
Welt. In der Luft lag Vogelgesang, an den Mauern krochen
knospende Kletterhortensien empor, und die Beete waren
mit verwilderten Büschen gefüllt. Auf die mit Backsteinen

gepflasterten Wege quollen ganze Wolken von dunkel- und blassblauen Lobelien, und mitten im Garten stand ein wundervoller alter Steinsitz.

»Wie wundervoll!«, sagte Grace. »So vollkommen abgelegen – eine ganz eigene Welt.«

»Das ist genau der Grund, warum ich ihn so mag«, sagte er. »Und ich kann Ihnen auch verraten, was ich liebe: abends mit einem großen Glas Whisky und der Zeitung hierherkommen und mich vor allem und allen sicher fühlen.«

Grace dachte, wenn sie mit Muriel Bennett zusammenleben müsste, würde sie es genauso halten. Sie würde sogar noch ein Schloss am Tor anbringen.

Nicht dass die Gefahr ernsthaft bestand, Gott sei's gedankt.

»Bleiben Sie doch bitte noch zum Abendessen«, sagte Muriel Bennett, als sie aus dem umfriedeten Garten zurückkamen. »Es wird bescheiden ausfallen, da wir ja Sonntag haben, aber …«

»Nein, wirklich, das ist sehr freundlich von Ihnen«, sagte Grace, »aber meine Eltern erwarten mich. Dürfte ich Sie vielleicht darum bitten, meinen Vater anrufen zu dürfen, damit er mich abholen kommt?«

»Was für eine abwegige Idee«, sagte Charles, der seit dem Tennismatch ziemlich still geworden war. »Ich werde Sie natürlich nach Hause fahren. Möchten Sie vielleicht trotzdem anrufen? Damit sich Ihre Eltern keine Sorgen machen?«

»Das wäre sehr freundlich von Ihnen. Wenn Sie sich ganz sicher sind …«

»Natürlich bin ich das. Bitte, folgen Sie mir.«

Er führte sie durch eine Schiebetür in den Salon, der zwar sehr geschmackvoll eingerichtet war und einen schönen Kamin besaß, aber weit weniger groß war, als sie und sicherlich auch ihre Mutter erwartet hätten. Von dort gelangten sie in

29

die Vorhalle, wo auf einem niedrigen Tischchen neben einem hohen Stapel von Ausgaben von *Country Life* das Telefon stand.

»Dort, bitte«, sagte er. »Hören Sie...« Er zögerte. »Wir könnten noch eine kleine Ausfahrt machen, bevor ich Sie nach Hause bringe. Falls Ihre Eltern nichts dagegen haben.«

»Oh... warum nicht«, sagte Grace, die in erster Linie erleichtert war, dass er nicht darauf brannte, sie so schnell wie möglich wieder loszuwerden. »Ja, ich frage sie.«

Schweigend fuhren sie los, durch die schmalen, mit hohen Hecken bestandenen Sträßchen. Es war ein herrlicher Abend. »Ich dachte, wir könnten zum Old Wardour hochfahren«, sagte Charles. »Was halten Sie davon?«

»Ja, sehr gerne.«

Das Old Wardour Castle war eine allseits geschätzte Ruine, die hoch oben auf einem Hügel lag, weit über dem vornehmen Haus, durch das man die Burg im achtzehnten Jahrhundert ersetzt hatte. Vor dem diesigen Himmel bot sie einen Anblick von herber Schönheit.

»Ein schöner alter Ort, nicht wahr?«, sagte Charles. »Ich bin hier früher auf meinem Pony hochgeritten, wenn ich für die Ferien aus der Schule zurückkam. Das war immer das Allererste, was ich getan habe. Haben Sie auch eine Stelle wie diese?«

»Ich bin immer nach Shaftesbury gefahren, weil da all diese Lichter brannten«, sagte Grace. »Mit dem Bus«, fügte sie lachend hinzu.

»Stören Sie sich nicht an meiner Mutter«, sagte er unvermittelt. »Sie wirkt immer ein bisschen hochnäsig, aber sie kann nicht anders. So wurde sie erzogen. Eigentlich ist sie eine wunderbare Person.«

»Natürlich. Mich hat das gar nicht gestört«, flunkerte Grace. »Ich fand sie sehr nett. Und Ihren Vater auch. Es war so reizend, dass er mir seinen Garten gezeigt hat.«

»In der Tat, er hat Sie sichtlich gemocht. Und der gute alte Robert auch. Er lässt gern mal den Blick schweifen. Florence hat es nicht leicht mit ihm, soweit ich das beurteilen kann.«

»Wirklich?«, sagte Grace. Sie hätte eher gedacht, Robert hatte es nicht ganz leicht.

»Oje, das hätte ich Ihnen gar nicht erzählen dürfen. Aber Sie haben so etwas an sich« – er schaute sie eindringlich an – »das einem Vertraulichkeiten entlockt. Mein Vater hat das offenbar auch so empfunden.«

»Ja?« Grace spürte, wie sie rot wurde.

»Ja. Sie sind das, was die Italiener *simpatico* nennen würden. Waren Sie je in Italien?«

»Nein, ich war noch nie im Ausland. Das würde ich furchtbar gern mal tun.«

»Wenn dieser ganze Unsinn in Europa schlimmer wird, ist man dort leider nicht mehr sicher. Mein Vater denkt, dass kein Weg mehr an einem Krieg vorbeiführt.«

»Teilen Sie seine Meinung?«, fragte Grace.

»Nein, eigentlich nicht. Unumgänglich ist der Krieg sicher nicht. Meines Erachtens wird Chamberlain immer unterschätzt. Was denkt denn Ihr Vater darüber?«

»Dasselbe wie Ihrer«, sagte Grace und wartete darauf, dass er sich nach ihrer Meinung erkundigte, aber er tat es nicht.

Auf dem Heimweg kamen sie an den Toren des Old Wardour Cemetery vorbei, der letzten Ruhestätte des Anwesens von Arundells und des dazugehörigen Dorfs.

»Das ist mein Lieblingsort«, sagte Grace und schaute fast sehnsüchtig durch das schmiedeeiserne Tor auf die wilden Bäume und die geisterhaft gruppierten Grabsteine.

»Der Friedhof? Ein bisschen merkwürdig für einen Lieblingsort.« Charles klang belustigt.

Grace wurde rot. »Ich weiß. Aber er wirkt so romantisch. Und so schön.«

»Nun ja … mag sein. Jedem das Seine, kann man da nur sagen.« Er lächelte. »Haben Sie noch Zeit für einen Drink?«

»Oh … warum nicht. Das wäre nett.«

Sie tranken noch in einem Pub in der Nähe von Swallowcliffe etwas, dann fuhr Charles sie heim.

»Ich würde Sie ja hereinbitten, aber …«, begann Grace.

»Nein, nein, natürlich nicht. Ich muss zurück. Meine Mutter erwartet mich, außerdem muss ich morgen früh raus. Wenn man mit seinem Vater zusammenarbeitet – oder besser: *für* ihn arbeitet –, kann man sich nicht auf die faule Haut legen. Wir betreuen im Moment eine Menge Fälle.«

»Sind Sie gern Anwalt?«

»Ja, sehr gern«, antwortete er, »vor allem in einer so kleinen Stadt wie Shaftesbury. Eines Tages werde ich die Kanzlei übernehmen, darauf freue ich mich schon. Besonders auf den Londoner Ableger.«

»Wie oft fahren Sie denn hin?«, fragte Grace.

»Nicht sehr oft, leider. Vater fährt mehrmals die Woche hin, daher muss ich hier die Stellung halten. Aber zu gegebener Zeit hoffe ich, sehr viel mehr Zeit dort verbringen zu können. Ich werde sowieso einige Änderungen einführen.«

»Welche denn?«

»Gütiger Gott, das interessiert Sie bestimmt nicht. Und jetzt muss ich wirklich heimkehren. Herzlichen Dank, dass Sie heute gekommen sind. Es war ein sehr angenehmer Nachmittag.«

»Danke für die Einladung«, sagte Grace.

Er schüttelte ihr die Hand, und sie stieg aus. Von einer weiteren Verabredung war nicht die Rede. Als Grace die Tür aufschloss, verspürte sie eine gewisse Enttäuschung.

»Bevor du etwas sagst«, wandte sie sich an ihre Mutter, die erwartungsvoll im Vorraum herumstand, »ich glaube nicht, dass er mich wirklich nett findet. Seine Mutter ist eine alte Hexe, und seine Schwester hat mich spüren lassen, dass ich so weit unter ihrem Niveau bin, dass ich mich nicht einmal im selben Raum mit ihr aufhalten sollte. Und das stimmt ja auch. Dass ich weit unter ihrem Niveau bin, meine ich«, fügte sie mit einem Lächeln hinzu.

»Wie unverfroren«, sagte Betty Marchant, auf deren Wangen zwei rote Flecken erschienen. Sie war sichtlich aufgebracht. »Nun, ich bin strikt dagegen, dass du in diese Familie einheiratest.«

»Mutter«, sagte Grace erschöpft. »Ich kann dir versichern, dass es überhaupt nicht zur Debatte steht, in diese Familie einzuheiraten. Es sei denn, ich würde mit dem guten alten Mr Bennett durchbrennen.«

Clifford Bennett saß in seinem Arbeitszimmer und lauschte den Neun-Uhr-Nachrichten, als das Telefon in der Vorhalle klingelte. »Ich geh schon«, rief er Muriel zu. »Ein besorgter Mandant. Ich hatte ihm gesagt, dass er heute Abend anrufen kann.«

Fünf Minuten später trat er in den Salon, wo Muriel am Kamin saß und an ihrem neuesten Gobelin stickte, nach einem eigenen Entwurf, den sie ihrem väterlichen Wappen nachempfunden hatte.

»Morgen muss ich in aller Frühe nach London, meine Liebe. Gleich mit dem ersten Zug, fürchte ich. Ich wollte dich nur schon einmal vorwarnen.«

»Mit dem ersten Zug? Wieso denn das um alles in der

Welt? Und wieso überhaupt am Montag? Du fährst doch montags nie …«

»Ich sagte doch, dass ich einen äußerst besorgten Mandanten habe. Schwieriger Fall. Ich möchte ihn ganz früh treffen und dann die Kollegen instruieren.«

»Clifford, ich bin wirklich der Meinung, dass du deine Arbeitslast reduzieren solltest«, sagte Muriel. »Du wirst nächstes Jahr sechzig, aber du scheinst dir immer mehr aufzuhalsen. Eigentlich hattest du angekündigt, du würdest dich aus dem Londoner Büro zurückziehen und Charles das Feld überlassen. Nun, davon merke ich nichts.«

»Ich weiß, meine Liebe, ich weiß. Aber John Reeves ist notorisch überlastet, der arme alte Knabe. Und auch ein bisschen überfordert, besonders in diesem Fall. Aber das muss unter uns bleiben. Dabei ist die Sache höchst interessant, ein Betrugsfall. Mein Mandant hat vor zweieinhalb Jahren eine Lebensversicherung abgeschlossen und …«

»Clifford, du stehst mir im Licht. Gut, dann fahr eben. Aber ich denke trotzdem, du solltest künftig strenger mit John Reeves sein. Er nutzt dein freundliches Wesen aus.«

»In Ordnung, meine Liebe. Ich gebe mir Mühe.« Er hielt inne und nippte an seinem Whisky. »Was für ein reizendes kleines Ding heute Nachmittag, oder?«

»Wer? Die kleine Marchant? Mag sein. Aber ein bisschen … gewöhnlich. Ich würde mir wünschen, Charles würde sich endlich ein wirklich passendes Mädchen suchen und seinen Platz im Leben finden. Amanda Bridgnorth zum Beispiel, die ist so charmant und hübsch. Und zu Pferde hinterlässt sie den allerbesten Eindruck …«

»Ich würde doch hoffen, meine Liebe, dass Charles an seine zukünftige Ehefrau höhere Ansprüche hat als ihre Haltung zu Pferde. Wenn du mich fragst, würde ich Grace Marchant als Schwiegertochter deutlich den Vorzug gegenüber Amanda Bridgnorth geben.«

»Daran will ich nicht einmal denken«, sagte Muriel mit einem kleinen kontrollierten Schauer. »Ich kann mir kaum vorstellen, wie ihre Mutter sein mag. Offenbar näht sie Vorhänge für andere Leute.«

»Wirklich, meine Liebe!«, sagte Clifford kopfschüttelnd, lächelte allerdings. »Aber jetzt werde ich mich noch ein wenig in den Fall vertiefen. Ich schlafe im Ankleidezimmer, damit ich dich morgen früh nicht störe. Gute Nacht, meine Liebe.«

Er kehrte in sein Arbeitszimmer zurück und rief die Nummer in London an, um zu bestätigen, dass er am nächsten Morgen komme.

»Ich glaube nicht, dass ich noch einmal Lust dazu habe«, sagte Robert Grieg und trat mit dem Fuß ziemlich vehement aufs Gaspedal, als der Wagen endlich auf die Straße nach London rollte.

»Wozu?«

»Diesen ganzen Weg zurückzulegen, nur für ein Wochenende. Das ist viel zu weit. Ich werde morgen früh vollkommen erschöpft sein.«

»Aber Robert, wir fahren ja nicht oft hin. Das letzte Mal war Ostern, und da hätten wir durchaus länger bleiben können. Aber du wolltest doch …«

»Tut mir leid, aber spätestens nach einem Tag langweile ich mich zu Tode. Das Land ist eben nichts für mich.«

»Zu den Whittakers fährst du aber gern, Robert. Oder zu den Bedfords. Die leben auch auf dem Land.«

»Mag sein, aber die haben auch mehr zu bieten. Sie planen jedes Mal eine richtige Dinnerparty, und es gibt dort viele Leute unseres Alters. In Thorpe besteht die Unterhaltung darin, den Ansichten deiner Mutter über das Leben zu lauschen und deinem Vater bei der Gartenarbeit zuzuschauen.«

»Das ist ungerecht!«, sagte Florence. »Sie laden oft Gäste zum Dinner ein. Oder am Sonntag zum Lunch. Und du kannst Tennis spielen, soviel du willst.«

»Ich hasse Tennis, wie du wissen solltest, Florence. Und die Gäste, die sie aufzubieten haben, sind nicht gerade die Crème de la Crème. Schau dir nur das lustige kleine Ding heute an.«

»Die war doch in Ordnung.«

»Du hast dich nicht gerade so verhalten, als fändest du sie in Ordnung, wenn ich das sagen darf. Aber das ist nicht der Punkt. Könnten wir das Thema jetzt begraben, es ödet mich an. Ich möchte einfach meine Wochenenden nicht dort verbringen, verstanden?«

»Und was soll ich meinen Eltern sagen, wenn... wenn sie uns einladen?«

»Denk dir einfach einen Vorwand aus. Sie werden schon einsehen, dass es ein langer Weg ist.«

Florence widersprach nicht mehr. Den Wert des Schweigens hatte sie bereits zu schätzen gelernt.

KAPITEL 2

Sommer 1938

Grace begann zu denken, dass sie sich verliebt haben könnte. In letzter Zeit hatte sie viele Liebesromane gelesen, einschließlich des Buchs, das gerade in aller Munde war – *Vom Winde verweht* –, um die Gefühle der Heldinnen mit ihren zu vergleichen. Sogar *Jane Eyre* hatte sie noch einmal gelesen. Und obwohl sie für Charles nicht dieselbe wilde Leidenschaft zu empfinden vermeinte wie Scarlett O'Hara für Ashley Wilkes oder Jane für Mr Rochester, verspürte sie doch eine Reihe ganz neuer Gefühle: eine gewisse Sehnsucht kurz vor einem Wiedersehen; ein schönes, warmes Glücksgefühl, wenn sie zusammen waren; eine sonderbare, atemberaubende Zärtlichkeit, wenn er ihre Hand hielt und sie einfach wortlos anschaute. Sie ließ sich auch gern von ihm küssen. Es war so viel schöner als mit ihren anderen Freunden, wo sie es, wenn sie ehrlich war, immer ein bisschen ekelhaft gefunden hatte, vor allem wenn die Zunge ins Spiel kam.

Bei Charles war das ganz anders. Sein Mund war fest und stark, und sie merkte, dass ihr eigener Mund fast unbewusst darauf reagierte. Nicht nur ihr Mund, sondern ihr ganzer Körper. Sie fühlte sich gewärmt und eingehüllt und irgendwie weicher. Ihm schien es genauso zu gehen. Hinterher löste er sich von ihr, auf dem Wagensitz oder im langen Gras oben an der

Burgruine, die ihr besonderer Ort geworden war, und schaute sie einfach nur an. Und wenn sich sein Blick forschend in ihrem versenkte, spürte sie, mehr noch als beim Küssen, eine wunderbar fließende Zärtlichkeit und noch etwas anderes, Stärkeres, merkwürdig Körperliches, eine Regung tief in ihrem Innern. So fühlte es sich vielleicht an, nur stärker, wenn man *es* tatsächlich tat, wie sie es in der Schule bei den einschlägigen Gesprächen immer genannt hatten. In jüngster Zeit dachte sie oft daran, es zu tun. Zum ersten Mal konnte sie sich vorstellen, es wirklich zu wollen, und die stockenden, verlegenen Erläuterungen ihrer Mutter (wenn sie mehr als ein Glas Sherry getrunken hatte) füllten sich allmählich mit Sinn.

Charles hatte ihr natürlich nie seine Liebe gestanden. Sie wusste nur, dass er, wenn sie zusammen waren, sehr romantisch sein konnte. Die Sache war aber schon von Beginn an ziemlich unberechenbar gewesen, gelinde gesagt. Da waren die ersten trostlosen Tage nach der Tennispartie, als sie sich ganz sicher war, dass sie nie wieder etwas von ihm hören würde, weil sie viel zu langweilig und stillos für ihn war. Und dass er sie vermutlich nur eingeladen hatte, weil jemand anders ausgefallen war. Dann klingelte am Donnerstag plötzlich das Telefon, und er war dran.

»Hallo«, sagte er, »hier ist Charles Bennett«, als müsse er ihr erst auf die Sprünge helfen. »Ich wollte fragen, ob Sie Lust hätten, sich am Freitag einen Film anzuschauen.« Für den Bruchteil einer Sekunde überlegte sie, ihm zu sagen, dass sie da schon etwas vorhatte, schließlich hieß es immer, man würde einen Mann nur abschrecken, wenn man stets Zeit für ihn hatte. Ihr war aber selbst klar, dass sie das nicht übers Herz brachte, daher bedankte sie sich für die Einladung und erklärte, sie freue sich sehr.

Sie saßen im Kino in Shaftesbury, umgeben von Paaren, die sich küssten oder wenigstens Händchen hielten. Er wahrte höflich Abstand und fuhr sie im Anschluss nach Hause. Während er über dies und das plauderte, dachte sie mit größter Verzweiflung, dass er sie nicht sehr mögen konnte und sie bestimmt nicht anziehend fand, als er plötzlich anhielt und sich zu ihr hinüberbeugte. »Sie sind so hübsch, Grace. Dürfte ich Sie wohl küssen?«

Sie lächelte nur unsicher, daher küsste er sie, ganz sanft, und erkundigte sich dann: »Haben Sie morgen schon etwas vor?« Sie sagte: »Nein, nichts!«, worauf er erklärte, dass er sie gern zum Essen einladen würde. Sie gingen ins Grosvenor in Shaftesbury, das sehr teuer und vornehm war. Ihr Vater wurde von wichtigen Kunden zu Weihnachten dorthin eingeladen, während ihre Mutter und sie noch nie dort gewesen waren. Nach einem Sherry und zwei Gläsern Wein war sie ziemlich betrunken, und als er sie an jenem Abend in seinem Wagen küsste, war es für sie beide etwas vollkommen anderes.

»Ich hoffe, das ist in Ordnung?«, fragte er zärtlich, als er nach einer Weile von ihr abließ. Sie sagte, das sei absolut in Ordnung, mehr als in Ordnung, worauf er lächelte und sie weiterküsste. Das war das erste Mal, dass sie dieses merkwürdige Gefühl im Bauch fühlte.

Und so hatte alles begonnen. Aber es war nie eine so klare Sache, wie ihre Freundinnen sie erlebten, mit täglichen Telefongesprächen, zweimal Ausgehen in der Woche und der wenigstens inoffiziellen Annahme, ein Paar zu sein. Manchmal hörte sie zehn Tage nichts von ihm, dann wieder wollte er sie fast jeden Abend sehen. Über die Zeiten seiner Abwesenheit hielt er sich bedeckt. Oft war er natürlich in London, in der Kanzlei dort, aber zu anderen Zeiten wusste sie, dass er in der

Gegend war und sich einfach nur nicht meldete. Tag für Tag sah sie den MG vor der Kanzlei in Shaftesbury stehen und fühlte sich elend – vor Kummer und vor Eifersucht. Sie war ohnehin ein eifersüchtiger Mensch, was, wie sie selbst wusste, ein Makel ihres sonst so reizenden Charakters war. Sie war nicht nur eifersüchtig, wenn ihre Freunde mit anderen Mädchen tanzten oder flirteten, sondern auch wenn ihre Freundinnen sie von einer Vergnügung, und sei sie noch so harmlos, ausschlossen. Oder wenn ihr Chef eine der anderen Sekretärinnen lobte. Zum Teil hatte das mit mangelndem Selbstbewusstsein zu tun, zum Teil aber auch mit dem Bedürfnis, in den Herzen ihrer Mitmenschen einen besonderen Platz einzunehmen.

Zu Beginn ihrer Bekanntschaft war sie sich oft sicher, dass Charles Bennett einfach das Interesse an ihr verloren hatte, und dachte missmutig, dass er bestimmt mit einem anderen Mädchen ausging – oder gleich mit mehreren. Immerhin war er eine blendende Partie und frei wie der Wind, sodass er nicht den geringsten Grund hatte, sich ihr gegenüber verpflichtet zu fühlen, nur weil er ein paarmal mit ihr ausgegangen war. Manchmal wurde sie regelrecht wütend und schwor, ihn nie wiedersehen zu wollen. Dann machte sie sich die Meinung ihrer Mutter und ihrer Freundinnen zu eigen, die erklärten, er spiele nur mit ihr, und sie solle klarstellen, dass sie so nicht mit sich umspringen lasse. Zu anderen Zeiten verteidigte sie ihn allerdings, vor sich selbst und vor anderen, und behauptete, dass sie einfach gern zusammen waren und schöne Zeiten miteinander verbrachten – was noch lange nicht hieß, dass einer von ihnen Anspruch auf den anderen hatte.

Aber sie mochte ihn sehr und war gern mit ihm zusammen. Da war es schwer, Nein zu sagen und das Risiko einzugehen, ihn zu verlieren, nur weil der Stolz siegte. Wenn er sich mal wieder entschuldigte, dass er sich nicht gemeldet habe, weil er in London oder in Bath gewesen sei, vor Gericht, oder weil er bis zum Hals in Arbeit gesteckt habe, war es schlicht leichter, ihm zu glauben und ihn ein wenig zu verspotten, um dann zu erklären, ja, sie würde sehr gern mit ihm ins Kino gehen oder wohin auch immer. Zumal von anderen Mädchen keine Spur zu sehen war – jedenfalls für sie nicht, dachte sie unglücklich, wenn ihre Laune mal wieder im Keller war und sie eine Woche oder länger nichts von ihm gehört hatte. In dieser Hinsicht unterschieden sie sich deutlich. Sie war bedeutend neugieriger und interessierte sich für seine Beziehungen in der Vergangenheit, während er diesbezüglich sehr verschlossen war und ihre Nachfragen stets abwehrte. Irgendwann sagte sie sich, es habe wohl nichts mit ihr zu tun, und verdrängte solche Gedanken.

Sie beschloss, das Beste aus der Sache zu machen – schließlich hatten sie ja auch viel Spaß –, und kämpfte darum, sich ihren Stolz zu bewahren. Sie liebten beide das Kino, und er ging mit ihr immer in die neuesten Filme. Musik mochte er leider gar nicht, aber sie besuchten manchmal das Theater in Bath oder machten Ausfahrten mit seinem Wagen. Er hatte sogar angefangen, ihr ein paar rudimentäre Fahrstunden zu geben, was sie wunderbar und großzügig fand, weil sie den MG mit großer Wahrscheinlichkeit gegen einen Baum setzen würde. Wenn es etwas gab, das sie zu der Überzeugung brachte, dass sie nicht nur ein belangloses Spielzeug für ihn war, dann die Tatsache, dass er ihr sein geliebtes Auto anvertraute. Beide gingen sie auch gern in den Pub und unterhielten sich einfach miteinander. Man konnte überraschend gut mit ihm reden, und er war offenkundig an ihrer Meinung interessiert. Er selbst konnte wunderbare Geschichten über die alten Fälle seines Vaters erzählen, während seine eigenen

»meist noch ziemlich banal« waren; auch über seine Kindheit, die sehr glücklich gewesen sein musste, und die Schulzeit im Jungeninternat. Mindestens einmal im Monat führte er sie zum Essen aus, in irgendein teures Lokal, und erklärte, sie sei das netteste, schönste und intelligenteste Mädchen, das er kenne. Auf dem Rückweg dann küssten sie sich unentwegt, und wenn Grace hinterher im Bett lag, war sie rundum glücklich und fragte sich, was sie eigentlich wolle, wo doch alles so wunderbar war.

Charles war nicht nur romantisch, witzig, charmant und aufmerksam, sondern auch überaus anständig. Er genoss es sichtlich, sie zu küssen, aber er versuchte nie, etwas anderes zu tun, etwas, das ihr Sorgen bereiten müsste. Wenn sie allein oben an der Burgruine oder spätabends in seinem Wagen waren, hatte sie nie Angst, dass er sich vergessen könnte (eine Gefahr, über die ein paar ihrer Freundinnen und auch ihre Mutter düstere Anspielungen hatten fallen lassen). Manchmal, wenn sie sich sehr nah waren, spürte sie seine Hand auf ihrem Oberschenkel, einen drängenden Druck, der sehr schön und auch leicht beunruhigend war. Aber es befand sich immer noch ihr Kleid darunter, und er hatte nie versucht, es hochzuschieben oder aufzuknöpfen. Einmal hatte er ihren Hals geküsst und war dann mit den Lippen zum Ausschnitt ihres Kleids gewandert; in diesem Moment hatte sie eine leichte Sorge verspürt, es aber zu sehr genossen, um unruhig zu werden: Doch dann hatte er sich plötzlich von ihr gelöst und gesagt: »Entschuldige, Grace, aber du bist einfach zu schön.«

Nach solchen Begegnungen verschwand er manchmal für zehn, vierzehn Tage von der Bildfläche. Und sosehr sie sich auch sagen mochte, es mache ihr nichts aus, war sie doch verletzt.

Die Sorge wegen ihrer unterschiedlichen gesellschaftlichen Stellung beschäftigte sie nach wie vor, und als sie eines Tages beim Essen – schon dem zweiten in dieser Woche – ein paar Gläser Wein getrunken hatte und er besonders witzig und zärtlich war, verspürte sie mehr Selbstbewusstsein als sonst.

»Charles«, begann sie, »kann ich dich etwas fragen?«

»Ja«, antwortete er, »natürlich.«

»Hast du ... hast du je das Gefühl, dass ich anders bin als du?«

»Was um Himmels willen meinst du?«, fragte er und schaute sie ernsthaft überrascht an.

»Du musst doch wissen, was ich meine, Charles. Deine Familie ist so viel ...«

»So viel was?«

Oh Gott, was sollte sie nur sagen? Die meisten Ausdrücke waren so altmodisch und dumm, Dinge wie »distinguierter« oder »aus einer höheren Klasse«. Im besten Fall würde es albern klingen, im schlimmsten neurotisch. Schließlich entschied sie sich für »wohlhabender«, weil das unstrittig war.

»Klar«, sagte er und schenkte ihr ein freundliches Lächeln. »Das ist aber nicht dein Fehler, und meiner auch nicht. Dafür müssen wir unsere Väter verantwortlich machen. Für mich spielt das jedenfalls keine Rolle, wenn es das ist, was du meinst. Und jetzt küss mich.«

Ende Juli hatte sie Geburtstag. Ein riesiger Blumenstrauß wurde bei ihr abgegeben, gelbe und weiße Rosen, was ihre Mutter in einen solchen Freudentaumel versetzte, dass Grace lachen musste. Am Abend führte Charles sie zum Essen aus, in ein Restaurant, in dem sie noch nie waren, ein irrwitzig teures Lokal auf dem Land. Als sie in der Bar saßen und einen Drink nahmen, sie ihren Sherry und er seinen Gin & Italian, reichte er ihr eine kleine Schachtel. »Herzlichen Glückwunsch, Grace«, sagte er. Sie war einer Ohnmacht nahe, weil sie dachte, es sei ein Ring. Als sie die Schachtel öffnete und ihr Blick auf eine Korallenkette fiel, verspürte sie zunächst bittere Enttäuschung. Dann mahnte sie sich zur Vernunft. Auf der Karte stand: *Für den hübschesten Hals, den ich kenne.* Nicht sehr poetisch, das musste sie zugeben, aber der Gedanke dahinter war doch ausgesprochen romantisch.

Alles war ausgesprochen romantisch, romantisch und wunderbar, aber auch nach diesem Abend war er wieder für eine gute Woche verschwunden. Und wieder einmal konnte sie nicht glauben, dass er sie nicht letztlich doch für eines der Mädchen aus seinen Kreisen sitzen lassen würde – sorglose, selbstbewusste Mädchen mit Doppelnamen und schrillen Stimmen, die wunderbare Gattinnen abgeben, großartige Dinnerpartys schmeißen und beizeiten äußerst feine Babys produzieren würden.

Eine besonders schlimme Zeit brach an, als er gegen Ende des Sommers nach Südfrankreich fuhr, um für ein paar Wochen bei Freunden seiner Eltern zu wohnen. »Meine Eltern sind bereits dort. Das ist schon seit Ewigkeiten ausgemacht.« Jede einzelne Stunde wurde zur Qual, weil sie sich vorstellte, wie er mit unzähligen überwältigenden Mädchen am Strand lag oder, schlimmer noch, mit einem einzigen überwältigenden Mädchen. Nach seiner Rückkehr kam er allerdings sofort zu ihr, wundervoll braun gebrannt, schenkte ihr einen Flakon französisches Parfüm (Joy von Jean Patou) und erklärte, er habe sie furchtbar vermisst und ständig an sie denken müssen.

Ein zutiefst beängstigender Anlass war ein großes Gartenfest Anfang August, das seine Mutter anlässlich von Mr Bennetts Geburtstag gab. »Bitte komm doch«, drängte Charles, als sie sich strikt weigerte. »Das wird ein großes Vergnügen. Alle sollen dich kennen lernen und sehen, was für ein reizendes Mädchen du bist.«

Die nächsten drei Wochen schwankte Grace zwischen dem Grauen vor dem bevorstehenden Fest und der Einsicht, dass es etwas bedeuten musste, wenn er sie einlud. Sicher konnte er sich nicht nur mit ihr vergnügen wollen und sie als kleines provinzielles Abenteuer betrachten, wenn er sie bei einem derart wichtigen Familienereignis dabeihaben wollte.

Letztlich betete sie allerdings darum, dass eine Krankheit sie niederstrecken möge, und überlegte sogar, in nassem Bettzeug zu schlafen, um sich eine Lungenentzündung zuzuziehen. Aber ihr mangelte es an dem nötigen Mut, und am Ende war alles in bester Ordnung – außer dass sie sehr schnell merkte, dass das schlichte weiße Seidenkleid, das ihre Mutter ihr für diese Gelegenheit genäht hatte, mit Flügelärmelchen und Zipfelsaum, einfach nicht vornehm genug war. Alle anderen erschienen in fließendem Satin oder besticktem Taft, in sehr, sehr langen Kleidern mit sehr, sehr großen Dekolletés, die die Aufmerksamkeit auf Brüste, nackte Schultern und überaus beachtlichen Schmuck lenkten. Sie ging durch das Haus in das blumengeschmückte Festzelt mit den vielen Tischen und den weiß befrackten Kellnern, die Tabletts mit Getränken herumreichten, an diese Leute mit Stimme, wie sie sie mittlerweile bei sich nannte, diese Mädchen von umwerfend sorgloser Schönheit, die plauderten und lachten, und diese selbstbewusst lärmenden Männer. Alle kannten einander, da sie alle zu demselben hochprivilegierten, von sich selbst überzeugten Club gehörten. Und obwohl sie an Charles' Arm ging, spürte sie – wusste es –, dass alle sie anstarrten und sich fragten, ob Charles das wirklich ernst meinte.

Sie hätte sofort die Flucht ergriffen, wenn er sie nicht zu seiner Mutter geführt hätte, die immerhin auf liebenswürdige Weise höflich war, und zu dem guten alten Mr Bennett, der absolut reizend war und erklärte, sie sei das hübscheste Mädchen im ganzen Zelt und er wolle so bald wie möglich mit ihr tanzen. Und als er sie dann auf die Tanzfläche führte und in einen erstaunlich geschmeidigen Foxtrott lenkte, dachte sie, dass er eigentlich gar nicht alt wirkte, nur sehr distinguiert, mit seinem dichten weißen Haar, seinen wunderbaren blauen Augen und dem braun gebrannten Gesicht. Es war das erste Mal, dass sie ihn nicht in seiner alten ausgebeulten Gartenkluft sah, und in seiner schmalen, perfekt geschnittenen Smokingjacke erkannte man, wie wunderbar schlank er war.

»Nun«, sagte er, »unser junger Charles ist offenkundig sehr von Ihnen eingenommen. Er redet von nichts anderem mehr.«

Grace konnte nur hoffen, dass das nicht stimmte, weil es Muriel Bennett gegen sie aufbringen dürfte; andererseits wollte sie es natürlich nur zu gern glauben.

Mr Bennett und sie tanzten drei Tänze, und am Schluss präsentierte er noch eine beachtliche Darbietung des neumodischen Jitterbug. Grace und die anderen Tanzenden blieben stehen, um ihm zuzuschauen. Lachend kam er zum Ende und nahm ihren Arm. »Ich bin zu alt für so etwas«, erklärte er und wischte sich mit dem Taschentuch über die Stirn, »aber ich tanze einfach zu gern.«

»Sie machen das wirklich hervorragend«, sagte Grace. »So einen brillanten Jitterbug habe ich noch nie gesehen.«

»Sie dürfen einem alten Mann nicht schmeicheln.«

»Ich schmeichele Ihnen nicht. Außerdem sind Sie kein alter Mann.«

»Leider doch. Neunundfünfzig heute. Ich muss Ihnen wie die personifizierte Ewigkeit erscheinen.«

»Natürlich nicht. Und es ist bestimmt wundervoll«, fügte sie hinzu, als er sie zum Tisch zurückführte, »an seinem Geburtstag von all seinen Freunden und Liebsten umgeben zu sein.«

Er warf ihr einen merkwürdigen, geistesabwesenden Blick zu. »Oh ja, Grace, unbedingt.«

Später sah sie ihn allein am Tennisplatz stehen und eine Zigarre rauchen. Sie fragte Charles, ob sie hingehen und sich erkundigen sollten, ob alles in Ordnung sei, aber er verneinte. Dem alten Knaben gehe es gut, aber da seine Mutter keine Zigarren möge, verziehe er sich zum Rauchen immer in eine Ecke. Da die Hälfte aller Männer auf dem Fest Zigarren rauchten, konnte Grace die Notwendigkeit nicht ganz erkennen, aber sie widersprach nicht, zumal nun ein langsamer Walzer erklang und Charles sie eng in seine Arme zog.

»Du siehst wunderbar aus«, sagte er. »Ich bin so stolz auf dich.«

Etwas Schöneres hätte er nicht sagen können, fand sie.

Florence und Robert trafen sehr spät ein. Grace war überrascht, da Charles so oft betont hatte, wie wichtig dieses jährliche Familientreffen sei. Wie sich herausstellte, war Florence kurz vor der Abfahrt von einem Unwohlsein befallen worden, sodass sie die Reise fast abgebrochen hätten; Robert war jedenfalls sehr dagegen gewesen. Grace fragte sich, ob Florence vielleicht ein Baby bekam, wollte aber nicht nachfragen. Florence war bleich und noch unfreundlicher als bei ihrer ersten Begegnung, während Robert genau das Gegenteil war: Er kam auf sie zu und erklärte, wie erfreut er sei, sie wiederzusehen, und forderte sie später zum Tanzen auf. Es war ein Walzer, und er hielt sie fast erschreckend eng umschlungen. Sie hatte schon Sorge, Florence könne es sehen, aber die redete mit ihrer Mutter und schaute gar nicht zur Tanzfläche herüber.

»Sie …«, sagte Robert und lächelte auf sie herab. Seine blassen Augen wanderten über ihr Gesicht und blieben auf ihren Lippen liegen. »… Sie sind das Beste, was dieser Familie seit langem passiert ist. Wenn ich mir das erlauben darf.«

Grace wusste nicht, was sie darauf erwidern sollte, daher schenkte sie ihm nur ein törichtes Lächeln und konzentrierte sich auf ihre Tanzschritte. Nach dem Walzer wurde ein Quickstepp gespielt, in den er sich mit großer Begeisterung stürzte, aber dann führte er sie zum Tisch zurück und entschuldigte sich, weil er sich nicht wohlfühle. Sie ging ins Haus, um die Toiletten aufzusuchen, und trat dann kurz in den Garten, weil sie sich so erhitzt fühlte und frische Luft brauchte. In diesem Moment sah sie Robert zu den Rosenbüschen laufen, das Gesicht im Mondlicht von einer gläsernen Blässe, und obwohl sie es nicht wollte, vernahm sie unmissverständliche Würgegeräusche. Ihrem Eindruck nach rührte sein Unwohlsein vor allem vom übermäßigen Champagnergenuss her. Wenn sie mit Florence verheiratet wäre, dachte sie, würde sie auch zu viel trinken.

Sie hatte erwartet, eines von vielen Mädchen zu sein, die Charles eingeladen hatte, aber sie war offenbar der einzige Gast, der auf seinen ausdrücklichen Wunsch hin gekommen war. Er tanzte oft mit ihr, und auch sonst war sie, sehr zu ihrem Erstaunen, durchaus gefragt. Viele von Charles' Freunden forderten sie auf und erklärten, sie hätten schon viel von ihr gehört. Einige waren zwar freundlich, aber auch ein bisschen überheblich, und sie wusste nicht, worüber sie mit ihnen reden sollte. Nur einer, den ihr Charles als seinen »Blutsbruder« Laurence vorgestellt hatte, war wirklich nett. Er war höflich und aufmerksam und tat wenigstens so, als würde er sich für ihre Ausführungen interessieren.

»Warum eigentlich Blutsbruder?«, fragte sie ihn. Oh, sie seien zusammen auf die Vorbereitungsschule für das Internat gegangen, sagte er. »Das war ziemlich hart, so gegen Kriegsende, mit grauenhaftem Essen und Lehrern so alt wie Methusalem.« Eines Tages war Charles von einem der Lehrer geschlagen worden, und Laurence fand ihn im Garten, wo er hinter einer Hecke lag und schluchzte. Charles nahm ihm den Schwur ab, niemandem zu erzählen, dass er geweint habe. Laurence holte einen Dornenzweig vom anderen Ende des Gartens, ritzte ihrer beider Finger an und vermischte feierlich ihr Blut, um den Schwur zu besiegeln.

Das Fest endete damit, dass alle durch Zelt und Garten eine Conga-Polonaise veranstalteten, angeführt von Clifford und nur milde missbilligend beäugt von Muriel. Grace befand sich vor Robert (der sich mittlerweile erholt hatte und sich nicht allzu aufdringlich an ihre Hüfte klammerte) und hinter Laurence und hatte das Gefühl, dass sie irgendeine mysteriöse Linie überschritten hatte: Obwohl sie sich in Gegenwart von Muriel und in geringerem Maße auch in Gegenwart von Florence und ihren Artgenossen (mit der überraschenden Ausnahme von Charles selbst) immer wie erstarrt fühlen würde, waren diese Leute nun wenigstens kein unbekannter Schrecken mehr. Auch sie schienen ihre unglücklichen Geheimnisse zu haben, zu viel zu trinken und auf schwierige Kindheiten zurückzublicken, wie alle anderen Menschen auch.

Im Nachhinein kam es Grace so vor, als stelle dieser Sommer in Hinblick auf Gewissheiten, Sorglosigkeit und Sicherheit eine Grenze dar. Angst beschlich das Land. Überall war von Krieg die Rede. Ihre Mutter und sie saßen Abend für Abend am Esstisch und hörten Frank Marchant darüber reden, dass der Krieg nun nicht mehr zu vermeiden sei – wie es viele andere Männer im ganzen Land taten, zu Hause und in den Clubs und Pubs. Wenn sie dann die Neun-Uhr-Nachrichten einschalteten, hörten sie es gleich noch einmal. Wann auch immer Hitler in der Wochenschau im Kino auftauchte, wurde er ausgebuht, und es wurde viel davon gesprochen, dass man Kinder und Alte aufs Land evakuieren müsse. Wenn Charles aus London zurückkehrte, berichtete er von Gräben, die man in den großen Parks aushob, von Sperrballons, die über London schwebten, um Luftangriffe abzuwehren, von gewaltigen Luftabwehrkanonen und von Truppenkonvois, die auf scheinbar beliebige Weise im Land verschoben wurden. Eines Tages kam Grace nach Hause und fand ihre Mutter in Tränen aufgelöst. Auf dem Tisch lagen drei Gasmasken, grässliche, obszöne Dinger mit riesigen Augen und Schweinerüsseln; die ganze Hässlichkeit des Kriegs war darin enthalten. Grace wusste nicht, wie sie ihre Mutter trösten sollte.

Sie hatte selbst eine Heidenangst. Überall wurde Panik geschürt. In einer Zeitung las sie einen Artikel, der prophezeite, dass allein in London über eine halbe Million Menschen durch Bombenangriffe sterben würden. In den Straßen würde es zu Plünderungen kommen, und alles würde zusammenbrechen, Recht und Ordnung und auch die medizinische Versorgung. Als sie Charles den Artikel zeigte, gab er ihr einen Kuss und riss ihn entzwei. »Überlass die Sorgen uns, Grace. Dafür sind wir ja da.«

»Wer, wir?«, fragte sie gereizt.

»Wir Männer«, sagte er, ehrlich überrascht.

In Momenten wie diesen hatte sie das Gefühl, ihn nicht zu kennen.

Der ganze Aufruhr hatte aber zur gleichen Zeit auch etwas ungemein Aufregendes, das gut zu ihren aufgewühlten Gefühlen passte. Sollte Krieg ausbrechen, würde Charles fortmüssen. Dann wäre er in großer Gefahr, ja er könnte sogar umkommen. Schon der Gedanke daran verstärkte ihre Gefühle für ihn. Gleichzeitig ließ ihre Angst vor Muriel Bennett spürbar nach, weil ihr bewusst wurde, wie unwichtig Charles' Mutter im Falle eines Kriegs wäre.

»Wenn wir nur einen anständigen Mann an der Spitze hätten«, sagte Charles eines Sonntags, als sie um den See an der Burgruine wanderten. »Chamberlain ist ein Idiot, der sich von Hitler glatt verfrühstücken lässt. Vater ist der Meinung, man solle Churchill zurückholen. Was der gesagt hat, habe sich alles als richtig herausgestellt.«

»Churchill?«, erwiderte Grace. »Bestimmt nicht. Der ist doch schon seit Jahren von der Bildfläche verschwunden. Mein Vater sagt, Baldwin hätte nie gehen dürfen.«

Alle waren sich einig, dass Chamberlain eine Katastrophe war. Dann stand er plötzlich auf der Gangway eines Flugzeugs, wedelte mit einem Blatt Papier und verkündete, Hitler und er hätten in München den »Frieden für unsere Zeit« ausgehandelt. Im ersten Moment dachten alle, sie müssten sich geirrt haben, und Mrs Chamberlain wurde auf der Straße von Menschen umschwärmt, die ihr alle die Hand schütteln wollten. Grace' Vater las einen Artikel aus dem *Daily Telegraph* vor, der Chamberlain mit Gladstone verglich. Zur gleichen Zeit lachte drüben in der Abtei ein abgeklärterer Clifford Bennett über eine Eloge des Journalisten Godfrey Winn, der Chamberlain gar mit Gott verglich. »Ich wäre da eher misstrauisch«, sagte er. »Wollen wir wirklich einen Pakt mit einem blutrünstigen Rassisten schließen?«

»Aber die Situation scheint sich beruhigt zu haben«, sagte Charles zu Grace, als er ihr die Szene schilderte. »Bist du nun ein wenig besänftigt, mein Schatz?«

»Ja, danke.« Grace lächelte und nahm seine Hand. Wenn er

sie »Schatz« nannte, wühlte sie das immer zutiefst auf, mehr sogar noch als seine Küsse. Er erwiderte ihren Blick, plötzlich sehr ernst. »Du bist wunderbar«, sagte er. »So schön. Ich bin wirklich stolz auf dich.«

Das sagte er mittlerweile oft. Und sie glaubte mittlerweile, sich in ihn verliebt zu haben.

Florence kontrollierte die Tafel wohl zum hundertsten Mal. Kerzen, Blumen, Tischkarten. Waren die Gläser alle auf Hochglanz poliert? Dieses Dinner war von größter Bedeutung, hatte Robert immer wieder gesagt. Herrgott, dieses dumme Mädchen hatte die Fischmesser alle falsch herum gelegt. Es klingelte. Charles stand vor der Tür, ein unsicheres Lächeln im Gesicht.

»Hallo, Florence. Darf ich hereinkommen?«

»Oh ... Charles. Gütiger Gott. Ja ... ich denke schon. Klar.«

»Du wirkst nicht übermäßig begeistert, mich zu sehen.«

»Doch, Charles. Natürlich. Aber wir geben heute Abend eine wichtige Dinnerparty. Roberts Mandanten, musst du wissen, und ...«

»Ich wollte auch gar nicht bleiben, Florence. Na ja, jetzt jedenfalls nicht. Ich gehe mit ein paar Freunden aus und wollte wissen, ob ich heute Nacht hier schlafen könnte.«

»Heute Nacht? Ich weiß nicht, Charles. Du siehst ja ...«

»Wo ist das Problem, Florence? Ich werde mich reinschleichen, das verspreche ich dir. Ich werde eure vornehmen Freunde schon nicht vor den Kopf stoßen. Ich muss nicht einmal in Erscheinung treten, wenn ihr das nicht wollt.«

»Das ist es nicht, Charles, natürlich nicht ...«

»Na dann? Ihr habt doch sicher genug Platz, und es ist ja nur für eine Nacht.«

»Kannst du nicht in der Wohnung schlafen?«

»Nein, deshalb bin ich ja hier. Ich habe Vater gefragt, und der hat sich furchtbar angestellt. Angeblich hat er dort ein wichtiges Treffen. Fast komisch war das. Irgendwie ist er in letzter Zeit gar nicht er selbst.«

»Ah«, sagte Florence.

»Das scheint dich ja nicht sonderlich zu interessieren.«

Florence riss sich zusammen und lächelte. »Tut mir leid, Charles, ich habe nur so viel im Kopf. Natürlich musst du hierbleiben. Nur ... das klingt sicher unhöflich, aber ich habe wirklich keine Zeit, um mich groß mit dir zu unterhalten. Robert regt sich immer furchtbar auf und will, dass alles perfekt ist. Na ja, es sind halt seine Mandanten ...«

»Ja, das sagtest du bereits. Klingt gar nicht nach Robert. Er wirkt immer so entspannt.«

»Ja ... Na ja, er hat sehr hart gearbeitet«, sagte Florence. »Er ...« Draußen hörte man einen Wagen vorfahren. »Hör zu, du gehst jetzt besser, Charles, wenn das okay ist.«

»Schon in Ordnung, Florence. Geht es dir wirklich gut? Du scheinst auch nicht ganz du selbst zu sein.«

»Natürlich geht es mir gut. Hier, ich gebe dir meinen Schlüssel, dann kannst du selbstständig hereinkommen. Das ist wohl besser ...«

Ein Schlüssel drehte sich im Schloss herum, und Robert erschien. Er war in eine Zeitung vertieft und rief, ohne aufzuschauen: »Florence!«

»Direkt vor dir, Robert«, sagte Florence.

Er sah auf und starrte sie an; sein Gesicht war reglos, seine blassen Augen starr. Als er Charles entdeckte, breitete sich ein warmes Lächeln in seinem Gesicht aus, und er streckte ihm die Hand hin.

»Charlie! Wie schön dich zu sehen. Was tust du denn hier?«

»Mir ein Bett für die Nacht sichern, wenn das in Ordnung

ist. Florence hat mir von der Dinnerparty erzählt. Ihr werdet mich gar nicht zu Gesicht bekommen.«

»So ein Unsinn! Warum gesellst du dich nicht zu uns? Das wird ein großes Vergnügen. Florence, du hast Charles doch hoffentlich nicht das Gefühl gegeben, dass er nicht willkommen ist? Das wäre doch herzlos. Hast du eine Smokingjacke dabei, alter Junge? Falls nicht, kann ich dir …«

»Nein wirklich, ich kann mich gar nicht zu euch gesellen«, sagte Charles. »Aber trotzdem vielen Dank.«

»Wilder Junggesellenabend vermutlich«, sagte Robert lachend. »Glücklicher Knabe. Für mich ist das nur noch eine ferne Erinnerung. Florence, steht mein Tee bereit? Bitte.«

»Tut mir leid«, sagte Florence. »Ich hole ihn dir sofort.«

»Danke, Florence. Das ist doch nicht zu viel verlangt, was, Charles? Eine Tasse Tee nach einem langen Arbeitstag? Möchtest du mit hoch in den Salon kommen, alter Knabe? Das tu ich immer, wenn ich heimkomme: es mir bequem machen, Zeitung lesen und Tee trinken. Jedenfalls würde ich das gerne.« Er schenkte Florence ein Lächeln.

Florence eilte davon. Als Charles mit Robert nach oben ging, hörte er, wie sie dem Mädchen zurief, sie solle schnell Mr Griegs Tee zubereiten. Ihre Stimme klang irgendwie merkwürdig, fast zittrig.

»Gut gemacht, mein Schatz«, sagte Robert und gab Florence einen flüchtigen Kuss, als sich die Tür hinter dem letzten Gast schloss. »Wunderbarer Abend. Und der alte Foster war offensichtlich sehr angetan von dir. Geh schon mal hoch. Ich werde noch einen letzten Drink nehmen und ein paar Zeilen lesen.«

Als Florence wach lag und darauf wartete, dass Robert in ihr gemeinsames Schlafzimmer kam, höchst erleichtert über sein Kompliment für den gelungenen Abend, hörte sie

Charles' Taxi vorfahren. Vorsichtig schloss er die Tür auf und kam dann die Treppe heraufgeschlichen. Es war schon ziemlich spät, fast zwei. Sie fragte sich, was um alles in der Welt er getan haben mochte. Vermutlich in einem Nachtclub gehockt und sich betrunken. Fast war sie erleichtert, dass er überhaupt noch ausging, wo er doch so viel Zeit mit dieser dummen kleinen Grace Marchant verbrachte. Nicht dass sie nicht reizend war, aber es war trotzdem schwer zu begreifen, was er an ihr fand. Andererseits hatte er schon lange nicht mehr so zufrieden gewirkt. Florence mochte ihn sehr; sie hatte wirklich Glück, ihn als Bruder zu haben. Auch wenn er ihr das kaum abnehmen würde, so wie sie sich heute aufgeführt hatte. Sie verspürte eine gewisse Reue für ihren unfreundlichen Empfang. Morgen früh würde sie es wiedergutmachen. Es war nur so schwer zu erklären, wenn man nicht zu viel verraten wollte.

KAPITEL 3

Herbst 1938

Grace' erste Reaktion, als Charles ihr einen Heiratsantrag machte, war Panik. Sie hatte keine Ahnung, warum, schließlich trat nun endlich ein, wovon sie seit Monaten geträumt hatte – oder besser, nicht zu träumen gewagt hatte, um sich keine Hoffnungen zu machen. Aber in jedem Fall packte sie die Panik. Sie saß da und starrte ihn an, als sie auf die Worte lauschte, *diese* Worte – »Willst du mich heiraten?« –, in einer Ecke des Speisesaals des Bear, wohin er sie zum Dinner ausgeführt hatte. Statt Ja zu sagen und sich in seine Arme zu werfen, ergriff sie ein wilder, peinigender Schrecken. Es war wie auf der Achterbahn: Sie hatte das Gefühl, dass man ihr das Leben aus der Hand nahm und sie jeglicher Kontrolle beraubte, und verspürte ein übermächtiges Bedürfnis, aufzuspringen und wegzulaufen – so wie sie sich einst aus der Achterbahn hatte werfen wollen, um es hinter sich zu bringen, koste es, was es wolle.

»Grace«, sagte er, »mein Schatz, ist alles in Ordnung? Du bist ja ganz blass.« Und nun kam der Raum wieder zum Stillstand. Sie fühlte sich ruhiger und leichter und schaffte es sogar, sich ein Lächeln abzuringen und ihn zu bitten, das noch einmal zu sagen. Mit einem sanften Lächeln nahm er ihre Hand.

»Grace, mein Schatz«, sagte er. »Ich liebe dich. Möchtest du meine Frau werden?«

Aber sie sagte immer noch nicht das Richtige, sagte immer noch nicht Ja. »Aber warum?«, fragte sie stattdessen und merkte selbst, wie dumm und unpassend das klang. Er wirkte leicht verletzt und erklärte: »Das habe ich doch gesagt. Ich liebe dich.«

»Aber was hat deine Mutter dazu gesagt, Charles?«, fragte sie. »War sie nicht fuchsteufelswild?«

»Warum sollte sie denn fuchsteufelswild sein?«, fragte er, ernstlich verwirrt. »Außerdem habe ich es ihr noch gar nicht gesagt, und meinem Vater auch nicht. Ich wollte erst wissen, was du denkst. Und das weiß ich immer noch nicht«, fügte er hinzu, führte ihre Hand an die Lippen und küsste sie zärtlich. »Das läuft nicht gerade so, wie ich mir das vorgestellt hatte. Vielleicht sollte ich es aufgeben und heimgehen.«

»Oh Charles, Charles«, sagte sie, gleichzeitig lachend und weinend, weil ihr aufging, wie dumm sie sich aufführte, wie absurd. »Natürlich heirate ich dich. Ich möchte dich sehr gern heiraten. Ich liebe dich.«

»Nun, dann kann ich dir das hier wohl geben«, sagte er, zog eine kleine Schachtel aus der Tasche und schob sie ihr hin. »Und das auch …« Er winkte dem Kellner, der mit einem strahlenden Lächeln, einem Eiskübel und einer Flasche Champagner herbeigeeilt kam und sie mit großer Geste öffnete. Während die Leute am Nebentisch, die sie glücklicherweise nicht kannte, milde lächelten, öffnete Grace die Schachtel. Ein unbestreitbar wunderschöner Ring lag darin, ein quadratischer Saphir in einem Kranz aus winzigen Diamanten, in einen Platinring gefasst.

»Wie schön, wie wunderschön«, sagte sie und unterdrückte mit aller Kraft und in aller Entschiedenheit auch nur den Schatten eines Zweifels, ob es nicht nett gewesen wäre, wenn er den Ring mit ihr zusammen ausgesucht hätte. Denn dann wäre es vielleicht nicht dieser leicht klobige Ring geworden, sondern vielleicht ein goldener mit einer abgestuften Reihe von Diamanten oder mit einem blumenförmigen Diamantmuster wie bei Florence, deren Ring sie so bewundert hatte.

»Ich bin so froh, dass er dir gefällt. Er ist aus Hatton Garden. Ich fand ihn irgendwie besonders. Wenn er nicht passt, kannst du ihn ändern lassen. Steck ihn an, mein Schatz, und lass mich sehen.«

Grace steckte ihn an. Er passte nicht, er war zu groß für ihren Finger, und der Stein war zu wuchtig für ihre schmale Hand. Aber Charles nahm sie, betrachtete sie und sagte: »Perfekt«, und sie lächelte noch einmal, Tränen in den Augen, und sagte noch einmal: »Danke, Charles. Der ist wirklich wunderschön.«

Später schien ihr der Ring – von Charles ausgewählt und nicht zu ihr passend, zu groß und zu prächtig – ein Sinnbild für ihre Ehe zu sein.

Als sie zu ihr nach Hause ins Bridge Cottage fuhren und ihren Eltern die Neuigkeit eröffneten, dachte Grace wirklich, ihre Mutter würde in Ohnmacht fallen. Sie wurde erst dunkelrot, dann wachsbleich, dann erhob sie sich halb, um sich sofort wieder auf ihren Stuhl sinken zu lassen.

»Oh Grace«, sagte sie schließlich mit merkwürdig atemloser Stimme. »Oh Charles. Oh meine Lieben.«

»Gleich gibt es Tränen«, sagte Frank, stand auf und kam zu ihnen, um Charles die Hand zu schütteln. »Ich kann Ihnen gar nicht sagen, wie sehr ich mich freue, mein Junge. Ich freue mich ganz außerordentlich. Gib mir einen Kuss, Grace. Herzlichen Glückwunsch euch beiden.«

»Frank«, sagte Betty, »so darfst du Charles nicht nennen. Er ist doch kein Junge.« Und dann brach sie in Tränen aus.

»Ach, meine Liebe«, sagte Frank. »Hört, ich habe schon eine Flasche kalt gestellt. Die hole ich dann wohl mal.«

»Du hast was?«, fragte Grace. »Willst du sagen, du hast es gewusst?«

»Natürlich habe ich es gewusst«, sagte Frank. »Charles hat sich als absolut korrekt erwiesen und bei mir um deine Hand angehalten. Gute Kinderstube, muss man sagen.«

»Du hast es tatsächlich vor mir gewusst?« Plötzlich befand sie sich wieder auf der Achterbahn und raste dahin, viel zu schnell und gegen ihren Willen.

»Sag das doch nicht so, als handele es sich um ein Verbrechen, mein Schatz«, protestierte Charles. »Es war doch erst heute Nachmittag. Ich hätte nicht gewagt, dich zu fragen, wenn ich nicht die Erlaubnis deines Vaters gehabt hätte.« Er kam zu ihr und legte ihr den Arm um die Schulter. »Das kann dich doch nicht ernsthaft stören, oder?«

»Nein«, sagte Grace, »natürlich nicht.« Sie lächelte ihn zaghaft an. »Ich bin einfach ein bisschen... überwältigt, das ist alles.«

»Natürlich bist du das, mein Schatz, natürlich«, sagte Betty, putzte sich die Nase und ging ziemlich nervös zu Charles. »Das sind wir doch alle. Darf ich Ihnen vielleicht... einen Kuss geben, Charles? Nun, da Sie doch« – sie zögerte, offensichtlich fast unfähig, es auszusprechen – »zur Familie gehören.«

»Das dürfen Sie unbedingt«, sagte er und beugte sich zu ihr hinab, »und zu einer äußerst reizenden Familie, wenn ich das sagen darf. Ich fühle mich geehrt.«

Betty schloss die Augen, und auf ihrem Gesicht breitete sich ein fast seliges Entzücken aus. Grace schoss der wenig ehrfürchtige Gedanke in den Kopf, dass ihre Mutter aussah, als stehe sie am Altar und empfange die heilige Kommunion.

Hastig verdrängte sie das Bild und nahm das Glas Champagner, das ihr Vater ihr reichte. »Danke, Daddy.«

»Herzlichen Glückwunsch«, sagte Frank noch einmal. »Euch beiden. Das sind wirklich wunderbare Neuigkeiten.«

»Zeig uns doch mal den Ring«, sagte Betty. »Oh, wie überaus schön.« Plötzlich war ein Zögern in ihrer Stimme. »Ist er nicht wunderbar, Grace?«

Sie scheint ihn auch nicht zu mögen, dachte Grace.

Später, viel später, als Charles fort war, saß sie mit ihrer Mutter im Wohnzimmer.

»Jetzt müssen wir aber mit den Planungen beginnen«, sagte Betty. Ihr Gesicht war von der Aufregung und dem Champagner gerötet, und wo ihr die Tränen über die Wangen gelaufen waren, hatten sich Streifen im Puder gebildet. »Was hattet ihr denn gedacht, wann die Hochzeit stattfinden soll, mein Schatz?«

»Eigentlich haben wir noch keine klare Vorstellung«, sagte Grace. »Charles sagte, er wolle nicht mehr lange warten, wegen der Situation in Europa, aber...«

»Nun, vor dem Frühjahr kann es nicht sein«, befand Betty entschieden.

»Warum denn nicht? Es ist erst Oktober.«

»Nun, mein Schatz, zum einen könnte ich dann gar nicht alles organisieren. Schließlich ist eine Menge zu tun. Außerdem, na ja... schickt sich eine so kurze Verlobungszeit nicht.«

»Warum nicht?«, erkundigte sich Grace belustigt.

»Weil... na ja, die Leute werden denken... sie könnten denken, dass ihr... na ja, dass ihr heiraten *müsst*«, sagte Betty und wurde tiefrot.

»Oh Mutter, wirklich.« Grace kicherte. »Du liebe Güte, was

für eine Vorstellung. Das wäre es ja fast schon wert – wenn man so die Gerüchteküche befeuern könnte.«

»Grace, wirklich!«

»Entschuldige. Aber mal ernsthaft, ich weiß nicht, ob wir sechs Monate warten wollen. Wenn man davon ausgeht, dass wirklich Krieg ausbricht. Wir könnten auch eine kleine, ruhige Hochzeit feiern.«

»Eine kleine Hochzeit?« Bettys Stimme stieg um eine Oktave. »Natürlich könnt ihr keine *kleine* Hochzeit feiern. Was für eine Vorstellung! In diese Familie einzuheiraten und dann ...«

»Mutter, das sind keine Königlichen Hoheiten«, sagte Grace.

Als sie bis spät in die Nacht wach lag, ging sie den Abend im Geiste immer wieder durch und versuchte das Gefühl der Panik zu verdrängen. Sie konzentrierte sich auf Charles' Erklärung, dass er sie liebe (was er zum ersten Mal gesagt hatte); träumte von der Hochzeit; dachte mit Grauen an das Treffen mit Muriel am nächsten Tag und daran, wie schön es sein würde, Cliffords Schwiegertochter zu sein; dachte mit einem weiteren Anflug von Panik, dass es auch noch Florence gab, die ihre ganz eigene Meinung dazu haben dürfte. Sie stellte sich vor, dass sie vielleicht ein Kind bekommen würde. Dass sie vielleicht Mutter wurde. Sie fragte sich, wo sie wohl wohnen würden. Und immer wieder ging ihr durch den Kopf, dass Charles erst mit ihrem Vater gesprochen hatte, dass es sich also um eine Art Arrangement zwischen den beiden handelte, in das sie kaum einbezogen worden war, und dass ihre Mutter, die auch von nichts gewusst hatte, das einfach so hinnahm.

Charles holte sie mittags ab, um mit ihr in die Abtei zu fahren. Er wirkte blass, und seine Augen waren schwer; vermutlich hatte er auch nicht viel besser geschlafen.

»Was … was haben sie gesagt?«, fragte sie.

»Oh, sie waren natürlich hocherfreut«, sagte er schnell und lächelte sie an. »Mein Vater hat schon angekündigt, dass er wöchentlich mit dir im Garten arbeiten möchte.«

»Und deine Mutter?« Grace' Herz platzte fast in ihrer Brust.

»Die ist natürlich auch froh«, sagte er. »Sie mag dich sehr gern. Du musst dir wegen ihr wirklich keine Gedanken machen. Sie freut sich, dich heute zu sehen.«

»Gut«, sagte Grace.

Die Bennetts warteten im Salon, zu beiden Seiten des Kamins stehend. Wie in einem Theaterstück, dachte Grace. Sie hatten sich offenbar sorgsam zurechtgemacht. Muriel trug ein beiges Wollkleid mit einem Diamantverschluss am Hals und hochhackige Schuhe, Clifford hatte seine abgetragene Gartenkluft gegen ein Tweedjackett und eine Flanellhose ausgetauscht. Er kam auf sie zu und nahm sie in den Arm. »Wie wunderbar, meine Liebe«, sagte er. »Ich freue mich wirklich sehr. Herzlichen Glückwunsch.«

»Danke«, sagte Grace, erwiderte seine Umarmung und reckte sich, um ihm einen Kuss auf die Wange zu geben.

»Grace, meine Liebe …« Muriels Stimme, entschieden um Herzlichkeit bemüht, schnitt in die Wärme der Umarmung. »Mein Glückwunsch. Wir sind hocherfreut.«

Grace löste sich widerstrebend aus Cliffords Armen und wandte sich Muriel zu, die sie anlächelte und ihr die Hand entgegenstreckte. Sie war so eiskalt wie die Wange, die Muriel ihr hinhielt. Ihr Haar, das Grace' Wange streifte, fühlte sich steif, fast gestärkt an. Es roch auch ziemlich muffig, wie Grace mit einer gewissen Genugtuung feststellte.

»Clifford hat schon den Champagner vorbereitet. Dieses

besondere Ereignis müssen wir feiern. Clifford, würdest du bitte …«

Clifford betätigte die Klingel neben dem Kamin, worauf das Mädchen mit einem Tablett mit Gläsern eintrat. Es bedachte Grace mit einem schüchternen Lächeln.

»Gut«, sagte Clifford, ließ den Korken knallen, schenkte Champagner ein und reichte erst Grace und dann Muriel ein Glas. »Auf euch beide. Grace, Charles, mein lieber Junge, viel Glück.«

»Danke, Vater«, sagte Charles, immer noch angespannt. Er lächelte erst Grace an und dann, eher unsicher, seine Mutter. Die erwiderte sein Lächeln, aber Grace registrierte entsetzt, dass ihr Blick vollkommen leer war.

Das Mittagessen war eine Qual. Sie saßen im Speisezimmer, wo es trotz des Kaminfeuers eiskalt war, und nahmen ein mehrgängiges Mahl ein: Suppe, pochierten Lachs, Himbeermousse, dann Käse und Gebäck. Grace saß mit dem Rücken zum Kamin und fühlte sich immer elender. Das Essen fiel ihr schwer und das Reden noch mehr. Muriel stellte ein paar höfliche Fragen: ob sie schon ein Datum festgelegt hätten, ob Charles schon Anzeigen für den *Telegraph* und die *Times* aufgesetzt hätte und wann Grace ihren Beruf aufgab.

»Ich … ich weiß es nicht«, antwortete Grace. »Darüber habe ich noch gar nicht nachgedacht. Das kam alles sehr überraschend«, fügte sie lächelnd hinzu, um die Atmosphäre etwas aufzulockern.

»Für uns auch«, sagte Muriel, um dann nach einer kaum merklichen Pause hinzuzufügen: »Auf angenehme Weise natürlich. Aber Sie werden ihn aufgeben, nicht wahr? Ihren Beruf, meine ich.«

»Darüber habe ich noch nicht nachgedacht.«

»Meine Liebe, daran führt gar kein Weg vorbei. Es wird so viel zu tun sein. Die Hochzeit muss geplant werden, ein Haus muss gefunden und eingerichtet werden … Wo wir schon dabei sind, Charles, das Mill House in Thorpe St. Andrews steht zum Verkauf. Sehr angemessen, würde ich meinen, du erinnerst dich sicher gut daran, oder? Du warst ja auf Geraldines Hochzeit, und ich kann mich gut erinnern, dass du gesagt hast, es gefalle dir so gut – dort könnest du ein Pferd halten und sogar wieder auf die Jagd gehen …«

Und was ist mit mir?, fragte sich Grace. »Erzählen Sie«, sagte sie zu Muriel. »Dieses Haus, wie ist es so?«

»Oh«, sagte Muriel und wandte sich ungehalten an sie, als wolle sie andeuten, dass man sie wohl kaum in diese Angelegenheit einbeziehen müsse. »Es ist ein zauberhaftes Haus. Ich bin davon ausgegangen, dass Sie es kennen. Siebzehntes Jahrhundert, wunderschöner Garten und«, sie wandte sich wieder an ihren Sohn, »genug Platz für einen Tennisplatz. Das würde dir doch sicher gefallen, oder, Charles? Ich werde mal mit George Wetherby reden und ihm mitteilen, dass du interessiert sein könntest.«

»Vielleicht«, sagte Grace bestimmt, »könnten wir heute Nachmittag mal hinfahren und es uns anschauen, Charles. Nach dem Essen. Dann werden wir ja sehen, ob wir es beide mögen. Bevor deine Mutter sich die Mühe macht, mit jemandem zu reden.«

»Ja natürlich«, sagte Muriel kalt. »Eine sehr gute Idee.«

Irgendwann war das Mittagessen vorüber, und sogar Clifford Bennett wirkte erleichtert, als sich alle erhoben.

»Ich muss sofort raus, wenn ihr mich entschuldigen würdet«, sagte er. »Die Tage werden kürzer, und es ist eine Menge zu tun.«

»Wenn es denn sein muss«, sagte Muriel. »Maureen, wir nehmen den Kaffee im Salon ein. Und richten Sie dem Koch bitte aus, dass das Essen vorzüglich war.«

»Ja, es war wirklich wunderbar«, sagte Grace und lächelte Maureen an. »Ich freue mich schon darauf, auch mal zu kochen«, sagte sie zu Muriel, als sie sich am Kamin niederließen. »Das macht mir viel Freude.«

»Ach ja, wirklich?«, sagte Muriel. »Wie überaus interessant.« Sie ließ durchblicken, dass das ungefähr so war, als würde man als Wäscherin arbeiten. »Da fällt mir etwas ein, Grace, meine Liebe. Sie müssen so bald wie möglich Ihre Eltern mitbringen. Ich kann es kaum erwarten, sie kennen zu lernen.«

»Ja natürlich. Es wird ihnen eine große Freude sein«, sagte Grace, aber gleichzeitig wurde ihr das Herz schwer. Von allen Qualen, die auf sie warteten, war eine Begegnung zwischen ihren Eltern und den Bennetts die schlimmste.

»Ich wusste gar nicht, dass du so gern reitest«, sagte sie zu Charles, als sie am Nachmittag nach Thorpe St. Andrews zum Mill House fuhren. Mit einem leichten Anflug von Panik wurde ihr klar, dass es eine Menge gab, das sie nicht wusste.

»Ach so ... Doch, tatsächlich bin ich immer viel geritten. Ich bin wahnsinnig gern auf die Jagd gegangen. Dafür braucht man allerdings Zeit, und mit einer Vollzeitstelle lässt sich das nicht gut vereinbaren. Aber klar, vielleicht kaufe ich mir irgendwann mal wieder ein Pferd. Wenn wir verheiratet sind. Ich könnte dir das Reiten beibringen.«

»Ja«, sagte Grace skeptisch.

Das Mill House war wunderschön. Sie hatte auf das Gegenteil gehofft, um einen eigenen Standpunkt einbringen zu können, aber sie sah sofort ein, dass sie sich damit nur schaden würde. Es stand mitten im Dorf Thorpe St. Andrews, ein großes rotes Backsteinhaus mit intaktem Mühlrad, einem herrlichen Garten – »Vater ist richtig sauer, wenn er an den Garten denkt. Pure Eifersucht«, sagte Charles lachend – und einer großen Koppel dahinter.

»Möchtest du dir den Garten anschauen?«, fragte Charles. »Die Wetherbys sind reizend. Sie haben sicher nichts dagegen.«

»Nein, nein«, antwortete Grace. »Wann anders vielleicht. Aber das Haus gefällt mir. Es ist wirklich zauberhaft.«

»Gut. Vielleicht…«

»Ja, vielleicht«, sagte sie und beugte sich hinüber, um ihn zu küssen.

Sie würde etwas anderes finden müssen, um ihren Standpunkt einzubringen.

Und dieses andere war die Hochzeit selbst.

Gegen Ende eines einstündigen Albtraums, in dem ihre Eltern im Salon der Abtei saßen, ihr Vater Muriel Bennett zu umgarnen versuchte und ihre Mutter über ihr Sherryglas hinweg Clifford Bennett kokette Blicke zuwarf, sagte Muriel plötzlich: »Nun, vielleicht sollten wir über die Hochzeit selbst reden. Ich glaube, April ist im Gespräch – vorausgesetzt natürlich, Herr Hitler macht uns keinen Strich durch die Rechnung. Was hatten Sie für eine Vorstellung, wo der Empfang stattfinden soll, Mrs Marchant?«

»Oh, nennen Sie mich doch bitte Betty. Darüber haben wir natürlich schon geredet, und wir dachten, dass vielleicht der Golfclub…«

»Der Golfclub«, sagte Muriel. »Ah, der Golfclub.« Ihr Tonfall war ausgesprochen gehässig. »Nun, das wäre natürlich sehr nett. Sie haben zu Hause vermutlich nicht die geeigneten Räumlichkeiten, nehme ich an.«

»Nein, eher nicht«, sagte Betty. Das war vermutlich der schwierigste Satz, den sie je in ihrem Leben ausgesprochen hatte. »Aber...«

»Nun, ich bin mir sicher, dass der Golfclub ein wunderbares Ambiente wäre«, wiederholte Muriel. Nach einem Moment des Schweigens fuhr sie fort. »Bitte verzeihen Sie, Mrs... äh, Betty... aber haben Sie sich mal gefragt, ob Sie sich vielleicht auch vorstellen könnten, den Empfang hier auszurichten? Wir haben so viel Platz und könnten auch ein Zelt aufstellen, vor allem wenn man die Hochzeit auf Mai verschieben könnte, was ohnehin besser wäre. Ich hätte gedacht...«

In Grace wallte Wut auf, eine regelrechte Hitzewelle. Sie stand auf, sodass alle auf sie aufmerksam wurden, und sagte ganz ruhig: »Das ist sehr nett, Mrs Bennett, aber ich möchte die Hochzeit nicht weiter aufschieben. Und den Golfclub halte ich für einen wunderbaren Ort, nicht wahr, Charles?«

Charles war die ganze Angelegenheit sichtlich unangenehm.

»Grace, mein Schatz«, sagte er, nachdem ihre Eltern bereits heimgefahren waren, »vielleicht sollten wir doch darüber nachdenken, den Empfang in der Abtei abzuhalten. Mutter hat durchaus recht. Hier gibt es viel Platz, und es wäre so viel einfacher...«

»Charles«, sagte Grace, »du kannst darüber nachdenken, wenn du magst. Ich werde es nicht tun. Ich weiß, warum deine Mutter den Empfang in der Abtei ausrichten möchte, und bin aus exakt denselben Gründen dagegen. Wenn du mich heiraten willst, kannst du es im Golfclub tun.«

Sie war selbst überrascht über ihren Mut. Ihr war klar, dass sie vielleicht sogar zugestimmt hätte, wenn Charles die Abtei ins Spiel gebracht hätte. Und ihre Mutter wäre sicher begeistert gewesen, wenn sie sich erst einmal von der anfänglichen Demütigung erholt hätte. Aber ihr neuer Status verlieh ihr Mut, und wenn sie sich nicht von Muriels übermächtigem Willen erdrücken lassen wollte, musste sie an irgendeinem Punkt anfangen, Widerstand zu leisten.

»Nun«, sagte Charles zögerlich, »wir werden sehen.«

»Nein«, sagte Grace, »wir werden nicht sehen.«

Der Streit hielt noch eine Weile an. Charles nahm sie mit zum Wagen, fuhr los und parkte bei der Ruine. Grace gab nicht nach und erklärte, sie liebe ihre Eltern und sei stolz auf sie. Charles erklärte, das habe überhaupt nichts mit dem Ort des Empfangs zu tun, worauf Grace erklärte, natürlich habe es das, und sie könne gar nicht begreifen, dass er das nicht sehe. Sie werde sich ganz bestimmt nicht von Muriel Bennett bevormunden lassen. Charles sagte, seine Mutter bevormunde niemanden, sondern wolle nur helfen, und er müsse die Unterstellung scharf zurückweisen. Grace erwiderte, er könne so viel zurückweisen, wie er wolle, aber sie wisse, dass seine Mutter sie nicht möge und äußerst ungehalten über diese Hochzeit sei. Charles sagte, sie verhalte sich neurotisch, worauf Grace in Tränen ausbrach und erklärte, das möge ja sein, aber wenn er keine neurotische Frau wolle, dann solle er sich eben eine andere suchen.

Charles ließ den Motor an und fuhr sie schweigend heim. Dort stieg sie aus, ging hinein und brach an der Schulter ihrer Mutter wieder in Tränen aus. Nachdem sie ein paar Minuten geschluchzt hatte, ohne Betty das Problem zu erläutern – wie könnte sie, fragte sie sich, wie könnte sie etwas so Verletzendes und Schreckliches erzählen –, ging sie nach oben. Sie lag noch lange wach und fragte sich, ob diese Hochzeit nicht ein großer Fehler war. Würde sie sich Charles ihr ganzes Leben lang unterordnen und in allem nach seiner Pfeife tanzen müssen? Liebte sie ihn überhaupt genug – und er sie? An diesem Abend schien sie einen anderen Charles kennen gelernt zu haben, einen überheblicheren und viel weniger sensiblen Mann als den, den sie in ihm sah. Alle alten Zweifel und Ängste stiegen wieder in ihr auf – diese langen Pausen zwischen ihren Treffen, seine Weigerung, über seine früheren Beziehungen zu sprechen, ja der scheinbare Mangel an früheren Beziehungen, diese Abwehr persönlicher Fragen –, und als ihr Blick dann auf den Ring fiel, den sie immer noch nicht wirklich mochte, fragte sie sich ernsthaft, ob sie ihn nicht lieber zurückgeben sollte.

Am Morgen fühlte sie sich so elend, dass sie nicht zur Arbeit gehen mochte und Betty bat, dort anzurufen und sie wegen schlimmer Kopfschmerzen zu entschuldigen. Ihr Vater brach in seine Bank auf, aber Betty, die kreidebleich war und mit bewundernswerter Zurückhaltung darauf verzichtete, ihre Tochter ins Kreuzverhör zu nehmen, sagte ihre Teilnahme an einem Treffen des Women's Institute von Westhorne ab, obwohl sie stellvertretende Vorsitzende war, und stürzte sich ins Backen. Plötzlich klingelte es.

»Ich geh schon«, sagte Grace.

Charles stand mit einem Blumenstrauß vor der Tür. »Kann ich reinkommen?«, fragte er.

»Ja«, sagte sie, »natürlich.«

Sie führte ihn ins Wohnzimmer. Er setzte sich in einen Ohrensessel am Kamin, die Blumen immer noch in der Hand, und schaute sie an. »Du musst das alles vollkommen falsch verstanden haben«, sagte er dann.

»Ach ja?«

»Ja, absolut. Niemand möchte dich verletzen, am wenigsten ich. Meine Eltern mögen dich schrecklich gern und möchten deine Eltern sicher nicht vor den Kopf stoßen. Es ist einfach eine Frage der Lebensumstände, dass dieses Haus« – er zeigte ins Wohnzimmer – »nicht genug Platz bietet, um einen großen Hochzeitsempfang zu geben.«

»Wir können ja einen kleinen Hochzeitsempfang geben«, sagte Grace. Sie wusste, dass sie das nicht konnten, aber einen Versuch war es zumindest wert.

»Mein Schatz, wir können keinen kleinen Hochzeitsempfang geben. Du weißt selbst, dass wir das nicht können. Dann würden wir viele Leute verärgern.«

Grace schwieg.

»Mir schien es einfach besser zu sein, die Hochzeit bei einem von uns zu Hause zu feiern. Das wäre so viel netter als in einem Golfclub.«

»Aber Charles...«

»Lass mich ausreden. Bitte. Der Meinung bin ich auch immer noch. Für mich wäre es wunderbar, unsere Hochzeit in dem Haus zu feiern, in dem ich aufgewachsen bin. Die Idee, an einem fremden Ort zu heiraten, finde ich schrecklich. Aber ich liebe dich und möchte dich nicht verletzen, und wenn es für dich so wichtig ist, können wir die Hochzeit feiern, wo auch immer du magst, von mir aus auch im Gartenschuppen deines Vaters...«

»Oh Charles«, sagte Grace, deren Entschlossenheit, noch einmal über die ganze Hochzeitsgeschichte nachzudenken, angesichts eines solchen Entgegenkommens ins Wanken geriet. »Charles, ich...«

Er ließ die Blumen fallen, einfach so, auf den Boden, stand auf und streckte die Arme aus. Sie sank hinein, und er hielt sie fest. Sie fühlte sich gewärmt und besänftigt und dachte, dass er vielleicht doch recht hatte. In diesem Moment trat Betty mit einem Tablett ein, entschuldigte sich und zog sich schnell wieder zurück. Charles ließ Grace los, ging Betty nach, nahm ihr das Tablett aus der Hand und sagte: »Bitte, Mrs Marchant. Kommen Sie herein und gesellen sich zu uns.«

»Oh«, sagte Betty, »aber ich möchte nicht stören.«

»Sie stören nicht«, sagte Charles. »Sie stören nie. Sie sind die perfekte Schwiegermutter.«

Betty wurde rot vor Freude.

»Ich hatte gerade gesagt«, begann Charles zögerlich, »dass ich gut verstehen kann, wie es Grace mit dem Hochzeitsempfang geht.«

Letztlich bekamen Charles und die Bennetts ihren Willen. Ihre Gründe waren zu gut, und Betty war sowieso schon fast überzeugt.

»Es ist ja auch Charles' Tag, mein Schatz«, sagte sie zu Grace. »Und unser Haus ist halt nicht groß genug. Wenn wir doch nur das Manor House in Norton Bradley gekauft hätten, wie wir es damals vorhatten, vor zehn Jahren, das wäre wunderbar gewesen …«

Da konnte Grace nur zustimmen. Sie hatten es aber nicht getan, und bevor sie noch ewig darüber diskutieren würden, hörte sie sich selbst sagen – nicht nur Charles und ihrer Mutter gegenüber, sondern auch ihrem Vater –, dass es wirklich das Vernünftigste wäre, den Empfang in der Abtei auszurichten. Zurück blieb das Gefühl, dass man sie mit außerordentlichem Geschick in eine Ecke gedrängt hatte, in der sie eigentlich gar nicht sein wollte.

»Meine Schwester kommt für ein paar Tage zu Besuch«, eröffnete Charles ihr eines Abends. »Offenbar geht es ihr nicht sonderlich gut. Vielleicht ist sie ja schwanger«, fügte er strahlend hinzu. »Wird auch Zeit, muss ich sagen. In jedem Fall freue ich mich, da wir sie ja seit unserer Verlobung nicht mehr gesehen haben.«

Grace gab sich alle Mühe, Begeisterung aufzubringen, und hoffte, dass Florence, wenn sie tatsächlich schwanger war, ein wenig milder gestimmt sein würde.

Florence traf Freitagabend mit dem Zug ein. Muriel holte sie ab und bestand darauf, dass sie sofort ins Bett ging. Beim Abendessen eröffnete Muriel, dass Florence tatsächlich ein Kind erwartete. »Im Frühjahr. Nicht gerade der beste Zeitpunkt in Hinblick auf eure Hochzeit. Vielleicht werden wir mit den Terminen ein wenig jonglieren müssen.«

Das klang ziemlich streng. Grace' Sympathien galten zum ersten Mal Florence, von der man ja wohl kaum erwarten konnte, dass sie den Moment der Empfängnis um den Termin einer Hochzeit herum plante, an die damals noch niemand gedacht hatte.

Am nächsten Morgen fuhr Grace wieder zur Abtei. Florence lag auf dem Sofa im kleinen Wohnraum und rang sich ein mattes Lächeln und einen halbherzigen Glückwunsch zur Verlobung ab. »Wurde aber auch Zeit, dass er mal sesshaft wird«, erklärte sie. »Wir hatten schon die Befürchtung, dass ihn niemand will.«

Grace verdrängte das Gefühl, in einer langen Reihe von Mädchen zu stehen, die Charles bereits in Erwägung gezogen hatte, und erwiderte Florence' Lächeln. »Danke«, sagte sie. »Dir ebenfalls herzlichen Glückwunsch. Wie geht's?«

»Schrecklich«, sagte Florence, »aber danke. So schnell werde ich das nicht noch einmal durchziehen.« Sie sah elend aus, leichenblass und ausgezehrt, und hatte dunkle Schatten unter den Augen. An ihrem Mittagessen pickte sie nur lustlos herum und erklärte, ihr sei abwechselnd heiß und kalt. Ihre

Eltern und Charles hatten unter ihrer Übellaunigkeit schwer zu leiden, und Robert am Telefon ebenso.

Grace tat er furchtbar leid.

Sie hatten sich gerade zum Tee niedergelassen, als in der Einfahrt Reifengeräusche zu hören waren und dann lautstark die Glocke läutete. Maureen kam herein und verkündete: »Mr und Mrs Compton Brown sind gekommen, Madam.« Der Vorraum hallte von Schritten wider, dann schwang die Tür weit auf, und eine außerordentlich hübsche Frau erschien, in einen Fuchspelz gehüllt und den schwarzen Hut neckisch über ein Auge gezogen, gefolgt von einem Mann in einem grellen Tweedanzug.

»Meine Liebe!«, rief die junge Frau, eilte zu Muriel und umarmte sie. »Und Charlie, Schätzchen. Und Florence, ach, was für ein Glück! Und Sie müssen Grace sein. Wie wunderbar, Sie kennen zu lernen ...«

»Clarissa, meine Liebe!«, sagte Muriel. »Wie schön, dich zu sehen. Hallo, Jack, wie geht's?« Sie war ganz rot im Gesicht und lächelte erfreut. Grace erlebte zum ersten Mal, dass sie so etwas wie Wärme ausstrahlte. Charles hingegen wirkte eher befangen. Er schien Clarissa, wer auch immer das war, nicht besonders zu mögen.

»Uns geht es wunderbar. Wir sind auf dem Rückweg nach London. Wir haben meine geliebte alte Patentante besucht, und ich sagte zu Jack, dass es hierher nur ein winziger Umweg sei, nicht wahr, Jack, da müssten wir euch doch unbedingt einen Besuch abstatten, und da sind wir nun also. Wo ist denn mein ganz großer Schatz?«

»Hier bin ich«, sagte Clifford, der gerade hereinkam, und nahm Clarissa in den Arm. »Du unartiges Mädchen, warum bist du so lange nicht mehr da gewesen?«

»Du weißt doch, wie weit der Weg von London ist. Florence kann ein Lied davon singen, nicht wahr, Schätzchen, und als ihr euer wunderbares Fest hattet, waren wir nicht im Lande. Ihr könnt euch gar nicht vorstellen, wie viel wir zu tun haben, wir versinken in Arbeit, zumal wir gerade erst ein neues Haus gekauft haben, ein ganz wunderbares, am Campden Hill Square. Ihr müsst unbedingt kommen und es euch anschauen, alle miteinander. Wenn alles fertig ist, werden wir ein großes Fest geben, denn von diesem ganzen Kriegsgerede will ich gar nichts wissen …«

Jack kam zu Grace und reichte ihr die Hand. »Sehr angenehm. Jack Compton Brown.« Sie mochte ihn, und er sah äußerst gut aus, mit seinem dunklen Haar und den ungewöhnlichen blauen Augen.

»Angenehm.«

»Glückwunsch«, sagte er, »zu Ihrer Verlobung. Wir waren wirklich hocherfreut, als wir die Anzeige bekamen. Clarissa wollte schreiben, aber sie ist … nun, sie ist sehr beschäftigt.«

»Oh, das ist schon in Ordnung«, sagte Grace. »Wir wurden ohnehin schon mit Briefen überschwemmt. Ich bin immer noch dabei, sie alle zu beantworten.«

»Jack, komm her und plaudere mit mir! Es ist so nett, euch zu sehen.« Selbst Florence wirkte plötzlich munterer. Wer auch immer diese Leute waren, dachte Grace, sie mussten sehr wichtig für die Familie sein.

Clarissa kam zu Grace und gab ihr einen Kuss. »Sie haben doch nichts dagegen, oder? Ich kenne Charlie schon so lange, und es ist nett, dass wir uns endlich einmal begegnen.«

Sie war wirklich ungewöhnlich hübsch, mit ihren blonden Haaren, den braunen Augen und der samtigen cremefarbenen Haut. Unter ihrem Pelz trug sie ein blaues Wollkleid. Obwohl sie gertenschlank war, hatte sie, wie Grace bekümmert registrierte – so müsste man aussehen, dachte sie sehnsüchtig –, volle Brüste und sehr lange Beine.

»Schön, Sie kennen zu lernen«, sagte sie matt.

»Charles hat Ihnen bestimmt alles über mich erzählt.« Clarissa setzte sich neben sie und biss in einen buttrigen Hefepfannkuchen.

»Na ja ... ein bisschen«, sagte Grace unsicher. Es kam ihr unhöflich vor, es ganz zu verneinen.

»Oh«, sagte Clarissa. Jetzt wirkte sie ebenfalls verunsichert und wurde sogar rot. »Verstehe. Aber egal, ich hätte es einfach gedacht. Wie töricht von mir. Na ja, ist ja auch schon lange her, nicht wahr, Florence?«

»Was?«, fragte Florence. »Oh Gott, geht es mir schlecht. Ich glaube, ich muss mich schon wieder übergeben.«

»Wie kommt's, mein Schatz? Du bist doch nicht etwa in anderen Umständen, oder? Gütiger Himmel. Jack, wusstest du, dass Florence in anderen Umständen ist? Ist das nicht wunderbar? Wo ist denn der überwältigende zukünftige Vater, mein Schatz?«

»In London«, antwortete Florence, was eher pikiert klang. »Er konnte nicht mitkommen.«

»Ach, wie aufregend! Wann ist es denn so weit? Ich möchte alles darüber wissen: wie es heißen soll, alles! Darf ich Patin werden? Dann wäre ich der glücklichste Mensch der Welt. Bitte sag, dass ich ...«

Clarissa schien bewusst einen solchen Wirbel um Florence' Baby zu machen. Grace war ihr dankbar für den Themenwechsel, der davon ablenkte, was Charles über sie hätte erzählen können.

»Ihr müsst unbedingt zum Abendessen bleiben«, sagte Muriel. »Darauf bestehe ich. Bleibt über Nacht, wenn ihr wollt, dann müsst ihr nicht mehr fahren.«

»Oh, das ist ganz reizend von dir«, sagte Clarissa, »aber wir müssen wirklich zurück. Wenn wir dürfen, kommen wir vielleicht demnächst mal wieder. Dann würden wir auch bleiben. Und Florence, du wirst mich in London gar nicht mehr los. Ich werde auch Schühchen und so ein Zeug stricken.«

»Ich bitte darum«, sagte Florence. »Das wäre mir eine große Freude. Nicht so sehr wegen der Schühchen als wegen der Gesellschaft.«

Die Schwangerschaft, dachte Grace, schien Florence in einen sanfteren, freundlicheren Menschen zu verwandeln.

Sie blieben etwa eine Stunde, dann stand Clarissa auf. »Komm, Jack, mein Schatz. Zeit, sich auf den Weg zu machen. Clifford, mein Wertester, ich wäre überglücklich, wenn du uns wegen unseres Gartens in der Stadt ein paar Ratschläge erteilen könntest. Er ist winzig, aber sehr hübsch, nicht viel mehr als eine Art Hinterhof. Was würdest du sagen? Montag kommt ein Mann und schaut ihn sich an, um über Büsche und so zu reden. Hast du vielleicht Bücher zu dem Thema?«

»Oje, eine Menge«, sagte Clifford. »Komm mit in mein Arbeitszimmer, dann suche ich dir ein paar heraus. Ein Hinterhof, da wollen wir doch mal schauen ...«

Er stand auf und verließ den Raum, Clarissa am Arm. Wenige Minuten später erhob sich Charles ebenfalls und folgte ihnen. Grace sah ihm hinterher, fühlte sich elend und konnte sich kaum auf das konzentrieren, was Jack ihr erzählte, lauter banale Anekdoten aus ihrem jüngsten Frankreichurlaub.

Zehn Minuten später kehrte Clifford zurück, lächelnd und in gespielter Verzweiflung den Kopf schüttelnd, offenbar wegen irgendetwas, das Clarissa gesagt oder getan hatte. »Was für ein Mädchen!«, sagte er. »Total verrückt. Jack, der Marschbefehl lautet: Sie will gehen.«

»In Ordnung«, sagte Jack und sprang auf. »Wir müssen. Auf Wiedersehen, Grace. Ich hoffe, wir sehen uns bald wieder...«

»Ich komme mit und verabschiede Sie noch«, sagte Grace und folgte ihm in die Einfahrt. Clarissa und Charles waren nicht dort. Grace machte kehrt, ging deprimiert ins Haus zurück, durchquerte die Vorhalle und sah die beiden plötzlich im kleinen Salon stehen, in ein eindringliches Gespräch vertieft. Sie hatten ihr den Rücken zugekehrt und schauten durch das Fenster in den dunklen Garten.

»... und ich kam mir so grässlich vor«, sagte Clarissa gerade, »so dumm und taktlos.«

»Das tut mir natürlich leid«, sagte Charles, »aber...«

»Charlie, du hättest es ihr wirklich erzählen sollen. Das ist doch schon so lange her. Ich begreife das nicht. Und was ist mit deinen Eltern? Sicher sind sie...«

»Ich hatte es vor, Clarissa. Ehrlich. Mein Vater hat das auch gesagt. Aber es ist nicht ganz einfach, da es ja jetzt schon so lange läuft...«

»Oh Charlie.« Sie seufzte, reckte sich und gab ihm schnell einen Kuss auf die Wange. »Du bist wirklich ein hoffnungsloser Fall. Das ist es vermutlich, was ich zuerst an dir geliebt...«

»Clarissa! Wo bist du denn, mein Schatz?« Jack war in die Vorhalle zurückgekehrt, sah Grace in der Tür zum kleinen Salon stehen und erblickte dann Charles und Clarissa. Grace war herumgefahren und wurde knallrot. Als sie durch die Halle in die Garderobe ging, brannten heiße Tränen in ihren Augen, nicht nur wegen dem, was sie gesehen und gehört hatte, sondern auch weil sie beim Lauschen ertappt worden war.

»Entschuldigung, mein Engel«, rief Clarissa. »Ich komme ja schon. Charles und ich hatten nur so viel zu bereden. Tschüss, Charles, mein Schatz. Danke für den Tee, meine liebe Muriel und mein wertester Clifford ... Wo ist denn Grace? Es ist so nett, dass ich sie kennen gelernt habe ...«

»Keine Ahnung«, sagte Charles und klang leicht beunruhigt. »Grace! Grace, mein Schatz, wo bist du?«

»Vermutlich ist sie noch im Wohnzimmer«, sagte Jack. »Da habe ich sie jedenfalls zuletzt gesehen.«

Grace saß auf der Toilette, das Gesicht in die Hände gelegt, und dachte, dass sie sich bei Jack Compton für seine Freundlichkeit revanchieren musste, und wenn es das Letzte war, was sie tat.

»Entschuldigung«, sagte sie zu Charles, als sie aus der Toilette trat, während nun alle wieder ins Haus zurückgekehrt waren. »Ich wusste gar nicht, dass unsere Gäste gehen wollen.«

»Ist schon in Ordnung, mein Schatz. Geht es dir gut? Du wirkst ein bisschen blass.«

»Ja, mir geht es gut. Andererseits ... Vielleicht würde ich lieber nach Hause fahren und nicht zum Abendessen bleiben. Ich habe schreckliche Kopfschmerzen. Dürfte ich wohl meinen Vater anrufen, damit er mich abholt?«

»Das tut mir furchtbar leid, mein Schatz. Komm, setz dich an den Kamin, vielleicht geht es dir gleich wieder besser. Ich hole dir eine Aspirin.«

Florence lag immer noch auf dem Sofa, die Augen geschlossen. Dann schaute sie Grace an und seufzte. »Von dieser Tortur kann ich nur abraten«, sagte sie.

»Ja«, antwortete Grace und fügte leicht verzweifelt hinzu: »Clarissa ist sehr hübsch, nicht?«

»Ja. Sehr.«

»Na ja ... Sie sagte, sie sei davon ausgegangen, dass Charles mir alles über sie erzählt habe. Aber er hat sie nicht einmal erwähnt. Sind sie ... schon lange befreundet?«

»Gütiger Gott«, sagte Florence, »ich fasse es nicht. Ja, ziemlich lange. Obwohl ›befreundet‹ vielleicht nicht das richtige Wort ist. Er war mit ihr verlobt. Aber das ist nun schon zwei Jahre her. Tut mir leid, Grace, ich hätte wirklich gedacht, dass er dir das erzählt hat.«

Zum ersten Mal erkannte Grace echtes Wohlwollen in ihren Augen. Wohlwollen und Mitleid.

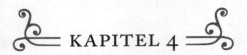

KAPITEL 4

Winter und Frühjahr 1938–1939

Sie teilte Charles mit, dass sie die Verlobung lösen wolle. Sie saß in seinem Wagen, vor dem Haus seiner Eltern (sie wusste, dass sich die Vorhänge bewegten und seine Mutter dahinter stand, aber es war ihr egal), und erklärte ganz ruhig, dass sie ihm, wenn er ihr etwas derart Wichtiges vorenthielt, nicht mehr trauen könne.

Charles war sichtlich aufgewühlt. Sein Gesicht war bleich, seine Hände kneteten das Lenkrad, und er wiederholte unentwegt, dass es ihm leidtue, dass er es ihr immer habe erzählen wollen und seine Eltern ebenfalls darauf gedrungen hätten, dass er es bereits vor dem Heiratsantrag hätte tun sollen. Aber es sei eben immer schwerer geworden, weil es ja auch schon so lange her war, fast zwei Jahre jetzt, und ja, er sei in Clarissa verliebt gewesen. Es hätte aber niemals funktioniert, das sei ihnen beiden klar gewesen, und so hätten sie sich in gegenseitigem Einverständnis getrennt, was absolut die richtige Entscheidung gewesen sei.

»Außerdem ist es zwei Jahre her, um Himmels willen«, sagte er. »Es ist vorbei, wirklich und wahrhaftig vorbei. Du denkst doch wohl nicht, dass ich noch in sie verliebt bin, oder?«

»Darum geht es nicht, Charles«, antwortete Grace. »Der Punkt ist, dass du mir so etwas Wichtiges vorenthalten hast. Die Gelegenheit hättest du gehabt. Ich habe dich oft genug nach deiner Vergangenheit und deinen Beziehungen gefragt.«

»Das weiß ich, und es tut mir wirklich leid. Ich konnte mich einfach nicht dazu überwinden, dir davon zu erzählen, keine Ahnung, warum. Was soll ich sagen? Jedenfalls habe ich ihr nicht solche Gefühle entgegengebracht wie dir«, fügte er hinzu. »Das musst du mir einfach glauben.«

»Charles«, sagte Grace. »Allmählich fällt es mir schwer, dir überhaupt etwas zu glauben. Warum hast du die Beziehung überhaupt beendet?«

»Das hatte ich doch schon gesagt. Es war eine gemeinsame Entscheidung. Uns ist einfach klar geworden, dass es nicht funktioniert.«

»Aha. Und nachdem ihr zu dieser Entscheidung gelangt seid, hat niemand mehr darüber gesprochen?«

»Doch, natürlich. Meine Eltern waren regelrecht aufgebracht...«

»Ja«, sagte Grace langsam, »das glaube ich gern. Sie verehren sie ja offenbar. Clarissa ist auch eine viel bessere Partie.« Sie fühlte sich elend und verspürte eine verzehrende Eifersucht. Ihr war klar, dass sie alles nur noch schlimmer machte, aber sie konnte nichts dagegen tun.

»So viel besser als wer?«

»Als ich.«

»Oh Grace, sei nicht albern. Fang nicht wieder so an.«

»Ich fange mit gar nichts an, Charles. Das alles ist an *deinem* Verhalten gescheitert.«

Drei Tage lang weigerte sie sich, ihn zu sehen oder auch nur am Telefon mit ihm zu reden. Sie war vollkommen durcheinander und fühlte sich entsetzlich gedemütigt.

Eines Nachmittags saß sie im Büro, als das Telefon klingelte.

»Grace? Hier ist Clifford Bennett. Ich würde gern mit Ihnen sprechen, meine Liebe.«

»Oh«, sagte Grace, »verstehe. Aber ich bin mir nicht sicher ...«

»Hören Sie«, sagte er. »Ich weiß, dass Sie empört sind, und das überrascht mich nicht. Aber Charles ist ebenfalls verzweifelt. Ich dachte, es könnte vielleicht helfen, wenn ich ... Na ja, könnten wir uns vielleicht treffen, was meinen Sie? Nach Ihrer Arbeit? Ich bin heute in Shaftesbury. Wie wär's mit dem Grosvenor, dort ist man zur Teestunde bestens aufgehoben?«

»Oh ... Mr Bennett. Ich weiß wirklich nicht.«

»Ich denke, es könnte vielleicht helfen«, sagte er. »Vielleicht würden Sie das Ganze besser verstehen. Bitte kommen Sie doch.«

Er klang derart besorgt und freundlich, dass es unhöflich gewesen wäre, sich zu weigern.

»In Ordnung«, sagte Grace. »Danke.«

Clifford wartete am Kamin in der Lounge des Grosvenor. Als sie hereinkam, stand er auf und küsste sie auf die Wange. Dann bat er sie, Platz zu nehmen, den Tee habe er bereits bestellt.

»Mir ist bewusst, dass mich das eigentlich nichts angeht«, sagte er, »aber ich mag Sie sehr gern und weiß, dass Charles Sie liebt.«

»Weiß er, dass Sie hier sind?«, fragte Grace. »Denn ...«

»Guter Gott, nein. Aber ich habe mit ihm geredet. Ich konnte es kaum fassen, dass er so dumm gewesen ist, Ihnen etwas derart Wichtiges zu verschweigen.«

»Ja«, sagte Grace und spürte, dass eine große Last von ihr

abfiel, da er offenbar genau verstand, warum sie so getroffen war. »Wer hat es Ihnen denn erzählt? Dass ich es herausgefunden habe, meine ich. Charles?«

»Nein. Florence hat es uns erzählt. Sie war vollkommen empört darüber und hat Charles ordentlich den Kopf gewaschen.«

»Aha«, erwiderte Grace. Sie fand die Vorstellung, dass die gesamte Familie schockiert war und Mitleid mit ihr empfand, eher verletzend als tröstlich.

»Die Sache ist die«, sagte Clifford. »Er war schrecklich vernarrt in Clarissa.«

»Klar«, sagte Grace matt. »Daran habe ich keinen Zweifel.«

»Und er war am Boden zerstört, als die Sache zu Bruch gegangen ist.«

»Warum ist sie denn zu Bruch gegangen?«, fragte Grace.

»Aus keinem schlimmen Grund, das versichere ich Ihnen. Die beiden haben einfach festgestellt, dass sie nicht zueinander passen. Clarissa ist ein Stadtmensch, während er gern auf dem Land lebt. Sie ist so extrovertiert und er so schüchtern, wie Sie ja wissen. Außerdem«, fügte er hinzu und musterte sie eindringlich, »ist er nicht so reif, wie er vielleicht wirken mag. Aber egal, die beiden waren jedenfalls vernünftig genug, um zu begreifen, dass es nicht funktionieren würde – so verliebt sie auch gewesen sein mochten.«

»Waren sie das?«

»Es wäre dumm, etwas anderes zu behaupten. Aber ich kann Ihnen noch etwas anderes verraten: Sie liebt er auch sehr. Und er braucht Sie. Vermutlich empfinden Sie sich jetzt als zweite Wahl, aber das sind Sie nicht.«

»Nein?«

»Nein, wirklich nicht«, sagte er bestimmt und tätschelte ihr Knie. »Natürlich nicht. Aber schauen Sie, da kommt unser

Tee. Soll ich einschenken? Und jetzt hören Sie mir zu«, sagte er, als er ihr eine Tasse reichte. »Für mich – und auch für Muriel – sind Sie eine ganz besondere junge Dame. Wir freuen uns aufrichtig über die Verlobung. Und ich glaube, dass Sie viel für Charles tun können. Das glaube ich ganz bestimmt.«

»Wirklich?«, sagte Grace skeptisch. »Manchmal habe ich das Gefühl, dass nur er es ist, der etwas für mich tut.«

»Das ist ziemlich töricht von Ihnen, wenn ich das sagen darf«, erwiderte Clifford. »Sie haben Charles eine Menge Selbstvertrauen eingeflößt. Sosehr wir Clarissa mögen, sie hat es ihm eher genommen.«

»Ah«, sagte Grace. Plötzlich kam sie sich wirklich töricht vor, töricht und sehr viel glücklicher. Sie lächelte Clifford an. »Das ist sehr nett von Ihnen.«

»Überhaupt nicht«, sagte er. »Es ist eher eigennützig. Ich möchte, dass Sie Teil meiner Familie werden. Sie sind das Beste, was uns seit langer Zeit passiert ist.«

»Oh«, sagte Grace. »Interessant, dass Sie das sagen.«

»Warum?«

»Ach … nichts«, sagte sie schnell. »Das würde vielleicht eingebildet klingen.«

»Kann ich mir kaum vorstellen. Sie könnten ruhig etwas eingebildeter sein. Verraten Sie mir, was so interessant ist?«

»Na ja, das hat schon einmal jemand gesagt. Bei Ihrem Fest.«

»Wirklich? Wer denn?«

»Robert.«

»Ah.« Plötzlich hatte Cliffords Stimme einen leicht merkwürdigen Unterton. Grace warf ihm einen Blick zu und sah einen Ausdruck der Sorge über sein Gesicht huschen, der sich aber sofort wieder verflüchtigte. »Sehr klarsichtig von ihm«, sagte er. »Sehr klarsichtig, in der Tat.«

»Wie geht es Florence?«

»Die ist zurückgefahren. Die Arme, es geht ihr wirklich dreckig. Sie mag Sie auch gern, müssen Sie wissen«, fügte er hinzu. »Wirklich. Aber jetzt muss ich gehen, weil ich mich noch mit einem besorgten Mandanten treffen muss. Danke, dass Sie hergekommen sind. Wie auch immer Sie sich entscheiden, ich habe unsere Begegnung sehr genossen.«

Grace erhob sich und gab ihm einen Kuss. »Danke«, sagte sie. »Sie sind so nett. Der perfekte Schwiegervater. Und der perfekte Vater.«

»Leider nicht«, sagte er seufzend, und seine Stimme klang sehr nüchtern. »Leider bin ich das ganz und gar nicht.«

Charles hielt Grace die Schlüssel des Mill House hin. »Als Wiedergutmachungsgeschenk.«

»Kein schlechtes Geschenk«, sagte sie lachend.

»Das Haus gehört zwar noch nicht uns, aber wir haben ein Vorkaufsrecht. Die Wetherbys sind nicht da, daher können wir uns in Ruhe umschauen.«

Das Haus war wunderbar: groß, sonnendurchflutet, herrliche Aussicht zu allen Seiten und im Hintergrund immer das Rauschen des Mühlbachs. Küche und Schlafzimmer lagen auf der Bachseite, und das Wasser floss direkt unter dem Fenster entlang. Als Grace eines der Schlafzimmerfenster öffnete, flog eine Ente vorbei, schaute sie an und wirkte überrascht, ja fast pikiert, sie hier zu sehen. »Das ist, als würde man auf einem Boot leben«, sagte Grace. »Ich finde es herrlich.«

»Würden Sie dann bitte mit mir hier wohnen, Miss Marchant?«

»Ja, Charles, das würde ich. Aber keine Geheimnisse mehr, ja? Egal welcher Art.«

»Keine Geheimnisse mehr. Egal welcher Art. Niemals.« Er küsste sie. »Ich liebe dich.«

»Eines muss man allerdings feststellen«, sagte er, als sie wieder fortfuhren. »Für Kinder ist das Haus nicht ganz ungefährlich. Den Bach müssen wir unbedingt einzäunen. Wenn es denn so weit ist.«

»Ja, das tun wir«, sagte Grace. Die Erwähnung von Kindern flößte ihr allerdings eine gewisse Nervosität ein. Den nächsten Tag hatte sie sich freigenommen, weil sie heimlich einen Termin bei einer Klinik für Geburtenplanung ausgemacht hatte. Offiziell fuhr sie nach Salisbury, um nach Wäsche und Geschirr zu schauen.

Sie war selbst überrascht, dass sie die Entscheidung getroffen hatte, sich an diese Klinik zu wenden. Ausgerechnet ein Gespräch mit Florence hatte sie dazu bewogen.

»Um Himmels willen«, hatte Florence erklärt, die mit gläsernem, blassem Gesicht auf dem Sofa gelegen hatte, »lass dich bloß nicht auf Kinder ein, Grace. Nicht sofort jedenfalls. Egal was Charles vorhat. Ich kann nur davon abraten.«

Grace wurde klar, dass sie nie wirklich darüber nachgedacht hatte, ob und wie schnell sie Kinder wollte, und Charles und sie hatten auch nie darüber gesprochen. Sie wusste, dass sich eine moderne Frau in Verhütungsfragen beraten ließ. Sogar ihre Mutter hatte entsprechende Anspielungen fallen lassen (von »persönlicher Beratung« hatte sie gesprochen und war knallrot dabei geworden). Tatsächlich schien das besser zu sein, als das Ganze dem Schicksal zu überlassen. Oder Charles. Also hatte sie sich die Nummer der Klinik herausgesucht und von einer öffentlichen Telefonzelle aus angerufen, damit es niemand mitbekam.

Die Ärztin namens Dr. Phillips war entschieden weniger freundlich, als Grace erwartet hatte. Nachdem sie über ihren allgemeinen Gesundheitszustand, ihre Periode und das Hochzeitsdatum gesprochen hatten, erkundigte sie sich, ob Grace die Frage der Geburtenkontrolle mit ihrem Verlobten besprochen habe.

»Nein«, antwortete Grace kleinlaut. »Das habe ich nicht, tut mir leid.«

»Das sollten Sie aber tun! Da erspart man sich eine Menge Probleme. Na ja, mögliche Probleme jedenfalls«, fügte sie hinzu, als sie Grace' erschrockene Miene sah. »Es ist keine gute Idee, sich auf eine Ehe einzulassen, ohne über diese Dinge geredet zu haben. Sind Sie noch Jungfrau?«

»Ja«, sagte Grace.

»Und er?«

»Eher nicht. Nein, ich bin mir sicher, dass er es nicht ist. Er ist schon zweiunddreißig.«

»Das hat nicht unbedingt etwas zu bedeuten«, sagte Dr. Phillips und schenkte ihr ein grimmiges Lächeln. »Obwohl ich Ihnen zustimmen muss, dass es heutzutage eher unwahrscheinlich ist. Gut, die Verhütungsmethode mit den insgesamt meisten Vorteilen ist das Pessar. Haben Sie schon einmal davon gehört?«

»Nein«, antwortete Grace.

»Nun, das Pessar trägt die Frau. Innerlich natürlich. Niemand kann es sehen, und es stört das Liebesspiel nicht. Es ist also sehr diskret und bietet zudem eine fünfundneunzigprozentige Sicherheit. Mit dem Pessar können Sie selbst die Verantwortung übernehmen. Das ist viel besser als die alte Methode. Man kann es aber nicht benutzen, wenn man noch Jungfrau ist, daher müssten Sie nach den Flitterwochen noch einmal zu mir kommen. Es sei denn, Sie wollen sofort eine Familie gründen. Davon rate ich aber eher ab, was bei dem momentanen Zustand der Welt natürlich umso mehr gilt. Ich denke, Ihr Verlobter wird in den Flitterwochen auf all diese Dinge achtgeben, aber darauf sollten Sie sich nicht verlassen.

Männer sind notorisch selbstsüchtig und verantwortungslos. Ich werde Ihnen also eine Spülung mitgeben, und dann …«

Grace verließ die Klinik mit einer merkwürdigen Gummivorrichtung, die ein wenig an eine kleine Wärmflasche mit einem Schlauch daran erinnerte, einer Broschüre mit dem Titel *Das Eheleben* und der Entschlossenheit, Charles auf diese Dinge anzusprechen.

Charles war sichtlich schockiert über ihren Vorstoß, als sie eines Abends in dem Raum in der Abtei saßen, den er als sein Arbeitszimmer bezeichnete, der aber eher ein zweites und recht chaotisches Wohnzimmer war.

»Was für eine Frage, mein Schatz«, sagte er mit einem verkrampften Lächeln und stürzte dann in einem Zug einen ziemlich großen Scotch hinunter, um sich sofort einen neuen einzuschenken. »Natürlich bin ich keine Jungfrau mehr. Wie kommst du nur auf so eine Idee?«

»Na ja, ich weiß es ja nicht«, sagte Grace. »Woher sollte ich es wissen? Ich hätte natürlich auch nicht gedacht, dass du noch Jungfrau bist.«

»Da hast du richtig gedacht. Natürlich.«

Er lächelte und trank noch einen Schluck. Schweigen senkte sich herab.

»Aber wir … wir haben eben nie über diese Dinge geredet«, sagte Grace.

»Grace, mein Schatz, da gibt es auch nichts zu reden. Das verspreche ich dir. Ich liebe und respektiere dich, das ist alles, was du wissen musst. Ich freue mich schon sehr auf unsere Hochzeitsnacht. Und du musst dir auch keine Sorgen machen. Ich kümmere mich schon um alles.«

»Was meinst du damit?«

»Na ja, ich meine …« Er wirkte unbehaglich. »Ich werde Sorge dafür tragen, dass kein Baby dabei herauskommt. Noch nicht. Für eine gewisse Weile. Ich denke, das wäre vorerst das Beste.« Er fragte nicht, ob sie das auch für das Beste hielt.

»Ich habe mich bereits darum gekümmert, Charles.«

»Du hast was?«

»Ich war in einer Klinik. Einer Klinik für Geburtenkontrolle.«

»Wieso denn das?«

»Was für eine Frage«, sagte Grace und bemühte sich um eine belustigte Miene, als handele es sich um ein absolut normales Gespräch. »Weil es wichtig ist, deshalb.«

»Mag ja sein«, sagte Charles. »Aber ich glaube nicht, dass du dir wegen solcher Dinge den Kopf zerbrechen solltest.«

»Warum nicht, Charles?«, fragte Grace, deren Mut immer wuchs, wenn Charles sie zu bevormunden versuchte. »Es betrifft mich schließlich auch. Du bist doch nicht sauer, oder?«

»Sauer nicht gerade«, erwiderte er, »aber ein wenig irritiert. Ich hätte gedacht, dass du mich wenigstens gefragt hättest.«

»Was gefragt?«

»Ob ich etwas dagegen habe, dass du dahin fährst, natürlich. Diese Dinge sind doch ziemlich persönlich …«

»Natürlich sind sie persönlich, Charles. Ich sehe trotzdem nicht, was du dagegen haben …«

»Über etwas derart … derart Intimes mit einer vollkommen fremden Person zu sprechen … Natürlich möchte ich das nicht.«

Er war sichtlich aufgebracht. Grace legte ihm die Hand auf den Arm, aber er schüttelte sie ab.

»Charles, bitte. Was ist denn los?«

»Ach«, sagte er, »wenn du das nicht selbst siehst, müssen wir erst gar nicht darüber reden. Lass uns das Thema wechseln.«

Kurz darauf fuhr er sie nach Hause und küsste sie nur flüchtig zum Abschied. Grace war verwirrt, gelangte aber zu dem

Schluss, dass sie seinen männlichen Stolz gekränkt haben musste und sich vielleicht entschuldigen sollte. Er nahm die Entschuldigung an, war aber die nächsten beiden Tage immer noch deutlich verstimmt. Irgendwann schaffte er es, über den Vorfall zu lachen, und erklärte, er sei einfach schockiert gewesen.

»Du bist ein moderneres Mädchen, als ich gedacht hätte«, sagte er und gab ihr einen Kuss. »Während ich halt ein bisschen altmodisch bin.«

Ende November gab Grace ihre Stelle auf. Tatsächlich fiel ihr das ziemlich schwer. Bis Mai schien es noch lange hin zu sein. Ja, sie sah durchaus ein, dass ihre Zeit in den nächsten fünf Monaten damit angefüllt sein würde, die Arbeiten am Mill House zu überwachen, ihr Hochzeitskleid anfertigen zu lassen (ihre Mutter hatte diese Aufgabe schließlich mit äußerstem Bedauern Mrs Humbolt überlassen, die in der Gegend schon viele wunderschöne Kleider geschneidert hatte), die Brautjungfern zu bestellen, Einladungen zu verschicken, Geschenke in Empfang zu nehmen und Dankesbriefe zu schreiben. Dennoch hätte sie lieber noch bis Weihnachten gearbeitet. Aber sowohl ihre Mutter als auch Muriel hatten das kategorisch ausgeschlossen, und sie hatte bereitwillig nachgegeben. In letzter Zeit schien sie, bereitwillig oder nicht, ziemlich oft nachzugeben.

Nun stand sie im Büro ihres Chefs, nippte an dem süßen Wein, den er für die Gelegenheit spendiert hatte, aß ein Stück von dem Kuchen, den eines der Mädchen gebacken hatte, nahm das Hochzeitsgeschenk ihrer Kolleginnen entgegen (ein Set Servietten mit Hohlsaumstickerei und passendem Tischtuch) und lauschte der Rede ihres Chefs – was für ein Verlust ihr Fortgang bedeute, was für ein Gewinn sie gewesen sei und dass die ganze Firma zweifellos ohne sie zusammenbreche. Als sie in die lächelnden Gesichter um sich herum sah, wurde sie plötzlich furchtbar traurig, weil sie nicht nur diese Freundschaften und all den Klatsch und Tratsch und den Spaß einbüßte, sondern auch ihre Unabhängigkeit. Wie viel ihr das bedeutete, merkte sie erst jetzt, da sie es aufgab. Von nun an würde sie vollständig von jemandem abhängig sein, nicht nur finanziell, sondern auch vom gesellschaftlichen Status her. Ihre Bedeutung und ihre Stellung waren identisch mit seiner Bedeutung und seiner Stellung. Sie sehnte sich danach, ihn zu heiraten, und freute sich darauf, seine Frau zu werden und irgendwann vielleicht auch die Mutter seiner Kinder. Tief im Innern wollte sie aber auch noch etwas anderes sein. Sie selbst.

Sie wollte gerade aufbrechen, um sich mit Charles im Kino zu treffen – das neue Musical *Love Finds Andy Hardy* mit Judy Garland und Micky Rooney hatte endlich auch Shaftesbury erreicht –, als das Telefon klingelte. Es war Charles.

»Tut mir leid, Grace, aber ich muss unsere Verabredung absagen. Es ist etwas Schreckliches passiert.«

Florence hatte eine Fehlgeburt.

Robert hatte um fünf angerufen, ziemlich verstört. Als er nach Hause gekommen war, hatte er Florence am Fuße der Treppe liegen gesehen, leicht verwirrt und bereits in den Wehen. Das Hausmädchen war nicht da gewesen, weil es seinen freien Tag hatte, und auch sonst hatte niemand den Vorfall bemerkt. Florence konnte sich kaum an etwas erinnern, nur dass sie die Treppe hinuntergefallen war. »Ich weiß noch, dass mir schwindelig war«, sagte sie immer wieder, »und dann ist mir ... schwarz vor Augen geworden.«

Muriel fuhr sofort nach London, um Florence im Krankenhaus zu besuchen. Als sie ein paar Tage später zurückkehrte, war sie sichtlich erschüttert.

Florence war nicht nur aufgewühlt, weil sie das Kind verloren hatte, sondern litt auch unter grässlichen Kopfschmerzen. Sie sah zum Fürchten aus: Die eine Gesichtshälfte war ein einziger Bluterguss, und das rechte Auge war übel angeschwollen. »Das arme Kind, sie hat mir so leidgetan. Und der arme Robert steht vollkommen neben sich. Seit er sie gefunden hat, ist er kaum von ihrer Seite gewichen.«

Es war ein Junge. Die Ärzte hatten Florence gut zugesprochen und ihr versichert, es gebe keinen Grund, warum sie nicht ein anderes bekommen sollte, aber sie hatte erklärt, das sei das Letzte, was ihr in den Sinn käme.

»Sicher wird sie sich anders besinnen, wenn es ihr erst einmal besser geht«, sagte Clifford, der ebenfalls zutiefst verstört war. Er hätte Florence am liebsten auch besucht, aber Muriel teilte ihm mit, dass Robert nur schwer mit der Sache klarkam, und da die Ärzte gesagt hatten, Florence brauche absolute Ruhe, kam er zu der Ansicht, dass es besser sei, wenn die beiden ein paar Wochen keinen Besuch bekämen.

»Ich kann das gut verstehen«, sagte Grace, deren Herz nicht nur wegen Florence blutete, sondern auch wegen Robert. »Mir würde es genauso gehen. Ich würde mir einfach ein großes Loch buddeln und mich darin verkriechen wollen.«

Muriel wollte, dass Florence nach ihrer Entlassung in die Abtei kam, um sich dort zu erholen, aber sie lehnte ab. »Robert ist der Meinung, dass wir jetzt zusammenbleiben sollten, und das finde ich auch. Später vielleicht.«

»Was für ein Glück, dass sie ihn hat«, erklärte Charles. »So ein guter Kerl, der alte Robert.«

Charles machte sich Sorgen wegen der Flitterwochen.

»Ich hoffe, es wird schön«, sagte er. »Natürlich wäre ich gern mit dir ins Ausland gefahren, aber das scheint mir im Moment ausgeschlossen. Daher dachte ich an Schottland. Das ist nicht so romantisch, aber …«

»Schottland wäre doch wunderbar«, sagte Grace. Ihr fiel es so schwer, über den Tag der Hochzeit hinauszudenken, dass sie, wenn er einen Ort in der Sahara vorgeschlagen hätte, das auch begrüßt hätte. Nicht dass Hitler sie dorthin reisen lassen würde.

Ihr hingegen bereitete es immer noch Sorgen, dass sie so wenig über ihn wusste. Es war nicht nur der Schock wegen Clarissa oder diese eigentümliche Unverbindlichkeit zu Beginn ihrer Beziehung. Aus der Sicherheit der Verlobung heraus hatte sie sich manchmal danach erkundigt, aber er hatte es einfach mit einem Scherz abgetan und erklärt, artige Mädchen sollten sich niemals allzu sehr mit der Vergangenheit ihrer Verlobten beschäftigen – um schließlich gereizt zu fragen, warum sie überhaupt so ein Theater deswegen mache. Schlimmer noch fand sie seine grundsätzliche Weigerung, über sich zu reden. Wann immer ihm ein Gespräch zu persönlich wurde, weil sie ihn etwas vermeintlich Harmloses gefragt hatte – was ihn glücklich oder traurig mache, wovor er Angst habe, wie seine Kindheit wirklich war und wie er sich gefühlt habe, als er aufs Internat geschickt worden war –, wurde er einsilbig und wechselte das Thema. An eine Antwort grenzte bestenfalls die Mitteilung, dass Männer über so etwas nicht gern redeten.

»Manchmal mache ich mir Sorgen um diese arme kleine Seele, die Charles heiratet«, sagte Clarissa unvermittelt.

Jack und sie saßen im Salon ihres Hauses am Campden Hill Square. Es war ein sehr schöner Raum im ersten Stock. Die vorherrschende Farbe war Weiß: weiße Wände, weiße Teppiche und ein schöner Kamin aus weißem Marmor. Vorhänge und Polster waren gelb oder cremefarben. Das Mobiliar aus dem achtzehnten Jahrhundert stammte aus dem Londoner Haus von Clarissas Mutter. Clarissa liebte den Salon und bekundete oft, dass sie gern darin sterben würde. »Auf der Chaiselongue, Jack. Dafür musst du sorgen, wenn du in der Nähe bist, ja? Und ich möchte etwas Hochelegantes tragen, nicht mein Nachthemd. Zur Not tut es auch ein Morgenmantel aus Satin.«

Clarissas Feinde (von denen es nicht viele gab) behaupteten, ihr ganzes Leben stehe im Zeichen der öffentlichen Zurschaustellung. Das war nicht ganz von der Hand zu weisen, und die Tatsache, dass sie mit vierundzwanzig bereits ihr Ableben inszenierte, schien diese Meinung noch zu bestärken. Dabei wollte sie nur ihre Liebe zu ihrem Salon und überhaupt zu schönen Umgebungen zum Ausdruck bringen. Clarissa war kein Kind von Traurigkeit, aber ein unschönes Ambiente konnte ihr die Laune schneller verderben als eine ganze Gruppe unangenehmer Zeitgenossen – was nicht zuletzt daran lag, dass sie die Fähigkeit besaß, unangenehme Zeitgenossen schnell in angenehme zu verwandeln.

Jack stand auf, schenkte ihnen Champagner nach und reichte ihr das Glas. »Ich glaube nicht, dass man sich allzu viel Sorgen um sie machen muss«, erwiderte er. »Mir scheint eher, dass hinter der schüchternen Fassade ein durchaus stählerner Wille steckt. Sie wird sich schon durchbeißen.«

»Ach ja?«, sagte Clarissa und nippte gedankenverloren an ihrem Champagner. »Wie schrecklich aufmerksam du doch bist, mein Schatz. Das wäre mir in Millionen Jahren nicht aufgefallen.«

»Ich habe eben ein bisschen mehr Zeit damit verbracht, die anderen zu beobachten«, sagte Jack mit einem Lächeln, »statt damit, mich beobachten zu lassen.«

»Jack! Soll das ein Vorwurf sein?«

»Absolut nicht. Nur eine Beobachtung. Eine weitere Beobachtung. Aber egal. Du stellst es so hin, als sei Charles ein Monster. Das ist er bestimmt nicht. Oder willst du mir mit deinem intimen Wissen mitteilen, dass er doch eins ist?«

Das klang durchaus gereizt, und sie schaute ihn argwöhnisch an. Jack und sie hatten beide eine Vergangenheit, wie sie es auszudrücken pflegten, und hatten sich schon früh in ihrer Beziehung darüber ausgetauscht, wie es bei einem modernen Paar sein sollte. Jacks verflossene Freundinnen beunruhigten sie nicht stärker als die Kleidung, die er früher getragen, oder die Autos, die er gefahren hatte. Er hingegen verspürte stets eine leichte, mit peinlicher Mühe unterdrückte Eifersucht und hatte Mühe, von Clarissas bewegter Vergangenheit ganz abzusehen, besonders was die beiden Männer betraf, mit denen sie verlobt gewesen war. Freddy Macintosh, der erste Verlobte, wie sie ihn nannte, war keine so große Herausforderung für ihn – er lebte in Schottland, und sie sahen sich selten –, aber Charles war ein enges Mitglied ihres Freundeskreises und der Bruder ihrer besten Freundin. Clarissa betrachtete diese Situation mit Sorge.

»Es gibt wirklich nichts, worüber du dir Gedanken machen müsstest«, hatte sie gesagt, als sie zum ersten Mal mit Jack zu den Bennetts gefahren war. »Erstens ist es jetzt über ein Jahr her, dass ich … dass wir die Beziehung beendet haben. Das ist also Schnee von gestern. Außerdem denke ich, dass ich ihn nie wirklich geliebt habe.«

»Warum hast du dich dann mit ihm verlobt?«

»Oh, keine Ahnung«, sagte sie vage. »Das weiß ich auch nicht mehr so genau. Weil er einfach da war, vermutlich. Ich war ja furchtbar jung und dumm. Nicht wie heute, überhaupt nicht.«

Jetzt lächelte sie Jack zu und hob das Glas in seine Richtung.

»Auf uns, mein Schatz, und auf unsere große Liebe. Lass uns keine Zeit und Energie auf die beiden verschwenden.«

»Du hast doch damit angefangen.«

»Ich weiß, tut mir leid. Plötzlich finde ich das Thema aber nur noch öde. Ich habe einen wesentlich besseren Vorschlag. Lass uns einfach ins Bett gehen. Es ist immerhin unsere Lieblingszeit.«

»Gute Idee«, sagte er mit einem Lächeln. »Hinterher werden wir so richtig Appetit aufs Abendessen haben.«

Sie stiegen die Treppe hinauf. Clarissa legte sich zwischen die Kissen auf ihrem gewaltigen Bett und sah zu, wie Jack sich auszog. Glücklich betrachtete sie seinen schlanken braunen Körper, den flachen Bauch, das dichte schwarze Schamhaar und den erigierten Penis, der bald – ziemlich bald jedenfalls, da er die Dinge durchaus hinauszögern konnte, bis sie buchstäblich nach ihm schrie – in ihr sein und sie in rasende, aufwallende, zerreißende Orgasmen treiben würde. Sie liebte Jack unbändig, aus vielen Gründen, aber nicht zuletzt wegen seiner unendlich fantasievollen Begabung für die Liebe. Außerdem war er außerordentlich attraktiv. Sie konnte es nicht verstehen, wenn die Leute sagten, Aussehen spiele keine Rolle. Es war ein wesentlicher Teil der Liebe, des Begehrens, der Erfüllung, und als sie Jack zum ersten Mal gesehen hatte, war sie fassungslos gewesen, dass ihr ein so perfektes Wesen vor die Füße gefallen war.

Sie waren sich auf einer Cocktailparty begegnet. Clarissa hatte ihn sofort entdeckt, wollte ihn, musste ihn haben. Deshalb ging sie zu der Gruppe in seiner Nähe, verteilte Küsschen, lachte, redete, war nicht zu überhören. Natürlich bemerkte er sie, gesellte sich ebenfalls zu der Gruppe, lächelte sie an, streckte ihr die Hand hin. Er war ein dunkler Typ, ein wunderbar romantischer dunkler Typ mit überwältigenden blauen Augen und einer auffällig klassischen Nase. Selbst sein Handschlag war sinnlich, nicht herzlich oder hart, sondern warm und fest und unendlich … nun ja, unendlich angenehm. Sie ließ ihre kleine weiße Hand lange in seiner liegen, einer ihrer Tricks, bei dem sie so tat, als merke sie es gar nicht, weil sie so von der Person und ihren Worten eingenommen war. Dabei sagte er nur: »Sehr erfreut. Jack Compton Brown«, und lächelte. Nun ja, es war nicht wirklich ein Lächeln, sondern ein gewaltiges, herzzerreißendes Grinsen, das die Welt zum Stillstand brachte, und das war es dann. Es gab keinen Zweifel, worauf das Ganze hinauslaufen würde. Drei Wochen später waren sie zusammen im Bett, drei weitere Monate später miteinander verlobt. Und nach fast einem Jahr Ehe waren sie immer noch hoffnungs- und rettungslos ineinander verliebt.

Er war noch sehr jung, jünger, als er aussah, erst vierundzwanzig, und reich. »Na ja, ziemlich reich jedenfalls«, erzählte Clarissa ihren Freunden unbekümmert. »Sein Vater hat ihm eine gewisse Summe hinterlassen, kein gewaltiges Vermögen, eher genau richtig.« Außerdem charmant und amüsant. Er war Börsenmakler, lebte in einem wunderschönen Häuschen in Kensington, spielte anständig Tennis, konnte reiten und hatte einen Narren an schönen Frauen gefressen. Clarissa und ihn verbanden ein herrlich unkompliziertes Verhältnis zum Leben, das Vergnügen an seinen eher sinnlichen und materiellen Seiten und die fast rührende Einsicht, dass sie sich unendlich glücklich schätzen konnten. Das alles zusammengenommen, waren sie das perfekte Paar.

Jetzt kletterte er ebenfalls ins Bett, tat aber nichts, als sie nur anzuschauen und den Blick über ihren Körper wandern zu lassen, Zentimeter für Zentimeter, und schon allein dieser Blick, dieser eindringliche, konzentrierte Blick, weckte ein taumelndes Verlangen in ihr.

»Perfekt«, flüsterte er und ließ den Mund über ihren Hals zu ihrer Brust gleiten, »perfekt, perfekt, perfekt«, um dann die Lippen sanft und betörend um ihre Brustwarze zu schließen. Clarissa packte seinen Kopf und presste ihn an sich, und als er weiter nach unten wanderte und ihren Bauch küsste und noch weiter nach unten, um sie zu lecken, spürte sie, wie sich ihr heißes, feuchtes Herz öffnete und zitternd nach ihm verlangte, sich um ihn schließen wollte. Sie stöhnte und bog sich ihm entgegen, worauf seine Zunge forscher wurde, entschiedener, ihre Klitoris bearbeitete, um sie herumglitt, bis kleine Blitze sie durchzuckten und sie aufschrie, ein heiseres, gieriges Geräusch. Nun drehte er sie auf die Seite, legte sich hinter sie und strich mit den Fingern über ihren Po, erforschte ihn, knetete ihn, schob sich in ihren Anus, küsste ihren Hals und Rücken, sagte immer wieder ihren Namen, sagte ihr, wie schön sie sei, um sich dann auf den Rücken zu legen, sie anzulächeln und einfach liegen zu bleiben, die Arme von sich gestreckt. Keuchend vor Lust, vor Liebe, kletterte sie auf ihn, die Beine gespreizt. Sie wollte ihn erobern, umhüllte seinen Penis mit ihrer Vagina, spürte ihn überwältigend wild in ihrem Innern, als er zustieß, sie hochstieß, immer höher hinauf in das weiße, heiße, zitternde Gleißen, und dann hatte sie es, hielt es fest und überließ sich dem Begehren, bis die Luft im Raum von einem wilden, urtümlichen Laut zerrissen wurde, einem wiederkehrenden Schrei, woraufhin sie schließlich, widerwillig und dem Empfinden nachspürend, in schauderndem Frieden in sich zusammensackte.

An demselben Sonntagabend saßen Grace und Charles im Salon der Abtei und besprachen mit Clifford und Muriel die Gästeliste. Muriel erklärte gereizt, dass sie keine Ahnung habe, wie sie die Liste auf unter fünfhundert Gäste drücken sollten, während Grace noch gereizter dachte, dass man sie leicht auf weniger als fünf kürzen könne. In diesem Moment klingelte das Telefon. Maureen kam herein. »Ihre Sekretärin, Sir«, verkündete sie, »aus dem Londoner Büro.«

Clifford stand auf und schob überraschend vehement den Stuhl fort. »Oh, genau«, sagte er, »der Fall, von dem ich dir erzählt habe, Muriel. Kompliziertes Bodenrecht. Die Sache ist furchtbar verworren, da muss ich wirklich ...«

»Jaja«, erwiderte Muriel ungeduldig. »Geh nur, Clifford, und bring das hinter dich. Und verschone uns mit den Details.«

»Natürlich. Entschuldigt mich bitte.«

Er blieb ziemlich lange weg. Offenbar war es ein kompliziertes Gespräch, dachte Grace.

»Jetzt hätte ich gern ein Bier«, erklärte Charles unvermittelt, legte die Liste beiseite und rieb sich die Augen. »Was für eine Strapaze. Soll ich einem von euch etwas mitbringen?«

»Einen Kaffee vielleicht«, antwortete Muriel. »Frag Maureen, ob sie welchen kochen kann, ja?«

»Ich geh schon«, sagte Grace. »Ich wollte sowieso einen Schluck Wasser trinken.«

Clifford Bennetts Arbeitszimmer lag an dem Flur, der zur Küche führte; die Tür stand einen Spalt breit offen. Als Grace daran vorbeikam, sah sie, dass er sich auf seinem Stuhl zurückgelehnt hatte, einen Fuß auf dem Schreibtisch, und in den Hörer lachte. Noch nie hatte sie ihn so glücklich und entspannt gesehen. Die Londoner Sekretärin war offenbar eine überaus erfreuliche Erscheinung in seinem Leben.

Es dauerte lange, bis er sich wieder zu ihnen gesellte, und das auch nur, um ihnen eine gute Nacht zu wünschen und Muriel mitzuteilen, dass er am nächsten Morgen in aller Herrgottsfrühe nach London aufbrechen müsse.

KAPITEL 5

Frühjahr 1939

Grace träumte jetzt mindestens einmal die Woche, dass sie in der Achterbahn saß. Die brachte sie in rasendem Tempo dem siebzehnten Mai näher. Ihr Wagen quoll über von einem stetig wachsenden Geschenkeberg (für den es entsprechende Dankesbriefe zu schreiben galt), einer vierstöckigen Torte, mehreren Ballen Vorhangstoff, etlichen Teppichen und ihrem Hochzeitskleid, Mrs Humbolts Meisterwerk aus Wildseide mit großem Dekolleté, engem Mieder, langen, schmalen Ärmeln, die auf den Handrücken spitz zuliefen, leicht tiefer gesetzter Taille und einem fließenden weiten Rock, der hinten in einer Schleppe auslief. Der Kopfputz (den sie in der Achterbahn trug) war ein kleines, mit winzigen Perlen besetztes Diadem, das ihr Muriel höchst großzügig überlassen hatte (das Geliehene) und ein langer, bestickter Spitzenschleier. In der Hand hielt sie ein großes Bouquet aus weißen und gelben Rosen und Freesien. Unübersehbar, weil ihr der Fahrtwind unters Kleid fuhr, war ein rotes Hemdhöschen (tatsächlich würde sie blassblaue Satinwäsche tragen, ihre eigene Idee, die das Neue und das Blaue in sich vereinte). Im Wagen hinter ihr fuhren der Pfarrer und der Chor, der die Gesänge probte (»Love Divine«, »God Be in My Head« und »Lord of All Hopefulness«), und im Wagen dahinter ihre Eltern, die Bennetts und Florence – die sich allesamt in den Haaren lagen.

Tief unter ihr auf der Erde stand Charles und winkte frenetisch, während in ihrem Wagen (was sie äußerst verstörte) Robert saß, ihre Hand hielt und erklärte, sie solle sich keine Sorgen wegen irgendetwas machen.

Als sie Charles davon erzählte (bis auf die Sache mit Robert), erklärte er, dass der Traum einfach ihre unbewussten Sorgen widerspiegele. Mit einem Seufzer antwortete sie, dass ihr ihre bewussten Sorgen schon reichten und ihr Unterbewusstsein nicht auch noch mit hineinfunken müsse.

Ihr war klar, warum sie von Robert träumte. Es hatte noch eine Begegnung gegeben, die sie seinerzeit gerührt, zugleich aber, das erkannte sie jetzt, unterschwellig beunruhigt hatte.

Im Februar waren Florence und Robert für ein langes Wochenende in die Abtei gekommen. Florence wirkte immer noch außerordentlich mitgenommen. Sie war entsetzlich mager, bleich und antriebsarm. Robert machte sich sichtlich Sorgen um sie, umsorgte sie wie eine alte Frau und weigerte sich, auch nur eine Minute von ihrer Seite zu weichen.

Er begrüßte Grace herzlich, umarmte sie und erklärte, sie sehe sehr hübsch aus. »Das Leben einer Verlobten bekommt dir offenbar.«

»Danke«, sagte Grace. »Es tut mir so leid für Florence, aber ich bin mir sicher, dass es ihr bald wieder besser geht. Dann wird sie sicher einen neuen Anlauf unternehmen wollen. Es ist ja offenbar nicht so, dass es grundsätzliche Probleme gibt.«

»Da hast du absolut recht«, sagte er. »Aber sie verhält sich mir gegenüber ziemlich feindselig. Das beunruhigt mich am meisten. Es ist, als würde sie mir irgendwie die Schuld geben. Vielleicht weil ich nicht da war und mich um sie gekümmert habe. Keine Ahnung.«

»Wie traurig«, sagte Grace. »Aber vermutlich hängt das mit

der Depression zusammen. Meine Mutter hatte auch einmal eine Fehlgeburt und war danach ein Jahr lang vollkommen niedergeschlagen. Sie konnte niemanden mehr ertragen, nicht einmal meinen Vater.«

»Wirklich?«, sagte er. »Das ist tatsächlich ein gewisser Trost. Danke, dass du mir das erzählst. Das ist das Hilfreichste, was ich nach dieser ganzen verdammten Geschichte gehört habe.« Er schaute sie nachdenklich an. »Es hätte also fast noch jemanden wie dich gegeben? Dann wäre die Welt um einiges reicher.«

Sie gingen in der frischen, sonnigen Morgenluft durch den Garten. Unvermittelt legte er ihr den Arm um die Schulter und drückte sie noch einmal. »Du bist ein so hübsches Mädchen, Grace«, sagte er, »ein solcher Gewinn für diese Familie.« Dann beugte er sich herab und küsste sie ganz sanft auf die Lippen. Es war natürlich nur ein brüderlicher Kuss gewesen, das wusste Grace, aber er flößte ihr trotzdem Unbehagen ein. Andererseits mochte sie Robert nun noch lieber. Er war so warmherzig und freundlich, ganz anders als Florence und vor allem Muriel.

Betty hatte sich ihr Kleid selbst genäht, ein himbeerfarbenes Seidenkostüm, und in London einen marineblauen Hut dazu gekauft. Ihr Vater hatte sich von seinem Schneider einen neuen Cutaway anfertigen lassen. Muriel trug, wie sie ernst verkündete, was sie auch bei Florence' Hochzeit getragen hatte: einen ziemlich strengen dunkelbraunen Wollanzug mit einem noch dunkleren Hut dazu.

»Er ist so gut wie neu und war lächerlich teuer. Diese ganze Verschwendung ist mir zuwider. Außerdem wird mich sowieso niemand beachten.«

Grace erklärte höflich, dass sicher viele Leute sie beachten würden, und versuchte ihre Verletzung zu verbergen, weil Muriel eine Anschaffung für die Hochzeit ihres Sohns als Verschwendung betrachtete. Andererseits war das auch keinen Streit wert.

Laurence, der Blutsbruder, würde Trauzeuge sein.

Letztlich standen dreihundertfünfzig Personen auf der Gästeliste. Bennetts senior hatten hundertfünfzig eingeladen, Charles hundert und Grace und ihre Eltern insgesamt auch noch einmal hundert.

»Ich wünschte, wir hätten mehr eingeladen«, klagte Betty, als sie die endgültige Liste an die Abtei weiterreichten. »Die müssen ja denken, wir kennen niemanden.«

»Sie werden denken, dass wir hundert Leute kennen, was mir ziemlich viel vorkommt«, sagte Frank erschöpft. »Himmel Herrgott, bin ich froh, wenn dieses ganze Theater vorbei ist.«

Er fluchte sonst nie, und Grace und Betty schauten ihn erschrocken an.

Die meisten Freunde von Frank und Betty akzeptierten, dass es vernünftiger war, den Empfang in der Abtei auszurichten, auch wenn es einige spürbar befremdete. Wenn Grace hörte, wie ihre Mutter mit aufgekratzter Stimme verkündete, wie unglaublich reizend Muriel sei und wie großzügig, da sie sogar ihr Haus zur Verfügung stelle, und dass sie die Hochzeit zusammen planten, die natürlich viel familiärer sein würde als in irgendeinem Hotel, tat es ihr in der Seele weh. Sie wünschte zutiefst, sie hätte sich durchgesetzt und auf dem Golfclub bestanden.

Grace hatte beschlossen, dass sie keine erwachsenen Brautjungfern wollte. Ihre beste Schulfreundin hatte im Februar geheiratet, eine nach Grace' Ansicht wunderbar unkomplizierte, zauberhafte kleine Feier, und sonst gab es niemanden, der ihr hinreichend am Herzen lag – ganz bestimmt nicht die Mädchen aus Charles' Freundeskreis mit ihrem übersteigerten Selbstbewusstsein, obwohl er sie sanft in diese Richtung zu drängen versuchte. Die meisten ließen ihr gegenüber distanzierte Höflichkeit walten und wirkten sichtbar überrascht, dass Charles sie tatsächlich heiraten wollte. Also hatte sich Grace für die beiden kleinen Enkeltöchter von Bettys bester Freundin Marion entschieden (beide hatten die obligatorischen blonden Locken und blauen Augen) und würde sie in einen Wasserfall aus rosa Rüschen kleiden. Muriel fand das ein wenig spärlich und erklärte, Grace würde doch sicher wenigstens ein paar Pagen wollen, aber Grace verneinte. Sie kenne keine kleinen Jungen und würde sicher keine fremden nehmen, nur um die Form zu wahren. Sie war selbst überrascht, diese Worte aus ihrem Mund zu vernehmen, denn je näher die Hochzeit rückte, desto schwerer fiel es ihr, sich gegen Muriel durchzusetzen.

Dann quälten sie noch die üblichen Ängste: dass Charles nicht erscheinen würde, dass ihre Mutter bei der Messe so laut schluchzen würde, dass niemand etwas verstand, dass sie selbst stürzen, sich verhaspeln oder ihr Bouquet fallen lassen könnte. Eines Nachts träumte sie tatsächlich, dass ihr auf dem Weg durchs Kirchenschiff die Unterhose herunterrutschte. Charles hingegen schien sich überhaupt keine Sorgen zu machen.

Die Nervosität der Nation war ein Spiegel ihrer eigenen. Mr Chamberlains Schwur Ende März, dass Großbritannien notfalls in den Krieg ziehen würde, um Polens Unabhängigkeit zu verteidigen, kam einer Kriegserklärung gleich. Der Londoner *Evening Standard* warf die Frage auf, was man eigentlich tun würde, wenn plötzlich eine Bombe fiel, und obwohl es keine offiziellen Vorbereitungen gab – außer dass man die Gruft des Lambeth Palace als möglichen Zufluchtsort verstärkte und im Buckingham Palace für den König, die Königin und die kleinen Prinzessinnen gas- und bombensichere Keller einrichtete –, war allen die drohende Gefahr mehr als bewusst. Menschen, die alt genug waren, um sich noch lebhaft an den Ersten Weltkrieg zu erinnern – also auch die Marchants und die Bennetts –, wähnten sich in einem Albtraum, »einem Film, den ich schon einmal gesehen und damals schon gehasst habe«, wie Betty es ausdrückte. Im Kriegsfall würden automatisch alle wehrfähigen Männer eingezogen, hieß es – keine guten Voraussetzungen, um ein neues Leben zu beginnen.

Anfang April beschloss Grace, nach London zu fahren. Sie hatte immer noch keinen Ausgehhut zu dem blau-weißen Seidenanzug, den sie in Salisbury gekauft hatte. Laut *Vogue* musste sie zu Harvey Nichols in Knightsbridge gehen.

»Dort werde ich vermutlich viel Geld dafür lassen, aber ich werde ja auch nur einmal auf Hochzeitsreise gehen«, erklärte sie ihrer Mutter munter.

Sie fuhr allein. Ihre Mutter ging ihr allmählich furchtbar auf die Nerven, weil sie nicht nur Grace' eigene Sorgen wiederholte, sondern auch noch neue hinzufügte: was, wenn es an dem großen Tag regnete; was, wenn Franks Vater (den man nicht einladen konnte, wie sie beschlossen hatten) es herausfinden und auf einer Einladung beharren würde; was, wenn Franks Tante Ada, die, gelinde gesagt, nicht sehr vornehm war, sich betrinken und dann zu singen anfangen würde; was, wenn sich die Brautjungfern in der Kirche nicht benahmen; was, wenn keiner der Freunde der Bennetts mit den eigenen Freunden reden würde; was, wenn – und das war die Sorge, die jedem Planungsgespräch in diesem Frühjahr vorausgeschickt wurde – noch vor dem siebzehnten Mai der Krieg erklärt wurde.

Grace und ihr Vater hatten eine stillschweigende Abmachung, dass sie es abwechselnd übernahmen, Betty zu beschwichtigen. Als der Termin allerdings näher rückte und Frank selbst nervös wurde, weil er seine Tochter hergeben und vor dreihundertfünfzig Gästen, von denen er drei Viertel nicht kannte, eine Rede halten sollte, wurde er selbst äußerst dünnhäutig.

Um elf Uhr vormittags traf Grace in der Waterloo Station ein und nahm die U-Bahn nach Knightsbridge. Nach allem, was man so hörte und las, hatte sie erwartet, London im Zustand militärischer Bereitschaft vorzufinden, mit Soldaten in Uniform, Panzern in den Straßen und Sandsäcken vor den Hauseingängen. Stattdessen erlebte sie Schaufenster voller hübscher Sommersachen, Straßen voller gut gekleideter Menschen, die offenbar keine anderen Sorgen hatten, als was sie als Nächstes kaufen oder essen sollten, und eine allgemeine Sorglosigkeit. Sie erstand eine Ausgabe des *Tatler*, um sie auf der Rückfahrt zu lesen, und erfuhr, dass der bevorstehende Caledonian Ball nicht nur von der obligatorischen Anzahl von Würdenträgern besucht werden würde, sondern möglicherweise auch von der jungen, schönen Schauspielerin Vivien Leigh, die gerade erst in dem bereits legendären Film *Vom Winde verweht* Triumphe gefeiert hatte. Plötzlich wirkte alles viel sicherer, als Grace befürchtet hatte.

Zunächst begab sie sich zu Harrods, flanierte durch die opulenten Abteilungen, betrachtete ehrfurchtsvoll die Dinge, die sie vielleicht kaufen würde, wenn sie Geld hätte, und ging dann durch Knightsbridge zu Harvey Nichols. Die Hüte dort waren wundervoll. Irgendwann entschied sich Grace für einen himbeerfarbenen Strohhut, der sich neckisch über die Stirn zog. Der Preis war tatsächlich haarsträubend, aber Charles würde den Hut mögen, das wusste sie.

Sie erwarb auch ein bisschen Make-up für den großen Tag: Puder von Coty, Mascara und einen Lippenstift von Elizabeth Arden, in einem etwas helleren Rosa als der Hut. Alle Artikel, die sie gelesen hatte, in der *Vogue* bis hin zu *Women's Weekly*, hatten erklärt, dass man am Tag der Hochzeit nicht anders auszusehen versuchen solle als sein sonstiges Selbst, aber sie hatte sich gesagt, dass sie auch auf eine glamourösere Weise sie selbst sein könne. Irgendwann fand sie sich in der Wäsche-abteilung wieder und hinterließ dort weitere Unsummen für ein zartrosafarbenes Nachthemd und ein mit Schwanendau-nen gepolstertes Bettjäckchen. Vom horrenden Preis mal ab-gesehen würde es ihr in den Flitterwochen Selbstvertrauen einflößen und Charles bewusst machen, dass er eine beson-dere Frau geheiratet hatte, eine glanzvollere als vielleicht er-wartet. Schließlich beschloss sie, schockiert über sich selbst, ein preisgünstiges Mittagessen zu sich zu nehmen, nur Suppe und Sandwich, danach einen Spaziergang im Hyde Park zu machen und schließlich zur Waterloo Station zurückzukeh-ren.

Als sie die Untergrundbahn zur Waterloo Station nehmen wollte und darauf wartete, die Straße überqueren zu können, sah sie Florence vor der U-Bahn-Station stehen. Sie schaute gerade auf ihre Uhr. Ihr cremefarbenes Kostüm und die Pelz-stola um ihre Schultern waren höchst elegant, aber sie trug keinen Hut, und die dunklen Haare fielen ihr lose auf die Schultern. Sie sah wunderbar aus, wieder vollkommen ge-sund, obgleich noch sehr mager. Klar, ihr Haus befand sich ja in der Nähe, dachte Grace und wollte schon winken, um ihre

Aufmerksamkeit auf sich zu lenken, als jemand an Florence herantrat. Ein Mann. Grace konnte ihn nicht richtig erkennen, aber eins wusste sie mit Sicherheit: Robert war es nicht. Der Mann hatte sehr helle Haare und war groß und schlank. Er nahm Florence' Hand, hob sie an die Lippen und küsste sie flüchtig. Und im nächsten Moment sah Grace, wie Florence' Gesicht sich verwandelte, aufhellte und in ein Lächeln ausbrach, ein spontanes, eigentümliches, strahlendes Lächeln. Grace war erst verblüfft, dann schockiert und dann nahezu ungläubig, als die beiden die Straße überquerten, auf ihre Seite kamen, dann noch ein Stück weitergingen – ohne zu reden oder sich zu berühren, aber doch unmissverständlich miteinander verbunden – und dann im sicheren Hafen des Hyde Park Hotel verschwanden.

Grace fühlte sich auf dem gesamten Heimweg erbärmlich, nicht nur wegen dem, was sie gesehen und was das zu bedeuten hatte (sosehr sie sich zunächst auch hatte einreden wollen, dass es nicht so war), sondern auch wegen der Konsequenzen für sie selbst. Musste sie es jemandem sagen? Und wem? Und was würde dann passieren? Am meisten tat es ihr für Robert leid, den netten, freundlichen Robert, der wegen der Fehlgeburt am Boden zerstört war. Florence' Depression bereitete ihm so viel Kummer, zumal er geneigt war, sich selbst die Schuld zu geben. Aber sie musste auch an die Bennetts denken, daran, wie schockiert und unglücklich sie wären, und an Charles, der Florence trotz allem so liebte und bewunderte. Sie dachte an Florence mit ihrer Arroganz, Kälte und Überlegenheit und kam zu dem Schluss, dass sie, Grace, wenn sie es darauf anlegen würde, nicht nur ein solches Betragen, sondern sogar Florence' Ehe mit einem reichen, charmanten und hingebungsvollen Ehemann zerstören könnte.

»Hattest du einen schönen Tag, mein Schatz?«, fragte Charles, der in Salisbury auf dem Bahnsteig auf sie wartete. »Wie findest du die verruchte Stadt?«

»Verrucht«, sagte Grace mit einem gezwungenen Lächeln.

»Hast du einen Hut bekommen?«

»Ja.«

»Einen sündhaft teuren, wunderbar schmeichelnden Hut?«

»Ja.«

»Befindet er sich in der Schachtel da? Darf ich ihn sehen?«

»Wenn du unbedingt willst.«

»Natürlich nicht. Na ja, doch, aber ich weiß, dass ich ihn eigentlich nicht sehen darf. Grace, ist alles in Ordnung? Du wirkst so anders.«

»Ja«, sagte sie und lächelte, da sie im selben Moment entschieden hatte, dass sie nichts tun oder sagen könnte, was die Dinge nicht noch schlimmer machen würde. »Mir geht es gut. Aber eines sage ich dir, Charles: Dieser ganze gehobene Lebensstil ist nichts für mich. Ich bin einfach nur froh, wieder in Wiltshire zu sein. Hier gefällt es mir wesentlich besser.«

»Mir auch«, sagte er und küsste sie zärtlich. »Mir auch. Besonders wenn du hier bist.«

»Oh Charles«, sagte Grace und verspürte gleichzeitig überwältigende Liebe und Schuldgefühle, weil sie ihn hinterging, und sei es auch aus gutem Grund. Sie stellte ihre Einkäufe ab und warf ihm die Arme um den Hals. »Oh Charles, ich werde nie jemand anderen lieben als dich. Ich werde dich nie verlassen, nie im Leben.«

Sie hatten wunderbare Geschenke bekommen: Bettwäsche, Tischwäsche, Porzellan, Silber und auch ein paar praktische Dinge wie ein wunderbares Set Kupferpfannen für die

Küche, Gartenstühle, einen elektrischen Mixer. Florence und Robert hatten ihnen zwei außerordentlich schöne georgianische Kerzenständer aus Silber geschenkt, über die sich Charles besonders freute. Grace hingegen hatte bei ihrem Anblick jedes Mal Florence' strahlende Miene vor Augen, als sie dem Mann in Knightsbridge die Hand reichte, und konnte nicht aus ganzem Herzen in die Begeisterung einstimmen.

Die Bennetts hatten ihnen einen sehr eleganten Queen-Anne-Esstisch geschenkt, dazu einen großzügigen Scheck, während Betty und Frank die Anzahlung für das Haus übernahmen. Das war ein beschämend kostspieliges Geschenk und hatte Grace zu Tränen gerührt, aber ihr Vater hatte sie nur geküsst und erklärt, er habe seit ihrer Geburt für diesen Anlass Geld beiseitegelegt, und es sei ihm eine große Freude, sie an einem so schönen Ort zu wissen. »Außerdem«, hatte er hinzugefügt, als sie weiter protestiert hatte, »verleiht es mir das Gefühl, einen etwas größeren Beitrag zu deiner Hochzeit leisten zu können.«

Das zeigte Grace mehr als alle anderen Vorkommnisse, wie ausgeschlossen ihre Eltern sich fühlten, egal wie krampfhaft sie es zu verbergen trachteten.

Clarissa und Jack schenkten ihnen eine Filmkamera, die sie höchstpersönlich vorbeibrachten.

Sie waren bei Clarissas Patin in Bath gewesen und kamen auf dem Rückweg zum Sonntagsessen in der Abtei vorbei. Grace, die sich schon zwei Wochen vor diesem Besuch fast so nervlich am Ende gefühlt hatte wie bei der Aussicht auf ihre bevorstehende Hochzeit, hatte vorgeschlagen, dem Essen fernzubleiben, um Peinlichkeiten zu vermeiden, aber Charles hatte nicht nur entsetzt, sondern regelrecht verständnislos reagiert.

»Natürlich musst du kommen. Clarissa und natürlich auch Jack wären verletzt und würden es äußerst merkwürdig finden. Im Übrigen wird es nicht die geringsten Peinlichkeiten geben, wenn Clarissa uns besucht.«

Das war nur zu wahr. Clarissa redete fast ununterbrochen und brachte sie mit ihren Geschichten zum Lachen: über ihre jüngste Reise nach Le Touquet – »in dem winzigen Flugzeug eines Bekannten, unglaublich aufregend« –, über einen Wohltätigkeitsball, auf dem der Vorsitzenden – »einer gewaltigen Matrone, meine Lieben« – das Kleid geplatzt war, weshalb sie sofort das Weite suchen musste, »bevor der Fotograf des *Tatler* kommen würde; sie war vollkommen am Boden zerstört«, und schließlich über den »beängstigend hünenhaften Gärtner«, der sich vorstellen wollte, aber nach einem Blick auf den »winzigen Hof« wieder verschwand, ohne auch nur Platz zu nehmen.

Charles erkundigte sich, ob sie ihr Versprechen eingelöst und Florence besucht habe, und Clarissa erklärte, ja, sie habe sie oft gesehen. Es scheine ihr wesentlich besser zu gehen, obwohl das arme Schätzchen immer noch entsetzlich mager sei. Grace fragte sich, ob sie sich das nur einbildete oder ob Clarissas Stimme tatsächlich auf einmal ausweichend klang. Durchaus möglich, dachte sie, während sie in ihrer Unsicherheit und hilflosen Feindseligkeit gegenüber Clarissa plötzlich ein Engegefühl in der Brust verspürte. Es war mehr als wahrscheinlich, dass Clarissa von Florence' Geheimnis wusste, sich sogar darüber freute und ihr half, Robert zu hintergehen. Solche Dinge fand sie zweifellos aufregend und faszinierend. Grace musste an Roberts ängstliche Miene bei ihrer letzten Begegnung denken, als sie über Florence geredet hatten, und an seine Umarmung, als er gesagt hatte, Grace sei eine Bereicherung für die Familie. Ihr war elend zumute.

Nach dem Mittagessen fragte Clarissa, ob sie nicht zum Mill House fahren und es sich anschauen könnten. »Das klingt so wunderbar, ich platze schon vor Neid.«

»Natürlich«, sagte Charles. »Wir müssen uns sowieso das große Badezimmer noch einmal anschauen, nicht wahr, Grace? Um zu sehen, wie der Boden geworden ist.«

»Das stimmt«, sagte Grace, aber da sie Clarissas munteres Geplapper nicht noch eine Stunde ertragen würde, fügte sie hinzu: »Aber wenn ihr nichts dagegen habt, bleibe ich hier. Ich habe entsetzliche Kopfschmerzen.«

»Oh, du armes, armes Ding«, rief Clarissa mit einer so mit-leidigen Stimme, als läge Grace in den letzten Zügen. »Ich habe ganz wunderbare Tabletten in meiner Tasche, falls ich wieder mal Migräne bekomme. Du musst eine nehmen, Grace, dann wirst du in null Komma nichts…«

»Ist schon in Ordnung«, sagte Grace. »Ich habe selbst welche. Aber danke«, fügte sie hinzu, als sie Charles' vorwurfs-volles Gesicht sah. »Ich werde trotzdem hierbleiben. Es dauert ja nicht lange, oder?«

»Vermutlich nicht«, sagte Charles sichtlich verärgert. »Dann schau ich mir den Boden eben allein an. Soll ich sonst noch etwas erledigen, wenn wir schon dort sind?«

»Nein, nein, alles bestens«, sagte Grace. »Danke. Ich hoffe, es gefällt dir, Clarissa.«

Clarissa gefiel es. Sie kam in den Salon gestürzt, wo Grace so tat, als lese sie in der *Country Life*, und warf sich neben sie aufs Sofa.

»Was für ein Traum! Ihr habt ja ein solches Glück. Ich habe zu Jack gesagt, dass man bei dem Anblick glatt zum Land-menschen werden könnte. Ihr werdet uns doch recht oft ein-laden, oder?«

»Natürlich«, antwortete Grace und gab sich alle Mühe, nicht unfreundlich zu klingen.

Sie waren allein im Raum, und Clarissa warf ihr einen eindringlichen Blick zu. »Ist alles in Ordnung, Grace?«

»Ja danke«, sagte Grace.

»Nein, ist es nicht. Wo drückt denn der Schuh? Erzähl es mir, mein Schatz. Ist es wegen Charlie und mir? Das könnte ich dir nicht verübeln, im Gegenteil. Ich war so schockiert und wütend, als ich begriff, dass er es dir nicht erzählt hat. Männer sind so dumm, nicht wahr? Gedankenlos und dumm.«

»Manche schon«, stimmte Grace zu. »Aber nein, Clarissa, mir geht es gut. Danke.«

»Umso besser, denn ich möchte, dass wir Freundinnen sind. Und eines verspreche ich dir: Zwischen Charlie und mir ist schon lange nichts mehr. Seit ich die Beziehung beendet habe.«

»Ich dachte, es sei eine gemeinsame Entscheidung gewesen«, sagte Grace.

»Natürlich war es das«, beeilte Clarissa sich zu sagen. »Aber du weißt ja«, fügte sie mit einem kurzen Lachen hinzu, »man hat so seinen Stolz.«

Grace betrachtete sie. Über die samtene Haut legte sich ein rötlicher Schimmer, und die schönen braunen Augen wirkten plötzlich angespannt. Dann sagte Clarissa sehr ernst, was sie zu einer ganz anderen Person machte und einen ungewöhnlichen Moment entstehen ließ, den Grace nie vergessen würde: »Er ist nicht leicht zu durchschauen, Grace. Das dürfte dir bewusst sein.«

»Ja«, sagte Grace knapp (obwohl sie am liebsten nachgefragt hätte, was sie genau damit meinte, aber sie hatte auch ihren Stolz). »Das ist mir bewusst. Natürlich.«

»Gut«, sagte Clarissa schnell. »Dann ist ja alles in Ordnung.

Aber jetzt muss ich gehen und meinen lieben Jack suchen. Wir müssen so langsam den Rückweg in die verrußte Stadt antreten.« Sie erhob sich mit einem Lächeln. »Wir sehen uns bei der Hochzeit, Schätzchen. Du wirst überwältigend aussehen, ich kann es kaum erwarten.«

Sie sah in der Tat überwältigend aus, das sagten alle. Sogar sie selbst fand es, als sie sich in dem hohen Spiegel in ihrem Schlafzimmer anschaute, fast ehrfürchtig angesichts der umwerfenden Kreatur, in die sie sich verwandelt hatte, hochgewachsen und so schlank in dem fließenden Kleid, das rotgoldene Haar unter dem Diadem hochgesteckt. Als sie in ihrem Kleid die Treppe des Bridge Cottage hinunterstieg und die dort Versammelten anlächelte – ihre Eltern, ihre Brautjungfern, die Mutter ihrer Brautjungfern –, brach ihre Mutter in Tränen aus. »Oh Grace«, sagte sie, »oh Grace, mein Schatz.«

Als später alle fort waren und sie mit ihrem Vater allein im Haus war, um in seiner Begleitung zur Kirche zu fahren, gab er ihr einen Kuss. »Ich bin so stolz auf dich«, sagte er und putzte sich lautstark die Nase. »So unglaublich stolz.«

»Vater«, sagte Grace leise. »Ich bin auch stolz auf dich. Und auf Mutter. Danke für alles. Für alles.«

Der Gottesdienst war perfekt. Der Organist hatte das schwierige Stück, das Grace statt des ewigen Hochzeitsmarschs aus Wagners *Lohengrin* ausgewählt hatte (den Marsch aus Händels *Judas Maccabäus*), wochenlang geübt, und der Chor übertraf sich selbst. Der Pfarrer hielt eine überaus rührende Ansprache und erklärte, er kenne und schätze Grace, seit sie ihm zur Taufe gebracht worden sei, und dass Charles wahrhaftig der glücklichste Mann der Welt sein müsse, was unter den Gästen eine Menge Tränen und Räuspern hervorrief.

Es war ein perfekter Tag, sehr warm für Mai. Die Sonne strömte golden herein, und Mrs Boscombe, die sich neben ihrer Arbeit in der Telefonzentrale auch um den Blumenschmuck in der Kirche kümmerte, hatte ein wahres Wunderwerk geschaffen, mit zwei großen Vasen zu beiden Seiten des Altars voller weißer Tulpen und Lilien und winzigen Rosensträußchen am Ende jeder Bank.

Grace stolperte nicht, als sie durch die Kirche schritt, und sie verlor auch nicht ihre Unterhose, im Gegenteil. Am Arm ihres Vaters schien sie anmutig gefasst auf Charles zuzuschweben, und der Blick, mit dem sie ihn anschaute, ließ sogar Muriel Bennett nach ihrem Taschentuch tasten, während sich Clifford schnell mit der Hand über die Augen fuhr.

Als sie aus der Kirche in die Sonne traten, sah der Fotograf (der nette, freundliche Martin Fisher aus Shaftesbury, auf dem Grace statt des eleganten, von Muriel vorgeschlagenen Londoner Studios bestanden hatte), wie sie sich Charles zuwandte und in seine Arme sank. Für einen kurzen Moment waren sie allein in der Welt, vollkommen allein.

Der Empfang war überwältigend: der Champagner köstlich, das Essen wunderbar, die Reden äußerst amüsant (besonders die von Frank Marchant, wie alle betonten), und es herrschten ein solches Glücksgefühl und eine solche Anteilnahme und Ausgelassenheit, dass Grace sich schon fragte, wie ihr je hatten Zweifel kommen können. In dem Schleier des Glücks, in dem sie den Tag erlebte, beobachtete sie Szenen, die sie gleichermaßen überraschten wie erfreuten: Clarissa, die sich bei ihrem Vater unterhakte; Clifford Bennett, der sich wunderbar ernsthaft mit ihrer Mutter unterhielt; Florence – Florence! –, die mit ihren kleinen Braujungfern tanzte; Laurence, der sie selbst umarmte und erklärte, er sei derart eifersüchtig auf Charles, dass er ihm kaum in die Augen blicken könne; Robert, der Tante Ada überaus galant zu einem Stuhl geleitete, bevor die Reden begannen; Jack, der mit der Kamera, die Clarissa und er ihnen zur Hochzeit geschenkt hatten, jedes einzelne Wort der Rede ihres Vaters filmte.

Und dann war es schließlich vorbei, und sie war endlich und immer noch schier unglaublich Mrs Charles Bennett.

KAPITEL 6

Sommer 1939

Jetzt war sie wirklich eine verheiratete Frau. Ein Geist, ein Fleisch. Nur dass sie sich mit Charles nicht im Geiste vereint fühlte, sondern eher Distanz verspürte. Und was das Fleisch betraf, war sie sich auch nicht so sicher.

Zunächst war alles wie im Bilderbuch verlaufen. Sie waren in seinem MG fortgefahren (Konservenbüchsen und Klopapierrollen hinter sich herschleppend und ein silbernes Hufeisen und die Aufschrift *Just married* am Fenster). Das Letzte, was sie beim Verlassen der Ausfahrt gesehen hatte, war ihre Mutter, die in ihr Taschentuch weinte.

Die Nacht verbrachten sie in London, im Dorchester Hotel – Cliffords persönliches Hochzeitsgeschenk, weil er der Ansicht war, sie müssten stilvoll ins Eheleben starten. Seine Worte kamen Grace in den Sinn, als sie in diesem riesigen Bett lag, das für die wildesten Liebesszenen gemacht schien, und ... Ja, was verspürte sie? Sie hätte es nicht sagen können. Nur dass das, was zwischen Charles und ihr geschah, obgleich vermutlich absolut zufriedenstellend, nicht viel mit Liebe zu tun zu haben schien.

Sie schob die Beine über die Bettkante, stand leise auf und ging ins Bad. Dort stand ein Stuhl. Sie zog das rosafarbene Bettjäckchen um die Schultern (das sie plötzlich für verschwendetes Geld hielt), setzte sich, schaute durch die Tür ins

Zimmer zurück und betrachtete den reglosen Haufen unter den Decken, der Charles war. Ein glücklicher und deutlich zufriedener Charles. Nun, das war in Ordnung, das war sogar gut. Was nicht in Ordnung war, war die Tatsache, dass er auch selbstzufrieden war. Das gefiel ihr schon weniger.

Sie hatten noch zu Abend gegessen, sehr zu Grace' Unmut. Sie war aufgeregt gewesen und auch, das konnte sie ruhig zugeben, nervös. Charles schlug bei den drei Gängen ordentlich zu und trank eine Menge Rotwein. Dann trat eine Gruppe auf, und sie tanzten eine Weile. Schließlich sagte er: »Zeit fürs Bett, würde ich sagen, Mrs Bennett«, und küsste sie. Sofort war sie wieder glücklich, und der Tag erschien in einem wunderbaren Licht. Sie gingen auf ihr Zimmer, und er sagte leicht befangen: »Du zuerst.« Und so begab sie sich ins Bad, wusch sich, putzte sich die Zähne, kämmte sich, sprühte sich ein wenig Blue Grass von Elizabeth Arden hinter die Ohren, zog das rosafarbene Satinnachthemd an, kehrte dann ins Zimmer zurück und kletterte ziemlich schnell ins Bett. Charles hatte sich bereits entkleidet und trug einen gestreiften Pyjama. Er verschwand kurz im Badezimmer, schenkte ihr bei der Rückkehr ein Lächeln und schaltete unvermittelt die Nachttischlampen aus. Das war eine große Enttäuschung. Grace hatte sich auf sein Werben gefreut, auf seine Küsse, Zärtlichkeiten und Worte. Sie sagte sich, dass sie dafür noch viel Zeit hatten, und schlüpfte in seine Arme.

»Oh Grace«, sagte Charles, und sein Tonfall erinnerte sie an den Tag, an dem sie sich gestritten hatten, leicht barsch und fast ungeduldig. »Endlich ist es so weit.« Dann lag sie da, und er liebte sie, um danach sofort einzuschlafen, während sie in der gesamten Prozedur kaum eine Rolle zu spielen schien.

Natürlich hatte sie in gewisser Weise auch Glück, das war ihr schon klar. Er wusste genau, was zu tun war, hatte ihr schnell und geschickt das Nachthemd ausgezogen, hatte sie eine Weile geküsst, bevor er seine Aufmerksamkeit ihren Brüsten zuwandte, streichelte sie geschickt, stieß durchdringendere Versionen der eher gedämpften Laute aus, die sie aus den Monaten ihrer Beziehung kannte, ließ die Hände über ihre Oberschenkel, ihren Bauch, ihren Po gleiten, sanft und selbstsicher, und dann spürte sie, nur wenig zärtlicher, seine Hand zwischen ihren Beinen, suchend, tastend, forschend. Schließlich drehte er sich weg, kramte neben seinem Bett nach irgendetwas (einem Verhütungsmittel vermutlich), um sich dann wieder zu ihr umzudrehen und sie höflich, aber bestimmt und überhaupt nicht wie ein Liebhaber aufzufordern: »Und jetzt entspann dich einfach, mein Schatz, entspann dich.« Im nächsten Moment lag er auf ihr, und sie spürte seinen Penis, der erst sanft und dann entschiedener in sie eindrang, in ihre Vagina. Angst hatte sie nicht, aber sie sperrte sich noch ein wenig, und er wiederholte: »Entspann dich! Entspann dich einfach«, um dann weiter in sie einzudringen, während er sie gleichzeitig küsste. Es tat ein bisschen weh, aber nicht so schlimm, wie sie befürchtet hatte, da er es mit einer so souveränen Sanftheit tat. Und dann spürte sie plötzlich etwas, ein leises Aufwallen einer Art Lust. Er bewegte sich nun heftiger, aber immer noch langsam und behutsam, sodass es nicht wehtat, und als er immer schneller wurde, wollte sie ihm folgen, hatte aber gleichzeitig Angst, das Falsche zu tun. Unvermittelt spürte sie ein Drängen tief in ihrem Innern und wünschte, es würde so weitergehen, immer weiter und weiter, aber als sie ein fernes Zittern spürte, stammte es nicht von ihr, sondern von ihm, und im nächsten Moment lag er vollkommen reglos da. Nie im Leben würde sie vergessen, wie er schließlich sagte: »Gut, mein Schatz, sehr gut.« Und schon rollte er sich von ihr herunter, gab ihr einen flüchtigen

Kuss und erkundigte sich, ob es ihr gut gehe. Als sie bejahte – was hätte sie sonst sagen sollen? –, wiederholte er: »Gut«, gab ihr noch einen Kuss und war im nächsten Moment eingeschlafen.

Grace lag still da, durchlebte das Ganze noch einmal und fragte sich – da es wesentlich lustvoller und weniger schmerzhaft gewesen war, als sie es vom ersten Mal hätte erwarten können, den verschleierten Andeutungen ihrer Mutter und ihrer verheirateten Freundinnen nach zu schließen und auch der Literatur nach, die Dr. Phillips ihr gegeben hatte –, warum sie sich so einsam und verlassen, ja sogar traurig fühlte. Dann wurde ihr bewusst, dass Charles zwar außerordentlich selbstsicher und geschickt agiert hatte, dass bei der ganzen Prozedur aber nicht ein einziges Mal der Eindruck aufgekommen war, sie habe etwas mit Liebe zu tun. Und als Prozedur musste man es schon bezeichnen: eine Anwendung mechanischer Fertigkeiten ohne jeden Raum für Dinge, die Grace selbst gern tun oder spüren würde.

Am nächsten Morgen war er regelrecht aufgekratzt und lächelte sie über den Tee, den sie sich hatten kommen lassen, hinweg an.

»Guten Morgen, Mrs Bennett«, sagte er, »ich hoffe, Sie haben gut geschlafen.« Mehr sagte er nicht.

»Oh«, sagte Grace schnell. »Ja, das habe ich, danke.«

Er beugte sich zu ihr und küsste sie. »Gut. Ich auch. Hübsches Bettjäckchen, darf ich es dir ausziehen?«

Und dann begann es von Neuem, diese gekonnte Prozedur, derselbe Mangel an Interesse an ihren Reaktionen und Bedürfnissen. Sie kam sich vor wie ein kompliziertes Auto, das man umsichtig fahren musste, oder besser noch: ein wildes Pferd, für das man viel Geschick brauchte. Sie gab sich Mühe, den Gefühlen nachzuspüren, die sich in ihr regten, und versuchte sich klarzumachen, dass sie einfach dankbar sein sollte für sein Geschick und Einfühlungsvermögen.

Aber egal, dachte sie, als sie sich hinterher in die große Wanne gleiten ließ und ihren Körper betrachtete, der immerhin eine gewisse Lust zu verspüren vermochte, wie gedämpft auch immer. Sie standen ja noch ganz am Anfang. Mit Sicherheit würde es besser werden, persönlicher, zärtlicher. Ihm schien es jedenfalls zu gefallen.

Während ihrer beiden Flitterwochen schien unentwegt die Sonne. Sie gingen viel spazieren, redeten ein bisschen, aßen eine Menge und sprachen über die Zukunft. Und jede Nacht schlief Charles mit ihr, gekonnt und souverän. Als sie wieder heimfuhren, hatte sie mehrere Orgasmen erlebt. Ihr war bewusst, dass sie außerordentliches Glück hatte. Gleichzeitig war es genau das, was sie beunruhigte. Sie wollte nicht nur nehmen, sondern auch geben, wollte nicht passiv sein, sondern sich beteiligen. Ihr Körper sollte gefragt werden, was er wollte, und nicht einfach überrumpelt werden. Aber Charles stellte unmissverständlich klar, dass das sein Terrain war. Hier hatte er allein das Sagen. Ihr Körper gehörte ihm und musste ihm klaglos, kommentarlos und ohne alle Forderungen überlassen werden.

In diesen zwei Wochen lernte sie mehr über Charles als in den ganzen Monaten zuvor.

Es war ein wunderbarer Sommer. Die Sonne schien jeden Tag und zerstreute auf eigentümliche Weise die finsteren Kriegsängste. Grace, die insgesamt zufrieden war, alle Hände voll damit zu tun hatte, das Mill House in ein Zuhause zu verwandeln, und sich über ihren Garten freute, sagte sich oft, dass sie glücklich sein sollte – sein *müsste* –, als sie sich an die verschiedenen Facetten des Ehelebens zu gewöhnen suchte: Charles unzählige Marotten beim Essen (er hatte eine Phobie gegen Eier, mochte Gemüse zerkocht, Fleisch hingegen noch leicht blutig und verlangte jeden Morgen Weizenflocken mit Pflaumen zum Frühstück). Sein fast unerträgliches Schnarchen; die Weigerung, über seine Arbeit zu reden, da er der festen Überzeugung war, dass sie davon nicht mehr verstand als von der Lage in Europa; Muriels Angewohnheit, ständig unangekündigt im Mill House zu erscheinen und zu erwarten, dass man sie verköstigte, ihr einen Drink anbot, ihr Aufmerksamkeit schenkte; Charles' Beharren darauf, dass sie ein regeres Gesellschaftsleben führten, als ihr lieb war, besonders in diesem frühen Stadium, in dem sie sich ihrer selbst noch nicht sicher war und sich von dieser Flut an Essenseinladungen, Cocktailpartys und Übernachtungsgästen überfordert fühlte; die Begeisterungsstürme ihrer Mutter über Grace' großes Glück (vor allem hinsichtlich all der Haushaltshilfen: der Köchin, des Hausmädchens, des Gärtners) und ihre unerträglich verschmitzten Nachfragen, wie Grace ihr neues Leben gefiel, ob Charles glücklich sei und, am allerschlimmsten, ob sie sich wohlfühle – eine versteckte Anspielung darauf, dass sie vielleicht bereits schwanger sein könnte.

Da Grace ihr Pessar mit großer Umsicht benutzte (was Charles irgendwann leicht gereizt akzeptiert hatte, weil es gegenüber seinen Verhütungsmitteln gewisse Vorteile bot), war sie sich sicher, nicht schwanger zu sein.

Aber die Prozedur, die dazu führen könnte, blieb weiterhin eine Enttäuschung für sie.

***

Sie keuchte, stöhnte, bis sie schließlich, vom Orgasmus überwältigt, einen rauen, vibrierenden Laut von sich gab. Ihr Körper erbebte und kam langsam, widerwillig zur Ruhe. Florence drehte den Kopf, schenkte ihrem Liebhaber ein zärtliches Lächeln und nahm seine Hand, küsste sie, küsste einen Finger nach dem anderen.

»Ich liebe dich«, sagte sie. »Ich liebe dich so unendlich.«

»Ich liebe dich auch. Du bist das perfekteste Wesen, dem ich je begegnet bin.«

»Perfekt wohl kaum«, sagte Florence und dachte, als sie ihn betrachtete, wie unerträglich schön er doch war, ihr typischer Engländer mit dem blonden Haar, den braunen Augen, der sonnengebräunten Haut und dem breiten, perfekten Lächeln. Sie selbst war keineswegs schön; sie sah nicht einmal gut aus, das wusste sie. Ihre gesamte Kindheit und Jugend über war sie überzeugt gewesen, eine unscheinbare Erscheinung zu sein. Seit sie sich erinnern konnte, hatte ihre Mutter Anspielungen fallen lassen, wie ungerecht es sei, dass Charles das gute Aussehen geerbt hatte, mit seinen blonden Haaren und den blauen Augen. Florence hingegen, mit ihrem dunklen Haar, der bleichen Haut und dem viel zu großen Mund, war immer die hässliche Schwester gewesen. Auch Charles' Charme ging ihr ab, seine lockeren Umgangsformen, die er von seinem Vater hatte. Sie hingegen war schüchtern und barsch, nicht selten sogar taktlos, ganz wie ihre Mutter. Oft fragte sie sich, warum sie Charles nicht hasste, ihn vielmehr von ganzem Herzen liebte.

Giles lächelte. »Doch, das bist du. Für mich bist du perfekt. Sexy und klug und rundum perfekt.« Er beugte sich vor und küsste ihren flachen, fast eingesunkenen Bauch, glitt weiter hinab und küsste ihre Oberschenkel, vergrub sein Gesicht in ihrem Schamhaar und küsste sie dort ebenfalls. »Was für ein überwältigender Geruch. Der Geruch der Liebe.«

»Oh Gott«, sagte Florence. »Was sollen wir nur tun?«

»Was wirst *du* tun, Florence? Es ist deine Entscheidung. Ich bin da und warte, allzeit bereit. Für mich ist es leicht.«

»Ja«, sagte sie, »für dich ist es leicht.«

Unvermittelt setzte sie sich auf, nahm seinen Kopf in die Hände und schaute ihm eindringlich in die Augen. »Ich denke immer, dass ich es schaffe, dass ich mutig genug bin. Und dann schaue ich ihn an und weiß, ich bin es nicht. Das ist schwer zu begreifen.«

»Ich denke, ich verstehe es«, sagte er. »Jedenfalls gebe ich mir alle Mühe. Aber ich liebe dich so sehr und möchte immer mit dir zusammen sein …«

»Ich weiß«, sagte sie und schaute in den goldenen Tag hinaus. »Und ich möchte mit dir zusammen sein. Unbedingt. Aber … Oh Gott, das ist alles so schwer. Besonders jetzt, wo alle von Krieg reden. Ich meine … Oh Gott, ich kann es nicht einmal laut aussprechen.«

»Ich denke, ich weiß, was du meinst«, erklärte er ernst. »Du musst es gar nicht laut aussprechen. Und ich halte es auch nicht für frevelhaft, so zu denken.«

»Natürlich ist es frevelhaft, Giles. Aber ich kann trotzdem nicht anders.«

Sie legte sich wieder hin, sah ihn nüchtern an und streckte dann den Arm aus, um seine Wange zu streicheln. »Du musst mir ein bisschen Zeit geben, Giles. Ich brauche Zeit zum Nachdenken. Zeit und Frieden.«

»Frieden«, sagte er, sie absichtlich missverstehend, »wird bald schon ein Luxus sein, an den man sich kaum noch erinnern wird.«

»Ich würde gern Florence und Robert einladen«, sagte Charles. »Was hältst du davon, mein Schatz?«

»Oh… gewiss, das wäre nett«, antwortete Grace zögerlich. »Aber ich dachte, Florence hätte gesagt, Robert sei immer so schrecklich beschäftigt.«

»Wir könnten sie wenigstens fragen«, sagte Charles. »Ich mache mir immer noch Sorgen um Florence. Obwohl sie bei unserer Hochzeit sehr glücklich und aufgekratzt zu sein schien.«

»Ja«, sagte Grace, »das stimmt. Natürlich, ich werde die beiden fragen. Lass mir nur ein paar Wochen…«

»Wieso denn?«, fragte Charles. »Das Haus ist wunderbar hergerichtet, und du hast jede Menge Hilfe. Ich sehe keinen Grund, warum man es aufschieben sollte. Vielleicht frage ich sie einfach selbst.« Er klang leicht gereizt.

»Nein, nein, schon in Ordnung. Ich mache das. Ich habe nur Angst, dass es für die beiden furchtbar langweilig hier sein muss. In London führen sie ein derart aufregendes Leben, dass…«

»Sei nicht albern«, sagte er. »Wir können es ihnen doch schön machen. Wir können die ganze Zeit Tennis spielen, und am Samstag geben wir eine Dinnerparty. Wir könnten die Frasers hinzubitten, denen sind wir ohnehin noch eine Einladung schuldig. Solche Dinge darf man nicht auf sich beruhen lassen, Grace. Mutter hat ein Buch, in das sie nicht nur einträgt, wer wann zu Besuch war und neben wem gesessen hat, sondern auch, wessen Einladung sie erwidern muss.«

»Ja«, sagte Grace, darum bemüht, ruhig zu bleiben. »Ja, ich weiß. Sie hat mir davon erzählt.«

»Gut, dann lass es uns so machen. Sie werden sich wunderbar verstehen, da bin ich mir sicher.«

»Ja… ganz bestimmt«, sagte Grace. »Ich kümmere mich darum. Keine Sorge, Charles, das wird höchst vergnüglich.« Dann nutzte sie den Moment, da sie ihm schließlich einen großen Gefallen getan hatte. »Was meinst du, Charles, wenn ich richtig Autofahren gelernt habe, können wir uns dann einen eigenen Wagen für mich leisten? Das würde mir große Freude bereiten. Dann könnte ich manchmal zu dir nach Shaftesbury kommen. Wir gehen gar nicht mehr ins Kino oder auch nur in den Pub, in den Bear zum Beispiel...«

»Aber du hast doch jetzt ein eigenes Zuhause.« Er klang aufrichtig überrascht. »Was willst du damit andeuten, Grace?«

»Ich will gar nichts andeuten«, erwiderte sie bestimmt. »Nur dass es nett wäre, sich etwas leichter fortbewegen zu können.«

»Ehrlich gesagt sehe ich keinen Grund dazu«, erwiderte er. »Die Händler liefern die Waren ins Haus, du hast hier eine Menge zu tun, und wir gehen ja auch oft aus. Ich hoffe, du willst dich nicht über Langeweile beklagen?«

»Nein, natürlich nicht«, sagte Grace und versuchte sich ihre Verärgerung nicht anmerken zu lassen. »Aber das ist es ja genau. Ich komme aus diesem Ort nur mit dir zusammen heraus. Oder mit dem Fahrrad. Aber ich kann ja nicht bis Shaftesbury radeln.«

»Ich sehe auch nicht, wieso du das tun solltest«, sagte Charles. »Aus dem Ort rauskommen, meine ich.«

»Ich fühle mich eben manchmal etwas einsam hier«, sagte Grace. »Viele Freunde habe ich ja nicht in Thorpe, Charles. Und... na ja, meine Arbeit vermisse ich auch manchmal.«

»Ich muss schon sagen«, begann Charles, auf dessen Gesicht plötzlich ein roter Schimmer lag, »das ist fast ein wenig beleidigend. Die Sorge um unser Haus – und um mich, im Übrigen – scheint dir kein großes Vergnügen zu bereiten.«

»Charles, jetzt werde nicht albern«, sagte Grace. »Natürlich bereitet es mir Vergnügen, wie du es auszudrücken pflegst. Ich kümmere mich liebend gern um dich. Aber manchmal bin ich hier eben sehr einsam, das musst du doch begreifen.«

»Nicht wirklich, nein«, sagte Charles. »Außerdem wäre das

ja ein Grund mehr, dich darüber zu freuen, Leute einladen zu können.«

»Ja natürlich, da hast du recht«, sagte Grace, die ihn nicht noch mehr gegen sich aufbringen wollte. »Es tut mir leid, Charles, ich wollte dich nicht verstimmen. Aber« – sie klammerte sich an den letzten Rest Selbstachtung – »ich würde trotzdem gern Autofahren lernen. Stell dir mal vor, es gäbe einen Unfall hier im Haus ...«

»Nun, in Ordnung«, sagte er. Eine Entschuldigung stimmte ihn immer erstaunlich schnell milde. »Ich könnte dir noch ein wenig Unterricht geben. Aber die Sache mit dem Wagen werden wir ja sehen. Es handelt sich nicht gerade um eine geringe Ausgabe, wie dir klar sein dürfte.«

Die Bemerkung überraschte Grace. Geld schien sonst seine geringste Sorge zu sein. Vielleicht hatte es mit dem Krieg zu tun. In diesen Tagen hatte alles mit dem Krieg zu tun.

Florence und Robert schlugen die Einladung aus. »Robert steckt bis zum Hals in Arbeit, wie ich schon sagte«, erklärte Grace, die hochgradig erleichtert war, dass ihr das erspart blieb. Ein ganzes Wochenende lang mit den beiden zusammen zu sein und ahnungslos zu tun, obwohl sie wusste, dass Florence eine Liebschaft oder gar ein echtes Verhältnis hatte, wäre unerträglich gewesen.

»Wir könnten ja Clarissa und Jack einladen«, schlug sie zaghaft vor und wunderte sich selbst über ihren Mut. Aber sie wollte Charles unbedingt beweisen, dass sie sich nicht um ihre Pflicht, seine Freunde einzuladen und zu umsorgen, herumdrücken wollte. Zu ihrer Überraschung erklärte Charles aber nur knapp, dass er das nicht für eine gute Idee halte.

»Warum denn nicht, Charles? Ich dachte, du magst die beiden.«

»Natürlich, aber ich möchte nicht, dass sie hier wohnen«, antwortete er. »Sie sind Stadtmenschen durch und durch. Ich habe nicht das Gefühl, dass wir ihnen etwas bieten könnten.« Da sie genau dasselbe über Robert und Florence gesagt hatte, war Grace verblüfft. Andererseits wollte sie die beiden eigentlich auch gar nicht dahaben und beließ es dankbar dabei.

Während der prächtige Sommer anhielt, fanden sich die Menschen zunehmend damit ab, dass ein Krieg ins Haus stand. Im Juli begann Polen mit der Mobilmachung; sollte Deutschland die polnische Grenze überschreiten, war es so weit, das hatte Chamberlain verkündet. Verschiedene Vorbereitungen wurden getroffen. Anfang August führte das Innenministerium probeweise eine Verdunklungsaktion durch, die allerdings für die Menschenmenge, die sich auf dem Piccadilly Circus versammelt hatte, eine gewisse Enttäuschung darstellte: Nicht alle Lichter erloschen, und die Zeitabstimmung war alles andere als präzise. Aber es fühlte sich trotzdem wie ein Wendepunkt an.

Andere Maßnahmen folgten. Es gab einen vollständigen Probedurchlauf der Evakuierung von Kindern, und Mitte August flogen hundertfünfzig französische Bomber einen Probeangriff auf die Hauptstadt. Clarissa, die mit Jack im Regent's Park den *Sommernachtstraum* gesehen hatte, wusste zu berichten, dass die Open-Air-Aufführung von den Suchscheinwerfern und dem Lärm der Flugzeuge »aufs Unheimlichste unterbrochen« worden war.

Die Frauen wurden überall dazu angehalten, Lebensmittelvorräte anzulegen. Grace, die sich schon seit Ewigkeiten Hühner wünschte und immer von Charles davon abgebracht worden war (»dämliche schmutzige Viecher«), nutzte den Aufruf, um sofort welche anzuschaffen. Drei- oder viermal so viele Paare wie sonst bevölkerten die Standesämter, um noch schnell zu heiraten. Polizisten durften sich nicht mehr freinehmen, es wurden keine Führerscheinprüfungen mehr abgehalten (»Jetzt ist auch nicht der rechte Zeitpunkt für Fahrstunden, mein Schatz«, befand Charles), und das noch kaum entwickelte Fernsehnetz wurde wieder eingestellt, weil die Signale aus dem Alexander Palace angeblich den Deutschen zugutekamen.

Am 24. August wurden die Reservisten einberufen. Am nächsten Tag unterschrieb Großbritannien den Beistandspakt mit Polen.

Eines Abends saß Grace im Wohnzimmer und nähte, sah zu Charles hinüber, der friedlich in seiner Zeitung las, dachte an die bevorstehenden Ereignisse – und wurde mit einem Mal von einer gewaltigen Angst gepackt.

Montag, den 4. September, passierte es dann.

Nicht die Kriegserklärung, die war schon am Vortag erfolgt; nicht die Worte, die Chamberlain mit matter Stimme vortrug: »Unser Land steht jetzt mit Deutschland im Krieg«; nicht die Ankündigung in der Kirche, wo Grace und Charles mit Clifford und Muriel in ihrer Bank saßen, als der Küster mit einem Blatt Papier durch den Mittelgang eilte und der Priester daraufhin auf die Kanzel stieg und erklärte: »Meine Freunde, wir befinden uns jetzt im Krieg mit Deutschland, und ich denke, wir sollten alle nach Hause gehen. Gott segne euch«; nicht das quälende Mittagessen, als Pläne geschmiedet, Gefahren heraufbeschworen und über mögliche Verläufe spekuliert wurde; nicht der Bericht in den Neun-Uhr-Nachrichten, dass es in der Hauptstadt bereits den ersten Bombenalarm gegeben habe (weil sich ein französischer Bomber dorthin verirrt hatte) und dass sich die Menschen mit bewundernswerter Effizienz in die Schutzräume begeben und alles von ihnen Erwartete getan hätten; nicht das abendliche Klopfen an der Tür des Mill House, weil Mr Larkin, der örtliche Luftschutzhelfer, die Verdunklungsmaßnahmen überprüfen wollte; nicht Clarissas Stimme, die mit zittriger Munterkeit verkündete, dass sich Jack bei der Luftwaffe gemeldet habe; nicht einmal Charles' Entscheidung für die königliche Infanterie, das alte Regiment seines Vaters; und auch nicht, dass er Grace in dieser Nacht mit einer Zärtlichkeit und seltsamen Traurigkeit liebte, die sie rührend und fast erregend fand, wie sie hinterher dachte. Nein, für Grace begann der Krieg erst richtig, als Muriel am nächsten Abend anrief, die Stimme rau vor Schmerz, und erklärte, Clifford habe einen Herzinfarkt erlitten. Er liege im Londoner St. Thomas Hospital und werde vermutlich nicht überleben.

»Ich fahre dich hin«, sagte Charles. »Möchtest du heute Abend noch aufbrechen? Wegen der Verdunklung wird es ziemlich schwierig sein, aber ...«

»Doch, unbedingt«, sagte Muriel. »Natürlich möchte ich hin. Wir können in der Wohnung bleiben. Obwohl es dort vermutlich zu gefährlich ist. Wir müssen ihn aus London herausholen, Charles, falls das ... Na ja, falls es irgendwie geht. Bei der erstbesten Gelegenheit. Florence ist auch der Meinung. Sie war bereits im Krankenhaus, aber sie haben sie nicht zu ihm gelassen.«

»Ja, natürlich müssen wir das tun«, antwortete Charles.

Grace und er waren sofort in die Abtei gefahren. Bei ihrer Ankunft wirkte Muriel gefasst, war aber kreidebleich, und ihre Hände, die unentwegt ein Taschentuch kneteten, zitterten. Grace, die sie kurz in den Arm nahm, registrierte schockiert die Anspannung in ihrem mageren Körper.

»Wo ist es passiert?«, fragte Charles. »Wo hatte er den Herzinfarkt, meine ich. War er im Büro?«

»Nein«, antwortete Muriel. »Nein. Er war in der Wohnung in der Baker Street.«

»Allein?«

»Nein«, sagte Muriel. »Offenbar war jemand bei ihm und hat den Krankenwagen gerufen.«

»Wer denn? Jemand aus dem Büro in London?«

»Keine Ahnung, ob die Dame aus dem Londoner Büro war«, sagte Muriel gereizt. »Ich kenne die Namen der Mitarbeiter nicht.«

»Wie hieß sie denn? Diese Person, die den Krankenwagen gerufen hat.«

»Saunders«, sagte Muriel. »Mrs…« – das Wort auszusprechen, fiel ihr sichtlich schwer – »Mrs Mary Saunders.«

»Oh, also keine Mitarbeiterin. Vermutlich war es eine Mandantin«, befand Charles unbekümmert.

»Ja, das denke ich auch«, sagte Muriel.

»Hör zu, wir sollten jetzt aufbrechen. Grace, du kannst so lange hier…«

»Ich würde gern mitkommen«, sagte Grace.

»Das geht auf gar keinen Fall, Grace. London ist ein äußerst gefährliches Pflaster. Dir scheint nicht klar zu sein, dass es jeden Moment mit den Bombenangriffen losgehen kann. Und mit Giftgas. Mutter, du darfst deine Gasmaske nicht vergessen. Nein, Grace, ich möchte, dass du hierbleibst. Das bringt doch nichts.«

»Das kann durchaus was bringen«, sagte Grace. »Mir jedenfalls. Muriel vielleicht auch, das kann ich nicht beurteilen. Wenn ihr Bomben und Gas zum Opfer fallt, möchte ich lieber bei euch sein. Außerdem möchte ich mich… Na ja, ich würde Clifford gerne sehen.«

Mich von Clifford verabschieden, hatte sie eigentlich sagen wollen. Sie liebte ihn so sehr, ihren freundlichen, sanften, aufmerksamen Schwiegervater, der so nett zu ihr gewesen war. Sie konnte nicht auf dem sicheren Land bleiben und ihn gehen lassen, ohne ihn noch einmal gesehen zu haben.

»Grace, tut mir leid, aber das steht außer Frage«, sagte Charles. »Ich möchte, dass du hierbleibst, in Sicherheit. Und ein Auge auf die Dinge hast.«

»Was für Dinge?«, fragte Grace. »Außerdem hatte ich gesagt, dass ich nicht hier in Sicherheit bleiben möchte. Wenn du mich nicht im Wagen mitnimmst, Charles, komme ich mit dem Zug nach. Überleg's dir also.«

Charles schaute sie an, so wütend, dass sie fast Angst bekam. »Grace«, begann er mit schwerer Stimme, »Grace, ich sage es dir noch einmal…«

Aber dann ergriff Muriel das Wort. »Um Himmels willen, Charles«, sagte sie. »Wenn sie unbedingt möchte, lass sie doch. Vielleicht kann sie sich dort wirklich mal nützlich machen.«

Charles' wütendes Gesicht entschädigte sie fast für Muriels verletzende Worte. Offenbar gewöhnte sie sich allmählich an die ewige Taktlosigkeit ihrer Schwiegermutter.

Kurz nach zwei erreichten sie London. Sie waren eine Ewigkeit durch die vollständige Dunkelheit gefahren, ohne auch nur das Leuchten ihrer Scheinwerfer, während sie sich in London grob an der weißen Fahrbahnmarkierung orientieren konnten. Von den vielen Armeelastwagen mal abgesehen lagen die Straßen wie ausgestorben da, dachte Grace, und schienen direkt einem Albtraum entsprungen. Trotzdem hätte es eine beliebige Nacht in den letzten zwanzig Jahren sein können, so außerordentlich ruhig und friedlich war sie.

Als sie das Tor des St. Thomas Hospital erreichten, wurden sie von einem Luftschutzhelfer angehalten, der kurz mit einer Taschenlampe in ihren Wagen leuchtete.

»Mein Vater liegt hier«, sagte Charles. »Er ist schwer krank. Wo müssen wir hin?«

»In diese Richtung, Sir. Lassen Sie den Wagen dort stehen.«

»Gut. Es scheint ja alles ruhig zu sein.«

»Das ist es, Sir. Allerdings weiß man nicht, wie lange noch. Verdammte Teufel, diese Deutschen. Sie warten nur auf den rechten Moment. Ich hoffe, Ihrem Vater geht es einigermaßen, Sir.«

»Danke«, sagte Charles.

Grace war froh, aussteigen zu können. Sie hatte auf dem gesamten Weg hinten gesessen, und ihr war schon ewig übel.

Muriel starrte mit sonderbarer Miene auf das Krankenhaus. Es war nicht nur Trauer und Erschöpfung, dachte Grace, sondern vor allem auch Angst.

Clifford lag in einem kleinen Zimmer im ersten Stock. Sie wurden vom Pförtner hochgeleitet und oben an der Treppe von einer Schwester in Empfang genommen.

»Er liegt dort drüben«, sagte sie. »Bitte folgen Sie mir.«

»Wie … wie geht es ihm?«, fragte Muriel.

»Tut mir leid, aber das kann ich Ihnen nicht sagen. Da müssen Sie die Oberschwester fragen. Und den Arzt natürlich.«

Es war ein langer Flur. Die Stille war erdrückend. Alle hatten sie Angst vor dem, was sie am Ende des Gangs erwartete – ein sterbender Clifford, ein toter vielleicht schon –, und auch vor dem, was jeden Moment passieren konnte, ein plötzlicher Bombenangriff, Giftgas. Grace hätte am liebsten laut geschrien.

»Sie sind sehr mutig«, sagte sie unvermittelt zu der Krankenschwester, die ungefähr so alt zu sein schien wie sie selbst. »Haben Sie keine Angst?«

»Oh Gott, nein«, antwortete sie lächelnd. »Wir haben gar keine Zeit, Angst zu haben.«

»Ah, Mrs Bennett.« Die Stationsschwester kam auf sie zu. »Sie müssen ja vollkommen erschöpft sein von der langen Fahrt. Wie mutig von Ihnen, sich in die von Bomben bedrohte Stadt zu begeben.« Aus ihrer Stimme klang Ironie heraus, und sie schenkte ihnen ein kurzes Lächeln. Grace mochte sie auf Anhieb.

»Es wirkt ziemlich ruhig in der Stadt«, sagte Charles. »Wir hatten erwartet... na ja, keine Ahnung.«

»Tja, das geht allen so. Ich persönlich denke, dass sich eine gewisse Hysterie breitmacht. Aber egal. Mrs Bennett, es wird sie freuen zu hören, dass Ihr Ehemann... stabil ist. Sehr krank, aber stabil.«

»Verstehe«, sagte Muriel, und nur ein Zucken in den Mundwinkeln verriet, dass sie nicht frei von Gefühlen war.

»Natürlich wage ich keine Prognose«, sagte die Schwester. »Da müssen Sie morgen früh mit dem Arzt reden. Aber ich kann Ihnen versichern, dass es ihm nicht schlechter geht als bei seiner Einlieferung, vielleicht sogar ein bisschen besser. Das ist immerhin etwas.«

Muriel nickte stumm. Zwei Tränen lösten sich aus ihren Augen und rollten ungehindert über ihre Wangen. Grace nahm es verwundert zur Kenntnis, griff dann unwillkürlich nach ihrer Hand und drückte sie. Muriel zeigte keine Reaktion.

»Kann ich ihn sehen?«, fragte Muriel.

»Ganz kurz, ja. Stellen Sie sich allerdings darauf ein, dass er Sie nicht erkennt. Ich muss sicher nicht betonen, dass Sie ihn auf gar keinen Fall beunruhigen oder aufregen dürfen.«

»Natürlich nicht«, sagte Muriel.

Später saßen sie im Büro der Oberschwester. Sie hatte ihnen einen Tee gekocht, und Muriel wirkte vollkommen gefasst.

»Nun … wenn ich es recht verstanden habe, hat eine Mrs Saunders den Krankenwagen gerufen«, sagte sie.

»Das stimmt. Sie hat auch schon ein paarmal angerufen.«

»Haben Sie ihre Nummer?«, erkundigte sich Muriel. »Oder eine Adresse? Damit wir uns bei ihr bedanken können?«

»Nein, ich glaube nicht«, antwortete die Oberschwester. »Und eine Adresse auch nicht. Tut mir leid.«

Ihre Miene war teilnahmslos. Es war eine einstudierte Teilnahmslosigkeit, dachte Grace, die diesen Gesichtsausdruck selbst schon öfter aufgesetzt hatte.

»Nun«, sagte Charles, »wenn sie noch einmal anruft, Schwester, könnten Sie sie ja vielleicht danach fragen. Damit wir uns bei ihr bedanken können. Aber jetzt … Ich denke, wir sind alle sehr müde. Falls es keinen Sinn mehr macht, noch länger zu bleiben, sollten wir vielleicht in die Wohnung meines Vaters in der Baker Street fahren. Was meinen Sie, was …?«

»In der Tat, Sie sollten sich ein wenig ausruhen«, sagte die Schwester. »Im Moment besteht meines Erachtens keine unmittelbare Gefahr. Mr Bennett ist glücklicherweise ein starker Mann, und sollte eine Veränderung eintreten, würden wir Sie sofort informieren. Kommen Sie morgen früh wieder, dann können Sie auch mit Mr Mackie sprechen, das ist der behandelnde Kardiologe. Dann sollten wir auch schon mehr wissen.«

Ihr Tonfall war bestimmt. Sie hatte sichtlich keinerlei Absicht, einer verzweifelten Familie zu gestatten, hier die Gänge zu bevölkern, auch wenn es sich um teure, privat bezahlte Gänge handelte.

»Ja«, sagte Muriel, »das sollten wir tun. Wenn Sie sich sicher sind.« Plötzlich wirkte sie kleiner und zerbrechlicher und fast wie betäubt.

»Absolut sicher«, sagte die Schwester. »Trinken Sie in Ruhe Ihren Tee aus, und ich kümmere mich darum, dass jemand Sie hinausbegleitet.«

Sie brachten Muriel ins Bett, und Grace machte ihr eine heiße Milch mit Whisky. Muriel starrte an die Decke, wirkte aber etwas entspannter.

Grace stellte ihr die Milch ans Bett, beugte sich über sie und tätschelte ihre Hand. »Versuch einfach, dir keine Sorgen zu machen«, sagte sie. »Er wird sich bestimmt wieder erholen.«

»Ja«, sagte Muriel. »Vielleicht.« Nach einem Moment der Stille gab sie sich offenbar einen Ruck und erklärte: »Danke, dass du mitgekommen bist, Grace. Ich weiß das zu schätzen.«

»Ist schon in Ordnung«, erwiderte Grace.

Sie war noch nie in der Baker Street gewesen. Die Wohnung war ziemlich groß und sehr viktorianisch eingerichtet, eher wie ein Herrenclub, mit viel Mahagoni und Leder. Wenn Clifford hier seinen Herzinfarkt bekommen hatte, dann war danach gründlich aufgeräumt worden. Es waren keinerlei Spuren menschlicher Betätigung zu finden. Die Betten waren frisch bezogen, die ganze Wohnung makellos sauber.

Charles zeigte Grace das zweite Schlafzimmer und bat sie dann, einen Tee zu kochen, während er Florence anrief.

»Sie kommt morgen früh auch ins Krankenhaus«, teilte er ihr hinterher mit. »Sie klang vollkommen aufgewühlt. Die arme Florence. Sie hat ein schlimmes Jahr hinter sich.«

»Ja«, sagte Grace. »Ein wirklich schlimmes.«

Charles schaute sie scharf an. »Das klingt nicht gerade anteilnehmend«, sagte er. »Ich weiß, dass du Florence nicht magst, Grace, aber ich würde mir doch wünschen, dass du dir ein klein wenig Mühe gibst ...«

»Ich mag Florence«, sagte Grace müde. »Wenn hier jemand jemanden nicht mag, dann ist sie es. Oh Charles, lass uns bitte nicht streiten. Ich bin so müde. Und so traurig.«

Zu ihrer eigenen Überraschung brach sie in Tränen aus.

Charles setzte sich neben sie und nahm sie in den Arm. »Weine nicht, mein Schatz. Es tut mir leid. Du warst so wunderbar. Ich bin froh, dass du doch mitgekommen bist. Mutter wirkt jetzt so ... so ruhig.«

»Ja«, sagte Grace, »das tut sie. Charles, was denkst du, wer mag diese Mrs Saunders sein?«

»Wie ich schon sagte, sicher eine Mandantin«, antwortete Charles obenhin. »Ich werde sie morgen früh ausfindig machen und mich bei ihr bedanken.«

»Ja«, sagte Grace, »natürlich. Da hast du wohl recht.«

Sie sprach nicht aus, was sie sich auf der gesamten Fahrt nach London gefragt hatte: ob diese mysteriöse Mrs Mary Saunders für ihren Schwiegervater nicht mehr war als nur eine Mandantin. Und wenn ihr Gefühl sie nicht trog, war das etwas, das auch Muriel Sorgen bereitete.

KAPITEL 7

Herbst 1939

Linda Lucas stand an der Bahnsteigsperre und versuchte verzweifelt, ihren heißen Tränen Einhalt zu gebieten. Sie fühlte sich, als würde man ihr das Herz aus der Brust reißen. Mühsam konnte sie sich ein Lächeln abringen und den beiden kleinen, mageren Gestalten mit dem Taschentuch nachwinken, bis sie schließlich von der Menge verschluckt wurden. Der größere Junge drehte sich noch einmal um, das Gesichtchen tapfer beherrscht, während die weit aufgerissenen Augen verzweifelt nach ihr Ausschau hielten. Linda sprang hoch, damit er sie sehen konnte.

»Auf Wiedersehen, David. Sei immer schön brav. Und kümmere dich um Daniel. Wir sehen uns bald wieder.«

Hören konnte er sie nicht, aber er sah sie und erkannte, dass sie lächelte. Das heiterte ihn sichtlich auf. Sie war froh, dass sie ihren guten Mantel angezogen und sich mit ihren Haaren Mühe gegeben hatte. Jungen waren gern stolz auf ihre Mutter, auch wenn sie erst fünf und drei waren; sie wollten wie ihr Vater sein.

»Ich werde nicht weinen«, hatte der kleine Daniel gesagt, als er am Morgen beim Frühstück auf dem Schoß seines Vaters gesessen hatte, »denn du würdest auch nicht weinen, Dad. Nur Mädchen weinen, oder?«

»Für gewöhnlich schon«, hatte Ben Lucas gesagt, die dunklen Augen, die denen seines Sohns so sehr glichen, zärtlich und nachdenklich. »Aber vergiss nicht, Mädchen können uns auch etwas darüber beibringen, was es heißt, mutig zu sein.«

»Können sie nicht«, sagte David. »Und ich wette, du weinst nie, Dad.«

»Ich habe auch schon mal geweint«, sagte Ben. »Ich habe geweint, als mein eigener Vater gestorben ist. Man muss sich nicht schämen, wenn man weint, nicht wenn es sich um etwas Wichtiges handelt. Aber jetzt muss ich gehen. Macht euch eine schöne Zeit auf dem Land, wir sehen uns Weihnachten.«

»Das ist noch so lange hin«, sagte David und schob seinen Teller mit dem nicht angerührten Toast beiseite.

»Nein, nein. Die Zeit wird ganz schnell vorbeigehen. Ihr werdet sie genießen und hinterher viel zu erzählen haben. Tschüss, Daniel, gib mir einen Kuss. Du auch, David.«

Dann verzog er sich schnell, wobei er sich lautstark die Nase putzte. Seine Mutter, die ebenfalls in dem kleinen Haus in Acton wohnte, schaute ihm mit unverhohlenem Stolz nach. »Er ist so zart besaitet«, sagte sie. »Immer schon gewesen.«

Bens Sanftheit und seine Freundlichkeit waren der Grund, warum sich Linda überhaupt in ihn verliebt hatte. »Ich weiß, dass er anders ist«, hatte sie ihren Freundinnen erklärt, die überrascht waren, ja sogar schockiert über die Liaison ihrer quirligen, koketten Linda mit diesem stillen, schüchternen und nicht einmal besonders attraktiven Wesen. »Anders und zauberhaft. Mit ihm möchte ich zusammen sein, für immer und ewig. Und es ist nicht so, dass ich ihn heiraten *müsste*«, fügte sie bestimmt hinzu, als sie die unausgesprochene Frage in so vielen Augenpaaren sah. »Er hat es nicht einmal versucht.«

Aber als er es dann versuchte, war es wundervoll, fast vom ersten Moment an, und übertraf ihre kühnsten Erwartungen.

Das Leben war nicht leicht für sie. Als Lindas Vater starb, mussten sie zu Bens Eltern ziehen, in ihr winziges Haus. Ein Jahr später erkrankte sein Vater an Tuberkulose und ließ sie oft mit seiner Mutter allein, einer schwierigen, fordernden Alten, die in ihrer notorischen Eifersucht kein gutes Haar an Linda ließ. Nur ein Meter fünfzig groß, mit kleinem, kantigem Gesicht und einer sonderbar barschen Stimme, war sie strikt davon überzeugt, immer recht zu haben. Anfangs hasste Linda sie und trug, sehr zu Bens Kummer, lautstarke Wortgefechte mit ihr aus. Erst als Linda sie eines Abends allein im vorderen Zimmer fand, in die Lektüre eines Briefs vertieft, den ihr Ehemann ihr kurz vor seinem Tod im Krankenhaus geschrieben hatte, um sich für alles zu bedanken, bahnte sich eine zaghafte Freundschaft zwischen ihnen an.

Mrs Lucas hatte so herzerweichend geweint, dass Linda ihr zaghaft den Arm um die Schultern legte, und ihre Schwiegermutter hatte sich an sie geklammert. Als Ben heimkehrte, fand er die beiden schlafend auf dem alten, durchgesessenen Sofa vor, in einer unbequemen Verrenkung miteinander verbunden. Ihre Freundschaft wurde noch einmal besiegelt, als Linda mit beachtlichem Stoizismus die vierundzwanzig Stunden von Davids traumatischer Geburt ertrug (er wog über neun Pfund, befand sich in Steißlage, und die Hebamme glaubte nicht an Schmerzmittel) und Mrs Lucas ihre Hand hielt. Endgültig zementiert wurde sie achtzehn Monate später, als Daniel zur Welt kam. Er rutschte einfach auf den Wohnzimmerboden, während sie noch darauf warteten, dass Ben mit dem Arzt zurückkehrte.

»Der Schnellste warst du ja noch nie«, sagte sie munter, als Ben mit wildem Blick hereingerauscht kam und erklärte, der Arzt habe noch einen anderen Einsatz, sei aber bald da. »Nun reiß dich zusammen, hol mir ein paar Handtücher und steh nicht da und glotz wie ein Hornochse. Die Leute müssen ja denken, du hast das Kind selbst zur Welt gebracht.«

Auf diese Weise stritten sie sich in regelmäßigen Abständen, aber die Zuneigung zwischen ihnen war absolut unerschütterlich.

Linda konnte nie genau erklären, warum sie Ben so liebte und warum sie so glücklich waren. Sie hätten nicht unterschiedlicher sein können: Er war still, sie laut, er nachdenklich, sie impulsiv, er ernsthaft, sie geradezu leichtsinnig. Lindas Vorstellung von einem gelungenen Tag war es, von lauter Menschen umgeben zu sein, während er am liebsten mit ihr allein war. Musik war für Ben, was Linda Klassik nannte und äußerst langweilig fand. Sie liebte Glenn Miller, schmalzige Stimmen und alles, wozu man tanzen konnte. Bens Traum war es immer noch, Lehrer zu werden, während sie gern ein eigenes Haus mit Gästetoilette hätte und in den Urlaub fahren würde. Aber beide vergötterten sie ihre Söhne, ertrugen Bens Mutter und hegten füreinander die größte Bewunderung. Das überdeckte die beträchtlichen Probleme, mit denen sie zu leben hatten – die finanziellen Schwierigkeiten, die beengten Wohnverhältnisse, die entgegengesetzten Bedürfnisse –, und ließ sie unwichtig erscheinen. Eine Ehe könnte nicht besser funktionieren.

Aber jetzt wurden sie voneinander getrennt und auch von ihren Jungen, und das war äußerst schmerzlich.

»Hör auf zu weinen«, sagte David. »Hör sofort auf, Daniel, oder die Dame kommt wieder und schimpft.«

»Ich kann nicht«, sagte Daniel. »Ich will zu Mum. Ich will zu meiner Mum.«

»Du kannst jetzt nicht zu deiner Mum. Die ist in London. Da ist es zu gefährlich, weil da Bomben herumfliegen«, fügte er hinzu. Damit hatte er Daniel trösten wollen, aber das ging gründlich schief, und sein Bruder weinte noch lauter.

»Halt den Mund«, sagte David. »Sie kommt.«

Tatsächlich hörte man Schritte auf der leiterartigen Treppe zum Dachboden, dann erschien das Gesicht der Dame, ausgelaugt, gereizt und von der Anstrengung gerötet.

»Was ist denn das für ein Lärm hier oben? Ich sagte doch, ihr sollt schlafen.«

»Ja, Miss. Entschuldigung, Miss. Mein Bruder hat ein bisschen Heimweh, Miss.«

»Es würde ihm gar nicht gut bekommen, jetzt zu Hause zu sein, was? Bei all den Bomben. Ihr könnt von Glück sagen, dass ihr hier seid. Und jetzt seid still, ihr beiden, oder ich hole meinen Mann.«

»Ja, Miss.«

Als sie wieder weg war, streckte David den Arm aus und griff nach der Hand seines kleinen Bruders. »Es wird alles gut«, sagte er. »Weine nicht mehr. Auf dem Land zu leben macht Spaß, das sagen alle.«

»Ich mag das Land nicht«, sagte Daniel, aber er war jetzt ruhiger, ganz erschöpft vom Weinen. An Davids Hand geklammert schlief er ein. David konnte nicht schlafen. Er schaute in das Dämmerlicht hinaus und sprach sich Mut zu, mahnte sich, dass er der Ältere sei, dass er als Fünfjähriger mit gutem Beispiel vorangehen müsse und nicht daran denken dürfe, wie er seine Mutter in King's Cross zurücklassen musste. Wie er sie verzweifelt umarmt hatte, wie er versucht hatte, sich nicht an sie zu klammern, sich aber auch nicht sofort von ihr lösen konnte, von ihrer Wärme und dem vertrauten Duft, um Daniel das Feld zu überlassen und zuzuschauen, wie sie ihn küsste und an sich drückte und mühsam die Tränen zurückhielt, so schön mit ihrem hellblauen Mantel und

dem knallroten Lippenstift, viel schöner als alle anderen Mütter dort. Dann kam die dicke Dame mit dem Barett, die zuvor ihre Namen in einem Buch abgehakt hatte, gab ihnen
eine Reisetasche und sagte: »Und jetzt folgt mir, ihr beiden«,
während seine Mutter sagte: »Jetzt musst du ganz tapfer sein,
David, sei ein großer, tapferer Junge.« Er schluckte den Kloß
in seinem Hals hinunter, weil er wollte, dass sie stolz auf ihn
war, nahm Daniel fest bei der Hand und versuchte gleichzeitig, mit seinem schmutzigen Taschentuch die Tränen abzu-
wischen, und schon waren sie in einer großen Menge anderer
Kinder verschwunden, manche weinend, manche großspurig,
aber alle mit Namensschildern an der Brust und Rucksäcken
mit Gasmasken auf dem Rücken. Irgendwann schaute er noch
einmal zurück, als sie in den Zug gescheucht wurden, den Zug
an diesen ganz weit entfernten Ort namens – wie hieß er noch
gleich? – York-Dingsbums, und er konnte seine Mutter kaum
noch erkennen, weil sie in der Menge unterging und gegen das
Eisentor gedrängt wurde, aber er sah ihren hellblauen Arm
winken und wusste, dass sie noch da war, und dann wurde er
in einen Waggon geschoben, Daniels Hand immer noch fest
umklammert. Aber als er sich umdrehte, war hinter den Fenstern alles verschwunden, und er konnte sie nicht mehr sehen.

Den ganzen Tag waren sie gefahren, erst mit dem einen
Zug, dann mit einem anderen und dann noch mit einem Bus,
bis sie in einer Art Halle landeten, wo sie darauf warteten,
von einer Pflegemutter, wie sie genannt wurden, ausgewählt
zu werden. Manche sahen nett aus, aber ihre hatte ein gemeines, strenges Gesicht, fett obendrein, ein bisschen wie das von
Miss Barrington in der Schule. David wusste, dass sie sogar
noch Glück hatten, da sie nicht getrennt worden waren. Zwei
andere Brüder hatte man einfach auseinandergerissen und in
verschiedene Richtungen gedrängt. Beide hatten geweint. Ihre

Dame, die Mrs Harris hieß, hatte sie mitgenommen zu etwas, das sie ihr Quartier nannte, ein kleines, ziemlich schmutziges Cottage. Sie zeigte ihnen das Bad, das am anderen Ende des Gartens lag, und ihr Zimmer, das nicht wirklich ein Zimmer war, sondern eher ein Verschlag unter dem Dach, mit zwei improvisierten Schlaflagern auf dem Fußboden, und erklärte, dass sie als Gegenleistung für ihre Unterbringung hart zu arbeiten hätten. David wollte sich nicht mit ihr streiten, aber er wusste, dass sie fast ein halbes Pfund in der Woche für ihre Unterbringung bekam, das hatte er seinen Vater sagen hören. Was er sich allerdings nicht verkneifen konnte, war der Hinweis, dass Daniel erst drei und zu klein zum Arbeiten sei, aber die Frau erwiderte, für Arbeiten im Haus sei er nicht zu klein. »Ihr könnt auch im Garten helfen und so. Mein Mann arbeitet auf dem Bauernhof, da gibt es immer viel zu tun.«

Auch die zwei halben Kronen, die ihr Vater ihnen am Morgen »für Notfälle« gegeben hatte, nahm sie an sich. David wollte es ihr erklären, aber sie sagte, sie brauche das Geld für all die Dinge, die sie für sie besorgen musste. Das war schrecklich, aber noch schlimmer war, dass sie Daniel auch seine Kuscheldecke wegnahm, die alte Windel, ohne die er nicht einschlafen konnte. Angeblich war sie schmutzig, und sie wollte sie nicht im Haus haben, solange sie nicht sterilisiert war. Immerhin hatte sie die beiden abgewetzten Teddys unten in ihren Rucksäcken nicht gefunden. David war überzeugt davon, dass sie ihnen die auch weggenommen hätte.

Dann servierte sie ihnen, was sie das Abendessen nannte, ein paar Scheiben Brot mit Marmelade und ein paar Becher Tee, und schickte sie zu Bett. Da war es, wie ein heimlicher Blick auf die Uhr ergab, erst kurz nach fünf ...

***

Charles war fort. Er absolvierte in Sandhurst die Grundausbildung bei der Armee. Nach zwei, drei Monaten würde man
ihn zu seinem Bataillon schicken. Er ging als Lieutenant zu
den Royal Wiltshires, und man hatte ihm versichert, dass er
innerhalb weniger Monate zum Hauptmann oder sogar Major
befördert werden würde.

Grace war unendlich stolz auf ihn, trotz ihrer Trauer. Er
hatte nicht einen Tag gezögert, jedenfalls nicht, seit klar war,
dass Clifford aus dem Gröbsten heraus war. In der Nacht vor
seinem Weggang hatte sie eine Weile in seinen Armen geweint, und nachdem er mit ihr geschlafen hatte, hatte sie sich
an ihn geklammert, um sich später immer daran erinnern zu
können – obwohl er natürlich noch einmal nach Hause zurückkehren würde, vermutlich sogar mehr als einmal, bevor
man ihn an einen fernen, gefährlichen Ort schicken würde.
Am Morgen hatte sie ihm tapfer nachgewinkt, um dann in
ihrer düsteren Stimmung, die nicht nur mit Charles' Abschied
zu tun hatte, ins Haus zurückzukehren und dort auf und ab
zu wandern.

Mittlerweile war es Mitte Oktober. Clifford war wieder daheim und lag, rund um die Uhr von einer Krankenschwester
umsorgt, in einem Raum im Erdgeschoss, den Muriel für ihn
hergerichtet hatte. Er war immer noch sehr schwach, erholte
sich aber stetig. Grace verbrachte eine Menge Zeit bei ihm, las
ihm vor, plante mit seiner Hilfe den Garten des Mill House
neu oder saß einfach bei ihm und nähte, während er Radio
hörte. Er teilte ihre Liebe zur Musik, und so suchte sie im
dritten Programm Konzerte heraus, die ihnen beiden gefallen
würden, holte ein Tablett mit Tee und Keksen und zelebrierte
das Ereignis regelrecht. Muriel betrachtete das mit Missmut,
aber das war ihnen egal.

Charles hatte den Vormittag nach ihrer Ankunft in London damit verbracht, die mysteriöse Mary Saunders zu suchen. In den Kanzleiakten sei er nicht fündig geworden, teilte er seiner Mutter mit, aber das sei nur eine Frage der Zeit. »Vielleicht bekommt auch die Oberschwester etwas heraus.«

Die Suche blieb erfolglos, und auch die Oberschwester konnte ihnen nicht weiterhelfen. »Ein Rätsel«, sagte Charles zu Muriel, »aber sie muss etwas mit der Arbeit zu tun haben. Vielleicht ist sie eine Schreibkraft oder so.«

Sein Blick war weniger zuversichtlich als seine Stimme, aber Muriel gab sich mit der Erklärung zufrieden. Für Grace galt das nicht.

»Charles«, begann sie eines Abends leise, als Muriel zu Bett gegangen war, »was denkst du, wer diese Mary Saunders ist? Sie ist doch wohl nicht so etwas wie seine… na ja…« Ihre Stimme verlor sich.

Charles warf ihr einen finsteren Blick zu. »Was soll sie nicht sein?«, fragte er gereizt. »Was willst du damit andeuten, Grace?«

»Nichts«, sagte sie schnell.

»Doch, willst du.«

»Na ja, ich habe mich nur gefragt, ob sie… du weißt schon, Charles… ob sie vielleicht…«

»Wenn du unterstellen willst, dass zwischen meinem Vater und dieser Frau eine unschickliche Verbindung bestanden hat, Grace, dann würde ich dich bitten, noch einmal gut darüber nachzudenken.«

Sie hatte ihn noch nie so wütend erlebt und bekam fast Angst. »Nein, natürlich nicht«, sagte sie, »natürlich nicht.«

»Schön. Ich fände es nämlich nicht nur außerordentlich beleidigend, dass du meinem Vater so etwas zutraust, es würde auch meiner Mutter großen Kummer bereiten.«

»Schon gut, Charles«, sagte Grace. »Lass uns die Sache einfach vergessen. Tut mir leid, wenn es das ist, was du gedacht hast. Beziehungsweise was du gedacht hast, dass ich es denke.«

»Was für ein törichtes Gespräch«, befand Charles knapp. »Lass uns sofort damit aufhören, ja?«

»Ja, natürlich«, sagte Grace kleinlaut.

Aber an ihrem grundsätzlichen Verdacht änderte das nichts.

Robert hatte sich nicht freiwillig zum Militär gemeldet. Er hatte erklärt, dass er natürlich hingehe, wenn er einberufen werde, aber bis es so weit sei, würde er lieber in London bleiben und arbeiten. Florence sei immer noch schwach, und er wolle sie nicht allein lassen, außerdem stecke er bis zum Hals in Arbeit. Und überhaupt – wie er hinzufügte, als er Muriel von seiner Entscheidung unterrichtete – zeuge es von beachtlichem Mut, in der Hauptstadt zu bleiben.

Grace verspürte unwillkürlich eine gewisse Häme, als sie das hörte. Wenn Florence noch ihre Affäre hatte, musste sie darauf brennen, Robert loszuwerden.

Florence kam für ein paar Tage zu Besuch, als ihr Vater wieder daheim war. Muriel hatte erklärt, sie wolle sie gern bei sich haben, zumal London gefährlich sei. Dabei wirkte London überhaupt nicht gefährlich. Die Menschen amüsierten sich selbst über ihre anfängliche Panik, als Bomben- und Gasangriffe ausblieben, und die Vorsichtsmaßnahmen wirkten mit jedem Tag lächerlicher. Die Kinos, die man mit großem Tamtam geschlossen hatte, öffneten wieder; für Autoscheinwerfer wurden Blendkappen verteilt, und man durfte auch wieder Taschenlampen benutzen, wenn man den Lichtstrahl mit zwei Lagen Seidenpapier dämpfte. »Ehrlich«, sagte Florence, »man läuft eher Gefahr, nachts von einem Auto überfahren zu werden, als dass einem eine Bombe auf den Kopf fällt.«

Sie sah besser aus, dachte Grace, nicht mehr so dünn. Aber sie war immer noch hochgradig nervös, zuckte jedes Mal zusammen, wenn das Telefon klingelte, und saß abends angespannt vor dem Radio, um sich die Nachrichten anzuhören.

»Was wirst du eigentlich tun«, erkundigte sich Grace, »wenn Robert einberufen wird? Wohnst du dann bei deiner Mutter?«

»Keine Ahnung«, antwortete Florence vage. »Vielleicht bleibe ich auch in London. Ich möchte für das Rote Kreuz arbeiten. Eine meiner Freundinnen hat gesagt, dass man mich dort mit Kusshand nehmen würde.«

»Du bleibst ganz sicher nicht allein in London, Florence«, sagte Muriel bestimmt. »Ich hätte nicht einen Moment Ruhe. Du kannst auch hier für das Rote Kreuz arbeiten, wenn du dich nützlich machen willst.«

»Ich weiß nicht, was ich tun werde, Mutter«, erklärte Florence. »Clarissa hat gesagt, ich könne bei ihr wohnen, wenn ich möchte. Dann wäre ich nicht allein.«

»Das ist vollkommener Unsinn«, sagte Muriel. »Du bist doch nicht sicherer, nur weil ihr beide zusammen seid. Was hat Clarissa überhaupt vor? Ich hätte gedacht, sie zieht auch zu ihrer Mutter.«

»Sie denkt daran, zu den Wrens zu gehen«, sagte Florence, »aber Jack ist nicht begeistert von der Idee.«

»Das überrascht mich nicht«, sagte Muriel. »Wie ich Clarissa kenne, wird sie das allerdings nicht sonderlich beeindrucken.« Wie immer, wenn sie über Clarissa sprach, bekam ihre Stimme etwas Nachsichtiges.

»Ich könnte mir vorstellen«, sagte Grace, die sich ein wenig ausgeschlossen fühlte, »dass ich ein paar Evakuierte aufnehme.«

Schweigen entstand, dann sagte Muriel: »Was für eine abstruse Idee.«

»Warum?«, fragte Grace forsch. »Im Mill House haben wir jede Menge Platz, und es gibt so viele Menschen, die ein Zuhause brauchen. Diese armen kleinen Dinger«, fügte sie hinzu. »Sie wirkten so verloren neulich, als ich einen ganzen Bus hier eintreffen sah. Manche waren noch so winzig. Sie haben sich an ihre älteren Geschwister geklammert und krampfhaft versucht, nicht zu weinen.«

»Meine Liebe, viele von ihnen kommen aus schmutzigen Elendsquartieren«, sagte Muriel. »Wie ich hörte, haben sie Läuse und nässen ein. Mrs Tucker hat sogar gesagt, dass sich die beiden, die ihre Tochter aufgenommen hat... na ja, auf dem Fußboden erleichtert haben. Solche Kinder kannst du nicht im Mill House wohnen lassen.«

»Ich wage zu behaupten, dass man ihnen sehr schnell beibringen kann, die Toilette zu benutzen«, entgegnete Grace bestimmt. »Und gegen Läuse kann man etwas unternehmen. Mir scheint es einfach eine Möglichkeit zu sein, mich auch irgendwie nützlich zu machen.«

»Mag sein, dass Charles einverstanden ist«, sagte Muriel und musterte sie, als habe sie selbst ebenfalls Läuse, »aber ich würde es eher bezweifeln.«

»Ich sehe nicht, was Charles damit zu tun hat«, sagte Grace. »Er wird ja gar nicht dort sein.«

»Natürlich hat er etwas damit zu tun«, sagte Muriel. »Es ist schließlich sein Haus, in dem du diese Kreaturen einnisten würdest. Und wenn er mal Urlaub hat, wird er Ruhe und Frieden brauchen und nicht ein Kinderhotel vorfinden wollen.«

Grace schwieg. Aber am nächsten Tag rief sie im Rathaus von Shaftesbury an und erkundigte sich nach den Einzelheiten der Evakuierungspläne.

Sechs Wochen nach seinem Start in Sandhurst bekam Charles achtundvierzig Stunden Urlaub. Er wirkte müde und ein bisschen abgemagert, aber er hatte gute Laune und wusste etliche lustige Geschichten über sein neues Leben zu erzählen.

»Ich bin begeistert«, sagte er am ersten Abend beim Dinner. »Fabelhafter Kameradschaftsgeist. Fast bedauere ich es schon, keine militärische Karriere angestrebt zu haben.«

»Gütiger Himmel«, sagte Grace.

»Kannst du dir mich als General vorstellen, mein Schatz? Dann wärst du die Dame des Regiments. Nein, lieber nicht, das klingt eher nach Flittchen vom Regiment.«

Er war ziemlich beschwipst. Im nüchternen Zustand hätte er nie etwas so Unflätiges gesagt. Zum Dinner hatte er mehr als eine Flasche Rotwein getrunken, vorher bereits zwei gewaltige Gin Tonic. Er streckte die Hand aus, nahm die ihre und führte sie an die Lippen. »Ich habe dich vermisst«, sagte er. »Ich habe dich wirklich vermisst.«

»Ich dich auch«, sagte Grace wahrheitsgemäß.

»Lass uns einen Kaffee trinken, mein Schatz. Und dann begeben wir uns früh zur Ruh.«

»Ja. Ja, natürlich.«

In der Küche seufzte sie innerlich. Wenn Charles betrunken war, war der Sex noch berechenbarer und weniger einfühlsam als in nüchternem Zustand. Nach ein paar Brandys wäre er vielleicht einfach eingeschlafen – aber dann verdrängte sie den Gedanken schnell, schockiert über sich selbst. Ihr Ehemann war sechs Wochen fort gewesen, und sie wollte ihm seine – wie hieß das offiziell? – ehelichen Rechte verweigern? Was war sie nur für eine Frau? Als sie das Tablett hineintrug, lächelte sie entschieden.

»Hier bitte, mein Schatz. Hast du schon gehört, wo man dich hinschicken wird?«

»Eigentlich nicht, nein. Frankreich, könnte ich mir vorstellen.«

Dann schwieg er und zog heftig an seiner Zigarre.

»Ich habe mit deiner Mutter gesprochen. Laut Florence tut sich in London gar nichts«, sagte Grace. »Die Kinos öffnen wieder, und auch die Restaurants und so. Der einzige Unterschied zu früher besteht ihrer Ansicht nach darin, dass die Straßen wie ausgestorben daliegen, weil man das Benzin rationiert. Und die Polizisten tragen Stahlhelme statt Kappen. Sonst sind angeblich keinerlei Veränderungen zu bemerken.«

»War mir gar nicht klar, dass sich Florence als inoffizielle Kriegsreporterin betätigt«, sagte Charles. Aber er wirkte jetzt wieder munterer und schenkte sich noch einen Brandy ein. Vermutlich bereits den dritten, dachte Grace. »Die größte Veränderung hat sie allerdings übersehen: den Buckingham Palace in Kaki. Was für eine Schande.«

»Woher weißt du das?«, fragte Grace. »Du warst doch gar nicht in London, oder?«

»Nein, natürlich nicht«, sagte Charles. »Alle Soldaten wissen das, Grace. Das ist die bedeutendste militärische Errungenschaft dieses Jahrhunderts.« Er war wieder näher an sie herangerückt und massierte ihren Oberschenkel. »Los, mein Schatz, trink schnell deinen Kaffee aus, dann können wir hochgehen.«

Der Sex in dieser Nacht war, wie sie schon befürchtet hatte, mechanischer und gefühlloser als alles, was sie in Erinnerung hatte. Allmählich fürchtete sie schon, Charles keinerlei Lust schenken zu können. Sie hatte sogar schon versucht, das Thema anzusprechen, aber er hatte es abgewehrt: Das sei sein Terrain, und alles sei wunderbar. Sie selbst fand allerdings die absolute Vorhersehbarkeit seiner Bemühungen nicht gerade erregend und sperrte sich dagegen, dass er sie scheinbar mühelos zum Höhepunkt bringen konnte. Sich selbst hatte er dabei vollkommen unter Kontrolle, sodass er erst, wenn sie gekommen war, ebenfalls losließ, um sich dann prompt auf die Seite zu drehen und einzuschlafen. Wenn sie unter ihm lag und fast unwillig auf ihn reagierte, fühlte sie sich manchmal wie ein perfekt dressiertes Tier.

»Ich dachte«, sagte sie und schenkte Charles am Frühstückstisch ein strahlendes Lächeln, »dass du vielleicht deine Eltern zum Mittagessen einladen könntest. Ich habe ein schönes Stück Rindfleisch, das würde dein Vater sicher mögen. Bestimmt würde er auch gern hierherkommen. Mittlerweile ist er wieder ein wenig bei Kräften.«

»Warum nicht?«, sagte er und erwiderte ihr Lächeln. Ihm schien gar nicht in den Sinn zu kommen, dass die Nacht etwas anderes als das große Glück für sie gewesen sein könnte. »Mein Kopf brummt. Ich würde gern ein bisschen spazieren gehen. Möchtest du mitkommen, mein Schatz?«

»Nein, ich kümmere mich lieber ums Mittagessen«, sagte Grace. »Sonst würde ich natürlich gerne mitkommen, ich liebe Spaziergänge. Wo wir schon einmal dabei sind, Charles, ich hätte gern einen Hund. Dann würde ich mich weniger einsam fühlen. Und sicherer«, fügte sie hinzu.

»Gute Idee. Nimm aber einen anständigen, einen Labrador oder so. Ein kleiner Kläffer wäre witzlos.« Die Botschaft war klar: Ihr war glatt zuzutrauen, dass sie einen kleinen Kläffer anschaffte statt etwas Standesgemäßem. »Lass dir von meiner Mutter bei der Auswahl helfen.«

»Gut, in Ordnung«, sagte Grace, die sich eigentlich einen Cockerspaniel wünschte. Ganz bestimmt wollte sie keinen Hund, den Muriel für angemessen hielt, aber sie war so erleichtert über seine Zustimmung, dass sie sich nicht mit ihm streiten wollte. »Ich werde sie heute Mittag darauf ansprechen.«

»Grace möchte einen Hund, Mutter«, sagte Charles beim Rinderbraten. »Ich habe gesagt, du würdest ihr bei der Auswahl helfen. Nur wenn es dir recht ist, natürlich«, fügte er hinzu.

»Natürlich ist mir das recht«, sagte Muriel. »Gute Idee. Am besten nimmst du einen Labrador, Grace, einen schwarzen wie Marcus. Joan Durrants Hündin ist ein wunderbares Tier. Sie hat soeben geworfen. Wir könnten hinfahren und einen Blick auf die Welpen werfen. Ich rede mal mit ihr.«

»Ich hätte aber lieber eine Langhaarrasse.« Grace bemühte sich darum, eher bestimmt als unterwürfig zu klingen. »Einen Spaniel vielleicht. Oder einen Setter.«

»Oh, einen mit langen Haaren wirst du sicher nicht wollen«, sagte Muriel. »Die Haare verfangen sich im Unterholz und sind immer nur schmutzig. Setter sind auch so dumme Kreaturen und streunen in der Gegend herum. Nein, du musst einen von Joans Welpen nehmen. Die sind ideal für deine Bedürfnisse, und Charles mag sie auch.«

»Aber ...«

»Grace, mein Schatz. Wenn es etwas gibt, mit dem meine Mutter sich auskennt, dann sind es Hunde«, erklärte Charles. »Lass dich von ihr beraten. Labradore sind sehr klug und lassen sich gut erziehen. Und Joans Welpen sind immer kleine Schönheiten. Sie haben nie Probleme mit den Hüften oder so ...«

»Ich mag schwarze Labradore aber nicht so sehr«, sagte Grace in einem letzten Versuch, sich zur Wehr zu setzen. »Wenn, dann möchte ich wenigstens einen hellen ...«

»Grace, mein Schatz, es wird auch mein Hund sein«, sagte

Charles, und sein Tonfall deutete darauf hin, dass das Thema für ihn damit abgeschlossen war.

Grace erzählte Clifford, dass sie nach London fahre, um ein paar Sachen zu kaufen, und erkundigte sich beiläufig, ob sie ihm etwas mitbringen solle. Eigentlich hatte sie dabei keine Hintergedanken gehabt, aber noch als sie die Worte aussprach, fiel ihr ein, dass er vielleicht der mysteriösen Mary Saunders eine Nachricht oder sogar einen Brief zukommen lassen wollte.

Da lag sie offenbar richtig. Clifford schaute sie eine Weile an, dann sagte er: »Nett von dir, mein Schatz, aber ich habe alles, was ich brauche. Allerdings gäbe es vielleicht doch etwas… Vielleicht könnte ich dich um einen kleinen Gefallen bitten.«

»Ja?«

»Ich habe einen Brief, den ich gern verschicken würde. Er ist an… an eine meiner Mandantinnen gerichtet. Wenn Muriel den Verdacht hätte, dass ich mich auch nur ansatzweise meiner Arbeit widme, würde sie mich sofort hinter Schloss und Riegel bringen und die Krankenschwester als Kerkermeisterin davorstellen. Ich frage mich…« Er zögerte und lief leicht rot an. »Ich frage mich, ob du das vielleicht für mich tun könntest.«

»Ja, natürlich«, sagte Grace und schenkte ihm ein Lächeln. »Das wäre gar kein Problem. Möchtest du ihn mir sofort geben?«

»Ja, bitte. Wenn das für dich in Ordnung ist. Aber kein Wort zu Muriel.«

»Natürlich nicht«, sagte Grace. »Und Clifford… Na ja, wenn du dir dringende Post zusenden lassen möchtest, kannst du immer meine Adresse angeben. Das wäre kein Problem.«

»Das ist lieb von dir, mein Schatz. Ich werde alles tun, um dich nicht zu behelligen, aber im Falle eines Falles … Danke jedenfalls. Hier ist er schon, der Brief – bereits gestempelt, wie du siehst.«

Er gab ihr den Brief, der, wie erwartet, an eine Mrs Mary Saunders adressiert war. Die Adresse, die sie wirklich nicht übersehen konnte, lag in Hammersmith.

Grace war sich ziemlich sicher, dass diese Beziehung über eine rein geschäftliche hinausging. Wenn Clifford aber mit der Sache im Reinen war, dann wollte sie ihn nicht in Verlegenheit stürzen, indem sie ihren Verdacht laut aussprach. Indem sie Botendienste für ihn leistete, konnte sie ihm auch ein bisschen von seiner Freundlichkeit zurückgeben. Sie fragte sich, ob Mrs Saunders eine ehemalige Freundin von Clifford war. Oder eine gegenwärtige. Bei dem Gedanken musste sie kichern. Wenn sie mit Muriel verheiratet wäre, würde sie auch Ablenkung suchen.

Sie freute sich schon auf Weihnachten. Muriel hatte Florence und Robert überredet zu kommen, außerdem hatte sie – vermutlich auf Cliffords Vorschlag hin – auch Grace' Eltern zum Weihnachtslunch eingeladen. So angespannt die Stimmung auch sein würde, sie müsste sich jedenfalls keine Gedanken machen, weil sie die beiden sich selbst überließ.

Sie schmückte gerade den kleinen Baum, den sie in der Woche vor Weihnachten gekauft und in die Vorhalle gestellt hatte, als das Telefon klingelte. Janet kam und erklärte, es sei Mrs Grieg.

»Wer? Hallo? Oh, Florence«, sagte Grace überrascht. Florence hatte sie noch nie angerufen und nie auch nur den geringsten Versuch unternommen, ihr mehr als kühle Freundlichkeit entgegenzubringen.

»Hallo, Grace. Wie geht es dir?«

»Mir geht es gut. Bestens, wirklich. Und dir?«

»Mir geht es gut, danke.« Florence klang ziemlich nervös und ... verlegen? »Hör zu, Grace. Ich habe mich gefragt, ob ich ... na ja ... Dürfte ich dich wohl um einen Gefallen bitten?«

»Ja, warum nicht«, sagte Grace zögernd.

»Könnte ich zu dir kommen und im Mill House wohnen, nach Weihnachten, für ein paar Tage? Allein, meine ich. Robert muss wieder zurück, er hat schrecklich viel zu tun, und ich würde gern noch ein bisschen bleiben. Aber ich glaube nicht, dass ich Mutter im Moment allzu lange ertrage.«

»Oh«, sagte Grace. Sie wusste nicht, wie sie reagieren sollte.

»Na ja, sie fängt immer wieder damit an, dass ich dort wohnen soll, wenn Robert eingezogen wird. Aber ich möchte das nicht« – nein, dachte Grace, da bin ich mir sicher, dass du das nicht möchtest – »und das geht mir allmählich auf die Nerven. Ich dachte, wenn ich sage, dass ich ein bisschen Zeit mit Charles und dir verbringen will, dann hat sie bestimmt nichts dagegen. Wäre das in Ordnung?«

»Na ja, ich denke schon«, sagte Grace verblüfft. Die Geschichte klang ziemlich unglaubhaft, da Florence ihre Mutter gar nicht zu beachten schien. Grace konnte sich nicht vorstellen, dass sie es zuließ, dass ihr Muriel auf die Nerven ging. Andererseits konnte sie sich auch nicht vorstellen, warum Florence sonst bei ihnen bleiben wollte. Sollte es diesen Mann noch geben, würde sie doch nach London zurückkehren wollen.

»Vielen, vielen Dank. Ich komme am Abend des zweiten Weihnachtsfeiertags, wenn das in Ordnung ist. Auf Wiedersehen, Grace. Ich freue mich schon, dich zu sehen«, fügte sie hinzu, weil sie sich offenbar gerade noch rechtzeitig darauf besonnen hatte. Grace musste fast lachen.

»Ganz meinerseits, Florence. Also dann, bis Weihnachten.«

»Ach, übrigens, ich könnte euch ein wenig zur Last fallen. Ich habe mir das Handgelenk verstaucht, als ich gestern auf den vereisten Stufen ausgerutscht bin. Ich kann mir nicht einmal mehr mein Essen klein schneiden. Und an meiner Stirn wird bald ein großer Bluterguss prangen. So etwas Dämliches. Tschüss, Grace.«

»Tschüss, Florence. Tut mir leid, das zu ...« Aber Florence hatte bereits aufgelegt. Sie schien eine große Begabung dafür zu haben, sich Treppen hinunterzustürzen, dachte Grace.

Charles kam an Heiligabend nicht. Er rief nach Mitternacht an, als Grace fast schon hysterisch am Kamin saß und sich vorstellte, wie sein Zug auf den vereisten Schienen verunglückt war oder eine unerwartete militärische Notlage seine sofortige Abkommandierung nach Frankreich erfordert hatte oder ein Wagen wegen der Verdunklungsmaßnahmen im Graben gelandet war.

»Schatz, ich bin es!«, rief er in die knisternde Leitung. »Es tut mir furchtbar leid, aber es hat sich alles verzögert, und jetzt komme ich hier nicht mehr weg. Das wäre viel zu gefährlich. Ich werde morgen früh aufbrechen, dann bin ich mittags bei dir. Wenn ich mich nicht verfahre, wo man doch all die Verkehrsschilder umgedreht hat. Tut mir leid, dass ich mich nicht eher gemeldet habe, aber ich kam einfach nicht durch. Was? Ach, Schatz, sei nicht albern. Es herrscht Krieg, das weißt du doch.«

Also ging Grace allein ins Bett, nicht sicher, ob sie in erster Linie Wut, Erleichterung oder Missmut verspürte. Sie sagte sich, dass ja tatsächlich Krieg herrschte und immer mit so etwas zu rechnen war, aber sie fragte sich schon, warum es für ihn unmöglich gewesen sein sollte, früher anzurufen. Sie konnte sich kaum vorstellen, dass man ihm erst von der Verzögerung erzählt hatte, als er in Richtung Heimat aufbrechen wollte.

Charles traf am ersten Weihnachtstag um halb zwei in der Abtei ein. Er wirkte erschlagen, aber auch aufgekratzt, als er sie in der Einfahrt, immer noch in Uniform, überaus zärtlich umarmte und küsste. Dann holte er eine unfassbare Menge an Geschenken aus dem Kofferraum seines MG. Nach dem Mittagessen, bei dem er die ganze Zeit redete, verteilte er sie mit großem, durchaus rührendem Stolz: einen Seidenschal für Grace, einen weiteren für ihre Mutter, Zigarren für ihren Vater, Parfüm für Florence und Muriel, eine Krawatte für Robert und eine Erstausgabe von *Bleak House* für seinen Vater.

»Charles, wie großzügig!« Clifford betrachtete begeistert sein Geschenk. »Die Armee scheint dich ja fürstlich zu bezahlen. Hat man dich schon zum Brigadegeneral befördert, mein lieber Junge?«

»Nein, aber wenn wir nach Frankreich aufbrechen, werde ich Major sein«, sagte Charles. »Wie findest du das, Grace, mein Schatz? Bist du nicht stolz auf mich?«

»Schrecklich stolz«, sagte Grace. »Charles, wo hast du nur all die hübschen Sachen her? Ich dachte, die Geschäfte seien alle leergeräumt.«

»Oh«, sagte er vage, »aus London. Wir mussten vor vielen Monaten zu einem Regimentsdinner.«

»Schön für das Regiment«, sagte Grace und lächelte ihn an. Sie hatte ihm verziehen. Dass Florence sie besuchen würde, hatte sie ihm noch nicht erzählt, aber das würde ihn sicher freuen.

Florence wirkte ruhig, aber guter Dinge. Robert war sehr aufmerksam, schnitt ihr das Essen klein und erkundigte sich ständig, ob ihr Handgelenk schmerze. Der Bluterguss an der Stirn verwandelte sich in eine interessante Mischung aus Grün und Violett. Einen zweiten hatte sie, wie Grace auffiel, am Knie, sodass sie unter Schmerzen humpelte. Offenbar war es ein schlimmer Sturz gewesen.

Muriel erkundigte sich bei Robert, wann er einberufen werde. Robert sagte, er habe noch nichts gehört. Es gehe alles ein bisschen langsamer als gedacht. »Es herrscht wohl Mangel an Uniformen und Waffen, was aber natürlich niemand wissen soll.« Er hoffe, zu den Pionieren zu kommen, erklärte er, da er sich immer ein bisschen als Pionier gesehen habe. Aber solange er überhaupt aktiv Dienst leisten könne, sei ihm alles andere egal. »Mein Vater wurde bei Mons getötet. Ich freue mich schon auf die Revanche.«

Grace lief ein Schauer über den Rücken. Diese kaltblütige Entschlossenheit passte gar nicht zu dem liebevollen, sensiblen Robert, den sie kannte. Aber wenn man ohne Vater aufgewachsen war, wurde man vielleicht kaltblütig in solchen Dingen. Sie schaute zu Florence hinüber, um zu sehen, wie sie das aufnahm, aber die vertiefte sich demonstrativ in die *Radio Times*. »Wir dürfen die Rede des Königs nicht verpassen«, sagte sie jetzt.

Sie saßen im Salon und tranken Tee, als es an der Haustür klingelte. Clifford fing Grace' Blick auf und sagte mit einem Zwinkern: »Ich geh schon.«

Nachdem er langsam den Raum verlassen hatte, hörte man Gelächter und ein Jaulen. Schließlich kam er wieder herein, ein zappelndes, in eine Decke gehülltes Bündel im Arm.

»Nun«, sagte er, »das wurde soeben abgegeben. Grace, mein Schatz, das ist für dich. *Sie* ist für dich, sollte ich besser sagen, da ich sie ja nicht beleidigen will. Hier ist sie also, von ganzem

Herzen, ein Zeichen der Dankbarkeit für all die Konzerte, die du für mich organisiert hast. Frohe Weihnachten.«

Mit diesen Worten legte er Grace ein kupferfarbenes, seidiges Etwas in den Arm. Es zitterte leicht, aber als Grace es ganz sanft streichelte und ihm lachend einen Kuss auf den Kopf gab, reckte es sich, schnüffelte ein bisschen und leckte ihr dann vorsichtig die Nase.

»Sie heißt Maplethorpe Bougainvillea«, sagte Clifford, »aber ich könnte mir vorstellen, dass du ihr einen kürzeren Namen geben wirst.«

»Oh«, sagte Grace und schaute durch einen Schleier der Tränen zu ihm auf. Sie hatte nie zu hoffen gewagt, dass sie wirklich einen Welpen bekam. »Oh Clifford, sie ist so hübsch. Vielen, vielen Dank. Ich freue mich so sehr. Ich freue mich wirklich unglaublich. Wie soll ich sie nur nennen?« Im Geiste kramte sie nach etwas Taktvollem, etwas Nettem, das irgendwie den Ärger mildern könnte, den Charles empfinden musste. »Charlotte. Ja, das ist es: Charlotte. Damit sie nie ihr Herrchen vergisst, den Herrn Major, wenn er fort ist.«

»Mit der wirst du eine Menge Ärger haben«, sagte Muriel gereizt. Aber selbst über ihr Gesicht huschte eine Art Lächeln, als das kleine Wesen aus Grace' Armen schlüpfte und auf seinen schwachen Beinchen auf sie zuwankte. Und Charles, besänftigt durch einen großen Port, griff nach dem Welpen und schlief im nächsten Moment am Kamin mit ihm ein, ein überaus gutmütiges Lächeln im Gesicht.

»Was für ein herrliches Weihnachtsfest«, sagte Betty, als sich Frank und sie eine Stunde später auf den Weg machten. »Herzlichen Dank für die Einladung, Muriel. Wir können nur hoffen und beten, dass der Krieg nächstes Jahr um diese Zeit vorüber sein wird.«

»Amen«, sagte Clifford trocken.

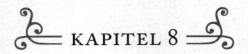

KAPITEL 8

Winter – Frühjahr 1940

Charles war wieder fort, und Grace hatte echten Schmerz empfunden, als der MG am Ende der Straße verschwand. Bevor er nach Frankreich abkommandiert wurde, würde er noch einmal heimkommen, aber nur für vierundzwanzig Stunden. Der Krieg, der bis Weihnachten so weit weg und fast unwirklich erschienen war, wurde plötzlich real, schmerzhaft und beängstigend.

Sie kehrte ins Haus zurück, rief nach Charlotte und setzte sich mit ihr in den großen Sessel am Wohnzimmerkamin. Plötzlich fühlte sie sich unendlich allein.

»Grace? Grace, ist alles in Ordnung?«

Das war Florence. Ihre Miene wirkte aufrichtig besorgt. Grace war überrascht.

»Ich denke schon«, sagte sie, nicht gewillt, Florence ihr Herz auszuschütten.

»Soll ich dir etwas zu trinken holen? Eine schöne Tasse Tee, wie Maureen sagen würde? Oder eine Zigarette?«

»Nein, wirklich nicht.« Grace richtete sich auf und setzte Charlotte auf den Boden, wo sie sich prompt hinhockte und eine Pfütze hinterließ.

»Ach, wie reizend«, sagte Florence geistesabwesend. »Solltest du das nicht besser aufwischen?«

Grace holte einen Lappen und rieb erfolglos am Teppich

herum. »Versuch es mit Sodawasser«, schlug Florence vom Sofa aus vor, als plötzlich das Telefon klingelte.

»Ich geh schon.« Florence sprang auf. Es war das erste Mal an diesem Morgen, dass sie sich bewegte. »Mach dir keine Umstände.«

Nach einem kurzen Gespräch kam Florence zurück. Sie sah etwas verlegen aus. »Grace, wäre es in Ordnung, wenn ich mich für morgen verabschiede? Das war Clarissa. Offenbar geht es ihrer Patentante nicht gut, und sie hat mich gebeten, ihr einen Besuch abzustatten. Drüben in Bath.«

»Oh. Ja, natürlich«, sagte sie. Plötzlich ergab Florence' Besuch Sinn. Wäre sie ihrer Mutter mit diesem Märchen gekommen, hätte die darauf bestanden, sie zu begleiten.

»Gut. Dummerweise kann ich mit diesem verdammten Handgelenk nicht selbst fahren. Aber Mrs Hartington, die Patentante, schickt ihren Chauffeur vorbei. Ist das nicht reizend? Bist du dir sicher, dass ich dich allein lassen kann, ohne schrecklich unhöflich zu wirken?«

»Natürlich«, erwiderte Grace knapp. »Du musst unbedingt hinfahren. Das ist wirklich nett von dir, Florence.«

»Ach, mir macht das nichts aus«, sagte Florence. »Es ist eine amüsante alte Dame. Ich liebe es, ihr zuzuhören.«

»Das glaube ich gern«, sagte Grace. Florence warf ihr einen scharfen Blick zu, aber Grace lächelte.

Ganz war der Besuch bei der Patin anscheinend nicht erfunden. Zumindest fuhr am nächsten Morgen ein prächtiger hellgrauer Rolls-Royce vor dem Mill House vor, und ein uniformierter Chauffeur kam an die Tür und fragte nach Mrs Grieg.

»Auf Wiedersehen, Grace«, sagte Florence und küsste sie flüchtig. »Wir sehen uns heute Abend.«

Sie musste sehr aufgeregt sein, dachte Grace, denn sie hatte sie noch nie geküsst.

Nach dem Tee klingelte das Telefon. Es war Florence; sie klang angespannt.

»Grace, ich bin's. Hör zu, Grace, ich sitze in der Klemme. Der Chauffeur kann mich heute Abend nicht zurückbringen, wegen der Verdunkelung, und Busse fahren natürlich auch nicht. Daher werde ich wohl hierbleiben müssen. Ist das in Ordnung?«

»Natürlich ist das in Ordnung, Florence«, sagte Grace, der ganz übel wurde. »Du kannst tun und lassen, was du willst.«

Am anderen Ende der Leitung herrschte Schweigen, dann sagte Florence: »Ich weiß nicht, was du meinst, Grace. Ich *will* nicht hierbleiben – ich kann nur nicht zurück.«

»Nein«, erwiderte Grace, »das hattest du bereits gesagt.«

Noch mehr Schweigen. »Nun, dann auf Wiedersehen, Grace«, sagte Florence schließlich. »Wir sehen uns morgen früh. Ach übrigens, sollte Robert zufällig anrufen und nach mir fragen, könntest du ihm die Sache erklären? Aber ich bin mir sicher, er ruft nicht an. Bis dann, Grace.«

Die Leitung war tot, bevor Grace sich nach der Telefonnummer erkundigen konnte.

Sie ging in die Küche und schenkte sich, was sie sonst nie tat, einen starken Whisky ein. Der Gedanke an Florence' Umtriebe und das damit verbundene Risiko flößten ihr Angst ein. Was, wenn Robert tatsächlich anrief und dann versuchte, Mrs Hartington zu erreichen? Schwer dürfte es nicht sein, ihre Nummer herauszufinden. Clarissa hatte sie natürlich und vielleicht sogar Muriel. Und dann wäre Florence vermutlich gar nicht dort. Sicher würde nicht einmal Clarissas Patentante so dreist für sie lügen, oder? Grace fürchtete sich den ganzen Abend über vor dem Klingeln des Telefons, aber es blieb erfreulich still.

Bis zum Morgen, als Robert doch anrief.

»Ich habe ihm erzählt, dass du zum Einkaufen in Shaftesbury bist«, sagte Grace, als Florence gegen Mittag schließlich zurückkehrte und verlegen erklärte, ein lieber Freund von
Mrs Hartington habe sie am Ende der Straße abgesetzt. »Ich
weiß nicht, warum ich für dich lügen sollte, Florence, aber ich
habe es getan. Das solltest du besser wissen, falls du mit ihm
redest.«

»Grace«, begann Florence zögernd.

»Hör zu, Florence«, sagte Grace. »Mir ist egal, was du tust.
Aber ich habe dich mal in London gesehen, mit ... nun, jedenfalls nicht mit Robert. Allerdings habe ich keine Lust, wegen
dir lügen zu müssen. Und noch weniger Lust habe ich, mich
von dir wie eine Vollidiotin behandeln zu lassen. Verzichte zu-
künftig besser darauf, denn so dumm bin ich nicht.«

Ein langes Schweigen entstand. Dann sagte Florence langsam, als sei es entsetzlich schwer und schmerzhaft, auch nur
zu beginnen: »Grace, bitte, ich sollte wohl versuchen, es dir zu
erklären ... damit du verstehst ...«

»Lieber nicht«, sagte Grace. »Ich verstehe dich schon. Nur
zu gut.«

»Grace«, sagte Florence. Ihre Stimme war unbeschreiblich
müde und traurig, und ihr kantiges Gesicht wirkte plötzlich
sanfter und zerbrechlicher. »Grace, ich versichere dir, dass du
es nicht verstehst. Das kannst du gar nicht.«

Am Nachmittag reiste sie ab, ohne noch einmal auf das
Thema zurückzukommen.

***

»Bist du dir sicher, dass es die richtige Entscheidung war?«,
fragte Ben. »Ich sehe das nicht, Linda, nicht mehr. Es ist doch
überhaupt nicht gefährlich hier, oder?«

»Ja, solange die Häuser nicht bombardiert werden«, sagte Linda. »Oh Ben, ich weiß es nicht. Im Moment scheint es in Ordnung zu sein, klar. Aber wenn du erst einmal für immer gegangen bist…« Sie schaute ihn an und lachte etwas beklommen. »Oh Ben, das war nicht so gemeint. Ich wollte sagen, wenn du nach Frankreich oder so gegangen bist, was dann?«

»Ich weiß schon. Aber mir wäre es lieber, wenn ihr drei zusammen wärt. Wirklich.«

»Wenn es Bomben hagelt?«

»Hier wird nichts hageln, Linda. Ganz besonders nicht, wenn ich in Frankreich bin.«

»Nein«, sagte Linda, »du wirst sie alle aufhalten, was, Ben Lucas? Wenn du dort bist, haben die Bomben keine Chance.«

Ben seufzte, ging zum Fenster und schaute auf die schmale Straße hinab, wo David und Daniel mit anderen kleinen Jungen Fußball spielten. »Ich fand es schrecklich, als sie zum ersten Mal nach Hause gekommen sind«, sagte er. »Sie wirkten so… verändert. Klein Daniel war so nervös und David so still. Jetzt haben sie sich gerade ein bisschen erholt und wirken wieder etwas munterer, und da wollen wir sie zurückschicken?«

»Wir müssen ja nicht«, sagte Linda, »natürlich nicht. Aber die beiden haben doch einen guten Eindruck gemacht, das hast du selbst gesagt. Daniel ist fast zehn Zentimeter gewachsen und redet ständig von diesem Kaninchen, und sie haben so frische Farbe im Gesicht. Du weißt doch, wie Kinder sind. Sie denken sich irgendwelche Geschichten aus, damit man sie bedauert. Wenn diese Leute wirklich so schlimm wären, wie sie behaupten, würden sie nicht so gut aussehen.« Überzeugt klang sie allerdings nicht. Die Vorstellung, dass sie so weit weg waren, quälte sie.

»Nein«, sagte Ben unvermittelt. »Ich habe mich entschieden. Die beiden bleiben hier. Sie gehören hierher, zu uns. Ich möchte, dass du ins Rathaus gehst und dieser Frau erklärst, dass sie nicht aufs Land zurückkehren.«

»Gut«, sagte Linda. »Wenn du wirklich willst. Du bist der Boss.«

Ben fing vom anderen Ende des Raums ihren Blick auf. »Wenn du es sagst«, meinte er grinsend.

»Natürlich bist du das, sei nicht albern. Aber wenn uns Bomben auf den Kopf fallen, gib nicht mir die Schuld.«

»Versprochen«, sagte Ben. Er ging zu ihr, nahm sie in die Arme und küsste sie. Nach einem kurzen Zögern drückte sie sich langsam an ihn, ganz sanft. Ihre Hüften bewegten sich behutsam.

»Oh Linda«, sagte er, »Linda. Ich werde dich vermissen. Ich werde dich so sehr vermissen.« Seine Hände glitten ihren Rücken hinab und streichelten ihren festen kleinen Po.

»Jetzt nicht, Ben«, sagte sie lachend und schob seine Hand beiseite. »Es ist drei Uhr nachmittags.«

»Ja und? Gibt es ein Gesetz, dass man es nur in tiefster Finsternis tun darf? Nun komm schon, Linda, morgen muss ich wieder ins Feld. Du würdest einem Soldaten doch nichts abschlagen, was seine letzte schöne Erinnerung sein könnte, oder?«

»Du bist ein schlauer Fuchs, Ben«, sagte Linda. »Nein, das würde ich wohl kaum tun. Wenn ich es recht bedenke, könnte ich selbst ein paar schöne Erinnerungen gebrauchen.«

Als eine Stunde später verschiedene glückliche Momente sicher abgespeichert waren, richtete sie sich im Bett auf und griff nach ihren Zigaretten. Hinterher war ihr immer danach, obwohl das angeblich nur Männer taten. Sie schaute auf Ben hinab. Er war eingeschlafen, ein sanftes Lächeln im Gesicht.

Oh Gott, wie sie ihn liebte. Ihr Vater hatte gesagt, Ben sei zu gut für sie, und sie dachte das oft auch. Er war so klug, so geduldig, so ... na ja, so gut eben. Vielleicht, dachte sie, während sie sich zurücklehnte und Qualm ausstieß, wäre es ihm nach dem Krieg immer noch möglich, seinen Traum zu verwirklichen und Lehrer zu werden. Es war ihm doch so wichtig, und wenn die Jungen in die Schule gehen würden, könnte sie wieder arbeiten und für ein paar Jahre den Lebensunterhalt verdienen. Immerhin hatte er die Prüfungen an der Abendschule bereits abgelegt. Es wäre die Mühe doch wert, wenn er dann glücklich wäre. Obwohl sie sich beim besten Willen nicht vorstellen konnte, wie jemand an die Schule zurückkehren wollte. Für Linda war die Schule ein einziger Albtraum gewesen.

Sie würde ihn unglaublich vermissen, was besonders auch für den Sex galt. Bens Einfühlungsvermögen war überwältigend. Absolut umwerfend. Irgendwie nahm er sie immer mit und führte sie zu Empfindungen und Freuden, von denen sie niemals zu träumen gewagt hätte. Jedes einzelne Mal. Er wusste einfach, was sie wollte, und gab es ihr. Und wenn er es nicht wusste, fragte er sie. Fragte und hörte zu. Das verlieh ihr das Gefühl, etwas Wichtiges zu sein, etwas Besonderes. Sexy. Irgendwie gehörte alles zusammen. Er sagte ihr, dass er sie liebte, und wollte es ihr beweisen, in jeder erdenklichen Hinsicht.

Bens Abschied wurde nicht leichter dadurch, dass sie mit seiner Mutter allein sein würde. Mittlerweile kamen sie leidlich miteinander aus, aber ein großes Vergnügen war es nicht.

Ben rührte sich und lächelte verschlafen zu ihr auf. Sie beugte sich hinab und gab ihm schnell einen Kuss. Dann stand sie auf, zog sich an und ging zu den Jungen, um ihnen mitzuteilen, dass sie nicht aufs Land zurückmussten. David warf sich in ihre Arme, umarmte sie stürmisch und küsste sie.

Daniel hingegen brach sofort in Tränen aus. »Und was ist mit meinem Kaninchen?«, fragte er.

»Kinder!«, rief Linda entnervt.

***

Grace kam von einem Spaziergang mit Charlotte zurück, als das Telefon Sturm läutete. Gerade als sie zum Hörer greifen wollte, hörte es auf. Sie nahm trotzdem ab und sprach mit Mrs Boscombe.

»War es ein Ortsgespräch, Mrs Boscombe?«

»Ja, meine Liebe. Es war Mr Bennett. Er ist allerdings nicht zu Hause, sondern im Büro in Shaftesbury. Für mein Dafürhalten sollte er auf keinen Fall arbeiten, aber so ist das eben. Soll ich eine Verbindung herstellen?«

»Oh … ja bitte«, sagte Grace.

»Gut. Und wie geht es dem Major?«

Charles' zweite Beförderung hatte in der Gegend bereits die Runde gemacht, größtenteils durch Mrs Boscombe selbst.

»Dem geht es gut, danke. Er bekommt demnächst Urlaub …«

»Ja, meine Liebe, ich weiß. Nächstes Wochenende, nicht wahr? Bevor er nach Frankreich geht. Wie ich höre, muss Mr Grieg auch bald fort. *Captain* Grieg sollte ich wohl besser sagen.«

»Ja, das stimmt«, sagte Grace. Manchmal dachte sie, Hitler könnte sich nichts Besseres wünschen als eine Direktleitung zu Mrs Boscombe. Sie schien im Besitz detaillierter Informationen über die halbe britische Armee zu sein.

»Clifford? Hier ist Grace.«

»Ah, Grace, gut.« Er klang verlegen und aufgewühlt. »Einen Moment, meine Liebe, ich schließe nur schnell die Tür.«

Nach einer Pause erklang seine Stimme wieder. »Hör zu, daheim hat es eine gewisse Aufregung gegeben. Meine... nun ja, Mandantin Mrs Saunders hat mich zu Hause angerufen, und Muriel war... ziemlich wütend. Ich werde also für ein paar Tage nach London fahren und in der dortigen Wohnung wohnen. Ich wollte dich eigentlich nur vorwarnen, das ist alles.«

»Oh Clifford«, sagte Grace. Sie hatte also recht gehabt. Mary Saunders war wesentlich mehr als eine Mandantin. »Das tut mir furchtbar leid. Kann ich irgendetwas für dich tun?«

»Leider nicht«, antwortete er. »Aber mach dir keine Sorgen, mein Schatz, es wird sich alles einrenken, da bin ich mir sicher. Vielleicht könntest du Muriel ja in ein, zwei Tagen mal anrufen... um dich zu erkundigen, wie es ihr geht.«

»Ja, natürlich«, sagte Grace, der schon bei der Vorstellung mulmig war.

»Dann sage ich *au revoir*. Und falls du mal in London sein solltest, musst du mich unbedingt besuchen kommen.«

»Ja, natürlich«, sagte Grace noch einmal. »Du bist in der Baker Street, oder?«

»Ja. Und danke noch einmal für dein Verständnis, das weiß ich sehr zu schätzen. Obwohl ich es leider nicht verdiene.« Grace dachte das Gegenteil. Als sie auflegte, war sie bedrückt. Sie würde Clifford schrecklich vermissen.

***

»Er geht!«, sagte Florence. »Endlich. Am Samstag. Ich kann es immer noch nicht fassen. Führst du mich zum Essen aus? In ein umwerfendes Restaurant wie das Ritz? Und spendierst du mir Champagner in Strömen?«

»Nein«, sagte Giles, »das werde ich bestimmt nicht tun.«

»Du Monster!«

»Überhaupt nicht. Ich werde mit dir ins Bett gehen und dich lieben, immer und immer wieder. Da können wir auch Champagner in Strömen fließen lassen – eine Flasche pro Orgasmus vielleicht. Klingt das nicht besser?«

»Ich denke schon«, sagte Florence.

»Du siehst fertig aus«, sagte er und strich ihr übers Haar. »So mager. Mager und blass. Und wie um Himmels willen hast du dir nur den Bluterguss an der Schulter zugezogen?«

»Das habe ich doch schon gesagt. Ich bin im Bad ausgerutscht. Betrunken, wieder einmal...«

»Du leichtsinniges altes Ding. Meinst du nicht, du trinkst zu viel?«

»Möglich«, sagte Florence. »Aber an meiner Stelle würdest du auch zu viel trinken.«

»Das tue ich sowieso. Aber gut, jetzt kann ich ja auf dich aufpassen.«

»Bis du ebenfalls einberufen wirst«, sagte Florence nüchtern. »Herrgott, ich weiß gar nicht, was schlimmer ist: kein Krieg und Robert daheim oder Krieg und ihr beide fort.«

KAPITEL 9

Frühjahr – Frühsommer 1940

Charles saß im Salon und schaute Grace durch den Raum hinweg an, die Miene versteinert. Es war sein letzter Heimaturlaub, bevor er nach Frankreich aufbrechen würde.

»Das glaube ich nicht«, sagte er. »Ich kann es einfach nicht glauben, niemals.«

»Musst du auch nicht«, sagte Grace. »Aber er ist trotzdem fort.«

»Er hat meine Mutter verlassen?«

»Jedenfalls ist er gegangen. Vorerst wenigstens.«

»Wenn er weg ist, ist er weg«, sagte Charles. »Ich bin mir ziemlich sicher, dass meine Mutter ihn nicht zurückhaben will. Das ist auch vollkommen richtig. Und das alles wegen dieser Saunders, sagst du?«

»Scheint so. Offenbar hatte er eine Art... Affäre mit ihr. Und deine Mutter hat es herausgefunden. Ich habe es ja sowieso nie ganz ausgeschlossen...«

»Warum?«, fragte er, und sein Blick war wild. »Warum solltest du so etwas denken?«

»Na ja, immerhin war sie bei ihm, als er den Herzinfarkt hatte. Ich konnte mir einfach nicht vorstellen, dass es nur eine Mandantin war. Das wäre doch...« – sie zögerte und brachte das Wort dann beherzt über die Lippen – »...naiv.«

»Aha, verstehe«, sagte Charles. »Du hast dir also angemaßt,

ein solches Urteil zu fällen, ja? Ich muss schon sagen, ich bin schockiert, Grace. Mehr als schockiert.«

»Aber warum denn?«, fragte sie, aufrichtig erstaunt. »Solche Dinge passieren eben. Ich bin doch nicht dumm. Und deine Eltern sind ja wohl kaum das ideale Paar, oder?«

»Was willst du damit sagen?«

»Genau das, was ich sage. Besonders gut verstehen sie sich nicht gerade. Deine Mutter ist nicht sehr nett zu ihm…«

»Kann man es ihr verdenken?«, sagte Charles. »Wenn er sich solche Eskapaden leistet.«

Grace schwieg. Sie wollte ihn nicht noch mehr reizen, indem sie erwiderte, dass es sich eher anders herum verhielt: dass Clifford eine Geliebte hatte, weil Muriel nicht nett zu ihm war.

»Ich bin absolut entsetzt«, sagte Charles. »Von deiner Haltung mindestens ebenso, Grace, wie von allem anderen.«

»Was hat denn meine Haltung damit zu tun?«

»Deine Reaktion ist irgendwie merkwürdig. Als würdest du sein Verhalten billigen. Das hätte ich dir niemals zugetraut, muss ich sagen.«

»Aber Charles, wirklich! Das ist nicht gerecht. Ich sehe das doch nur realistisch. Als ich mit dir darüber reden wollte, hast du es abgewehrt.«

»Nun ja«, erwiderte Charles, »ich bin mir nicht sicher, ob ich diese Art von Realismus schätze, Grace.« Er warf ihr einen überaus kühlen Blick zu. »Aber egal. Wie geht es meiner Mutter? Ich muss sofort zu ihr. Die arme Frau. Zu dieser ganzen Sache kann ich nur sagen: Wenn er in London ist, werden sie vermutlich ausgebombt, was unter den gegebenen Umständen sicher das Beste ist.«

»Charles!«, rief Grace.

»Ist doch wahr. Oh Gott, was für eine Demütigung für die arme Frau, abgesehen von allem anderen.«

»Das stimmt schon«, sagte Grace.

Danach sprach sie das Thema nicht mehr an. Sie konnte verstehen, dass Charles über das Verhalten seines Vaters empört war, empört und schockiert. Was sie nicht verstand, war sein Verhalten ihr gegenüber. Es war, als hätte sie sich auf verbotenes Terrain verirrt. Offenbar war es eine Sache, wenn sich Männer stillschweigend Eskapaden leisteten, aber etwas ganz anderes, wenn ihre Frauen davon erfuhren. Das kam Grace ziemlich verlogen vor.

Andererseits, wenn ihr Vater sich so etwas hätte zuschulden kommen lassen, würde sie das nicht auch wesentlich schwerer verkraften? Sosehr sie Clifford liebte und sosehr sie sich unwillkürlich auf seine Seite stellte – ihm konnte sie leichter verzeihen, weil er einfach nur ein guter Freund und nicht blutsverwandt war.

Sie fragte sich auch, wie Charles es aufnehmen würde, dass seine Schwester eine Affäre hatte. Manchmal dachte sie fast belustigt, dass sich diese Familie, in die sie mit so viel Befangenheit und Ehrfurcht eingeheiratet hatte, eher als ziemlich fragwürdig entpuppte.

Das Kriegsgeplänkel, das so ewig und fruchtlos und langweilig schien, war vorüber, und der eigentliche Krieg hatte begonnen. Im Nachhinein fragten sich die Menschen, wie sie sich je über ihr Leben hatten beklagen können, nun, da in jeder Straße, jedem Haus und jeder Familie die Angst umging. Sämtliche Hoffnungen ruhten auf Winston Churchill, der am 10. Mai, dem Tag des Einmarsches der Deutschen in Belgien und den Niederlanden, Premierminister geworden war. Grace saß mit Muriel am Radio, als er in seiner Rede erklärte, dass er ihnen nichts als »Blut, Mühsal, Tränen und Schweiß« zu bieten habe, und sie drängte, »nach dem Sieg zu streben, koste es, was es wolle«. Trotz ihrer Angst fühlte sich Grace angespornt und ermutigt.

Jetzt war sie wirklich einsam. Sie vermisste Clifford entsetzlich. Janet war fortgegangen, um zum ATS zu gehen, der Frauenabteilung des britischen Heers, und Muriel war nicht gerade angenehme Gesellschaft. Grace tat sie schrecklich leid, aber angesichts von Muriels Stolz sah sie sich auch nicht in der Lage, sie zu trösten. Ihre Mutter drängte sie regelmäßig, das Mill House hinter sich abzuschließen und nach Hause zu kommen, aber sie weigerte sich beharrlich. Es sei nun ihr Zuhause, erklärte sie, und das stimmte auch. Sie liebte es von ganzem Herzen, außerdem hatte sie mit Charles abgesprochen, dass sie dort sein würde, wenn er Fronturlaub bekam.

Die meisten Leute, die Charles und sie zu Beginn ihrer Ehe eingeladen hatten – Nachbarn und seine Freunde aus Kindheit und Junggesellenzeit – und die sich mit Einladungen zu Abendessen, Cocktailpartys und Tennispartien revanchiert hatten, ignorierten Grace nun größtenteils. Gelegentlich wurde sie zum Tee eingeladen oder, noch seltener, zu einem »familiären Essen in der Küche«, aber meistens hörte sie nur Ausflüchte oder Bekundungen, dass sie unbedingt mal wieder kommen müsse, wenn Charles auf Heimaturlaub war. Sollten sie überhaupt Zeit haben. »Es ist immer so viel zu tun, das geht dir vermutlich nicht anders« – was bedeuten sollte, dass sie nicht wirklich eine von ihnen war. Im Prinzip war sie erleichtert, weil sie die meisten sowieso nicht mochte und gar nicht wusste, worüber sie mit ihnen reden sollte. Aber obwohl sie sich Mühe gab, es nicht an sich herankommen zu lassen, war sie trotzdem zutiefst verletzt. Sie wurde schlicht ausgegrenzt. Alle betonten, dass niemand mehr Einladungen ausspreche, aber sie wusste, dass sich die Leute trotzdem trafen, wenn auch vielleicht in einem bescheideneren Rahmen. In ihrer Taktlosigkeit erkundigte sich Muriel immer wieder, ob sie auch zu diesem oder jenem gehe, und sie musste stets verneinen.

Muriel, die jede Form eines entspannten Umgangs verunmöglichte (wofür Grace ihr wirklich dankbar war), sprach etwa einmal die Woche die förmliche Einladung aus, Grace möge sich doch zum Lunch oder Dinner zu ihr und ihren Freundinnen gesellen, aber diese Gelegenheiten mied sie eher. In letzter Zeit war Muriel noch grantiger zu ihr, und Grace wusste auch, warum. Insgeheim ahnte sie wohl, dass Grace von Cliffords Verirrungen gewusst oder sie sogar unterstützt hatte, was zu ihrem ursprünglichen Vergehen, nicht die richtige Frau für ihren Sohn zu sein, noch hinzukam.

Dabei hatte sich Grace zunächst wirklich um die Leute bemüht. Sie hatte ihre Hilfe bei wohltätigen Projekten und ihre Mitarbeit in Komitees angeboten, aber dass sie nicht Auto fuhr, erwies sich als wahres Hindernis, da die Treffen oft in anderen Ortschaften stattfanden. Eine Weile war sie noch zu den Gottesdiensten gegangen, doch nachdem sie ein paar Sonntage lang Leute angelächelt und sich in der Nähe der plaudernden Gruppen herumgetrieben hatte, was die anderen nur mit einem »Hallo« oder einem »Guten Morgen« quittierten, bestenfalls noch mit der Frage, ob sie etwas von Charles gehört habe, verzichtete sie lieber darauf.

Daher war sie meist auf sich gestellt und versuchte entschlossen, das Beste daraus zu machen. Charlotte leistete ihr Gesellschaft, und sie hatte sich ein Klavier gekauft, auf dem sie stundenlang spielte. Außerdem befolgte sie fast buchstäblich die Anweisungen, wie man etwas zu den Kriegsanstrengungen beitragen könne. Sie fütterte ihre Hühner, wollte sich eine Ziege zulegen und war insgeheim immer noch entschieden, Evakuierte aufzunehmen – wobei das Problem jetzt vor allem darin bestand, dass es keine mehr gab. Die meisten waren nach London zurückgekehrt.

Die Tage waren lang und wurden durch die ewige Helligkeit am Abend noch länger. Am liebsten wäre sie zu den Wrens gegangen, wie Clarissa, oder zu den Wracs, der Frauenabteilung der Armee, aber Charles hatte klargestellt, dass er sie zu Hause in Sicherheit wissen wolle. Sie sollte dort auf ihn warten, und sie hatte das Gefühl, ihm Gehorsam zu schulden, da er ja immerhin für sie und das Vaterland sein Leben riskierte.

Er war jetzt in Frankreich, wo genau, wusste sie nicht. Sein Bataillon war in Belgien einmarschiert, war aber sofort wieder zurückgeschlagen worden. Jeden Morgen wachte sie mit dem Wissen auf, dass er noch lebte und ein weiterer Tag in nagender Angst und Einsamkeit vor ihr lag.

***

Robert war auch in Frankreich, mit den Royal Engineers, einem Ingenieurskorps. Giles, der auf einem Kriegsschiff in Dartmouth ausgebildet wurde, war acht Wochen nach ihm aufgebrochen. Er war nicht unmittelbar in Gefahr, aber Florence hatte plötzlich eine ganz andere, grausame Angst. Ihre Periode, die sonst so regelmäßig eintrat, dass sie nicht nur den Tag, sondern sogar die Stunde vorhersagen konnte, war ausgeblieben. Und am Morgen des 29. Mai, als die erste Welle einer Armada kleiner Schiffe, Fischerboote, Segelboote und sogar Vergnügungsdampfer die großen Schiffe über den Kanal nach Dünkirchen begleiteten, um die Tausenden von Soldaten zu befreien, die an den Stränden der Normandie festsaßen und von der deutschen Armee jeder Rückzugsmöglichkeit beraubt worden waren, wurde sie von einer entsetzlichen, nicht enden wollenden Übelkeit befallen.

***

In der Wohnung in der Baker Street saß Clifford vor dem Radio und lauschte den Berichten über die belagerten Truppen an den Stränden, wohl wissend, dass sein Sohn sicher auch dabei war. Er selbst würde vermutlich viele Tage lang nicht erfahren, ob es ihm gut ging, und die Mutter seines Sohns musste elend sein vor Angst und Trauer. In dieser Situation sollten sie eigentlich zusammen sein, ja mussten es sogar, und so fragte er sich nicht zum ersten Mal, ob er die richtige Entscheidung getroffen hatte.

***

Linda Lucas war im Pub. Sie wusste, dass sie nicht im Pub sein sollte, sondern zu Hause mit Nan am Radio. Aber die unterschwellige Angst, dass Ben, der höchstwahrscheinlich an den französischen Stränden unter Beschuss lag, etwas zugestoßen sein könnte, war so schlimm, dass sie sie nur mit Gesellschaft und Alkohol betäuben konnte. Bei ihrer Rückkehr würde der Teufel los sein, aber das war ihr egal. Manchmal war sie drauf und dran, Nan eine zu verpassen. Ständig beklagte sie sich darüber, dass die Jungen außer Rand und Band waren, aber es war ja nicht Lindas Schuld, dass die Schule jetzt erst wieder öffnete, und das auch nur mit der Hälfte der Lehrer. Und es war auch nicht ihre Schuld, dass Brot schon wieder teurer geworden war und Zucker rationiert wurde und Butter auch demnächst und dass England alle Verbündeten verloren hatte und Nans Verstopfung immer schlimmer wurde. Aber Nan machte sie für alles verantwortlich.

»Ich fasse es nicht, dass es wieder so weit kommen konnte«, sagte sie zum Beispiel und funkelte Linda wütend an. »Dass sich die Geschichte auf diese Weise wiederholt. Ich hätte gedacht, dass ihr aus dem letzten Krieg gelernt habt.«

Eine Variante ihrer Klage bestand in der Feststellung, dass dieser Krieg noch gar nichts war. Sie hätte den letzten erleben sollen, das sei ein richtiger Krieg gewesen, mit wirklichen Entbehrungen, und die Menschen seien praktisch in den Straßen Londons verhungert. Linda gab zu bedenken, dass es doch immerhin etwas Gutes sei, wenn sie dieses Mal nicht verhungerten, aber Nan erwiderte, das sei nicht der Punkt – der Punkt sei, dass Linda und ihre Generation nicht wüssten, was Krieg bedeute, was wahres Leiden bedeute. Für gewöhnlich beendete Linda dieses Gespräch mit der sarkastischen Bemerkung, dass sie es ja bald erfahren würden, was ihre Schwiegermutter zum Verstummen brachte – bis sie von Neuem mit ihrer Klage anhob, wie unfassbar es sei, dass alles von vorne losging. »Wie ein verdammter Refrain in einem beschissenen Song«, sagte Linda im Pub zu ihrer Freundin Janice. »Wenn ich auch nur ein bisschen darauf eingehe, öffnen sich sofort sämtliche Schleusen, und ich muss mir anhören, dass ich keine Ahnung hätte, wie unglaublich sie Ben vermisst. *Sie* vermisst Ben! Und was ist mit mir? Ich sage dir etwas, Janice: Mir ist absolut schleierhaft, wie Ben zu einem so wunderbaren Mann werden konnte, bei so einer Mutter.«

»Vielleicht kommt er ja nach seinem Vater«, gab Janice zu bedenken.

»Unbedingt«, sagte Linda und dachte traurig an Bens sanften, freundlichen, klugen Vater. »Während ich manchmal befürchte, dass ich so werde wie seine Mutter.«

»Um Himmels willen, Linda«, sagte Janice, »du bist doch verrückt. Du solltest diese Stelle in der Munitionsfabrik annehmen, dann würdest du ein bisschen rauskommen. Die suchen händeringend Leute. Ich werde es tun, hab ich beschlossen, gleich morgen. Maurice ist nicht begeistert, aber darauf gebe ich keinen Pfifferling. Außerdem ist er sowieso nicht da. Das Geld kann nicht schaden, und es wird ein Heidenspaß.«

»Vielleicht sollte ich das wirklich tun«, sagte Linda. »Könntest du dich für mich erkundigen, Janice? Das einzige Problem sind die Jungen. Wer soll sich um die kümmern?«

»Ich dachte, Bens Mutter hätte sich angeboten.«

»Ja, dachte ich auch. Jetzt behauptet sie auf einmal das Gegenteil.«

»Du kannst ja Schichtdienst machen«, sagte Janice. »Nachtschicht zum Beispiel. Dann wärst du die alte Schachtel los.«

»Ich lasse es mir durch den Kopf gehen. Aber sie wird es Ben schreiben, und der wird nicht begeistert sein, das weiß ich. Und ich möchte nicht, dass er sich aufregt.«

»Ach, deswegen würde ich mir mal keine Sorgen machen«, befand Janice leichthin. »Die Männer sind nicht da, und wir müssen eigene Entscheidungen treffen. Noch einen Drink, Linda?«

»Nein, ich denke, ich gehe jetzt besser nach Hause«, antwortete Linda seufzend. »Oh Gott, Janice, wenn Ben an diesen Stränden ist – nun, er *ist* an diesen Stränden, sie sind ja alle da. Denkst du, ich werde ihn je wiedersehen?«

»Natürlich wirst du das«, sagte Janice. »Wie ich Ben kenne, versteckt er sich hinter einem Baum und liest …«

Janice' Kenntnisse von den Stränden der Normandie war offenbar nicht sehr ausgeprägt.

***

Am Morgen des 3. Juni war die Befreiungsaktion praktisch vorüber, und man hatte 338.000 Männer von den Stränden geholt und sicher wieder nach Hause gebracht. Sämtliche Zeitungen berichteten vom »Wunder von Dünkirchen« – doch von Charles gab es immer noch kein Lebenszeichen. Muriel hatte Grace angerufen, um ihr mitzuteilen, dass Robert lebte, auch wenn er, statt Heimaturlaub zu bekommen, in sein Lager in Yorkshire zurückgeschickt worden war. »Das ist äußerst ungerecht! Florence ist absolut außer sich.«

Selbst Clarissa rief an. »Nur ganz kurz. Ich weiß, dass ihr keine Nachrichten habt, mein Schatz. Ich wollte dir nur sagen, dass ich unentwegt an dich denke.«

Zu ihrer Überraschung stellte Grace fest, dass sie sich über diesen Anruf weniger ärgerte als über die anderen.

Mittlerweile war ihr klar, dass Charles tot war. Es war nur eine Frage der Zeit, bis das Telegramm eintreffen würde. Fast freute sie sich darauf: Trauer – echte Trauer – könnte nur besser sein als diese nagende, zermürbende, einsame Angst.

Sie war draußen im Garten und band den üppigen Wasserfall der rosafarbenen Kletterrosen am Weidenzaun hoch, als das Telefon klingelte. Es hörte gar nicht mehr auf. Sie sah auf die Uhr; zweifellos war es Clifford. Es war die Zeit, zu der er immer anrief, kurz vor dem Mittagessen. Sie versuchte es zu ignorieren, um ihm stumm zu signalisieren, dass es keine Neuigkeiten gab, aber am Ende kapitulierte sie angesichts dieser Hartnäckigkeit. Sie strich sich die Haare aus dem Gesicht, ging ins Haus, trat langsam und widerstrebend in die Vorhalle und griff zum Hörer. Aber es war weder Clifford noch Muriel noch ihre eigene Mutter. Es war Mrs Boscombe, die mit lauter und vor Aufregung zitternder Stimme sprach.

»Ich habe ihm gesagt, dass Sie da sind, meine Liebe, und habe ihm versprochen, es Ihnen auszurichten. Mir war klar, dass Sie nicht weggehen, ohne es mir mitzuteilen, das tun Sie ja nie.«

»Mrs Boscombe«, sagte Grace und hielt sich am Tisch fest, da sie einen entsetzlichen Schwindel verspürte. »Zu wem haben Sie das gesagt? Was sollen Sie mir mitteilen?«

»Zum Major, meine Liebe. Er ist wohlbehalten zurück. Man hat ihn nach Sussex geschickt. Von dort wird er Sie anrufen, aber er lässt Sie schon einmal herzlich grüßen. Ist alles in Ordnung, meine Liebe? Sie weinen doch nicht etwa?«

»Oh Mrs Boscombe«, sagte Grace, die tatsächlich gleichzeitig lachte und weinte. »Alles in bester Ordnung. Könnten Sie meine Mutter und Mrs Bennett anrufen und es ihnen mitteilen? Ich melde mich bei den beiden, sobald es geht. Und würden Sie mich bitte sofort zu der Nummer in Regent's Park durchstellen?«

Charles rief noch am selben Abend an, fast euphorisch. »Das war vielleicht eine Strapaze! Tut mir leid, dass ich nicht eher anrufen konnte. Wir haben Feuerschutz für die Evakuierung gegeben, aber während der Großteil des Bataillons irgendwann fort war, blieben wir zurück und konnten nur einen komischen kleinen Vergnügungsdampfer kapern ...«

»Oh Charles«, sagte Grace, die schon wieder weinte, erschöpfte, glückliche Tränen der Erleichterung. »Das klingt ja so, als hättet ihr einen Sonntagsausflug gemacht. Oh Gott, ich hatte solche Angst. Ich war mir so sicher, dass du tot bist.«

»Nun, wenn ich die Schaluppe genommen hätte, wäre ich vermutlich auch tot«, sagte Charles, jetzt etwas nüchterner. »Sie wurde mitten auf dem Kanal abgeschossen. Hör zu, mein Schatz, ich muss Schluss machen. Aber nächste Woche habe ich achtundvierzig Stunden Heimaturlaub, dann sehen wir uns. Ich liebe dich.«

»Ich liebe dich auch, Charles«, sagte Grace.

***

»Du siehst elend aus, mein Schatz«, sagte Giles. »Ist alles in Ordnung?« Er war für eine Woche daheim. Danach würde er auf sein Schiff zurückkehren müssen.

»Vielen Dank«, sagte Florence. »Und nein, ist es nicht. Gott allein weiß, wann wir uns wiedersehen.«

Sie hatte sich vorgenommen, tapfer zu sein und ihm den Abschied nicht schwerer zu machen als nötig, aber sie fühlte sich miserabel. Ihr war ständig übel, und sie hatte so entsetzlich Angst, dass sie sich einfach nicht beherrschen konnte. Sie musste es ihm sagen.

»Was ist denn? Ist Robert …«

»Nein, der ist noch in Yorkshire. Was um Himmels willen mag er da wohl tun? Was für einen Nutzen kann eine Armee in *Yorkshire* haben?«

»Keine Ahnung. Ausbildung vermutlich. Es herrscht überall das absolute Chaos, wenn du mich fragst. Das darf man allerdings nicht laut sagen.«

»Nein«, sagte Florence. Sie schaute ihn an und sah dann auf ihren Bauch hinab – ihren flachen, fast nach innen gewölbten Bauch, der sich schon bald zu runden beginnen würde. Das würde Robert die Augen öffnen.

»Was ist, mein Schatz? Irgendetwas ist doch.«

»Ja«, sagte Florence, »es ist etwas.« Sie schaute Giles an und holte tief Luft, panisch bei der Vorstellung, die Worte laut ausgesprochen zu hören. Sie hatte es noch nie gesagt. »Ich bin schwanger.«

Ein langes Schweigen entstand, dann sagte er: »Herrgott.«

»Klar, mit der Ausrede könnte ich es natürlich versuchen.« Sie rang sich ein Lächeln ab. »Maria ist immerhin auch…«

»Oh mein Schatz! Mein Schatz, das tut mir so leid. So entsetzlich leid.« Jetzt war er selbst bleich, und in seinen Augen lagen Angst und Mitleid.

»Ist das alles?«, fragte Florence.

»Was?«

»Verspürst du nicht auch etwas anderes?«

»Was meinst du?«

»Ich meine, ob du nicht auch ein bisschen Glück und Stolz verspürst. Und Freude. All diese Dinge, die ein werdender Vater angeblich verspürt.«

»Oh Gott, Florence, natürlich tu ich das. Natürlich. Na ja, ich nehme jedenfalls an, dass ich dazu berechtigt bin… Ich meine…«

»Unbedingt«, sagte Florence. »Unbedingt. Robert ist fast acht Wochen vor dir gegangen. Das ist es ja, was mir Angst einjagt, weil er natürlich… Na ja, ich weiß einfach nicht… weiß nicht…« Plötzlich fing sie laut zu weinen an und klammerte sich zitternd an ihn. »Was soll ich nur tun, Giles? Was *kann* ich nur tun?«

»Nicht, mein Schatz. Keine Panik. Wir müssen darüber gründlich nachdenken. Hör mir zu, Florence, hör mir mal zu…« Ihr Schluchzen verwandelte sich in ein Jammerklagen und grenzte schon fast an Hysterie. »Es gibt ein paar wichtige Dinge. Ich liebe dich. Du liebst mich. Es ist unser Baby. Wir wollten sowieso immer zusammen sein. So schlimm ist das doch gar nicht. Ich werde mich darum kümmern, um dich, um das Baby…«

»Giles.« Florence holte tief Luft und gab sich Mühe, wieder normal zu reden. »Giles, es herrscht Krieg, wenn man den

Leuten Glauben schenken darf. Du musst auf dein Schiff zurück und wirst dann wer weiß wohin geschickt. Beim besten Willen, du kannst dich gar nicht um mich kümmern. Unmöglich. Und wenn Robert nach Hause kommt, wird er sofort Bescheid wissen. Er ist nur in diesem verdammten Yorkshire. Da oben wird bestimmt nicht getötet.«

»Das weiß man nie«, sagte Giles. »Man weiß nie, was einem widerfährt...«

»Giles, hör auf. Das ist makaber.«

»Ich wette, du hast auch schon darüber nachgedacht.«

»Natürlich nicht«, sagte Florence streng und verdrängte die Erinnerung an die langen Tage, in denen sie neben dem Telefon gesessen und darauf gewartet hatte, dass es klingelte und am anderen Ende die Nachricht von Roberts Tod verkündet wurde.

»Gut«, sagte er, »das bringt uns nicht weiter. Hast du daran gedacht, es... na ja, du weißt schon.«

»Natürlich habe ich das«, sagte Florence, »oft sogar. Aber ich habe kein Geld. Und ich kann mir auch keins beschaffen. Und du auch nicht. Dafür braucht man einen erklecklichen Betrag. Es sei dann, man nimmt eine Stricknadel...«

»Florence, mein Schatz, tu das nicht. Versprich mir, dass du es auf gar keinen Fall tust. Ich weiß gar nicht, wie ich auf diesen Gedanken kommen konnte.«

»Ich schon«, sagte sie nüchtern. »Sehr gut sogar.«

***

Ben ging es bestens. »Nicht einen Kratzer habe ich abbekommen«, erzählte er munter am Telefon. »In ein paar Wochen bin ich wieder zu Hause.«

»Und dann?«

»Keine Ahnung.«

»Hier heißt es überall, dass es zu einer Invasion kommen wird«, sagte Linda ängstlich. »Immerhin haben die Deutschen fast über den Kanal gesetzt.«

»Mag sein, dass man das sagt«, erklärte Ben bestimmt. »Aber dazu wird es nicht kommen. England ist eine Insel und wird sich zu verteidigen wissen. Mach dir keine Sorgen, mein Liebling, ich bin bald zurück. Geht es Mum gut?«

»Ja, der geht es gut«, sagte Linda.

»Schön. Ich liebe dich. Gib den Jungen einen Kuss von mir.«

»Ich liebe dich auch, Ben.«

Dies schien nicht der rechte Moment zu sein, um ihm von ihrer neuen Stelle zu erzählen.

***

»Mein Schatz!«, sagte Charles. »Jetzt bestimmt nicht! Mitten am Nachmittag.«

Er wirkte fast schüchtern, verlegen sogar, lächelte aber.

»Warum nicht?«, fragte Grace.

Sie lächelte ihn an und hoffte auszusehen, wie sie klang: wie eine selbstbewusste, attraktive Frau, die es gar nicht erwarten konnte, mit ihrem Mann ins Bett zu gehen. Charles erwiderte ihr Lächeln, stand auf und streckte die Hand aus. »Was bin ich nur für ein Glückspilz«, sagte er.

Das ist jetzt das dritte Mal an diesem Wochenende, dachte Grace, das musste doch klappen. Mit ihren Daten hatte sie Glück, sie befand sich mitten im Zyklus. Wie schrecklich es gewesen wäre, wenn sie bei seinem Heimaturlaub ihre Periode gehabt hätte. Und nun lag sie unter ihm und konzentrierte sich angestrengt auf jede winzige Empfindung. Sie merkte, dass er immer heftiger in sie eindrang, hörte ihn schnaufen und stöhnen und spürte seine Anspannung, die, nachdem er gekommen war, in ein wundersames Pochen überging. Bitte, lieber Gott, bitte, bitte, lass es funktionieren, dachte sie, und als er von ihr hinunterglitt, sie küsste und ihr sagte, dass er sie liebe (was er immer tat, es war untrennbarer Teil des Ganzen, rührend und lieb), rollte sie sich zusammen und zog die Beine an die Brust, so wie sie es mal gelesen hatte, damit man alles in sich behielt und den Millionen von Spermien auf den Weg half.

»Oh Gott«, sagte er und lächelte. »Oh Gott, ich möchte dich nicht verlassen müssen. Dir geht es doch gut, oder? So ganz allein hier. Ohne Janet.«

»Mir geht es gut«, sagte sie. »Einsam natürlich, aber gut. Ich meine, ich würde schon gern …«

»Nein«, sagte er. »Nein, mein Schatz, das kommt gar nicht infrage. Im Krankenhaus helfen, in Ordnung. Oder betätige dich ehrenamtlich, wenn du möchtest. Aber die Vorstellung, dass meine Frau bei der Armee ist, gefällt mir einfach nicht, das ist halt so. Ich will, dass du hier in Sicherheit bist und auf mich wartest.«

»Ich weiß«, sagte Grace, die sich Mühe gab, friedlich und besänftigend zu wirken. Insgeheim wunderte sie sich allerdings darüber, dass jemand so egoistisch sein konnte – auch wenn er geschickt das Gegenteil vorgab –, sie zu Einsamkeit, Langeweile und Nutzlosigkeit zu verdammen.

Aber wie könnte sie sich mit ihm streiten, wenn er so viel leistete, sein Leben aufs Spiel setzte und ein solches Grauen ertrug. Dünkirchen hatte ihn verändert. Er war stiller geworden, riss nicht mehr so viele Witze und tat vieles mit einem Achselzucken ab. Verwunderlich war das nicht, immerhin hatte er Tod und Blutvergießen und alle möglichen sonstigen Schrecken erlebt, vom Kugelhagel bis zum Ertrinken. Er hatte seine Kameraden sterben sehen, hatte selbst getötet. Sie ermunterte ihn, darüber zu reden, um ihm vielleicht helfen zu können, aber er lächelte nur geistesabwesend. Er wolle das lieber vergessen, sagte er, und nicht noch einmal durchleben müssen, anders werde er damit nicht fertig. Das hatte sie respektiert und ihn nicht weiter gedrängt. Allerdings fühlte sie sich so noch stärker aus seinem Leben ausgeschlossen als sonst.

Dass Charles noch keine Kinder wollte, hatte er mit demselben Argument begründet, mit dem er ihr eine aktive Rolle im Krieg verweigerte. An diesem Wochenende hatte er es noch einmal bekräftigt. »Ich möchte, dass wir eine richtige Familie sind, mein Schatz. Wir sollten nicht ausgerechnet in diesen gefahrvollen Zeiten Kinder in die Welt setzen, wenn du auf dich allein gestellt bist. Die Idee, dass unsere Kinder geboren werden und aufwachsen, während ich in der Ferne weile, behagt mir gar nicht. Das verstehst du doch, oder?«

»Natürlich verstehe ich das«, sagte Grace. Sie wollte sich nicht mit ihm streiten, damit er nicht misstrauisch wurde und nachfragte, ob sie »das Notwendige getan« habe, wie er das Einsetzen des Pessars nannte.

Am frühen Morgen brach er auf. Wellings, sein Fahrer, holte ihn ab und fuhr ihn zum Bahnhof in Salisbury.

Grace hatte erklärt, dass sie mitkommen wolle, um ihn zu verabschieden, aber er hatte es ihr verweigert. »Ich möchte dich im trauten Umfeld unseres Zuhauses in Erinnerung haben, nicht auf einem anonymen Bahnsteig.«

Sie winkte ihm lächelnd hinterher, dann kehrte sie ins stille, leere Haus zurück und weinte eine Weile lang. Schließlich aber wischte sie sich entschlossen die Tränen ab und ging zum

Telefon, um ihren Vater anzurufen. Sie war entschieden, in den nächsten Monaten, während das Baby in ihr wuchs, richtig Autofahren zu lernen.

KAPITEL 10

Juli 1940

»Ich gehe zu den Wrens«, sagte Clarissa. »Das steht für mich fest. Mr Churchill sagt, dass wir sie an den Stränden, in den Straßen und auch sonst überall bekämpfen sollen, und da dachte ich, ich könne doch auf dem Oberdeck meinen Beitrag leisten. Oder wie auch immer das heißt.«

Sie schenkte Jack ihr strahlendstes Lächeln. Er lächelte zurück.

»Du hast also nichts dagegen? Ich glaube nämlich nicht, dass ich untätig hier herumsitzen und mir Sorgen um dich machen kann.«

»Natürlich habe ich nichts dagegen. Ich bin ein moderner Ehemann, das weißt du doch.«

Sie saßen im Garten ihres Hauses am Campden Hill Square. Es war ein idyllischer, friedlicher Abend. Der Himmel war von einem tiefen, leuchtenden Blau, und in der Luft lag Vogelgezwitscher. Der Krieg schien unfassbar weit weg.

»Im Gegenteil, ich werde furchtbar stolz auf dich sein«, sagte Jack und nahm ihre Hand. »Ich weiß, dass du unsere Feinde aufs Schönste und Wirksamste bekämpfen wirst. Unter uns gesagt, bis Weihnachten werden wir die Schlacht vielleicht geschlagen haben, mit dir auf dem Wasser und mir in der Luft.«

»Unbedingt. Vielleicht schaffen wir es sogar früher.«

»Außerdem wirst du auch so eine glamouröse Uniform tragen. Das hat dich vermutlich nicht in deiner Entscheidung bestärkt, oder?«

»Natürlich nicht«, sagte Clarissa empört. »Obwohl ich natürlich niemals zu den Wracs gegangen wäre, mit ihrem scheußlichen Braun. Oh Gott, ich kann es kaum glauben, dass du morgen wieder abreist. Schon den Gedanken ertrage ich nicht.«

»Dann lass uns an etwas anderes denken.«

»Leichter gesagt als getan. Es sei denn … Wir könnten einfach ins Bett gehen, oder?«

»Warum nicht?«

Sie gingen hoch und verbrachten eine Stunde damit, auf die wundervollste und wirksamste Weise die Gedanken an den nächsten Tag zu verdrängen – und auch an den übernächsten und all die anderen Tage, die sie voneinander getrennt sein würden, immer in Lebensgefahr.

Keiner von ihnen hörte das Telefon, das in der Vorhalle zwei Stockwerke unter ihnen klingelte, unermüdlich klingelte.

***

Als Grace aufwachte, war ihr übel. Sie konnte es kaum glauben. Ihr war tatsächlich übel. Hundeelend vielmehr. Es war also so weit. Sie hatte es geschafft. Sie war schwanger.

Ein Baby! Etwas ganz Eigenes – na ja, Charles gehörte es natürlich auch –, das sie lieben und umsorgen konnte. Dann wäre sie nicht mehr so einsam und hätte ein Ziel im Leben. Vorsichtig, ganz vorsichtig stand sie auf und ging zum Klo. Sie rechnete es an den Fingern nach. Heute war der 3. Juli.

Charles war am 15. Juni abgereist. Also würde es im März geboren werden. Ein Frühlingskind.

***

»Bens verdammter Fronturlaub wurde gestrichen«, sagte Linda, den Tränen nahe. »Wer weiß, wann er wieder nach Hause kommt.«

»Na ja, es herrscht Krieg«, sagte Nan. »Und lass bitte das Fluchen. Was denkst du denn? Die britische Armee kann schließlich nicht auf deine Bedürfnisse Rücksicht nehmen, Mädchen. Im letzten Krieg war es auch so, nur viel schlimmer. Harold ist den gesamten Krieg über nur dreimal zu Hause gewesen. Ben reist ständig hin und her, das ist ja wie im Ferienlager. Du solltest dankbar sein. Wobei es allerdings schlimmer werden wird ...«

»Ach, halt den Mund«, sagte Linda, die sich nicht länger beherrschen konnte. »Halt einfach den Mund, ja? Ich habe mich so sehr auf ihn gefreut! Und jetzt bin ich nun mal furchtbar enttäuscht, und dir fällt nichts anderes ein, als mir zu erklären, dass ich dankbar sein soll?«

»Tja, so ist das eben«, sagte Nan. »Das kommt davon, dass nun alles wieder von vorn losgeht. Und rede nicht so mit mir, Linda, wenn ich bitten dürfte. Ich weiß nicht, was Ben sagen würde, wenn er ...«

Linda verließ das Zimmer und knallte die Tür hinter sich zu. Hätte sie es nicht getan, dann hätte sie ihrer Schwiegermutter eine geknallt, dessen war sie sich sicher. Diese dämliche alte Schachtel.

Sie schaute auf die Uhr: Es war zwölf. Die Jungen würden erst in ein paar Stunden zurückkehren. Sie wusste, was sie tun würde. Sie würde sich für diese Stelle in der Fabrik melden. Und wenn Nan das nicht passte, konnte sie ihre Sachen packen. Sie musste irgendetwas mit ihrem Leben anfangen, schließlich war sie erst fünfundzwanzig.

***

»Mrs Compton Brown!«

Die beiden Mädchen, die neben Clarissa in den Räumlichkeiten des Jugendclubs saßen, stießen sich mit den Ellbogen an, als sie aufstand und zu ihrem Vorstellungsgespräch durch die Tür trat. In der gesamten letzten Stunde hatten sie sie beobachtet, ihre Kleidung (ein rot-weißes Seidenkleid mit weißen Handschuhen und weißen Schuhen, dazu ein roter Hut), ihr blondes, frisch gelegtes Haar, ihre langen Fingernägel mit dem leuchtend roten Nagellack, ihr sorgfältig aufgetragenes Make-up, ihre Lektüre (die *Vogue*), ihre Stimme. Oh, besonders ihre Stimme! Ihre Blicke waren sich beim Klang dieser Stimme begegnet, und ihre Lippen hatten gezuckt. Aber das gab jetzt endgültig den Ausschlag, dieser Name: Compton Brown. Jetzt war alles klar. Sie war ein verwöhntes, nutzloses und hochnäsiges Wesen und ging nur zur Truppe, um sich toll zu fühlen und sich mal unters gemeine Volk zu mischen.

Falls Mrs Compton Brown zufällig in ihrer Einheit landen sollte, würde sie ihr blaues Wunder erleben, dachten May Potter und Sandra Hardy, wie es jedes achtzehnjährige Mädchen denken würde. Die Dame würde schnell begreifen, wo's langging, dafür würden sie schon sorgen. Frauen wie Mrs Compton Brown mussten mal ein, zwei Zacken zurückschalten.

Hätten sie gewusst, dass Hauptmann Compton Brown in diesem Moment sein kleines, furchtbar empfindliches Flugzeug zum vierten Mal seit Tagesanbruch gen Himmel lenkte, um König und Vaterland zu verteidigen, und dass er schon miterleben musste, wie zwei seiner besten Freunde und Kameraden in Harnes abgeschossen wurden, und dass Mrs Compton Brown trotz ihrer wohlklingenden Stimme und dem bezaubernden Lächeln von Angst zerfressen war, hätten sie wohl weniger feindselige Gefühle gehegt.

Wenigstens ein bisschen.

***

»Oh Clifford«, sagte Kronanwalt Michael Whyte und schenkte seinem alten Freund in der dunklen, mit Leder bezogenen Nische im Reform Club einen liebevollen Blick. »Du bist ja ein Schatten deiner selbst. Das Junggesellenleben bekommt dir offenbar nicht besonders.«

»In der Tat«, gestand Clifford mit einem Seufzer. »Aber ich bin ja selbst schuld.«

»Nie ein tröstlicher Gedanke«, sagte Whyte. »Diese ... nun ja, die fragliche Dame ... Sie ist aus deinem Leben verschwunden?«

»Ja, leider«, antwortete Clifford. »Wer könnte es ihr verdenken? Schauspielerinnen, und vor allem junge, aufstrebende Schauspielerinnen, müssen sich an Bekanntschaften halten, die ihrer Karriere förderlich sind. Nicht an altmodische, langweilige Anwälte, die ihre beste Zeit hinter sich haben. Nein, für Mary Saunders war ich leider nur eine vorübergehende Laune, auch wenn sie sich in der Nacht meines Herzinfarkts rührend um mich gekümmert hat. Aber sobald ihr klar wurde, dass ich ihr kein eigenes Etablissement in London finanziere, ergab es für sie offenbar keinen Sinn mehr, bei mir zu bleiben.«

»Darauf hat sie wirklich spekuliert?«, erkundigte sich Michael Whyte amüsiert.

»Allerdings. Aber man muss jemanden schon sehr gern haben, um eine solche Investition zu tätigen. Nur ein gutgläubiger alter Knacker steckt so viel Geld in eine Frau. Und so fasziniert war ich von Miss Saunders auch wieder nicht. Der Verlauf der Dinge hat mir recht gegeben.«

»Und was jetzt?«, fragte Whyte. »Wieder an den heimischen Herd, mit eingekniffenem Schwanz?«

»Ich fürchte nicht«, sagte Clifford. »Wie tief auch immer mein Schwanz zwischen meinen Beinen stecken würde, in der Abtei wäre ich nicht willkommen. Muriel ist nachtragend. Nein, ich muss mich schon hier durchschlagen, während ich mir etwas überlege.«

»Und was ist mit der Arbeit?«

»Im Prinzip bin ich ja schon im Ruhestand, obwohl ich noch ein paar Mandanten habe. Und zum Glück kann ich in der Wohnung wohnen, aber ewig geht das natürlich auch nicht. Insgesamt könnte es allerdings schlimmer sein«, sagte er und lächelte plötzlich sanft. »Ich besuche viele Konzerte, kann Radio hören, wann immer ich möchte, esse, wann ich will...«

»Hoffentlich nicht zu unregelmäßig«, sagte Michael Whyte. »Herzpatienten sollten ein bisschen auf sich achtgeben.«

»Nein, natürlich nicht. Aber ein bisschen Räucherlachs zu einem mitternächtlichen Glas Champagner nach einem Konzert in der Albert Hall – das ist schon was Feines.«

»Mhm«, sagte Michael Whyte, nicht ganz überzeugt. »Und was ist mit deiner Tochter? Die lebt doch auch in London. Da kannst du dich sicher gelegentlich mit ihr treffen.«

»Florence lebt in London, in der Tat.« Clifford seufzte. »Aber ich fürchte, sie sieht mich in demselben finsteren Licht wie ihre Mutter. Das bereitet mir durchaus Kummer. Vor allem weil wir uns vermutlich gegenseitig trösten könnten.«

»Wieso braucht sie Trost?«

»Ihre Ehe läuft nicht so, wie sie sollte. Wenigstens habe ich den Verdacht.«

»Das tun die wenigsten Ehen«, sagte Michael Whyte.

»Traurig, aber wahr. Aber bei Florence – und ich bete, dass ich falschliegen möge, und habe auch keinen wirklichen Anhaltspunkt für meinen Verdacht, zumal sie es hartnäckig leugnet – scheint mir Gewalt im Spiel zu sein.«

***

Grace döste im Garten, als ihr auffiel, dass Charlotte nicht mehr da war. Die war mittlerweile so zahm und liebte Grace so sehr, dass sie immer und überall zu ihren Füßen lag, und so hatte Grace es sich abgewöhnt, ständig nach ihr zu schauen. Nun setzte sie sich in ihrem Liegestuhl auf, rief nach ihr und wartete auf das Rascheln der Büsche, das Plätschern des Wassers oder sonst etwas, das ihr Nahen ankündigte. Nachdem sie noch einmal gerufen und gepfiffen hatte, stand sie widerstrebend auf – es war so warm und friedlich, und sie hatte im Geist bereits das Kinderzimmer eingerichtet – und hielt, nur leicht beunruhigt, nach einem rostroten Schatten Ausschau, der auf sie zugeflitzt käme. Keine Charlotte in Sicht. Vielleicht war sie im Haus, weil es ihr draußen zu heiß war? Aber auch dort war sie nicht.

Plötzlich hatte Grace ein ungutes Gefühl im Bauch. Charlotte war noch so jung, viel zu jung, als dass man sich darauf verlassen könnte, dass sie an Ort und Stelle blieb. Vielleicht hatte sie ein Kaninchen erspäht und war ihm hinterhergejagt, durch den Zaun hindurch und dann über die Felder. Das hatte sie bereits ein paarmal getan, war aber immer zurückgekommen.

Grace ging zu dem hinteren Zaun und rief nach ihr, immer

wieder und wieder, jetzt schon etwas weniger zuversichtlich. Als Charlotte immer noch nicht kam, ging sie zum Eingangstor, das zwar geschlossen war, aber ein Welpe, selbst ein großer, konnte leicht darunter durchkrabbeln. Ängstlich blickte sie die Straße entlang. Es war höchst unwahrscheinlich, dass sie überfahren worden war: Es herrschte kaum Verkehr, und alle kannten den Hund. Irgendjemand hätte sie angerufen und es ihr erzählt. Es ging ihr sicher gut. Allerdings ... Trug sie überhaupt das Halsband, fragte sich Grace, das Halsband mit dem Namensschild und der Telefonnummer? Grace nahm es ihr immer ab, wenn sie abends in ihr Körbchen ging, weil Charlotte es noch immer nicht so recht mochte. Wenn sie spazieren gingen, legte sie es ihr wieder um – aber heute waren sie noch nicht spazieren gegangen. Daher stand zu befürchten ... Ja genau, da war es, in der Küchenschublade.

Grace starrte es an. Plötzlich stieg Panik in ihr auf, wenn sie an den verspielten, gefährlich neugierigen Hund dachte, der vielleicht gerade über eine Straße lief und etwas verfolgte, ein Kaninchen oder eine Katze, während im gleichen Moment ein Auto um die Ecke bog, ein Lastwagen ... Oh Gott, wie konnte ihr das nur passieren, einfach einzuschlafen und nicht sicherzustellen, dass ihre geliebte Charlotte angebunden war! Sie war tot, ohne jeden Zweifel, zerquetscht unter einem Armeelastwagen, ihr helles, liebendes Licht für immer erloschen.

Als das Telefon zu schrillen begann, eilte sie hin.

»Mrs Bennett?«

»Ja genau, hier ist Mrs Bennett.«

»Hier ist die Polizei, Mrs Bennett. Constable Johnson. Polizeiwache von Thorpe Magna. Wir haben Ihren Hund hier, das behauptet jedenfalls Miss Parker von der Post. Wir haben ihn auf der Straße aufgegabelt und mitgenommen.«

»Oh Gott sei Dank«, rief Grace, und ihre Beine wurden ganz

zittrig vor Erleichterung. »Vielen, vielen Dank! Ich habe sie schon überall gesucht. Es tut mir so leid, dass sie verschwunden ist ...«

»Schade vor allem, dass sie kein Halsband trägt«, sagte Constable Johnson. »Das sollte das Tier unbedingt tun, Mrs Bennett.«

»Ich weiß, ich weiß. Es tut mir so leid. Ich habe es ihr abgenommen, weil ...«

»Da nützt es nicht viel, wenn sie es nicht trägt, was? Aber egal. Die Sache ist die, Mrs Bennett: Sie ist verletzt.«

»Verletzt? Inwiefern?«

»Sie wurde leider von einem Auto angefahren. Nichts Schlimmes – glaube ich wenigstens –, aber eins ihrer Beine hängt so komisch herab. Möglicherweise ist es gebrochen. Könnten Sie bitte kommen und sie abholen?«

»Ich ... Das geht nicht«, sagte Grace. »Wissen Sie, ich kann nicht ... Ich meine, ich habe kein Auto.« Oh Gott, sie musste richtig fahren lernen, jetzt mehr denn je, wo sie doch Mutter werden würde.

»Dann weiß ich auch nicht«, sagte Constable Johnson. »Wir können unser Benzin nicht wegen eines Hunds verschwenden. Und unsere Leute auch nicht, wo doch die halbe Belegschaft fort ist.«

»Fort?«, fragte Grace begriffsstutzig. Sie hatte die Vision, wie die Hälfte der Polizisten von Magna Thorpe – was auf einen einzigen Mann hinauslief – wegrannte oder sogar bereits auf dem Friedhof lag.

»Ja, Mrs Bennett. Eingezogen. Mein Kollege ist in den Somersets. Und ich bin bei der Bürgerwehr«, fügte er hinzu, als sei das relevant für die Frage, wie man Charlotte zurückbrachte. »Daher ...«

»Hören Sie«, sagte Grace. »Ich rufe den Tierarzt an und

erkundige mich, ob er zu Ihnen kommen kann.« Es war eine schreckliche Vorstellung, dass Charlotte Schmerzen hatte und mutterseelenallein irgendwo herumlag, nur weil sie selbst nicht aufgepasst hatte. »Ich melde mich gleich noch einmal, Sergeant.«

»In Ordnung«, sagte Constable Johnson, deutlich besänftigt durch diese spontane Beförderung. »Solange kümmere ich mich um sie.«

John Roberts, der Tierarzt, hatte alle Hände voll zu tun. »Im Moment ist er in Haywards und holt ein Kälbchen, Mrs Bennett. Danach hat er noch drei weitere Termine. Ich werde sehen, was ich tun kann, aber ich kann mir wirklich nicht vorstellen, dass er …«

Es war nicht zu überhören, dass für die Frau des Tierarztes ein verletzter Welpe weit unten auf der Prioritätenliste stand. Grace war ihr einmal begegnet, als sie Charlotte zum Impfen gebracht hatte: eine Frau mit ledrigem Teint, die viel älter wirkte als ihr unentwegt in der Gegend herumhetzender Mann.

»Bitte behelligen Sie ihn nicht«, sagte Grace. »Ich werde mir etwas anderes überlegen. Trotzdem danke. Wenn ich später mit Charlotte vorbeikommen würde, könnte er dann vielleicht einen Blick auf ihr Bein werfen?«

»Vielleicht«, antwortete Audrey Roberts mürrisch.

Es blieb nur eine Möglichkeit, dachte Grace. Sie musste selbst mit dem Wagen fahren. Muriel war nicht da, weil sie eine Freundin in Cornwall besuchte, daher konnte Grace sie nicht fragen. Trotz ihrer misslichen Lage war sie sogar dankbar dafür. Sie würde sich eine endlose Predigt anhören müssen, wie verrückt es sei, sich einen Setter zuzulegen statt eines Labradors, und dass man ihn in einen Zwinger stecken und richtig erziehen müsse. Stattdessen würde sie einfach die zweieinhalb Meilen nach Thorpe Magna fahren, Charlotte abholen und zum Tierarzt bringen. Schon der Gedanke flößte ihr eine Heidenangst ein, aber sie konnte Charlotte nicht ewig verletzt auf einer Polizeiwache liegen lassen. Charles hatte ihr immerhin ein paar Fahrstunden gegeben, und sie wusste, was sie zu tun hatte. Benzin war auch genug im Tank. Wenn sie sehr vorsichtig fuhr, konnte nichts passieren.

Der Wagen stand glücklicherweise nicht in der Garage, sondern in der Einfahrt und schaute auch schon in die richtige Richtung. Mit dem Fahren selbst hatte sie mittlerweile keine Probleme mehr, das hatte ihr Vater gesagt, nur mit dem Einparken und Wenden war es noch schwierig. Mit ein bisschen Glück würde sie um beides herumkommen.

Grace nahm den Telefonhörer ab und teilte Mrs Boscombe mit, dass sie ausging und mindestens eine Stunde fort sein würde – besser auf Nummer sicher gehen, falls Charles anrufen sollte –, dann holte sie tief Luft, ging in die Einfahrt und stieg in den Wagen. Sie konzentrierte sich darauf, alles Nötige zu tun, kontrollierte den Spiegel, schaltete in den Leerlauf – wenn sich doch die Gänge leichter einlegen lassen würden! – und drehte beherzt den Schlüssel herum. Der Wagen sprang problemlos an. Sie schaffte es, in den ersten Gang zu schalten und langsam aus der Einfahrt hinauszurollen. Es kam niemand. Sie holte tief Luft, drückte den Fuß noch ein bisschen durch, ließ mit nur wenigen holprigen Rucken die Kupplung kommen – immerhin würgte sie den Motor nicht ab – und zog dann sanft und fast triumphierend auf die Straße.

Es war leicht, wirklich leicht. Der Wagen bewegte sich vorwärts, langsam zwar, aber das machte nichts. Nach ein paar Minuten schaltete sie in den zweiten Gang. Ihr war kaum bewusst, dass ihr ein Auto entgegenkam, zum Gruß hupte und schon wieder vorbei war. Offenbar hatte der Fahrer sie einfach als einen anderen Fahrer wahrgenommen, jemanden, der ihm auf der Straße entgegenkam, nicht als Dilettantin und tödliche Gefahr. Grace lächelte vor sich hin, wollte mutig in den dritten Gang schalten – und scheiterte. Der zweite war aber vollkommen in Ordnung. Sie würde eine Weile brauchen, aber das machte nichts. Den Rand von Lower Thorpe hatte sie bereits erreicht; bis nach Magna waren es nur noch zwei Meilen. Das würde sie problemlos schaffen. Es war ein Riesenspaß, sie hatte sich schon seit Ewigkeiten nicht mehr so amüsiert.

Der schlimmste Moment war, als sie an der Abtei vorbeikam. Sie hatte schreckliche Angst, dass Muriel unerwartet nach Hause gekommen sein könnte und sie sehen würde, also trat sie das Pedal durch, schoss vorwärts und fuhr viel zu schnell um die Ecke. Nur um Haaresbreite verfehlte sie den Briefkasten, aber immerhin. Nun hatte sie nur noch eine halbe Meile vor sich, mitten durch das Dorf hindurch, aber jetzt am Nachmittag war alles friedlich. Schon kam die Polizeiwache in Sicht. Mit ihrer geliebten Charlotte darin. Sie hatte es geschafft. Sie hatte es wirklich geschafft! Sie konnte gut nachvollziehen, wie Lindbergh sich gefühlt haben musste, als er über den Atlantik geflogen war.

»Ich dachte, Sie hätten keinen Wagen«, sagte Constable Johnson.

»Oh... na ja... Ich habe mir einen ausgeliehen«, sagte Grace. »Wie geht es Char... dem Hund?«

»Nicht übel«, sagte Constable Johnson. »Ich habe sie in die Zelle gesteckt.«

»Oje«, sagte Grace.

Ein jämmerliches Winseln drang aus »der Zelle«, dem kleinen, quadratischen, absperrbaren Raum mit dem vergitterten Fenster, der den eher geringfügigen Anforderungen an die Strafverfolgung in Thorpe Magna genügte. Grace trat ein und kniete sich neben die Kiste, in die Constable Johnson erst eine Decke und dann Charlotte gelegt hatte. Charlotte sah auf, hörte sofort auf zu winseln und wollte aus der Kiste krabbeln. Mit einem Jaulen sank sie wieder zurück.

»Ja, es ist gebrochen«, sagte Constable Johnson. »Dachte ich mir schon. Am besten bringen Sie sie zu John Roberts, Mrs Bennett.«

»Das werde ich tun«, sagte Grace, »Und zwar jetzt sofort.« Als sie die Kiste nahm, leckte ihr Charlotte über das Gesicht. »Danke, dass Sie ihr so ein gemütliches Nest bereitet haben, das ist sehr nett von Ihnen.«

»Ich hab doch gar nichts getan«, erwiderte Constable Johnson. »Hab gar keine Zeit, mich um streunende Viecher zu kümmern. Kaufen Sie ihr ein Halsband, Mrs Bennett.«

»Ja, das werde ich tun. Trotzdem vielen Dank«, sagte Grace. »Was für ein Glück, dass sich zufällig eine Kiste und eine Decke in der Zelle befanden.«

Sie schenkte ihm ein Lächeln. Er errötete und wirkte plötzlich verlegen.

»Komm, Charlotte.«

Erst als sie die Kiste mit Charlotte hinten in den Wagen gestellt hatte, wurde ihr bewusst, dass sie zurücksetzen müsste.

Alles wäre gut gegangen, wenn nicht in diesem Moment Miss Parker aus der Post gekommen wäre. Grace war so beschäftigt damit, sie anzulächeln, zurückzuwinken und wie jemand auszusehen, der schon seit Jahren Auto fuhr, dass ihr Fuß von der Kupplung rutschte. Der Wagen schoss zurück und kam mit einem Zittern an einem Laternenpfahl zum Stehen. Sie saß noch da, den Kopf zurückgelehnt, die Augen geschlossen, und dachte darüber nach, was um Himmels willen sie nun tun soll, als sie eine Stimme vernahm. »Grace? Kann ich dir irgendwie helfen? Was ist denn los?«

Es war Robert.

***

Clarissa lief die Treppe zu ihrem Haus am Campden Hill Square hoch, leise vor sich hin singend. Ihr war klar, dass sie nicht singen sollte, wenn Jack sich in permanenter Lebensgefahr befand und die Deutschen kurz davorstanden, die Strände zu überrollen und auf London zuzumarschieren, aber sie konnte nicht anders. Hinter ihr lag ein so wunderschöner Tag. Man hatte ihr beschieden, dass sie gute Chancen hatte, bei den Wrens aufgenommen zu werden. Sie hatte die medizinische Untersuchung absolviert und auch das Vorstellungsgespräch, bei dem sie unbekümmert gestanden hatte, dass sie nichts konnte außer Auto fahren – und Motorrad, was vermutlich ungewöhnlich war. Man hatte ihr mitgeteilt, dass sie im Falle einer Einstellung bald ihren Einberufungsbefehl erhalten würde, und ihr eine Menge Literatur mitgegeben, die zu lesen sie sowieso keine Zeit hatte. Die Aussicht auf ihr neues Leben erfüllte sie mit großer Begeisterung. Nach dem Vorstellungsgespräch hatte sie mit drei alten Freundinnen ein herrliches Mittagessen eingenommen und eine Menge Klatsch und Tratsch erfahren, und zur Krönung hatte sie bei Harrods noch einen sehr hübschen Hut erworben, einen blassblauen Strohhut. Er hatte ein Vermögen gekostet, aber das war auch egal: Es würde der letzte Hut sein, den sie vor Kriegsende kaufte. Vielleicht sogar der letzte Hut überhaupt. Sie kramte gerade in ihrer Tasche nach ihrem Haustürschlüssel, als sie eine Gestalt sah, die sich neben der Treppe zusammengekauert hatte.

Ihre erste Reaktion war, nach drinnen laufen zu wollen, um die Polizei zu rufen, da es sich nur um einen Obdachlosen oder einen anderen Eindringling handeln konnte. Als sie aber genauer hinschaute (da ihr das Haar für einen Obdachlosen zu glänzend vorkam), sah die Gestalt auf.

»Clarissa! Gott sei Dank bist du zurück«, rief sie.

»Florence! Was um Himmels willen machst du denn da? Oh Gott, komm, ich helfe dir. Du siehst ja schrecklich aus. Was ist denn los?«

Florence sah in der Tat schrecklich aus: aschfahl, derangiert und mit den Kräften am Ende. Sie trug einen Regenmantel und flache Schuhe und klammerte sich an eine kleine Aktentasche. Nun brach sie in ein lautstarkes Weinen aus.

Clarissa schloss die Haustür auf, nahm ihre Hand und führte sie gleich in die Küche durch. »Es tut mir so furchtbar leid. Dorothy hat heute ihren freien Tag, sonst hätte sie dich ja reingelassen. Sie wird aber bald wiederkommen, dann kann sie uns etwas zu essen zubereiten. Du siehst aus, als könntest du es gebrauchen. Setz dich, ich hole uns einen Tee. Oder möchtest du etwas Stärkeres? Einen Gin vielleicht?«

Florence schüttelte den Kopf. »Tee wäre bedeutend besser.«

»In Ordnung, mein Schatz. Aber du zitterst ja. Frierst du?«

»Nein«, sagte Florence mit klappernden Zähnen.

»Hier, nimm eine Zigarette. Ich bin mir nicht sicher, ob ich nicht den Arzt holen soll. Fühlst du dich krank?«

»Ja«, sagte Florence und riss sich mühsam zusammen. Sie zündete sich die Zigarette an, die Clarissa ihr hinhielt, und zog dankbar daran. »Ich fühle mich krank. Schrecklich krank. Die ganze Zeit über. Weil ich nämlich schwanger bin.«

»Du bist schwanger? Florence, was soll das heißen? Wieso

versteckst du dich dann unten an der Treppe? Weiß Robert es schon?«

»Nein«, antwortete Florence. »Noch nicht. Aber wenn er es erfährt… Das ist ja der Grund, warum ich mich verstecke.«

»Ich verstehe kein Wort, Florence. Das musst du mir erklären.«

Schweigen senkte sich herab. »Es ist nicht von… von Robert«, sagte Florence schließlich stockend.

»Ah«, sagte Clarissa und musterte ihre Freundin nachdenklich. »Von wem… Ich meine, du musst es mir nicht erzählen, aber…«

»Doch, muss ich. Es wird wunderbar sein, es dir zu erzählen. Es überhaupt jemandem zu erzählen, aber ganz besonders dir. Du kennst ihn nicht. Er heißt Giles. Giles Henry. Er ist Musiker.«

»Wie außerordentlich exotisch, mein Schatz!«

»Nicht wirklich. Er spielt Klavier in einem Nachtclub.«

»Wie aufregend. Ich bin mir sicher, dass er demnächst in der Albert Hall auftritt.«

»Nicht ausgeschlossen. Er ist brillant. Immerhin hat er eine klassische Ausbildung. Aber egal, wir sind… na ja, wir sind schon lange zusammen. Ungefähr… oh, keine Ahnung, über ein Jahr jedenfalls.«

»Deswegen also dieses kleine Drama um meine Patentante an Weihnachten? Ich fand deine Geschichte, dass dir abends im Hotel so schlecht war, dass du nicht nach Hause fahren konntest, ziemlich weit hergeholt, mein Schatz.«

»Ja, tut mir leid. Aber ich wollte dich da nicht reinziehen.«

»Beim nächsten Mal bitte ich darum. Das ist doch höchst aufregend. Sag, mein Schatz, das andere Baby war aber nicht von…«

»Oh Gott, nein. Das war von Robert.«

»Oh Florence. Was für ein Schlamassel. Was wirst du nun tun? Dich um eine Lösung ...«

»Unmöglich, Clarissa. Ich habe kein Geld. Kein eigenes jedenfalls. Und Giles hat natürlich erst recht keins.«

»Ich leihe dir etwas, mein Schatz. Wenn du möchtest.«

»Oh Clarissa, das geht nicht, wirklich nicht.«

»Natürlich geht das. Du musst nur darum bitten, dann ...«

»Die Sache ist nur«, sagte Florence seufzend, »dass es vermutlich bereits zu spät ist. Ich bin ... na ja, ich habe schon dreimal meine Periode nicht gehabt. Und ich glaube ...«

»Du musst gleich morgen jemanden aufsuchen«, sagte Clarissa bestimmt. »Leider kenne ich niemanden. Du?«

»Nein, ich auch nicht.«

»Aber ich kenne jemanden, der jemanden kennen dürfte. Bunty. Bunty Levinson. Kennst du sie? Sie hat es schon mindestens dreimal gemacht. Ich rufe sie gleich an. Aber ich weiß immer noch nicht, warum du dich an meiner Treppe versteckst.«

»Weil Robert zu Hause ist«, sagte Florence. »Er ist gestern Abend heimgekommen. Ich habe unentwegt versucht, dich anzurufen, so verzweifelt war ich. Warst du nicht da?«

»Doch, wir waren hier«, sagte Clarissa und lächelte bei der Erinnerung. »Aber wir hatten schrecklich viel zu tun. Offenbar haben wir das Telefon nicht gehört. Oh Florence, mein Schatz, es tut mir so leid! Wo bist du denn hingegangen?«

»Ich habe die Nacht in einem schrecklichen Hotel verbracht«, sagte Florence, »und heute Morgen bin ich dann hierhergekommen. Seitdem warte ich auf dich. Oh Gott, Clarissa, ich habe eine solche Angst! Wo ist er wohl, was meinst du?«

»Du scheinst wirklich Angst zu haben«, sagte Clarissa und schaute mitfühlend auf die zitternden Hände und bebenden

Lippen ihrer Freundin. »Mein armer Schatz. Ich weiß es nicht. Daheim, nehme ich an.«

»Falls er hierherkommt … du sagst ihm doch nichts, oder?« Florence weinte jetzt wieder und klammerte sich an Clarissas Hand. »Schwör, dass du ihm nichts sagst!«

»Natürlich sage ich ihm nichts. Aber ich verstehe gar nicht, warum du dich so fürchtest. Es sei denn …« Sie schaute Florence eindringlich an und hatte fast Angst, die Frage laut auszusprechen. »Er … na ja … er schlägt dich doch nicht, oder?«

Florence schaute sie an. Dann stand sie auf, ging zum Fenster und sah in den Abendhimmel.

»Doch«, sagte sie schließlich, ganz leise. »Doch, das tut er. Er schlägt mich ständig. Er verliert die Fassung und verprügelt mich. Er hat mich auch die Treppe hinuntergestoßen, als ich … als ich damals … Deshalb habe ich das Baby verloren.«

»Oh Gott«, sagte Clarissa. »Gütiger Gott, Florence, warum hast du denn nichts gesagt? Warum in Gottes Namen hast du niemandem davon erzählt?«

»Ich konnte nicht«, sagte Florence schlicht. »Ich konnte wirklich nicht. Ich habe es niemandem erzählt, nicht einmal Giles.«

»Aber warum nicht? Das verstehe ich nicht. Warum nicht?«

»Ich konnte einfach nicht. Das verstehst du nicht, Clarissa. Niemand kann das verstehen, der es nicht selbst durchgemacht hat. Man hat so viel Angst, die ganze Zeit über, und schämt sich so sehr. Das ist das Schlimmste – dass man sich so sehr schämt. Als wäre man irgendwie selbst schuld. Er ist ja auch so schlau. Niemand hätte mir geglaubt, da bin ich mir sicher.«

»Ich schon.« Clarissa nahm sie in die Arme und drückte sie ganz fest an sich.

»Ich weiß. Aber … Ach, das ist so schwer zu erklären. Man

hat immer das Gefühl, dass es nicht wahr ist, wenn man es nicht zugibt. Oft tut es ihm ja auch leid. Dann schwört er, dass es nie wieder geschehen wird und dass er mich liebt. Aber er ist wirklich brutal. Und sehr gefährlich.«

KAPITEL II

Sommer – Herbst 1940

»Das ist furchtbar nett von dir«, sagte Grace. Sie lächelte Robert an. Er hatte soeben Charlotte vom Tierarzt abgeholt. Ihr Bein war eingegipst, aber ansonsten war sie putzmunter, sprang in der Küche herum und suchte etwas zu fressen.

»War mir ein Vergnügen, wirklich. Morgen früh kommt der Mann und holt das Auto ab, um es instand zu setzen. Ein großer Schaden ist aber nicht entstanden. Ich bin sehr beeindruckt von deinen Fahrkünsten.«

»Ach Robert! Ich bin ein hoffnungsloser Fall.«

»Überhaupt nicht. Ich sollte das beurteilen können, schließlich bin ich dir hinterhergefahren. Du machst das wunderbar. Es wird nicht lange dauern, und du wirst keinerlei Probleme mehr haben.«

»Egal, das Abendessen ist fertig. Ich hoffe, du magst Eintopf.«

»Ich liebe Eintopf. Ich liebe die gute alte Hausmannskost. Florence kocht eher ausgefallene Speisen, aber so gut wie hier riecht es bei uns nie.«

»Hoffen wir, dass es auch schmeckt«, erklärte Grace. »Setz dich, Robert. Darf ich dir etwas zu trinken anbieten? Ich denke, wir haben alles da.«

»Ein Gin Tonic wäre wunderbar. Ich mache mich aber erst noch frisch, wenn du nichts dagegen hast.«

»Natürlich nicht. Deine Tasche habe ich in das Zimmer neben dem Bad gestellt.«

»Du bist ein Schatz. Ist es wirklich in Ordnung, wenn ich bleibe? Da Muriel und Florence beide nicht da sind, bin ich vollkommen aufgeschmissen. Was für ein dummes Missverständnis.«

»Natürlich ist das in Ordnung.«

Grace lächelte ihn leicht verlegen an. Sie hielt es für unwahrscheinlich, dass Florence mit Muriel zusammen war, aber wenn ihre Schwägerin das erzählt hatte, war es sicher nicht ihre Aufgabe, etwas anderes anzudeuten. Ihre Abneigung gegen Florence war an diesem Nachmittag ins Unermessliche gestiegen. Robert war so freundlich und hilfsbereit gewesen und hatte sich um alles gekümmert, angefangen damit, den Wagen vom Laternenmast wegzurücken. Obwohl er sich offensichtlich große Sorgen um Florence machte und sich fragte, wo sie nur sein mochte. Er hatte seine kostbare Urlaubswoche mit ihr verbringen wollen, weshalb er sogar den langen Weg von London nach Wiltshire auf sich genommen hatte, um sie hier zu suchen.

Nach dem Essen saßen sie im Salon. Grace nähte, und Robert las die Zeitung. Es war schön, jemanden im Haus zu haben. Sie schaute immer wieder zu ihm hinüber und lächelte. Später tätigte er ein paar Telefonate, um Florence ausfindig zu machen – »nur für den Fall, dass sie nicht noch in Cornwall ist« –, aber vergeblich. Unter Clarissas Nummer versuchte er es auch, aber das Hausmädchen erklärte, Clarissa sei ausgegangen.

»Morgen früh werde ich sofort nach London zurückfahren und zusehen, ob ich sie nicht dort irgendwo finde. Das ist eine weite Strecke, und ich bin dir unendlich dankbar, Grace, dass ich sie nicht heute Abend noch zurücklegen muss. Hoffentlich nimmt dein Ruf keinen Schaden, wenn ich ohne Anstandsdame hier übernachte.«

»Sei nicht albern, Robert. Mein Ruf ist sowieso nicht der beste. Jedenfalls könnte er keinen Schaden erleiden.«

»Das stimmt gewiss nicht.«

»Und ob das stimmt«, sagte sie und war selbst schockiert, wie bitter sie klang. »Ich bin das unbeliebteste Mädchen in ganz Wiltshire. Oder jedenfalls in diesem Winkel von Wiltshire.«

»Grace, das kann ich nicht glauben.«

»Du musst es auch nicht glauben, Robert, aber es stimmt. Ich bin eine Außenseiterin.«

»Aber warum?« Er wirkte so ernsthaft verwirrt, dass sie sich fast getröstet fühlte.

»Oh, na ja… Lass es mich so sagen: Ich gehöre nicht zum Stamm, und sie lassen mich nicht rein.«

»Ich verstehe immer noch nicht, tut mir leid.«

Grace musterte ihn und fragte sich, ob er das ernst meinte oder nur höflich war. »Das ist doch ganz einfach, Robert. Ich habe über meinem Stand geheiratet. Ein bisschen jedenfalls. Und das … na ja, das ist nicht immer ganz einfach.«

»Grace, wirklich, das ist doch absurd.«

»Lieb von dir, dass du das so siehst, Robert, aber es stimmt. Charles' Freunde würden mich nie ohne ihn einladen. Solange es nicht anders ging, waren sie zweifellos nett zu mir, aber jetzt, da sie mich ignorieren können, tun sie es auch.«

»Ich bin sprachlos«, erwiderte er.

»Danke, Robert.«

»Wenn ich es mir erlauben darf«, fügte er hinzu: »In meinen Augen bist du mehr wert als zehn von ihnen zusammen. Ehrlich.«

»Das ist lieb, dass du das sagst. Ich weiß das sehr zu schätzen.«

Er stand auf und kam zu ihr. Sein Blick war so sanft, so einfühlsam. »Ich halte das für absolut verwerflich«, sagte er. »Wenn ich irgendetwas für dich tun kann ...«

»Da kann man wohl nichts tun«, sagte sie lachend. »Ich wage zu behaupten, dass sie mich, wenn ich erst einmal fünfzig Jahre lang eine Bennett gewesen sein werde, allmählich zu akzeptieren beginnen. Bis dahin, tja ...«

Robert sah sie immer noch an. Dann beugte er sich hinab und küsste sie sanft auf die Lippen. »Ich sage es noch einmal: Du bist mehr wert als dieses ganze Pack zusammen. Für mich bist du eine ganz besondere Person, Grace. Eine ganz besondere.«

Grace schaute zu ihm auf und war sich plötzlich bewusst, dass sie allein im Haus waren, dass sie Robert wahnsinnig gern mochte, dass Florence sie hasste und dass sie sich vermutlich bereits zutiefst indiskret benommen hatte. Mit einem unbehaglichen Lächeln stand sie auf. »Gott, bin ich müde, Robert. Würdest du es mir nachsehen, wenn ich ins Bett ginge? Brauchst du noch etwas? Sag es einfach, sonst ...«

»Nein«, sagte er, »nichts. Nur eine Ehefrau.« Er seufzte schwer, und ihr Herz schmolz dahin. »Aber egal, natürlich musst du ins Bett gehen. Du siehst erschöpft aus. Und danke noch mal. Gute Nacht, Grace.«

Sie lag lange wach, dachte daran, wie er ihr gegenüber auf dem Treppenabsatz gestanden hatte, und war sich ihrer Gefühle nicht sicher.

Ein paar Stunden später wachte sie wieder auf. Erst verstand sie den Grund nicht, aber dann merkte sie mit einem gewissen Entsetzen, dass sie Schmerzen verspürte. Schrecklich ver-

traute Schmerzen im Unterleib, ziehende, reißende Schmerzen. »Oh Gott«, flüsterte sie, »bitte nicht.«

Weil sie Angst hatte, auch nur nachzuschauen, blieb sie einfach liegen. Irgendwann musste sie allerdings aufstehen. Wo
sie gelegen hatte, breitete sich ein roter Fleck auf dem Laken
aus. Ihr Nachthemd war ebenfalls verschmiert.

Grace fühlte sich elend, ausgehöhlt von einem unermess-
lichen Verlustgefühl. Am liebsten hätte sie lautstark geklagt
und gewütet. Das war nicht gerecht! Ihr Baby, das Einzige auf
der Welt, was nur ihr gehörte, war gar kein Baby, kein niedli-
ches, wachsendes, berührbares Etwas, sondern nur ein hormo-
neller Schluckauf, eine Verspätung, ein Fehler. Sie setzte sich
auf die Bettkante und weinte, dann ging sie ins Bad, nahm
eine Stoffbinde und den Gürtel und legte sie an. Der Schmerz
war schlimm, nicht so schlimm wie der Schmerz in ihrem
Herzen, aber immerhin. Er war schlimmer als alles, an was
sie sich erinnern konnte. Vielleicht war sie ja auch schwanger
gewesen, und es handelte sich um eine frühe Fehlgeburt. Bei
dem Gedanken ging es ihr noch schlechter, und sie brach wieder in Tränen aus. Sie würde etwas Heißes trinken und eine
Aspirin nehmen.

Leise trat sie ins Treppenhaus und stieg die Treppe hinunter. Charlotte folgte ihr, auf drei Beinen hüpfend.

In der Küche war es warm und behaglich. Sie stellte Wasser
auf und holte sich eine Aspirin. Sie wollte sie gerade herun-
terschlucken, als sich langsam die Tür öffnete. Robert kam herein.

»Hallo«, sagte er. »Ich konnte nicht schlafen und habe gehört, dass du auf den Beinen bist. Ist alles in Ordnung?«

»Ja, alles in Ordnung«, sagte Grace. »Nur... ein bisschen
Kopfschmerzen.«

»Das tut mir leid«, sagte er, aber dann sah sie, dass er ihr verschmiertes Nachthemd bemerkt hatte. Zutiefst beschämt setzte sie sich schnell hin und zog es unter ihre Beine. Lächelnd nahm er ihre Not zur Kenntnis, kam zu ihr und strich ihr über den Kopf.

»Sei nicht albern«, sagte er. »Das tut mir leid, du Arme. Frauenleiden, sagt Florence dazu. Lass mich dir einen Tee machen. Brauchst du vielleicht eine Wärmflasche für deinen Bauch? Wäre das eine gute Idee?«

Er war so freundlich und zärtlich – ganz anders als Charles, der in solchen Situationen immer etwas verlegen und ungeduldig war –, dass sie wieder zu weinen begann.

»Nicht«, sagte er, »das ist doch kein Grund zum Weinen. Hier, trink deinen Tee.«

»Natürlich ist das ein Grund zum Weinen«, sagte sie und nahm gehorsam einen Schluck. »Ich dachte … ich dachte, ich sei schwanger. Ich wollte doch so unbedingt schwanger sein. Und jetzt … das war's dann wohl.«

»Es gibt immer ein nächstes Mal«, sagte er lächelnd.

»Wenn er überhaupt noch Urlaub bekommt. Und es wäre ein Wunder, wenn ich dann … Oh Robert, es tut mir so leid. Ich führe mich wirklich albern auf. Was um Himmels willen würde Florence denken?«

»Sie würde denken, dass ich meine Pflicht tue, gegenüber meiner reizenden Schwägerin«, sagte Robert. »Wo finde ich denn eine Wärmflasche? Das würde sicher helfen.« Er holte sie und legte sie ihr vorsichtig auf den Bauch. Es war eine Wohltat.

»Oh Robert«, sagte Grace, der seine unbefangene Freundlichkeit keine Verlegenheit mehr bereitete, »du bist so nett. Du warst mir wirklich eine wundervolle Hilfe. Es war ein Segen, dich heute hierzuhaben. Wie kann ich dir nur danken?«

»Du musst mir nicht danken«, sagte er und schenkte sich

noch einen Tee ein. »Es war mir eine Freude. Außer dass du mir vielleicht sofort Bescheid gibst, wenn du etwas von Florence hörst. Das tust du doch, oder? Versprochen?«

»Versprochen«, sagte Grace.

***

Bunty Levinsons privater Gynäkologe beendete die Untersuchung und erklärte, Florence könne sich wieder anziehen. Als sie in sein Sprechzimmer trat, saß er hinter seinem Schreibtisch und bedachte sie mit einem traurigen Blick.

»Es tut mir furchtbar leid, Mrs ... Smith«, sagte er, »aber ich kann wirklich nichts für Sie tun. Ihre Schwangerschaft ist schon zu weit fortgeschritten. Sie müssen ... mindestens ... im vierten Monat sein. Die Gebärmutter hat sich schon in die Bauchhöhle gesenkt. Und diese Art von ... Operation mache ich nicht, tut mir leid.« Er schenkte ihr ein zutiefst bedauerndes, schmieriges Lächeln. »Und wenn Sie mich jetzt entschuldigen würden, ich habe noch eine andere Patientin ...«

»Ja natürlich«, sagte Florence, »das verstehe ich ja. Aber könnten Sie nicht vielleicht ...«

»Für Untersuchung und Diagnose berechne ich einhundert Pfund«, sagte er. »Vielleicht könnten Sie es der Sprechstundenhilfe auf dem Weg hinaus geben. Guten Morgen, Mrs Smith.«

»Einhundert Pfund!«, rief Clarissa. »Für nichts und wieder nichts! Dieser Schurke!«

»Tut mir leid«, sagte Florence.

»Das ist schon in Ordnung, Florence. Mach dir wegen des Geldes keine Gedanken. Ich bin einfach nur wütend. Was sollen wir jetzt tun?«

»Ich weiß es nicht«, sagte Florence. »Ich weiß es wirklich nicht.«

»Robert hat heute Morgen bereits angerufen. Er ist gestern Abend sehr spät heimgekommen und offenbar sofort nach Wiltshire gefahren. Weiß Gott, woher er das Benzin hat.«

»Robert bekommt alles«, sagte Florence mit kläglicher Stimme. »Er wird irgendeine Lüge erzählt haben, sich irgendwie Coupons erschlichen haben. Vielleicht hat er der Truppe erklärt, ich sei krank, oder so.«

»Das ist sein Charme, mein Schatz. Und den hat er, so zweifelhaft auch immer der sein mag. Aber egal, die gute alte Dorothy hat gelogen, was das Zeug hält, und ihm erzählt, dass ich bei einer Freundin übernachte. Noch einen Tag können wir ihn aber sicher nicht abwimmeln. Er hat mir ausrichten lassen, dass er auf dem Weg hierher sei. Wir müssen dich irgendwo unterbringen, wo du sicher bist ...« Sie schaute Florence nachdenklich an. »Was ist mit Grace?«

»Nein, unmöglich. Ich war nicht gerade nett zu Grace. Sie mag mich nicht. Und Weihnachten haben wir uns ein bisschen gestritten. Sie ... na ja, sie hat mich in London mit Giles gesehen, das hat sie mir unter die Nase gerieben. Ehrlich gesagt glaube ich nicht, dass sie mich aufnehmen würde.«

»Das glaube ich aber doch. Die arme Seele, sie tut mir so leid. Aber egal, jetzt sollten wir uns keine Sorgen um sie machen.« Sie hielt inne und schaute Florence nachdenklich an. »Und was ist mit deinem Vater?«

»Meinem Vater?«

»Ja. Dort wärst du in Sicherheit, ganz bestimmt.«

»Ausgeschlossen, Clarissa. Das verstehst du nicht!«

»Was ist denn los mit dir, mein Schatz? Natürlich verstehe ich das. Er hat nichts anderes getan als du.«

»Ich ... ich habe ihm ein paar Dinge an den Kopf geknallt«,

antwortete Florence widerstrebend. »Da kann ich ihn jetzt nicht um Hilfe bitten. Das geht einfach nicht.«

»Natürlich kannst du das, dafür sind Väter doch da. Ich würde meinen ja fragen, aber der alte Gauner ist in Schottland. Hast du eine Nummer von ihm?«

»Na ja, schon. Die von der Wohnung in der Baker Street, aber...«

»Gib sie mir«, sagte Clarissa bestimmt. »Ich kümmere mich darum, Florence. Es handelt sich um einen Notfall. Du musst jetzt die entsprechenden Maßnahmen ergreifen.«

***

Clifford stand auf der Schwelle des Chiltern Court, die Arme weit ausgebreitet, als Clarissa und Florence aus dem Taxi stiegen. Der Portier schoss vor, grüßte und nahm ihre Tasche.

»Mein geliebtes Kind«, sagte Clifford, »mein liebes, liebes Kind. Komm her. Florence, das ist Jerome. Jerome, das ist meine Tochter Florence, und diese wunderschöne Kreatur ist Clarissa Compton Brown. Ein wahrer Engel der Barmherzigkeit.«

Clarissa warf sich in seine Arme und küsste ihn überschwänglich. »Ich habe dich so vermisst, du verruchtes altes Ding«, rief sie. »Gott sei's gedankt, dass du hier bist und ich daran gedacht habe.«

»Wo ist Robert denn? Wissen wir das?«

»Auf dem Weg zu meinem Haus. Wir denken, dass er die letzte Nacht im Hotel verbracht hat. Laut Dorothy war er in Wiltshire, um sie zu suchen. Wir haben ein paar Anrufe erhalten, aber er hat keine Nummer hinterlassen. Keine Ahnung, warum«, fügte sie hinzu.

»Solche Menschen sind clever«, sagte Clifford. »Vermutlich

denkt er, wenn ihr seinen Aufenthaltsort kennt, könntet ihr entsprechende Maßnahmen ergreifen.«

»Was für Menschen?«, fragte Florence matt.

»Psychopathen, mein Schatz. Mit so einem bist du verheiratet.«

»Oh Gott, nein«, erwiderte Florence, und ihr Blick wirkte plötzlich gehetzt und verängstigt. »Er ist kein Psychopath. Das kann ich so nicht stehen lassen.«

»Bloß kein Mitleid, Florence«, sagte Clarissa ungeduldig. »Natürlich ist er ein Psychopath, da hat Clifford vollkommen recht. Und wenn du jetzt anfängst, Mitleid mit ihm zu haben, schadest du dir nur selbst. Hör zu, Clifford, die Adresse der Wohnung hier kennt doch niemand, oder? Außer Muriel, meine ich.«

»Und die wird sich alle Mühe gegeben haben, sie zu vergessen, da bin ich mir sicher«, sagte Clifford. »Ach, und Grace kennt sie auch. Aber jetzt kommt, ihr beiden, ab in den Aufzug. Und Jerome, wenn Sie mir die Tasche reichen würden …«

»Grace, du liebe Güte, ja! Die gute Grace«, sagte Clarissa geistesabwesend. »Aber egal, sie wird nicht erfahren, dass Florence hier ist, und solange sie es nicht weiß, müssen wir sie nicht in die Sache reinziehen. Robert wird zu seinem Regiment zurückkehren, in … wie vielen Tagen? … in drei? Wenn wir Florence bis dahin sicher unterbringen können, wäre das schon einmal gut. Danach können wir uns etwas anderes überlegen. Ist hier wirklich Platz für sie, Clifford? Es wirkt so sicher und verborgen wie ein Gefängnis.«

»So sicher wie ein Gefängnis ist es unbedingt«, sagte Clifford munter. »An Jerome kommt niemand vorbei. Meine wunderbare Haushälterin Mrs Peterson schuftet schon wie eine Wilde, um das Gästezimmer für dich herzurichten. Ich war sogar bei Harrods, mein Schatz, um neue Bettwäsche für dich zu kaufen – zu einem sündhaft teuren Preis. Mir will nicht in den Kopf, warum dieser Krieg den Preis für Bettwäsche hochtreiben sollte.«

Als Clarissa später fort war, bot Clifford seiner Tochter einen Platz an und fragte, was sie trinken wolle.

»Einen Drink darfst du dir sicher genehmigen. Sonst trinke ich eben einen für dich mit. Im Moment habe ich einen hohen Alkoholbedarf, muss ich zugeben.«

»Ein Drink wäre schön«, sagte Florence. »Ein Sherry vielleicht … Du wohnst also allein hier, Daddy?«

»In der Tat. Frei und ungebunden und zu jeder Schandtat bereit, könnte man sagen.«

»Ah … verstehe.«

»Vielleicht auch nicht«, sagte Clifford unbekümmert, »aber lass uns nicht darüber reden. Florence, mein Schatz, so traurig die Umstände auch sein mögen, ich kann dir gar nicht sagen, wie glücklich ich bin, dich wiederzuhaben.«

Florence schaute ihn an und lächelte, ein warmes, zärtliches Lächeln. »Es ist sehr schön, zurück zu sein. Und es tut mir furchtbar leid, was ich gesagt habe.«

»Das war nachvollziehbar und ist längst vergessen.«

»Nein«, widersprach Florence. »Das stand mir nicht zu, absolut nicht. Besonders nicht unter diesen Umständen. Es ist einfach nur, dass … na ja …«

»Ich weiß. Der eigene Vater sollte keine Schwächen haben. Lass uns nicht mehr darüber reden, es gibt schließlich Wichtigeres. Dich zum Beispiel und was nun aus dir werden soll.«

***

Nachdem Robert fort war, setzte Grace sich hin und konnte gar nicht mehr aufhören zu weinen. Sie fühlte sich immer noch beraubt, weil ihre Schwangerschaft so plötzlich zu Ende gegangen war. Jetzt würde sie sich noch einsamer fühlen. Sie schien nicht nur frigide, sondern auch unfruchtbar zu sein. Wenn sie jetzt kein Kind empfangen hatte, würde sie es bestimmt nie tun. Sie konnte sich kaum vorstellen, wie sie die nächsten Monate oder gar Jahre bewältigen sollte – ohne Ziel im Leben, ohne Gesellschaft, ohne etwas, um das sie sich kümmern könnte, außer einem kleinen Hund. Einem Hund mit einem gebrochenen Bein, dachte sie und lächelte Charlotte durch den Tränenschleier hindurch an. Ohne Clifford hätte sie nicht einmal den.

Der gute Clifford. Sie fragte sich, wie es ihm ging, traute sich aber nicht, ihn allzu oft anzurufen, weil Charles sonst fragen könnte, warum die Telefonrechnung so hoch war. Nicht dass er sie in absehbarer Zukunft bezahlen oder auch nur zur Kenntnis nehmen würde. All diese Aufgaben hatte sie selbst übernommen: Rechnungen bezahlen, sich mit Händlern herumschlagen, Reparaturen in Auftrag geben. Ihr war schleierhaft, woher das Geld überhaupt kam. Charles hatte ihr versichert, dass ihr das Hauswirtschaftsgeld aufs Konto überwiesen und die Kanzlei ihn weiterbezahlen würde, aber das wunderte sie manchmal, da Clifford ja gar nicht mehr für Bennett & Bennett arbeitete. Als sie Muriel auf das Thema angesprochen hatte, hatte ihre Schwiegermutter schlicht erklärt, dass sie alles nehme, was sie brauche, und das war nicht wenig. Grace ging also davon aus, dass schon alles seine Richtigkeit hatte, zumal sie ohnehin klaglos tat, was man ihr sagte. Wie immer.

Und das machte sie gut. Bislang wenigstens, dachte sie mit einem Anflug von Stolz. Sie war also nicht vollkommen unfähig. Autofahren hatte sie auch gelernt, und bei dem Gedanken ging es ihr gleich besser. Irgendetwas musste sie schließlich können, irgendetwas, das Charles nicht verboten oder mit einem bedenklichen Blick quittiert hatte oder das Muriel nicht im Keim erstickte oder weiterpetzte. Oh Gott, Grace, dachte sie plötzlich, was ist nur aus dir geworden? Was war aus dem »Stolz der Fünften« geworden, wie Miss Murgatroyd sie einst genannt hatte, als sie bei einem Hockeyspiel das Siegertor erzielte? Oder aus der Miss Marchant, die der Verwaltungschef von Stubbingtons als unverzichtbar gepriesen hatte? Eine Ehefrau war sie geworden, und zwar von jemandem, der zu gut für sie war. Und in diesem Moment hätte Grace einiges darum gegeben, es nicht getan zu haben.

Sie seufzte, als sie merkte, dass sie sich dem Trübsinn anheimgab, und stellte das Radio an. Soeben endete die Sendung »Musik bei der Arbeit« mit einem Hörerwunsch für »all die Mädchen, die bei der Landarmee der Frauen in Buckfastleigh und den umliegenden Höfen in South Devon eine so großartige Arbeit leisten«. Die Landarmee! Vielleicht war das etwas für sie.

Heute kam ihre Mutter zum Lunch. Sie würde sie danach fragen. In solchen Dingen wusste sie Bescheid.

Betty war nicht gerade begeistert.

»Die Arbeit ist unglaublich hart, mein Schatz. Ich habe diese Frauen gesehen, ein paar sind wirklich derb. Das ist keine Arbeit für jemanden wie ... wie dich.«

»Das wäre es auch nicht, Motoren auseinanderzunehmen, wie bei den Wracs«, sagte Grace. »Aber ich muss etwas tun, Mutter, sonst werde ich verrückt.«

Betty musterte sie zaghaft. »Und hast du schon einmal daran gedacht ... na ja, ein ...«

»Nein«, sagte Grace knapp, »habe ich nicht.«

»Verstehe, mein Schatz.« Betty seufzte. »Ich wünschte, du würdest mit zu uns kommen. Dann wärst du bedeutend weniger einsam.«

»Das geht nicht, Mutter, und das weißt du auch. Dies *ist* mein Zuhause. Ich habe Verpflichtungen hier.« Was für Verpflichtungen, dachte sie – ein paar Hühner und einen kleinen Hund.

»Natürlich, mein Schatz, natürlich hast du das. Hör zu, morgen fahre ich mit dem Bus nach Shaftesbury, warum treffen wir uns nicht dort? Dann können wir uns einen schönen Vormittag machen, mit deinem Vater zu Mittag essen und anschließend zum Rathaus gehen, um uns zu erkundigen. Obwohl ich nicht weiß, was Charles sagen …«

»Charles ist nicht da«, sagte Grace bestimmt.

Im Anwerbungsraum im Rathaus hingen jede Menge Plakate, die die Vorzüge der Wrens anpriesen, außerdem der ATS – einer Frauenhilfstruppe der Armee –, der WVS – der Freiwilligenorganisation der Frauen – und natürlich auch der WLA, der Landarmee der Frauen. Das Bild hierzu zeigte eine lange Reihe von Mädchen, die mit einem strahlenden Lächeln durch ein Maisfeld marschierten. Das sprach Grace am stärksten an: Sie wollte auch eins der Mädchen in dieser langen Reihe sein.

Sie setzte eine verängstigte Betty in einen Warteraum und ging hinein, um sich ihnen anzuschließen.

»Haben Sie Kinder?«, fragte die Musterungsoffizierin.

»Nein«, sagte Grace und bemühte sich um ein strahlendes Lächeln. »Nein, habe ich nicht.«

Bislang war alles gut gelaufen, da sie alle Anforderungen erfüllte (keine zu hohen Ansprüche, über eins fünfzig groß, zwischen siebzehn und einundvierzig Jahre alt, gesund).

»Gut, das ist das Wichtigste. Und Sie haben keinen Ehemann daheim?«

»Nein. Er ist… Na ja, er wird bald über den Kanal geschickt. Deswegen möchte ich ja auch helfen.«

»Klar. Würden Sie nicht lieber zur Freiwilligenorganisation gehen? Oder zum Roten Kreuz?«, erkundigte sich die Musterungsoffizierin vorsichtig.

»Nein«, erwiderte Grace bestimmt, »das möchte ich nicht.«

Sie wusste, dass sich die Freiwilligenorganisation und das Rote Kreuz, jedenfalls in Wiltshire, zum Großteil aus den Ehefrauen und Müttern von Charles' Freunden rekrutierten, und dieser Gedanke ließ sie schaudern.

»Nun ja, ich weiß wirklich nicht…«

»Hören Sie«, sagte Grace. »Teilen Sie mir einfach mit, was ich zu tun habe, und ich tu es. Mir ist egal, worum es sich handelt, Schweineställe ausmisten, was auch immer.«

»Das werden Sie zweifellos tun müssen. Aber es steht außer Frage, das hier zu tun, in Ihrer Heimat.«

»Warum denn das?«, fragte Grace erstaunt. »Das wäre doch naheliegend. Hier gibt es doch so viele Bauernhöfe, denen die jungen Männer fehlen.«

»Mag sein. Aber die Bestimmungen sehen vor, dass man so weit weggeht wie irgend möglich.«

»Wie weit?«, fragte Grace, die sich schon täglich in Richtung Wells oder Taunton aufbrechen sah, was äußerst dämlich wäre. Reine Zeitverschwendung.

»Nun, Sie würden vermutlich nach Yorkshire kommen oder so. Während die Mädchen aus Yorkshire hier eingesetzt werden.«

»Aus Yorkshire? Das ist doch lächerlich. Ich verstehe nicht…«

»So lauten die Bestimmungen«, sagte die Musterungsoffizierin forsch. »Die Mädchen fügen sich dann besser ein. Und es besteht eine geringere Gefahr, dass sie nach Hause rennen, wenn es mal ein bisschen … hart wird.«

»Aber das würde ja bedeuten, dass ich woanders wohnen müsste.«

»Klar, natürlich.« Die Musterungsoffizierin klang zunehmend ungeduldig. »Sie würden in einem Hostel leben, zusammen mit den anderen Mädchen. Das ist auch der Grund, warum …«

»Oh«, sagte Grace und fühlte sich plötzlich furchtbar niedergeschlagen. Noch ein Plan, der sich in Luft auflöste. Sie schaute die Musterungsoffizierin durch einen Tränenschleier hinweg an.

»Entschuldigung«, sagte sie und kramte nach einem Taschentuch. »Tut mir leid. Ich bin nur einfach so enttäuscht. Ich wollte doch …«

»Hören Sie«, unterbrach die Frau sie und klang plötzlich wesentlich einfühlsamer. »Es gibt vielleicht noch etwas anderes, das Sie tun könnten. Für die Landarmee. Ehrlich gesagt würde ich es auch für viel angemessener halten … angesichts Ihrer Stellung im Leben sozusagen.«

Sie ist der Ansicht, ich sei zu vornehm, um etwas Richtiges zu machen, dachte Grace. Sie putzte sich die Nase und war wider Willen belustigt. Wenn die wüsste.

»Können Sie Auto fahren?«

»Ja, das kann ich«, sagte Grace entschieden.

»Und Zeit haben Sie auch, nehme ich an?«

»Viel Zeit.«

»Nun, es besteht großer, ja dringender Bedarf an Reps für die WLA.«

»Reps?«

»Ja. Leider handelt es sich um unbezahlte Arbeit, aber sie

ist sehr wichtig. Sie würden sogar ein Benzinkontingent zugeteilt bekommen, obwohl es uns lieber wäre, wenn Sie nach Möglichkeit das Fahrrad nehmen.« Sie bedachte Grace mit einem finsteren Blick.

»Ja, natürlich.«

»Die Reps besuchen die Mädchen in den Hostels und auf den Höfen, gehen möglichen Beschwerden nach und vergewissern sich, dass die Lebensbedingungen stimmen, solche Dinge.«

»Sind die Lebensbedingungen denn so schlecht?«, fragte Grace neugierig.

»Nein, natürlich nicht. Na ja, nur gelegentlich«, beeilte sich die Frau zu sagen. »Aber die Mädchen bekommen Heimweh und steigern sich dann in die Vorstellung hinein, dass alles grauenhaft ist. Sie bei Laune zu halten ist eine wirklich befriedigende Arbeit, das kann ich Ihnen versichern. Was halten Sie davon?«

»Klingt wunderbar«, sagte Grace schlicht.

»Gut. Dann werde ich der Sekretärin des Countys Ihren Namen übermitteln, und Sie wird mit Ihnen in Kontakt treten.«

»Danke«, sagte Grace. »Ganz herzlichen Dank.«

Kaum war sie zu Hause angekommen, klingelte das Telefon. Es war Mrs Boscombe. »Könnten Sie bitte die Nummer am Regent's Park anrufen, meine Liebe? So bald wie möglich. Und der Major hat angerufen. Er versucht es später noch einmal. Gegen sieben. Er klang blendend, meine Liebe. Man muss sich wohl keine Sorgen um ihn machen.«

»Gut«, sagte Grace. »Danke.«

Sie bat Mrs Boscombe, sie mit Cliffords Nummer zu verbinden. Es klingelte lange. Vielleicht war er ausgegangen. Es war ja nur eine Wohnung, sodass der Weg zum Telefon nicht allzu weit war. Schließlich meldete sich jemand mit einem zaghaften Hallo. Nur dass es weder Cliffords noch Dorothys Stimme war. Es war Florence.

Grace legte sofort wieder auf, mit wild pochendem Herzen. Was sollte sie jetzt tun? Was um alles in der Welt hatte Florence dort zu suchen? Seit seinem Auszug hatten sich Clifford und sie doch vollkommen entfremdet. Florence hatte ihm ein paar ziemlich harte Dinge an den Kopf geworfen, wie Muriel mit einiger Genugtuung kolportiert hat, und verweigerte seither jeden Kontakt. Vermutlich versteckt sie sich, dachte Grace mit einem Anflug von Verachtung und Widerwillen. Sie versteckt sich vor Robert, weil sie Angst hat, ihm ins Gesicht zu schauen. Armer Robert, trauriger, sanfter Robert. Der netter zu ihr, Grace, war als alle anderen. Robert, dem sie zu helfen versprochen hatte. Nun, das würde sie auch tun, sie saß schon zu lange zwischen den Stühlen. Das war sie ihm schuldig. Florence hingegen hatte jedes Ungemach verdient. Jedes.

Bei Robert meldete sich sofort jemand, allerdings nur sein Hausmädchen.

Nein, Major Grieg sei nicht da, er sei mit Freunden zum Abendessen verabredet. Um neun sei er wieder zurück und habe ausdrücklich gesagt, dass er dann sämtliche Gespräche beantworte. Ob sie um ihren Namen bitten dürfe?

»Mrs Bennett«, sagte Grace bestimmt. »Mrs Charles Bennett. Er hat meine Nummer.«

»Danke, Mrs Bennett.«

Etwa eine halbe Stunde später rief Charles an.

»Wie geht es dir, mein Schatz?«

»Gut, danke«, sagte Grace und wünschte verzweifelt, ihm

sagen zu können, dass es ihr gar nicht gut ging, und auch aus welchem Grund.

»Ich vermisse dich so sehr.«

»Ich dich auch.«

»Ich habe den Marschbefehl erhalten. Oder besser: *Wir* haben den Marschbefehl erhalten.«

»Oh«, sagte Grace und fühlte sich elender denn je.

»Wir reisen nach Afrika. In einer Woche. Mehr kann ich dir nicht sagen.«

»Oh Charles, nein …«

»Mein Schatz, du musst jetzt tapfer sein. Wir müssen alle tapfer sein. Ich habe sogar noch einmal Urlaub, sechsunddreißig Stunden. Aber ich kann nicht nach Hause kommen, keine Zeit, kein Benzin, kein gar nichts. Ich möchte, dass du nach London kommst, damit wir uns dort treffen. Schaffst du das, was meinst du?«

»Natürlich schaffe ich das«, sagte Grace, fast ein wenig beleidigt. Immerhin war sie den ganzen Weg von Thorpe St. Andrews nach Thorpe Magna und zurück gefahren.

»Braves Mädchen. In die Wohnung können wir nicht, weil mein Vater dort ist, aber wir könnten die Nacht im Hotel verbringen. The Basil Street, dachte ich. Das ist unglaublich schön, und wir können uns ein bisschen verwöhnen lassen. Könnte immerhin für eine Weile das letzte Mal sein.«

»Wie schön«, sagte Grace und bemühte sich, begeistert zu klingen. »Ich sehne mich so nach dir, mein Schatz. Ich sehne mich so.«

***

Captain Robert Grieg kam um Viertel vor neun nach Hause. Das Hausmädchen übermittelte ihm die einzige Nachricht.

»Mrs Bennett hat angerufen, Sir. Sie sagte, Sie hätten die Nummer.«

»Ja, das stimmt. Danke, Clarkson. Ich gehe in mein Arbeitszimmer.«

Er blätterte in seinem Adressbuch und suchte Grace' Nummer. Da war sie. Er streckte die Hand aus, um nach dem Hörer zu greifen. Aber das Telefon kam ihm zuvor und klingelte schrill, aggressiv.

»Robert?«

»Ja. Ja, Mutter.«

»Mein Lieber, ich wollte mich nur von dir verabschieden. Ich weiß, dass du morgen früh nach Yorkshire zurückgehst. Pass auf dich auf, mein Lieber, und schreib mir doch mal, wenn es dir möglich ist. Weißt du schon, wo du hinkommst?«

»Ich hoffe nach Gibraltar.«

»Bitte sag Bescheid, wenn du es weißt. Wirst du bald aufbrechen?«

»Ja, ich denke schon, Mutter.«

»Also, dann alles Gute, mein Lieber. Ach so, Robert, versuch doch auch mal, deiner Großmutter zu schreiben, wenn's geht. Sie macht sich unglaubliche Sorgen um dich.«

»Ja, Mutter, natürlich. Hör zu, ich ...«

»Und noch etwas, Robert. Ich hatte dir Socken, einen Pullover und ein paar Bücher geschickt. Hast du die überhaupt bekommen? Weil ich gar nichts von dir gehört ...«

»Ja, Mutter, hab ich bekommen. Tut mir furchtbar leid. Es ist ziemlich hektisch da oben, musst du wissen.«

»Natürlich, mein Lieber. Wir sind so stolz auf dich. Geht es Florence gut? Ich wünschte so sehr, sie würde zu uns kommen und nicht in London wohnen. Das muss die Hölle sein.«

»Im Moment geht es, Mutter. Danke. Aber ich werde es ihr ausrichten. Und ja, es geht ihr gut.«

»Schön. Na, dann auf Wiedersehen, mein Lieber. Versuch uns auf dem Laufenden zu halten. Und pass gut auf dich auf, tust du das?«

»Ja, Mutter, das tu ich. Natürlich. Danke. Auf Wiedersehen. Mach dir keine Sorgen um mich.«

»Ich gebe mir Mühe, mein Schatz. Auf Wiedersehen.«

Er legte erleichtert auf. Und jetzt zu Grace.

»Grace? Grace, hier ist Clifford. Wie geht es dir, mein Schatz?«

»Mir geht es gut, Clifford, danke.«

»Gut, sehr gut. Hör zu, Florence ist bei mir.«

»Ich weiß. Ich habe sie heute am Apparat gehabt.«

»Grace, sie steckt in großen Schwierigkeiten.«

»Ach ja?«, sagte Grace.

»Ja, wirklich. Gravierenden Schwierigkeiten. Robert ist … Na ja, lass uns sagen, dass die Fassade trügt. Ich hege diesen Verdacht schon länger.«

»Ich verstehe kein Wort«, sagte Grace.

»Na ja … Oh Gott, das ist ziemlich kompliziert. Er ist ihr gegenüber … gewalttätig geworden. Sehr gewalttätig. Er hat sie mehrmals geschlagen.«

»Oh Clifford! Clifford, das hat er bestimmt nicht getan. Das glaube ich nicht.«

»Es stimmt aber, Grace, das musst du mir glauben. Aber egal, Florence ist hier, und er darf nichts davon erfahren. Morgen muss er zu seinem Regiment zurück, dann ist sie in Sicherheit. Sollte er also aus irgendeinem Grund Kontakt zu dir aufnehmen und dich fragen, ob du weißt, wo sie ist, könntest du dann …«

»Du möchtest, dass ich ihm Lügen auftische?«, fragte Grace. Ihre Stimme klang selbst in ihren eigenen Ohren hart.

Schweigen entstand, dann sagte Clifford: »Ja, ich denke,

dass ich das möchte. Er darf sie auf keinen Fall hier finden, das wäre sehr gefährlich für sie. Bitte respektiere meinen Wunsch in diesem Fall, Grace. Bitte!«

Grace zögerte. Wenn irgendeine andere Person diese Bitte an sie herangetragen hätte, wäre sie standhaft geblieben, aber Clifford konnte sie nichts abschlagen. Sie liebte ihn zu sehr und verdankte ihm zu viel.

»Gut, Clifford«, erklärte sie. »Ich sage nichts. Auf Wiederhören.«

»Auf Wiederhören, meine Liebe. Und danke.«

Sobald sie aufgelegt hatte, klingelte das Telefon wieder. Es war Robert.

»Grace, wie geht es dir? Schon besser?«

»Ja, danke, Robert.«

Er war so sanft, so liebenswürdig. Es konnte gar nicht sein, dass er gewalttätig war und Florence schlug, unmöglich.

»Schön«, sagte er. »Und denk dran, es gibt immer ein nächstes Mal.«

»Ja, natürlich.«

»Ich habe unser kleines Intermezzo sehr genossen. Es war zauberhaft.«

»Ich auch. Und danke noch einmal für alles, was du für mich getan hast.«

»War mir ein Vergnügen. Aber du hattest angerufen?«

»Ja, das habe ich.«

»Gab es einen besonderen Grund?«

Ein langes Schweigen entstand. Grace fühlte sich hin- und hergerissen, weil sie ihm unbedingt helfen und ihr Versprechen halten wollte. Aber sie hatte ein jüngeres, verbindlicheres Versprechen abgegeben, Clifford gegenüber. Sie konnte es einfach nicht tun.

»Nein«, sagte sie schließlich, »nein. Ich wollte dir nur viel

Glück wünschen. Und mich verabschieden. Schick mir eine Ansichtskarte.«

»Wie nett von dir.« Wieder entstand ein Schweigen. »Und das war wirklich alles, Grace?«

»Ja. Das war alles.«

»Keine Neuigkeiten von Florence?«

»Nein. Nein, tut mir leid. Das war alles, Robert. Pass auf dich auf. Und besuch mich mal, wenn du das nächste Mal Urlaub hast. Ich bin mir sicher, dass es Florence gut geht. Mach dir keine Sorgen um sie.«

»In Ordnung, Grace. Ich gebe mir alle Mühe. Auf Wiedersehen. Behüte dich Gott.«

***

»Ach, mein Schatz, Gott sei Dank! Wo bist du? Was tust du?«

Clarissa stand in der Vorhalle ihres Hauses in London und versuchte zu verdauen, was Jack da tat: Tag für Tag mit seinem winzigen Flugzeug aufsteigen, immer und immer wieder, zwischendurch herunter, auftanken, wieder hoch in den Himmel, wo Lärm, Feuer und Tod herrschten und er sein Flugzeug und sich gegen die feindliche Luftwaffe warf. »Und sobald man oben ist, fühlt man sich allein, mutterseelenallein, in diesem Höllenfeuer von einem Himmel.« Tagsüber war es besser, erzählte er, da sah man wenigstens, was man tat. »Und sie scheinen immer über uns zu sein, ich weiß auch nicht, warum. Aber es ist alles in Ordnung, mir geht es gut, ich schlage mich durch. Das Schrecklichste ist die Müdigkeit. Es könnte also schlimmer sein. Aber ich sage dir was: Ich habe angefangen zu beten.«

»Bete weiter. Laut. Hast du keine Angst?«

»Doch, eine Wahnsinnsangst. Unser Geschwaderführer

sagt, wer das Gegenteil behauptet, der lügt. Aber nur vorher und hinterher. Wenn du oben bist, hast du keine Zeit für gar nichts, nicht einmal Zeit zum Denken. Du machst einfach weiter.«

»Oh Jack, mein Schatz. Pass auf dich auf, damit dir nichts zustößt.«

»Mach ich, Clarissa. Ehrlich, mir geht's gut. Tolles Leben, mach dir keine Sorgen. Wir halten uns die Deutschen vom Leib, als die deutlich überlegene Luftmacht. In ihren Cockpits sitzen lauter Straßenbahnfahrer, keine fähigen Männer wie bei uns.«

»Oh mein Schatz, das will ich hoffen!«

»Ich weiß es. Hör mal, man hat mir für den August ein paar Tage Urlaub versprochen. Du bist doch noch nicht bei den Wrens, oder?«

»Nein, aber ich fange bald an. Aber keine Sorge, ich werde mit dir zusammen desertieren.«

»Himmel, ich muss gehen. Alarmstart. Tschüss, mein Schatz, ich liebe dich.«

»Ich liebe dich auch.«

Charles' Urlaub war alles andere als von Erfolg gekrönt. Grace erlebte eine albtraumhafte Reise nach London, wo sie eine ganz andere Situation vorfand als die unheimliche Stille bei ihrem letzten Besuch. Es bestand immer noch keine unmittelbare Gefahr, und es fielen keine Bomben, aber es lag eine neue Dringlichkeit in der Luft, eine Atmosphäre der Härte und Verbissenheit. Überall sah man die Wegweiser zu den Luftschutzräumen, und in den Geschäften gab es keine Waren mehr. Die Fenster von Läden und Büros waren vernagelt, an den Türen lagen stapelweise Sandsäcke, und in den Straßen spielten Kinder, da die Schulen geschlossen waren. Die

Abwanderung aus der Stadt schien sich allerdings wieder umgekehrt zu haben. Die Büros füllten sich erneut, und es standen auch nicht mehr ganze Häuserfronten zum Verkauf. Es war, als hätten die Menschen beschlossen, in ihr wahres Leben zurückzukehren, statt es mit aufs Land zu nehmen.

Charles und sie aßen unter angespanntem Schweigen. Es war ein vorzügliches Essen, das die Berichte über den Mangel an verschiedenen Gütern Lügen strafte, aber sie wusste absolut nicht, worüber sie mit ihm reden sollte. Sie hatte keine Neuigkeiten und hatte auch niemanden getroffen. Seine Mutter war gefährliches Terrain, Florence ebenfalls, seinen Vater durfte man sowieso nicht erwähnen, und über ihre Pläne konnte sie auch nicht sprechen. Sie ermunterte ihn zum Reden, aber seine Geschichten waren unendlich zäh, über Drill und Manöver und die verschiedenen Vorzüge seiner Männer. Außerdem war er zweifellos genauso nervös wie begeistert angesichts der Aussicht, am nächsten Tag aufbrechen zu müssen, eine Trennung von großer Tragweite.

»Das war ein wunderbares Essen«, sagte Charles beim Kaffee. »Ein Brandy, mein Schatz? Du wirkst unglaublich müde.«

»Mir geht es gut«, sagte Grace und rang sich ein Lächeln ab. »Wirklich. Aber *du* musst erschöpft sein.«

»Nicht allzu sehr. Wie ich schon sagte, wir haben meist die Südküste verteidigt, was im Wesentlichen bedeutete, gewaltige Rollen Stacheldraht auf den Stränden auszubreiten und die Luftkämpfe über unseren Köpfen zu beobachten. Diese kleinen Flugzeuge, weißt du? Jack ist auch irgendwo da oben. Ich bete zu Gott, dass es ihm gut geht. Verdammt mutig, diese Kerle.«

»Ja«, sagte Grace.

»Mein Schatz, ist alles in Ordnung? Du wirkst irgendwie deprimiert.«

»Mir geht es gut. Wirklich. Entschuldige.«

Unvermittelt sagte er: »Meine Mutter scheint zu denken, dass du Kontakt zu meinem Vater hast.«

»Ach, wirklich?«, sagte Grace und fragte sich wütend, woher Muriel das wissen könnte und wieso sie es Charles gesagt hat, ihr selbst aber nicht. »Ja, das stimmt.«

»Wieso?«

»Er ruft mich manchmal an. Um in Kontakt zu bleiben. Und um sich zu erkundigen, wie es mir geht«, fügte sie hinzu. »Das tun nicht viele Menschen. Und wie es dir geht, möchte er natürlich wissen. Er macht sich so viele Sorgen.«

»Das ist skandalös«, sagte er knapp. »Oh, ich mache dir keine Vorwürfe, jedenfalls nicht ernsthaft. Aber es geht nicht, dass er über dich Kontakt zur Familie zu halten versucht. Mir ist klar, dass du sein Liebling bist, aber jetzt nutzt er dein gutmütiges Wesen aus, Grace. Das darfst du nicht zulassen.«

»Entschuldigung?«

»Du darfst nicht mit ihm reden, wenn er wieder anruft. Du darfst nie wieder etwas mit ihm zu tun haben. Habe ich mich deutlich ausgedrückt?«

»Da bin ich mir nicht sicher, Charles.«

»Ich denke aber doch. Ich sage es noch einmal: Ich möchte nicht, dass du noch irgendetwas mit meinem Vater zu tun hast. Überhaupt nichts. Das wäre der größtmögliche Mangel an Loyalität meiner Mutter und mir gegenüber. Und auch Florence gegenüber, wo wir schon einmal dabei sind.«

»Du meinst, du verbietest mir den Kontakt?«

»Ja, so könnte man es ausdrücken. Falls es nötig sein sollte. Aber ich kann mir nicht vorstellen, dass du ihn gern sehen möchtest.«

Grace schwieg. Sie sah einen handfesten Streit aufziehen, und den würde sie jetzt nicht ertragen. Es spielte auch keine

Rolle. Es würde eine Rolle spielen, wenn Charles zu Hause wäre, aber er war es ja nicht.

Ein langes, unbehagliches Schweigen senkte sich herab, dann sagte Charles: »Sollen wir uns die Nachrichten anhören? Ich habe gesehen, dass wir ein Radio auf dem Zimmer haben.«

Nach den Nachrichten, die vorhersehbar und finster waren und von der ununterbrochenen Bombardierung der Küste berichteten, von den deutschen Kriegsflugzeugen, die man praktisch überall sah, von dem Beschuss eines Zerstörers kurz vor Dover, stellte Charles das Radio ab und sagte: »Nun, das war's. Ins Bett, mein Schatz?«

»Ja«, sagte Grace und versuchte zu lächeln, obwohl sich bei dem Gedanken alles in ihr zusammenzog. »Ja, ins Bett.«

Sie lag da und hasste es, hasste beinahe ihn, hasste sich selbst. Als es vorbei war, drehte sich Charles stumm von ihr weg und schlief ein.

Am nächsten Tag versuchte sie mit ihm zu reden, versuchte ihm zu erklären, wie einsam sie sich fühlte und wie sinnlos ihr Leben ihr vorkam, aber es war ein fruchtloses Unterfangen. Wieder erklärte sie, dass sie gern in einen der Dienste eintreten würde, wobei sie tunlichst nicht von der Landarmee sprach. Er schaute sie nur mit bewusst leerer Miene an.

»Du kennst meine Ansichten darüber« war alles, was er sagte. »Ich weiß nicht, warum du immer wieder damit anfängst. Ich mag fort sein, Grace, aber du bist immer noch meine Frau. Für mich erschwert es die Dinge noch einmal, wenn ich das Gefühl habe, dass du meinen Wünschen zuwiderhandelst.«

»Aber Charles, warum kann ich nicht deine Frau sein und mich trotzdem engagieren? Warum kann ich nicht etwas tun – irgendetwas Nützliches?«

»Grace, mein Schatz«, sagte er, »deine Pflicht ist es, mir zu helfen. Zu Hause zu sein, wo ich dich gern haben möchte. Mir scheint, dass ein bisschen Einsamkeit ein geringer Preis dafür ist.«

Grace kapitulierte.

Am Sonntagabend brachte sie ihn zur Victoria Station. Er wollte sie davon abbringen, aber sie war hartnäckig. Der Bahnhof wimmelte von Soldaten und ihren Liebsten und Ehefrauen, die sich an sie klammerten. Grace kamen fast die Tränen, als ein junger Soldat der Luftwaffe seine Frau in den Armen hielt und sie mit einer solchen Eindringlichkeit anschaute, als wolle er sich alles genau einprägen, jeden einzelnen Millimeter ihres Gesichts, ihres Haars, ihrer Wimpern. Und als er ging, starrte sie ihm nach, als würde sie sich nie wieder vom Fleck bewegen.

Charles küsste Grace zärtlich und drückte sie fest an sich. »Pass auf dich auf, mein Schatz. Ich werde dir oft schreiben. Und wenn wir uns das nächste Mal sehen, wird der Krieg vielleicht schon vorüber sein, und wir können zusammenbleiben, können richtig zusammen sein. Können eine Familie gründen.«

»Oh Charles, ich ... ja. Vielleicht. Lass es uns hoffen. Dass es vorbei sein wird. Pass auf dich auf, Charles. Ich liebe dich.«

Was sie in diesem Moment auch tat, trotz allem.

***

»Herrgott, jetzt geht es los!«, sagte Linda. »Oder?«

Am Nachmittag heulten die Sirenen. Nan, die Jungen und sie gingen in den Anderson Shelter, den Luftschutzunterstand, den Ben im Garten gegraben hatte. Seine Worte da-

bei hatte sie noch gut im Ohr. »Das ist das Ende für mein
Gemüse«, hatte er gesagt. »Aber das macht nichts. Ihr seid es
wert.«

Sie hatten eine Heidenangst. Es war Samstag und wunderschönes Wetter. Nan und sie hatten in der Nähe der Hintertür
gesessen, als die Sirenen losheulten. Die Flugzeuge der deutschen Luftwaffe waren die Themse hochgeflogen, so viele, erzählte ihnen der Luftschutzhelfer hinterher, dass der Himmel
schwarz gewesen war, Hunderte in Blockformation, ununterbrochen von der Luftabwehr der Royal Air Force beschos-
sen. Ziel waren die Docks. Das war weit weg von Acton, wo
sie wohnten, aber sie konnten den Lärm gedämpft hören, das
endlose Dröhnen der Flugzeuge und das grausame Geräusch
der Bomben; er wurde durch die stille, reine Luft zu ihnen
herübergetragen.

Sie saßen lange in dem Unterstand. In der Dämmerung
brach der Lärm kurz ab, um dann wieder zu beginnen. Daniel
fing an zu weinen und sagte, er müsse aufs Klo, und sie rannte
ins Haus und holte das Nachttöpfchen. Später benutzte Nan
es auch. Immer weiter ging es, Stunde um Stunde. Als Linda
während der Unterbrechung kurz ins Haus ging, betrachtete
sie staunend den gewaltigen Rauchpilz, der in der Ferne über
London hing. Sie holte noch ein paar Decken, kochte sich
eine Thermoskanne Tee, erleichterte ihre eigene pochende
Blase, und als es wieder losging, kehrte sie in den Unterstand
zurück. Die ganze Nacht saßen sie dort und schliefen sogar
ein wenig. Später schwoll der Lärm an, und die Bomben fielen
in größerer Nähe, als die ersten Angriffe aufs West End begannen. »Die ganze Welt steht in Brand«, sagte Linda leise zu
Nan über die Köpfe der Jungen hinweg. Nan nahm ihre Hand
und lächelte sie überraschend munter an. Die alte Schachtel
ist doch nicht so übel, dachte Linda und lächelte zurück. Nans

Mut in dieser Nacht verstärkte den ihren. Als der Tag anbrach, wurde Entwarnung gegeben, und sie kletterten aus dem Unterstand heraus, steif gefroren und dankbar für die frische Luft. Sie betrachteten den Furcht einflößenden roten Schein am Himmel am anderen Ende von London. Für dieses Mal war es vorbei, aber es würde wieder passieren. Und wieder.

»Ich schicke die Jungen zurück«, sagte Linda. »Aufs Land, wo sie in Sicherheit sind.«

David brach sofort in Tränen aus, und Daniel fragte: »Ist mein Kaninchen noch da?«

»Natürlich wird es noch da sein«, sagte Linda. »David, weine nicht. Ihr könnt nicht hierbleiben, du willst doch nicht noch mehr solcher Nächte erleben, oder?«

»Das wäre schon in Ordnung«, sagte David mannhaft.

»Mir hat es gefallen«, erklärte Daniel.

»Ihr bleibt nicht hier, Punkt, aus«, erwiderte Linda. »Gleich morgen gehe ich zu der Dame vom Stadtrat.«

Die Dame vom Stadtrat hatte nur Verachtung für sie übrig. »Wir hatten Ihnen davon abgeraten, die Kinder zurückzuholen«, sagte sie. »Plötzlich wollen alle ihre Kinder wieder in Sicherheit bringen, aber dafür gibt es gar nicht mehr die Quartiere.«

»Warum denn nicht?«, sagte Linda. »Warum zum Teufel soll es keine Quartiere geben, wenn alle ihre Kinder zurückgeholt haben? Sie müssen uns helfen!«

»Es besteht kein Anlass, ausfällig zu werden, Mrs Lucas. Wir tun unser Bestes, das kann ich Ihnen versichern.«

»Entschuldigung«, sagte Linda. Sie war vollkommen außer sich und stand, wie der Rest der Einwohner Londons, unter Schock. Der ersten Bombennacht war gleich die nächste gefolgt; zweihundert Bomber hatten erbarmungslos das West

End angegriffen. Die Zahl der Opfer war bereits ins Unermessliche gestiegen. »Ich muss sie von hier fortbringen«, sagte sie und brach zu ihrem eigenen Entsetzen in Tränen aus. »Ich muss.«

»Nun gut. Wo waren Ihre Kinder denn, Mrs Lucas?«

»In Yorkshire«, sagte Linda, »in einem Dorf namens Patley.«

»Es ist wirklich höchst unwahrscheinlich, dass wir sie dort wieder unterbringen können. Sie können nicht erwarten, dass die Leute sie so mir nichts, dir nichts wieder zurücknehmen. Es war schließlich auch schwer für sie, als die Kinder wieder abgeholt wurden, obwohl sie so nett zu ihnen waren. Aber ich werde mal sehen, was ich tun kann, und lasse es Sie dann wissen. Versprechen kann ich allerdings nichts.«

»Gut«, sagte Linda und lächelte so herzlich, wie sie konnte. »Tut mir leid wegen gerade. Wir hatten ein schlimmes Wochenende, müssen Sie wissen.« Sie musste sich die alte Hexe gewogen halten. »Danke. Vielen herzlichen Dank.«

***

Ihre Vorstellungen von einem Leben bei den Wrens, dachte Clarissa, als sie in der fahlen grauen Morgendämmerung ihren Eimer mit heißer Seifenlauge füllte, waren deutlich anders als das hier gewesen. Sie hatte sich an Deck eines Zerstörers gesehen, wo sie, in umwerfend schickes Marineblau und Weiß gewandet, neben einem schneidigen Kapitän stand und sich Worte anhörte wie: »Alle Achtung, First Officer Compton Brown, Sie haben soeben dazu beigetragen, eine wichtige Schlacht zu gewinnen.«

Aber da war sie nun, Anwärterin der Wrens in einem abscheulichen Overall – ihre Uniformen hatten sie noch gar nicht bekommen –, in einem hässlichen Gebäude im Norden

Londons, wo sie in einer unglaublich unbequemen, absurder-
weise »Kabine« genannten Koje schlief, und absolvierte die
Morgenschicht. Und diese Schicht, die um vier Uhr begann,
bestand nicht darin, feindliche Schiffe zu erspähen, Radar-
schirme zu lesen oder das Morsealphabet zu lernen, um komplexe und entscheidende Signale von anderen Schiffen empfangen zu können, nein, ihre spezielle Aufgabe war es, täglich
die Treppe zu schrubben. Und die anderen siebenundvierzig
Mädchen herumzukommandieren. Das war ihre wesentli-
che Pflicht, die unangenehmer war als alles andere. Die kei-
fende alte Xanthippe, von der sie am Ende der ersten beiden
Tage ihre Einweisung erhielten, hatte zu Clarissa gesagt, dass
sie den Eindruck erwecke, als könne sie Menschen führen.
Clarissa hatte sich geschmeichelt gefühlt und sogar bescheiden
genickt. Wenn sie jetzt vor den Kojen der tief und fest Schla-
fenden stand, sie erst ansprach und dann schüttelte, ihnen
Befehle zurief, um sich im Gegenzug einen Haufen schlimmer Wörter anhören zu müssen, hätte sie alles darum gegeben,
zu den Befehlsempfängerinnen zu gehören. Die meisten Mädchen waren sehr nett, aber einige waren Schlangen. Mädchen
aus der Arbeiterklasse, die es als ihre Pflicht ansahen, Clarissa
und ihresgleichen das Leben schwer zu machen.

»Entschuldigung!«, hatte eine gewisse May Potter gesagt,
die Stimme vor Sarkasmus triefend, als sie sich höflich erkundigt hatte, ob Clarissa das ziemlich abgestandene Wasser in
der Schüssel, die sie sich am ersten Abend teilten, noch brauche. »Es tut mir so furchtbar leid, Madam. Vermutlich lässt bei
Ihnen daheim das Hausmädchen das Wasser ein.«

»Nein, eigentlich nicht«, sagte Clarissa mit einem herzlichen Lächeln. »Nein, das mache ich schon selbst. Und ich
schüttele auch mein Bett selbst auf. An ihrem freien Tag
jedenfalls.«

Das sollte ein Witz sein, aber er ging nach hinten los. Sofort bildete sich eine kleine, von May angeführte Truppe, die sie als »Herzogin« titulierte und ihren Akzent imitierte, außerdem ihre Art und Weise, beim Reden zu gestikulieren, und ihre Befolgung der von Miss Arden empfohlenen Methode, das Gesicht erst zu reinigen und dann einzucremen, an der sie unbeirrt festhielt, selbst wenn mittendrin das Licht ausging und sie im Dunkeln weitermachen musste.

Clarissa, die nie im Leben Unfreundlichkeit erlebt und in ihrer unbekümmerten Art eine sorglose Existenz geführt hatte, selbst in der Schule, war erst überrascht, dann schockiert und verletzt. In ihrer Kabine gab es noch andere Mädchen aus gutem Hause, aber die waren weniger auffällig in ihrem Verhalten. Und als sie sahen, wie unbeliebt Clarissa sich machte, mieden sie sie tunlichst, um keine Aufmerksamkeit auf sich zu ziehen. Sie tat so, als störe sie das nicht, aber es schmerzte doch.

Mach dir nichts draus, sagte sie sich, als sie am oberen Ende der Treppe anfing und missmutig die vierundzwanzig Stufen hinabschaute, es sind ja nur noch sechs Wochen. Sie würde schon durchhalten, ganz bestimmt. Wenn Jack tagtäglich sein Leben riskierte, und das sogar mehrfach am Tag, dann würde sie ja wohl mit ein bisschen Spott klarkommen.

»Sie …«, hatte der erste Offizier zu den Mädchen gesagt, als sie am Abend ihrer Ankunft in der Empfangshalle von Mill Hill saßen, »sind ganz besondere und ganz besonders glückliche junge Damen. Der WRNS ist der schönste und beste der Frauendienste. Es ist ein Privileg, ihm zu dienen, dessen sollten sie sich bewusst sein. Diese Ehre und die schönen Traditionen werden Sie Ihr Leben lang begleiten, auch wenn der Krieg längst vorüber ist. Eine Wren bleibt immer eine Wren.«

So war es weitergegangen, aber von Treppenputzen war nicht die Rede gewesen, dachte Clarissa, als sie müde ihren Lappen auswrang. Das Einzige, was ihr wirklich gefiel, war das Marschieren und Salutieren. Das hatte wenigstens etwas mit den Bildern in ihrer Vorstellung zu tun.

Immerhin war Jack in Sicherheit – vorerst. Er hatte die Luftschlacht um England heil überstanden, ihr Held, einer dieser wenigen, wie Churchill so wundervoll gesagt hatte, denen so viele so vieles verdankten. Man hatte ihm den Orden für außerordentliche Verdienste verliehen und ihn vorübergehend in friedlicheres Terrain abgezogen, zu einer Abteilung, die hinter den Fronten Piloten anderer Einheiten aus- und fortbildete.

Sie hatten unfassbar leidenschaftliche vierundzwanzig Stunden miteinander verbracht, in denen sie das große Ehebett in ihrem Haus am Campden Hill Square nur verlassen hatten, um sich mit Essen und Champagner zu versorgen. Dann hatten sie sich wieder getrennt. Er war nach Catterick in Yorkshire gegangen und sie in ihr neues Leben in Mill Hill. Einige der Erfahrungen, die sie in diesen beiden Tagen miteinander gemacht hatten, waren so tiefgreifend, so ungeheuer lustvoll gewesen, dass allein die Erinnerung Clarissa körperlich aufzuwühlen vermochte.

Und das war auch gut so, dachte sie, da sie sicher für eine sehr lange Zeit keinen Sex mehr haben würde.

»Oh, das tut mir aber leid!« Das war ihr Quälgeist, May Potter. Sie hatte es fertiggebracht, auszurutschen und den Eimer die Treppe hinunterzutreten. »Furchtbar leid. Ich wünschte, ich könnte helfen, es aufzuwischen, aber ich muss das Frühstück machen.«

Gemeines Stück! Wie um Himmels willen hat sie es überhaupt zu den Wrens geschafft, fragte sich Clarissa, wo man doch unentwegt betonte, dass man nur fähige junge Frauen nehme. Nur die besten. Sie warf May über ihren Lappen hinweg einen müden Blick zu und lächelte dann sanft. Es reichte ihr jetzt. »Verpiss dich einfach, ja?«, sagte sie. »Aber flott. Kapiert?«

May schaute sie verwirrt an. Zum ersten Mal sah man so etwas wie Respekt in ihren blassblauen Augen.

»Entschuldige, wirklich« war alles, was sie sagte, aber Clarissa wusste, dass sie einen Sieg davongetragen hatte. Nicht in einem Krieg oder auch nur in einer Schlacht, aber immerhin bei einem Scharmützel. Sie schenkte dem Maat, der sie aufforderte, die Schweinerei aufzuwischen, ein munteres Lächeln. Der kleine Vorfall hatte ihr mehr Vergnügen bereitet als alles, was sie seit ihrer Ankunft hier erlebt hatte.

***

Irgendwann musste Florence ihrer Mutter etwas über ihre Probleme erzählen, schließlich brauchte sie eine Zuflucht, wenigstens bis Robert über den Kanal übergesetzt war. Die Schwangerschaft konnte sie für sich behalten: Sie war immer noch furchtbar mager, und die leichte Wölbung ihres Bauchs sah man nur, wenn sie nackt war. Also erzählte sie Muriel nur, dass Robert und sie Probleme hätten, er sie bedroht habe und sie ihm aus dem Weg gehen wolle, bis er das Land verlassen habe. Muriel erklärte, sie sei schließlich nicht dumm, und wollte genau wissen, um was für Probleme es sich handelte. Widerstrebend beichtete Florence, dass sie eine Beziehung mit einem anderen Mann habe, dass Robert aber nichts davon wisse und es auch nichts mit seinem erschreckenden Verhalten zu tun habe. Muriel, die mit eisiger Miene ihre Missbilligung zum Ausdruck brachte, ließ sich trotzdem dazu überreden, Robert zu erzählen, dass Florence mit ihr in Cornwall gewesen sei. Es war überdeutlich, dass er ihr nicht glaubte, aber er konnte auch nicht viel tun. In zehn Tagen würde er nach Gibraltar versetzt und hatte bis dahin auch keinen Urlaub mehr. Florence telefonierte mit ihm, erklärte, wie leid es ihr tue, dass sie ihn verpasst habe, und dass sie nun bei ihrer Mutter in der Abtei bleibe.

Robert schien das zu akzeptieren. Er sagte ihr, dass er sie liebe, nannte ihr eine Adresse, an die sie ihre Briefe schicken könne, und versprach, selbst oft zu schreiben. Er freue sich schon darauf, sie bei seinem nächsten Urlaub zu sehen. Florence versprach im Gegenzug matt, ihm natürlich ebenfalls zu schreiben. Als er mindestens schon vier Tage auf See war, verließ sie Wiltshire, um nach London zurückzukehren.

Sie verspürte eine bleierne Müdigkeit, nicht nur wegen der Schwangerschaft, sondern auch wegen der Erleichterung, vorerst keine Spannung und Angst mehr ertragen zu müssen. Und dann war da noch die Trennung von Giles. Sein Schiff sollte in einer Woche in See stechen; er hatte Urlaub beantragt, aber verheiratete Offiziere hatten Vorrang. Es bestand wenig Hoffnung, ihn in den nächsten Monaten noch einmal zu sehen – falls sie ihn überhaupt je wiedersehen würde, dachte sie in ihren schwärzesten Momenten.

Sie war mehr als unglücklich. Sie glaubte, sich nicht einmal mehr daran zu erinnern, was Glück war.

***

Drei Tage nachdem Charles in See gestochen war, erhielt Grace einen Brief.

Meine liebe Grace,
hiermit wollte ich Dir nur noch einmal sagen, dass ich Dich
liebe. Bitte pass auf Dich auf, und natürlich auch auf Mut-

ter. Sie ist viel sensibler, als es den Anschein hat. Aus diesem Grund möchte ich noch einmal wiederholen, dass Du auf keinen Fall Kontakt mit meinem Vater halten darfst.

Mir ist bewusst, dass das Leben sehr einsam für Dich sein muss, und das tut mir leid. Trotzdem bin ich glücklicher, als ich in Worte fassen kann, dass Du nicht die Absicht hegst, Dich einem der Dienste anzuschließen. Wenn ich in Gefahr bin, geht es mir wesentlich besser, wenn ich weiß, dass Du es nicht bist.

Pass auf Dich auf und sei da, wenn ich wieder nach Hause komme.

Charles

Der Brief hatte nicht die Wirkung, die Charles sich erhofft hatte. Die Selbstgefälligkeit und der Mangel an Einfühlungsvermögen waren unerträglich, zumal auch noch die bittere Enttäuschung wegen der gescheiterten Schwangerschaft und die Anspannung wegen Florence und Robert hinzukamen. »Das war's«, sagte sie laut, als ihr die Tränen der Wut in die Augen stiegen und die Zeilen verschwimmen ließen. »Landarmee, ich stehe bereit. Und ich werde ein paar Evakuierte aufnehmen.«

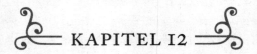

KAPITEL 12

Winter 1940

Schwanger?«, sagte Muriel. »Ich verstehe nicht ganz.«

»Da gibt es nicht viel zu verstehen, Mutter«, sagte Florence, die sich bemühte, die Ruhe zu bewahren.

»Ich dachte, Robert und du, ihr hättet...«

»Solche Dinge passieren halt.«

»Hauptsache, es ist Roberts Kind. Ich würde mir nicht wünschen, dass...«

»Natürlich ist es von Robert«, sagte Florence müde. »Aber egal, ich denke, ich sollte hier bei dir bleiben, jetzt, wo er weg ist. Wenn das für dich in Ordnung ist«, fügte sie hinzu.

»Natürlich ist das in Ordnung. Ich dränge dich doch schon seit Monaten hierherzukommen. Abgesehen von allem anderen wäre es nett, Gesellschaft zu haben. Ich glaube nicht, dass irgendjemandem bewusst ist, wie einsam ich bin. Und falls doch, macht sich keiner die Mühe, etwas dagegen zu unternehmen.«

Florence verspürte Gewissensbisse. Es war nicht ganz leicht, mit ihrer Mutter auszukommen, und ihr graute schon vor der kommenden Zeit, aber sie mochte sie auch und spürte in hellsichtigeren (und verzweifelteren) Momenten, dass sie ihr nicht unähnlich war. Von ihrer Mutter hatte sie die Fähigkeit geerbt, harte Arbeit zu leisten, die eher düstere Weltsicht und die taktlose, brüske Art, aber was andere für Unfreundlichkeit hielten, war in Wahrheit einer grundlegenden Schüchternheit geschuldet. Um mehr als alles andere in der Welt beneidete sie Charles und ihren Vater um ihre unbekümmerte Art. Dass sie sich überhaupt in Giles verliebt hatte, verdankte sie seinen Worten: »Ich weiß gar nicht, wieso du so viel Angst hast, du selbst zu sein.« Das traf ihr Wesen im Kern und verriet ein großes Verständnis ihrer Unfähigkeit, sich zu entspannen, sich so anzunehmen, wie sie war, und darauf zu vertrauen, dass irgendjemand mit ihr zusammen sein wollte und interessiert war an dem, was sie zu sagen hatte.

Diese Mängel und Unsicherheiten waren es auch, die sie dazu bewogen hatten, Robert Griegs Heiratsantrag überhaupt anzunehmen, wohl wissend, dass sie ihn nicht liebte. Wobei noch hinzugekommen war, dass er sie aus dem verfluchten Dasein einer Jungfer im fortgeschrittenen Alter von achtundzwanzig befreite.

Wäre sie nicht schwanger, wäre sie vermutlich in London geblieben. Aber die doppelte Angst, dass Robert vielleicht doch aus Gibraltar zurückkehren würde oder die deutschen Bomber sie und Giles' Kind vernichten könnten, hatte sie nach Wiltshire getrieben. Sie würde sich zu Tode langweilen, und die Aussicht auf die endlosen, durch keinerlei anregende Gesellschaft und Beschäftigung erfüllten Tage ängstigten Florence fast so sehr wie Robert und die Deutschen. Aber in weniger als vier Monaten hätte sie schon ihr Baby, und für dieses Baby – und für Giles – würde sie alles erdulden.

Ohne zu wissen, wieso, packte Florence so viel ein, wie sie nur konnte. Reisekisten waren ein ebenso großer Luxus wie Eiscreme und frisches Obst, aber sie schleppte sämtliche leeren Koffer aus dem Keller hoch und füllte sie mit dem Tafelsilber, mit Büchern, mit Bildern, mit Porzellan. Wenn der Krieg vorüber war, würde sie wieder Ordnung schaffen und ihre Dinge um sich versammeln, falls das Haus nicht zerstört werden würde – womit immer weniger zu rechnen war, da die Deutschen die Hauptstadt unerbittlich bombardierten. London schien unter einem Trümmerhaufen zu verschwinden, in einem Flammenmeer, nicht nur das East End und die Docks, sondern mittlerweile auch große Teile des West Ends: Berkeley Square, Bruton Street, ein Teil der Oxford Street; Madame Tussauds, der Tower, ja sogar der Buckingham Palace waren getroffen worden. Das Heulen der Feuerwehr und das Krachen, wenn instabile Wände eingerissen wurden, waren mittlerweile genauso vertraut wie die Sirenen des Bombenalarms. Und doch führten die Menschen inmitten von Chaos und Bombenhagel ihr Leben weiter, gingen unbeirrt durch Trümmer und über geborstene Gehwege, schauten, was noch in den Schaufenstern lag, redeten, tratschten. Die Kaltblütigkeit dieser Stadt war beachtlich. Florence beneidete die Leute aus tiefstem Herzen. Sie hätte alles darum gegeben, eine Arbeit zu besitzen, ein Ziel im Leben, eine Ablenkung. Nun, bald würde sie eine haben, dachte sie und tätschelte sanft ihren anschwellenden Bauch. Außerdem musste sie jetzt alles daransetzen, um dem Kind eine sichere Umgebung zu verschaffen.

Sie schob und zerrte die Kisten in die Küche, wo man sie von der Straße aus nicht sehen konnte, deckte die Möbel mit Tüchern ab, kontrollierte die Verdunklungsvorrichtungen, zog die Vorhänge vor. Ab und zu hielt sie inne, weil ihr Erinnerungen in den Sinn kamen, und stellte überrascht fest, wie viele glückliche sich darunter befanden: die guten Tage mit Robert, wenn er sich entschuldigt und erklärt hatte, dass er sie liebe und nie wieder schlagen würde. Die Partys, die sie gegeben hatten, die Freunde, die gekommen waren, die wunderschönen Abende, wenn sie in der Fensternische gesessen, Martini getrunken und gelesen hatten. Die erste Schwangerschaft, noch vor der Sache mit Giles, als sie so glücklich gewesen war. Und dann die schlechten Erinnerungen, die Schläge, die Angst, jener Tag, als er sie die Treppe hinuntergestoßen hatte. Was hatte ihn nur dazu provoziert? Ein allzu langes Telefongespräch mit einer Freundin, Blumen, die ein bisschen zu lang in der Vase gestanden hatten, ein Drink zu viel? Sie konnte sich schon gar nicht mehr erinnern. Und dann der fiebrige, stürmische Beginn ihrer Liebesaffäre, die zittrig freudige Angst bei den verschlüsselten Telefonaten, die ersten nervösen Treffen, die langen, gestohlenen Nachmittage der Liebe. Alles fort, alles vorbei, in Tücher eingehüllt wie ihr Haus.

An ihrem letzten Abend saß sie in der Küche im Souterrain, wo man vor den Bomben am sichersten war, und verspürte eine schmerzliche Mischung aus Bedauern und Erleichterung. Es war erstaunlich, wie schnell man sich an die permanente Gefahr gewöhnte und sich einem gewissen Fatalismus, ja fast Leichtsinn hingab. Alle sagten, wenn man erst einmal drei Angriffe überlebt hatte, lösten sich die Sorgen in Luft auf, und das stimmte auch. Sie machte sich ein Sandwich, schenkte sich einen großen Whisky ein und setzte sich mit einem Buch hin. Wenn sie allein war, hörte sie nach Möglichkeit keine Nachrichten, weil sie dann nur Angst bekam. Die dröhnende Stimme von Mr Churchill, der ihr weismachen wollte, dass dies ihre beste Stunde sei, machte ihr nur klar, dass dem nicht so war.

Sie fragte sich, was sie am liebsten tun würde, wenn sie nicht schwanger wäre. Vermutlich zu den Wrens gehen, wie Clarissa, dachte sie. Sie bewunderte Clarissa über alle Maßen. Hinter der exaltierten, affektierten Fassade steckte ein tapferer, freundlicher, entschieden munterer Mensch. Ihr Mut während der Luftschlacht um England, als Jack täglich, ja stündlich hätte sterben können, war unfassbar. Andere fanden es absurd, dass Clarissa ein solches Gewese um ihre Kleidung, ihre Frisur, die nächste Party machte, aber Florence verstand das. Es war eine Fassade, eine Verkleidung, ein sublimes Spiel, damit niemand die nackte, quälende Angst dahinter sah.

Plötzlich spürte sie etwas in ihrem Innern, eine Regung, eine Bewegung. Verblüfft wartete sie und fragte sich, was das wohl gewesen sein mochte. Blähungen vermutlich. Herrgott, schwanger zu sein war wirklich unromantisch. Wieder regte es sich und dann gleich noch einmal. »Oh Gott«, sagte Florence laut, »das ist das Baby.« Sie starrte auf ihren Bauch, ehrfurchtsvoll und fast unerträglich gerührt bei dem Gedanken, dass dort dieses kleine Wesen lag, diese Frucht der Liebe, und zaghaft seine winzigen Glieder streckte.

Und als sie noch dasaß und wartete, ob es noch einmal geschehen würde, hörte sie ein Geräusch, ein Geräusch unten an der Treppe zum Souterrain. Da war es wieder, gefolgt von einem Rascheln. Als sie noch darüber nachdachte, ob es eine Ratte oder eine Katze sein mochte, vernahm sie ein schwaches Räuspern aus einer männlichen Kehle. Angst packte Florence. Sie klammerte sich an die Armlehnen und hielt die Luft an. In ihren Achselhöhlen sammelte sich Schweiß, und Galle stieg ihr in die Kehle. Robert! Das war Robert. Es war ein Trick gewesen, eine Lüge. Er war gar nicht in Gibraltar, sondern war zurückgekommen, um sie umzubringen. Langsam und vorsichtig stand sie auf, nahm die marmorne Teigrolle, weil es das Einzige war, was entfernt an eine Waffe erinnerte, und stieg zügig die Treppe zur Vorhalle hoch, wo das Telefon stand. Sie würde die Polizei anrufen und... Nur dass sie das Telefon leider hatte abstellen lassen. Nun hatte sie erst recht Angst und begriff, was mit der Wendung gemeint war, dass einem die Angst in die Glieder fährt. Wie angewurzelt stand sie da, von heißer, gleißender Panik durchströmt, die Teigrolle in der Hand, und starrte mit aufgerissenen Augen auf die Haustür. Sie biss sich so fest auf die Lippe, dass sie Blut schmeckte.

Und dann vernahm sie ein sanftes, überaus sanftes Klopfen. Sie blieb stehen, wartete, betete, dass da niemand war, nur der Wind oder ein Luftschutzhelfer, egal was, und verfluchte ihr Pech, das ihr eine bewölkte Nacht ohne Bombenangriffe beschert hatte.

Aber nun war es wieder zu hören, etwas lauter diesmal. Sie schlug die Hand vor den Mund, weil sie Angst hatte, sonst laut aufzuschreien. Dann schob sich etwas durch den Briefschlitz: ein Stück Papier, eine Nachricht. Wie sonderbar, dachte Florence, und ihre Angst ließ nach. Sie bückte sich, um es aufzuheben, immer noch absolut stumm. Es war kein Stück Papier, sondern eine Visitenkarte, und darauf stand – oh Gott, dachte Florence, ganz schwach vor Erleichterung und fassungslosem Glück –, darauf stand: *Giles Henry. Pianist.*

Nun schoss sie zur Tür, zerrte an den Riegeln, schluchzte, lachte vor Freude, öffnete, starrte ihn absolut ungläubig an: Giles, ihr Geliebter, ihre Liebe.

»Unser Aufbruch wurde verschoben«, sagte er und küsste ihr Gesicht, ihre Hände, ihr Haar. »Um zehn Tage. Man hat mir vierundzwanzig Stunden Urlaub gegeben. Ich habe versucht, dich anzurufen, aber ...«

»Ich weiß, ich habe es abschalten lassen.« Sie nahm seine Hand und drückte sie sich an den Mund, wo ihre Tränen darauf tropften. »Ich dachte, du wärst schon fort, und hatte Angst, dass Robert anruft ...«

»Aber er ist doch fort.«

»Ja. Oh mein Schatz, mein allerliebster Schatz, wenn du nur einen Tag später gekommen wärst, wäre ich auch fort gewesen.«

»Wohin denn?«

»Zu meiner Mutter. Ins tiefste Wiltshire.«

»Ich bin froh darüber. Und Gott sei Dank, dass ich gekommen und das Risiko eingegangen bin«, sagte er. »Ich konnte mir ja nicht sicher sein, dass er nicht doch hier ist. Aber ich hielt das eher für unwahrscheinlich. Außerdem habe ich nach Lebenszeichen Ausschau gehalten, bevor ich geklingelt habe.«

»Hab ich gehört. Ich hätte fast eine Fehlgeburt erlitten«, sagte Florence.

»Oh Gott, das Baby«, rief er. »Das Baby. Lass mich ... lass mich sehen.«

Sie zog ihre Bluse hoch, dann setzten sie sich zusammen auf die Treppe. Ehrfürchtig und auch stolz schauten sie auf den nun unübersehbar geschwollenen Bauch. »Es hat mich getreten«, sagte sie. »Gerade vorhin. Das war das Schönste, was ich je erlebt habe.«

Giles streckte die Hand aus und streichelte zärtlich ihren Bauch.

Später lagen sie im Bett. Er hielt sie unendlich sanft in den Armen, weil er ihr nicht wehtun wollte, wie er sagte, und weil er nicht das Risiko eingehen wollte, das Kind zu verletzen.

»Dem Baby macht das nichts«, sagte Florence. »Hör zu.«

Sie griff nach einem dicken Buch, das neben ihrem Bett lag. »Während des zweiten Schwangerschaftsdrittels«, las sie laut vor, »ist Geschlechtsverkehr zulässig, wenn man vorsichtig vorgeht und die Mutter sich hinterher ausruht.«

»Was ist das für ein Buch?«

»Es ist ein Ratgeber. *Schwangerschaft und Geburt*. Ich weiß jetzt alles über die Wehen und das Stillen und so. Das ist meine Gutenachtlektüre.«

»Oh mein Schatz. Hast du Angst? Vor der Geburt?«

»Schrecklich«, antwortete Florence munter. »Aber meine Mutter wird vermutlich da sein, daher werde ich kein großes Theater veranstalten können. Aber egal, noch ist es nicht so weit. Jetzt will ich nur dich.«

Sie lag nackt da und spürte, wie sich ihr Körper, der schon seit Monaten nach ihm hungerte, für ihn öffnete. Die Schwangerschaft schien sie enger, aber auch feuchter gemacht zu haben. Jeder Moment und jede seiner Bewegungen waren von einer neuen Intensität, einem neuen Reiz. Langsam und zärtlich drang er in sie ein und fragte sie immer wieder, ob alles in Ordnung sei und auch nicht wehtue, und sie sagte ihm immer wieder, nein, nein, es sei wundervoll, selbst ungeduldig und behutsam gleichermaßen. Sie spürte, wie sie sich für ihn sammelte, fühlte ihre Körpersäfte fließen, spürte das Anschwellen und Aufblühen und Drängen tief in ihrem Innern, fühlte, wie das weiße, blendende Licht anschwoll, tiefer wurde, höher, unendlich weit, vernahm einen sonderbaren Schrei, der von ihr selbst gekommen sein musste, und erlebte dann die wunderbare, alles loslassende, herabstürzende Entladung, als sie unter ihm in einen süßen, dunklen Frieden sank.

Als sie später beieinanderlagen, ein Lächeln auf den Lippen, spürte sie wieder eine Regung des Babys. Sie nahm Giles' Hand und legte sie auf ihren Bauch, damit er es auch fühlen konnte, aber die Bewegungen waren zu winzig und zart, um sie von außen zu spüren.

»Es hat ihm gefallen«, sagte sie. »Es war einverstanden.«

»Du musst liegen bleiben und dich ausruhen«, sagte er, »wie es im Buch steht. Soll ich dir einen Tee holen? Oder ein Glas Milch?«

»Vorhin habe ich einen Whisky getrunken«, sagte sie. »Davon hätte ich gern noch einen.«

»Ich bin mir nicht sicher, ob du so etwas trinken solltest. In deinem Zustand.«

»Du langweiliger alter Spießer«, sagte sie. »Aber gut, dann hätte ich gern eine heiße Milch. Mit einem Schuss Whisky. Bist du dann glücklich?«

»Etwas glücklicher. Obwohl ich gar nicht glücklicher sein könnte. Ich liebe dich, Florence.«

»Ich liebe dich auch, Giles.«

Er musste früh am Morgen aufbrechen. Sie saß auf der Treppe, die Arme um die Knie geschlungen, und sah zu, wie er seinen Mantel anzog und den Hut aufsetzte. Sie versuchte, tapfer zu sein und nicht zu weinen, damit es eine schöne Erinnerung für ihn sein würde, eine glückliche. Er setzte sich neben sie, wie am Tag zuvor, hielt sie fest und küsste ihr Haar.

»Wenn dieser ganze Schlamassel vorbei ist«, sagte er, »komme ich zu dir zurück. Dann heiraten wir, und alles wird wunderbar. Bis dahin müssen wir nur ein wenig Geduld und Durchhaltevermögen haben.«

»Ja«, sagte sie. »Ja, natürlich.«

»Pass auf dich auf, mein Schatz, mein lieber, lieber Schatz. Und auf unser Baby. Lass es mich irgendwie wissen, wenn es gut auf die Welt gekommen ist.«

»Das mache ich«, sagte sie. »Natürlich.«

»Jetzt muss ich gehen«, sagte er mit rauer Stimme. »Ich muss gehen und weiß nicht, wie.«

»Du schaffst das schon. Du musst das schaffen. Du darfst deinen Zug nicht verpassen. Nicht wegen mir.«

»Oh Florence«, sagte er. »Florence, du bist der einzige Grund, warum ich das alles aushalte. Diese ganze Angst und Langeweile und Einsamkeit und Nutzlosigkeit. Ich würde alles tun und alles ertragen, nur wegen dir. Ich liebe dich. Und ich komme zu dir zurück. Das verspreche ich dir. Irgendwie komme ich zurück. Auf Wiedersehen.«

»Auf Wiedersehen«, sagte sie ernst und stand auf. »Geh schnell. Ich liebe dich, Giles. Pass auf dich auf.«

Die Tür öffnete sich, und sie schloss die Augen, weil sie es nicht ertragen hätte, ihn hindurchgehen zu sehen.

***

»Mrs Bennett?«

»Ja.«

»Mrs Bennett, Ihre Adresse steht hier auf meiner Liste als mögliches Quartier für Evakuierte. Ist das korrekt?«

»Ja«, sagte Grace und lächelte ins Telefon, da sie sofort eine törichte Nervosität verspürte. »Ja, das ist korrekt. Ich kann ohne Weiteres … so zwei Personen aufnehmen. Vielleicht sogar drei. Würde Ihnen das weiterhelfen?«

»Das wäre eine große Hilfe, danke. Sie können sich gar nicht vorstellen, wie schwer das alles ist …« Die Stimme klang verzweifelt, als lastete das Gewicht des gesamten Kriegs auf den Schultern der Anruferin. »So viele Frauen haben ihre Kinder aufs Land geschickt, nur um sie im nächsten Moment wieder zurückzuholen. Da kann man kaum erwarten, dass die Leute schon wieder alles stehen und liegen lassen und ihre Häuser öffnen.«

»Na ja«, sagte Grace behutsam, »aber es herrscht doch Krieg, oder?«

»Das ist wohl wahr, Mrs Bennett. Manchen Menschen scheint das aber nicht klar zu sein.«

Grace dachte, wenn die Leute ihre Kinder wieder aufs Land schickten, dann schien es ihnen sehr wohl klar zu sein, aber sie widersprach nicht.

»Aber egal. Heute Nachmittag trifft ein Zug mit Kindern ein. Das teilen die mir einfach so mit, als hätte ich alle Zeit der Welt. Ein bisschen früher hätte man mich schon…«

»Na ja«, sagte Grace, die die Nachrichten noch im Ohr hatte, vom unablässigen Bombenhagel auf die Hauptstadt und von der Panik, die sich in Straßen und Häusern breitmachte, »je eher sie London verlassen, desto besser, würde ich denken. Das klingt alles so entsetzlich.«

»Mag sein«, erwiderte die Frau mürrisch. »Hören Sie, können Sie heute Nachmittag nach Shaftesbury kommen? Das ist der beste Sammelpunkt. Die Kinder werden im Rathaus sein. Dort können Sie sich welche aussuchen.«

»Sie meinen«, fragte Grace, »wir suchen uns die Kinder selbst aus?«

»Ja, natürlich.«

»Das klingt ja fast nach Viehmarkt. Die armen kleinen Dinger.«

»Tja, wie Sie schon sagten, Mrs Bennett, es herrscht Krieg. Die Kinder können von Glück sagen, dass sie überhaupt hierherkommen.«

Sie standen da und hielten sich an den Händen, als sie die Leute hereinkommen sahen. Es waren lange nicht so viele wie beim letzten Mal, und auch nicht so nette. Ein Paar hatte wirklich gemeine Gesichter, wie die alte Schachtel vom letzten Mal. Sie würden allein zurückbleiben, das ahnte David schon. Die Leute wollten entweder große Jungs, die ihnen auf dem Hof helfen konnten, oder hübsche kleine Mädchen. Das Mädchen mit den Locken war schon fort, und diese kleine Zicke in Rosa, die allen ein geziertes Lächeln schenkte, würde auch bald weg sein. Eine große, stämmige Frau kam auf Daniel und ihn zu und musterte sie streng.

»Zwei kann ich nicht nehmen«, sagte sie, »und sie machen auch verdammt nicht viel her. Aber der Größere könnte vielleicht im Haus helfen. Den nehme ich.«

»Aber ich möchte mit meinem Bruder zusammenbleiben, Miss«, sagte David. Es klang fast wie ein Aufschrei. Daniel klammerte sich fester an seine Hand. »Die andere Dame hat gesagt, ich kann…«

»Die andere Dame hat hier nichts zu melden, wir sind ja nicht im Urlaub«, sagte die Frau bissig. »Ihr könnt von Glück sagen, dass ihr überhaupt hier seid, weit weg von den Bomben. Und jetzt komm, nimm deine Sachen und verabschiede dich von deinem Bruder. Du wirst ihn schon irgendwo wiedersehen, in der Schule oder was weiß ich.«

»Aber…« Nun flossen ihm die Tränen übers Gesicht. David schluckte und kämpfte dagegen an. Wie sollte er das ertragen, ohne seine Mutter, ohne sein Zuhause, ohne seine Freunde? Ohne Daniel?

»Jetzt heul doch nicht, um Himmels willen. Komm schon, hol deine Sachen und…«

»Entschuldigung!«, sagte eine nette, freundliche, besorgte Stimme. David schaute auf und sah eine wesentlich jüngere Dame vor sich stehen. Sie lächelte, hatte hübsche rote Locken und trug ein schönes geblümtes Kleid. Eigentlich sah sie nicht wie seine Mutter aus, aber sie erinnerte ihn ein bisschen an sie.

»Entschuldigen Sie bitte. Vielleicht würde es ja helfen, wenn ich die beiden nähme? Ich wollte sowieso zwei. Dann könnten sie zusammenbleiben.«

»Das würde keineswegs helfen«, sagte die große Frau. »Ich habe mir den Großen ja schon ausgesucht. Da werden Sie sich zwei andere ausgucken müssen.«

»Aber es sind doch Brüder. Sie möchten zusammenbleiben. Und sie sind doch noch so klein…«

»Hören Sie«, sagte die große Frau, »ich habe meine Wahl getroffen, und dabei bleibt es. Klein ist er schon, das muss ich zugeben, aber dann wird er wenigstens nicht viel essen. Eigentlich hatte ich auf einen richtigen Kerl gehofft, damit er uns zur Hand gehen kann, aber der ist besser als gar nichts. Und jetzt muss ich gehen. Es wird bald dunkel, und mein Mann wartet draußen mit dem Lieferwagen ...«

In diesem Moment heulte David laut los. Er wusste selbst nicht, warum, aber er hatte das Gefühl, dass es hilfreich sein könnte. Unauffällig schob er den Fuß beiseite und trat Daniel gegen den Knöchel. Daniel brach pflichtschuldig ebenfalls in Tränen aus.

»Um Gottes willen«, sagte die Frau, »das ertrage ich nicht. Ich nehme die da«, beschloss sie und zeigte auf ein großes, bleiches Mädchen, das in der Ecke stand. »Die sieht nicht aus, als würde sie Probleme bereiten. Komm, du bist mir lieber als die beiden.«

Mit diesen Worten verschwand sie. Die hübsche Dame schaute mit einem triumphierenden Lächeln auf sie herab. »Gut gemacht«, sagte sie. »Wie heißt du denn?«

»David, Miss. David Lucas. Und das ist mein Bruder Daniel.«

»Und wie alt bist du?«

»Sechs, Miss. Und Daniel ist gerade vier geworden.«

»Würdest du gern mit mir mitkommen, David?«

»Ja, Miss. Kann Daniel auch mit?«

»Natürlich kann er mitkommen, was für eine Frage.«

Die zuständige Dame trat zu ihnen. »Kommen Sie wirklich mit beiden zurecht, Mrs Bennett? Wenn nicht, kann Mrs Carter den Jüngeren nehmen.«

»Natürlich komme ich mit beiden zurecht. Sie müssen unbedingt zusammenbleiben. Es ist doch unmenschlich, sie zu trennen.«

»Mrs Bennett, es herrscht Krieg, da muss jeder Opfer bringen, selbst Kinder. Aber egal, wenn Sie das schaffen … Hier sind ihre Couponhefte, und … Wie war noch mal dein Name? David Lucas? Hast du deine Gasmaske?«

»Die habe ich verloren, Miss. Im Zug, Miss.«

»Aber wirklich. Wirklich! Was, wenn es heute Nacht einen Gasangriff gibt? Mhm?«

»Keine Ahnung, Miss. Dann muss ich vermutlich sterben.«

Er begegnete dem Blick der hübschen Dame und hoffte, das Richtige gesagt zu haben. Er könnte schwören, dass sie ihm zuzwinkerte.

Sie nahm beide bei der Hand und führte sie nach draußen. Es war schon fast dunkel, aber was David von der Stadt sehen konnte, wirkte wunderschön, wie in einem Bilderbuch: gewundene Sträßchen und viele alte Häuser. Neben dem Rathaus begann eine unglaublich steile Straße mit Kopfsteinpflaster und kleinen Cottages.

»Wie wär's, wenn wir erst einmal einen Happen essen?«, fragte die Dame. »Wir könnten zu dem Lokal dort drüben gehen, schaut, da an der Ecke. Sie bieten immer noch sehr guten Kuchen an, außerdem soll es dort spuken.«

»Ja!«, rief Daniel.

»Super«, sagte David.

»Wahnsinn!«, sagte David, als sie langsam in die Einfahrt zogen. »Wahnsinn, das ist ja ein verdammter Palast.«

Grace lachte. »Nicht wirklich. Es heißt Mill House, weil es mal eine Mühle war. Schau, da ist der Bach.«

»Aha. Wozu ist der da, Miss?«

»Na ja, heutzutage zu nichts Bestimmtem mehr«, sagte Grace, »aber früher hat er das Mühlrad angetrieben, das das Getreide gemahlen und Mehl daraus gemacht hat.«

David schwieg. Solche raffinierten Dinge überstiegen sein Vorstellungsvermögen.

»Ist das Ihr Hund?«, fragte Daniel und wich zurück.

»Ja. Sie heißt Charlotte und ist ganz brav. Komm und begrüße sie.« Aber er hatte sich schon hinter seinem Bruder verkrochen und schielte nervös hinter seinem Rücken hervor.

»Schau mal, Dan, Hühner. Die andere Dame hatte auch welche. Aber wir durften keine Eier essen.«

»Warum das denn nicht?«

»Sie sagte, für solche wie uns sind die nicht da.«

»Hier könnt ihr gern Eier essen. Wo war denn diese andere Dame?«

»In einem anderen Land, Miss.«

»Einem anderen Land?«

»Ja. Es hieß Yorkshire, Miss.«

»Oh«, sagte Grace.

Sie hatten Hunger. Grace servierte ihnen gekochte Eier, Brot, Butter und Äpfel von ihrem eigenen Baum. Es war so schön zu sehen, dass andere Menschen von ihr zubereitete Speisen aßen, dass sie einen Kloß im Hals hatte.

»Das war gut«, sagte Daniel und lächelte sie zum ersten Mal an. »Hast du ein Kaninchen?«

Grace erwiderte sein Lächeln. »Nein, eigentlich nicht. Aber es gibt hier auch so sehr viele. Leider macht Charlotte immer Jagd auf sie.« Der Junge war winzig; kaum zu glauben, dass er schon vier war. Beide waren sehr hübsch, mit ihren großen braunen Augen und dem vollen, seidigen dunklen Haar, aber sie waren mager und blass.

»Wo wohnt ihr denn?«

»Acton«, sagte David knapp.

»Mit euren Eltern?«

»Nein. Mit Mutter und Nan. Mein Vater kämpft gegen den verfluchten Hitler.«

»Gut. Mein Mann tut das auch. Lasst uns hoffen, dass es ihnen gelingt.«

»Haben Sie auch Jungen, Miss?«

»Jungen? Oje, nein«, sagte Grace. »Nein. Und auch keine Mädchen. Aber jetzt seid ihr meine Jungen, ja? Denkt ihr, das könnte euch gefallen?«

Später hörte sie leises, ersticktes Weinen aus dem kleinen Zimmer, in dem sie die Jungen untergebracht hatte. Sie ging hinein. Daniel schlief tief und fest, aber David lag auf seinem Bett, das Gesicht ins Kissen gepresst. Sein kleiner Körper bebte vor Schluchzern.

Grace ging hin und strich ihm sanft über das Haar. Sofort steckte er den Kopf unters Kopfkissen.

»David, nicht weinen!«

Schweigen.

»Möchtest du mit nach unten kommen?«

Immer noch Schweigen.

»Gut. Wenn du magst, ich bin in der Küche. Glaubst du, dass du die Küche wiederfindest?«

Er kam nicht in dieser Nacht und in der nächsten auch nicht, aber die Tränen flossen weiter. Tagsüber wirkte er zufrieden, ein wenig zerstreut vielleicht, aber durchaus vergnügt. Die beiden sollten sich erst einmal einleben, bevor sie sie zur Schule schickte, hatte sie beschlossen. Es waren liebe kleine Dinger, die ihr überallhin folgten, Charlotte im Schlepptau – als hätte sie plötzlich drei Welpen. Die Warnungen, die sie von allen Seiten erhalten hatte, erwiesen sich als unbegründet. Sie sagten bitte und danke, kannten die Funktion von Messer und

Gabel und gingen auf die Toilette. Morgens machten sie ordentlich ihr Bett und schienen sich auch sonst alle Mühe zu geben, einen guten Eindruck zu hinterlassen. Daniel fütterte gern die Hühner, und als sie ihm erzählte, dass sie sich eine Ziege zulegen wollte, war er vollkommen aus dem Häuschen. Er wirkte gefasster und hatte weniger Heimweh als David, der still und in sich gekehrt war. Sosehr sie sich um ihn bemühte, er redete nicht mehr als unbedingt nötig.

Grace' Mutter kam am Wochenende, um sie kennen zu lernen, während Muriel und Florence sich fernhielten. Muriel hatte noch einmal ihre Ansicht bekräftigt, dass Grace kein Recht habe, Charles' Haus mit Streunern zu bevölkern, und artikulierte die Hoffnung, Grace möge ihn vor seiner Abreise wenigstens um Erlaubnis gebeten haben.

Florence hatte sie nur ein einziges Mal seit ihrer Ankunft aus London gesehen. Da war sie mit Muriel gekommen, um ein paar Eier zu holen. Grace, die sich fest vorgenommen hatte, freundlich zu sein, war in der Küche, als die beiden kamen, und kochte Tee. Als Florence in der Tür stand, unübersehbar schwanger, war das ein solcher Schock, dass Grace ihn körperlich spürte. Das war also der Grund, warum sie sich unbedingt vor Robert verstecken musste. Von wegen, er verprügelte sie, sie wollte nur nicht, dass er von ihrer Schwangerschaft erfuhr. Grace stand da, die Augen auf ihren Bauch gerichtet, und fühlte sich elend. Florence starrte trotzig zurück. Während dieses Besuchs sprachen sie kaum miteinander. Grace behandelte die beiden mit eisiger Höflichkeit, während Muriel eher barsch war und sie darauf hinwies, dass der Garten verwahrlost sei und sie selbst viel zu mager. »Das steht dir nicht«, sagte sie, als habe Grace freiwillig abgenommen und angesichts einer Überfülle von Waren Diät gehalten. »Da sollte ich wohl etwas unternehmen, bevor Charles nach Hause kommt. Nächste Woche musst du unbedingt mal zum Abendessen kommen«, fügte sie gnädig hinzu. »Wäre dir Mittwoch recht?«

»Ich weiß nicht«, sagte Grace vorsichtig. »Ich weiß nicht, ob ich die Jungen allein lassen kann.«

»Die Jungen? Oh, die werden schon ein paar Stunden allein zurechtkommen«, befand Muriel. Offenbar betrachtete sie sie als kleine Tiere, die man ohne Weiteres in einen Schuppen sperren könnte. »Ich erwarte dich um sieben. Viel wird es natürlich nicht geben. Vielleicht könntest du ja etwas mitbringen, ein bisschen Käse oder ein paar von deinen leckeren Äpfeln. Jetzt komm aber, Florence. Mary Davidson kann es kaum erwarten, dich zu sehen. Alle sind so begeistert, sie wieder hierzuhaben«, fügte sie, an Grace gerichtet, hinzu. »Auf Wiedersehen, meine Liebe. Du solltest diesen Hund wirklich anbinden, er ruiniert Charles' Rasen.«

Als sie fort waren, ließ sich Grace auf einen Stuhl sinken und brach in ein hysterisches Lachen aus. Was vermutlich besser war als ein Heulkrampf.

In der dritten Nacht nach der Ankunft der Jungen hörte sie wieder das erstickte Weinen und betrat das Zimmer. Wie immer versteckte sich David unter der Bettdecke und tat so, als schliefe er. Draußen war es eiskalt, und sie hatte Fenster und Läden sorgfältig geschlossen. Ohne frische Luft roch es in dem Zimmer unmissverständlich nach Urin.

Am Morgen schickte sie Daniel los, um Eier zu holen, setzte sich dann auf das alte Sofa im Küchenfenster und klopfte auf den Platz neben sich. »Komm und setz dich. Ich möchte mit dir reden.«

»Ja, Miss.«

»David … was ich sagen wollte … Wenn … na ja, wenn einer von euch … ins Bett macht, fände ich das überhaupt nicht schlimm. Ich meine, Daniel ist noch sehr klein, und es ist für jeden aufregend, wenn er sein Zuhause verlassen muss. Ich habe auch manchmal ins Bett gemacht, sogar als großes Mädchen noch, als ich mindestens zehn war. Wenn du also … na ja, wenn er es getan hat oder wenn du denkst, er könnte es getan haben, dann wäre es das Beste, man legt eine Gummimatte auf das Bett. Ich muss heute die Betten neu beziehen, und wenn du das für eine gute Idee hältst, könnte ich eine darunterlegen. Nur für alle Fälle. Dann ist es nämlich ganz egal. In Ordnung? Aber jetzt verrate ich dir, worüber ich eigentlich mit dir reden wollte. Über deine Mum. Meinst du nicht, du solltest ihr mal schreiben? Ich bin mir sicher, dass sie sich freuen würde.«

David nickte stumm, aber dann schob er seine Hand in ihre. »Danke« war alles, was er sagte.

»Erzähl mir von deiner Mutter«, sagte Grace, »und von deinem Vater.«

»Meine Mum ist wirklich hübsch. Sie heißt Linda. Sie kann auch gut singen. Und sie ist lustig. Ich vermisse sie«, sagte er und brach in Tränen aus.

Grace streckte die Arme aus. »Komm, lass dich mal drücken. Komm schon.«

»Die Sache ist die«, sagte David und rückte leicht verlegen näher, »die andere Dame an dem anderen Ort, sie hat gleich zugeschlagen, wenn ich … wenn Dan ins Bett gemacht hat. Das war schrecklich. Sie war schrecklich.«

»Ich werde keinen von euch schlagen. Mach dir deswegen keine Sorgen. Das ist überhaupt kein Problem. Und was ist mit deinem Dad? Erzähl mir von ihm.«

»Und was ist mit Ihrem?«

»Mit wem? Oh, du meinst meinen Mann. Nun, der ist natürlich sehr nett. Auch sehr lustig. Und er kann gut reiten.«

»Haben Sie ein Pferd, Miss?«

»Im Moment nicht, nein. Ich mag Pferde nicht besonders, muss ich zugeben.«

»Der Milchmann hatte ein Pferd«, sagte David, der sich viel Mühe mit der Artikulation gab. »Ein ganz großes. Ich habe es immer gefüttert. Wie sieht er aus?«

»Wer?«

»Ihr Mann, Miss.«

»Ach so, der. Na ja, er hat helles Haar und blaue Augen. Groß ist er, und gut aussehend. Ich vermisse ihn sehr«, sagte sie seufzend. Und das stimmte auch, sie vermisste ihn tatsächlich.

»Mein Dad sieht auch gut aus«, sagte David. »Aber er hat dunkle Haare wie ich. Sie würden meinen Dad mögen«, fügte er hinzu und betrachtete sie nachdenklich. »Wirklich. Und er würde Sie mögen.«

**

»Den Kindern scheint es gut zu gehen«, sagte Linda zu Nan. »Heute Morgen habe ich einen Brief von David bekommen, zusammen mit einem anderen von der Frau, bei der sie gelandet sind. Sie klingt nett. Ihr Name ist Grace Bennett. Sie schreibt, Daniel und sie kaufen eine Ziege. Und David gibt sie Klavierstunden. Er schreibt, hör zu: »*Das Haus ist sehr, sehr groß, und der Garten ist wie ein Feld.*«

»Klavierstunden, großes Haus«, sagte Nan. »Das wird ihnen Flausen in den Kopf setzen. An deiner Stelle wäre ich vorsichtig, Linda. Wo gehst du hin?«

»Raus«, sagte Linda. »Und rede nicht so dämlich daher, Nan. Wie soll ich denn aufpassen? Die beiden haben verdammtes

Glück, wenn du mich fragst. Ich bin dieser Grace sehr dankbar und werde ihr zurückschreiben. Jetzt gehe ich aber erst einmal in den Pub. Wenn die Sirenen heulen, bin ich sofort wieder zurück, in Ordnung?«

»Tu, was du nicht lassen kannst«, sagte Nan und bedachte sie mit einem finsteren Blick. Linda schaute finster zurück. Tatsächlich kamen sie mittlerweile besser miteinander aus, vereint durch Angst, Mühsal, Elend und die wilde Entschlossenheit, sich nicht unterkriegen zu lassen.

Linda hätte es nur ungern zugegeben, aber sie genoss das Leben. Ben hatte man nach Liverpool versetzt, wo man sich keine Sorgen um ihn machen musste. London hingegen war voll von Soldaten auf Heimaturlaub, Soldaten und Piloten, die meist sehr einsam waren und hübschen jungen Frauen, die ihnen schmeichelten und sie für ihre Tapferkeit bewunderten, bereitwillig Getränke spendierten. Mindestens einmal die Woche gingen Janice und sie in den Westen. Sie wusste, dass das gefährlich war, verrückt sogar, aber wie Janice sagte: Wenn dein letztes Stündchen geschlagen hat, lässt sich das ohnehin nicht mehr ändern. Also könne man sich auch amüsieren, solange es noch gehe.

Die Atmosphäre in den Pubs und Clubs war fantastisch. Alle waren aufgedreht, liebenswürdig und auf der Suche nach ein bisschen Spaß, da es ja der letzte sein könnte. Die Mädchen wurden zum Tanzen ausgeführt, in Nachtclubs, Cocktailbars, Kinos. Nach Ende einer Filmvorführung gab es oft noch ein improvisiertes Unterhaltungsprogramm, ein Konzert auf der Kinoorgel, Tanz, Gesang. Es war ein Heidenspaß. Die Männer machten sich natürlich Hoffnungen, wie Janice erklärte, begnügten sich aber größtenteils mit einem Kuss und ein paar Zärtlichkeiten. Anfangs hatte Linda ein schlechtes

Gewissen wegen der kleinen Gesten der Untreue, aber sie redete sich erfolgreich ein, dass Ben ja nichts davon erfahren und also auch nicht darunter leiden würde. Außerdem war es gewissermaßen kriegswichtig, da es die Soldaten bei Laune hielt. Von den Filmen bekam sie nicht viel mit, nicht einmal von *Vom Winde verweht*, der fast vier Stunden dauerte, und Tanzen konnte man das auch nicht wirklich nennen, was sie da taten, eher Knutschen mit musikalischer Untermalung. Mit einem der Soldaten aufs Ganze zu gehen, wie gut auch immer er aussehen mochte, wäre ihr aber genauso wenig in den Sinn gekommen, wie splitternackt in ihrer Fabrik aufzukreuzen.

Die Arbeit in der Fabrik war auch ein großer Spaß. Nach mehrwöchiger Ausbildung hatte sie eine Prüfung absolviert und arbeitete nun Zehnstundenschichten, alle zwei Wochen zwischen Tag- und Nachtschicht wechselnd. Die Arbeit war stumpfsinnig, aber wenn man sah, wie eine Ladung Waffen, zu deren Herstellung man beigetragen hatte, die Fabrik verließ, hatte man schon das Gefühl, zu den Kriegsanstrengungen beigetragen zu haben. Und die Mädchen waren göttlich. Es herrschte eine Art Wettbewerb, wer die schmutzigsten Witze riss, die intimsten Geschichten erzählte und die rassistischsten Sprüche klopfte. Von den Fesseln der Ehe befreit waren sie alle wieder jung und sorglos. Das war eigentümlich, da sie ja täglich in Lebensgefahr schwebten, aber so war es.

Wenn sie im West End von einem Luftangriff überrascht wurden, gingen Janice und sie meistens in die U-Bahn-Station. Dort war immer etwas los. Angeblich stank es dort, und das stimmte sogar, aber das war nichts gegen die großen öffentlichen Schutzräume. Ihre einzige Erfahrung mit einem solchen war absolut ekelhaft gewesen, zwei Latrinen für dreihundert Menschen, versteckt hinter zwei eilig aufgehängten Decken.

Am Ende des Luftangriffs waren sie übergelaufen, und die stinkende Flüssigkeit hatte sich auf dem ganzen Boden verteilt. Die Schutzräume in der Londoner Untergrundbahn hingegen waren unglaublich: Die Leute fanden sich zu spontanen Gesangseinlagen zusammen, tanzten oder organisierten Pokerkurse, gelegentlich gab es auch offizielle Konzerte, und für die Kinder spannte man Hängematten über die Gleise. Es entstanden sogar private Räume, in denen die Menschen ihre Liegestühle aufstellten. Die Regierung hatte das unterbinden wollen, aber Churchill war begeistert gewesen.

Der gute alte Winnie. Die Zuneigung, die ihm die Menschen entgegenbrachten, und das Vertrauen in ihn waren gewaltig. Linda hatte ihn einmal gesehen, als er durch die Trümmer eines bombardierten Viertels gestapft war – als würde er jemandes Garten besichtigen. Den Bowler auf dem Kopf, die Zigarre im Mund, das feiste Gesicht ziemlich rot, winkte er jedem, der ihn grüßte, munter zu. Sie war überrascht, wie klein er war; bei der dröhnenden Stimme hatte sie sich eher einen Hünen vorgestellt. Enttäuscht war sie nicht, da es ihn etwas menschlicher machte. Mehr denn je fühlte sie sich in guten Händen. Wenn jemand die Deutschen besiegen konnte, dann er.

Und nun, da sie die Jungen in Sicherheit wusste, konnte sie sich endlich entspannen. Sich vergnügen. Wer hätte das gedacht, mitten im Krieg.

***

Clarissa und Jack hatten beide Weihnachtsurlaub bekommen. Dem Schicksal und den Umständen zum Trotz hatten sie beschlossen, sich in ihrem Haus in London zu treffen. Jack war an die Südküste zurückgerufen worden und in Kent stationiert.

»Wenn uns Bomben auf den Kopf fallen, was soll's«, sagte Clarissa. »Dann sterben wir wenigstens gemeinsam.«

Clarissa genoss das Leben in vollen Zügen. Sie war in Portsmouth stationiert, als Meldefahrerin, und sauste mit dem Motorrad durchs Land, in Kniehose, Reitjacke und Schirmmütze. Sie verdiente dreizehn Schilling und Sixpence die Woche, wurde Wren Compton Brown genannt und arbeitete unter den schwierigsten und gefährlichsten Bedingungen, oft auch bei Nacht, wenn sie während der Verdunklungsphasen Nachrichten überbrachte. Ungeachtet der Gefahr fühlte sie sich ganz in ihrem Element. Sie war ständig überdreht und konnte selbst nach langen Fahrten oft nicht schlafen. Plötzlich glaubte sie eine Vorstellung davon zu haben, wie Jack weiterfliegen und sein Leben riskieren konnte. Von einer sonderbaren Kraft getrieben kannte sie weder Angst noch Erschöpfung.

Die Wrens von Portsmouth logierten in einem großen beschlagnahmten Privathaus. Die Koje, in der sie schlief, war kleiner als die in Mill Hill, aber jetzt, da alle ihre Aufgaben hatten und zur Ruhe gekommen waren, herrschte allenthalben ein großer Kameradschaftsgeist.

Clarissas Freundinnen aus dem zivilen Leben waren äußerst überrascht, dass sie noch nicht Offizierin war. »So funktioniert das nicht«, erklärte sie geduldig. »Man muss sich das Recht erarbeiten, sich zu bewerben. Außerdem weiß ich gar nicht, ob ich das möchte. Mit den anderen Mädels zusammen zu sein ist ein Heidenspaß. Besonders mit May.«

Erst war sie entsetzt gewesen, als sie erfuhr, dass man May Potter ebenfalls nach Portsmouth schickte. Sie war davon ausgegangen, dass sie diesen Quälgeist mit dem Abschied von Mill Hill endlich los war. May sollte als Köchin eingesetzt werden. »Ernsthaft«, sagte Clarissa zu einem der anderen Mädchen, »ich kann nur hoffen, dass sie mir nicht Gift ins Essen kippt. Oder hineinspuckt«, fügte sie hinzu.

Bei der Ankunft in der Wrennery verhielt sich May immer noch feindselig, aber im Verlauf der Zeit schien ihr die Streitsucht zu vergehen. Sie wirkte blass und übernächtigt, und zweimal hatte Clarissa den Eindruck, sie auf dem Weg zum Bad weinen zu sehen. Als sie eines Nachts aufstand, um zum Klo zu gehen, hörte sie erstickte Schluchzer, wie sie es seit ihrer Zeit in Mill Hill nicht mehr vernommen hatte. Sie folgte dem Geräusch und landete direkt vor Mays Bett und einem bebenden Körper unter den Decken.

Clarissa, der man alles nachsagen konnte, nur nicht, dass sie nicht nett war, setzte sich auf die Bettkante und legte zaghaft die Hand auf die Decke.

»Verpiss dich«, hörte sie Mays Stimme.

»Ach, May, sei doch vernünftig«, sagte sie. »Was ist denn los?«

»Du würdest es sowieso nicht kapieren«, sagte May.

»Vielleicht doch. Nun komm schon, erzähl es mir. Hast du Heimweh?«

»Nein.«

»Hast du ein Problem bei der Arbeit?«

»Nein.«

»Nun komm schon, May. Lass dir helfen.«

Langsam tauchte Mays hellblonder Schopf aus den Decken auf. »Was geht dich das überhaupt an?«, fragte sie missmutig und putzte sich die Nase mit dem Taschentuch, das Clarissa ihr hinhielt.

»Lass es mich so sagen: Ich habe ein gewisses Interesse an dir entwickelt«, antwortete Clarissa munter, und als ein paar Stimmen riefen, sie sollten ruhig sein, sagte sie: »Lass uns ins Bad gehen. Da können wir reden.«

»Okay. Hast du Zigaretten?«

»Ja, ich glaube schon. Ich hole sie und komme dann nach.«

May saß auf dem Stuhl im Bad. Sie war blass und hielt sich den Bauch. Als Clarissa ihr die Zigarette hinhielt, zog sie heftig daran.

»Du siehst ziemlich fertig aus«, sagte Clarissa. »Hast du deine Periode?«

»Nein«, sagte May matt. »Hab ich nicht. Das ist ja das Problem, falls du es unbedingt wissen willst.«

Clarissa hörte schweigend zu, als May schniefend ihre Geschichte erzählte. Während ihres Urlaubs hatte sie sich mit ihrem Freund eine schöne Zeit gemacht, der daraufhin prompt nach Ägypten aufgebrochen war. »Nicht mal geschrieben hat er«, sagte sie und drückte heftig die Zigarette im Waschbecken aus. »Dieser Bastard, der kann was erleben, wenn er nach Hause kommt.«

»Das würde auch nicht viel bringen. Außerdem kann das noch Jahre dauern. Wie weit bist du?«

»Ich hätte vor zwei Wochen meine Periode bekommen sollen.«

»Habt ihr … na ja, habt ihr Vorsichtsmaßnahmen ergriffen?«

»Natürlich haben wir das, verdammt. Was denkst du denn?«, fragte May empört. »Immer mit Pariser, jedes verfluchte Mal.«

»Ist dir übel?«

»Nein.«

»Fühlen sich deine Brüste wund an?«

»Nein. Was ist das für ein beschissenes Verhör?«

»May, ich will dir doch nur helfen.«

»Entschuldige«, sagte May.

»Ich wette, du bist nicht schwanger«, sagte Clarissa. »Du

bildest dir bestimmt was ein, sodass deine Periode prompt ausbleibt.«

»Quatsch«, sagte May sauer. »Wie soll das gehen?«

»Ziemlich einfach, ehrlich. Aber egal, du solltest einen Test machen.«

»Einen was?«

»Einen Schwangerschaftstest. Das ist ganz einfach. Du musst nur eine Urinprobe zu einer der Kliniken für Geburtenkontrolle bringen. Die injizieren ihn einem Frosch, und dann weißt du Bescheid.«

»Woher wollen die das denn wissen?«

»Ich glaube, der Frosch laicht, wenn du schwanger bist oder so«, sagte Clarissa vage. »Jedenfalls ist der Test sehr verlässlich. Viele meiner Freundinnen haben ihn gemacht.«

»Wahnsinn«, sagte May. »War mir gar nicht klar, was Leute wie du alles machen.«

»May«, sagte Clarissa streng. »Du hast eine Menge törichter Vorurteile.«

May war nicht schwanger. Eine Woche später kehrte sie strahlend in die Wrennery zurück, nachdem sie sich eine Stunde Ausgang verschaffen konnte, um in die Klinik zu gehen. »Du hattest recht«, sagte sie zu Clarissa. »War alles in meinem Kopf. Jetzt habe ich auch meine Tage bekommen, gleich auf dem Rückweg.«

»Hab ich's nicht gesagt?«, erwiderte Clarissa. »Gut.«

May schaute sie verlegen an. »Tut mir echt leid«, sagte sie, »dass ich so fies zu dir war. Jetzt fühle ich mich schrecklich deswegen. Du hast dich wie eine echte Freundin verhalten, dabei verdiene ich das gar nicht.«

»Kein Problem, ehrlich«, sagte Clarissa. »Das ist vergeben und vergessen. Du hattest einfach ein falsches Bild von mir.«

»Ja, na ja. Tut mir leid.«

Von da an waren May und sie die besten Freundinnen. May neckte sie immer noch oft und nannte sie die »Herzogin«, und Clarissa fiel es immer noch schwer, nicht ständig an ihrer Grammatik herumzukritteln. Dennoch wurden sie unzertrennlich und erkannten, dass sie viele Gemeinsamkeiten hatten, nicht zuletzt die unbeschwerte Art, alles zu genießen, was das Leben zu bieten hatte.

Am 22. Dezember traf Clarissa in London ein und verbrachte den Tag mit Einkäufen. Die Oxford Street und die Regent Street wimmelten von Menschen. »Es war so herrlich wie immer«, erzählte sie Florence, als sie sie anrief, um ihr frohe Weihnachten zu wünschen. »Abgesehen von der Tatsache, dass es nichts zu kaufen gab, natürlich. Allerdings habe ich bei Selfridge's einen Truthahn bekommen, für einen horrenden Preis, und du wirst es nicht glauben, sogar Likörpralinés. Das wird ein etwas absurdes Essen. Obst für einen Kuchen oder so konnte ich nicht finden, dafür massenhaft Wein. Jetzt gehe ich aus, um deinen reizenden alten Vater zu besuchen. Er ist furchtbar einsam. Weihnachten wird er zum Essen zu uns kommen.«

»Wo ist denn Mrs Saunders?«, fragte Florence erstaunt.

»Oh, die ist Geschichte, soweit ich weiß. Ihm geht es wirklich mies, dem armen alten Schatz. Manchmal frage ich mich, ob er nicht…«

»Mutter will nichts davon wissen«, sagte Florence bestimmt. »Und für ihn wäre es furchtbar, da niemand mit ihm reden würde.«

»Grace schon«, sagte Clarissa. »Wie geht es ihr?«

»Garstig ist sie«, sagte Florence, »zu mir jedenfalls. Sie hat zwei niedliche Kinder aufgenommen und leistet Freiwilligenarbeit bei der Frauenlandarmee. Das steigt ihr entsetzlich zu Kopf. Ich weiß gar nicht, wie man so selbstzufrieden sein kann. Aber sie war ja schon immer von sich überzeugt. Vermutlich die Arroganz ihrer Klasse.«

»Was bist du nur für ein Snob, mein Schatz. Da fällt mir ein: Jack ist im Februar in den Buckingham Palace eingeladen, um seinen Orden entgegenzunehmen. Absolut aufregend.«

»Oh Clarissa, das ist wundervoll. Du musst so stolz auf ihn sein.«

»Bin ich«, sagte Clarissa zufrieden. »Was macht das Kleine?«

»Es wächst wie verrückt. Ich bin schon eine Tonne.«

»Ach, mein Schatz, wie schön. Ich kann es kaum erwarten. Wann ist es so weit?«

»Auch im Februar, glaube ich. Mir ist schon ganz schummrig. Ich werde es in einer kleinen Klinik in der Nähe von Shaftesbury bekommen. Eigentlich habe ich ziemliche Angst, wenn du es genau wissen willst. Ich bin nicht so tapfer wie du.«

»Unsinn«, sagte Clarissa. »Ich bin doch nicht tapfer. Aber jetzt, mein Schatz, wünsche ich dir erst einmal schöne Weihnachten.«

KAPITEL 13

Winter – Frühjahr 1941

Es fällt mir wirklich nicht leicht, das zu glauben«, sagte Mrs Lacey und bedachte Grace mit einem strengen Blick. »Diese Mädchen... na ja, sie bauschen die Dinge doch gern auf.«

Grace nahm sich seufzend vor, bis zehn zu zählen, kam aber nur bis sechs, als ihr der Geduldsfaden riss.

»Mrs Lacey, daran ist nichts aufgebauscht. Ich war auf dem Hof und habe es mit eigenen Augen gesehen. Sie schlafen in der Scheune, auf dem Heuboden, und haben nicht genug Decken. Laken haben sie sowieso nicht. Das ist kaum auszuhalten. Und wenn sie nachts aufs Klo müssen, müssen sie ins Freie gehen. Das ist erschütternd. Dagegen sollte man etwas unternehmen.«

Mrs Lacey gehörte dem Zweig des Komitees an, der für Westhorne zuständig war. Grace erinnerte sie sehr an Muriel, wie sie sich weigerte, jemanden ernst zu nehmen, der nicht ihrer sozialen Klasse entstammte – es sei denn, es handelte sich um Dankesbekundungen oder andere angemessene Gefühlsäußerungen. Das war es, was Grace nun Mut einflößte.

»Nun, ich weiß wirklich nicht, was ich davon halten soll. Die Bauern haben es sehr schwer in diesen Zeiten, und für mein Gefühl sollten wir ihnen nicht hineinreden, wie sie ihre Arbeit...«

»Mrs Lacey, wir reden ihnen nicht hinein, wie sie ihre Arbeit machen sollen. Und sollten sie es schwer haben, woran ich gewisse Zweifel hege, verdienen sie jedenfalls mehr Geld, als sie es sich je hätten träumen lassen, mit all den Subventionen. Die Bauern brauchen diese Mädchen unbedingt, daher sollten sie nett zu ihnen sein. Was unternehmen wir also?«

»Nun«, sagte Mrs Lacey, »vielleicht könnte ich vorschlagen, dass man sie in einem Hostel unterbringt. Obwohl ich nicht wüsste, wo.«

»Darauf kommt es vermutlich gar nicht an. Wenn Sie ihm mitteilen, dass Sie darüber nachdenken, die Mädchen dort herauszuholen, wird er sie sicher schnell besser behandeln. Würden Sie das also bitte tun, Mrs Lacey? Bitte!«

»Ja gut. Ich werde ihm schreiben. Wie lautete noch sein Name?«

»Mr Drummond. Hier ist die Adresse.«

»Gibt es noch andere ... Beschwerden?«

»Nein. Na ja, nichts Gravierendes jedenfalls, nur über lange Arbeitszeiten. Aber damit mussten die Mädchen ja rechnen. Und in Westhorne gibt es ein ziemlich dämliches Mädchen, das das mit dem Melken einfach nicht hinbekommt. Ich habe dem Bauern gesagt, dass er sie einfach zum Üben vor eine alte Kuh setzen soll, das klappt fast immer. Diese guten alten Viecher, die auf jedem Hof herumstehen, können da eine kleine Hilfe sein.«

»Jaja«, sagte Mrs Lacey, die offenkundig kein Interesse an Kühen hatte, hilfreich oder nicht. »Ist das alles?«

»Ja, aber in letzter Zeit habe ich nur Touren mit dem Rad machen können. Ich muss unbedingt weiter in Richtung Wells gelangen. Könnte ich also bitte ein paar Benzincoupons bekommen? Seit ich hier bin, wurden mir noch keine zugeteilt.«

Mrs Lacey bedachte Grace mit einem Blick, als habe sie

um einen Pelzmantel oder ein paar Pfund Butter gebeten, und griff dann widerstrebend in ihre Schublade. »Bitte verschwenden Sie die Coupons nicht«, sagte sie. »Nicht einen einzigen.«

»Nein, Mrs Lacey, ganz bestimmt nicht.«

Was dachte diese alte Schreckschraube wohl, was sie mit dem Benzin tat – es trinken?

Als sie nach Hause fuhr, merkte sie, dass sie sich wesentlich besser fühlte. Sie war immer noch einsam, lebte immer noch in ständiger Angst um Charles und war immer noch verletzt, weil seine Freunde sie mieden, aber insgesamt hatte sich ihre Lage deutlich verbessert. Sie liebte die Arbeit bei der Landarmee, hörte gern die Geschichten der Mädchen, vor allem die lustigen: von Bauern, die frech wurden, oder von dem, der einem Mädchen eins mit der Gerte überziehen wollte, worauf sie die Gerte gepackt und ihn damit bedroht hatte. Eigentümlicherweise genoss sie es sogar, Mädchen zu trösten, die Heimweh hatten; manche hatten furchtbares Heimweh und waren körperlich gar nicht für die unablässige Knochenarbeit geschaffen. Sie hatten sich aufs Land locken lassen, weil sie dann nicht in die Fabrik mussten. Sie hatten geglaubt, sie würden Eier einsammeln und ein bisschen Heu zusammenrechen. Stattdessen mussten sie Kartoffeln setzen, Schweineställe ausmisten und im eisigen Regen auf den Feldern schuften. Grace hatte das Gefühl, endlich ein Ziel im Leben zu haben, ein Ziel, das darüber hinausging, sich selbst zu ernähren und ihr Haus sauber zu halten.

Die kleinen Jungen waren eine große Freude. Sie liebte sie so innig, dass ihr das manchmal schon Sorgen bereitete. Vermutlich hatte ihre Zuneigung damit zu tun, dass sie außer Charlotte niemanden besaß, den sie lieben konnte. Natürlich gab es auch Probleme. Sie nässten immer noch ein, und Daniel hasste die Schule. Ständig geriet er in Schwierigkeiten, prügelte sich mit den anderen Jungen, die ihn wegen seines Londoner Akzents hänselten – trotz seiner geringen Körpergröße war er sehr geschickt mit den Fäusten –, und trieb Miss Merton mit seiner Frechheit zum Wahnsinn. Dass das Einmaleins nicht in seinen Kopf wollte, war Anlass zu weiterem Spott. David fühlte sich verpflichtet, ihm beizuspringen, was ihm wiederum Probleme eintrug, weil er sich mit wesentlich Jüngeren anlegte. Er selbst war sehr klug und wurde als Streber verspottet. Andererseits mochten ihn die anderen Kinder, und als er zum Buchwart ernannt wurde, waren alle einverstanden. »Und er mag Musik, nicht wahr?«, sagte Miss Merton zu Grace. »Neulich habe ich ihn dabei überrascht, wie er sehr hübsch auf dem Klavier spielte.«

»Ja«, sagte Grace. »Ich gebe ihm ein bisschen Unterricht.«

»Sie spielen Klavier, Mrs Bennett?«, fragte Miss Merton.

»Ja.«

»Nun«, sagte Miss Merton, »ich hatte schon einmal daran gedacht, Tanzunterricht einzuführen. Am College habe ich nämlich Tanz studiert. Ich wollte unbedingt Tänzerin werden, aber dann wurde ich zu groß.«

Nicht nur zu groß, dachte Grace und versuchte sich nicht allzu lebhaft vor Augen zu führen, wie sich diese sicher achtzig Kilo in Bewegung setzten.

»Aber ich kann nicht beides tun, tanzen und spielen. Sie hätten nicht zufällig Lust, einen Nachmittag die Woche für mich zu spielen?«

»Oh, das würde ich furchtbar gern tun«, sagte Grace. »Wirklich, furchtbar gern. Danke.«

Die Tanzstunden fanden mittwochnachmittags statt. Meist hüpften die Kinder nur herum, aber Miss Merton brachte ihnen auch die Grundlagen des Gesellschaftstanzes bei. Den Mädchen, die Interesse bekundeten, erklärte sie, dass sie auch gern Ballettunterricht geben würde. »Die Jungen sind natürlich ebenfalls willkommen«, sagte sie, ein verschmitztes Lächeln in ihrem runden Gesicht mit den Apfelbacken. Die Aussicht, dass man, wenn Miss Merton ein *grand battement* vollführte, einen Blick auf ihr wabbelndes Gesäß in dem elastischen Schlüpfer erhaschen konnte, trieb die Jungen scharenweise in die Ballettklasse. Nachdem sich der Effekt abgenutzt hatte, verließen sie sie aber schnell wieder.

Muriel, die sich höchst abfällig über die Arbeit bei der Landarmee geäußert hatte, weil die Mädchen doch alle unfähig und eitel seien und man sie am besten der Verantwortung der Bauern überlasse, begrüßte das Klavierspiel gnädig. »Das ist ganz reizend von dir«, sagte sie, »dass du in das Leben dieser Leute ein bisschen Kultur bringst.«

Da sich Muriels Beziehung zur Kultur darin erschöpfte, gelegentlich am Sonntagabend den Konzerten des Palm Court Orchestra zu lauschen, barg der Kommentar eine gewisse Ironie, aber Grace schenkte ihrer Schwiegermutter nur ein Lächeln und schwieg.

Mr Jacobs, der einzig verbliebene Seniorpartner bei Bennett & Bennett, hatte Muriel und Grace zu sich nach Shaftesbury eingeladen. Er müsse mit ihnen über etwas reden, das durchaus heikel sei. Als sie Muriel in Mr Jacobs' ziemlich großes Büro folgte, war Grace nervös.

»Bleiben Sie doch sitzen, Mr Jacobs«, sagte Muriel liebenswürdig. »Ich hoffe, es dauert nicht so lange. Ich bin unglaublich beschäftigt, wie Sie wissen.«

»Ja, natürlich«, sagte Mr Jacobs, der unmöglich wissen

konnte, ob Muriel beschäftigt war oder nicht. »Es tut mir leid, dass ich Ihnen die Zeit raube. Sehr leid. Aber … na ja …«

»Ja?«

»Nun, es geht um die Kanzlei, müssen Sie wissen.«

»Ich hatte auch nicht erwartet, dass es um Kriegsführung geht«, erwiderte Muriel, und Grace tat Mr Jacobs schon fast leid. Sie schenkte ihm ein aufmunterndes Lächeln.

»Wie Sie ja wissen, habe ich während der Abwesenheit Ihres Ehemanns … Ihrer beider Ehemänner …« Er räusperte sich schon wieder.

»Mr Jacobs, kommen Sie doch bitte zum Punkt.«

»In ihrer Abwesenheit«, sprudelte es aus Mr Jacobs heraus, der offenbar eine letzte Reserve an Mut aufgespürt hatte, »habe ich die Geschäfte geführt. Was nicht ganz einfach war, wenn ich mir das erlauben darf.«

»Mag sein«, sagte Muriel. »Aber es herrscht Krieg, und wir haben alle unsere Schwierigkeiten, Mr Jacobs.«

»Natürlich. Nun ja, in letzter Zeit hatten wir nur wenige Mandanten. Kaum Eigentumsübertragungen, klar, und kaum Finanzgeschäfte. Die Einkünfte sind beträchtlich gesunken.«

»Tatsächlich?«, fragte Muriel. Ihre Miene war hochgespannt.

»Ja, tut mir leid. Nun ja, und ich fürchte, dass die Abhebungen zu Ihren Gunsten – zu Ihrer beider Gunsten – die Kanzlei erheblich unter Druck setzen.«

»Das ist natürlich sehr betrüblich«, sagte Muriel, »aber ich sehe nicht, was wir da unternehmen können.«

»Nun, die Sache ist die, Mrs Bennett, die Sache ist die …«

»Ja, Mr Jacobs?«

»Die … die laufenden Ausgaben sind nicht länger gedeckt. Jedenfalls nicht in diesem Maße.«

Grace wurde übel. Das Einzige, worüber sie seit Charles' Abreise nie nachgedacht hatte, war Geld. Es war ihr in einem ewigen, warmen Strom zugeflossen und deckte die Ausgaben für ihren Bedarf: Essen, Kleidung, Licht, Heizung, Mrs Babbage, die Zugehfrau, Mr Blackstone, der Gärtner...

»Um wie viel sind sie denn zu hoch?«, fragte Muriel.

»Nun, Mrs Bennett, fünfzig Prozent würde ich sagen. Bei... äh... Ihnen beiden.«

»Fünfzig Prozent!«, rief Muriel. »Tut mir leid, darüber müssen wir gar nicht reden. Wobei ich natürlich nur für mich sprechen kann. Meine Schwiegertochter mag vielleicht mit weniger auskommen, ich nicht. Ich habe meine Tochter zu Hause und demnächst auch noch ein Enkelkind, das versorgt werden will. Da werden Sie sich wohl etwas anderes überlegen müssen, Mr Jacobs, wie sie Bennett & Bennett solvent halten. Und wenn Sie mich jetzt entschuldigen würden, ich bin äußerst beschäftigt, wie ich schon sagte.«

»Aber... Mrs Bennett, so einfach ist das nicht«, sagte Mr Jacobs, dem dieses Verhalten offenbar Mut einflößte. »Das Geld ist schlichtweg nicht da. Was auch immer ich... wir tun. Das Einkommen der Kanzlei liegt fast bei null. Wenn ich nicht in einem Jahr in den Ruhestand gehen würde, wäre ich höchst beunruhigt. Aber ich habe meine Pension und...«

»Ich glaube nicht, dass wir etwas über Ihre diesbezüglichen Vereinbarungen hören wollen«, sagte Muriel. »Mein Ehemann hat doch sicher einen Pensionsfonds. Daraus können wir... kann ich doch sicher Geld beziehen.«

»Das können Sie natürlich, Mrs Bennett, aber es handelt sich um eine wesentlich geringere Summe, als Sie vielleicht denken. In meiner Macht läge eine solche Entscheidung ohnehin nicht. Darüber werden Sie sich mit Ihrem Mann verständigen müssen.«

»Tut mir leid, das steht außer Frage«, sagte Muriel. »Ich sage es noch einmal, Mr Jacobs, Sie werden uns einen Vorschlag unterbreiten müssen. Und wenn Sie mich jetzt bitte entschuldigen würden…«

Mr Jacobs erhob sich und blickte Grace hilflos an. Sie lächelte.

Als sie im Empfangsbereich standen und auf Muriel warteten, die noch schnell auf Toilette gegangen war, sagte sie: »Tut mir leid wegen meiner… wegen Mrs Bennett. Sie hat keine Ahnung, wie es in der wirklichen Welt zugeht. Ich werde darüber nachdenken und vielleicht Kontakt zu meinem Schwiegervater aufnehmen. Haben Sie das…«

»Ich habe es versucht, Mrs Bennett. Er hat versprochen, darüber nachzudenken. Aber er kam mir ein bisschen… wie soll ich sagen… gleichgültig vor.«

Sonderbar, dachte Grace, das passte gar nicht zu Clifford. Er war das Gegenteil von gleichgültig, immer darauf bedacht, sich um alles zu kümmern. Sie würde ihn anrufen und mit ihm reden.

Wie Muriel konnte sie sich des Gefühls nicht erwehren, dass ein Fehler vorliegen musste.

»Clifford? Clifford, ich bin's, Grace.«

»Grace! Hallo, meine Liebe. Wie geht es dir?«

»Sehr gut, danke. Und dir?«

»Oh… du weißt ja. Man wird älter, und London ist nicht gerade der friedlichste Ort. Aber ich gehe zu vielen Konzerten. Du wärst überrascht, mein Schatz, was für ein großartiges Angebot wir hier haben. Das hält mich auf Trab. Außerdem lese ich viel und…«

»Clifford, es ist mir furchtbar unangenehm… nun ja, dass ich dich stören muss, aber wir waren heute Morgen bei Mr

Jacobs. Er sagte, es gebe ein ... ein Geldproblem. Die Kanzlei sei in Schwierigkeiten. Na ja, nicht gerade in Schwierigkeiten, aber es komme kein Geld mehr rein.«

»Jaja, das hat er mir mitgeteilt. Die Mandanten bleiben weg. Keine große Überraschung, würde ich sagen.«

Sonderbar, das war nicht die Reaktion, die sie erwartet hatte. »Klar. Andererseits ist offenbar nicht mehr genug Geld für Muriel da. Und für mich auch nicht, aber das ist nicht so schlimm. Ich finde schon einen Weg. Aber Muriel ... na ja, die braucht das Geld natürlich, sie hat ja auch Florence da und bald das Baby ...«

»Ah, das Baby. Wann soll es denn kommen? Geht es Florence gut?«

»Der geht es gut. Nächsten Monat ist es so weit, glaube ich. Aber die beiden brauchen Geld, und ich habe mich gefragt, ob ... Was denkst du denn, was wir da unternehmen könnten?«

»Nun, mein Schatz, ich weiß es nicht. Ich weiß es wirklich nicht.«

»Was ist mit den Partnern in London?«

»Was? Ach, da ist auch nicht viel zu holen. Zumindest nicht für mich. In diesem Teich bin ich jetzt ein winziger Fisch. Ich kann von Glück sagen, dass ich die Wohnung noch benutzen darf. Die Zeiten sind schwierig, aber das weißt du ja.«

»Ja, ich weiß. Clifford, geht es dir wirklich gut?« Seine unbestimmte, zerstreute Redeweise schien ihr bedenklicher zu sein als die Finanznot.

»Gütiger Himmel, ja. Natürlich geht es mir gut. Mach dir keine Sorgen um mich.«

»Nein, natürlich nicht. Gut ... dann auf Wiederhören, Clifford. Du kommst doch allein zurecht, oder? Isst du auch regelmäßig?«

»Natürlich tu ich das. Hier ist alles in bester Ordnung. Pass auf dich auf, mein Schatz, ja?«

»Ja. Ja, natürlich. Du auch.«

***

»Du bist gar nicht ganz da, oder?«, stellte Jack fest.

Sie lagen in einem ziemlich schäbigen Hotel in Kent im Bett. Er hatte achtundvierzig Stunden Urlaub, und Clarissa hatte die Genehmigung erhalten, vierundzwanzig Stunden davon mit ihm zu verbringen.

Sie hatte sich so darauf gefreut, hatte sich so danach gesehnt, mit ihm zusammen zu sein, ihn in den Armen zu halten, sicher, warm, von Liebe erfüllt. Dennoch stimmte etwas nicht, und das hatte nicht mit ihm zu tun, sondern mit ihr. Sie fühlte sich eigentümlich; obwohl sie ihn genauso liebte wie zuvor, fühlte sie sich ihm nicht mehr so bedingungslos verbunden. Der Sex war wunderbar gewesen, wie immer, oder sogar noch besser, weil Jack neuerdings eine Härte, ja fast Verzweiflung an den Tag legte, die der Lust eine neue Schärfe verlieh und sie in etwas Wildes, Raues verwandelte, das in seiner Intensität fast schmerzhaft war. Die Entfremdung hatte sich eher vorher gezeigt, als sie ein unverdauliches Dinner aus einem faden Eintopf und einem wässrigen Trifle zu sich genommen hatten. Er hatte geredet, und sie hatte es zum ersten Mal schwer gefunden, ihm ihre volle Aufmerksamkeit zu schenken. Und jetzt, als sie dalagen und er sie einfach in den Armen halten wollte, merkte sie selbst, dass ihr Geist, der sonst nach dem Sex so überwältigend leer war, nur noch von ihm erfüllt, plötzlich in die Ferne schweifte: zu den beiden Neuankömmlingen, die man ihrer Obhut anvertraut hatte, einsam und von Heimweh geplagt, und die für die Zeit ihrer Abwesenheit mit der forscheren May vorliebnehmen mussten; zu dem Motorrad, das sie unbedingt zur Wartung hätte bringen müssen, was sie in ihrer Eile aber nicht geschafft hatte; zu einer schwierigen Mission am nächsten Tag; zu der unumgänglichen Tatsache, dass sie um neun Uhr morgens wieder in Portsmouth sein musste.

»Bitte entschuldige«, sagte sie und küsste ihn behutsam, bevor sie sich schnell wieder an ihn schmiegte. »Es tut mir leid.«

»Woran denkst du?«

»Oh ... das weißt du doch.«

»Nein«, sagte er, und seine Stimme klang leicht gereizt. »Nein, weiß ich nicht. Wirklich nicht.«

»Solltest du aber.«

»Wieso?«

»Weil du sicher auch an andere Dinge denkst. An andere als an mich.«

»Ehrlich gesagt, Clarissa«, erwiderte er und wirkte plötzlich gar nicht mehr begeistert, »tu ich das nicht. Trotz allem, was ich durchgemacht habe. Nein, das tu ich nicht.«

»Oh«, sagte sie.

»Und es gefällt mir nicht, wenn du es tust.«

»Tut mir leid«, sagte sie wieder, »aber ...«

»Aber was?«

»Ach, nicht der Rede wert, Jack. Es ist einfach töricht.«

»Entschuldige, aber ich kann das nicht als töricht bezeichnen«, sagte er. »Nichts, was unsere Beziehung gefährden könnte, würde ich als töricht bezeichnen.«

»Jack, wirklich.« Sie lächelte ihn an, küsste ihn und wollte die Sache herunterspielen. »Das ist doch albern. Nichts gefährdet unsere Beziehung. Ich mache mir nur Sorgen wegen ein paar Dingen, das ist alles.«

»Was für Dingen?«, fragte er, richtete sich auf, griff nach seinen Zigaretten und bot ihr eine an.

Sie schüttelte den Kopf. »Ach, Wren-Zeugs.«

»Überaus wichtig«, sagte er. »Wren-Zeugs. Das sehe ich ein. Was tust du denn im Moment, Clarissa? Immer noch Nachrichten über das ganze Land verteilen?«

»Ja«, sagte sie in Verkennung seiner Laune, weil sie unbedingt wollte, dass er sie verstand. »Und morgen muss ich …«

»Das möchte ich absolut nicht wissen.« Er drückte seine Zigarette aus und wandte sich von ihr ab. »Morgen muss ich wieder in mein Flugzeug steigen und kleinen Jungs beibringen, wie man aufsteigt, um sich abschießen zu lassen. Wenn es mir gelingt, das aus meinem Geist zu verbannen, dann solltest du doch auch in der Lage sein, deine dämlichen Botendienste zu vergessen.«

»Jack, bitte rede nicht so«, sagte sie schockiert. »Ich meinte doch nicht …«

»Ich weiß, was du meinst«, sagte er, »aber es ist mir egal. Ich werde jetzt schlafen, weil ich unglaublich müde bin. Gute Nacht.«

Später tat es ihm leid, und er drehte sich wieder zu ihr um und liebte sie noch einmal, ganz sanft und zärtlich. Er bat sie, ihm seinen Ausbruch zu verzeihen, und sie bat ihn, ihr die Zerstreutheit zu verzeihen. Trotzdem lag sie die ganze Nacht schlaflos da, nicht nur schockiert darüber, wie sich die Dinge zwischen ihnen veränderten, sondern auch über die Veränderungen in ihrem eigenen Innern, denen sie nicht Einhalt zu gebieten vermochte. Und noch etwas beschäftigte sie: ihre mangelnde Bereitschaft, es auch nur zu versuchen.

Sie mochte die neue Clarissa, und sie mochte das Leben dieser neuen Clarissa, selbst wenn es schwer für Jack war. Ihr Leben schien plötzlich wesentlich interessanter zu sein.

Meine liebe Grace,

zunächst ein paar Versicherungen, über die Du Dich vermutlich freust. Ich lebe noch und fühle mich pudelwohl. Wir sind in Ägypten und lagern unter absolut annehmbaren Bedingungen, obwohl es hier ziemlich warm ist (typisch britische Untertreibung). Die Moral ist bestens. Ich habe eine großartige Truppe unter mir, und auch meine Offizierskollegen sind ein toller Haufen. Natürlich ist es hier manchmal langweilig, manchmal auch nervenaufreibend (eine noch stärkere Untertreibung), und wir wissen nie, was als Nächstes passiert (!), aber ich bin recht zuversichtlich, dass wir ein siegreicher Teil der siegreichen Seite sind und dass wir, wie Mr Churchill so schön sagte, immerhin schon das Ende vom Anfang sehen.

Das Soldatenleben gefällt mir sehr, mehr als ich gedacht hätte. Der Kameradschaftsgeist und das bedingungslose Streben nach einem gemeinsamen Ziel, im Auge von Mühsal, Gefahr und Angst, ist eine wunderbare Sache. Für Dich mag das nicht leicht nachvollziehbar sein, verständlicherweise, aber ich kann Dir versichern, dass es vielen von uns so geht. Aber egal, Dein Ehemann ist jedenfalls in Bestform!

Ich hoffe, es geht Dir gut, mein Schatz, und Du vermisst mich nicht allzu sehr. Für mich ist es eine ewige Quelle des Trostes, wie ich Dir schon so oft gesagt habe, Dich zu Hause in Sicherheit zu wissen, damit der Schornstein weiter raucht. Was auch die Überleitung zum zweiten Punkt meines Briefes darstellt. Mutter hat mir geschrieben, dass Du Evakuierte aufgenommen hast. Für ihr Gefühl ist das ein Fehler, und ich muss sagen, dass ich ihr zustimme. Das hättest Du niemals tun dürfen, ohne es mit mir abzusprechen, und mir missfällt der Gedanke, dass Fremde, wie jung und möglicherweise hilfsbedürftig sie auch sein mögen, in meinem Haus wohnen. Natürlich wirst Du das Gefühl haben, etwas höchst Lobens-

wertes zu tun, und es ist auch wirklich lieb von Dir, dass Du Deinen Beitrag zu den Kriegsanstrengungen leisten möchtest. Trotzdem muss ich Dich bitten, Dir eine andere Beschäftigung zu suchen. Sollte ich unerwartet (wenig wahrscheinlich, aber möglich) Fronturlaub bekommen, möchte ich mein Heim nicht mit zwei Lumpenkindern aus dem East End teilen müssen! Zweifellos sind es reizende Jungen, obwohl man natürlich erschütternde Geschichten über diese Kinder und ihr Benehmen hört, dass sie keine Moral haben und so. Vor allem aber ist es nicht richtig, dass sie gegen meinen ausdrücklichen Wunsch dort sind. Könntest Du daher so bald wie möglich Sorge tragen, dass sie woanders untergebracht werden? Ich kann mir vorstellen, dass viele Leute sie gern aufnehmen würden.

Meine Mutter schreibt auch, dass sie Dich kaum zu Gesicht bekommt. Bitte gib Dir einen Ruck und besuche sie so oft wie möglich. Da sie ja nun auch die Verantwortung für Florence und ihr Baby trägt, braucht sie alle Hilfe, die sie bekommen kann.

Pass auf Dich auf, mein Schatz, und denk daran, dass ich Dich liebe,
Charles

Für Grace klärte dieser Brief ein paar Dinge, die Charles in dieser Form nicht vorausgesehen haben dürfte, da war sie sich sicher.

Am Nachmittag radelte sie zur Abtei hinüber, wo sich Muriel an einem ziemlich spärlichen Feuer zusammenkauerte.

»Ah, Grace«, sagte sie, »ich würde dir ja eine Tasse Tee anbieten, aber die Köchin ist oben und ruht sich aus. Leider macht sie sich die Situation zunutze, dass Maureen gegangen ist, und beklagt sich die ganze Zeit, dass sie zu viel zu tun hat.«

»Überhaupt kein Problem, Muriel«, sagte Grace und dachte: Wenn in der Abtei immer noch wegen jeder Tasse Tee das Glöckchen geläutet wurde, war es schon nachvollziehbar, dass die Köchin sich ausruhen musste. »Eigentlich bin ich gekommen, um mit Florence zu reden. Aber ich dachte, es interessiert dich vielleicht auch, dass ich heute einen Brief von Charles bekommen habe. Es geht ihm gut, er ist in Ägypten.«

»Ägypten! Was für ein interessantes Land«, sagte Muriel, als handele es sich um eine Urlaubsreise.

»Ja, vermutlich. Aber er scheint ziemlich empört über meine beiden Evakuierten zu sein. Offenbar ist er derselben Meinung wie du.«

»Davon würde ich ausgehen«, sagte Muriel.

»Tatsächlich verlangt er von mir, dass ich sie wegschicke und woanders unterbringe«, sagte Grace.

»Das halte ich für eine ausgezeichnete Idee.«

»Sie gehen ganz bestimmt nicht«, erwiderte Grace. »Und ich wäre dir dankbar, Muriel, wenn du dich nicht in meine Angelegenheiten einmischen würdest.«

»Hattest du ihm denn nicht geschrieben, um ihn nach seiner Meinung zu fragen?«

»Doch, ich habe ihm geschrieben und ihn nach seiner Meinung gefragt. Nachdem sie sich eingelebt haben und ich wusste, dass alles gut läuft. Zuvor habe ich keinen Sinn darin gesehen, ihn zu beunruhigen. Offenbar hattest du beschlossen, dass er es eher wissen müsse.«

»Nun, ich war der Meinung, dass es nicht richtig von dir ist. Du hättest ihn um Erlaubnis bitten müssen. Immerhin ist es sein Haus.«

»Es ist *unser* Haus, Muriel, nicht seins. Ich wünschte, du würdest das einsehen. Und in Charles' Abwesenheit werde *ich* entscheiden, was dort passiert. Aber ich war ja gekommen, um mit Florence zu reden. Guten Abend.«

Grace erlaubte sich einen letzten Blick auf ihre Schwiegermutter, als sie die Tür schloss. Muriel starrte ihr hinterher, der Mund ein perfekter Kreis.

»Ich werde nach London fahren und deinen Vater besuchen«, sagte sie zu Florence.

»Warum?«, fragte die, während sie sich auf ihrem Sofa aufrichtete.

»Er klang ziemlich… komisch. Irgendwie zerstreut und gleichgültig. Er hat behauptet, es gehe ihm gut, aber…«

»Clarissa hat ihn an Weihnachten gesehen«, erwiderte Florence. »Sie hat nichts gesagt. Na ja, außer dass er sich schrecklich einsam fühlt und ein bisschen niedergeschlagen ist. Das ist sehr nett von dir, Grace, aber ist es nicht furchtbar gefährlich dort? Und wenn Mutter es herausfindet, wird sie Gift und Galle speien.«

»Angeblich ist es in letzter Zeit nicht zu Luftangriffen gekommen, eine ganze Weile schon nicht. Und was deine Mutter sagt, ist mir ziemlich egal. Ich werde hinfahren. Irgendjemand muss mal nach ihm schauen.«

Sie gab sich Mühe, nicht allzu selbstgerecht zu klingen, aber leicht war das nicht.

Am Morgen ihrer Abreise klingelte das Telefon.

»Grace, hier ist Florence. Ich komme mit.«

»Das geht nicht, Florence. Du bekommst bald ein Kind.«

»Frühestens in fünf Wochen, sagen der Arzt und die Hebamme. Du hast doch selbst gesagt, dass es im Moment ruhig dort ist. Außerdem ist er mein Vater. Ich habe noch einmal darüber nachgedacht. Du hast vollkommen recht, dass man sich Sorgen um ihn machen muss. Ich möchte mitkommen.«

»Deine Mutter wird dich nicht fahren lassen.«

»Würde sie nicht, das stimmt, aber sie ist gar nicht da. Sie ist zu einer alten Busenfreundin gefahren, die krank ist, drüben in Wells.«

»Ich weiß nicht«, sagte Grace skeptisch.

Sie wollte Florence nicht mitnehmen. Das wäre eine ungeheure Verantwortung. Außerdem fand sie es immer noch schwierig, sich ihr gegenüber normal zu verhalten. Ob sie ihr dieses Gebaren als hingebungsvolle Tochter abnehmen sollte, wusste sie auch nicht. Vermutlich lief sie direkt zu diesem anderen Mann, dem Vater ihres Kinds.

»Grace, bitte. Komm und hol mich ab. Ich vermute du fährst selbst nach Salisbury. Ich möchte so gern mitkommen. Außerdem sterbe ich hier vor Langeweile. Ein kleines Abenteuer wäre mir da nur recht.«

»Ein Abenteuer wird es kaum werden«, erklärte Grace scharf. »Aber in Ordnung. In einer Viertelstunde bin ich da. Außerdem müssen wir die Jungen noch bei meiner Mutter absetzen.«

»Sehr nett von ihr, dass sie die beiden nimmt«, sagte Florence. »Können sie denn nicht einen Tag allein bleiben?«

Offenbar betrachtete sie die Jungen wie Muriel als kleine, lästige Tiere.

Die Zugfahrt war gar nicht so übel. Florence las die ganze Zeit über in der *Vogue*. Um ihren Vater schien sie sich nicht viele Gedanken zu machen. Grace sah aus dem Fenster und dachte, dass sich Florence, wenn sie Hintergedanken bei dieser Reise hatte, in Gesellschaft einer sehr strengen Anstandsdame wiederfinden würde.

An der Waterloo Station, wo sie mittags eintrafen, bekamen

sie tatsächlich einen Bus. Er fahre eine komplizierte Sonder-
strecke, wie so viele Busse in diesen Tagen, erklärte der Fahrer, der Seitenstraßen nahm und die am schlimmsten betrof-
fenen Gegenden mied. Grace und Florence starrten entsetzt
aus dem Fenster, schockiert von den Schäden überall, den
Fensterlöchern ohne Scheiben, den halb zerstörten Häusern,
dem Galgenhumor der Schilder in den Schaufenstern auf-
gesprengter Geschäfte: *Rund um die Uhr für Sie geöffnet.* Im
Hyde Park hatte eine Bombe einen riesigen Krater hinterlassen. Unheimlich und surreal wirkte das.

»Oh Gott«, sagte Florence, »was für ein Albtraum. Ich kann
kaum glauben, dass überhaupt noch etwas steht.«

Als sie die ersten exklusiven Gebäude der Baker Street erreichten, war aber alles still und friedlich. Hier war Hitler
offenbar noch nicht angekommen.

»Geht es dir gut?«, fragte Grace, als sie an Cliffords Tür klopf-
ten.

»Mir geht es bestens«, antwortete Florence. »Besser als in
den ganzen letzten Wochen.«

Niemand reagierte auf ihr Klopfen, obwohl sie es dreimal
versuchten.

»Er weiß, dass ich komme«, sagte Grace zerstreut. »Er hat
versprochen, da zu sein.«

»Lass es uns nebenan versuchen.«

Hinter der nächsten Tür residierte eine eindrucksvolle,
sehr elegante Frau. Ja, sie kenne Mr Bennett, ein überaus reizender Mann. In letzter Zeit sei er allerdings immer zutiefst
deprimiert gewesen. Wo er sein könne, wisse sie nicht. Am
Vorabend hätte er zum Bridge rüberkommen sollen, habe aber
angeklopft, um sich wegen schlimmer Kopfschmerzen zu entschuldigen. Dabei habe er blendend ausgesehen.

»Sie glauben also nicht, dass er krank sein könnte?«, fragte Grace. »Er hatte vor achtzehn Monaten einen Herzinfarkt, daher machen wir uns Sorgen um ihn.«

»Nein, eher nicht«, sagte die Frau, leicht verlegen.

»Hören Sie«, sagte Florence. »Ich bin seine Tochter. Wenn es irgendetwas gibt, das ich wissen sollte, teilen Sie es mir bitte mit. Es ist wichtig.«

»Na ja, ich habe nur den Eindruck, dass er zu viel … trinkt. Manchmal jedenfalls«, sagte die Frau.

Grace fing Florence' Blick auf. Sie dachten beide dasselbe und waren fast erleichtert: Wenn das das Problem war, würde man es leichter in den Griff bekommen als den Nervenzusammenbruch, den Grace befürchtet hatte.

»Gibt es eine Möglichkeit, in die Wohnung zu gelangen?«, erkundigte sich Florence. »Ein Zimmer im oberen Stockwerk oder so?«

Die Frau ließ skeptisch ihren Blick über Florence gleiten. »Ich glaube nicht, dass Sie …«, sagte sie.

»Oh, ich hatte auch nicht an mich gedacht«, erwiderte Florence. »Meine Schwägerin könnte es tun.« Sie klang genau wie Muriel, und Grace bedachte sie mit einem finsteren Blick.

»Nein, eigentlich nicht«, sagte die Frau. »Sie könnten versuchen, ihn anzurufen, mehr fällt mir auch nicht ein. Manchmal schläft er sehr lange …«

In diesem Moment öffnete sich die Aufzugtür, und Clifford trat heraus, schwer beladen mit Tüten von Harrods. »Meine Lieben!«, rief er, stellte die Tüten ab und streckte die Arme aus. »Wie wunderbar, wie absolut wunderbar.«

Aber er war nicht er selbst. Grace und Florence, die ihn mit liebevoller Sorge im Blick behielten, stellten fest, dass er vor und nach dem Mittagessen eine Menge Alkohol trank und ständig etwas vergaß: wo er etwas hingelegt hatte, was er gerade tat, wo er eigentlich hinwollte. Wenn man ihm eine Antwort abverlangte, zu seiner persönlichen Lage etwa, blieb er vage. Und er weigerte sich strikt, über kompliziertere Themen zu sprechen als darüber, wann sie den Tee einnehmen oder ob sie spazieren gehen sollten. Sein Gesicht war eingefallen und tieftraurig. Er gab sich alle Mühe zu plaudern, zu tratschen, zu lachen, aber es war nicht zu übersehen, dass er mit einer schweren Depression kämpfte.

»Daddy«, sagte Florence irgendwann, »denkst du wirklich, dass du hier gut aufgehoben bist? In London, mit all den Luftangriffen? Das ist unglaublich gefährlich.«

»Das weiß ich«, sagte er, und in all seinem Elend wirkte seine Miene plötzlich weise. »Aber so schlimm ist es doch auch wieder nicht, oder?«

»Daddy, natürlich ist es schlimm.«

»Warum?«

»Na ja, wir wollen doch nicht, dass du … dass du hier umkommst. Nicht wahr, Grace? Wir lieben dich doch, und es ist uns nicht egal, was aus dir wird.«

»Ich weiß, mein Schatz«, sagte Clifford, »und das ist auch ganz reizend von dir. Aber meine Zukunft ist ohnehin trostlos, meinst du nicht auch? Nach Wiltshire kann ich nicht zurück, mein Berufsleben ist Vergangenheit, und meine wenigen verbliebenen Freunde sind nicht hier. Ich habe nicht viel, für das ich leben könnte. Wirklich.«

Wieder lächelte er und schenkte sich einen gewaltigen Whisky ein. Florence und Grace sahen sich an.

»Aber Clifford«, sagte Grace, »du hast doch uns. Du kannst dich auf Florence' Baby freuen. Auf Charles, der eines Tages aus dem Krieg zurückkehrt. Überhaupt, auf das Kriegsende …«

»Grace, mein Schatz, Charles wird mich nie wieder sehen

oder mit mir reden wollen. Oder bestenfalls nur kurz und knapp. Von Florence' Baby werde ich nicht viel haben, fürchte ich, und von euch beiden auch nicht. Nein, ich habe mit meinem Leben mehr oder weniger abgeschlossen. Ich will gar nicht sagen, dass ich das bedauere, aber ich spüre eine tiefe Traurigkeit in mir, eine sehr tiefe. Daher kann ich auch nicht allzu viel Angst vor Hitlers Bomben haben. Entschuldigung«, sagte er, als er ihre Verzweiflung spürte, »ich wollte nicht makaber sein. Es gibt auch vieles, was mir noch Vergnügen bereitet. Mrs Turner Andrews von nebenan ist eine zauberhafte Frau, und wir spielen oft zusammen Bridge. Ich gehe fast täglich ins Konzert; Myra Hess gibt in der National Gallery die wunderbarsten Klavierabende. Und wie ich dir schon erzählt habe, Grace, gehe auch in meinen Club. Es ist also nicht alles nur schrecklich. Aber ich kann London nicht verlassen. Was mir vom Leben noch bleibt, ist alles hier. Und ich will sehr hoffen, dass ihr mir nicht einzureden versucht, ich solle weniger trinken, denn dazu habe ich nicht die geringste Lust. Also, was sollen wir heute Abend machen? Uns ins West End wagen? Es sind noch so viele Restaurants geöffnet, ihr würdet staunen. Oder sollen wir hier essen? Ich wage zu behaupten, dass ich uns etwas zaubern könnte, denn ich bin mittlerweile ein großer Meister im Gebrauch von Eipulver ...«

»Daddy«, tastete sich Florence vorsichtig heran, »Daddy, was ist denn mit ... mit der finanziellen Seite? Es scheint, als sei nicht mehr viel da. Hast du vielleicht Aktien oder so etwas, von denen du ein paar ... na ja, verkaufen könntest?«

»Aktien, mein Engel? Das ist nicht der rechte Zeitpunkt zum Verkaufen! Der Aktienmarkt boomt ja nicht gerade.« Er schenkte sich noch einen Whisky ein. »Sag deiner Mutter, dass sie gern meine Pension haben kann. Ich brauche ja nicht mehr viel. Nur noch für dieses Zeug hier«, fügte er hinzu und zeigte auf die Flasche. »Lebensmittel gibt es nicht, Kleidung brauche ich nicht, also kann sie das Geld einfach auf ihr Konto einzuzahlen.«

»Ja, aber ...«

»Florence, mein Schatz«, sagte er, und sein Blick wirkte plötzlich sehr eindringlich, »es herrscht Krieg. Das muss selbst deine Mutter zur Kenntnis nehmen. Jeder muss Opfer bringen. Selbst wenn ich noch in Wiltshire leben würde, müssten wir bedeutende Abstriche machen. Ich habe noch ein paar Aktien, die kann sie gern haben. Ich werde Larry Jacobs schreiben und ihm das mitteilen, aber es wird nicht viel dabei herausspringen. Charles hat natürlich auch ein wenig Geld, Grace. Vielleicht erbarmst du dich ja und hilfst Muriel. Er hat eine beträchtliche Summe von meinem Vater geerbt. Sie steckt in verschiedenen Staatsobligationen, vermutlich hat er dir davon erzählt ...«

»Nein«, sagte Grace überrascht, »hat er nicht. Ich frage mich, wieso ...«

»Na ja, egal, das sollte jedenfalls eine gewisse Einnahmequelle darstellen. Für dich dürfte es also keine großen Probleme geben.«

»Nein, natürlich nicht. Um mich musst du dir keine Sorgen machen.«

»Ich werde mir immer Sorgen um dich machen, Schätzchen. Meine kleine Freundin.« Er streckte den Arm aus, tätschelte ihre Hand und betrachtete sie mit großer Zärtlichkeit. »Und, Florence, Robert ist ein steinreicher Mann. Ich denke, dass er die nötigen Vorkehrungen für dich getroffen hat, egal was zwischen euch vorgefallen ist. Wenn nicht ...«

»Ja«, sagte Florence ausweichend, »ja natürlich.«

Um fünf überließen sie ihn sich selbst, um zu Florence' Haus zu gehen, und versprachen, um halb sieben zu einem gemütlichen Abendessen wieder zurück zu sein. Der Himmel war bewölkt. »Heute Nacht dürfte es keine Luftangriffe geben«, sagte Clifford.

»Können wir eigentlich hier übernachten?«, fragte Florence. »Ich habe keine Lust, in dem Haus zu bleiben. Es wird eisig kalt sein.«

»Ja, natürlich. Ihr könnt sogar beide ein eigenes Zimmer bekommen, dann schlafe ich auf der Klappliege.«

»Clifford«, sagte Grace bestimmt. »Auf der Klappliege schlafe ich. Darauf bestehe ich.«

Mit dem Haus in der Sloane Avenue war alles in bester Ordnung. Es stand noch, und niemand hatte eingebrochen. Das war eine angenehme Überraschung. Die Kriminalität in London hatte unerhörte Ausmaße angenommen. Nicht einmal die Toten waren sicher, da frisch bombardierte Häuser samt der Leichen darin nach Handtaschen, Brieftaschen und Schmuck durchsucht wurden. Florence stand im Salon und betrachtete die verhüllten Möbel, den schönen Kamin und die mit Läden verschlossenen Fenster. »Ich war so begeistert von dem Haus, als Robert es gekauft hat. Jetzt scheint es mir nur noch Teil eines einzigen Albtraums zu sein.«

Grace antwortete nicht.

Sie gingen früh zu Bett. Vorher rief Florence ihre Mutter an, gab vor, in der Abtei zu sein, und erklärte, alles sei in bester Ordnung.

Clifford hatte zwei Flaschen Wein, den Großteil einer Flasche Whisky und mehrere Brandys getrunken. Dabei hatte er vollkommen artikuliert gesprochen und den jüngsten Klatsch und Tratsch mit ihnen ausgetauscht. Er hatte großes Interesse an »Grace' kleinen Jungen« gezeigt – »Du musst mich unbedingt mal mit ihnen besuchen kommen« – und an ihrer

Arbeit für die Landarmee und war sehr aufgeregt gewesen wegen Florence und ihrem bevorstehenden Wochenbett. In sein Schlafzimmer schaffte er es allein, aber dann hörte man einen Knall, da er offenbar über einen Stuhl gestolpert war. Als Grace hocheilte, fand sie ihn angekleidet und halb bewusstlos auf seinem Bett liegen, mit dem Gesicht nach unten.

»Er würde nicht einmal die Luftschutzsirenen hören«, sagte sie zu Florence. »Das ist brandgefährlich für ihn.«

Florence sah sie nüchtern an. »Vielleicht ist es sogar besser so«, sagte sie. »Er scheint ja mit dem Leben abgeschlossen zu haben.«

Um zwei Uhr morgens wachte Grace auf, weil Florence sie schüttelte. Verwirrt und desorientiert fragte sie: »Was ist? Bombenalarm?«

»Nein«, sagte Florence und sank schwer auf das Sofa. Grace sah, dass sie mit den Zähnen klapperte. »Nein. Ich ... ich denke, Grace, dass die Wehen eingesetzt haben.«

»Was? Das kann nicht sein, Florence.«

»Warum soll das nicht sein können?«, fragte Florence gereizt. »Was soll der Unsinn? Bin ich schwanger, oder nicht?«

»Ja, aber ...«

»Hör zu, Grace. Entweder habe ich ins Bett gemacht oder die Fruchtblase ist geplatzt. Mrs Merrow hat gesagt, das könne jederzeit passieren.«

»Hast du Schmerzen?«, fragte Grace und setzte sich mühsam auf.

»Nein, noch nicht. Nur mein Rücken zieht ein wenig. Aber ich denke, ich gehe besser ins Krankenhaus. Was meinst du?«

Grace war beeindruckt, wie ruhig Florence blieb. »Ja natürlich, das sehe ich auch so. Aber in welches ...«

»Ich kenne mich auch nicht besser aus als du«, sagte Florence. »Vielleicht könntest du die 999 wählen oder so?«

»Ja, gute Idee. Das werde ich tun. Pack schon mal deine Sachen, Florence. Oder sollten wir besser den Arzt deines Vaters anrufen?«

»Ja, vielleicht. Ich … ooh.« Sie verzog das Gesicht.

Grace betrachtete sie nervös. »Schmerzen?«

»Ja. Nur eine Art … Ziehen. Nichts Schlimmes. Nichts im Vergleich zu dem, was auf mich zukommt, da bin ich mir sicher.« Sie rang sich ein Lächeln ab. »Ja, versuch es bei Daddys Arzt, die Nummer steht in dem Büchlein dort. Es macht vermutlich keinen Sinn, meinen Vater aufzuwecken.«

»Nein, gewiss nicht«, sagte Grace, die bereits in den Raum geschaut und den trägen, schnarchenden Haufen auf Cliffords Bett gesehen hatte.

Der Arzt ging nicht ans Telefon, obwohl sie es endlos klingeln ließ.

»Vermutlich ist es die Nummer der Praxis«, sagte Florence. »Autsch.«

Grace sah sie ängstlich an. »Alles in Ordnung?«

»Jaja, mir geht es gut. Aber egal, versuch es besser mit der 999. Oder vielleicht könnte die Dame von nebenan auch …«

»Nein«, sagte Grace. »Wir sollten keine Zeit mehr vergeuden.«

In der Notrufzentrale war man nicht sehr entgegenkommend. Man habe zu wenig Leute, hieß es, und der Himmel klare auf, sodass es zu Luftangriffen kommen könne – und wo Florence denn überhaupt hinwolle.

»Die Krankenhäuser sind überfüllt, meine Liebe, sie platzen aus allen Nähten. Wenn Sie nicht angemeldet sind …«

»Aber die Wehen haben eingesetzt«, sagte Grace verzweifelt. »Vor der Zeit.«

»Es gehört doch nicht viel dazu, ein Baby auf die Welt zu bringen, meine Liebe. Gerade letzte Woche habe ich zwei im Luftschutzraum geholt.«

»Aber ich kann das nicht. Ich meine …«

Offenbar hörte er die Panik in ihrer Stimme. »Gut, meine Liebe. Ich werde sehen, was sich machen lässt. Geben Sie mir Ihre Telefonnummer.«

Eine Stunde später war noch niemand eingetroffen. Florence hatte angefangen, den Zeitpunkt ihrer Wehen zu erfassen – »so wird es in meinen Büchern empfohlen« –, die alle fünfzehn Minuten einsetzten. Sie seien nicht sehr schlimm, sagte sie, würden aber jedes Mal stärker. Grace betrachtete sie mit wachsender Angst. Ihr Wissen vom Geburtsvorgang hatte sie bestenfalls aus Büchern, wobei *Vom Winde verweht*, das sie erst kürzlich gelesen hatte, noch das anschaulichste war. Zuversichtlich stimmte sie das nicht.

Als sie schon drauf und dran war, bei der Nachbarin zu schellen, klingelte das Telefon. Es war die Notrufzentrale, ihr Freund von zuvor. »In fünf Minuten kommt jemand. Man bringt sie ins St. John's in Victoria. Da ist soeben ein Bett frei geworden.«

»Oh«, sagte Grace und wurde von Erleichterung erfüllt. »Vielen, vielen Dank.« Allerdings dauerte es noch eine halbe Stunde, bis der Krankenwagen tatsächlich eintraf. Florence' Ruhe ging ihr ab.

»Das ist nicht schön«, sagte Florence ständig mit klappernden Zähnen. »Das ist überhaupt nicht schön.« Sie hielt Grace' Hand, und wenn der Schmerz kam, der mittlerweile bedeutend stärker war, klammerte sie sich mit beiden Händen daran fest.

»Gut«, sagte der Fahrer des Krankenwagens munter, »dann wollen wir Sie mal in den Wagen verfrachten, meine Liebe. Für Sie steht schon ein bequemes Bett bereit, frisch bezogen. Da haben Sie Glück gehabt. Kommen Sie mit?«, fragte er Grace.

»Nun, ich glaube nicht...«

»Natürlich kommt sie mit«, fuhr Florence auf.

»Aber...«

»Tun Sie es besser, meine Liebe. Vielleicht herrscht Personalmangel, das weiß man nie in diesen Tagen. Sie können vorn sitzen, und ich bleibe hinten bei Ihrer Freundin. Alles so weit in Ordnung mit Ihnen?«

»Weiß nicht«, sagte Florence und krümmte sich unvermittelt, das Gesicht schmerzverzerrt.

»Wie oft kommen die Wehen?«, fragte der Mann.

»Alle... alle Viertelstunde«, brachte Florence mühsam hervor.

»Da haben Sie noch viele Stunden vor sich. Kein Grund zur Sorge. Kommen Sie, steigen Sie ein.«

Grace setzte sich mit einem mulmigen Gefühl auf den Beifahrersitz. Auf halbem Weg die Park Lane hinunter heulten die Luftschutzsirenen los.

»Allmächtiger«, sagte der Fahrer. »Halten Sie sich fest, Miss, das wird jetzt ein Rennen zwischen uns und den Deutschen. Alles in Ordnung da hinten, Fred?«

»Ja. Sie macht das prima, nicht wahr, Schätzchen?«

Grace konnte Florence' Antwort nicht hören.

Der Fahrer stellte Blaulicht und Sirene an und drückte das Gaspedal durch. Als sich der Himmel mit Blitz und Donner füllte, klammerte sich Grace an ihren Sitz und dachte, sie müsse gestorben und auf dem Weg in die Hölle sein. Ihr einziger Trost war, dass sie sich offenbar vom Gebiet der Luftangriffe entfernten; Lärm und Licht lagen bereits hinter ihnen. Der Krankenwagen fuhr so schnell, dass sie hin und her geworfen wurde und sich schmerzhaft stieß.

Die Frau in der Notaufnahme, eher eine Art Bürokraft, war weder hilfsbereit noch aufmunternd.

»Hier ist die Notaufnahme. Für Geburten sind wir nicht ausgestattet. Wo hatte Ihre Freundin sich denn angemeldet?«

»Auf dem Land. In einer Spezialklinik in Wiltshire«, presste Florence zwischen den Zähnen hervor. Sie saß nun in einem Rollstuhl, totenbleich im Gesicht, und klammerte sich an die Armlehnen.

»Nun, dann sollten Sie auch dort hingehen.«

»Hören Sie«, sagte Grace schnell, weil sie Angst hatte, dass man sie beide auf die Straße setzen würde, wenn Florence sich vergaß. »Sie hat große Schmerzen, und man hat uns gesagt, dass wir hierherkommen sollen. Also wird sich wohl jemand um sie kümmern können.«

»Jetzt hören Sie mir mal zu«, sagte die Frau mit dem Ausdruck größter Verachtung. »In den letzten Monaten hatten wir genügend Frauen mit echten Schmerzen hier. Frauen mit abgetrennten Füßen und zerquetschten Beinen, nachdem sie stundenlang in einem eingestürzten Haus begraben waren, direkt neben ihrer toten Familie. Ein Baby kann mich wirklich nicht allzu sehr beeindrucken, muss ich sagen. Von mir aus kann sie sich in eine der Behandlungsnischen begeben, dann rufe ich im Kreißsaal an und erkundige mich, was sich da machen lässt. Wir können jeden Moment Bombenopfer bekommen, Überschuss aus Hammersmith, dann werden Sie sich ohnehin eine Weile um sich selbst kümmern müssen. Hier herrscht Krieg, sollten Sie das bei sich *auf dem Land* noch nicht mitbekommen haben.« Die drei Worte betonte sie mit eisiger Verachtung.

Grace schob Florence zu einer der Nischen, half ihr in das Bett dort und versuchte, optimistisch zu klingen. »Ich bin mir sicher, dass es nicht lange dauert«, sagte sie. »Wahrscheinlich haben sie wirklich viel zu tun.«

»Vermutlich«, sagte Florence. »Oh Gott, oh Gott.«

Die Augen in ihrem kreidebleichen Gesicht waren plötzlich riesig und panisch. Ihr Körper krümmte sich vor Schmerzen, und die Hände klammerten sich an die Bettkante. »Was für Schmerzen«, stöhnte sie. »Grace, diese Schmerzen sind unerträglich.«

Eine halbe Stunde später war immer noch niemand zu ihrer Nische gekommen. Dafür hörten sie den Lärm von Bomben, Krankenwagensirenen, Schreien, Weinen. »Um Himmels willen, geh und such jemanden!«, schrie Florence, als die Wehen einen Höhepunkt erreichten. »Das halte ich nicht mehr aus. Du bist zu überhaupt nichts nütze, Grace, zu nichts, verdammt!«

Grace floh in den allgemeinen Tumult. Alles war besser, als hilflos dazusitzen und Florence leiden zu sehen.

Das Chaos war unbeschreiblich. Etliche Notfälle waren eingetroffen, manche weinend, stöhnend, schreiend, andere stumm vor Schock, in Decken gewickelt, vor sich hin starrend. Ein Mann, der in ihrer Nähe lag, schien einen Arm verloren zu haben und tastete mit dem anderen, weil er ihn offenbar suchte. Ein kleines Kind klammerte sich an seine Mutter, deren Kopf in einer Blutlache lag. Alle waren eingestaubt und schmutzig. Krankenschwestern und Ärzte gingen mit grimmiger Entschlossenheit von Trage zu Trage, von Nische zu Nische. Grace riss entsetzt die Augen auf. Nichts, was sie über die Luftangriffe der Deutschen gelesen hatte, hatte sie auf diesen Anblick vorbereitet.

Erst ein weiterer lauter Schrei aus Florence' Nische trieb sie zum Handeln. Sie ging zu der Frau am Schalter und tippte sie vorsichtig an den Arm. »Bitte ... tut mir leid ... meine Freundin ...«

»Was? Ach so, das Baby. Sie soll vorerst in der Nische bleiben. Ich klingele noch einmal durch. Offenbar sind schon fünf andere oben, alle in den Wehen. Sagen Sie ihr bitte, sie soll nicht so laut schreien, ja? Sie macht ja mehr Theater als alle anderen zusammen.«

»Gibt es ... gibt es irgendetwas, das sie gegen die Schmerzen bekommen könnte?«, fragte Grace. »Es ist wirklich schlimm.«

»Hören Sie«, sagte die Frau, sichtlich um Geduld bemüht. »Wenn sie hochkommt, wird man sich um sie kümmern. Im Moment muss sie sich noch damit abfinden, tut mir leid. Ich werde versuchen, einen Arzt aufzutreiben, der mal einen Blick auf sie wirft.«

Langsam und widerstrebend kehrte Grace zu Florence zurück. Sie lag auf dem Rücken, den Bauch wieder herausgeschoben, warf den Kopf hin und her und stöhnte, etwas leiser nun, aber dafür jämmerlicher. Nach einer Weile beruhigte sie sich wieder. »Was haben sie gesagt?«, erkundigte sie sich.

»Gleich kommt jemand«, antwortete Grace.

Es dauerte noch mindestens eine halbe Stunde, bis ein junger Arzt den Kopf um den Vorhang herum steckte. Er schenkte Grace ein fröhliches Grinsen.

»Wie geht es ihr? Tut mir leid, dass es sich verzögert, aber wir können nicht einmal eine Ersatzliege finden. Aber sie kommen jetzt jeden Moment herunter. Soll ich sie mir mal anschauen?«

»Ja ... ja bitte«, sagte Grace.

Sie wartete draußen, während er seine Untersuchungen anstellte. Ein lauter Schrei erklang, dann hörte sie Florence schimpfen: »Um Gottes willen, passen Sie doch auf.«

Mit einem Grinsen kam er wieder heraus. »Der geht es gut. Eine richtige kleine Zuchtstute. Aber sie hat noch eine Weile vor sich. Der Muttermund hat sich erst dreizehn Zentimeter geöffnet. Helfen Sie ihr, sich zu entspannen, wenn die Wehen kommen. Oben im Kreißsaal wird man ihr sicher etwas geben. Oh Gott …« Er hatte eine Trage erblickt, die soeben hereingebracht wurde, mit einer schreienden Frau, die in eine blutgetränkte Decke gewickelt war. »Ich muss gehen. Viel Glück.«

Was ihnen wie eine ganze Nacht vorkam, war tatsächlich nur eine halbe Stunde. Florence schwitzte und stöhnte und beschimpfte Grace, aber zwischen den Wehen klammerte sie sich an sie und flehte sie an, nicht zu gehen, weil sie es ohne sie nicht durchstehen würde. Grace dachte gerade, dass sie es nicht länger aushielt, als ein Krankenträger mit einer Rollliege aus dem Kreißsaal herunterkam.

»Sie haben hier jemanden für uns? Hoffentlich hat sie ein bisschen Geduld. Da sind noch etliche andere und schreien sich die Seele aus dem Leib. Die arme Schwester weiß gar nicht, wo ihr der Kopf steht.«

Grace sah ihn an, ein ungutes Gefühl im Bauch.

Als sie am Aufzug eintrafen, begann Florence wie am Spieß zu schreien, und ihr Gesicht verzerrte sich furchterregend. Grace sah sie ängstlich an. »Der … der Arzt hat gesagt, du sollst versuchen, dich ein wenig zu entspannen. Wenn die Wehen kommen«, sagte sie.

»Der kann mich mal mit seiner verdammten Entspannung!«, rief Florence. »Oh Gott, oh Gott …« Plötzlich bäumte sie sich auf und brüllte wie am Spieß.

»Wahnsinn«, sagte der Träger. »Sie presst schon. Wahnsinn. Wir sollten besser einen Zahn zulegen.«

»Was soll das heißen?«

»Das heißt, dass sie das Baby herauspresst. Lassen Sie mich mal schauen ... Ja, in der Tat. Wahnsinn. Kommen Sie, helfen Sie mir, das Ding aus dem Aufzug herauszubekommen. Los, wir müssen uns sputen, es ist schon fast da.«

Florence packte Grace' Hand. »Die müssen mir helfen«, sagte sie mit wildem Blick, »die müssen einfach. Es ist entsetzlich, ich ...« Dann wand sie sich wieder, wälzte sich hin und her und stöhnte, ein sonderbar urwüchsiges Stöhnen.

»Immer mit der Ruhe«, sagte der Träger. »Halten Sie durch, wir sind jetzt da. Schwester, sie presst schon. Das Baby kommt bereits.«

»Oh Gott«, sagte die Schwester, »wir haben kein einziges Entbindungsbett mehr. Da werden Sie wohl warten müssen«, sagte sie zu Florence. »Ich mache mich auf die Suche nach einem. Hecheln Sie, hecheln Sie heftig. Heute veranstalten alle ein Riesenspektakel«, sagte sie zu dem Krankenträger. »Keine Spur von Selbstbeherrschung.«

»Bleiben Sie mir weg mit Ihrem verdammten Hecheln«, sagte Florence, »und mit Ihrer verdammten Selbstbeherrschung. Geben Sie mir einfach was. Lachgas und Sauerstoff, hat man mir gesagt. Man hat mir gesagt, dass ... oh Gott.«

Sie stieß einen gewaltigen Klagelaut aus, gefolgt von einem wilden Schrei, und bäumte sich heftig auf.

»Braves Mädchen«, sagte die Schwester, unvermittelt einfühlsamer, und entfaltete einen wilden Aktivismus. »Braves Mädchen. Lass uns mal schauen. Ja, ich kann das Köpfchen bereits sehen. Sie«, sagte sie zu Grace, »halten Sie ihre Hand und versuchen Sie, Ihre Freundin zu beruhigen. Kommen Sie, meine Liebe, tief einatmen, warten Sie, warten Sie, hecheln, ja, wie ein Hund. Gut, sehr gut, und jetzt pressen, los, ganz fest pressen. Ich weiß, dass das wehtut, aber das macht nichts, pressen Sie einfach weiter, und ... da! Das Köpfchen ... War-

ten Sie. Und jetzt wieder... Los, pressen, ein letztes Mal...
Und da ist es auch schon! Ein wunderschönes kleines Mädchen. Gut gemacht, sehr gut gemacht!«

Grace schaute ängstlich auf das blutige Bündel zwischen Florence' Beinen, sah das perfekte winzige Wesen auf der Rollliege in dem abgedunkelten Flur liegen, nahm die dicke pulsierende Nabelschnur an seinem Bauchnabel wahr – immer wenn sie irgendwann in ihrem zukünftigen Leben das Wort »Wunder« vernahm, sollte sie an diesen Moment mit all dem Blut, Schleim und Schmerz denken. Und während sie noch ungläubig und ehrfürchtig hinstarrte, spürte sie, wie sich Florence' Hand in ihre schob, und hörte ihre Stimme sagen: »O Grace, danke. Danke. Ohne dich hätte ich das nicht geschafft.«

Den Rest der Nacht schlief Grace auf einer Feldliege in demselben Flur. Florence und ihre kleine Tochter wurden fortgebracht, gewaschen, für ihre großartige Leistung und ihre perfekte Mitarbeit gelobt und dann in einem riesigen Saal in ein Bett gelegt.

Grace durfte sie einmal besuchen. Florence saß im Bett, das Baby im Arm, und strahlte übers ganze Gesicht. »Ich werde sie Imogen nennen«, sagte sie. »Imogen Grace. Würde dir das gefallen?«

»Wunderbar«, sagte Grace, die den Namen grauenhaft fand. »Danke noch einmal.«

»Ist schon in Ordnung. Ich hab ja nicht viel getan.«

»Doch, das war sehr viel. Das werde ich dir nie vergessen.«

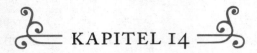

KAPITEL 14

Frühling – Sommer 1941

Am nächsten Morgen fuhr Grace mit Clifford zum Krankenhaus, damit er Florence und das Kind besuchen konnte. Florence wirkte überglücklich.

»Das ist so überwältigend«, sagte sie, »das könnt ihr euch gar nicht vorstellen. Imogen ist so lieb, so unglaublich lieb, wirklich das wunderbarste Baby auf der ganzen Station. Hast du mit Mummy gesprochen? Was hat sie gesagt? Hat sie sich gefreut? Kommt sie? Ich kann es kaum erwarten, ihr Imogen zu zeigen.«

Grace fragte sich, wann diese schillernde Blase platzen würde – wie sie es schaffen würde, Robert davon zu erzählen, und ob sie es Imogens Vater mitteilen würde. Plötzlich wollte sie nichts mehr damit zu tun haben. Es kam ihr einfach widerlich vor. Und ungerecht.

Sie ließ Florence in London zurück. Sie waren übereingekommen, dass Florence und Imogen nach der Entlassung aus dem Krankenhaus bei Clifford bleiben und erst heimreisen sollten, wenn sie beide stark genug waren. Es war fast, als würde sie die beiden bei einem kleinen, nicht sehr zuverlässigen Kind zurücklassen, aber sie hatte keine andere Wahl. Sie musste zu ihren Jungen zurück. Außerdem hatte sie nicht das Gefühl, dass sie es noch länger ertragen würde, Florence in ihrer Rolle als perfekte Mutter zu erleben. Es war eine Erleichterung, dass Imogen heil auf die Welt gekommen war und so viel Freude verbreitete, aber Grace' Loyalität galt immer noch Robert. Sie hoffte inbrünstig, dass sie nie mit ihm über dieses Thema sprechen musste. Bei der Geburt des Babys von Florence' Liebhaber zu helfen war das eine, aber Florence' Ehemann zu belügen, den sie so sehr schätzte, war etwas ganz anderes.

Sieben Stunden brauchte sie bis nach Hause. Es war eiskalt, das Licht war zu trüb zum Lesen, und der Zug war so voll, dass man nicht einmal das Abteil verlassen und zum Klo gehen konnte. Die Hölle bestand offenbar doch nicht darin, während eines Luftangriffs mit einem Krankenwagen durch London zu fahren, sondern in einer Reise mit der Great Western Railway.

Mein liebster Giles,
ich kann nur hoffen, dass Du diesen Brief bald bekommst. Ich habe die wunderbarsten Neuigkeiten. Wir haben eine Tochter, wirklich das schönste Baby der Welt, mit blonden Haaren und blauen Augen, ganz wie der Vater! Sie ist zu früh gekommen und hat mich auf dem Flur eines Londoner Krankenhauses überrascht. Fast wäre sie bereits während eines Luftangriffs in einem Krankenwagen zur Welt gekommen. Eines Tages wird es eine schöne Geschichte sein, die man ihr erzählen kann. Bei der Geburt wog sie fast sechs Pfund, was laut Schwester ein gutes Gewicht für ein zu früh geborenes Kind ist. Alles war großartig, ein bisschen schmerzhaft natürlich, aber letztlich so aufregend und überwältigend, dass das auch egal ist. Meine Schwägerin Grace, die ich eigentlich nie besonders mochte, war einfach wunderbar. Sie ist mir nie von der Seite gewichen (die meiste Zeit in den Wehen habe ich in der Notaufnahme verbracht) und hat alles getan, um mich zu trösten und zu unterstützen. Ich habe das Gefühl, dass ich ihr sehr viel verdanke.

Imogen ist sehr hungrig und hat schon fast hundert Gramm zugenommen. Das mag Dir nicht viel vorkommen, aber ich kann Dir versichern, dass es sehr viel ist. Ich fühle mich absolut großartig und darf, wie man mir sagte, morgen das Bett verlassen. Nach meiner Entlassung bleibe ich bei meinem Vater, bis ich wieder heimkehren kann. Meiner Mutter werde ich sagen müssen, dass ich bei Freunden wohne. Sie tut immer noch so, als gäbe es meinen Vater nicht. Wenn sie wüsste, dass ich bei ihm bin, würde sie bestimmt sofort kommen und das Baby und mich mit Gewalt aus seinen Fängen befreien. Der arme alte Kerl. Er mag sich danebenbenommen haben, aber er ist so reizend, und er vergöttert das Baby. Mir war gar nicht klar, wie sehr ich ihn vermisst habe. Es ist wunderbar, wieder Kontakt zu ihm zu haben.

Ich habe keine Ahnung, was aus ihm werden soll. Er ist jetzt ganz allein auf der Welt. Grace scheint eine große Verantwortung für ihn zu spüren, und dass wir in London waren, als das Baby geboren wurde, geht auf einen Entschluss von ihr zurück. Sie sagt, er sei immer so nett zu ihr gewesen. Was mir wiederum ein schlechtes Gewissen einflößt, da ich immer ziemlich gehässig zu ihr war.

Oh mein Schatz, ich wünschte, Du könntest Imogen sehen. Sie ist so schön. Ich verbringe ganze Stunden damit, sie einfach nur anzuschauen. Und an Dich zu denken und daran, wie sehr ich Dich liebe. Ich sehne mich so danach, von Dir zu hören. Weiß der Himmel, wann Du meinen Brief bekommst. Vermutlich wird er in irgendeinem Hafen auf Dich warten. Aber egal, nun da ich Imogen habe, kann ich so stark und mutig sein, wie es eben nötig ist. Danke, dass Du sie mir geschenkt hast.

All meine Liebe, nein: All unsere Liebe,
Florence und Imogen

Kabel an Major Robert Grieg, Gibraltar
Imogen Grace am 14. Januar geboren, Gewicht 5 Pfund,
Mutter und Kind wohlauf. In Liebe, Florence

Bleibt zu hoffen, dachte Florence, als sie Clifford die beiden
Schreiben anvertraute, dass Roberts Erinnerungen an das ver-
gangene Frühjahr schön und verschwommen waren.

Nach dem Gespräch mit Mr Jacobs hatte Grace ein paar Be-
rechnungen angestellt und war zu dem Schluss gekommen,
dass sie mit viel weniger auskam, als sie erhielt, zumal sie ja
auch fünfzehn Schilling für Daniel und David bekam, ihre
Hennen sehr legefreudig waren und auch der Garten, nun
da der Sommer nahte, viel hergab. Mittlerweile hatte sie sich
auch eine Ziege zugelegt, die aber bislang eher eine Last als
ein Gewinn war. Sie fraß alles, was ihr unters Maul kam, einschließlich Grace' Erbsen und einer ganzen Leine Wäsche,
weigerte sich aber standhaft, Milch zu geben. Dabei hatte man
sie ihr mit dem Versprechen verkauft, dass sie täglich einen
halben Liter produziere. Sie hieß Flossie, weil Daniel erklärt
hatte, sie sehe wie Florence aus. Grace hatte ihm einen stra-
fenden Blick zugeworfen und ihn ermahnt, nicht so frech zu
sein, aber irgendetwas an der missmutigen Miene der Ziege,
dem seidigen Fell und den langen, dürren Beinen hatte in der
Tat … Sie konnte nur hoffen, dass Florence nicht zwei und
zwei zusammenzählte. Aber das war eher unwahrscheinlich,
da sie vollkommen besessen von Imogen war und über nichts
anderes mehr redete. Grace erklärte Mr Jacobs jedenfalls, dass
sie ja das Haus und den Wagen habe und Benzincoupons be-
ziehe, sodass sie mit ein bisschen Mühe mit der Hälfte der
Zuwendungen auskomme. Zaghaft erkundigte sie sich, was
Muriel denn vorgeschlagen habe.

»Von der habe ich noch nichts gehört, Mrs Bennett. Ich bin mit meiner Weisheit am Ende.«

»Und was ist mit der Pension meines Schwiegervaters?«

»Von dem habe ich auch nichts gehört.«

»Oje«, sagte Grace. »Ich fürchte, er ist nicht ganz er selbst. Er hat versprochen, Ihnen in dieser Angelegenheit zu schreiben. Da werde ich seinem Gedächtnis wohl mal auf die Sprünge helfen müssen.«

Sie erwischte Clifford an einem schlechten Tag. Er klang betrunken, was ungewöhnlich war. »Na sicher, mein Schatz, wird erledigt. Wird alles erledigt. Mach dir mal keine Sorgen«, sagte er und legte wieder auf.

Es war klar, dass er nichts unternehmen würde. Grace rief Florence an, die jetzt wieder zu Hause war, und erklärte, dass sie Muriel drängen müsse, sparsamer zu leben.

»Das wird sie nicht tun«, sagte Florence. »Sparsamer leben bedeutet für sie, der Köchin noch einen Tag frei zu geben.«

»Du musst es versuchen. Sonst wird sie die Abtei verkaufen müssen.«

»Gütiger Himmel«, sagte Florence. »Was sollen Imogen und ich denn dann tun?«

»Sie macht mich noch wahnsinnig«, sagte Florence, nachdem sie Imogen eines Morgens zweieinhalb Meilen die Straße entlanggeschoben hatte, um Grace zu besuchen, nur um sie dann abwechselnd dazu aufzufordern, Imogen zu bewundern, immer neue Getränke zu servieren, heißes Wasser für die Fläschchen zu bringen oder einmal sogar eine dreckige Windel auszuwaschen. »Ich habe es versucht, Grace, ehrlich. Aber sie wettert immer nur über meinen Vater und erklärt, *er* habe sich um die Finanzen zu kümmern. Womit sie vermutlich sogar recht hat. Ich weiß nicht, ob ich das noch lange aushalte. Vielleicht komme ich lieber hierher und bleibe ein wenig bei dir.«

Es schien ihr nicht in den Sinn zu kommen, dass Grace sie vielleicht gar nicht dahaben wollte.

***

»Oh Gott!«, rief Linda. »Ben wurde nach Nordafrika versetzt.«

»Wann geht er?«, fragte Nan.

»Einen Moment. Bleib dran, bleib dran. Bald, Nan, in zwei Wochen oder so. Jetzt ist er Sergeant. Wie findest du das?«

»Das war sein Vater auch«, sagte Nan ungerührt. »Kommt er vorher noch mal nach Hause?«

»Nein. Er sagt, er habe Urlaub beantragt, aber das tun alle, und sie lassen sie nur in besonderen Fällen weg.«

»Was wäre denn ein besonderer Fall?«

»Keine Ahnung. Vielleicht ein neugeborenes Baby oder so. Oh Nan, Nordafrika klingt furchtbar weit weg! Ich würde ihn so gern noch einmal sehen. Nur ein einziges Mal …«

»Jammer nicht«, sagte Nan streng. »Es herrscht Krieg. Im letzten haben sie fast gar keinen Urlaub bekommen.«

»Ich weiß, ich weiß.«

Später sah sie Nan allerdings aus dem Fenster starren; über ihre fahlen Wangen rannen Tränen. Sie ging hin und nahm sie in den Arm. Nan lächelte gedankenverloren, drehte sich dann um und tätschelte ihre Hand.

»Du warst so gut zu mir, Linda, seit er weg ist, mit diesen ganzen Luftangriffen und so. Es hätte mir nicht besser gehen können, wenn du meine eigene Tochter wärst.«

»Jetzt mach aber mal halblang.«

***

Clarissa hatte ein paar Tage Urlaub. Sie war gekommen, um Florence und das Baby zu besuchen, und bei dieser Gelegenheit erzählte Florence ihr von Muriels Finanzproblemen. Ein paar Tage später wanderte Clarissa zu Fuß zum Mill House, um Grace zu besuchen. Jack sei oben in Schottland, erzählte sie. »Erholungsphase nennen sie das, und er hasst es, aber immerhin ist er in Sicherheit.« In den letzten fünf Monaten habe sie ihn nur einmal gesehen, »und das auch nur für vierundzwanzig nicht ganz unkomplizierte Stunden«.

Grace musterte sie. Clarissa hatte sich verändert. Sie war bei den Wrens ruhiger und nüchterner geworden und wirkte irgendwie älter, weiser. Ihr Haar trug sie jetzt kürzer. Letztlich war sie aber immer noch eine blendende Erscheinung und bezauberte alle mit ihrem Charme. Sie war für Grace auch seit langem die erste Frau, die irgendwie modisch aussah. Obwohl ihr scharlachrotes Seidenkleid den obligatorischen kurzen Rock und die kantigen Schultern besaß, sah es an Clarissas wohlgeformtem, schlankem Körper sonderbar elegant aus. Die weißen Schuhe schienen neu zu sein, und unter ihrem Arm steckte eine perfekt dazu passende weiße Tasche. Über ihrer Stirn thronte ein kleiner rot-weißer Strohhut. Ihre Aufmachung war wunderschön. Dass Kleidung eigentlich Mangelware war, erkannte man bestenfalls daran, dass ihre Beine nackt waren. Als Grace sie fast gierig betrachtete, dachte sie, dass hübsche Kleider für sie beinahe schon zu einer nebelhaften Erinnerung verschwammen, genauso wie schmackhafte Nahrung.

»Gefällt es dir bei den Wrens?«, fragte sie.

»Oh ja, sehr, das kannst du dir gar nicht vorstellen! Es ist wunderbar, Grace, wenn man sich für eine gemeinsame Sache einsetzt. Wenn man für dasselbe kämpft. Klingt gar nicht nach mir, was? Jack beklagt sich immer, dass ich mich so verändert hätte, aber da kann ich auch nichts machen. Außerdem bin ich da nicht die Einzige – wo er zu einem so alten, mürrischen Kerl geworden ist.« Sie lachte, etwas weniger sorglos als sonst, und wechselte dann das Thema. »Wie geht es denn dir, mein Schatz?«

»Mir geht es gut«, sagte Grace. »Ich bin ein bisschen einsam natürlich – so ohne Charles.«

»Natürlich. Ich hatte so ein Glück, dass Jack die ganze Zeit in England war. Aber immerhin hast du deine beiden kleinen Jungen. Himmel, sind die süß!«

»Du magst sie?«, fragte Grace überrascht.

»Natürlich mag ich sie. Die beiden sind zauberhaft. Der Ältere wird mal ein ganz Hübscher. Warum sollte ich sie nicht mögen?«

»Muriel ist strikt gegen sie«, sagte Grace, »und Florence sieht das vermutlich nicht ganz anders. Charles hat mir geschrieben und befohlen, sie wieder wegzuschicken …«

»Das ist nicht wahr! Gütiger Gott. Er ist so … Nun, ich hoffe, du hältst dich nicht daran.«

»Nein, das werde ich nicht tun«, sagte Grace.

»Oh Gott, so etwas Selbstherrliches ist mir noch nie zu Ohren gekommen. Na ja, er hatte immer schon diese Neigung. Das ist absurd, wo du dich doch allein durchschlagen musst und so wunderbar hier zurechtkommst.«

»Das ist sehr nett, dass du das sagst«, meinte Grace, der bewusst wurde, dass sie Charles noch nie gegenüber einer anderen Person kritisiert hatte. Zu ihrer Schande musste sie gestehen, dass es ihr guttat. Und dann fragte sie unvermittelt: »Clarissa, warum hast du die Verlobung damals gelöst? Die Verlobung mit Charles.«

Sie war erstaunt über sich selbst, aber sie hatte die Frage schon lange stellen wollen, und Clarissa wirkte plötzlich so nahbar, fast wie eine richtige Freundin. Grace lehnte sich zurück und beobachtete sie. Clarissa starrte ins Gras, das hübsche Gesicht plötzlich nachdenklich. Dann nahm sie den Hut ab. Der Wind fuhr ihr ins blonde Haar und wehte es ihr in die großen braunen Augen. Sie war so schön, dachte Grace, wie hatte Charles sie nur gehen lassen können?

»Na ja«, sagte Clarissa zögerlich, »es hätte einfach nicht funktioniert. Das habe ich dir schon mal gesagt. Charles hat dir das sicher auch erzählt.«

»Ja. Aber warum? Was war der Grund? Und erzähl mir bitte nicht so einen Unsinn von wegen, dass er so still ist und keine Partys mag und so. Das glaube ich nicht, und es stimmt ja auch gar nicht. Er mag das ja. Und warum hat er mir nie von dir erzählt? Das ist doch komisch.«

»Ach, mein Schatz, verletzter Stolz vermutlich. Du weißt doch, wie Männer sind.«

»Nein, eigentlich nicht«, sagte Grace. »Ich habe ein äußerst behütetes Leben geführt, Clarissa, da bin ich nicht… nicht wirklich informiert darüber, wie Männer sind.«

»Grace, mein Schatz, du solltest dein Licht nicht unter den Scheffel stellen. Das ist doch albern, wo du so klug und zauberhaft bist.«

»Versuch nicht, das Thema zu wechseln!«, sagte Grace, und ihre Stimme wurde in ihrer Verzweiflung nun lauter. »Ich möchte wissen, was passiert ist. Was ist schiefgegangen?«

Clarissa erhob sich unvermittelt, ging ein Stück in den Garten hinein und blieb an dem Zaun zu der Weide stehen, auf der Flossie ihr parasitäres Leben genoss. Dann drehte sie sich um und blickte Grace fest an.

»Ich kann dir nur sagen«, begann sie zögerlich, »dass wir uns wechselseitig das Leben zur Hölle gemacht haben. Es ging einfach nicht mehr. Am Anfang war alles wunderbar, absolut fantastisch, aber dann ging es den Bach runter. Plötzlich stritten wir uns ständig, und mir wurde bewusst, dass es immer schlimmer werden würde. Er ist auch nicht der Mensch, mit dem man etwas ... klären könnte. Mit Kritik kann er überhaupt nicht umgehen. Seine Schwächen kennst du sicher genauso gut wie ich, so wie wir ihn aus den gleichen Gründen lieben. Ich wünschte, ich könnte es besser erklären, aber das kann ich nicht. Tut mir leid.«

Grace sah sie an und wusste mit absoluter Sicherheit, dass Clarissa zwar die Wahrheit gesagt haben mochte, dass aber mehr dahintersteckte. Ihr war allerdings genauso klar, dass sie niemals etwas darüber erfahren würde. Nicht jetzt jedenfalls. In sie zu dringen wäre auch für sie selbst nicht gut. Die unbekümmert selbstbewusste Weise, mit der Clarissa über Charles sprach, zeigte deutlich, dass sie mehr über ihn wusste und ihm näher gewesen war, als Grace es je sein würde, und das war verletzender und demütigender, als sie gedacht hätte. Sie hatte die Vorstellung immer verdrängt, aber plötzlich stand es ihr deutlich vor Augen, dass Clarissa während der Verlobungszeit mit Charles geschlafen und zweifellos eine wunderbare Zeit mit ihm gehabt hatte. Bei dem Gedanken wurde ihr hundeelend. Plötzlich fühlte sie sich noch unansehnlicher als sonst und dachte an ihr formlos herabhängendes, schief gesäumtes Kleid, ihr vernünftiges Schuhwerk, ihr zotteliges Haar. Wilde Eifersucht packte sie, und sie wollte Clarissa nur noch aus ihrem Garten heraushaben, mit all ihrem Glanz, ihrer Schönheit und ihrem intimen Wissen über Charles.

»Nun«, sagte sie schließlich, »offenbar steckt mehr dahinter, aber du willst es mir nicht erzählen. Eure kleinen Geheimnisse zweifellos. Wenn du mich jetzt entschuldigen würdest, Clarissa, ich habe viel zu tun.« Und dann traten ihr zu ihrem eigenen Entsetzen Tränen in die Augen. Sie wandte sich schnell ab, wütend über diese Unbeherrschtheit, weil Clarissa die Tränen sehen, den Grund ahnen und ihre ganze Schwäche und Verletzlichkeit durchschauen könnte.

Und natürlich hatte Clarissa sie gesehen. Sie kam zu ihr und nahm sie in die Arme, und so gern Grace sie von sich gestoßen und etwas Kluges und Selbstsicheres gesagt hätte, es gelang ihr nicht.

»Hör zu«, sagte Clarissa sanft, »bitte hör mir zu, Grace. Alles, was zählt, ist, dass Charles *dich* geheiratet hat. Er wollte dich heiraten, und er ist unglaublich glücklich mit dir.«

»Das kannst du gar nicht wissen«, sagte Grace düster.

»Natürlich weiß ich das. Ich habe doch Augen im Kopf. Außerdem hat er es mir selbst gesagt.«

»Na ja«, sagte Grace und schenkte Clarissa ein mattes Lächeln. »Freut mich, dass er glücklich mit mir ist. Manchmal habe ich so meine Zweifel. Alle haben die. Nur du nicht«, fügte sie hinzu.

»Nein, in der Tat«, sagte Clarissa. »Aber das kommt davon, dass ich eine eingebildete kleine Madame bin, wie mein Kindermädchen mich immer genannt hat. Die gute Seele. Sie ist letztes Jahr gestorben, und ich habe bei ihrer Beerdigung mehr geweint als bei der meiner Mutter. Ist das nicht grauenhaft? Meine Mutter war wunderbar und umwerfend glamourös, die Art Mädchen, die mit dem Prinzen von Wales getanzt hat, aber ich hatte nie das Gefühl, viel über sie zu wissen. Deine Mutter ist eine richtige Mutter, oder?«

»Ja, ich denke schon«, sagte Grace. Sie hatte noch nie darüber nachgedacht.

»Eine Mutter, wie auch Florence eine sein wird. Ist das nicht erstaunlich? Wer hätte das gedacht? Hör zu, mein Schatz, ich muss aufbrechen, bis zur Abtei ist es ein kleiner Fußmarsch. Ich werde mit Clifford reden, wenn ich wieder in London bin.

Mal schauen, ob ich ihn dazu bewegen kann, etwas wegen der Geldangelegenheiten zu unternehmen. Aber du, mein Schatz, darfst nicht einmal im Traum daran denken, etwas wegen der Jungen zu unternehmen. Charles hat kein Recht, dich darum zu bitten.« Plötzlich war ihre Stimme ernst, fast leidenschaftlich. Grace schaute sie verwirrt an. »Er ist ... nun ja, ziemlich fordernd. Ein bisschen manipulativ vielleicht. Du musst dich zur Wehr setzen, Grace. Du machst das wunderbar hier. Lass dich von ihm nicht ... aus der Bahn werfen.«

Das war eine seltsame Formulierung, aber sie hatte sie sehr entschieden vorgebracht. Irgendetwas in ihren braunen Augen war anders als sonst: eine Ernsthaftigkeit, die fast schon an Sorge grenzte. Dann lächelte sie, um die Stimmung bewusst wieder aufzuhellen.

»Wir Mädels müssen zusammenhalten. Gegen diese verfluchten Männer. Wir dürfen nicht zulassen, dass sie die Oberhand gewinnen. Auf Wiedersehen, mein Schatz, es war sehr nett mit dir.«

»Auf Wiedersehen«, sagte Grace und erwiderte ihren Kuss. Die unerwartete Freundschaft mit Clarissa flößte ihr Zuversicht ein. Sie hätte nie gedacht, in ihr eine Verbündete zu haben. Offenbar war sie das aber, und eine mächtige noch dazu. Wenn sie je noch einmal Hilfe brauchen würde, wüsste sie jetzt, an wen sie sich wenden würde.

***

Bens Bataillon brach am 12. Juni nach Nordafrika auf. Linda hatte ihm geschrieben, um ihn zu fragen, ob sie kommen und ihn besuchen solle, hatte aber keine Antwort erhalten. Wahrscheinlich hatte er ihren Brief nicht erhalten, aber sie war trotzdem enttäuscht und auch irgendwie wütend. Plötzlich war sie sich zutiefst bewusst, wie einsam sie war, wie sehr sie ihn vermisste, wie anstrengend es war, mit Nan allein zu sein. Janice hatte gesagt, dass sie es einfach drauf ankommen lassen und hinfahren soll, aber sie hatte das anders gesehen. »Vielleicht finde ich ihn gar nicht oder bringe ihn in Schwierigkeiten. Nein, wenn er nicht antwortet, antwortet er nicht, dann ist das eben so.«

Am Abend des 7. Juni, einem besonders schönen Abend, fragte Janice, ob Linda mit ihr und ein paar Freundinnen zu einer Party im Frisco's Club gehen wolle, in der Nähe der Piccadilly.

»Das wird ein Heidenspaß, los, es kommen auch viele Typen von der Luftwaffe. Sie wollen den einundzwanzigsten Geburtstag dieses Piloten feiern, den wir letzte Woche kennen gelernt haben, erinnerst du dich?«

»Klar. Der war wirklich umwerfend.«

»Na dann ...«

»Janice, ich glaube nicht, dass ich mitgehen sollte«, sagte Linda. »Nan liegt mir ständig in den Ohren, dass ich zu viel ausgehe. Ich habe Angst, dass sie Ben das schreiben könnte.«

»Diese alte Hexe«, sagte Janice. »Aber ich bin mir sicher, dass sie das nicht tun wird. Was soll sie ihm schon schreiben? Du hast doch nichts Falsches getan. Nun komm schon, Linda, das wird dir guttun. Du wirkst so deprimiert. Wenigstens für ein Stündchen.«

»Ja, das stimmt schon. Dass ich deprimiert bin, meine ich«, sagte Linda. »Also gut, für ein Stündchen. Vielleicht muntert mich das ein bisschen auf.«

»Natürlich tut es das.«

Sie machte sich in den Toilettenräumen der Fabrik fertig, damit sie nicht heimgehen musste. Nan hatte sie erzählt, dass sie eine Sonderschicht einlege. Tatsächlich brannte sie darauf, eine neue Frisur auszuprobieren. Sie fiel in großen, schlangenförmigen Wellen über ein Auge und nannte sich Peek-a-boo-Look, weil man kokett dahinter hervorlugen konnte. Veronica Lake hatte sie berühmt gemacht, aber in den Fabriken war sie verboten, weil sich die Haare in den Maschinen verfangen könnten. Außerdem hatte Linda sich eine neue Bluse genäht, da ihr Nan ihre Stoffcoupons überlassen hatte, und ihren Rock gekürzt. Seidenstrümpfe gab es nicht, daher schminkte sie sich die Beine und zog mit einem dicken Augenbrauenstift eine Naht. Alle taten das, aber sie hatte wenigstens schöne Beine, und ihre High Heels waren noch gut in Schuss. Sie sah recht anständig aus, ja mehr als das, ziemlich hübsch sogar.

Es war ein schönes Fest, mit viel Alkohol und guter Musik, und sie registrierte, dass sie sehr viele Blicke auf sich zog. Vielleicht lag es nur an der Frisur, aber sie hatte den Jitterbug jetzt auch ganz gut drauf, und so leerte sich die Tanzfläche plötzlich, weil alle ihr und dem Piloten der Royal Air Force zuschauen wollten. Er erinnerte sie ein wenig an Ben, mit seinen dunklen Haaren und den hingebungsvollen braunen Augen.

»Ich muss gehen«, sagte sie um zehn zu Janice. »Wirklich. Sonst verpasse ich den Bus.«

»Ach, komm schon. Warum bleibst du nicht noch? Du wirkst so viel munterer als sonst in letzter Zeit. Wir könnten in der U-Bahn-Station schlafen und morgen früh zurückfahren. Es ist doch gerade so schön. Und später kommen noch ein paar andere Typen.«

Linda zögerte. Das war eine große Verlockung. Sie amüsierte sich prächtig, und Janice hatte recht, sie fühlte sich mit einem Mal viel besser. Und bis sie Ben wiedersehen würde, würde es noch so lange dauern. Andererseits ...

»Nein«, sagte sie schließlich, »nein. Ich denke, ich sollte zurückfahren. Nan wird sich Sorgen machen. Ich rufe dich morgen früh an.«

»Du bist verrückt«, sagte Janice vergnügt.

»Deine Freundin ist umwerfend«, sagte einer der Piloten und betrachtete Lindas kurvenreiche Figur und die schlanken Beine, als sie die Treppe zum Ausgang hochstieg. »Für die könnte ich mich glatt begeistern.«

»Gib dir keine Mühe, die ist in festen Händen«, sagte Janice.

In jener Nacht kam es zum ersten Luftangriff seit langem. Auf Chiswick fiel eine Landmine herab, und Acton wurde von ein paar Bomben getroffen. Das kleine Haus, in dem Linda und Nan lebten, wurde zerstört, bevor sie sich in den Luftschutzunterstand flüchten konnten. Linda wurde unter einem Trümmerhaufen gefunden, Nans Nachthemd noch in der Hand.

KAPITEL 15

Sommer 1941

Die Sache ist die, Miss, ich muss ständig Hausarbeit machen, Miss. Heute Morgen den Küchenboden schrubben, gestern war es die Wäsche. Und dann raus zum Heumachen. Dafür bin ich nicht gekommen, Miss, das ist nicht recht.«

»Nein, das ist nicht recht«, sagte Grace mit einem Seufzer. »Was ist mit den beiden anderen Mädchen, müssen die auch so etwas tun?«

»Edna schon. Dorothy kein Stück.«

Der funkelnde Blick, der diesen Kommentar begleitete, stellte klar, dass Dorothy ein anderer Fall war. »Läuft besser, als es ihr zusteht, bei Dorothy.«

»Was soll das heißen, Madge?«

Schweigen, dann seufzte Grace noch einmal. »Madge, wenn du mir nicht alles erzählst, kann ich die Probleme nicht beheben. Oder es wenigstens versuchen.«

»Dorothy hat ein Auge auf den Sohn des Bauern geworfen, Miss«, sagte Madge. »Und der auch auf sie. Die sind immer am Küssen und Schlimmeres, oben auf dem Heuboden. Dafür kriegt die noch die Quittung, aber richtig, wenn die nicht aufpasst, und dann...«

»In Ordnung, Madge. Dagegen kann ich kaum etwas unternehmen. Das liegt nicht im Bereich meiner Zuständigkeit. Aber wenn ich es recht verstehe, schrubbt Dorothy keine Böden und so?«

»Nein, Miss. Und Heu macht sie auch nicht.«

»Gut, ich werde beim Komitee Bericht erstatten. Mit den Bauern darf ich nicht direkt reden, aber ich werde zusehen, ob man euch beide nicht woanders unterbringt. Das wäre das Beste, denke ich. Sonst noch etwas, wenn ich schon einmal hier bin?«

»Ich warte immer noch auf meine Schuhe, Miss«, sagte Madge. »Gerade bekam ich zwar die Gummistiefel, aber es ist kein Paar. Zwei linke Schuhe.«

»Hast du das angemahnt, als man sie dir gegeben hat?«, fragte Grace erschöpft.

»Natürlich habe ich das«, antwortete Madge. »Die Frau sagte, ich soll mich erst einmal mit denen begnügen. Erst einmal! Hitler wird ein alter Mann sein, bevor ich ein Paar Schuhe bekomme, bei diesem Tempo.«

»Ich werde sehen, ob sich auch dafür eine Lösung findet«, sagte Grace. »Das klingt ziemlich unbequem. Ich melde mich dann, in Ordnung?«

»In Ordnung, Miss. Danke, Miss.«

Bei der Rückfahrt durch die sonnigen Straßen fragte sie sich, wie lange sie diese Arbeit noch machen konnte. Als sie noch viel Zeit und Geld hatte, war alles schön und gut, aber jetzt wurde der immense Zeitaufwand zum Problem, vor allem wenn man so gewissenhaft war wie sie. Mrs Lacey hatte ihr gesagt, die Arbeit würde sie nur ein paar Stunden die Woche kosten, aber Mrs Lacey war auch etwas weltfremd.

Grace beschäftigte den Gärtner inzwischen deutlich weniger und erledigte einen Großteil der Gartenarbeit selbst. Für Mrs Babbage und den Haushalt galt dasselbe. Davids fortgesetztes Bettnässen bereitete eine Menge Arbeit, und das Kochen schien immer länger zu dauern, je weniger Lebensmittel verfügbar waren. Mittlerweile war sie eine Expertin für Eierspeisen (obwohl sie, da Hühnerfutter nun auch rationiert wurde, ihre Eiercoupons abgeben musste) und erntete in großem Stil Gemüse, aber da sie keine Butter hatte, war das Kochen nicht ganz einfach. Sie hatte herausgefunden, dass sich, wenn sie Milch zu Butter schlug, ein größerer Gewinn daraus ziehen ließ, aber es dauerte auch ewig. Mit Fleisch hatten sie auf dem Land noch vergleichsweise Glück, obwohl man strikt an die Rationen gebunden war. Kaninchen gab es ziemlich viele, aber ihre wachsende Beliebtheit führte dazu, dass sie nicht mehr so leicht zu bekommen waren. Und ein Schaf musste nur ein bisschen räudig aussehen, wie Mrs Babbage es nannte, schon landete es in einem Eintopfgericht. Grace, die schnell ein Liebling der Bauern geworden war – da sie es für gewöhnlich schaffte, den Mädchen die Ansichten der Bauern nahezubringen, so wie sie es umgekehrt auch machte –, bekam oft beim Abschied noch ein halbes Pfund Hammelfleisch oder ein gehäutetes Kaninchen in die Hand gedrückt.

Und nun hatte sich noch eine andere Quelle für die unzulässige Versorgung mit Lebensmitteln aufgetan. Eine der Schülerinnen in Miss Mertons Tanzklasse, ein zartes Wesen mit rosigen Wangen namens Elspeth Dunn, ließ Grace' Ansicht nach großes musikalisches Talent erkennen. Eines Tages hatte sie sie dabei beobachtet, wie sie auf dem Klavier tastend eine Melodie spielte, und gab ihr seither immer ein bisschen Klavierunterricht nach dem Tanzen. Einige Wochen später kam Elspeths Vater, ein stämmiger, mürrischer Mann, der seine Tochter immer mit einem Lastwagen von der Schule abholte, auf Grace zumarschiert und fragte, ob sie es sei, die Elspeth Stücke beibringe. Grace bejahte nervös.

»Das ist nicht richtig«, sagte er. »Das ist nicht richtig, wirklich nicht.«

»Tut mir leid, aber sie schien so begeistert zu sein. Und sie ist sehr musikalisch«, sagte Grace.

»Mag sein. Und ich sage auch nicht, dass sie nicht begeistert ist, aber es ist nicht recht, dass sie das für umsonst machen. Deshalb will ich Ihnen das hier geben.« Er griff in die tiefe Tasche seiner uralten ausgebeulten Tweedhose und zog ein schmuddeliges, fetttriefendes Papierpäckchen hervor, das mit Gummibändern zusammengehalten wurde.

»Nehmen Sie«, sagte er. »Sie sehen so aus, als könnten Sie ein bisschen Speck auf den Rippen gebrauchen.«

Dann war er wieder verschwunden, die Miene mürrischer denn je. Grace öffnete das Paket mit spitzen Fingern und fand darin ein großes Stück Käse, einen wunderbaren dunklen, fettigen Cheddar.

»Oh«, sagte sie begeistert zu David, der geduldig auf sie wartete, »heute Abend können wir überbackenen Blumenkohl essen, stell dir mal vor.«

»Daniel wird das nicht mögen, Miss.«

»Daniel muss es ja auch nicht essen.«

»Ja, Miss.« Er grinste zu ihr hoch. »Dann kriegen wir mehr, Miss.« Wie sehr sie sich auch bemühte, sie konnte die beiden nicht dazu bringen, sie nicht »Miss« zu nennen.

***

»Es ist ein Telegramm für dich gekommen«, sagte Muriel.

Florence lag im Garten und beobachtete verzückt die kleine Imogen mit ihren dicken braunen Ärmchen und Beinchen, dem blonden Flaum, der auf ihrem Kopf spross, und den strahlend blauen Augen, deren Blick auf ein Spielzeug gerichtet war. Dabei fragte Florence sich, ob man die Rollbewegung, die Imogen vollführte, wenn man sie auf den Bauch legte, bereits als einen frühen Krabbelversuch deuten konnte. Muriels Worte drangen in ihr Idyll ein und ließen es zu dunklen, bedrohlichen Fragmenten zersplittern.

Robert hatte ein paarmal geschrieben, hatte seiner großen Freude Ausdruck verliehen und erklärt, wie sehr er sie vermisse und sich danach sehne, seine Tochter kennen zu lernen, und dass er nur für die Zeit lebe, wenn sie wieder zusammen sein könnten – freundliche, wohlformulierte Briefe, die sie in Sicherheit wiegen und in seine Arme zurücktreiben sollten. Es war sonderbar, aber solange sie nichts von ihm gehört hatte, war ihre Entschlossenheit, ihn zu verlassen und die Scheidung einzureichen, deutlich gestiegen. Seit er sich aber bei ihr meldete, wie dürftig auch immer seine Nachrichten sein mochten, fühlte sie sich wieder ängstlich, gefangen und hilflos.

Sie hatte es Clarissa zu erklären versucht, der einzigen Person, der sie Geheimnisse anvertraute, und Clarissa hatte in ihrer fröhlich klarsichtigen Art erklärt: »Er hat dich in der Tasche, Schatz, das ist es.«

»Was willst du damit sagen?«, fragte Florence gereizt.

»Ich will damit sagen, dass er dich einer Gehirnwäsche unterzogen hat. Er hat dir eingeredet, dass er dich unter Kontrolle hat, egal, was du tust. Einer der Typen hier hat neulich darüber geredet, nachdem er einen Kurs über Verhörtechniken absolviert hat. Jemand dringt direkt in deinen Kopf ein und beherrscht dich vollständig, und du kommst da nicht wieder raus. Man muss sich von Beginn an widersetzen, was du natürlich nicht getan hast. Das ist eine Form der Konditionierung.«

»Aha«, sagte Florence.

»Er hat dich zu der Überzeugung gebracht, dass du ohne ihn nicht klarkommst, egal, was er dir antut. Dass du ihn brauchst. Außerdem …«, sie musterte Florence nachdenklich, »… du warst doch Jungfrau, mein Schatz, oder? Vor der Hochzeit. Na ja, jedenfalls vor Robert.«

»Ja«, bekannte Florence widerstrebend.

»Das ist ziemlich bedeutsam, musst du wissen. Der erste Liebhaber. Das ist eine starke Bindung.«

»Du bist so schrecklich klug, Clarissa«, sagte Florence. »Wenn man dich kennen lernt, würde man das gar nicht denken, aber es ist so.«

»Danke, mein Schatz. Für dieses überaus reizende Kompliment.«

»Entschuldigung, das war nur nett gemeint. Und was soll ich nun dagegen tun?«

»Handeln, solange er noch nicht zurück ist. Unbedingt. Dein wunderbarer, göttlicher Giles, würde er vor Gericht erscheinen? Als Mitverantwortlicher?«

»Oh … Ja, das würde er, das hat er oft gesagt. Aber das dürfte ein bisschen schwierig sein, solange er auf See ist. Falls er noch auf See ist.« Sie sah Clarissa sehr ernst an. »Aber solche Gedanken darf ich gar nicht an mich heranlassen.«

»Nein, auf keinen Fall. Niemand von uns darf das. Aber egal, du musst die Dinge in Angriff nehmen, mein Schatz. Reich die Scheidung ein. Das tun mittlerweile viele. Es ist keine Schande mehr wie früher.«

Als Florence das Telegramm von ihrer Mutter entgegennahm und es mit einem unguten Gefühl aufriss, zitterte ihre Hand heftig.

»Oh Gott«, flüsterte sie. »Oh Gott, nein.«

Muriel nahm ihr das Telegramm aus der Hand und las:

*Eine Woche Urlaub ausgehandelt. 14. Juni daheim. All meine Liebe
an euch beide, Robert.*

***

Grace war fast zu Hause. Sie parkte vor dem Pfarrhaus, um
sich zu erkundigen, ob der Pfarrer sie am nächsten Tag für
die Chorprobe brauche. Der Organist war nämlich einberufen worden, und da sie zwar keine Orgel spielte, aber ein Klavier in der Kirche stand, war sie sehr gefragt für alle möglichen Gelegenheiten, nicht nur Chorveranstaltungen, sondern
auch Frühkommunion, Taufen und gelegentliche Morgengot-
tesdienste. Muriel war außer sich und hatte schon gedroht,
diese sogenannte »Affäre« dem Bischof zu berichten. »Was
der sagen würde, wenn er wüsste, dass man die Orgelmusik aus
seiner Kirche verbannt hat, mag ich mir gar nicht ausmalen.«

»Darüber müsste er entweder mit Churchill oder Hitler
reden«, sagte Grace müde. »Die sind schuld daran, nicht ich.«

Muriel ließ den abfälligen Laut vernehmen, den man so
sehr mit ihr verband, irgendetwas zwischen Schnauben und
Schniefen, und kehrte zu den Socken zurück, die sie strickte.
»Für Charles«, sagte sie. »Du wirst ihm sicher keine stricken,
wo doch diese Flüchtlinge deine ganze Zeit in Anspruch nehmen.«

Der Pfarrer brauchte sie nicht für die Chorprobe, servierte
ihr aber einen ziemlich starken Tee und ein ungenießbares
Sandwich mit Dosenfleisch, erkundigte sich nach den Jungen
und danach, ob sie etwas von Charles gehört habe, und fragte
sie, ob sie bei dem Fest helfen könne. Als sie sich endlich los-
eisen konnte, war es bereits nach eins.

Nachdem sie wieder in ihren Wagen gestiegen war, brauste
ein kleiner Armeelaster an ihr vorbei. Da in diesen Tagen,

abgesehen von landwirtschaftlichen Fahrzeugen, so wenig Verkehr auf den Straßen herrschte, fiel er ihr sofort auf. Wo mochte der wohl hinwollen, an einem so schönen Tag, so weit weg von allem?, fragte sie sich, als sie die High Street entlangfuhr. Nicht zum ersten Mal dachte sie, wenn Charles wüsste, dass sie mit seinem kostbaren Wagen in der Gegend herumfuhr, noch dazu, ohne richtige Fahrstunden genommen zu haben, dann würde er vermutlich... Ihre schlimmsten Fantasien reichten nicht aus, um sich das vorzustellen. Vielleicht würde sie irgendwann gezwungen sein, den Wagen zu verkaufen, wenn sie kein Geld mehr für ihren Lebensunterhalt hatte. Geschähe ihm recht. Der Gedanke munterte sie regelrecht auf.

Vor dem Dorf wurde sie von einer Rinderherde aufgehalten. Geduldig saß sie da und lächelte, weil sie die Tiere mit ihren langen Wimpern und den großen, feuchten Schnauzen außerordentlich hübsch fand, dann fuhr sie den Hügel zum Mill House hinunter. Und erstarrte, weil ihr ein gewaltiger Schrecken in die Glieder fuhr, als sie den Militärlaster in ihrer Einfahrt stehen sah.

Als sie ausstieg, war alle Kraft aus ihren Beinen gewichen. An den Wagen gelehnt, sah sie einen Mann aus dem Laster klettern, einen Sergeant, wie sie zerstreut registrierte. Er war groß und dünn und hatte unglaublich dunkle Augen. Er erinnerte sie an jemanden, aber an wen, hätte sie nicht sagen können. Nun kam er mit schweren Schritten auf sie zu, nahm sein Barett ab und streckte ihr die Hand hin. Sein Handschlag war warm und fest, aber sein schmales, kantiges Gesicht war verhärmt, und sein flüchtiges Lächeln erlosch sofort wieder. Dann vernahm sie die sanfte, ruhige Stimme mit Londoner Akzent, und diesen Moment und seine Worte würde sie nie wieder vergessen. Die Zeit stand still, als er ihre Hand hielt, die dunklen Augen fast verzweifelt auf ihr Gesicht gerichtet, und sagte: »Mrs Bennett? Mrs … Grace Bennett?«

»Ja«, sagte sie, ohne sich zu bewegen oder ihre Hand wegzuziehen. »Ja, das bin ich.«

»Es tut mir leid, dass ich Sie störe, Mrs Bennett«, sagte er. »Ich bin Ben Lucas, der Vater von David und Daniel. Dürfte ich wohl reinkommen, bitte?«

KAPITEL 16

Sommer – Herbst 1941

Er saß am Küchentisch, die langen Beine leicht linkisch darunter geschoben, putzte sich die Nase und schaute sie fast hilflos an, als sie ihm ein Bier einschenkte.

»Es tut mir leid, Mrs Bennett«, sagte er immer wieder, »es tut mir wirklich so leid. Ich wollte Sie nicht...«

»Mr Lucas, bitte entschuldigen Sie sich nicht. Bitte.«

Was sollte man zu einem Mann sagen, der einem soeben mitgeteilt hatte, dass seine Frau tot war? Er war in ihr Haus getreten, hatte steif wie beim Appell in der Vorhalle gestanden und sich ziellos umgeschaut. Dann hatte er gefragt, ob seine kleinen Jungen zu Hause seien, und als sie erklärt hatte, dass sie in der Schule seien, hatte er sich erkundigt, wann sie denn wiederkämen, er habe ihnen etwas Wichtiges mitzuteilen. Als sie sich vorsichtig erkundigt hatte, um was es sich denn handele, hatte er ihr erzählt, dass die Mutter der beiden tot sei, bei einem Luftangriff umgekommen, zwei Nächte zuvor. Dann hatte er gefragt, ob er sich setzen dürfe, war zum Fußende der Treppe gegangen, hatte sich darauf zusammengekauert und Grace stumm angeschaut, die dunklen Augen mit Tränen gefüllt – ein so vollkommenes Ebenbild von David, dass sie das Gefühl hatte, ihn gut genug zu kennen, um hingehen, sich neben ihn setzen und ihm behutsam die Hand auf den Arm legen zu können, während er sich schmerzlich bemühte,

sich zusammenzureißen und die Selbstbeherrschung wiederzuerlangen.

Nach einer Weile stieß er einen schweren Seufzer aus,
schenkte ihr ein mattes Lächeln und holte sein Taschentuch
heraus. Das war der Moment, in dem sie vorschlug, in die
Küche zu gehen.

»Was ist mit Ihrem Fahrer?«, fragte sie. »Möchte der vielleicht
auch etwas trinken?«

»Oh. Ja, ich denke schon. Danke. Mir wäre es aber lieber, er
würde nicht … na ja, er würde mich nicht …«

»Ist schon in Ordnung«, sagte Grace. »Ich bringe ihm etwas
nach draußen.«

Worauf er sagte: »Sie sind ein geduldiger Mensch. Linda
hat mir berichtet, wie nett Sie sind.«

»Ich … na ja, ich habe sie nie kennen gelernt«, sagte Grace
und war sich bewusst, dass die Tatsache, dass sie das jetzt auch
nicht mehr tun würde, das ganze Elend noch einmal verdeut-
lichte.

Er schien sich aber nicht daran zu stoßen. »Nein, aber sie
hat gesagt, die Jungen schätzen Sie. Schätzen Sie sehr.«

»Nun«, sagte sie und lächelte ihn an, »ich schätze sie ja auch.
Sehr sogar. Ich liebe sie sehr.«

Sie war überrascht, das aus ihrem Mund zu vernehmen,
und hatte Angst, es könne übertrieben klingen, eher nach
Clarissa. Er schien das allerdings nicht so zu sehen, denn er
erwiderte ihr Lächeln. Als sie dann wieder hereinkam, nachdem sie dem Fahrer sein Bier gebracht und angekündigt
hatte, ihn demnächst hereinzubitten, schien sich Ben Lucas
wieder unter Kontrolle zu haben. Er stand da und strich sich
das Haar glatt.

»Ich werde es ihnen sagen müssen. Nur ich weiß nicht wie.

Ich weiß nicht, ob ich es überhaupt kann. Aber ich muss es tun, nicht wahr?«

»Ja«, sagte sie, »das müssen Sie, so leid es mir tut. Es sei denn ...« – ihr Herz flatterte, weil es sich dieser Aufgabe nicht gewachsen fühlte – »es sei denn, Sie möchten, dass ich ...«

»Oh Gott, nein«, sagte er, »das wäre nicht gut. Nein, das muss ich schon selbst tun. Wann kommen sie denn zurück?«

Sie sah auf die Uhr. »In ungefähr einer Stunde. Oder ist heute Mittwoch? Oh Gott, das will ich nicht hoffen.«

»Nein«, sagte er, und dieses Mal war sein Lächeln unbeschwerter. »Nein, es ist Dienstag. Was ist denn so schlimm an Mittwoch?«

Er hatte eine wohlklingende Stimme, tief und eher langsam, und obwohl sie den Londoner Akzent für gewöhnlich nicht schätzte, passte er irgendwie zu ihm, zu seinen bedacht höflichen Manieren und seiner stillen Befangenheit.

»Nichts«, sagte sie und lächelte wieder, »außer dass dann der Tanzkurs stattfindet. In der Schule.«

»David und Daniel tanzen?«, fragte er überrascht.

»Nein, sie tanzen nicht. Aber ich spiele Klavier, und sie warten auf mich.«

»Ja«, sagte er. »Linda hat erzählt, dass Sie David Klavierstunden geben.«

»Ja, das stimmt.«

»Das ist sehr nett von Ihnen.«

»Überhaupt nicht. Das ist ein großes Vergnügen. Er ist sehr musikalisch.«

»Ach ja? Vielleicht hat er die Musik im Blut. Mein Dad hat sehr schön Geige gespielt.«

»Wirklich?«, sagte Grace. »Hat er Ihnen das auch beigebracht?«

»Er hat es versucht, aber es blieb ihm nicht viel Zeit – oder eher Kraft –, als ich im richtigen Alter dafür war. Er hat einen Gasangriff erlebt, im letzten Krieg, und ist mit zweiundvierzig gestorben.«

»Wie traurig«, sagte Grace. »Und Ihre Mutter … Ihre Mutter … ist sie …« Sie hielt entsetzt inne. Vielleicht war sie ja auch gestorben. Schließlich hatten Linda und sie zusammen in dem kleinen Haus in Acton gewohnt, das wusste Grace.

»Ja«, sagte er, »ja, sie ist auch gestorben. Zusammen mit Linda.«

»Hören Sie«, sagte sie, »soll ich die beiden vielleicht aus der Schule holen? Dann müssen Sie nicht … Es muss doch schrecklich für Sie sein zu warten.«

»Nein«, sagte er, »das würde sie nur beunruhigen, oder? Wenn Sie nichts dagegen haben, dass ich hierbleibe, würde ich lieber warten und darüber nachdenken, was ich ihnen sage.«

»Natürlich habe ich nichts dagegen, dass Sie hierbleiben«, sagte sie. »Natürlich nicht.«

David und Daniel platzten durch die Küchentür ins Haus und wollten sofort wissen, was das für ein Lastwagen in der Einfahrt sei. Grace stand auf, als sie hereinstürmten, und sah, wie sich Ungläubigkeit und wilde Freude auf ihren Gesichtern abzeichneten, als sie ihren Vater erblickten. Sie flogen beide gleichzeitig in seine Arme, eine einzige drahtige Kreatur, und er umschlang sie, küsste sie, drückte sie, stammelte, dass sie groß geworden seien und gut aussähen, und wurde dann gleich rausgeschleppt, um die Hühner zu besuchen, Flossie, Charlotte. Im Gehen warf er Grace einen hilflosen Blick zu, während sie schmerzlichstes Mitleid verspürte, als sie später sah, wie er sich mit ihnen ins Gras setzte, ein Kind auf jeder Seite, die Arme um sie gelegt, und zu reden anfing. Die drei wandten ihr den Rücken zu, aber sie sah, wie die Trauer sie erfasste und dann gnadenlos zuschlug, sah Daniels schmales Gesicht hoffnungsvoll zu Ben aufschauen, sah es entgleisen, sah, wie er sich im Schoß seines Vaters zusammenrollte, von Schluchzern geschüttelt, sah, dass David gar nichts sagte und tat, überhaupt nichts, sondern einfach nur still dasaß und vor sich hin starrte, um dann ein Stück von Ben wegzurücken, seine Knie zu umschlingen, den Kopf in seinen Armen zu bergen und ihn hin und her zu werfen, diesen kleinen, dunklen Kopf, wie ein Tier, das in eine Falle geraten war und Höllenqualen litt.

Lange saßen sie so da. Mittlerweile war fast Abend. Die Sonne stand schon tiefer über den Hügeln, und die Vögel hatten ihren Abendchor angestimmt. Die Hühner, ja, das war eine gute Idee. Sie nahm den Topf mit der gekochten Pampe vom Herd, holte den Beutel mit den Essensresten, trat in den Garten und ging ganz langsam und vorsichtig an ihnen vorbei.

»Hallo«, sagte sie, »ich gehe die Hühner füttern.«

Daniel schaute sie an und nahm den Daumen aus dem Mund. »Unsere Mum ist tot«, sagte er.

»Ja«, sagte Grace, »ich weiß. Es tut mir so unendlich leid.«

»Kann es doch gar nicht«, sagte David und schaute sie finster an, obwohl ihm die Tränen über das Gesicht rannen. »Du kanntest sie gar nicht, also kann es dir auch nicht leidtun.«

»David«, sagte Ben leise, »David …«

»Das ist schon in Ordnung«, sagte Grace und setzte sich in die Nähe, aber nicht zu nah. »Natürlich habe ich sie nicht gekannt, David, außer vielleicht aus euren Erzählungen. Aber es tut mir leid für dich. Und für Daniel und deinen Daddy auch.«

David sah sie an, dann stand er auf, ging zum Zaun, duckte sich darunter durch und marschierte auf die Weide. Ben wollte ihm folgen, aber Grace legte ihm die Hand auf den Arm.

»Lassen Sie ihn. Da geht er immer hin, wenn ihm alles über den Kopf wächst.«

»Sie kennen ihn ziemlich gut, oder?«, sagte er und schaute sie neugierig an. Daniel lehnte an ihm, den Kopf in seiner Armbeuge.

»Ja, schon. Wir leben ja bereits seit … du meine Güte, acht Monaten zusammen. Und wir kommen wunderbar miteinander aus.«

»Ich denke, die beiden haben großes Glück, dass es Sie gibt.«

Er hatte eine Woche Sonderurlaub wegen des Trauerfalls, dann musste er nach Liverpool zu seiner Kompanie zurück, die bereit war, in Richtung Nordafrika aufzubrechen.

»Aber vorher muss ich noch nach London«, sagte er, »um die … die Beerdigung zu organisieren.« Er schaute auf Daniel hinab, der es aber nicht mitbekommen zu haben schien. »Das werde ich morgen machen müssen.«

»Oh Gott«, sagte Grace. Unwillkürlich traten ihr Tränen in die Augen angesichts eines derart entsetzlichen, unendlichen Leids. Unwirsch fuhr sie sich über die Augen und lächelte ihn verlegen an. »Tut mir leid«, sagte sie.

»Ist schon in Ordnung«, sagte er. »Es ist schön, dass Sie so mitfühlend sind.«

»Was wollen Sie jetzt tun?«

»Wir werden in der Kaserne von Salisbury erwartet, der Corporal und ich.«

»Was? Heute Abend?« Grace riss entsetzt die Augen auf. »Das geht nicht. Sie können die Jungen nicht schon wieder allein lassen, das wäre doch grausam …«

»Alles ist grausam, Mrs Bennett. Es ist ein grausamer Krieg. Das waren die Worte meines Vorgesetzten.« Er schaute sie an, und seine Miene hatte sich verhärtet. »Er wollte mich damit trösten. Nehme ich jedenfalls an. Aber egal, vielleicht könnte ich meinen Corporal zurückschicken und selbst erst am Morgen nach London fahren. Mit dem Zug. Wenn ich irgendwie zum Bahnhof käme. Hätten Sie vielleicht ein Fahrrad?«

»Ich habe einen Wagen«, sagte Grace. »Und ich bekomme Benzin zugeteilt, weil ich für die Landarmee arbeite. Ich bringe Sie hin.«

»Das kann ich nicht von Ihnen verlangen.«

»Natürlich können Sie das. Ich würde gern irgendwie behilflich sein.«

»Das ist sehr nett. Sie sind sehr nett. Besser wäre es in jedem Fall«, fügte er hinzu und betrachtete Davids ferne Gestalt auf der Weide. »Vielleicht kann ich ja in einem Pub unterkommen ...«

»Sie müssen hierbleiben«, sagte Grace. »Unbedingt.«

»Nein, Mrs Bennett«, sagte er, und in seinen Augen lag ein amüsiertes Funkeln. »Was sollen denn die Leute denken? Von meinem Oberst mal abgesehen, was soll Ihr Ehemann ... Nein, das geht nicht.«

»Ihr Oberst muss es gar nicht erfahren«, sagte Grace bestimmt. »Mein Ehemann ist tausend Meilen weit weg, und alle anderen sind mir herzlich egal. Erzählen Sie Corporal Norris, was Sie wollen, aber ich möchte, dass Sie hierbleiben.«

»Sie sind sehr freundlich«, sagte er wieder. »Ich könnte nicht behaupten, dass mir das nicht lieber wäre. Vielen, vielen Dank. Ich weiß gar nicht, was ich sagen soll.«

»Sie müssen auch nichts sagen«, erwiderte Grace schnell, »und jetzt muss ich meine Hühner füttern.«

»Ich möchte nicht helfen«, sagte Daniel. »Ich möchte bei meinem Dad bleiben.«

»Natürlich bleibst du bei deinem Dad«, sagte Grace.

Es war ein schwieriger, bedrückter Abend. Die Jungen verweigerten das Essen, und David sagte kein Wort. Eine brütende, düstere Wut schien an ihm zu nagen, die sich vor allem gegen Grace richtete. Ben, der zunächst sehr geduldig war, wirkte zunehmend verlegen.

»Es tut mir so leid«, sagte er zu Grace, als David die Küche verließ, die Tür hinter sich zuknallte und die Treppe hochrannte. Daniel war mittlerweile, vom Weinen ausgelaugt, auf dem alten, klumpigen Küchensofa eingeschlafen.

»Das muss Ihnen nicht leidtun«, sagte Grace. »Ich nehme mir das nicht zu Herzen. Man kann ihm das kaum verdenken.«

»Mag sein. Vermutlich hat er das von mir. Ich werde auch wütend, wenn mich etwas aufwühlt.«

»Sind Sie denn wütend?«, fragte Grace sanft.

»Im Moment nicht. Aber ich war es. Am liebsten hätte ich dem Oberst die Fresse poliert. Erzählt so einen Unsinn, dass ich mich wie ein Mann benehmen soll... Entschuldigung, Mrs Bennett, ich...«

»Bitte hören Sie auf, sich zu entschuldigen«, sagte Grace. »Sonst werde *ich* gleich wütend.«

»In Ordnung.« Er lächelte matt. »Ich war sogar wütend auf Linda. Warum konnte sie nicht in den Unterstand gehen? Und warum ausgerechnet an dem Tag? Ein paar verdammte Wochen lang hat es keine Luftangriffe gegeben. Das hat mich alles wahnsinnig gemacht. Aber jetzt habe ich mich beruhigt. Jetzt fühle ich mich einfach... Na ja, Sie können es sich bestimmt vorstellen.«

»Elend.«

»Ja, so ungefähr. Ich sollte vielleicht besser zu ihm gehen. Zu David.«

Als er wieder herunterkam und sich schwer aufs Sofa sinken ließ, wirkte er verzweifelt. »Er redet nicht mit mir. Versteckt sich unter der Bettdecke. Der arme kleine Kerl. Ich weiß nicht, wie ich ihm helfen soll, Mrs Bennett, ich weiß es einfach nicht.«

»Sie können ihm nicht helfen«, sagte Grace. »Jetzt nicht. Das kann niemand. Er hat sie so geliebt. Immerzu hat er von ihr erzählt, wie hübsch sie ist und wie lustig…« Sie schaute Ben ängstlich an, weil sie vielleicht an die falschen Saiten rührte, aber er lächelte.

»Ja«, sagte er, »lustig war sie, unbedingt. Ein Energiebündel. Meine Mutter und sie haben sich immer in den Haaren gelegen, aber eigentlich waren beide gute Seelen. Sie… sie hatte Mutters Nachthemd in der Hand, als man sie fand. Vermutlich hat sie auf sie gewartet. Mum war so langsam…« Bei diesen Worten brach seine Stimme. Sein Gesicht verzerrte sich, und er brach in Schluchzen aus, ein lautes, entsetzliches Schluchzen, den Blick geradeaus gerichtet, während sich seine Hände in seinem Schoß immer wieder verkrampften und lösten.

»Oh Ben«, sagte Grace sanft, und ohne sich etwas dabei zu denken, trat sie zu ihm, legte die Arme um seinen Körper und zog seinen Kopf an ihre Schulter. Er drehte sich zu ihr und klammerte sich an sie, immer noch weinend. Auf der anderen Seite regte sich der kleine Daniel, streckte seinen mageren Arm aus und sagte: »Nicht weinen, Dad«, und dann saßen sie alle drei da, während sich draußen der Himmel verdunkelte und der Mond aufging.

»Entschuldigung«, sagte er schließlich, rückte zurück und schaute sie an. »Es tut mir so leid. Es ist einfach über mich gekommen.«

»Das ist doch verständlich«, sagte Grace. »Und es macht auch nichts. Ich bin einfach froh, dass ich hier bin, das ist alles.«

»Darüber bin ich auch froh«, sagte er. »Danke.«

Sie wachte früh auf, noch vor sechs, und ging in die Küche hinunter. Er war bereits da, mit nichts als einem Handtuch um die Hüften.

»Oh Gott«, sagte er. »Tut mir leid, Mrs Bennett. Ich wollte mich nur schnell waschen, ich hoffe, das ist in Ordnung. Dann hörte ich Ihren Hund winseln und bin schnell runter, um ihn rauszulassen.«

»Das ist vollkommen in Ordnung«, sagte sie und lächelte ihn an. »Warum nehmen Sie nicht ein Bad? Es gibt Unmengen von heißem Wasser, der Heizkessel ist immer gefüllt.«

»Wollen Sie sagen, dass ich es nötig habe«, sagte er mit einem Grinsen. Es war das erste Mal, dass er lächelte, wirklich lächelte. Es war ein außerordentlich einladendes Lächeln, bei dem sich sein kantiges Gesicht in Falten legte und überraschend weiße, wenngleich ein wenig schiefe Zähne zum Vorschein kamen.

»Natürlich nicht«, sagte sie, »aber ...«

»Vermutlich hätten Sie aber recht. Ein Bad wäre wunderbar. Ist das wirklich in Ordnung?«

»Natürlich. Ich koche in der Zwischenzeit Tee.«

Sie sah ihm hinterher, als er die Küche verließ. Er war braun gebrannt, sehr schlank und durchtrainiert. Seine Beine waren äußerst lang und muskulös. Er brauchte tatsächlich ein Bad, wie ihr jetzt auffiel. In der Luft hing Schweißgeruch. Männerschweiß. Irgendwie ein schöner Geruch in ihrem Strohwitwenhaushalt.

Die Jungen schliefen beide.

»Ich muss mit Ihnen über die beiden reden«, sagte er.

»Ja, natürlich ... Sie werden sie doch nicht von hier fortholen, oder? Um sie woanders unterzubringen?«, fragte sie, und ihre Stimme klang so besorgt, dass er wieder lächelte.

»Das hoffe ich nicht. Darüber wollte ich mit Ihnen reden. Ich muss ja wieder fort, und zwar für eine lange Zeit, fürchte ich … vielleicht viele … aber egal, lange jedenfalls. Könnten Sie sich vorstellen, die beiden hierzubehalten? Sie haben sonst niemanden, zu dem sie gehen könnten. Aber wenn etwas … etwas passieren sollte, dann hätten Sie sie am Hals.«

»Ich würde sie gern hierbehalten«, sagte Grace. »Das würde ich furchtbar gern tun.«

»Sicher wird es eine Weile schwierig sein«, sagte er. »Und es tut mir leid, dass ich überhaupt nicht helfen kann.«

»Das werde ich schon schaffen«, sagte Grace, die ziemlich besorgt daran dachte, was die beiden durchmachten, nicht nur ihrer Mutter und ihres Zuhauses beraubt, sondern auch ihres Vaters. Wie konnte man sie nur trösten und ihnen über die schwere Zeit hinweghelfen?

»Sie sind so nett«, sagte er.

»Das haben Sie schon ein paarmal gesagt«, erwiderte sie lachend.

»Ich sage es so oft, weil es stimmt.« Sein Blick ruhte auf ihr. »Ohne Sie hätte ich das gestern nicht durchgestanden.«

»Wissen Sie was«, sagte Grace, das leicht verlegene Schweigen brechend, »Sie sollten mir etwas schreiben.«

»Was soll ich denn schreiben?«

»Einen Brief, in dem Sie erklären, dass Sie mich bis zum Ende des Kriegs zum Vormund der Kinder ernennen.«

»Warum?«

»Na ja … keine Ahnung. Es passieren merkwürdige Dinge. Bürokratie, wissen Sie. Vielleicht kommen die Behörden und sagen, sie bringen sie in ein Heim. Das ist unwahrscheinlich, aber ich hätte ein besseres Gefühl, wenn …«

»Oh«, sagte er unsicher, »wenn Sie meinen …«

»Unbedingt. Wenn es Ihnen nichts ausmacht.«

»Na gut.«

»Ich hole Papier.«

Sie war überrascht – und hasste sich selbst dafür –, wie wohlformuliert sein Schreiben war: *An die zuständige Instanz,* stand dort, *hiermit ernenne ich Mrs Grace Bennett für die Dauer des Kriegs zum rechtlichen Vormund meiner beiden Söhne, David und Daniel Lucas. Gezeichnet Benjamin Lucas (Sgt, RE)*

»Ich werde es sicher verwahren«, sagte sie. »In meinem Schreibtisch.«

»Was macht Ihr Ehemann?«, fragte er. »Wenn kein Krieg herrscht.«

»Er ist Anwalt. Und Sie?«

»Oh«, sagte er, »nichts Besonderes. Ich bin nur Angestellter in einem Versicherungsbüro. Eigentlich wollte ich Lehrer werden, das war mein großer Traum.«

»Und wieso sind Sie es nicht geworden?«

»Ich musste die Schule verlassen«, sagte er schlicht. »Als mein Vater starb.«

»Oh«, sagte Grace. Plötzlich schämte sie sich für sich selbst.

»Aber ich bin zur Abendschule gegangen und habe auch Prüfungen abgelegt. Vielleicht hätte ich es sogar geschafft, wenn nicht der Krieg ausgebrochen wäre.«

»Vielleicht klappt es ja noch«, sagte sie, beeindruckt von seinem Mut.

»Nein«, sagte er. »Jetzt nicht mehr. Jetzt ist es zu spät.«

»Es ist nie zu spät«, sagte Grace bestimmt.

Sie fuhren alle zusammen zum Bahnhof, um sich von Ben zu verabschieden. Die Jungen zur Schule zu schicken war ausgeschlossen. Schweigend saßen sie im Wagen, die gesamte Fahrt über. Als sie den Bahnhof erreichten, klammerte sich

Daniel an Ben und weinte. David weigerte sich, auch nur auszusteigen.

»Nun«, sagte Grace, als der Zug einfuhr, »ich hoffe, alles wird ... gut. Soweit das unter diesen Umständen möglich ist. Werden Sie noch einmal kommen, bevor Sie ins Ausland gehen?«

»Das weiß ich nicht. Falls es möglich ist, schon. Aber das glaube ich eher nicht. Noch einmal vielen Dank.«

»Na dann«, sagte sie und hielt ihm die Hand hin, »auf Wiedersehen.«

»Auf Wiedersehen«, sagte er und nahm ihre Hand, und plötzlich war sie von großer Traurigkeit erfüllt. Trotz allem ist es ein merkwürdig schönes Zwischenspiel gewesen. Ihre Augen füllten sich mit Tränen, die schon im nächsten Moment über ihre Wangen strömten.

»Tut mir leid«, sagte sie. »Wie dumm von mir. Ich bin nur ...«

»Oh Gott«, sagte er, »jetzt muss ich wohl Sie trösten. Weinen Sie nicht, Mrs Bennett, bitte weinen Sie nicht ...«

»Grace, bitte«, sagte sie und lächelte ihn durch die Tränen hindurch an.

»Also gut ... Grace«, sagte er. »Weine nicht, Grace. Und bitte entschuldige dich nicht.« Und dann schlang er plötzlich die Arme um sie und hielt sie fest, ganz sanft. Sie stand im Sonnenlicht und fühlte sich zum ersten Mal, seit sie sich erinnern konnte, sicher und geborgen und geliebt.

Einen Moment später drückte sie den weinenden Daniel an sich und winkte Ben Lucas hinterher. Als der Zug ihn davontrug, verspürte sie zum ersten Mal dieses Gefühl, von dem alle redeten, dass sie nämlich eine wahrhaft glückliche Erinnerung hatte, die ihr in all ihrer Einsamkeit und Angst ein Halt sein würde.

»Das finde ich absolut unerhört«, sagte Muriel. »Wirklich absolut unerhört.«

»Was?«, fragte Grace.

»Dass man sie dir untergeschoben hat. Es muss doch jemanden geben, der sie aufnehmen könnte, ein Heim ...«

»Mag sein«, sagte Grace erschöpft, »aber sie wurden mir nicht untergeschoben. Ich möchte nicht, dass sie woanders hinkommen.«

»Nun, das finde ich ziemlich selbstherrlich von dir. Stell dir vor, Charles kommt nach Hause, was willst du denn dann tun?«

»Ich hoffe doch sehr, Charles weiß es zu würdigen, dass ich mich um zwei unglückliche kleine Jungen kümmere, die sonst niemanden auf der Welt haben.«

»Tut mir leid, aber das kann ich mir kaum vorstellen«, sagte Muriel. »Du weißt genau, dass er strikt gegen ihre Anwesenheit hier ist. Ich würde meinen ...«

»Oh Mutter, um Himmels willen!«, sagte Florence. »Lass sie doch in Ruhe. Ich finde es einfach großartig, was sie da leistet.«

»Aber Florence, in Charles' Haus!«

»Im Moment ist es nicht Charles' Haus«, sagte Grace, die merkte, dass sich ihre Stimme gefährlich erhob. »Es ist mein Haus. Ich lebe dort und muss alles allein bewältigen. Es ist meins. Bitte hör auf damit, Muriel.«

Muriel sah sie unsicher an. »Nun gut«, sagte sie schließlich, »ich hoffe, du weißt, was du tust.«

»Ich denke schon«, sagte Grace.

Muriel marschierte aus dem Zimmer. Florence schaute Grace an und lächelte kurz. »Mach dir nichts draus.«

»Danke«, sagte Grace, »dass du mich in Schutz genommen hast.«

»Keine Ursache. Wie geht es den kleinen Jungen? Vermutlich sind sie vollkommen durch den Wind, oder?«

»So ziemlich«, sagte Grace.

Das war untertrieben. Daniels Trauer war wild, laut und berechenbar, wobei er mittlerweile wieder ein wenig aß, dank der Widerstandskraft eines Vierjährigen. Er weinte oft, litt unter Albträumen und hatte ständig den Daumen im Mund. David hingegen war stumm, mürrisch und feindselig.

Als Grace ihn in der ersten Nacht weinen gehört hatte, war sie in sein Zimmer gegangen und hatte ihm vorsichtig die Hand auf die Schulter gelegt. Er hatte sie abgeschüttelt und Grace wütend angeschrien: »Lass mich in Ruhe! Versuch nicht, meine Mutter zu sein! Versuch es erst gar nicht erst, hörst du? Du bist nicht meine Mutter!«

Sie hatte ihn allein gelassen und gedacht, dass es sich irgendwann schon geben würde. Irgendwann würde er sich bestimmt wieder von ihr trösten lassen. Mittlerweile war das allerdings schon drei Wochen her, und seine Miene war immer noch wie versteinert. Er redete nicht und wollte nicht einmal Klavierstunden nehmen.

Ben war nicht zurückgekommen, hatte es einfach nicht mehr geschafft. Als er die Beerdigung organisiert und hinter sich gebracht hatte, war sein Schiff zum Aufbruch gerüstet. Spätabends, bevor sie an Bord gingen, rief er noch einmal an und teilte es ihr mit, spürbar aufgewühlt. Grace war teilnahmsvoll und munter und erklärte, dass es den Jungen gut gehe, dass sie schon irgendwie zurechtkamen, dass er sich keine Sorgen um sie machen müsse. Innerlich dachte sie, dass es vielleicht gut war, dass er nicht noch einmal gekommen war, so verzweifelt sie immer noch waren.

»Ich schreibe natürlich«, sagte er. »Den beiden. Und dir auch, wenn das in Ordnung ist.«

»Unbedingt«, sagte Grace. »Wir werden dir auch schreiben.«

»Gut. Auf Wiedersehen also.«

»Auf Wiedersehen, Ben. Pass auf dich auf.« Und dann hörte sie sich zu ihrer eigenen Überraschung sagen: »Gott behüte dich.«

So etwas würde sie normalerweise nicht sagen, aber es kam ihr angemessen vor.

***

Florence stand mit Imogen in der Vorhalle und klapperte mit den Zähnen vor Angst. Jeden Moment konnten nun Reifen auf dem Kies knirschen, und Robert würde da sein. Sie würde die Tür öffnen, hinaustreten und ihn begrüßen müssen, auf dem Arm das Kind, von dem er sicher nicht glauben würde, dass es seins war. Nie im Leben hatte sie eine solche Angst verspürt, nicht einmal an dem Tag, als sie sich unten an Clarissas Treppe versteckt hatte.

Sie hatte nicht die geringste Vorstellung, was sie nun tun sollte. Jedes Mal wenn sie darüber nachdenken und sich irgendetwas Konkretes vornehmen wollte, schien sich ihr Geist zu verschließen und einer tiefschwarzen Leere Platz zu machen. Sie hätte alles gegeben, um mit Giles reden zu können … Aber worüber? Was um Himmels willen erwartete sie eigentlich von ihm, fragte sie sich. Hilfe, Rat, Unterstützung? Versprechungen? Wusste sie überhaupt, was er im Moment fühlte und was für Vorstellungen er von ihrer Zukunft hatte? Sie hatte einen Brief von ihm bekommen, zwei Monate nach Imogens Geburt, einen Brief von einer Liebe und Zärtlichkeit und Freude über die Geburt seiner Tochter, dass sie das Gefühl gehabt hatte, jahrelang davon zehren zu können. Der heitere Mut, den er ihr eingeflößt hatte, war aber mittlerweile fast verflogen und hatte bei der Aussicht auf Roberts Besuch einer verzweifelten, quälenden Angst Platz gemacht. Sie wusste nicht einmal, ob Giles noch lebte – sicher keine gute Grundlage, um gemeinsam Entscheidungen treffen und Pläne schmieden zu können.

Täglich, ja fast stündlich änderte sie ihre Meinung. Manchmal war sie fest entschlossen, Robert alles zu erzählen und die Scheidung zu verlangen. Manchmal wollte sie aber auch einfach bei ihm bleiben, es durchstehen, ihm vergeben und darauf vertrauen, dass die Bekundungen seiner Liebe und Reue ernst gemeint waren – seine Bereitschaft, ihre »Schwierigkeiten« zu überwinden, wie er es nannte. Clarissa hatte gesagt, dass sie ihn verlassen müsse, dazu gebe es gar keine Alternative. Sie hatte ihr sogar angeboten, sie bei dem Gespräch mit Robert zu unterstützen. Aber Florence hatte abgelehnt. Sie müsse sich der Sache selbst stellen, es sei schließlich ihre Ehe, ihr Leben, ihr Chaos.

»Na ja, mein Schatz, so einfach ist das nicht. Es kann durchaus helfen, wenn einem jemand die Hand hält. Ich wäre jedenfalls bereit, wenn du es dir doch noch anders überlegen solltest.«

Es war Imogen, um die sie am meisten Angst hatte. Würde Robert, wenn er wüsste, dass Imogen nicht sein Kind ist, seine ganze Wut gegen sie richten? Würde er sich eher an ihr vergreifen als an Florence? Würde er dieses goldene Köpfchen schlagen, würde er ihr Blutergüsse zufügen und noch nachtreten, wenn sie geschunden und weinend zu seinen Füßen lag? Es war kaum vorstellbar, bei ihm zu bleiben und ihr Kind diesem Risiko auszusetzen, aber je näher er kam, zeitlich und räumlich, desto stärker schwoll ihre Angst an. Die Idee einer Konfrontation, einer Beichte, wurde immer abwegiger, und so verspürte sie, fast gegen ihren Willen, eine große Bereitschaft weiterzulügen, sich zu unterwerfen, die Wogen zu glätten.

Natürlich war sie in Zusammenhang mit Imogens Geburt und dem Zeitpunkt der Empfängnis im Vagen geblieben und hatte betont, dass das Kind überfällig gewesen sei. Er musste ja nicht erfahren – im Moment jedenfalls nicht –, dass es zu früh gekommen war. Vorerst könnten sie also mit der Version leben, dass es von ihm war. Aber wenn sie ihn sowieso verlassen wollte, was sollte das ganze Theater dann? Wäre es nicht besser, ihm alles zu gestehen und sich mit ihm auseinanderzusetzen, wie Clarissa ihr geraten hatte? Sollte die Wahrheit doch tief ins Fleisch dringen und einen sauberen Schnitt hinterlassen statt der gefährlich schwärenden Wunden der ewigen Lügen. So ging es in einem fort. Ihr Geist kreiste unentwegt um dieselben ausweglosen Probleme, wie ein Tier in einer tödlichen Falle. Es gab kein Entkommen und keine Aussicht auf eine Lösung.

Und da war es nun, das Geräusch auf dem Kies, und im nächsten Moment war ihr speiübel. Die Galle schoss ihr in die Kehle, und sie rannte in die Küche, drückte der Köchin Imogen in den Arm, kniete sich vor die Toilettenschüssel und konnte gar nicht mehr aufhören, sich zu übergeben. Als es vorbei war, hörte sie seine Stimme in der Vorhalle nach ihr rufen. Dann vernahm sie Muriels Stimme. »Sie war gerade noch hier, Robert. Gerade eben war sie noch hier.«

Sie ging hin und schenkte ihm ein mattes Lächeln. »Entschuldigung«, sagte sie, »die Aufregung war einfach zu viel für mich. Wie geht es dir, Robert?«

»Mir geht es gut«, sagte er. »Wunderbar.« Und er sah auch wunderbar aus, schlank, braun gebrannt, fast attraktiv, die blassen Augen so unergründlich wie immer. Als er sich herabbeugte, um sie zu küssen, musste sie gegen den Impuls ankämpfen, vor ihm zurückzuweichen. Sie zwang sich dazu, ihm die Wange hinzuhalten und die Hand zu nehmen, die er ihr hinstreckte.

»Hübsch siehst du aus«, sagte er. »Aber müde. Und dünn. Sehr dünn, Florence.«

»Na ja«, sagte sie, »ein Baby laugt einen eben aus, Robert.«

»Ach ja«, sagte er, »das Baby. Deshalb bin ich ja gekommen. Wo ist sie denn, meine Tochter?«

»Oh«, sagte Florence, »Imogen. Die ist in der Küche bei der Köchin.«

»Die Köchin ist mit ihr in den Garten gegangen«, sagte Muriel naserümpfend. »Weil sie geweint hat. Wie immer«, fügte sie hinzu. »Ein liebes Kind ist es leider nicht, Robert.«

»Nein, aber sie ist wunderschön«, sagte Florence, die nicht einmal in dieser heiklen Situation Kritik an ihrer geliebten Tochter zulassen konnte. »Und sehr weit für ihr Alter.«

»Natürlich«, sagte Robert lächelnd, während seine Augen immer noch ausdruckslos wirkten.

»Sie kann sogar schon sitzen«, sagte Florence, die sich auf sicherem Terrain fühlte, wenn sie über ihr Lieblingsthema sprach. »Und sie krabbelt auch schon. Na ja, nicht richtig, aber sie schiebt sich mit dem Po über den Boden. Und sie sagt Mum und kann lachen. Wenn man sie kitzelt, schüttet sie sich aus vor Lachen. Sie sieht genauso aus wie ich in dem Alter. Ganz blond, kannst du dir das vorstellen? Die meisten Babys sind natürlich blond und blauäugig, blaue Augen haben sie alle, und ...«

»Florence«, sagte er ganz ruhig. »Florence, dürfte ich sie bitte sehen?«

»Oh ... ja, natürlich. Entschuldige, komm mit in den Garten.«

Sie führte ihn hinaus und gab sich Mühe, nicht mit den Zähnen zu klappern. Die Köchin hatte Imogen auf der Wiese abgesetzt, wo sie sich soeben mit einem angestrengten Schnaufen abmühte, ein paar Gänseblümchen zu erhaschen, die gerade außer ihrer Reichweite wuchsen. Die Stille im Garten schwoll zu einem Schrei an. Florence hörte einen Vogel singen, hörte das ewige Traktorengeräusch, aber es schien unendlich weit weg zu sein. Sie sah nur Imogen, konnte nur an Imogen denken, so verletzlich, wie sie dasaß, so unendlich kostbar. Trotz allem hatte sie panische Angst, hatte das ungute Gefühl, dass er plötzlich die Hand ausstrecken und Imogen schlagen könnte, sie verletzen. Aber er rührte sich nicht, sondern stand einfach nur da und starrte auf das Baby, die Miene unergründlich, der Mund verkniffen. Die reinste Tortur war das, und sie hielt es nicht länger aus. Sie würde ihm alles erzählen, würde den Mund aufmachen, bevor er es tat, und ihm alles erzählen, um sich Imogen dann zu schnappen und zu verschwinden. »Robert«, sagte sie, »Robert, ich …«

»Sag nichts«, begann er, ganz sanft. Dann lächelte er sie plötzlich an, fast staunend, und erklärte: »Sie ist wunderschön, Florence, wirklich wunderschön. Aber ich finde nicht, dass sie Ähnlichkeit mit dir hat. Ich kann dir genau sagen, wem sie ähnelt.« Er hielt inne, seufzte und sagte dann: »Man wird es heute kaum noch nachvollziehen können, da ich so ein scheußliches, ausgebranntes Wrack bin, aber sie sieht genauso aus – und damit meine ich *exakt* genauso – wie ich als Baby. Die Ähnlichkeit ist fast schon unheimlich.«

***

»Mrs Bennett, meine Liebe, ich habe eine Nachricht für Sie.«

»Ja, Mrs Boscombe?«

»Könnten Sie bitte eine Nummer in Regent's Park anrufen, meine Liebe. Aber nicht die übliche, sondern die 432, eine

Mrs Turner Andrews. Sie sagte, es sei wichtig. Ich habe ihr gesagt, dass ich nicht wüsste, wann Sie zurückkommen, weil Sie gerade Ihre Tour machen. Die Leute scheinen zu denken, dass wir hier auf dem Land Däumchen drehen.«

»Danke, Mrs Boscombe. Könnten Sie mich bitte verbinden?«

Als Grace in der Vorhalle stand, wurde ihr plötzlich bewusst, wie müde sie war. Sie war stundenlang unterwegs gewesen, um herauszufinden, ob Mr Tripp von einem Hof in der Gegend um Thorpe Magna die beiden Landarmeefrauen Mary Mattox und Sally Watkins tatsächlich damit beauftragt hatte, ein sehr großes Schwein allein einzusalzen, was nicht sehr wahrscheinlich war, oder ob die beiden rundheraus jegliche Arbeit verweigerten, was noch unwahrscheinlicher war. Die Wahrheit lag irgendwo dazwischen, wie sie irgendwann herausgefunden hatte.

Schwer zu glauben, dachte Grace, als sie erschöpft nach Hause radelte, dass sie tatsächlich einen Beitrag zu den Kriegsanstrengungen leistete oder irgendetwas tat, um Hitler zu schaden. Aber sie musste es sich einreden, sonst könnte sie ja gleich aufgeben.

»Mrs Bennett? Gut, dass Sie anrufen. Sie hatten ja betont, dass ich es unbedingt tun soll.« Mrs Turner Andrews' Stimme war überaus liebenswürdig. Wenn man die Dame aus einem brennenden Haus ziehen würde, dachte Grace, würde sie sich zweifellos bemüßigt fühlen, den Feuerwehrleuten als Allererstes einen Sherry anzubieten und sich zu erkundigen, ob sie ihn dry oder medium bevorzugten.

»Ja, unbedingt. Ist etwas mit meinem Schwiegervater?«

Dem war so, in der Tat. Mittlerweile trank Clifford nicht nur zu viel, sondern kam nicht einmal mehr nach Hause. Er schlief da, wo er liegen blieb, in Hauseingängen oder wo auch immer. »Letzte Nacht wurde er von einem Luftschutzhelfer vor dem Supermarkt gefunden«, sagte Mrs Turner Andrews, »und obwohl ich ihm sehr zugetan bin, Mrs Bennett, glaube ich nicht, dass ich diese Verantwortung auf mich nehmen kann.«

»Nein, natürlich nicht«, sagte Grace. »Überlassen Sie das ruhig mir. Ich werde mir etwas überlegen und rufe Sie dann zurück. Aber herzlichen Dank für alles, was Sie schon für ihn getan haben.«

»Das war mir ein Vergnügen, Mrs Bennett. Ich bin ihm außerordentlich zugetan, und er ist immer noch so ein hervorragender Bridgepartner.«

Grace legte den Hörer wieder auf und ging in die Küche. Die Jungen aßen Brot und hörten eine Kindersendung im Radio, *Children's Hour.*

»Hallo«, sagte Daniel.

»Hallo«, sagte Grace. »Hallo, David. Hattet ihr einen guten Tag?«

»War okay«, sagte David widerwillig.

Obwohl sie ihn so mochte, verspürte Grace manchmal ein überwältigendes Bedürfnis, ihn zu schütteln.

Sie kochte sich eine Kanne Tee, setzte sich in die Nähe des Heizkessels und dachte darüber nach, was man in Gottes Namen wegen Clifford unternehmen sollte. Schließlich gab sie sich einen Ruck und rief Florence an. »Wir haben ein Problem«, sagte sie. »Kannst du reden?«

»Mhm … im Moment nicht.« Florence' Stimme klang angespannt. »Robert ist vorhin gekommen, und … Kann ich dich nachher zurückrufen?«

»Ja, natürlich«, sagte Grace.

»Er ist im Garten bei Imogen. Und bei Mutter. Geht es um Daddy?«

»Ja.«

»Verstehe. Weißt du, was Imogen heute getan hat, Grace?«
Sie geriet ins Plappern, weil sie das Gespräch offenbar unbedingt fortführen wollte. »Ich habe ihr ein Spielzeug hingelegt, und zwar so, dass sie nicht rankommt. Aber sie hat es
geschafft, hinzurobben und danach zu greifen. Sie ist so klug,
findest du nicht auch?«

»Das ist ja fantastisch«, sagte Grace. »Unglaublich klug.«

Sie musste zugeben, dass sich ihre Abneigung gegen Florence auf höchst unlogische Weise auf Imogen übertrug. Die
blonden Locken, die auf ihrem Köpfchen sprossen, die großen
blauen Augen, die helle Haut, alles deutete darauf hin, dass, wer
auch immer der Vater war, es nicht der dunkelhaarige, olivhäu-
tige Mann sein konnte, mit dem ihre Mutter verheiratet war.
Um das zu glauben, musste man schon ziemlich verrückt sein.

Florence rief nicht zurück, was Grace nicht wunderte. Man
mochte sich kaum vorstellen, was für ein Albtraum sich in
der Abtei abspielte. Es war aber auch egal, denn sie hatte
ihre Entscheidung längst getroffen: Sie würde Clifford zu
sich holen. Irgendjemand musste es tun, sonst würde er unter
den Rädern eines Busses oder in einem Trümmerhaufen landen. Sie machte sich keine Illusionen, wie schwer das werden
dürfte, und wusste auch, dass sie von der Gesellschaft noch
stärker gemieden werden würde. Von Muriel würde es sie
weiter entfremden, und auch der Gedanke, was Charles sagen
würde, quälte sie. Aber Charles war weit weg und schrieb auch
kaum, sodass er allmählich zu einer Art Phantom wurde. Ihre
Ehe mit ihm hatte etwas Unwirkliches, als habe sie mal davon
gehört, sie aber nie selbst erlebt. Wenn es ihm nicht passte,
sagte sie sich, konnte er ja heimkommen und sich selbst um
die Angelegenheiten seines Vaters kümmern.

Clifford wehrte sich mit Händen und Füßen, als sie ihm die Idee unterbreitete. Er komme bestimmt nicht, sagte er, nicht im Traum denke er daran. Er wäre nur eine Belastung für sie und würde alle in größte Verlegenheit stürzen. Da lasse er sich lieber still und leise von einer vorbeizischenden Bombe auslöschen.

»Sicher, Clifford. Nur dass du nicht still und leise ausgelöscht werden, sondern allen eine Menge Sorgen und Ärger bereiten wirst, und zwar mit ziemlichem Getöse. Vor allem der armen Mrs Turner Andrews. Und Bomben zischen sowieso nicht mehr vorbei. Im Übrigen«, fügte sie hinzu und war sich bewusst, dass sie schwere Geschütze auffuhr, »bin ich schrecklich einsam und sehne mich nach Gesellschaft. Du kommst also zu mir, keine Diskussion. Wegen Muriel brauchst du dir übrigens keine Gedanken zu machen«, fügte sie hinzu. »Die bekommst du gar nicht zu Gesicht, weil sie sich eh nie im Mill House blicken lässt. Und was ihre Freunde angeht – und übrigens auch Charles' Freunde –, sind die auch von der Bildfläche verschwunden.«

Clifford schwieg eine Weile, dann sagte er: »Ihr Pech, Grace. Einzig und allein ihr Pech.«

***

»Nun«, sagte Robert, »ich bin ziemlich müde, mein Schatz. Wollen wir nach oben gehen?«

Sein Blick ruhte nachdenklich auf ihr. Florence versuchte zu lächeln, während sich ihr Inneres vor Angst und Ekel zusammenzog.

»Ich … ich bleibe vielleicht noch ein bisschen unten«, sagte sie. »Aber geh du ruhig schon, du musst ja vollkommen erschöpft sein. Imogen muss noch einmal gefüttert werden, und …«

»Dann tu das«, sagte er. »Ich warte so lange. Ich möchte gern mit euch beiden zusammen sein.«

»In Ordnung«, sagte Florence. Sie begab sich in die Küche, um das Fläschchen zu wärmen. Ihr war entsetzlich übel, wenn sie daran dachte, was auf sie zukam.

Als sie Robert gegenübersaß, das Kind auf dem Schoß, den Blick entschlossen auf das Köpfchen gerichtet, auf den kleinen Mund, der an dem Fläschchen nuckelte, überlegte sie nicht zum ersten Mal an diesem Tag, einfach davonzulaufen. Es war ein Albtraum gewesen, als sie neben ihm, oder wenigstens in seiner Nähe, gesessen und in einer Mischung aus Faszination und Angst beobachtet hatte, wie er Imogen gehalten und gedrückt und betrachtet hatte. Unentwegt war ihr die Frage im Kopf herumgegangen, was sich hinter dieser Sanftheit und scheinbaren Hingabe verbarg, hinter seinem Entzücken und seinen ständigen Beteuerungen, wie ähnlich Imogen ihm sehe. Ob er sie nicht einfach mit einem geschickten Schachzug in eine tödliche Falle lockte. Und wenn ja, worin diese wohl bestand. Florence konnte sich nicht erinnern, schon einmal eine solche Angst gehabt zu haben. Sie wollte Imogen nicht einmal mit ihm allein lassen, wenn sie zum Klo ging oder Robert einen Drink holte. »Ich nehm sie schon mit«, sagte sie jedes Mal, wenn er protestierte. »Sie ist so frech und hat im nächsten Moment schon wieder etwas umgeschmissen, da muss man blitzschnell reagieren. Ich bin daran gewöhnt. Wirklich, Robert, es ist besser so ...«

Sie merkte selbst, dass die Worte zu schnell und zu schrill aus ihr herauskamen, und wusste auch, dass er es merkte, aber sie betete, dass er es auf ihre Nervosität schieben möge, auf die eigentümliche Situation.

»Wie lange kannst du eigentlich bleiben?«, fragte sie unvermittelt, weil sie es unbedingt wissen musste, um ein bisschen von ihrer Spannung loszuwerden.

»Sieben Tage«, sagte er. »Aber ich habe dir noch gar nicht erzählt, dass ich in dieser Zeit auch zum Kriegsamt muss. Es besteht die Aussicht, dass ich nach Schottland komme, als Ausbildungsoffizier. In Gibraltar habe ich mich darin besonders bewährt, und es herrscht Mangel an guten Leuten. Wäre das nicht wundervoll, mein Schatz. Dann könnte ich zwischendurch immer mal wieder kommen.«

»Ja«, flüsterte Florence heiser. Sie hatte immer gewusst, dass er es schaffen würde, allen ein Schnippchen zu schlagen – dem Schicksal, der Armee, dem ganzen Krieg – und in ihrer Nähe zu bleiben. Er war so klug, so unendlich gefährlich klug.

Sie stiegen die Treppe hinauf. Imogens Krippe stand in der Ecke des Raums.

»Oh«, sagte er unbekümmert, »mir war gar nicht klar, dass wir ... Gesellschaft haben.«

»Natürlich, Robert. Sie kann nicht allein schlafen.«

»Ich wüsste nicht, wieso nicht.«

»Weil sie ein Baby ist.«

»Florence, als meine Schwester ein Baby bekam, hat es von Beginn an in seinem eigenen Zimmer geschlafen. Ich denke wirklich, das wäre besser.«

»Das wäre nicht besser, Robert. Für mich nicht. Ich hätte Angst und ...«

»Für mich wäre es aber besser«, sagte er, und plötzlich vernahm sie in seiner Stimme ein Echo, so schwach es auch sein mochte, der alten unterschwelligen Drohungen. »Ich möchte dich für mich haben, Florence. Bitte bring sie in ihr Zimmer. Ins Kinderzimmer nebenan. Ich bin mir sicher, es geht ihr dort wunderbar.«

Florence brachte Imogen nach nebenan. Dann stand sie neben dem Bett und schaute ihn an, den Bademantel immer noch eng um sich gezogen. Verzweifelt zögerte sie den Moment hinaus, in dem sie zu ihm schlüpfen musste. Er war nackt. Sie fühlte sich steif und eiskalt, obwohl der Abend warm war.

»Florence, mein Schatz«, sagte er und griff nach ihrer Hand, »ich habe dich so sehr vermisst.«

Sie rang sich ein Lächeln ab und hoffte und betete, dass er ihren Widerstand nicht spürte, ihre überwältigende Panik. Wie soll ich das nur schaffen, dachte sie, wie soll ich die nächste Stunde nur überstehen? Langsam, zaghaft legte sie den Bademantel ab und schlüpfte neben ihn unter die Decke. Er streckte die Hand aus, legte sie auf ihren Arm, drehte ihr Gesicht zu sich herum und küsste sie. Sie überließ ihm ihren Mund und hoffte, er schmecke nicht die schale Bitterkeit darin. Seine Zunge fuhr hinein, und seine Hand glitt zu ihrer Brust.

»Zieh dein Nachthemd aus«, flüsterte er. »Ich will dich so sehr, Florence. Ich habe mich so lange danach gesehnt.«

Sie setzte sich auf und entzog sich ihm, um das Nachthemd über den Kopf zu streifen. So kurz diese Unterbrechung auch sein mochte, sie war eine ungeheure Erleichterung. Danach legte sie sich wieder hin. Er schaltete das Licht aus, drehte sie zu sich und begann wieder, sie zu küssen. Nun spürte sie ihn auch, spürte, wie sich sein harter Penis an ihr rieb. Seine Hände lagen auf ihren Brüsten, umfingen sie, streichelten sie, massierten die Brustwarzen. Sie war froh, dass er sie küsste, weil sie sonst geschrien hätte. Trotzdem entfuhr ihr ein Stöhnen. Er hielt es für einen Ausdruck von Lust und küsste sie noch stürmischer.

»Du süße«, flüsterte er, »liebe Florence.«

Nun küsste er ihre Brüste. Florence warf den Kopf zurück und konzentrierte sich verzweifelt auf anderes, auf die Bäume, die vor dem Fenster schwankten, auf die Silhouetten der Möbel im Raum, auf das Alphabet, das sie rückwärts aufsagte.

»Ich liebe dich«, sagte er. »Ich liebe dich so sehr. Dich und … unser Baby.« Hatte sie sich diese Pause nur eingebildet, oder hatte er sie absichtlich gemacht – als Warnung, als Hinweis darauf, dass er im Bilde war und sie viel zu verlieren hatte? Sie zitterte und bebte. »Nicht«, sagte er leise. »Nicht, Florence. Alles wird gut. Alles.«

Und dann war er auf ihr, und sein Penis drängte gegen sie, in sie, hart, entschieden, in viel zu schnellen Stößen. Sie spürte, wie sich ihre Vagina verschloss, sich in sich selbst zurückzog. Sie war trocken, das wusste sie, trocken und empfindlich, und das musste er spüren.

»Entspann dich«, flüsterte er, »entspann dich, mein Schatz. Lass mich herein, lass mich dich lieben.«

Und dann entspannte sie sich tatsächlich, weil ihr gar keine Wahl blieb. Sie überließ sich ihm vollständig, in einer absoluten Unterwerfung von Körper und Willen. Jetzt spürte sie ihn tief in sich, fühlte, wie sich sein schwerer Körper an ihr rieb, während sein Atem schneller und schneller ging. Er hielt ihre Pobacken gepackt, zog sie an sich – und dann geschah das Entsetzliche, das Unfassbare. Gegen ihren Willen und ihre verzweifelten Bemühungen spürte sie, wie sie kam, wie sich die Lust in ihr sammelte und auf den Höhepunkt zutrieb. Sie kämpfte dagegen an, da sie wusste, dass in diesem großen, alles niederwalzenden Tumult, den sie ihm um jeden Preis vorenthalten wollte, die größte Gefahr lag, die Kapitulation, die endgültige Ergebung, die sie unwiederbringlich wieder in seine Gewalt bringen würde.

KAPITEL 17

Winter 1941 – 1942

»Mir geht es absolut beschissen«, sagte Clarissa.
»Das sieht man«, sagte May.
»Danke.«

Auf dem Weg zu ihren täglichen Pflichten gingen sie durch den großen Hof, der bei der königlichen Marine gern das Achterdeck genannt wurde, und salutierten. Clarissa hatte einen gigantischen Kater.

»Aber das macht doch nichts«, sagte May. »Wen juckt's, wie du aussiehst? Du bist ja nicht auf dem Weg zu einer überkandidelten Cocktailparty, oder?«

»Nein, leider nicht. Vermutlich macht es tatsächlich nichts«, sagte Clarissa matt. »Obwohl ich vermute, dass unser verehrter Erster Offizier deine Meinung nicht teilt. *Crème de la Crème*, May, und dieser ganze Firlefanz. Meine Schuhe müssen gewienert werden und meine Haare geschnitten, das ist mir bewusst. Und wie ich mich fühle, ist natürlich auch nicht egal. Ich muss ein paar Typen nach Greenwich fahren, das ist ein verdammt weiter Weg. Keine Ahnung, wie ich mich wach halten soll.«

»Warum bist du denn so müde?«, fragte May und musterte sie eindringlich. »Du warst doch wohl heute Nacht nicht aus, oder?«

»Nicht wie du«, antwortete Clarissa automatisch.

»Ach, verpiss dich, du verdammte Besserwisserin. Warst du nun aus?«

»Na ja«, sagte Clarissa vorsichtig, »ein bisschen.«

»Ach, komm schon, Herzogin, man kann nicht ›ein bisschen‹ ausgehen. Entweder du warst aus oder nicht.«

»Also, ich war auf einer … einer Party.«

»Was? Im Offizierskasino?«

»Nein, natürlich nicht! Wo ich doch nur eine Wren bin. Nein, wir … wir waren auf einer Party irgendwo zu Hause. Ein paar von uns. Gar nicht mal so wenige sogar«, fügte sie bestimmt hinzu.

»Aha? Und dann?«

»Dann nichts«, sagte Clarissa gereizt. »Wirklich, May.«

»Okay«, sagte May. »Mach, was du willst. Ich dachte, dir gefällt dein Kommandant. Dieser neue.«

»Na klar gefällt er mir. Er ist charmant und lustig und …«

»Und sieht absolut umwerfend aus. Nun komm schon, Compton Brown. Ich weiß doch, wie sehr du auf Äußerlichkeiten stehst.«

»May«, sagte Clarissa würdevoll, »ich bin eine glücklich – überaus glücklich – verheiratete Frau. Nur weil jemand gut aussieht, heißt das noch lange nicht, dass ich mit ihm eine Affäre beginne.«

»Nein«, sagte May, »aber es rückt in den Bereich des Wahrscheinlichen. Wo ist er übrigens jetzt, dein Geschwaderführer?«

»In Schottland, der Arme. Sie nennen das eine Erholungspause. Erbärmlich langweilig, er hat die Nase gestrichen voll. Ständig versprechen sie ihm, dass sie ihn wieder einsetzen, aber es tut sich nichts.«

»Wahnsinn«, sagte May. »Eigentlich kann er doch dankbar sein. Manch einer ist nie zufrieden.«

Clarissa sehnte sich selbst nach ein bisschen Abwechslung, als sie auf das Wagendepot zuging. Was sie im Moment tat, bot nicht gerade viel Neues. Sie war nun Fahrerin, war zur leitenden Wren befördert worden und verbrachte ihre Tage damit, Proviant und Ausrüstung in der Gegend herumzukutschieren oder, häufiger noch, Offiziere und Würdenträger auf Truppenbesuch. Die Zeiten auf dem Motorrad waren ihr lieber gewesen, trotz der Unannehmlichkeiten. Wenigstens hatte es da ständig Aufregungen und Dramen gegeben, und sie hatte das Gefühl gehabt, etwas Nützliches zu tun. Wenn sie all diese überaus wichtigen Personen in amerikanischen Schlitten herumfuhr, kam sie sich wie eine bessere Taxifahrerin vor. Sie vermisste Jack sehr, aber ihre Treffen waren immer noch kompliziert. Er war gelangweilt und gereizt und litt unter dem Mangel an Betätigung. Die Gespräche mit ihm waren lange nicht mehr so unbeschwert wie früher, und er war in einer Weise gegen ihr Leben eingestellt, die sie kaum nachvollziehen konnte.

Im Moment hatte sie das Gefühl, eine Flaute zu erleben. Als Wren hatte man eine Menge Spaß, daran konnte kein Zweifel bestehen, und die Marine war sicher ein guter Ort, um sich unter den Nagel zu reißen, was May als Extraration Alkohol bezeichnete. Andererseits wurden die wachsenden Restriktionen und Entbehrungen des Kriegs, der Mangel an Kleidung und das schreckliche Essen allmählich zum Ärgernis. Und sie vermisste ihr Haus, ihr hübsches Haus, und hatte ständig Angst, es könne den Bomben zum Opfer fallen. Sie war es leid, auf einer harten Pritsche zu schlafen, und auch ihre Uniform hatte sie satt, so entzückt sie zunächst davon gewesen war. Man durfte sie nie ablegen und musste auch darin reisen, wegen der Reisepapiere. In jedem Fall wurde sie langsam schäbig, der Rock glänzte schon speckig, und die Jacke, die sie sich vom Schneider hatte anpassen lassen, schlotterte. Seit sie bei den Wrens angefangen hatte, hatte sie drei Kilo abgenommen. Aber trotz der Härten, Mängel und der Langeweile musste sie zugeben, dass sie eigentümlich zufrieden war. Sie konnte sich nicht erinnern, je zufriedener mit ihrem Leben gewesen zu sein.

Die Fahrt nach London erwies sich als Albtraum. Es war nebelig, und Clarissa, die wegen der schlechten Sicht und des Schlafmangels leicht orientierungslos war, geriet mit dem amerikanischen Hudson immer wieder zu weit in die Fahrbahnmitte. Zweimal konnte sie nur um ein Haar einen Unfall vermeiden. Beim ersten Mal hatten es ihre Passagiere, die in ein Gespräch vertieft waren, gar nicht bemerkt, aber als sie beim zweiten Mal hart in die Bremse steigen musste und schleudernd zum Stehen kam, bellte eine Stimme von hinten: »Probleme, Leading Wren?«

»Nein, Sir. Nur das Wetter, Sir. Es ist ziemlich nebelig.«

»Ist uns schon aufgefallen. Dauert ziemlich lang, diese Reise. Wir müssen um eins da sein. Können Sie ein bisschen Gas geben?«

»Ich versuche es, Sir.«

Dämlicher Bastard, dachte Clarissa, geschieht ihm recht, wenn wir im Graben landen. Fast hoffte sie darauf, aber dann ging doch alles gut. Kurz vor eins zog sie in den großen Vorhof in Greenwich, öffnete die Türen und salutierte.

»Danke, Leading Wren. Seien Sie um fünf wieder hier.«

»Ja, Sir.«

Manchmal überlegte sie sogar, einfach wegzulaufen.

Die Rückfahrt war noch schlimmer. Sie kamen erst um sechs aus Greenwich heraus und erreichten Portsmouth um zehn, wo sie fast vor Müdigkeit heulte und nicht einmal mehr essen oder denken konnte. Sie war schon fast auf ihrer Pritsche eingeschlafen, als May hereinkam.

»Los, Herzogin. Ich wurde ausgesandt. Das Volk wünscht, in die Stadt zu gehen.«

»Oh May, ich kann nicht«, jammerte Clarissa. »Ich bin absolut am Ende.«

»Quatsch, bist du nicht. Nimm ein paar Drinks, dann geht das schon wieder. Nun komm schon, was haben die Leute davon, wenn du hier herumliegst? Die Typen brauchen Trost und Aufmunterung!«

»Ich bin es, die Trost und Aufmunterung braucht.«

»Das lässt sich bestimmt machen. Ach so, hier ist ein Brief für dich.«

»Oh May, warum hast du das nicht gleich gesagt? Der ist bestimmt von Jack.«

»Sieht nicht so aus. Wirkt eher offiziell.«

»Oh Gott«, sagte Clarissa und riss ihn ihr aus der Hand. »Oh Gott. Halt meine Hand.«

Sie riss den Umschlag auf. Der Inhalt verschwamm in einer Weise vor ihren Augen, dass sie die Worte kaum verstand. Es schien aber kein Telegramm zu sein, keine schlechten Nachrichten, nichts von der Art, mit dem man das »Bedauern über die Tatsache, dass« zum Ausdruck brachte. Nur ein paar merkwürdig förmliche Zeilen ... die sich zu Wörtern zusammenfügten ... zu Sätzen ... zu ... »Oh Gott, May«, sagte Clarissa mit einem ehrfürchtigen Flüstern, »sie fordern mich auf, mich für eine Offiziersstelle zu bewerben. Und nach Greenwich zum Auswahlgespräch zu kommen – nächste Woche.« Unvermittelt kicherte sie. »Hör dir das an, May. Da steht: ›Die Anwartschaft auf eine Beförderung verdanken Sie Ihrem harten Einsatz und Ihrem vorbildlichen Betragen.‹«

»Verdammt«, sagte May, »jetzt gibt es für dich kein Halten mehr. Was soll ich nur ohne dich machen? Ich hoffe, sie nehmen dich nicht.«

»Was soll *ich* nur ohne dich tun, wohl eher. Aber ... Oh Gott, May, das ist schrecklich.«

»Was denn?«

»Das ist die Woche, in der ich Urlaub habe. Zusammen mit Jack. Hoffentlich kann er seinen Urlaub verschieben.«

»Kannst du nicht das Gespräch verschieben?«, fragte May.

»Soll das ein Witz sein, May?«, sagte Clarissa, der schockiert aufging, dass sie das nicht einmal in Erwägung gezogen hatte. »Das hier ist *wichtig*. Natürlich kann ich das nicht verschieben. Es herrscht Krieg.«

»Ach, echt«, sagte May.

»Nun, wenn er es nicht kann, dann kann er es eben nicht. Ich bin mir sicher, er hat Verständnis dafür. Wahnsinn, May. Ich und Offizierin!«

»Leck mich!«, sagte May. »Die Sache ist dem Mädel schon zu Kopf gestiegen. Nun komm schon, Compton Brown, lass dich mit Gin abfüllen.«

***

Ben hatte Grace geschrieben, einen langen Brief aus Nordafrika, in dem er von den Lebensbedingungen dort berichtete. Offenbar war es die Hölle, mit all der Hitze und den Fliegen. »Mit dem ersten Licht sind sie da«, schrieb er, »und lassen sich überall nieder, wo es feucht ist, einschließlich Augen, Ohren und Nasenlöchern. Das werde ich lieber nicht vertiefen.«

Er bedankte sich noch einmal für alles, was sie für die Jungen und ihn getan hatte, ließ ihnen ausrichten, dass sie nett zu ihr sein sollten, und endete mit den Worten, dass die physischen Unannehmlichkeiten eine Taubheit zur Folge hätten, die gute Abhilfe gegen den Kummer böte. Der Brief war förmlich mit »Ben Lucas« unterzeichnet.

Grace betrachtete den Brief durch einen Schleier aus Tränen. Der Mut und der nackte Schmerz darin rührten sie zutiefst und stürzten sie in Verlegenheit, weil sie über nichts anderes klagen konnte als über Langeweile und Einsamkeit. Sie schrieb ihm sofort zurück und berichtete von allem, was ihr in den Sinn kam: dass David nicht mehr allzu verzweifelt sei und die Klavierstunden wieder aufgenommen habe; dass Daniel in der Schule besser werde; dass Flossie Ausgang gehabt habe, eine Romanze mit dem Ziegenbock des Nachbarn erleben durfte und nun, wie sie alle hofften, für Nachwuchs sorge; dass Daniel ein Kaninchenjunges vor Charlotte gerettet habe und es nun in einer Hütte aufziehe, die Clifford und er zusammen gebaut hätten. Sie berichtete von Cliffords Einzug in ihren Haushalt und dass die Jungen ihn sehr gerne mochten; dass seine Anwesenheit für David regelrecht hilfreich zu sein schien. Anfangs hätten sie ihn »Sir« genannt, und als er sie aufgefordert hatte, ihn Clifford zu nennen, hatte Daniel das falsch verstanden und »Sir Clifford« zu ihm gesagt. Zu Cliffords Begeisterung war das hängen geblieben, da er sich, wie er amüsiert bekannte, schon immer einen Adelstitel gewünscht hatte.

Sie berichtete, dass sie für die Weihnachtszeit ein kleines Schulkonzert organisiere, bei dem ihre Schüler spielten und Miss Mertons Schüler tanzten, wobei Miss Merton angedroht habe, ein Solo zu tanzen, was Grace mit einer kurzen Beschreibung von Miss Merton versah, damit Ben auch eine Vorstellung davon hatte, wie schockierend diese Aussicht war. David, schrieb sie, spiele einen leichten Chopin-Walzer, den

Clifford ihm beigebracht habe, und übe nun Tag und Nacht (»zunächst zu unserer Freude, aber mittlerweile treibt es uns in den Wahnsinn, weil das Klavier dringend gestimmt werden müsste – wofür man aber partout niemanden findet«). John Stokes, der alte Organist, habe erklärt, er könne David gelegentlich Orgelunterricht geben. David wäre absolut begeistert von diesem Instrument, das einen solchen Höllenlärm machte.

Sie endete mit ein paar lustigen Geschichten über die Mädchen der Landarmee – eine war gebeten worden, die Kuh zu halten, während der Bulle seine Arbeit verrichtete (»man steckt Daumen und Zeigefinger in die Nasenlöcher und drückt zu, dann steht sie mucksmäuschenstill; dem Mädchen hatte die arme Kuh aber so leidgetan, dass sie losgelassen hatte, worauf der Bulle die Kuh in eine Schlammkuhle getrieben hatte, aus der man sie mit einem Traktor wieder herausziehen musste«). Sie fragte sich, ob es unziemlich war, einem Mann, den sie kaum kannte, eine solche Geschichte zu erzählen, beschloss dann aber, dass er ein bisschen Aufmunterung durchaus gebrauchen konnte. Schließlich dachte sie lange darüber nach, wie sie den Brief unterzeichnen sollte, und entschied sich für »Grace«, was warm und freundlich klang, aber nicht allzu vertraulich. Als sie den Brief einschließlich der Anhänge von David und Daniel bei der Post aufgab, wurde ihr bewusst, dass sie ihn mit bedeutend größerem Vergnügen geschrieben hatte als sämtliche Briefe an Charles.

***

»Ich war noch nie mit einem Offizier im Bett«, sagte Jack.

»Freut mich zu hören«, sagte Clarissa amüsiert, drehte

sich um und fuhr mit dem Finger sein Profil nach. »War es irgendwie anders?«

»Oh ja. Es hatte bedeutend mehr Klasse.«

»Das finde ich fast ein wenig beleidigend. War es denn vorher immer gewöhnlich?«

»Eher höchst ungewöhnlich«, sagte er und lächelte sie an. Dann seufzte er. »Manchmal denke ich, es ist das Einzige, was in diesem ganzen grässlichen Schlamassel meines Lebens noch Sinn macht.«

»Oh Jack. Ist dir dein Leben derart zuwider?«

»Mittlerweile ja. Langeweile, Sinnlosigkeit, kleine Jungen zur Schlachtbank schicken …«

Diese Formulierung hatte er schon einmal gebraucht, und Clarissa zuckte zusammen. »Sag das nicht, Jack, bitte.«

»Warum denn nicht? Es ist doch so.«

»Bei dir klingt das, als sei das Schlachten unvermeidlich. Das ist es aber nicht.«

»Aber fast.«

»Du bist nicht gestorben. Und du wirst auch nicht sterben, das weiß ich.«

»Ich wünschte, ich würde es«, sagte er mit einem weiteren Seufzer. »Gott, ich wünschte, ich würde es.«

Es war wieder Weihnachten, aber es unterschied sich auf traurige Weise von dem vergangenen Fest. Sie waren immer noch zusammen, immer noch daheim in dem Haus, das sie so liebten, aber die Fremdheit zwischen ihnen wuchs, durch die Zeiten der Trennung, durch Jacks Melancholie und Rastlosigkeit und durch die Veränderung, die Clarissa bei sich selbst beobachtete. Die rührte nicht so sehr von der Art ihrer Arbeit her, sondern war eine Auswirkung der Tatsache, dass sie ein klares Ziel vor Augen hatte, jenseits des Ziels, sich selbst zu gefallen und Jack zu gefallen und den Weg zu gehen, der ihr immer so klar und aufs Angenehmste vorgezeichnet gewesen war – der Weg eines jeden Mädchens ihrer Klasse: eine gute Ehe zu führen, einem Haushalt vorzustehen und schließlich Kinder zu bekommen. Das kam ihr mittlerweile vollkommen hohl vor, ohne wirkliche Belohnung. Was ihr jetzt täglich Vergnügen bereitete, war die unmittelbare Befriedigung, einer Arbeit nachzugehen, einer gemeinsamen Sache zu dienen und die Fähigkeit zu nutzen, die sie in sich entdeckt hatte, nämlich andere Menschen zu führen und zu beflügeln. Ihr war durchaus bewusst, dass der Krieg eine absolute Ausnahmesituation darstellte, trotzdem konnte sie sich ihr Leben nicht mehr ohne diese Zielstrebigkeit und Lust an der Disziplin vorstellen. Wenn sie an die Clarissa zurückdachte, die Erfüllung darin gefunden hatte einzukaufen, Klatsch und Tratsch auszutauschen, Leute einzuladen und sich zu amüsieren, konnte sie sich nur wundern. Diese Dinge machte sie immer noch gern, aber sie waren wie die Christbaumkugeln, die sie an den winzigen Weihnachtsbaum im Salon gehängt hatte: hübsch, zauberhaft, aber letztlich nur banale Ausschmückungen der wichtigeren Dinge dahinter.

Das hatte sie auch einem mürrischen Jack zu erläutern versucht, als sie ihm erklären wollte, was ihr der Offiziersanwärterinnenkurs in Greenwich bedeutete, aber er hatte sich verschlossen und sie absichtlich missverstanden, indem er sich irgendwann erkundigt hatte, ob sie den Krieg eigentlich als eine Art Spiel betrachte. Irgendwann hatte sie es aufgegeben und versucht, wieder die alte Clarissa zu sein, um ihm zu gefallen. Das hatte geholfen, und sie hatte sich gesagt, dass nach Kriegsende (an diesem Punkt ein fast unvorstellbarer Gedanke) noch genügend Zeit wäre, um sich darüber Gedanken zu machen, wer sie war und was sie aus sich machen wollte.

Am letzten Abend stritten sie sich allerdings schon wieder, woraufhin er sie im Salon sitzen ließ und allein ins Bett ging. Halb reumütig, halb trotzig saß sie da, wartete darauf, dass er wiederkam, fragte sich, warum sie nicht selbst hochging und sich entschuldigte, da sie ja wusste, dass er auf sie wartete, war aber aus irgendeinem Grund nicht dazu fähig, schlief in ihrem Sessel ein, wachte ein paar Stunden später verbogen, elend und halb krank wieder auf, lief hoch, schlüpfte zu ihm ins Bett und weckte ihn, weinend vor Reue und Verzweiflung, weil es ihre letzten kostbaren Stunden waren. Er nahm sie in die Arme und schlief mit ihr, aber es war anders als sonst, freudlos, und obwohl es auch inniger war denn je und ihr so außergewöhnliche Erlebnisse bescherte, dass ihr Körper noch Stunden, ja Tage später vollkommen aufgewühlt war, sprach auch Überdruss und Bitterkeit aus ihrem Beisammensein. Und am Morgen, als Jack seine Sachen gepackt hatte und sie stumm zusammen frühstückten, mit schalem Kaffee und trockenem Toast, betrachtete sie ihn und fragte sich, ob nicht nur Jack sie verließ, sondern auch die Liebe.

Vor seinem Abschied entschuldigte sie sich wieder, mehrfach hintereinander, bat ihn, ihr zu verzeihen, beteuerte, wie sehr sie ihn liebe, und er küsste sie und sagte, er wisse das ja und verstehe sie auch. Aber sie wusste, dass das nicht ganz stimmte, dass es absolut nicht das war, was er meinte.

»Oh Gott.« Clarissa saß auf der Treppe, die Arme um die Knie geschlungen, und sah ihn an der Tür stehen – sie verabschiedeten sich immer zu Hause, da er die öffentlichen Abschiedsorte wie die Pest mied. »Oh Gott, Jack, das gefällt mir alles gar nicht.« Womit sie nicht nur den Abschied meinte, sondern die Art und Weise, wie sich ihre Leben auseinanderentwickelten, und er verstand, obwohl er das Gegenteil vorgab, schaute sie ernst an und erklärte, dass ihnen das alles irgendwann wie ein böser Traum vorkommen würde und sie dann ein neues Leben beginnen könnten.

Sie starrte ihn an, prägte ihn sich ein, brannte dieses Bild in ihr Gedächtnis ein, in ihr Bewusstsein, hielt die Zeit an, setzte sie außer Kraft, um ihn festzuhalten. Sie wusste, sobald er die Tür geöffnet und hinter sich wieder geschlossen haben würde, würde sie allein zurückbleiben, ohne ihn, allein mit der Angst. Sie hatte Angst wie nie zuvor – nicht nur davor, allein zu sein oder ihn zu verlieren, sondern auch vor der Angst selbst, davor, was sie mit ihr tat: in ihren Körper kriechen, ihren Schlaf stören, sie bei der Arbeit behindern. Alle sagten, sie sei so tapfer, so unbeschwert, so optimistisch. Wenn die Leute nur wüssten, wie sie litt und an der Angst fast erstickte, wie viel Mühe es sie kostete, das zu verbergen, und wie entsetzlich sie daran scheiterte, wenn sie allein war.

Und dann war er fort, hatte sich heiser verabschiedet, hilflos, und die Tür hinter sich zugezogen. Einen kurzen Moment lang dachte sie, sie sollte ihm nachgehen, sollte noch einmal versuchen, die Dinge klarzustellen, sollte ihm nachrufen, dass sie sich überhaupt nicht verändert habe, dass für sie nur er allein zähle, aber sie tat es nicht, konnte es nicht. Sie blieb sitzen und dachte an ihn, rief sich sein Bild vor Augen, seinen großen, eleganten Körper, sein absurd schönes Gesicht, seine eindringlichen blauen Augen, seine tiefe Stimme. Und sie kam zu dem Schluss, dass es besser so war, weil sie das Bild nicht verletzen wollte, nicht enttäuschen, und umgekehrt. Tränen liefen ihr über die Wangen, weil es so weit mit ihnen gekommen war. Langsam und mühselig stieg sie die Treppe hoch, um sich für die Rückkehr zu dem, was sie schockiert als das wahre Leben erkannte, fertig zu machen.

Ägypten

Meine liebe Grace,
nur eine kurze Nachricht, um mich für Deine zu bedanken
und Dich wissen zu lassen, dass hier alles in Ordnung ist.
Wir hatten eine ziemlich harte Zeit und wurden innerhalb
der Grenzen Ägyptens zurückgetrieben, wie Du mittlerweile
aus der Zeitung erfahren haben dürftest. Aber die Männer
waren unglaublich. Die Moral ist überraschend gut und der
Kameradschaftsgeist ausgezeichnet. Ich bin recht überzeugt
davon, dass wir bald wieder vorwärtsdrängen. Die Män-
ner dürsten nach Taten. Diese Warterei ist höchst belastend,
weil man immer das Gefühl hat, dass man sich nicht genug
anstrengt.

Die Lebensbedingungen sind nicht allzu übel, obwohl die
Hitze ziemlich unangenehm ist. Wir liegen in einer Wüs-
tengarnison, schlafen in Zelten auf dem nackten Erdboden.
Skorpione sind auch eine gewisse Gefahr, aber mach Dir keine
Sorgen, mein Schatz: Wenn ich die Bomben, Gewehre und
Panzer der Feinde überlebe, werde ich mich auch gegen ein
paar Skorpione zur Wehr setzen können.

Die Wüste ist ziemlich eindrucksvoll. Deine kleine roman-
tische Seele wäre äußerst bewegt. Besonders schön ist es, wenn
morgens die Sonne aufgeht, obwohl wir den herrlichen roten
Ball mit gemischten Gefühlen gen Himmel steigen sehen, da
wir wissen, was für körperliche Qualen wir ihm verdanken.
Der Sternenhimmel ist unglaublich, und die Nächte sind
angenehm kalt. Ich denke oft an Dich und hoffe, Du bist so
glücklich, wie man es unter diesen Umständen erwarten darf.
Natürlich bin ich enttäuscht, dass Du darauf bestehst, die bei-
den Jungen zu behalten, aber wenn ich es recht sehe, kehren
viele dieser Kinder bereits nach London zurück, jetzt, da die

Bombardierung praktisch vorüber ist. Das Problem wird sich also zweifellos von selbst lösen – in jedem Fall vor meiner Heimkehr, wovon ich fest ausgehe!

Was meinen Vater betrifft, muss ich gestehen, dass ich das mit gemischten Gefühlen betrachte. Zunächst war ich entsetzt und hatte das Gefühl, dass das für meine Mutter eine unerträgliche Situation sein muss. Aber ich habe einen Brief von Florence bekommen, die mir sowohl Deine als auch seine Situation darlegt, und jetzt sehe ich, dass Du wirklich nur nach dem Besten trachtest, wie es Dein gutmütiges Herz eben von Dir verlangt. Offenbar ist er keine kleine Bürde. Wenn der Krieg vorüber ist und ich mich zu Hause wieder um alles kümmern kann, werde ich zusehen, dass ich ihn irgendwo unterbringe. Florence hat geschrieben, dass eine gewisse Finanzknappheit herrscht, was es nicht ganz einfach machen dürfte, etwas für ihn zu finden. Aber natürlich würde ich nicht im Traum auf die Idee kommen, unter einem Dach mit ihm zu leben. Wenn die Dinge sich wieder normalisiert haben, muss er gehen. In der Zwischenzeit bin ich bereit, wenngleich widerstrebend, seine Anwesenheit im Mill House zu dulden. Außergewöhnliche Zeiten, außergewöhnliche Maßnahmen, muss man wohl sagen.

Ich denke so oft an Dich und vermisse Dich so sehr. Bitte schreibe mir weiterhin Deine wunderbaren Briefe. Briefe sind alles, was wir hier draußen haben. Mutter korrespondiert auch so vortrefflich und amüsiert und informiert mich immer aufs Beste. Ich kann mich also nicht beklagen. Ach so, mein Schatz, könntest Du mir ein paar Fotos schicken, falls Du neue hast? Florence hat ein paar von Imogen beigelegt, aber sonst keine.

Mit all meiner Liebe, mein Schatz,
Charles

Grace fühlte sich irgendwie seltsam, nachdem sie diesen Brief mit seiner Mischung aus zweifellos echter Zuneigung und selbstherrlicher Einmischung in ihr Leben gelesen hatte. Kein Wort über die Schwierigkeiten, die sie zu bewältigen hatte, seit sein Vater bei ihr war: die nächtlichen Trinkgelage, die Angewohnheit, nachts um drei ein Bad zu nehmen, sein enormer Appetit, den man mit den offiziellen Rationen nur schwer stillen konnte. Die Vorstellung, dass Charles in der Wüste saß und ihr mitteilte, dass er bereit sei, Cliffords Anwesenheit in einem Tausende von Meilen entfernten Haus zu dulden – bis Kriegsende, aber keinen Augenblick länger –, und dass er darauf beharrte, die beiden Waisen noch vor seiner Rückkehr zu irgendwelchen fernen Verwandten zu schicken, brachte sie erst recht auf die Palme. Und dann zum Lachen.

Der Brief, den sie ihm schrieb, war fröhlich und liebevoll, mied aber alle heiklen Themen. Sie hatte nicht die Absicht, irgendeinem seiner Zukunftspläne zuzustimmen, wollte sich aber auch nicht mit ihm streiten, und sei es auch nur auf dem Papier, solange er in Lebensgefahr war. Das Mindeste, was sie tun konnte, während er sie und ihr Land verteidigte, war es, ihm ihre Liebe zu versichern. Über alles andere konnte man sich noch Gedanken machen, wenn der Krieg vorbei war und er tatsächlich heimkehrte.

***

Als Florence aufwachte, hörte sie das Telefon klingeln. Sie sah auf die Uhr: 6:00. Es musste wichtig sein, schließlich würde um diese Uhrzeit niemand anrufen, um ein wenig zu plaudern oder eine Einladung zum Tee auszusprechen. Sie lag eine Weile da, lauschte und betete, dass es ein Versehen sein möge, dass es irgendwann aufhören möge, aber schließlich gab sie auf und ging hin. Muriel würde es sicher nicht tun, da sie jede Nacht fester zu schlafen schien, und die Köchin, von der man erwartete, dass sie zu dieser neuen Spezies der Generalköchinnen gehörte, litt mit jedem Tag stärker an einer selektiven Taubheit. Diese Taubheit bewahrte sie vor vielem, vor allem aber vor etlichen allgemeinen Pflichten wie Abwaschen, Putzen und auf Imogen Aufpassen. Komplimente zu ihren Speisen, spezielle Essenswünsche oder die Bitte, ihre geliebten Chutneys oder Marmeladen zu kochen, hörte sie allerdings immer, so wie sie auch problemlos mit ihrer Schwester telefonierte.

Florence warf einen Blick auf Imogen, als sie an ihrem Zimmerchen vorbeikam. Sie schlief friedlich, hatte die Decke weggetreten und die Arme ausgebreitet, und ihr Gesicht wirkte sanft und heiter. Tagsüber wirkte sie nie heiter, sondern lachte oder schrie oder wütete oder konzentrierte sich hart auf das, was sie gerade machte. Florence lächelte und eilte dann in die Vorhalle hinab.

»Sieben-zwei-vier«, sagte sie.

»Florence?«

Der Raum begann zu schwanken. Florence fühlte den Boden unter ihren Füßen beben, sah die Bilder an den Wänden auf sich zukommen und wieder zurückweichen, hatte ein Dröhnen in den Ohren, einen erstickenden Kloß im Hals und sagte dann: »Ja? Ja, am Apparat.«

»Mein Schatz, ich bin in England. In Harwich. Heute Abend in London. Auf Urlaub. Drei Wochen. Kannst du zu mir kommen? Oder soll ich kommen?«

»Oh Gott«, sagte Florence, und ihre Beine gaben nach. Sie setzte sich auf den Fußboden. »Oh Gott, oh Gott.«

»Nein«, sagte er, und es lag ein Lachen in seiner Stimme, »nicht Gott. Ich bin's, Giles. Giles, der dich liebt.«

»Giles«, flüsterte Florence. »Oh Gott, das kann nicht wahr sein.«

»Natürlich ist es wahr. Du klingst so komisch, mein Schatz. Ist alles in Ordnung?«

»Ja«, sagte sie und schluckte schwer. »Ja, ja, natürlich. Das ist nur der Schock. Mir geht es gut.«

»Kannst du hierherkommen? Oder soll ich zu dir kommen? Das könnte leichter sein … Ich kann mir Reisepapiere beschaffen.«

»Nein«, sagte Florence. »Nein, nein, nicht hierher. Ich komme zu dir. Aber nicht heute … Das geht nicht, wirklich nicht. Morgen. Im Haus. Abends. Vielleicht wirst du ein bisschen auf mich warten müssen. Ich tu, was ich kann.«

»Ich habe fast zwei Jahre gewartet, mein Schatz, da kann ich auch noch zwei Tage warten. Aber bist du dir sicher, dass es dir gut geht? Geht es Imogen gut?«

»Der geht es bestens. Vielleicht werde ich sie mitbringen müssen.«

»Ich bestehe darauf, dass du sie mitbringst. Ich sende dir all meine Liebe, Schatz.«

»Ja«, sagte Florence und hörte, dass ihre Stimme zittrig klang, »ja, ich auch. Morgen also.«

Sie brach in Tränen der Freude und Erleichterung aus. Jetzt konnte sie wenigstens die grausame Last mit jemandem teilen, ihre Angst vor Robert, ihre Unfähigkeit, einen Plan zu fassen, konnte mit Hilfe von Giles und seiner Liebe wieder Mut fassen. Ihr war gar nicht klar gewesen, wie verzweifelt sie war, wie einsam, bis sie seine Stimme gehört hatte. Die letzten Monate waren ein Albtraum gewesen. Robert befand sich in Schottland und war nicht wieder nach Hause gekommen, aber das schlichte Wissen, dass er jeden Moment aufkreuzen könnte, hatte zur Folge, dass ihr bei jedem Schritt in der Einfahrt, bei jedem Klingeln des Telefons und bei jeder Nachricht die Haare zu Berge standen. Seinen Urlaub hatte sie irgendwie überstanden. Nach jenem ersten grauenvollen Tag und der Nacht hatte sie sich ein wenig entspannt. Nach außen hin war er nett, aufmerksam und freundlich gewesen, hatte weiterhin ständig betont, dass Imogen ihm so ähnlich sehe, und hatte auch nie etwas zum Zeitpunkt ihrer Geburt angemerkt oder sonst irgendwie durchblicken lassen, dass ihn auch nur der leiseste Zweifel an seiner Vaterschaft plage. Er hatte sie umsorgt, gefüttert und mit ihr gespielt. Florence hatte die beiden zwar weiterhin nicht allein gelassen, nicht einen einzigen Moment, aber gegen Ende der Woche hatte die Angst nachgelassen, dass er dem Baby etwas antun könne.

Jede Nacht hatte er mit ihr geschlafen, mit einer seltsam wachsenden Leidenschaft, als würde er seine Herrschaft über sie besiegeln, und jede Nacht hatte sie sich ihm entzogen und gleichzeitig immer stärker auf ihn reagiert. Clarissa hatte recht: Seine Macht über sie war etwas Tiefsitzendes, Tödliches, an dem ihre Angst einen entscheidenden Anteil hatte. Als er dann wieder fort war, davongefahren in seinem Jeep, fragte sie sich, ob er sich tatsächlich verändert hatte und kein Anlass mehr zur Sorge bestand. Aber dann fiel ihr wieder ein, wie bedrohlich seine Stimme geklungen hatte, als sie Imogen aus dem Schlafzimmer entfernen sollte, und wusste, dass dem nicht so war.

Den Tag verbrachte sie damit, ihre Reise nach London zu planen, erkundigte sich nach Zügen und Busfahrplänen – nicht dass das viel zu besagen hatte, aber man bekam eine Vorstellung –, rief das alte Kindermädchen im Dorf an, die Nanny Baines, die schon ein-, zweimal auf Imogen aufgepasst hatte, und fragte, ob sie Imogen für ein paar Tage nehmen könne. Es wäre sicher besser, wenn Giles und sie allein sein könnten, wenigstens für eine Weile. Imogen konnte er später noch kennen lernen. Sie wusch sich die Haare, bügelte ihr einziges gutes Kleid, ging mit dem Schwamm über ihren Mantel, bügelte ihn und übte die Ausrede, die sie ihrer Mutter auftischen wollte.

Es tat ihr leid, dass sie bei Giles' Anruf nicht mehr Freude und Begeisterung gezeigt hatte – sie hatte nicht gesagt, dass sie ihn liebte und vermisste –, aber dafür war ja noch Zeit, alle Zeit der Welt. Morgen, morgen würde sie bei ihm sein, sie würden zusammen sein, stundenlang, tagelang, vielleicht sogar wochenlang. Genug Zeit für Erklärungen, Zärtlichkeiten, Versprechungen, Schwüre. Sobald sie sich überlegt hatten, was sie mit ihrem Leben anfangen wollten, könnte sie ihn vielleicht sogar mit nach Wiltshire in die Abtei nehmen, wo sie eine kurze, kostbare Zeit als Familie miteinander verbringen könnten. Sie war aufgekratzt und zitterte vor Freude, daher merkte sie erst eine Weile nach dem Lunch, dass Imogen irgendwie komisch war. Sie weinte selbst dann, wenn man ihr nichts verbot, und verweigerte jegliches Essen, selbst ihren geliebten abscheulichen Eipulverpudding.

Das Kind fühlte sich heiß an. Florence, die nicht sehr beunruhigt war, maß die Temperatur und musste zu ihrem Entsetzen feststellen, dass sie fast bei vierzig Grad lag. Sofort rief sie den Arzt an, der erklärte, Imogen zahne vermutlich. Er riet Florence, ihr ein lauwarmes Bad zu bereiten und dann Ruhe zu verschaffen, er komme später vorbei.

Es wurde sechs Uhr, bis er kam, und da ging es Imogen schon bedeutend schlechter. Sie jammerte erbärmlich, und ihr Gesicht war von einem feinen roten Ausschlag überzogen.

»Da will ich ihr mal in den Mund schauen«, sagte der Arzt. »Aha, wie ich mir schon dachte. Masern. Sehr unschön. Sie braucht Ruhe und sollte in einem abgedunkelten Raum liegen. Ihre Augen sind befallen. Reiben Sie sie zwischendurch mit einem Schwamm ab. In ein paar Tagen dürfte das Schlimmste überstanden sein.«

In ein paar Tagen! Florence' Herz tat einen Satz. Wie sollte sie jetzt nach London fahren? Wie könnte sie ihr Kind der zweifellos exzellenten Pflege von Nanny Baines überlassen? Andererseits musste sie es tun. Giles würde auf ihrer Schwelle warten, und es gab keinerlei Möglichkeit, ihm eine Nachricht zukommen zu lassen. Sie hatte keine Ahnung, wo er war, und es gab niemanden in London, dem sie eine solche Aufgabe anvertrauen könnte.

Mittlerweile in Panik, rief sie Nanny Baines an und fragte, ob sie in die Abtei kommen und dort nach Imogen schauen könne, nur für vierundzwanzig Stunden? Es sei nicht so schlimm, nur Masern, und ihre Verabredung in London sei wirklich wichtig. Das Kindermädchen, das keinen Zweifel daran ließ, dass Imogen in ihren Händen wesentlich besser aufgehoben war, versprach, sofort zu kommen. Halb erleichtert, halb von Schuldgefühlen geplagt legte Florence den Hörer auf und kehrte zu Imogen zurück. Sie schlief, aber es war ein sehr unruhiger Schlaf. Kinder erholten sich so schnell, sagte sie sich. Am nächsten Morgen wäre sicher alles wieder gut.

Um zwei Uhr nachts ging es Imogen nicht besser. Die Temperatur war kurz gesunken und dann auf vierzig Grad angestiegen. Ständig setzte sie sich in ihrem Bettchen auf und schrie, die Augen weit aufgerissen. In ihrer Panik rief Florence noch einmal den Arzt an. Der erklärte, Halluzinationen im Fieberzustand der Masern seien zwar bedenklich, aber durchaus nicht ungewöhnlich, und betonte noch einmal, dass sie im Dunkeln liegen müsse.

»Rufen Sie mich wieder an, wenn die Temperatur noch weiter steigt. Sonst reiben Sie sie einfach weiterhin mit einem Schwamm ab.«

Es war eine endlose Nacht. Muriel schlief tief und fest. So dankbar Florence dafür war, hatte sie doch das Gefühl, verrückt zu werden, so allein mit ihrer Angst in der Dunkelheit, mit ihrer drängenden Sorge wegen des nächsten Tags, wegen Giles. Unaufhörlich rieb sie den trockenen, fiebrigen kleinen Körper ab. Gegen Morgen schlief das Kind kurz ein, wachte aber bald wieder auf, wollte blind aus dem Bettchen kriechen und schrie mit einer seltsam heiseren Stimme. Florence maß noch einmal die Temperatur und stellte fest, dass sie schon bei 40,5 Grad lag. Sie wollte Imogen Wasser einflößen, aber die schien es gar nicht schlucken zu können und schrie noch lauter. Hektisch rief Florence den Arzt an, der zehn Minuten später eintraf.

»Scharlach«, sagte er knapp, »eine akute Form, wie es aussieht, da es auch ihren Hals betrifft. Sie muss sofort ins Krankenhaus. Ich rufe einen Krankenwagen.«

Imogen kam auf eine Isolierstation, die nicht einmal Florence betreten durfte. Sie stand auf der anderen Seite der Scheibe, sah sie leiden, hörte ihre Schreie und bemühte sich verzweifelt, die Ruhe zu bewahren. Die Krankenschwestern waren mitfühlend, aber vollkommen überlastet und kurz angebunden. Der Krankenhausarzt wiederum wurde schnell ungeduldig, weil sie ihn so beharrlich mit Fragen bombardierte, ständig seine Aufmerksamkeit beanspruchte und unbedingt bei Imogen sein wollte.

»Mrs Grieg«, sagte er schließlich, »ich würde Ihnen ernsthaft anraten, nach Hause zu gehen. Das wäre wesentlich besser für Ihr Kind und auch für alle anderen. Hier stehen Sie allen im Weg herum und halten mich und meine Leute von der Arbeit ab.«

»Nach Hause gehen?«, sagte Florence. »Nach Hause gehen? Natürlich gehe ich nicht nach Hause. Ich würde nicht im Traum auf die Idee kommen, nach Hause zu gehen. Ich möchte nur wissen, was los ist, das ist alles. Ist das zu viel verlangt? Das ist mein Baby da drinnen, das so aussieht, als würde es sterben. Sie müssen mir sagen, was los ist, das müssen Sie einfach.«

Der Arzt seufzte. Seine Miene war kalt und abweisend. Offenbar war er den Umgang mit wortgewandten Müttern nicht gewöhnt. »Nun gut. Ihr Kind hat eine akute Form einer akuten Krankheit namens Scarlatina cynanchica, was Ihnen nicht viel sagen wird. Sie zeichnet sich durch eine schwere Kehlkopfinfektion und die zusätzliche Gefahr eines Nierenschadens aus. Geht es Ihnen jetzt besser? Vermutlich nicht. Es kann noch Tage dauern, bis eine Veränderung eintritt. Sie können nicht erwarten, dass Sie die ganze Zeit hierbleiben können, zumal es eine wohlbekannte Tatsache ist, dass Kinder in Krankenhäusern ohne ihre Mütter wesentlich besser aufgehoben sind. Sie leben sich ein, entspannen sich und genesen dadurch schneller. Wenn Sie uns Ihr Kind also jetzt freundlicherweise überlassen würden – ich versichere Ihnen, dass wir alles Menschenmögliche tun.«

»Ich werde Sie nicht mehr stören«, sagte Florence, »aber gehen werde ich nicht. Sie können mich nicht dazu zwingen.«

»Mrs Grieg, dies ist mein Krankenhaus, da kann ich tun, was ich will.«

»Und dies ist mein Kind, da können Sie ganz bestimmt nicht tun, was Sie wollen. Sein Vater ist Anwalt. Ich werde ihn anrufen und mich eingehend nach meinen Rechten erkundigen.«

»Gut, in Ordnung«, sagte der Arzt scharf. »Ich habe weder Zeit noch Energie, um mit Ihnen zu diskutieren. Wenn Sie die nächsten Tage im Wartezimmer verbringen wollen, können Sie das gern tun. Sie werden vermutlich sehr müde und hungrig werden, und für Ihr Kind können Sie auch nichts tun. Was ich aber nicht zulassen werde, ist, dass Sie hier auf der Station bleiben, wo Sie nur ein Hindernis für die Abläufe darstellen. Und ich versichere Ihnen, dass ich – juristisch gesehen – im Recht bin. Guten Tag, Mrs Grieg. Das Wartezimmer ist im ersten Stock.«

Florence drehte sich um und warf einen letzten gequälten Blick auf Imogen. Sie lag nun entsetzlich still in ihrem Bettchen, die Augen blind in den dämmrigen Raum gerichtet. Florence fühlte sich elend, als sie ging, als würde sie ihr Kind freiwillig dem Tod überlassen. Dann suchte sie den Aufzug, um sich zu der zweifelhaften Zuflucht des Wartezimmers im ersten Stock zu begeben. Als sie sich orientierungslos in den Fluren umschaute, entdeckte sie ein Schild mit der Aufschrift *Zur Kapelle*. Sie folgte ihm und fand einen kleinen schmucklosen Raum mit einem Altar und ein paar Stühlen. Ihr blieb nur noch eins, was sie tun konnte, und das tat sie: Sie sank auf die Knie und betete. Stundenlang betete sie, wie es ihr vorkam, und wie schon bei anderen Gelegenheiten, bei anderen Krisen, schloss sie einen Handel mit Gott. Wenn er Imogen verschonte und sie am Leben ließ, würde sie bei Robert bleiben und Giles nie wieder sehen oder mit ihm reden.

Am Abend gesellte sich Muriel zu Florence und saß mit ihr in stummer Qual im Wartezimmer, während Imogens kleiner Körper um sein Leben kämpfte. In der Abtei, wo die Köchin unter dem Einfluss von mehreren Aspirin und zwei Gläsern von Muriels Sherry in einen friedlichen Schlaf gesunken war, klingelte das Telefon ins Leere, da niemand die Ferngespräche aus London annahm. Hätte Mrs Boscombe Dienst gehabt, hätte sie helfen und die Information weitergeben können, dass Mrs Grieg mit ihrem Kind im Krankenhaus war, um im Gegenzug die Nachricht zu übermitteln, dass der dreiwöchige Urlaub von Lieutenant-Commander Henry gestrichen worden war und er sich schon am nächsten Abend wieder bei seinem Schiff zurückmelden musste. Mrs Boscombes Ehemann hatte sich aber eine leichte Grippe zugezogen, und sie hatte sich diese Woche freigenommen, um ihn wieder gesundzupflegen.

Gegen Mitternacht gab der Lieutenant-Commander seinen Posten auf der Schwelle des Hauses in der Sloane Avenue auf und tätigte auch keine weiteren Telefonate von der Telefonzelle an der Straßenecke. Mit langsamen, schweren Schritten kehrte er zur Kaserne der Marine zurück und versuchte sich einzureden, dass Florence' sonderbar distanzierte Reaktion auf seinen Anruf und die Tatsache, dass sie nicht zu ihrer Verabredung erschienen war, nicht bedeuten musste, dass sie ihn nicht mehr liebte. Aber er scheiterte kläglich.

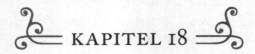

KAPITEL 18

Frühjahr – Sommer 1942

Es war eine Winzigkeit, die Florence verriet, dass Gott ihr Gebet erhört hatte: nicht das Lächeln, das ihr die Krankenschwester statt des angespannten Nickens schenkte, als sie die Station betrat, und auch nicht die leichte, aber nicht zu übersehende Verbesserung von Imogens Atmung und nicht einmal die Tatsache, dass ihr Teint gesünder wirkte. Es war die Tatsache, dass sich Imogen auf die ihr eigene Art und Weise dagegen wehrte, sich von der Krankenschwester wickeln zu lassen. Bis dahin hatte sie apathisch dagelegen und nur gelegentlich den Kopf hin und her gedreht. Als Florence nun zuschaute, ballte sie plötzlich die Fäuste und versuchte – wenn auch erfolglos –, gegen den Arm zu schlagen, der ihre skelettartig dünnen Beinchen hochhielt. Für Florence war es ein Moment reinster Freude. Sie stand da, betrachtete ihre kleine Tyrannin und lachte laut auf. Die Schwester, die gereizt war und auch erschöpft, drehte sich zu ihr um und schaffte es, sich ein Lächeln abzuringen – und als der Arzt kam, um ihr mitzuteilen, dass das Schlimmste überstanden sei, sagte Florence nur: »Ich weiß«, um dann zu ihrer eigenen Überraschung die Arme um seinen Hals zu schlingen und ihn zu umarmen.

»Jaja«, sagte er, sichtlich verlegen, aber er freute sich auch für sie, und ein paar Tage später, als Imogens Zustand sich verbessert und ihr Benehmen sich verschlimmert hatte, erlaubte er Florence sogar, sich zu ihr zu setzen und sie zu füttern, zu baden und ihr die Windeln zu wechseln.

Es dauerte noch vierzehn Tage, bis sie nach Hause durfte. Während sie zu Kräften kam, konnte Florence allmählich wieder klare Gedanken fassen, und plötzlich erkannte sie, trotz ihrer Freude, den neuen, schrecklichen Schmerz, den das Leben für sie bereithielt: dass sie den Rest ihres Lebens ohne Giles verbringen musste, ihn nie wieder sehen oder berühren oder mit ihm reden durfte, sich nie wieder sicher, geborgen und geliebt fühlten durfte. Die Zeit ohne ihn dehnte sich vor ihr aus, öde und kalt, und alles, was sie tun konnte, war, sich hineinzustürzen und niemals mehr zurückzuschauen. Sie musste fest daran glauben, ja redete es sich immer wieder ein, dass sich ihr Kummer irgendwann legen würde. Meistens wollte sie das aber gar nicht. Wenn sie litt, wenn es schmerzte, war noch etwas von ihm in ihr: An diesen Schmerz klammerte sie sich, so pervers das auch sein mochte.

Sie kehrten gemeinsam nach Hause zurück. Florence spürte mit einem Mal, wie erschöpft sie war. Während sich Imogen schnell und problemlos erholte, hatte Florence größte Probleme damit. Sie konnte nicht schlafen, mochte nicht essen und fand das Leben fast unerträglich. Imogen war sehr ungezogen und fordernd, während Muriel immer nörgeliger wurde. Florence fühlte sich mutterseelenallein. Wenn allerdings Giles anrufen und sie darum bitten würde, ihm eine halbe Meile entgegenzukommen, um sich mit ihm zu treffen, würde sie sich kaum dazu aufraffen können, dachte sie matt. Ach und außerdem würde er das ohnehin nicht tun, da er dachte, sie liebe ihn nicht mehr. Die knappe Nachricht, die drei Tage nach ihrer Rückkehr aus dem Krankenhaus eingetroffen war, machte das mehr als deutlich. Und es hatte auch keinen Sinn, darauf zu antworten und ihn eines Besseren zu belehren, weil sie Gott feierlich ein Versprechen gegeben hatte, heilig und bindend, und das würde sie nicht zurücknehmen. Der primitive Aberglaube, der sie in den Fängen hatte, verleitete sie zu der Überzeugung, dass ihr das Baby andernfalls wieder entrissen und in die Klauen des Todes zurückgegeben würde.

Eines Morgens saß sie da und versuchte, Imogen dazu zu bringen, ihre Haferflocken zu essen, damit ihr ausgezehrter Körper etwas Nahrhaftes bekam. Sie hatte fast unerträgliche Kopfschmerzen und hörte nur halb hin, als Muriel wie üblich irgendetwas als empörend bezeichnete.

»Hast du gehört, was ich gesagt habe?«, fragte sie Florence.

»Nein, tut mir leid«, antwortete Florence. »Nun komm schon, mein Schatz, nur noch einen Löffel, sei ein braves Kind. Dann bekommst du auch einen leckeren Orangensaft.«

Haferflocken waren nicht gerade Imogens Leibspeise. »Nein«, sagte sie. Florence hielt den Löffel näher an den kleinen zugekniffenen Mund. Imogen hob die Fäustchen und schlug dagegen. Die Haferflocken verteilten sich auf Florence, der Wand und der Köchin, die gerade den Tisch abwischen wollte. Imogen lachte.

»Imogen, das war aber sehr ungezogen«, sagte Florence matt. »Tut mir leid, Mutter, was ist denn empörend?«

»Bath zu bombardieren«, sagte Muriel. »London ist eine Sache, das ist die Hauptstadt, da konnte man es erwarten, aber Bath … Sie zerstören unser Kulturerbe. Das ist doch nicht in Ordnung.«

»Der ganze Krieg ist nicht in Ordnung, Mutter«, sagte Florence. »Die Deutschen hat eine blinde Zerstörungswut befallen.« Imogen schmierte jetzt mit den Fäusten in den Haferflocken herum und rieb sie sich in Gesicht und Haare.

Muriel betrachtete sie angeekelt. »Das Kind sollte man in die Hände eines guten Kindermädchens geben, Florence. Sie ist vollkommen außer Rand und Band.«

»Sei nicht albern«, sagte Florence. »Natürlich ist sie das nicht. Ich habe sie fast verloren, und wenn du denkst, dass ich sie jetzt in die Hände einer vorsintflutlichen Schreckschraube gebe, irrst du dich gewaltig.«

»Molly Baines ist keine Schreckschraube«, sagte Muriel bestimmt, »und sie könnte viel mehr für die kleine Imogen tun, als du es im Moment zu leisten vermagst.«

Florence betrachtete ihre Mutter und verspürte den fast unwiderstehlichen Drang, sie zu schütteln. Wenn sie die Kraft dazu hätte, würde sie es vielleicht sogar tun.

Robert war während Imogens Krankenhausaufenthalt kurz zu Hause gewesen. Er hatte es geschafft, achtundvierzig Stunden Urlaub wegen dringender familiärer Angelegenheiten zu bekommen. Florence wusste nicht, ob sie staunen oder Angst haben sollte, weil sie sich immer noch nicht im Klaren darüber war, ob seine vorgebliche Akzeptanz des Kindes echt oder eine perfide Falle war. Zwei Tage nachdem ihm Muriel am Telefon von Imogens Erkrankung erzählt hatte, stand er auf der Matte, besorgt und hilfsbereit. Er betrachtete Imogen durch die Scheibe des kleinen Raums und drängte Florence, ihm das Feld zu überlassen und nach Hause zu gehen, um sich ein wenig auszuruhen. Doch sie weigerte sich, so tief war ihre Angst vor ihm und seinen manipulatorischen Fähigkeiten, vor dem, wozu er fähig sein könnte: in Imogens Zimmerchen einzudringen, ihr etwas anzutun, sie sogar zu entführen. Andererseits hatte sie sie gegen alle Logik auch beeindruckt: mit seiner

Hingabe und den vielen Stunden, die er ihr im Wartezimmer Gesellschaft geleistet oder mit ihr auf dem Flur der Isolationsstation gestanden hatte. Das verstärkte noch diesen Albtraum aus Angst und Erschöpfung, und Florence wusste nicht, wo die Wirklichkeit aufhörte und die Täuschung begann. Sie hatte das gewaltige Bedürfnis, ihm zu vertrauen und daran zu glauben, dass für sie alle noch Hoffnung bestand. Aber sie konnte es nicht, wagte es nicht, zu groß waren die Risiken, zu entsetzlich die Gefahren.

Ihre Verzweiflung wegen Giles schien wenig mit ihrer Beziehung zu Robert zu tun zu haben, und sie hatte nicht das Gefühl, das Ende ihrer Liebesaffäre könnte dazu beitragen, ihre Ehe zu retten. Das waren grundverschiedene Dinge, die nichts miteinander zu tun hatten. Eines Tages würde sie das alles vielleicht besser verstehen, aber im Moment konnte sie sich nur blind von einem Tag zum anderen kämpfen. Das Leben, dachte sie, als sie in den herrlichen Morgen hinausschaute, war alles in allem verdammt furchtbar.

***

»Guten Morgen, Ma'am. Schöner Morgen, was?«

»Ja, in der Tat«, sagte Clarissa lächelnd. »Ein sehr schöner Morgen.«

Sie mochte die Amerikaner, die sich jetzt im ganzen Land herumtrieben, die Alliierten mit ihrer Lockerheit, dem ewigen Lächeln … und dem Geld. »Überbezahlt, sexbesessen und auf der richtigen Seite des Atlantiks« – so sagte man, und Clarissa kam alles drei sehr entgegen. Es machte Spaß, mit ihnen zu flirten, mit ihnen zu essen, mit ihnen zusammen zu sein. An diesem tiefsten Tiefpunkt des Kriegs, als es ewig weiterzugehen und nirgendwo hinzuführen schien und man sich kaum noch daran erinnern konnte, wie es war, Geld, Kleidung und anständiges Essen zu haben, als zudem Kriegseuphorie und Patriotismus, milde ausgedrückt, ihren Glanz verloren hatten, war es wunderbar, Menschen um sich zu haben, die sich derart zuversichtlich ins Leben stürzten.

Jack gelang das im Moment kaum. Jedes Mal wenn er wieder einmal beklagte, wie satt er das Leben habe und wie sehr ihn das alles langweile, hätte sie am liebsten geschrien. Am Vorabend hatte sie mit ihm telefoniert, und von den zehn Minuten, die sie miteinander geredet hatten, hatte er acht Minuten lang gejammert – sie hatte die Zeit gestoppt. Die restlichen zwei hatte es gebraucht, ihm zu erzählen, dass sie demnächst nach Dartmouth versetzt werden würde, woran er empörend wenig Interesse gezeigt hatte.

Die Zeit in Greenwich als Offiziersanwärterin der königlichen Marineschule hatte sie sehr genossen. Abgesehen von allem anderen waren die schiere Schönheit und Pracht der Anlage ein wunderbarer Kontrast zur Tristesse des Kriegslebens. Die Wrens speisten jeden Abend in der Halle mit dem gewaltigen Deckengemälde und verbrachten ihre Tage in schicken, hohen Räumen und langen, hellen Korridoren. Nur dass sie in den Kellerräumen schlafen mussten, hatte ihr nicht gefallen. Dort war man vor Bomben geschützt, aber Clarissa fand es stickig und eng.

Aber das Leben war ein solcher Spaß, mit dem ständigen Zufluss an neuen Marineoffizieren und den endlosen Partys und Flirts. Sie fühlte sich oft, als sei sie wieder jung und erlebe zum ersten Mal die Vergnügungen des Erwachsenenlebens.

Nach ewigen Diskussionen mit ihrer vorgesetzten Offizierin hatte sie sich schließlich für die administrative Richtung entschieden, weshalb sie nach Dartmouth versetzt wurde, wo sie für die Organisation der dortigen Wrennery verantwortlich zeichnen würde. Sie wusste, dass sie das konnte: Ihr Organisations- und Kommunikationstalent würde dort sehr gefragt sein. Andere Mädchen hatten sich für Posten jenseits des Kanals beworben; für Singapur, Ceylon und Indien wurden noch Freiwillige gesucht.

Wäre sie nicht verheiratet, hätte sie sich auch um einen solchen Posten bemüht, aber sie war es nun einmal. Leider, dachte sie respektlos – um den Gedanken dann schnell wieder beiseitezuschieben. Oh Gott, wer hätte sich vorstellen können, dass die überschwängliche Leidenschaft und Freundschaft, die sie noch vor zwei Jahren für Jack empfunden hatte, in dieser Weise abflauen und fast Desinteresse weichen würde. Lag das am Krieg oder nur am unerbittlichen Fortgang einer Ehe, fragte sich Clarissa. Vielleicht beides.

May vermisste sie mehr als Jack. Die liebe May mit ihrer unbekümmerten Respektlosigkeit, ihrer verletzenden Ehrlichkeit, ihrer unermüdlichen Suche nach Spaß. In ein paar Wochen würde Clarissa sie endlich in London treffen.

Ich würde ja sagen, dass es hier verdammt beschissen ist ohne Dich, hatte May geschrieben, *wenn Du Deine Nase dann nicht noch höher tragen würdest. Ach, zum Teufel. Es ist verdammt beschissen hier ohne Dich. Das einzig Gute sind die GIs. Was für ein Spaß! Ein Abend mit ihnen tröstet mich fast über Deine Abwesenheit hinweg, Herzogin. Und tanzen können die, besonders die schwarzen. Besser als Fred Astaire. Na ja, vermutlich kann Fred gar keinen Jitterbug tanzen.*

Sie fragte sich, ob sie es nicht irgendwie deichseln könne, May nach Dartmouth zu holen. Sie war eine exzellente Fahrerin.

Als sie gerade ihr kleines Büro verlassen wollte, schaute ein Kopf um die Ecke.

»Guten Abend, Third Officer Compton Brown.«

»Guten Abend, Sir.«

Beide lachten. Sie machten sich einen Spaß aus diesen Formalitäten. Lieutenant-Commander Jerry Fortescue war für eine Weile in Dartmouth stationiert und brannte darauf, an die Front zurückzukehren. Er war urkomisch, und sie mochte ihn. Er hatte etwas seltsam Unwiderstehliches, war ein glücklich verheirateter Flirt. Clarissa und er passten wunderbar zueinander und unterhielten eine erotisch aufgeladene, aber vollkommen ungefährliche Freundschaft, die ihnen jede Menge Spaß und Abwechslung bot.

»Schon was vor heute Abend?«

»Eigentlich nicht.«

»Lust auf einen Drink? Im Pub? Ich muss mal hier raus. Später gibt es auch noch eine Party im Offizierskasino. Wäre toll, wenn du mitkämst.«

»Ein Drink wäre wunderbar, Jerry«, sagte Clarissa. »Aber nur einen schnellen, dann muss ich zurück. Ich war gestern Abend nicht sehr nett zu meinem Gatten, daher sollte ich versuchen, ihn anzurufen und Schadensbegrenzung zu betreiben.«

»Gut. Ich werde alles daransetzen, dich umzustimmen. Wir sehen uns in fünf Minuten. Ich habe einen Wagen.«

Wenn ihr vor dem Krieg jemand erzählt hätte, dass sie mal in einem englischen Pub zwischen den Vertretern von Ländern des halben Erdballs stehen würde – Polen, Norweger, Kanadier, Tschechen, Amerikaner (schwarz und weiß), Franzosen, selbst ein paar Brasilianer –, dann hätte sie es nicht geglaubt. Man fühlte sich eher wie beim Völkerbund als in einer Bar. Sie stand da, ihr wässriges Bier in der Hand, lächelte tapfer und versuchte zu verstehen, was ihr Jerry Fortescue über den Lärm hinweg zuschrie. Als sich noch ein paar andere Offiziere zu ihnen gesellten, Freunde von ihm, gab sie auf. Dichter Zigarettenqualm hing im Raum, und ihre Augen brannten. Sie bereute es fast, gekommen zu sein, und suchte nach einem Vorwand zu gehen, als ihr jemand von hinten gegen den Arm stieß. Ihr Bier schwappte aus dem Glas und verteilte sich auf ihrer Uniform.

»Verdammt«, rief Clarissa laut. Sie war stinksauer, weil sie die Jacke soeben erst hatte reinigen lassen.

»Oh, das tut mir leid, Ma'am, entsetzlich leid. Kommen Sie, lassen Sie mich ...«

Und dann stand er vor ihr und tupfte mit einem Taschentuch an ihrer Jacke herum, sichtlich verlegen. Clarissa sah ihn an und merkte, dass ihre Wut schnell verflog.

Ein Amerikaner in einer brandneuen, perfekt gebügelten Uniform, glattes rotblondes Haar, Sommersprossen, blaue Augen, feine Gesichtszüge – es könnte ein Engländer sein, dachte sie. Er lächelte sie abwechselnd nervös an und betrachtete ängstlich die klatschnasse Jacke. Sein Blick war so entsetzt, dass sie lachte, ihm das Taschentuch aus der Hand nahm und erklärte, es sei halb so wild. Außerdem hatte er sich beim Tupfen, wie sie fand, gefährlich nah an ihre Brüste herangewagt.

»Hören Sie«, sagte er, und auch seine Stimme klang fast englisch, »ich kann Sie heimfahren, dann können Sie sich umziehen. Draußen steht mein Lastwagen, das wäre gar kein Problem. Und ich hätte nicht so ein schlechtes Gewissen ...«

»Nein, wirklich«, sagte Clarissa, »das ist schon in Ordnung«, um sich dann zu fragen, warum sie sich so zierte. Sie stank nach Bier und war bis auf die Haut durchnässt. Bis nach Greenwich war es ein zwanzigminütiger Fußmarsch, und Jerry würde die Bar sicher nicht verlassen wollen. Sie lächelte ihn an. »Andererseits, warum eigentlich nicht? Danke.«

»Danach bringe ich Sie dann wieder zurück zu Ihren Freunden, in Ordnung?«

»Absolut. Clarissa Compton Brown«, sagte sie und streckte ihm die Hand hin. »Angenehm.«

»Mark Twynam. Bitte, Sie haben den Vortritt.«

Er lebe in Washington, erzählte er ihr. Sein Vater sei Anwalt und er auch, jedenfalls habe er als Anwalt gearbeitet und würde es auch wieder tun. Er war zweiunddreißig, verlobt und hatte in Yale studiert. Offenbar gehörte er zu einer Spezies, von der sie schon viel gehört hat, den weißen angelsächsischen Protestanten. Amerikanische Oberschicht, mit anderen Worten. Als Mitarbeiter des Nachrichtendienstes der amerikanischen Luftstreitkräfte residierte er in London, beim amerikanischen Attaché.

»Du liebe Güte«, sagte Clarissa, »das klingt ja vornehm. Was um Himmels willen hat Sie denn ins Queen Victoria in Greenwich geführt?«

»Ich habe eine Einheit in Blackheath besucht. Die britischen Pubs gefallen mir, und da dachte ich, auf dem Weg zurück nach London schaue ich mir noch ein paar an.«

»Verstehe«, sagte Clarissa. »So, da wären wir schon. Dann gehe ich mal hinein und ziehe mich um.«

»Ich warte hier«, sagte er. »Und dann bringe ich Sie wieder zurück.« Er lächelte sie an, ein wunderschönes Lächeln, fast ein wenig schüchtern, aber sehr warm. Für ein schönes Lächeln war Clarissa sehr anfällig. Ein schönes Lächeln und schöne Hände. Unwillkürlich schaute sie auf Mark Twynams Hände: Sie waren groß, die Finger lang. Und mit Sommersprossen übersät, wie sein Gesicht. Sehr schön.

»Oh, das müssen Sie…«, begann Clarissa, unterbrach sich dann aber. Eigentlich hatte sie sagen wollen, dass sie jetzt lieber zu Hause bleibe und ihren Ehemann anrufe. Aber dann schien ihr die Vorstellung, ein Stündchen in Mark Twynams Gesellschaft zu verbringen, reizvoller zu sein, als sich mit sich selbst oder einem mürrischen Jack zu vergnügen.

»Danke«, sagte sie lächelnd. »Dann werde ich Sie der britischen Marine vorstellen.«

Sie zog eine saubere Bluse und ihre andere, stärker abgetragene Jacke an. Manchmal sehnte sie sich danach, sich ganz normal in Schale zu werfen, aber es konnte kein Zweifel daran bestehen, dass man in Uniform besser bedient wurde. Besonders in der Uniform der Wrens, da denen eine besondere Wertschätzung entgegengebracht wurde. Zweimal schon hatte sie mit einer Gruppe uniformierter Kameradinnen in einem Restaurant gegessen und bei der Bitte um die Rechnung erfahren, dass die bereits beglichen sei, und das war bekanntermaßen keine Ausnahme. Der bizarrste Vorzug des Daseins einer Wren war, dass Lord Nuffield für sämtliche Damenbinden aufkam. Anfangs hatte sie das für einen Scherz gehalten, aber dann versicherte man ihr, dass der Lord damit seinen Beitrag zu den Kriegsanstrengungen leisten wolle.

»Ich liebe Ihre Uniform«, sagte Mark Twynam, als sie wieder in den Lastwagen stieg. »Die ist so schick. Sie sehen alle so wunderbar darin aus.«

»Danke«, sagte Clarissa und schenkte ihm ein Lächeln. Sie hatte sich noch einmal geschminkt und sich – ein Trick, den sie May verdankte – Bleicherde ins Haar gebürstet, weil es dann fast wie frisch gewaschen wirkte, glänzender und geschmeidiger. Es funktionierte wirklich.

»Erzählen Sie mir doch etwas über sich.«

»Oh, da gibt es nicht viel zu erzählen«, sagte Clarissa unbekümmert. »Verheiratet, unfassbar glücklich. Mit einem Piloten ...«

»Wo ist er stationiert?«

»In Schottland – wo er darum betet, bald wieder an die Front geschickt zu werden.«

»Beten Sie auch darum?«

»Ja und nein. Wenn er in der Luft ist, zittere ich unentwegt um ihn. Aber er langweilt sich und fühlt sich elend, der arme Kerl, was mir natürlich auch leidtut.«

»Und wo leben Sie mit Ihrem Ehemann, wenn kein Krieg herrscht?«

»In London«, sagte Clarissa. »In einem schönen Haus, das ich schrecklich vermisse.«

»Familie?«

»Nur ein Vater in Schottland. Keine Schwestern und Brüder. Ziemlich einsam und verlassen.«

»Allzu verzweifelt wirken Sie aber nicht«, befand er mit einem Grinsen. »Als was arbeiten Sie in Friedenszeiten?«

»Gar nicht«, sagte Clarissa, überrascht über diese Frage. Arbeiteten die amerikanischen Frauen etwa alle? Sie hatte gehört, dass sie sehr emanzipiert und unabhängig seien. »Arbeitet Ihre Verlobte?«

»Nein. Aber Sie wirken so ... keine Ahnung ... organisiert. So kompetent. Als seien Sie es gewöhnt, Verantwortung zu übernehmen.«

»Na ja, das lernt man bei den Wrens«, sagte Clarissa. »Aber es ist lustig, dass Sie das sagen, weil ich wild entschlossen bin, nach dem Krieg eine Arbeit zu ergreifen. Am liebsten würde ich eine Ausbildung zur Sekretärin machen und dann vielleicht eine Agentur für Sekretärinnen gründen, so etwas in der Art. Die Vorstellung, mich wieder um Blumen und Tischschmuck zu kümmern, ist mir ein Graus.«

»Dann genießen Sie den Krieg also?«

»Oh ja«, sagte sie, »ich genieße den Krieg.«

Mark und sie nahmen einen Drink und dann noch einen. Der Pub hatte sich nun etwas geleert, und sie fanden einen Sitzplatz. Die Unterhaltung floss leicht dahin und drehte sich um Erlebnisse aus ihrem Leben, Hintergründe und Kriegsanekdoten. Er war außerordentlich beeindruckt von ihren Erfahrungen als Meldefahrerin.

»Das klingt ja wie im Film. Sie sind wirklich etwas Besonderes, oder?«, sagte er.

»Ach, keine Ahnung«, sagte Clarissa lachend. »Es ist wie mit allem im Krieg. Man tut, was einem aufgetragen wird, und macht sich erst hinterher Sorgen.«

»Vermutlich. Ich bin noch nicht lange genug dabei, um das beurteilen zu können.«

»Haben Sie Heimweh?«

»Ein bisschen.« Er schaute sie nachdenklich an. »Dürfte ich Sie abends mal zum Essen einladen? Einfach um das Heimweh etwas zu lindern.«

»Warum nicht«, sagte Clarissa.

»Ich kenne nicht viele Restaurants in London«, sagte er zögernd. »Aber wäre das Savoy in Ordnung?«

»Zur Not schon.«

Im Savoy schien man, wie in den anderen Londoner Luxushotels, nicht mitbekommen zu haben, dass Krieg herrschte. Das war einer der Skandale, die die Regierung abzustellen geschworen hatte. Mark und Clarissa aßen Räucherlachs, Hühnchen und Früchtesorbet und tranken einen edlen Bordeaux dazu. Clarissa hatte eins ihrer locker hängenden Abendkleider von Molyneux, die sie »für alle Fälle« mit nach Greenwich genommen hatte, in die Reisetasche gepackt und sich in der Damentoilette des Savoy umgezogen. Es bestand aus fließendem schwarzem Samt über smaragdgrünem Satin und war am Rücken sehr tief ausgeschnitten. Zum ersten Mal seit Monaten hatte sie sich die Nägel lackiert und sich überaus großzügig aus ihrem kostbaren letzten Flakon Chanel No. 5 besprüht. Allein das Wissen, dass sie umwerfend und teuer aussah, verlieh ihr das Gefühl, überaus anziehend zu sein. Mark trug seine Uniform und sah ebenfalls überaus anziehend aus. Nach dem Essen tanzten sie. Mit einem Mal fühlte sie sich abenteuerlustig und leichtsinnig. Er tanzte gut, bewegte sich mühelos und hielt sie gekonnt.

»Es ist so wichtig zu tanzen«, sagte sie zu Mark, als sie sich wieder setzten. Sie beugte sich zu ihm vor, um sich Feuer geben zu lassen und Einblick in ihr Dekolleté zu gewähren.

»Warum?«

»Weil...«, sie legte die Hände um die seinen, die das Feuerzeug hielten, rutschte dann wieder zurück und musterte ihn, »weil jemand, der nicht tanzen kann, nicht gut in der Liebe sein kann.«

»Sie sind eine ganz außergewöhnliche Frau«, sagte er und erwiderte ihr Lächeln, während er ihren Kommentar nicht weiter zu beachten schien.

»Warum?«

»Ich habe immer gehört, die Engländerinnen seien so... zurückhaltend.«

»Gefühlskalt, meinen Sie?«, fragte Clarissa munter. »Das denken alle, aber... Nein, das sind wir nicht. Es geht nichts über ein liebestolles englisches Mädchen, Mark, absolut nichts. Wenn ich nicht eine verheiratete Frau wäre«, fügte sie schnell hinzu, weil ihr entsetzt bewusst wurde, wie betrunken sie war, »würde ich es Ihnen beweisen.«

»Das ist gar nicht nötig«, sagte er, und sein Blick ruhte nun auf ihr, ernst, eindringlich, verstörend. »Absolut nicht. Ich sehe, dass Sie nicht gefühlskalt sind, Clarissa. Ich sehe und spüre es. Sie sind eine wunderbare, aufregende Frau.«

Schweigen entstand. Clarissa riss mühsam den Blick von ihm los. Es war lange her, dass sie derart erschüttert gewesen war, derart emotional und körperlich erregt. Die Band begann wieder zu spielen, »Bewitched« diesmal. Er hielt ihr die Hand hin und stand auf. Sie folgte ihm auf die Tanzfläche und sank in seine Arme.

Zwei Abende später traf sie sich wieder zum Dinner mit ihm, dieses Mal im Deep Shelter Restaurant im Grosvenor House, einem Etablissement unter der Erde. Es war einer der wenigen Sommerabende, an denen es einen kleinen Luftangriff gab, und sie verbrachten die Nacht dort – in aller Unschuld, da noch ein paar Dutzend anderer Leute anwesend waren.

Aber Jack Compton Brown, der unentwegt in Greenwich anrief, bis weit nach Mitternacht und dann wieder am frühen Morgen, weil er ihr mitteilen wollte, dass er endlich wieder an die Front geschickt wurde, wusste nur, dass sie nicht nach Hause zurückgekehrt war, und brach ohne Abschied nach Nordafrika auf.

***

Grace kam es oft komisch vor, dass Ben und Charles am selben Ort sein sollten; einem grauenhaften Ort, wie sie zwischen den Zeilen ihrer Briefe las, so tapfer sie auch klingen mochten. Abgesehen von den unmittelbaren Zumutungen des Wüstenlebens schienen sie sich vor allem verteidigen und immer weiter zurückziehen zu müssen. Wie der Rest des Landes hatte sie das Gefühl, dass der Krieg zwar noch nicht verloren war, dass es aber zugleich immer unmöglicher wurde, daran zu glauben, er könne je gewonnen werden. Oder auch nur enden.

Sie wunderte sich, wie sehr sie sich an die Sorge und Angst gewöhnt hatte, an die ständige Erwartung des Vorboten des Todes, des Telegramms vom Kriegsamt. Die Angst war immer präsent, die ganze Zeit über, aber sie war wie alles andere auch – die Rationierung, die Unannehmlichkeiten, die Langeweile, die Einsamkeit – eine Art Hintergrundgeräusch geworden, allgegenwärtig, aber nicht unerträglich. Am meisten Angst jagte ihr ein – was sie nicht einmal sich selbst eingestehen mochte –, dass der größte Schrecken nachließ. Sie lag nicht mehr ewig wach, Stunde um Stunde, Nacht für Nacht, und fürchtete das Schlimmste. Natürlich vermisste sie Charles entsetzlich, aber es war schon so lange her, dass sie ihn gesehen oder auch nur seine Stimme gehört hatte, dass es schon etwas Unwirkliches bekam. Das flößte ihr Schuldgefühle und Unbehagen ein, als sei sie ein oberflächlicher, gefühlskalter Mensch. Sie sagte sich, dass es anders wäre, wenn sie länger verheiratet wären und vielleicht ein Kind hätten – wenn ihr Leben tatsächlich ein echtes Leben geworden wäre –, versagte sich solche Gedanken aber schnell wieder. Alles würde sich ändern, wenn der Krieg erst einmal vorüber war und er nach Hause kam, das wusste sie.

***

»Ich fühle mich so entsetzlich«, sagte Clarissa zu May.

»Ach ja?«

»Ja, in der Tat. Schau mich nicht so an. Ich war in einem Luftschutzraum, um Himmels willen.«

»Und was für ein Luftschutzraum«, sagte May.

»Wenn es nicht den Luftangriff gegeben hätte, wäre ich nach Greenwich zurückgefahren. Oh May, was muss er nur gedacht haben?«

»Was soll er schon gedacht haben?«, sagte May. Aber als sie die Tränen in Clarissas großen braunen Augen sah, streckte sie die Hand aus und tätschelte ihren Arm. »Reg dich nicht auf, Herzogin. Du hast ihm geschrieben und die Sache erklärt. Mittlerweile weiß er, was los war. Du hast doch nichts angestellt.«

»Du hast so recht, May. So absolut recht. Aber hör zu, er hat mich wieder zum Essen eingeladen, nächste Woche. Mark meine ich. Aber ich sollte die Einladung ablehnen, oder? Angesichts dessen, was passiert ist?«

»Wieso das denn?«, sagte May. »Das hilft dem Geschwaderführer ja auch nicht gerade, wenn du zu Hause sitzt und dich in Selbstmitleid suhlst. Was er nicht weiß, macht ihn nicht heiß. An deiner Stelle würde ich ganz normal weiterleben, Herzogin.«

»Herrgott, May«, sagte Clarissa, »was würde ich nur ohne dich machen? Und jetzt hör zu, ich denke, du solltest dich unbedingt für eine Versetzung nach Dartmouth bewerben. Ich unterstütze den Antrag. Was meinst du?«

»Wäre vermutlich ein Riesenspaß«, sagte May.

In diesem August kam Robert für eine Woche nach Hause. Am Tag vor seiner Rückkehr nach Schottland rief er Grace an und fragte, ob er sie besuchen dürfe.

»Ich hatte noch gar nicht die Gelegenheit«, sagte er, »mich richtig dafür zu bedanken, was du in jener Nacht für Florence getan hast. Und das würde ich gern persönlich tun.«

Da sie sich freute, dass er sie mochte, und sich geschmeichelt fühlte, weil er den Weg auf sich nehmen würde, lud sie ihn zum Tee ein.

Sie war im Garten, als er kam. Es war ein wunderschöner Tag, golden und ruhig. Man konnte kaum glauben, dass im restlichen Europa und sogar in einem Großteil der Welt ein verzweifelter Kampf tobte, dass Stunde um Stunde Männer abgeschlachtet wurden und durch gewaltige Feuerblitze Häuser einstürzten und ihre Bewohner unter sich begruben. Die Nachrichten waren schrecklich, zumal die Lage immer schlimmer zu werden schien. Ganz Europa wurde von den Nazis beherrscht, und immer noch drohte die Invasion, sodass man an den englischen Stränden endlose Reihen von Stacheldraht ausgerollt hatte. Aber in Wiltshire wuchs das Gras dicht und hoch, aus den Hecken wucherten Wilder Kerbel und Geißblatt, und in den Feldern leuchtete der Mohn.

»Hallo, Grace.« Das war Robert, der entspannt und munter aussah und auch, wie sie dachte, ziemlich attraktiv.

Er war durch das Haus hereingekommen. Clifford, der von seinem Besuch wusste, war demonstrativ mit den Jungen zum Angeln gegangen. Für Florence' Duldsamkeit und die Tatsache, dass sie ihn zurückgenommen hatte, ging ihm jedes Verständnis ab. Er hatte mit eigenen Augen gesehen, wie eingeschüchtert sie war, hatte sie vor ihm beschützt und ihr wiederholt geraten, die Scheidung einzureichen. Wer Imogens Vater war, wusste er nicht. Seine unerschütterliche Abneigung, sich in solche Dinge einzumischen, und sein eigenes Bedürfnis nach Privatheit hielten ihn davon ab, Florence nach vergangenen oder zukünftigen Beziehungen auszufragen. Aber der gesunde Menschenverstand, seine rechnerischen Fähigkeiten und der Augenschein verrieten ihm, dass Robert es nicht war. Was er allerdings genau wusste, war, dass er Robert abgrundtief verabscheute; wäre er allein mit ihm, würde er vermutlich nicht an sich halten können und handgreiflich werden. Grace hatte allerdings klargestellt, dass sie ihn empfangen wolle. Ihre Sympathien für Robert, ihre unverhohlene Missbilligung von Florence' Verhalten und ihre Weigerung, an Roberts gewalttätige Ader zu glauben, gehörten zu den wenigen Dingen, in denen sie sich einer stillschweigenden Uneinigkeit bewusst waren. Der Angelausflug schien also eine gute Idee zu sein.

Als sie Robert nun betrachtete, dachte sie wieder einmal, wie wenig glaubwürdig die Geschichten über ihn waren. Obwohl sie Florence mittlerweile etwas sympathischer fand, konnte sie sich kaum vorstellen, dass Robert sie je geschlagen haben sollte. Florence selbst hatte es auch nie behauptet. Wenn das stimmte, würde sie sicher nicht mehr mit ihm zusammen sein. Sie würde sich scheiden lassen, jede würde das tun. Und er schien Florence aufrichtig zu lieben. Es war für ihn sicher nicht leicht, mit ansehen zu müssen, wie besessen sie von Imogen war. Jeder Mann hätte Schwierigkeiten damit, auch ohne Anlass zu Misstrauen oder Eifersucht. Es gab keine Situation, keine Unterhaltung, die nicht vollkommen von Imogen bestimmt war, selbst wenn sie gar nicht anwesend war: was sie gesagt hatte, was sie getan hatte, was sie schon wieder Unglaubliches geleistet hatte. Ständig war man gezwungen, zu bewundern, zuzuhören, zuzuschauen, Laute des Entzückens auszustoßen. Imogen konnte tatsächlich zauberhaft sein, aber Grace kam sie zunehmend wie ein Monster vor, schwierig, fordernd und zu entsetzlichen Wutausbrüchen neigend. Im Prinzip musste sie Muriel zustimmen, dass ein gutes und strenges Kindermädchen Wunder wirken würde.

»Hallo, Robert«, sagte sie nun. »Schön, dich zu sehen. Du siehst gut aus.«

»Ja«, sagte er. »Ich fürchte, der Krieg ist für mich jetzt ein Kinderspiel. Keine Gefahren und nicht allzu viele Entbehrungen. Aber ich kann dir versichern, meine Arbeit ist nützlich und wichtig. Daher finde ich mich damit ab.« Er lächelte, um dann mit größerer Ernsthaftigkeit zu sagen: »Ich würde es dir nicht verdenken, Grace, wenn du mir feindselige Gefühle entgegenbringen würdest – wo Charles doch da unten ist, in dieser gottverlassenen Wüste.«

»Nein«, sagte sie, »natürlich nicht. So habe ich das noch nie gesehen. Und wenn du Männer dazu ausbildest, in die Welt zu ziehen und erfolgreicher zu kämpfen, dann tust du doch wirklich etwas sehr Wichtiges.«

»Nachrichten von Charles, übrigens?«

»Oh«, sagte sie, »dem geht es gut. Jedenfalls als er seinen letzten Brief geschrieben hat. Das ist natürlich schon einen Monat her …« Ihr Satz verhallte. Ihr fiel nichts Vernünftiges oder Interessantes ein, das sie erzählen könnte.

»Machst du dir viele Sorgen um ihn?«

»Ja, natürlich. Aber man gewöhnt sich an die Sorge. Das ist wie mit Verstopfung – nicht schön, aber auch nicht wirklich gefährlich.«

»Du machst das alles ganz wunderbar«, sagte er unvermittelt. »Großartig, dass du diese beiden kleinen Burschen aufgenommen hast. Leicht dürfte das nicht sein.«

»Doch, kinderleicht«, sagte sie. »Wirklich. Sie sind wunderbare Gesellschaft, und so interessante auch. David, der Ältere, ist äußerst musikalisch, und Daniel ist unglaublich klug. Clifford hat ihm das Schachspielen beigebracht, und er macht das richtig gut.«

»Ach, Grace, stell dein Licht nicht immer unter den Scheffel! Es wird schon nicht alles eitel Freude und Sonnenschein sein. Sie haben doch sicher auch Probleme, mit denen du dich auseinandersetzen musst. Wenn sie ihre Familie vermissen und so.«

»Na ja, stimmt schon. Besonders nachdem ihre Mutter getötet wurde.«

»Sie ist tot?«

»Hat Florence dir das nicht erzählt?«

»Florence erzählt mir nicht viel«, antwortete Robert mit einem leicht düsteren Lächeln. »Es sei denn, es geht um Imogen. Ich liebe das kleine Mädchen, aber allmählich werde ich ihrer ein wenig überdrüssig. Sie ist schrecklich verzogen, fürchte ich. Wenn der Krieg vorbei ist und ich wieder zu Hause bin, wird ein bisschen Disziplin einziehen müssen.«

»Na ja … Ich nehme an, wo sie doch so krank war …«, sagte Grace, um taktvolle Zurückhaltung bemüht, obwohl sie ihm insgeheim zustimmte.

»Sicher, und es ist nur natürlich, dass Florence das Gefühl hat, ihr alles recht machen zu müssen. Trotzdem, für das Kind ist das nicht gut. Niemand wird sie mögen. Sie wird keine Freunde haben.«

»Da hast du vielleicht recht«, sagte Grace. »Sogar Clifford hat sich schon so geäußert …«

»Der gute alte Knabe! Wie geht es ihm? Schade, dass ich ihn heute nicht antreffe. So ein netter Kerl – auch wenn er ein bisschen über die Stränge schlägt. Meiner Meinung nach bist du wirklich absolut bewundernswert«, fügte er hinzu. »In vielerlei Hinsicht, aber besonders weil du den Mumm hast, ihn hier aufzunehmen. Nicht nur wegen Muriel. Florence hat mir erzählt, dass er eine Menge trinkt …«

»Das ist aber viel besser geworden«, sagte Grace. »Na ja, teils hat das einfach damit zu tun, dass er hier nicht bekommt, wonach ihm der Sinn steht. Aber er gibt sich wirklich Mühe. Und die Jungen tun ihm auch gut. Sie himmeln ihn an, und er liebt die beiden.«

»Ich finde dich trotzdem absolut bewundernswert«, sagte

Robert lächelnd. »Aber wie ich schon sagte, eigentlich bin ich gekommen, um mich bei dir zu bedanken, ganz förmlich und offiziell: für das, was du in der Nacht von Imogens Geburt für Florence getan hast. Offenbar hast du wahre Wunder vollbracht. Florence hat mehr als einmal gesagt, dass sie das alles nicht geschafft, ja nicht einmal überlebt hätte, wenn du nicht da gewesen wärst. Das ist großartig von dir, Grace, das wollte ich dir nur sagen. Ich habe das ja schon einmal gesagt und werde es zweifellos noch häufiger tun, aber für diese Familie bist du eine echte Wohltat. Du tust so viel und bekommst so wenig Unterstützung, ganz zu schweigen von einem Dankeschön. Das stelle ich mir hart vor.«

Grace, die das auch fand, in letzter Zeit sogar immer öfter, fühlte sich warm und geborgen, als hätte jemand sie aus einer kalten, trostlosen Winterlandschaft ins Warme geführt, in eine weiche Decke gehüllt und an einen brennenden Kamin gesetzt. Sie schenkte ihm ein Lächeln und sagte: »Oh Robert, du ahnst ja gar nicht, wie gut das tut! Es ist ja nicht so, dass man Dank erwartet, aber ...«

»Doch, ich ahne es«, sagte er. »Vielleicht weil es mir manchmal ähnlich geht? Damals, als ...« Er schaute sie an und lächelte wieder. »Ach Quatsch, das ist selbstmitleidiger Unsinn. Was ich getan habe, ist nichts im Vergleich zu dir.«

Grace schaute ihn nur an.

»Vermutlich sollte ich das alles gar nicht sagen, Grace«, erklärte er, »aber für mich ist es auch hart. Ich liebe Florence so sehr, dabei merke ich, dass sie mir nicht dieselben Gefühle entgegenbringt. Daran kann man natürlich nichts ändern, aber es tut trotzdem weh, verstehst du?«

»Ja«, sagte Grace. Ihre Stimme war plötzlich nur noch ein Flüstern, und sie traute sich nicht, ihm in die Augen zu schauen.

»Das war immer schon so«, sagte er, »von Beginn an. Ich war so schrecklich verliebt und wusste genau, dass sie es nicht ist. Mir war klar, dass sie mich heiratet, obwohl sie mich nicht wirklich liebt.«

Grace blieb stumm.

»Damit will ich keinesfalls unterstellen, dass sie mich wegen des Geldes geheiratet hat, wie manche Leute behaupten. Dazu ist sie viel zu stolz und intelligent. Es ist nur... Na ja, es ist alles ein bisschen einseitig. Ich würde alles für Florence tun, alles, und für Imogen auch. Aber manchmal habe ich das Gefühl, umgekehrt gilt das nicht.«

»Doch, bestimmt, da bin ich mir sicher«, sagte Grace.

»Nein, Grace, das sehe ich doch. Aber egal, ich will dich auch gar nicht damit belasten, mit meiner... Traurigkeit. Das wäre nicht richtig.«

»Ach, Robert, sag das nicht. Mir ist es absolut zuwider, dass...« Sie biss sich auf die Lippe, weil sie Angst hatte, zu viel zu sagen. Sie mochte Florence zwar nicht und hatte auch kein Vertrauen zu ihr, aber sie würde nicht ihre Geheimnisse preisgeben.

»Was ist dir zuwider, Grace? Was?«

»Nichts, Robert. Nichts.«

»Grace, ich würde es aber gern wissen. Für mich wäre es leichter, wenn ich wüsste, wo ich stehe – wenn es zum Beispiel überhaupt keine Liebe für mich gäbe, keine Hoffnung. Wenn es zum Beispiel jemand anderen gäbe. Dann würde ich gar nicht mehr bei ihr bleiben wollen.«

Grace hatte allmählich das Gefühl, in der Falle zu sitzen. Robert suchte sichtlich nach Antworten, Antworten, von denen er offenbar dachte, Grace könne sie ihm geben. Sie setzte sich und gab sich Mühe, verwirrt und unschuldig auszusehen. Allerdings wusste sie nicht, wie lange sie das durchhalten würde. Sie betete darum, dass das Telefon klingeln oder Clifford zurückkehren möge, egal was. Ihr war bewusst, dass sie die Fäuste ballte und schwitzte.

Irgendwann redete Robert weiter. »Wobei es jetzt natürlich Imogen gibt, die ich so in mein Herz geschlossen habe. Dabei hatte ich sie vorhin selbst als verzogen bezeichnet. So ein hübsches kleines Ding, was? So entzückend. Eine kleine englische Rose. Man wird es nicht für möglich halten, aber in dem Alter war ich auch blond.«

»Wirklich?«, fragte Grace. Das war ein einziger Albtraum. Sie wusste nicht, was sie tun sollte, und wollte sich schon entschuldigen, weil sie dringend zum Klo müsse.

Aber dann lächelte er plötzlich und sagte: »Jetzt würde ich gern den Tee trinken, Grace.«

»Oh Robert, entschuldige«, sagte sie. »Ich gehe schnell hinein und koche einen.«

Sie erhob sich linkisch und ging ins Haus. Robert folgte ihr in die Küche, setzte sich und sah zu, wie sie das Wasser aufsetzte und den Kuchen aus der Dose holte.

»Kuchen kann man das fast nicht nennen«, sagte sie entschuldigend. »Er erinnert eher an Brot. Ohne Obst und Butter ist es etwas schwierig, aber immerhin haben wir welchen. Den Jungen scheint er zu schmecken.«

»Ich bin mir sicher, dass er mir auch schmeckt.« Er lehnte sich zurück und lächelte. »Du hast dieses Haus so wunderbar hergerichtet«, sagte er, »so anheimelnd. Du hast wirklich ein Händchen für so etwas, Grace. Charles ist ein Glückspilz.« Er schwieg, dann sagte er: »Grace ...«

»Ja, Robert?«

»Grace, du warst doch dabei, als Imogen geboren wurde, nicht wahr?«

»Oh ja.«

»Sie war … sehr klein, nicht wahr?«

»Ja, schon. Fünf Pfund, glaube ich. Warum?«

»Ach … nichts«, sagte Robert. »Ich habe nur gestern Abend ihre Geburtsurkunde gefunden, aus dem Krankenhaus, und mir kam das so außerordentlich klein vor. Irgendwie habe ich mich gefragt, ob das ein Fehler sein muss. Es war ja wohl eine ziemlich chaotische Nacht, und da war es für die Leute dort sicher nicht leicht …«

»Nein«, sagte Grace, »das war wohl kein Fehler, denke ich. Tatsächlich gab es sogar ein gewisses Getue, weil alle der Meinung waren, dass sie ziemlich groß war, dafür, dass sie einen Monat zu früh gekommen ist.«

»Einen Monat zu früh«, sagte Robert. »Ja natürlich. Das hatte ich gar nicht bedacht. Wie dumm von mir. Danke, Grace.«

KAPITEL 19

Herbst 1942

Clarissa hatte das Gefühl, noch nie in ihrem Leben so glücklich gewesen zu sein wie in jenem Herbst in Dartmouth. Sie hatte die Stadt von dem Moment an geliebt, als sie in Kingswear auf der anderen Flussseite aus dem Zug gestiegen war, um die Fähre über den Dart zu nehmen. Die Häuser stiegen im Zickzack an den Hängen der Hügel empor und waren blau, cremefarben, grün und weiß angemalt. Auf einer Seite ragte der rot-weiße Prachtbau des Royal Naval College empor und sah über den großen Naturhafen mit der Burg und der Dartmündung hinweg. Die Luft war salzig, schmeckte nach Meer und war von den Schreien der Möwen erfüllt. Clarissa wurde in einem viktorianischen Haus ganz oben in der Stadt einquartiert, dem Warfleet House, einem bezaubernden, einladenden Gebäude mit großen Räumen und schönen Kaminen. Ihr Zimmer lag zur Seite hinaus und schaute auf den Warfleet Creek. Wenn sie abends von ihrem kleinen Büro in der Stadt die steilen Sträßchen wieder hochstieg, hatte sie zum ersten Mal in ihrer Zeit bei den Wrens das Gefühl, nicht in ein Quartier, sondern in ein Zuhause zurückzukehren.

Das Leben war schier überwältigend. Man kam nicht umhin, eine wunderbare Zeit zu haben, besonders als Frau. Der Frauenmangel war beachtlich. Das College wurde auch als US-Basis genutzt, und so liefen Tausende von Amerikanern in der Stadt herum, mit ihrem Geld, ihrem Charme und ihren unfassbaren Gaben: Seidenstrümpfe, Parfüm und Zigaretten, Kaugummi und Süßigkeiten. Auch englische Offiziere lebten in der Stadt oder verbrachten ihren Urlaub dort. Die Abende in den berühmten Pubs von Dartmouth waren höchst ausgelassen, und an den freien Tagen nahm man die Fähre nach Dittisham, trank Bier im Ship Inn oder läutete die große Glocke am Ende der Landungsbrücke, damit ein Ruderboot kam und einen auf die andere Seite nach Greenway brachte, wo man picknicken oder über die schmalen, gewundenen Straßen zu den Stränden von Torbay gelangen konnte.

Auf der anderen Flussseite war auch May einquartiert, im beschlagnahmten Royal Dart Hotel, das nun HMS *Cicala* hieß.

Clarissa genoss jeden einzelnen Moment, der Arbeit ebenso wie des Vergnügens. Und sie arbeitete hart, da sie nicht nur für die praktischen Verwaltungsaufgaben des Warfleet House zuständig war, sondern sich auch um die persönlichen Belange der Wrens kümmern musste: Probleme mit ihren Freunden, ihren Urlaubsanträgen, ihrem Heimweh, ihren Versetzungen. Ihre Arbeitstage, die oft zwölf bis vierzehn Stunden dauerten, vergingen wie im Flug. Trotz der permanenten Gefahr, der ewigen Erschöpfung und der Tatsache, dass sie Jack vermisste, sich Sorgen um ihn machte und immer noch ein schlechtes Gewissen hatte, wünschte sie sich oft, sie würden nie vergehen.

Und dann war es plötzlich vorbei.

***

Grace saß in der Küche und dachte darüber nach, welche Weihnachtslieder sich für das Krippenspiel eignen würden – nicht zu schwer für die Kleinen und nicht zu kindisch für die Großen –, als sie das Telefon klingeln hörte. Sie stand auf und

hatte schon den halben Weg hinter sich, als das Klingeln aufhörte. Clifford, der sich monatelang mehr oder weniger vor
dem Telefon versteckt hatte, war neuerdings dazu übergangen,
Anrufe anzunehmen. Ganz glücklich war sie nicht darüber,
weil er Nachrichten weitaus weniger akribisch übermittelte
als Mrs Boscombe und mittlerweile auch dazu übergegan-
gen war, Entscheidungen für sie zu treffen, wenn sie nicht
zu Hause war. So hatte er Miss Merton erklärt, dass sie zu
viel zu tun habe, um diese Woche noch einem Kind Musikunterricht geben zu können, während er dem Pfarrer erklärt
hatte, die Chorprobe könne sie ohne Weiteres übernehmen.
Sie hatte versucht, ihn davon abzubringen, aber er hatte so
verletzt dreingeschaut, weil er doch nur helfen wollte, dass sie
es aufgegeben hatte.

Jetzt eilte sie in die Vorhalle und sah, wie Clifford langsam
den Hörer wieder auflegte. Als er sie anschaute, war sein Gesicht kreidebleich und seine Augen blaue Höhlen darin. Ihr
erster Gedanke war Charles. Ihre Beine wurden weich und
drohten nachzugeben. Clifford deutete ihre Angst richtig,
sensibel wie immer für ihre Gefühle, und sagte schnell: »Nein,
nicht er – nicht Charles«, aber dann stand er einfach da und
starrte sie an.

»Wer war das, Clifford? Was ist los?«

»Das war Florence«, sagte er, brachte es aber nur mit
äußerster Mühe hervor.

Grace wurde übel. »Nicht Imogen?«, fragte sie. »Das kann
doch nicht sein, nicht jetzt, nachdem…«

»Nein, nein«, sagte er, »nicht Imogen, der geht es gut. Nein,
es geht um… um Jack. Clarissa hat in der Abtei angerufen. Er
wurde abgeschossen. Seine Glückssträhne ist nun doch gerissen.«

»Oh Gott«, sagte Grace. »Clifford, ist er tot?«

»Nein. Jedenfalls noch nicht. Er ist aber schwer verletzt. Verbrennungen. Mehr wissen wir im Moment nicht. Der arme Junge. Der arme, gute Junge.« Dann ließ er sich auf einen Stuhl sinken und barg den Kopf in den Händen.

Grace schaute ihn hilflos an und wusste nicht, wie sie ihn trösten oder was sie sagen sollte. Sie fühlte sich komisch. Sie kannte Jack kaum, daher fiel es ihr schwer, um ihn zu trauern, aber sie war schockiert und entsetzt für Clarissa und auch für Clifford. Er liebte die beiden so sehr. Oh Gott, dachte sie, als sie durch das Fenster in den klaren Winterhimmel sah, den Himmel, der sich nur ein paar Hundert Meilen weiter mit Feuer und Gefahr füllte. Wo sollte das nur enden? Wie viele Menschen mussten noch sterben, bevor es endete, bevor jemand sagte, es reicht. Ihr schauderte, weil sie sich kalt und krank fühlte. Dann legte sie die Arme um Clifford und drückte ihn fest an sich.

»Nicht«, sagte sie. »Bitte, verzweifle nicht. Vielleicht ist es ja gar nicht so schlimm.« Aber ihr war klar, dass sie das selbst nicht glaubte.

Clarissa saß in ihrem Büro in Dartmouth und versuchte zu arbeiten. Es fiel ihr sehr schwer, aber sie musste sich auf etwas konzentrieren, um sich abzulenken. Was sie fühlte, waren nicht nur Elend und Angst, sondern auch Selbsthass, der wie etwas Lebendiges, Böses im Raum lauerte und sie in seinen Fängen hielt. Die Erinnerung an ihr unglaubliches Vergnügen, an die geliebte Arbeit, an den ganzen Spaß der letzten Monate verstärkten ihre Gewissensbisse noch. Sie hatte sich Jack gegenüber grässlich verhalten, war ihm nicht im Mindesten gerecht geworden, war bei ihrer letzten Begegnung distanziert und zerstreut gewesen, ganz erfüllt von ihrer Arbeit und Selbstherrlichkeit. Noch dazu war sie am Abend vor seiner

Abreise nach Nordafrika mit einem anderen Mann ausgegangen, und dann hatte sie ihm nicht einmal oft geschrieben. Und nun hatte er schreckliche Verletzungen erlitten, starb womöglich und musste denken, sie liebe ihn nicht mehr. Sein Flugzeug war abgeschossen worden und er mit ihm, da sich entweder sein Fallschirm nicht geöffnet hatte oder er sich nicht aus dem Flugzeug hatte retten können. Die Details in dem Bericht, den sie von seinem Kommandanten erhalten hatte, waren eher vage. Aber irgendwie hatten sie ihn bergen können, und er hatte noch geatmet, noch gelebt. Tagelang hat er sich ans Leben geklammert, und mittlerweile bestand tatsächlich wieder etwas Hoffnung.

Aber die Verletzungen seien beträchtlich, darauf müsse sie sich einstellen. Wenn – und dieses Wort stand da statt des tödlichen »falls« – es ihm gut genug gehe, würde man ihn zur Behandlung nach England fliegen, ins Addenbrooke's Hospital in der Nähe von Cambridge. Und dann würde sie ihm gegenübertreten müssen, ihrem betrogenen, hintergangenen Ehemann, und ihm irgendwie klarmachen müssen, dass sie ihn noch liebte.

***

Florence war zutiefst schockiert über diese Nachricht. Sie mochte Jack und stand Clarissa sehr nah. Sie hatte sie nicht gesehen, sondern nur am Telefon mit ihr gesprochen und war erschüttert über ihren blanken Schmerz und ihre Reue.

»Wie konnte ich das nur tun, Florence?«, sagte sie ständig. »Wie konnte ich nur nicht da sein, an dem Abend, bevor er fortmusste, und mich nicht von ihm verabschieden? Ich liebe ihn doch, ich liebe ihn so sehr! Aber er muss gedacht haben, ich tu es nicht mehr. Ich war die ganze Nacht weg, Florence, die ganze Nacht, stell dir vor, wie das aussehen musste! Oh Gott, ich wünschte, ich wäre selbst tot. Ich weiß nicht, wie ich das ertragen soll.«

Es war sinnlos, angesichts solcher Reuegefühle mit Logik zu kommen und darauf hinzuweisen, dass Jack gedacht haben könnte, sie habe Schicht. Oder auf sie einzureden, dass er natürlich wisse, dass sie ihn noch liebe, zumal sie ja Weihnachten noch zusammen gewesen seien; dass sie schließlich nur eine einzige Nacht weg gewesen sei.

Sie versuchte es, sagte all diese Dinge, aber Clarissa erklärte mit zittriger, tränenerfüllter Stimme, nein, nein, das verstehe sie, Florence, nicht. »Ich bin ihm nicht gerecht geworden«, sagte sie. »Ich bin ihm absolut nicht gerecht geworden. Und jetzt ist es zu spät. Das werde ich nie wiedergutmachen können.«

Als Florence schließlich den Hörer auflegte, war ihr Herz von Mitleid zerrissen. Natürlich musste sie auch an Giles denken und daran, wie er ihr Verhalten ihm gegenüber verstanden haben musste, dieses Versagen, diesen Verrat. Sie hatte ihm nie geschrieben, hatte ihm nie etwas erklärt, das hätte keinen Sinn ergeben. Als sie nun aber dasaß und auf das Telefon starrte, Clarissas gequälte Stimme im Ohr, musste sie an Giles denken und daran, wie grauenhaft es wäre, wenn er getötet würde und bis zuletzt glauben musste, sie liebe ihn nicht mehr und habe ihn einfach nonchalant auf der Türschwelle sitzen lassen. Und in diesem Moment beschloss sie, ihm zu schreiben. Er war ja so weit weg! Da konnte er nicht plötzlich vor ihr stehen, sie umzustimmen versuchen und ihren Willen schwächen. Sie schuldete ihm eine Erklärung. Er verdiente es, die Wahrheit zu erfahren.

Sie ging in das kleine Wohnzimmer, um Briefpapier zu holen, und kam gerade noch rechtzeitig, um zu sehen, wie

Imogen ein besonders wertvolles Stück von Muriels Staffordshire-Porzellan nahm und es mit dem Ausdruck größter Zufriedenheit gegen den Kamin knallte, wo es höchst eindrucksvoll zersplitterte.

»Es tut mir leid, Mutter. Was soll ich denn sonst sagen?«

»Du könntest etwas wegen dieses Kinds unternehmen«, sagte Muriel. »Bring ihr Disziplin bei. Hindere sie daran, alles kurz und klein zu schlagen.«

»Das ist ein schwieriges Alter«, sagte Florence matt.

»Jedes Alter ist schwierig, Florence, das scheint dir nicht in den Kopf zu wollen. Ich versichere dir, dass zweiunddreißig – oder wie alt auch immer du bist – ebenfalls ein äußerst schwieriges Alter ist«, fügte sie scharf hinzu.

»Es ist allerdings auch nicht vernünftig, kostbares Porzellan an Stellen stehen zu lassen, wo ein kleines Kind problemlos rankommt.«

»Ich war immer der Ansicht«, sagte Muriel bestimmt, »dass ein Kind lernen muss, sich an ein Haus anzupassen, und nicht umgekehrt. Was tut sie denn jetzt schon wieder? Um Himmels willen, Florence, sie hat die Katze beim Schwanz gepackt und zerrt sie hinter sich her. Unternimm endlich etwas, oder ich tu es.«

An diesem Nachmittag ging Florence zu Nanny Baines, dem Kindermädchen.

Molly Baines war nicht nur hocherfreut, als sie ihr das Problem mit Imogen vortrug, sie verspürte auch sichtlich Genugtuung. Auf diese Bitte hatte sie gewartet, seit Florence mit Imogen heimgekommen war und steif und fest behauptet hatte, sie schaffe das schon allein.

»Sie zieht das Kind nicht groß«, vertraute sie Mrs Babbage

an, ihrer Freundin und Vertrauten seit ewigen Jahren, »sie zieht es herunter. Die arme Mrs Bennett ist mit ihrer Weisheit am Ende. All dieser Unsinn von wegen, dass man sein Kind allein aufziehen soll! Das funktioniert nie, und den Beweis haben wir deutlich vor Augen.«

Mrs Babbage stimmte ihr überschwänglich zu und ging dann noch einen Schritt weiter. »Das ist doch wider die Natur, bei Leuten ihres Stands«, sagte sie. »Die haben einfach nicht die richtigen Instinkte dafür, Miss Baines, das ist es. Die junge Mrs Bennett allerdings … die ist eine Ausnahme. Wunderbar, wie sie das mit diesen kleinen Jungen macht, wirklich.«

»Nun«, sagte Nanny Baines, »mag ja sein. Aber denken Sie dran, dass es auch nicht die ihren sind. Nicht ihr eigen Fleisch und Blut. Abgesehen davon«, fügte sie finster hinzu, »ist sie auch nicht wirklich … Na ja, wir reden hier nicht über denselben Typ Mensch, nicht wahr? Reizend ist sie schon, klar, aber mir ist bekannt, dass Mrs Bennett das Gefühl hatte, Mr Charles heirate ein klein wenig unter seinem Stand. Ein ganz klein wenig.«

»Nun, das sehe ich anders«, sagte Mrs Babbage streng.

»Und außerdem, Nanny, habe ich beschlossen, auch zu helfen«, sagte Florence. »Beim Krieg, meine ich. Sie berufen jetzt sogar Frauen ein, und obwohl mich das nicht betrifft, wegen Imogen, möchte ich auch einen Beitrag leisten.«

»Woran hatten Sie denn gedacht?«, fragte Nanny Baines. »Doch nicht etwa an die Wrens, wie Mrs Compton Brown, oder? Ich glaube nämlich nicht, dass die …«

»Nein, Nanny. Zu einem der Dienste kann ich nicht gehen, ganz allein möchte ich Imogen auch nicht lassen. Nein, ich werde mir eine Stelle in einer Fabrik suchen.«

Muriel bestärkte sie interessanterweise, was die Arbeit in der Fabrik anging. Florence hatte erwartet, sich einen langen Sermon darüber anhören zu müssen, dass man doch gewisse Standards zu wahren habe und sich nicht unter dieses Volk mischen dürfe, aber Muriel sagte einfach, dass sie das für eine sehr gute Idee halte. In so schweren Zeiten müsse man darauf eingestellt sein, alles zu tun. Florence wies nicht darauf hin, dass Muriel nicht darauf eingestellt schien, überhaupt etwas zu tun. Sie spendete ja nicht einmal ihre Aluminiumtöpfe für die Waffenproduktion.

Das mit der Fabrikarbeit erwies sich als eher schwierig; die nächste Fabrik lag so weit weg, und die Busse fuhren derart selten, dass praktisch kein Hinkommen war. Florence, die sich schnell entmutigen ließ, war den Tränen nahe. Doch Grace schlug ihr vor, sich beim WVS, dem Freiwilligendienst der Frauen, zu melden. »Mrs Lacey, meine Ansprechpartnerin im Komitee der Landarmee, erklärt ständig, dass sie händeringend Leute suchen. Ich hatte selbst daran gedacht, aber eigentlich habe ich schon genug zu tun. Natürlich ist es unbezahlt, aber das wird kein Problem für dich sein. Mit Imogen kannst du das auch besser vereinbaren.«

Also ging Florence zur WVS-Sektion Westhorne und wurde von einer hünenhaften Frau in einem »Sirenenanzug« à la Churchill willkommen geheißen – überschwänglich, mit dröhnender Stimme und der eindrucksvollen Fähigkeit, die Damen für ihre Sache zu begeistern.

»Es stehen die verschiedensten Arbeiten an, und wir machen alles«, sagte sie zu Florence. »Da wird nicht die Nase gerümpft.«

»Natürlich nicht«, sagte Florence demütig.

»Sie fahren Auto, nehme ich an?«

»Oh … Ja, tu ich.«

»Wunderbar. Und was ist mit Arbeit in der Kantine? Da brauchen wir immer Leute. In Salisbury gibt es eine große, für die Truppen auf dem Durchmarsch nach Southampton. Kann ich Sie dafür verbuchen?« Florence nickte. »Das ist harte Arbeit. Manchmal ist man zwölf Stunden am Stück auf den Beinen und kann den Anblick und Geruch von gebackenen Bohnen nicht mehr ertragen, aber egal. Sie würden natürlich Benzincoupons bekommen.«

Florence liebte die Arbeit in der Kantine, mit all der Ausgelassenheit und Kameradschaft. Und obwohl sie selbst äußerst wählerisch war, fand sie ein perverses Vergnügen daran, riesige Wannen von Bohnen und einen absolut unappetitlichen Fisch namens Snoek zu kochen, bergeweise Brot zu verteilen und dunkelbraunen Tee in endlose Reihen von Tassen zu schenken. Wenn sie nicht mit so etwas beschäftigt war, verbrachte sie viel Zeit damit, »Bündel für Großbritannien« zu schnüren: Pakete mit Kleidern, meist Babysachen, die aus Amerika eintrafen und an die armen ausgebombten Familien verteilt wurden, die nicht nur obdachlos waren, sondern auch sonst nichts hatten als das, was sie am Leibe trugen.

Florence spielte auch Amor, wie sie es nannte. Beim WVS trafen bergeweise Briefe ein, von Männern an der Front, die darum baten, ihren Familien Geburtstagskarten zukommen zu lassen, ihren Frauen zum Hochzeitstag Blumen zu schicken oder sich danach zu erkundigen, ob ihre Lieben gesund und munter waren. So hieß es zum Beispiel: *Ich habe schon ein Jahr lang nichts mehr von meiner Freundin gehört. Könnten Sie bitte Kontakt zu ihr aufnehmen, in 7 Queen's Avenue, und sich vergewissern, dass alles in Ordnung ist?* Oft war bei den Mädchen alles in bester Ordnung; sie hatten nur die Warterei satt und widmeten sich kriegswichtigen Bemühungen eher fragwürdiger Art. Florence war dann bemüht, ihnen das Versprechen abzunehmen, bald zu schreiben, um die Moral der Männer hochzuhalten. Ihr war klar, dass sie damit über ihre Pflichten hinausschoss, aber sie konnte nicht einfach so davongehen.

Am liebsten aber, und mit der Zeit immer häufiger, fuhr sie einen der Wagen der Flotte der Queen's Messengers – große Lieferwagen, fünf per Depot – zu beliebigen Stellen in der Nähe von Luftangriffen, wo sie für die ausgebombten Familien Soforthilfe leisteten. Das war nicht ungefährlich, da sie oft eintrafen, wenn der Angriff noch gar nicht beendet war, und in unmittelbarer Nähe der bombardierten Gebiete parken mussten. Florence saß oft in ihrem Wagen, schaute in den lodernden Himmel, lauschte auf den unfassbaren Lärm und fragte sich, ob sie das wohl überleben würde.

»Sie sind unglaublich wertvoll, diese Lieferwagen«, klärte eine der Freiwilligen sie auf. »Tatsächlich hat die Queen sie gespendet. Man muss so vorsichtig mit ihnen umgehen wie mit einem rohen Ei.« Da Eier zu diesem Zeitpunkt schon so kostbar waren wie Lieferwagen, war das eine treffende Analogie. Ein Wagen hatte Wasser geladen, einer Kleidung, einer Bettzeug, einer Lebensmittel und der letzte einen Herd. Nun standen sie in Salisbury und warteten darauf, dass die Leute kommen und Essen, Kleidung und Trost suchen würden.

»Sie sind so verzweifelt und dankbar«, berichtete sie Grace. »Man weiß einfach nicht, was man sagen soll. Daher sage ich meist gar nichts.«

Da sie Florence' Begabung kannte, ins Fettnäpfchen zu treten, hielt Grace das auch für das Beste.

***

Jack wurde Anfang Dezember ins Addenbrooke's Hospital geflogen. Clarissa nahm den Zug nach Cambridge, zitternd vor Angst vor dem, was sie erwartete. Zweimal musste sie sich durch die überfüllten Korridore kämpfen, um sich auf dem Klo zu übergeben. Das Gespenst von einem Jack, der dem Tode nahe dahinsiechte, verfolgte sie. Sie hatte das Bild vor Augen, wie er sie, am ganzen Körper verbunden und aus jeder Öffnung ein Schlauch ragend, wütend und feindselig empfing und gleich wieder hinauswarf.

Nervös nannte sie am Empfang ihren Namen und erwartete schon fast, bereits hier feindselig behandelt zu werden. Eine hübsche junge Schwester riet ihr, erst den Arzt aufzusuchen, bevor sie zu Jack ging.

»Ihr Ehemann ist unglaublich«, sagte sie, »so tapfer und zuversichtlich. Wir sind vollkommen begeistert von ihm.«

Der Arzt war auf muntere Weise mitfühlend.

»Er ist ziemlich gut drauf, in gewisser Hinsicht. Erstaunlich fit. Er hat wie ein Verrückter gekämpft. Es kann kein Zweifel daran bestehen, dass er sich wieder vollständig erholt.«

»Oh«, sagte Clarissa. Sie fühlte, wie sich ihr Herz weitete, und lächelte den Mann an. So positive Nachrichten hatte sie nicht erwartet.

»Dennoch müssen Sie sich auf einen Schock gefasst machen. Er hat schlimme Verbrennungen erlitten. Vielleicht werden Sie Schwierigkeiten haben, das zu akzeptieren. Wichtig ist, dass Sie sich Ihre Gefühle nicht anmerken lassen. Er hat viele Monate schmerzhafter Behandlungen und Operationen vor sich und braucht jegliche Unterstützung, die sie ihm geben können. Es würde den Heilungsprozess empfindlich beeinträchtigen, wenn er auch nur den Verdacht hätte, Sie würden sein Äußeres abstoßend finden.«

»Merkt er das denn selbst nicht?«, fragte Clarissa. »Sicher ...«
Der Arzt sah sie einen Moment lang eindringlich an, dann
sagte er ganz ruhig: »Mrs Compton Brown, Spiegel sind hier
nicht gestattet.«

Clarissa trat langsam in den Raum, in dem Jack lag. Er war
auf Kissen gebettet; beide Arme waren verbunden, ein Bein
war hochgehängt.

»Mein Schatz!«, rief er mit überraschend fester Stimme.
»Oh mein Schatz, Clarissa. Bist du es wirklich?«

Zwei große Tränen rollten über sein Gesicht. Clarissa ging
zu ihm, lächelte ihm direkt in die Augen, beugte sich hinab
und küsste seine Stirn.

»Ich bin's wirklich«, sagte sie. »Und ich liebe dich.«

Über eine Stunde saß sie bei ihm und hörte sich die Geschichte von seinem Absturz an. »Ich flog sehr tief, und dieser
Bastard war hinter mir und hat ständig gefeuert. Plötzlich vernahm ich ein lautes Rattern, roch starken Benzingeruch und
hörte meinen Flugaufseher über Funk sagen, dass ich ein Leck
in der Seite hätte. Nun, damit wollte ich den Bastard nicht
davonkommen lassen. Ich schaffte es, wieder aufzusteigen,
feuerte und traf. Mittlerweile hatte ich aber schon so einige
Probleme. Es gab eine Art Explosion, dann setzte mein Gedächtnis für eine Weile aus, und ich konnte auch nichts sehen.
Irgendwann merkte ich, dass meine Augen geschlossen waren.
Ich musste sie mit den Fingern öffnen, weil die Lider festkleb-
ten. Danach erinnere ich mich nur noch an noch mehr Dunkelheit, noch mehr Flammen – und schließlich kam ich im
Krankenhaus wieder zu mir. Leider war ich fortan nicht mehr
besonders tapfer.«

»Das stimmt ni ...«, Clarissas Kehle zog sich zusammen.
»Mir hat man etwas anderes erzählt.«

»Na ja, sie werden dir nichts erzählen, bei dem ich nicht als Held dastehe«, sagte Jack und lächelte. »Oh mein Schatz, ich kann es kaum glauben, dass du wirklich hier bist. Erst habe ich von dir geträumt, dann habe ich um dich gebetet. Ich war bereit für ein Wunder – dass du ins Krankenhaus spaziert kommst und die Sache für mich erträglicher machst.«

»Ich wäre gekommen«, flüsterte sie, »wenn sie mich gelassen hätten.«

»Ich weiß«, sagte er und lächelte wieder. Dann schloss er einen Moment die Augen, offensichtlich erschöpft. Schließlich sagte er: »Manchmal, wenn es besonders schlimm war, war ich überzeugt davon, dass du da warst. Ich habe dich da stehen sehen, so wunderschön, und dann war mir alles egal – der Schmerz, der Horror. Ich hab die Hand nach dir ausgestreckt, wenn sie die Verbände wechselten oder irgendetwas Abscheuliches taten, und gesagt: ›Halt meine Hand‹, weil ich wusste, dass ich es dann ertragen könnte, und du hast mir deine Hand entgegengestreckt. Aber bevor ich sie ergreifen konnte, war sie fort.«

Clarissa senkte den Kopf und schluckte hart. »Das ist mal wieder typisch für mich«, sagte sie leichthin. »Nie da, wenn ich gebraucht werde.« Sie spürte, wie ihr erste Tränen über die Wangen liefen.

Er streckte die Hand aus, die unter einem Verband verschwand, und berührte sanft ihre Wange. Der Verband war ekelhaft rau. Sie zwang sich, die Hand umzudrehen und zu küssen.

»Und ich habe von dir geträumt«, sagte er. »Sehr oft sogar. Ich habe von unserer Hochzeit geträumt, weiß Gott, warum. Allerdings war ich auch gar nicht dabei, sondern du hast allein am Altar gestanden und hinreißend ausgesehen. Dann ist die Kirche in Flammen aufgegangen und ... Himmel, Clarissa, Entschuldigung.«

Jetzt weinte sie wirklich, herzzerreißende Schluchzer. Sie wollte ihn in den Arm nehmen, aber die Verbände und Schläuche waren im Weg. Tränen stiegen ihm in die Augen, und er blinzelte ungeduldig und versuchte, sie lächelnd wegzuwischen. »Es tut mir leid, mein Schatz, furchtbar leid! Könntest du sie mir bitte wegwischen? Und die Nase putzen?«

»Ja, natürlich«, sagte Clarissa. Es war das Schwerste, was sie je in ihrem Leben getan hatte.

Später saß sie bei ihm, während er döste. Eine Schwester kam, um nach ihm zu schauen. »Er ist immer noch sehr schwach«, sagte sie leise. »Der Arzt sagt, dass Sie heute nicht zu lange bleiben sollten. Können Sie morgen wiederkommen, oder haben Sie Dienst?«

»Nein«, sagte Clarissa, »ich habe eine Woche Urlaub. Ich wohne in dem Hotel ein Stück die Straße runter.«

»Gut. Das wird ihm sehr helfen. Er redet unentwegt von Ihnen.«

Später wachte er auf, war müde und gereizt und schob die Schnabeltasse fort, als sie ihm etwas einflößen wollte. Er durfte immer noch nur Flüssignahrung zu sich nehmen.

»Vermutlich ist es besser, wenn Sie jetzt gehen«, sagte die Schwester. »Es ist nicht gut für ihn, wenn er zu müde wird. Aber es geht ihm schon besser als bei seiner Ankunft vor zwei Tagen. Er ist eine Kämpfernatur.«

»Ich weiß«, sagte Clarissa. »Das war schon immer das Problem.«

Jack regte sich furchtbar auf und klammerte sich an sie, als sie sich verabschieden wollte. »Lass mich nicht allein, mein Schatz! Ich habe solche Angst, dich wieder zu verlieren.«

»Ich lass dich nicht allein«, sagte Clarissa. »Morgen komme ich zurück. Mach dir keine Sorgen, mein Schatz, ich verspreche es dir.«

Und nun musste sie es sagen, musste es klären und holte tief Luft. »Jack, in der Nacht vor deiner Abreise, als ich nicht zu Hause war, war ich nur in einem Luftschutzraum. Für mich war es unerträglich, dass du glauben könntest...«

»Oh Clarissa«, sagte er, und sein Blick senkte sich in gequälter Liebe in den ihren, »ich wusste, dass es einen guten Grund dafür gab, eine Erklärung. Ich war irritiert, das war alles. Du weißt doch, wie reizbar ich manchmal sein kann.«

»Ja«, sagte Clarissa und lächelte ihn durch die Tränen hindurch an. »Ja, Jack. Ich weiß, wie reizbar du manchmal sein kannst.«

»Du verstehst mich nicht«, sagte sie, ihre Stimme wie die eines leidenden Tiers, als sie aus dem lauten, kalten Hotelfoyer mit Florence telefonierte, »du verstehst es einfach nicht. Es ist entsetzlich, Florence, so schrecklich grauenhaft. Ich weiß nicht, wie das werden soll. Es ist sein Gesicht, sein schönes Gesicht... Er merkt es gar nicht, aber es ist einfach nicht mehr da, Florence. Es ist alles verbrannt.«

Am nächsten Tag redete der Arzt länger mit ihr.

»Es tut mir leid, dass ich Sie nicht besser darauf vorbereitet habe«, sagte er.

»Es ist grauenhaft«, sagte Clarissa schlicht. »Wenn er es wüsste, würde er lieber tot sein, das weiß ich.«

»Mrs Compton Brown, Sie wären überrascht, wie viele Menschen den Tod nicht bevorzugen. Das ist eine ziemlich brutale Alternative. Und Ihr Ehemann ist ein Kämpfer. Wenn er es nicht wäre, wäre er ohnehin schon tot. Er ist tapfer und klarsichtig und wird das schon schaffen.«

»Aber wozu?«, sagte Clarissa. »Sagen Sie mir, wozu das nützen soll? Ein Leben, in dem ihn alle nur abstoßend finden.

In dem er nicht aus dem Haus gehen kann, ohne dass ihn alle anstarren und dann einen großen Bogen um ihn machen.«

Sie war sauer auf den Arzt, stinksauer.

Das war er offenbar gewöhnt. »Abstoßend geht vielleicht ein bisschen weit, Mrs Compton Brown.«

»Finde ich nicht«, sagte Clarissa. »Mein Ehemann war ein außerordentlich attraktiver Mann, und jetzt ist er abstoßend, so einfach ist das. Wie soll er denn auch nur arbeiten?«

»Was hat er denn gemacht? Vor dem Krieg, meine ich.«

»Er war Börsenmakler.«

»Gutes Aussehen ist vermutlich keine Grundvoraussetzung für Börsengeschäfte.«

»Nein«, sagte Clarissa, »das ist es nicht. Aber wer möchte jemandem gegenübersitzen, den er nicht anschauen kann?«

»Mrs Compton Brown, ich frage mich, ob Sie die Leute nicht etwas vorschnell verurteilen. All diese Leute, behaupten Sie, finden Ihren Ehemann abstoßend? Sicher haben wir doch alle auch feinere Empfindungen, nicht wahr? Ihr Ehemann wurde verwundet, als er sein Vaterland verteidigt hat. Er ist ein unglaublich tapferer Mann. Man hat ihm einen Orden für außerordentliche Verdienste verliehen. Glauben Sie nicht, dass sich die Leute daran erinnern und ihr Verhalten entsprechend anpassen?«

»Major Norris«, sagte Clarissa, »ich bin eine höchst realistische Frau, während Sie wohl im Wolkenkuckucksheim leben. Die Menschen werden sich vielleicht sechs Monate daran erinnern, dass mein Ehemann bei der Verteidigung seines Vaterlands verwundet wurde, wie Sie es nennen – ich würde eher von entstellt sprechen. Danach … keine Ahnung. Hören Sie, ich liebe ihn, ich liebe ihn sehr. Und ich finde ihn abstoßend. Vermutlich sind Sie jetzt entsetzt, aber ich versuche nur, ehrlich zu sein. Ich möchte ihm helfen, aber ich weiß nicht, wie.«

Major Norris sah sie eine Weile schweigend an. Dann sagte er: »Ich kann verstehen, wie Sie sich fühlen. Mir ist klar, was für einen schrecklichen Schock Sie erlitten haben müssen. Und Ihre Ehrlichkeit finde ich ... mutig. Aber ich denke trotzdem, dass es nicht ganz so schlimm ist. Und es wird besser. Wir schicken viele dieser Kerle zu Archibald McIndoe. Sie haben sicher von ihm gehört, nicht wahr?«

»Nein«, sagte Clarissa.

»Er ist plastischer Chirurg. Ein brillanter. Er hat ganze Gesichter rekonstruiert. Ich würde sagen, dass sich Major Compton Brown sicher für seine Aufmerksamkeit empfiehlt.«

Ein Hoffnungsstrahl schoss durch Clarissa, hell und stark. »Sie meinen ... er kann wirklich Jacks Gesicht wiederherstellen? So wie es war?«

»Nein«, sagte Major Norris. »Ich möchte Ihnen keine falschen Versprechungen machen. Es wäre nur eine große Verbesserung gegenüber dem, was Sie jetzt sehen. Aber nichts könnte das Gesicht Ihres Ehemanns wieder so herstellen, wie es war.«

Es war eine sehr lange Woche. Clarissa hatte das Gefühl, in einem grässlichen Albtraum zu leben. Sie besuchte Jack täglich, lächelte ihn an, tat so, als sei alles in Ordnung, zwang sich, ihn zu küssen und ihm zu sagen, dass sie ihn liebe, obwohl ihr jedes Mal speiübel wurde, wenn sie in sein Gesicht schaute, in diese grauenhafte, stumpfe Parodie von einem Gesicht. Sie hoffte beharrlich, sie würde sich daran gewöhnen und es nicht immer so plastisch vor sich sehen, sich nicht so daran stören. Am Ende eines jeden Tags setzte tatsächlich ein gewisser Gewöhnungseffekt ein, aber wenn sie dann morgens von Neuem damit konfrontiert wurde, war der Ekel sofort wieder da. Sie war zutiefst beschämt über ihre Gefühle; offenbar war sie eine entsetzlich oberflächliche, leichtsinnige und wankelmütige Person.

Am dritten Tag lächelte Jack sie plötzlich an und sagte: »Mein Schatz, es macht mich vollkommen wahnsinnig, dass du immer bei mir bist.«

»Wie meinst du das?«, fragte sie.

»Ich meine damit, dass ich dich will. Unbedingt. Meine Sinne scheinen noch ziemlich intakt zu sein. Heute Nacht hatte ich eine gewaltige Erektion, weil ich an dich denken musste und daran, wie du ausgesehen und gerochen hast, als du in den Raum kamst. Das hatte etwas höchst Beruhigendes. Allerdings weiß ich nicht, ob ich warten kann, bis wir wieder zu Hause sind. Ich frage mich, ob wir nicht ...«

»Das geht auf gar keinen Fall, mein Schatz«, sagte Clarissa schnell. »In null Komma nichts wäre die Schwester hier. Und was ist mit deinen Schläuchen und so?«

Sie musste sich unter einem Vorwand zurückziehen, musste eine Weile rausgehen und im Krankenhausgarten eine Zigarette rauchen. Die Vorstellung, neben Jack im Bett zu liegen, ihn zu küssen, mit ihm zu schlafen, flößte ihr eine derartige Panik ein, dass sie am liebsten davongelaufen wäre. Das Schlimmste war, dass sie sich vollkommen allein damit fühlte. Wie sollte sie jemandem erklären, dass sie ihren Ehemann, den zu lieben sie versprochen hatte, einfach nur abstoßend fand?

Mit einem überwältigenden Gefühl der Erleichterung kehrte sie nach Dartmouth zurück, als sei sie aus einem Raum, in dem ein widerlicher Gestank hing, in eine frische, windgepeitschte Landschaft getreten. Jack war untröstlich, als sie ging, akzeptierte es aber. Er wusste, dass sie nicht anders konnte. Sie war Offizierin bei den Wrens, und ein verwundeter Ehemann war kein akzeptabler Grund für ein Ausscheiden aus dem Dienst, bei Weitem nicht. Täglich wurden Männer verwundet, es herrschte Krieg, und alle mussten das Beste daraus machen. Dankbar stürzte sie sich in die Arbeit, verausgabte sich willentlich, nahm noch zusätzliche Projekte und Sonderaufgaben an, damit sie sich, wenn sie endlich ins Bett fiel, wenigstens für ein paar Stunden in den Schlaf flüchten konnte. Aber selbst dann fand sie keine Ruhe, da Jacks Gesicht sie verfolgte. Manchmal träumte sie, dass er unversehrt war, dass alles nur ein Irrtum war, dass er so wie immer auf seinem Kissen gelegen und sie angelächelt hatte. Manchmal sah sie aber auch sein neues Gesicht, das sich dem ihren näherte, dieses neue Gesicht mit den sonderbar kleinen Augen, der nichtexistenten Nase, den merkwürdig gefalteten Lippen, und dann wachte sie schweißgebadet auf und schrie: »Nein, nein, nein.«

Aber selbst das war besser als der andere Albtraum: der, aus dem sie niemals erwachen konnte.

Als sie sich am ersten Morgen auf ihren Schreibtischstuhl sinken ließ und ihr Geist sich – wie ein Alkoholiker der Flasche – dringenderen, lösbareren Problemen zuwandte, erschien Mays Gesicht in der Tür.

»Willkommen zurück, Herzogin. Gestern hat dich jemand gesucht. Jemand Hübsches. Ein gewisser Mr Henry. Lieutenant-Commander Giles Henry, um genau zu sein. Frisch eingetroffen. Er hat gesagt, ihr wärt euch nie begegnet, aber du wüsstest, wer er ist. Falls du keine Zeit hast, ihm bei der Eingewöhnung zu helfen, springe ich gern ein.«

»Wie reizend«, sagte Clarissa. »Weißt du was, May, wir teilen ihn uns.«

»So wie ich dich kenne, wirst du ihn nicht mehr teilen wollen, wenn du ihn erst mal gesehen hast. Mit niemandem.«

KAPITEL 20

Herbst – Winter 1942

Clarissa fragte sich immer wieder, ob man es ihr ansah. Ihre Verkommenheit, ihre Verlogenheit. Sie glaubte es eher nicht.

Und wenn sie gelegentlich einen Blick auf sich erhaschte, während sie ihren Pflichten nachging und sich durch den Tag bewegte, von ihrem Zimmer in Warfleet zu ihrem kleinen Büro, wenn sie Krisen bewältigte und Probleme löste, schien sie wie immer auszusehen. Sie fühlte sich auch wie immer – hübsch, lustig, beliebt, bewundert. Man suchte ihren Rat, sowohl im Dienst als auch außerhalb, schätzte ihre Meinung, genoss ihre Gesellschaft.

Und doch verbarg sich hinter dieser wunderbar glänzenden Fassade, dem strahlenden Lächeln, dem mitfühlenden Blick, dem Auftreten dieser so fähigen und klugen Frau eine ganz andere Person.

Ein falsches, berechnendes Wesen, treulos, wertlos, schuldig des doppelten Verrats. Es lauerte der anderen Clarissa auf, dieses Wesen, verfolgte sie tagsüber und störte ihre Nächte. Nachts um drei wachte sie schweißgebadet auf, der Magen in Aufruhr, und war gezwungen, sich mit diesem Wesen auseinanderzusetzen. Sie mochte es nicht, hasste es sogar – und wurde es dennoch nicht los. Sie brauchte es. Brauchte es, um zu überleben.

Dabei hatte es zauberhaft begonnen. Sie hatte im Offizierskasino angerufen und eine Nachricht für Commander Henry hinterlassen, und er hatte sie eingeladen, am nächsten Abend einen Drink mit ihm zu nehmen.

Sie war in die Bar getreten, immer noch erschöpft und aufgewühlt von der Woche an Jacks Bett, und hatte ihn angeschaut, und er sie, und schon war es geschehen. Keine Liebe, natürlich nicht, aber eine überwältigende, fast schockierende Anziehungskraft. Sowie die Erkenntnis, dass der andere genau das hatte, was man gerade brauchte, und dass die Umstände und ihr Gemütszustand so beschaffen waren, es bereitwillig anbieten, teilen und genießen zu wollen.

Natürlich waren sie erst eine Weile umeinander herumgeschlichen und hatten so getan, als würden sie sich einfach gut verstehen und nur ihre Einsamkeit vertreiben wollen. Sie saßen lange im Offizierskasino, unterhielten sich über den glücklichen Zufall, der sie beide hierhergeführt hatte, über ihre Kriegserfahrungen, ihre Zukunft. Über Florence. »Sie ist meine beste Freundin«, sagte Clarissa. Und er war schön, außerordentlich schön, ohne jede Ähnlichkeit mit Jack, was vielleicht besser gewesen wäre und ihr die Augen über ihr Tun geöffnet hätte, sondern anders schön, mit hellen Haaren (wie sie), dunklen Augen (wie sie), mit der allerschönsten musikalischen Stimme und einem anmutig trägen Körper.

»Weißt du was«, sagte sie, als der dritte Gin French in ihr Bewusstsein drang und ihr ein gefährlich vertrauensvolles Gefühl der Entspannung einflößte, »wir könnten fast Bruder und Schwester sein.«

»Meinst du?«, fragte er. »Was für ein interessanter Gedanke.«

»Inwiefern interessant?«

»Oh… das hat schon fast etwas von Shakespeare«, sagte er

und bot ihr eine Zigarette an. Sie nahm sie, legte ihre Hände um seine, als er ihr Feuer gab, und war sich bewusst, dass er ihr Parfüm riechen und ihre Haare spüren würde.

»Tut mir leid«, sagte sie lächelnd, lehnte sich zurück und stieß Rauch aus. »Ich war entsetzlich schlecht in der Schule. Das musst du mir erklären.«

»Das glaube ich nicht«, sagte er und erwiderte ihr Lächeln. »Aber in Shakespeares Komödien gibt es all diese Zwillinge: Mädchen, die sich als ihre Brüder verkleiden, sodass sich andere Mädchen in sie verlieben.«

»Du liebe Güte, wenn du es so beschreibst, klingt das fast anrüchig.« Jetzt lachte Clarissa. »Ich wollte doch nur sagen, dass wir beide helle Haare und braune Augen haben. Bräunliche jedenfalls. Das ist ziemlich ungewöhnlich.«

»In der Tat«, sagte er und sah sie aus seinen braunen Augen an, brachte sie zum Lächeln. »Aber dir stehen sie wesentlich besser als mir.«

»Unsinn«, sagte Clarissa, »du siehst umwerfend aus.«

Mit einem Mal überkam sie der Gedanke, dass schwer zu verstehen war, wie Florence die Aufmerksamkeit eines solchen Wesens erregt haben könnte. Florence sah durchaus gut aus, mit ihrem schwarzen Haar, der blassen Haut und diesem großen Mund. Ihre Figur war wunderbar, besonders die Beine, und sie hatte einen nüchternen Schick. Aber niemand würde sie als schön bezeichnen, und mit ihren brüsken Manieren war sie auch nicht gerade liebenswert.

Im nächsten Moment verbannte sie diesen Gedanken entschieden aus ihrem Kopf. »Sie liebt dich sehr, musst du wissen«, sagte sie bestimmt, als wolle sie sich dafür bestrafen und Giles unmissverständlich klarmachen, dass sie nicht das geringste Interesse an ihm hatte, außer vielleicht als beste Freundin der Frau, die er liebte.

»Leider nicht«, erwiderte er, und in seiner Stimme lag eine unendliche Traurigkeit. »Leider hat sie mich dann doch aus ihrem Leben ausgeschlossen. Und zwar auf ziemlich grausame Weise. Das weißt du sicher, oder?«

»Ja«, sagte Clarissa. »Ich meine, ich weiß, was sie getan hat. Dass sie dich an jenem Tag versetzt hat. Das muss dir sehr grausam vorgekommen sein. Aber ...«

»Es *war* sehr grausam«, sagte er. »So etwas Grausames habe ich noch nie im Leben erlebt. Aber ... Komm, ich hol dir noch einen Drink. Oder hast du es eilig?«

Clarissa schüttelte matt den Kopf. »Nein. Ein halbes Stündchen dürfte ich noch haben.«

Sie musterte ihn, als er an der Bar stand, seinen großen Körper, die hängenden Schultern, die langen Beine, sah, wie er den Kopf zu ihr umdrehte und entschuldigend lächelte, weil es so lange dauerte – oh Gott, was für ein wunderschönes Lächeln –, und beschloss, dass sie ihm, wenn er zurückkehrte, sofort von Florence erzählen musste. Sie musste ihm erklären, was sie an jenem Tag getan hatte, unbedingt. Bevor das hier noch zu weit ging.

»Hör zu«, sagte sie, als er sich neben ihr niederließ. Dann hörte sie ihre Stimme reden, fast dringlich, als müsse sie sich selbst retten vor ... Vor was? »Hör zu, es gibt da etwas, das du über Florence wissen musst. Etwas Wichtiges. Sie konnte an jenem Tag nicht zu dir kommen. Absolut nicht. Imogen war krank, sehr krank, sie war im Krankenhaus – jetzt geht es ihr gut! –, und sie konnte dir keine Nachricht schicken. Das war einfach nicht möglich, wirklich nicht.«

»Oh«, sagte er. Ein langes Schweigen entstand, als er das sacken ließ, dann fragte er: »Du denkst also, sie liebt mich noch? Wirklich?«

»Natürlich«, sagte Clarissa bestimmt. »Absolut. Ich bin mir sicher, dass sie dich liebt.«

In Ordnung. Das sollte reichen. Das würde die Sache regeln. Das würde dem Ausdruck in seinen Augen etwas entgegensetzen, diesem Bekenntnis, dass er genauso allein und unglücklich war wie sie, dass er sie genauso wollte wie sie ihn. Faszinierend, was Blicke anzurichten vermochten, dachte sie, während sie darauf wartete, dass er sich zurückzog, sich schnell entschuldigte, zum Telefon eilte.

Aber so schien das nicht zu laufen.

»Das kann ich nicht akzeptieren«, sagte er schließlich. »Das reicht nicht. Natürlich konnte sie an dem Tag nicht kommen, weil Imogen im Krankenhaus lag. Das sehe ich ein. Aber sie hätte mir hinterher schreiben können, um es mir zu erklären. Dann hätten wir einen anderen Termin gefunden. Aber von ihrer Seite herrschte nichts als Schweigen. Ein entsetzliches, brutales Schweigen.«

Clarissa schaute ihn an. »Giles«, sagte sie, und sie musste all ihre Willenskraft aufbringen, »Florence hat die Hölle durchgemacht. Ihre Ehe ist so... so grauenhaft. Ich bin mir sicher – absolut sicher –, dass sie dich liebt. Warum schreibst du ihr nicht? Oder rufst sie an?«

So. Pflicht erfüllt. Mehr konnte sie nicht tun.

»Nein«, sagte er, »das kann ich nicht. Ich möchte es auch nicht. Wir sollten es dabei belassen. Ich fange gerade an, darüber hinwegzukommen. Übrigens habe ich ihr sogar geschrieben. Sie hat nicht geantwortet, nicht mit einer einzigen Zeile, Clarissa. Lass uns also nicht mehr über sie reden, das macht mich nur elend. Lass uns über dich reden. Und über Jack.«

»Das ist wiederum für *mich* zu aufwühlend«, sagte Clarissa munter. »Warum reden wir nicht über etwas ganz anderes?

Über dein Leben vor dem Krieg, zum Beispiel. Ich würde gern hören, wie das alles war. Theater, Probespiele, Premieren ...«

»Seebrücken, hart verdientes Geld, Alte-Damen-Matineen«, unterbrach Giles sie lachend. »In Ordnung, ich werde aus dem Nähkästchen plaudern. Wie wär's mit Dinner? Oder dem, was hier so Dinner genannt wird?«

Clarissa zögerte. »Das geht nicht. Nicht heute Abend. Tut mir leid.«

»Morgen? Donnerstag?«

»Donnerstag wäre wunderbar.«

Sie war bereits verloren. Unwiederbringlich verloren.

Zunächst geschah gar nichts. Natürlich nicht. Es konnte und würde nicht geschehen. Es stand außer Frage, dass sie miteinander ins Bett gehen würden. Sie heiterten sich einfach nur wechselseitig auf. Viel Zeit hatten sie nicht dafür: Er würde in einem Monat wieder gehen. Und sie waren beide so einsam, so unglücklich. Außerdem herrschte Krieg. Es wäre herzlos gewesen, falsch sogar, sich nicht mit ihm zu treffen, ihn nicht zum Lachen zu bringen, ihm keine glücklichen Erinnerungen zu verschaffen. Das waren die Glaubensgrundsätze, die Philosophie, an die sich alle hielten: Man schuldete es den Menschen, ihnen glückliche Erinnerungen zu verschaffen. Diese Erinnerungen könnten schließlich die letzten sein. Es war der Winter 1942, das finstere Herz des Krieges. Niemand konnte es sich leisten, viele Gedanken an morgen, die nächste Woche, das nächste Jahr zu verschwenden.

Sie mochte ihn, mochte ihn sehr. Dabei war er gar nicht ihr Typ, dazu war er ihr viel zu ähnlich. Ihre Bemerkung, dass sie Bruder und Schwester sein könnten, war vollkommen richtig gewesen. Sie waren beide amüsant, ein bisschen überdreht, mochten das Rampenlicht, wollten im Mittelpunkt stehen, konnten nicht anders. Sie stachelten sich gegenseitig an, mit Witzen und lustigen Geschichten, und sie liebten Klatsch und Tratsch und Intrigen. Dabei waren sie schrecklich indiskret, so indiskret, dass Clarissa erklärte, niemand würde den Verdacht hegen, sie hätten etwas miteinander. »Wenn wir etwas zu verbergen hätten«, sagte sie eines Abends in der Bar und küsste Giles auf die Wange, »dann wären wir jetzt schlicht nicht hier und würden uns so benehmen.«

»Und das stimmt ja auch. Oder?«

»Natürlich stimmt das. Wir tun nichts. Na ja, nicht wirklich.«

Er nahm lächelnd ihre Hand und küsste sie. »Nicht wirklich. Ich küsse dich hier und jetzt, damit alle wissen, dass ich dich nicht woanders küsse.«

»Woanders auf mir?«, fragte Clarissa lachend. »Oder woanders in South Devon?«

»Woanders auf der ganzen Welt.«

»Ich wäre hocherfreut, das zu hören, Commander, wenn es nicht auch etwas Beleidigendes hätte.«

»Es dürfte mir schwerfallen, Sie zu beleidigen, Second Officer.«

An jenem Samstag gingen sie nach Dittisham und tranken ziemlich viel Cider. Dann nahmen sie die Fähre nach Greenway und gingen im Wald spazieren. Clarissa fühlte sich beschwipst und leichtsinnig. Unvermittelt nahm sie Giles' Hand. »Das war eine wunderschöne Auszeit. Ich habe sie sehr genossen, jede einzelne Minute.«

Er seufzte, ein schwerer, dramatischer Seufzer.

Sie sah ihn verwirrt an. »Was war das denn?«

»Das ist alles, was ich für dich bin, Clarissa? Eine Auszeit? Nicht viel für einen Mann.«

»Giles, sei nicht albern ...«

»Ich könnte mich glatt in den Dart werfen«, sagte er. »Auf der Stelle. Schluss machen mit allem.«

»Oh Giles, wirklich«, sagte sie lachend. »Fast hätte ich dir das abgenommen.«

»Das war kein Scherz.« Er ließ sich auf den matschigen Boden sinken und barg den Kopf in den Händen. Sie sah ihn erschrocken an, ließ sich neben ihm nieder, schlang die Arme um ihn.

»Giles, bitte. Sei jetzt nicht ... Ich wollte dich doch nicht verletzen ... Ich ...«

Er hob den Kopf und sah sie an, ein leuchtendes Lachen in den Augen. »Offenbar habe ich die Technik noch nicht verlernt.«

»Oh, du ... du gemeiner Kerl«, sagte Clarissa. »Brichst mein armes, unschuldiges Mädchenherz.« Sie schüttelte ihn sanft, lachte aber. Er hob die Hände, um sich zu wehren, und kippte zurück. Sie fiel auf ihn drauf.

Und dann schaute sie auf ihn hinab, wie er so wunderschön und begehrenswert unter ihr lag, und hatte kurz das Bild von Jack und seinem entstellten Gesicht vor Augen. Giles hatte ebenfalls aufgehört zu lachen und schaute zu ihr auf, und mit einem Mal beugte sie sich hinab und küsste ihn, ganz sanft, dann immer gieriger. Sie wollte ihn, rieb sich an ihm, spürte, wie er steif wurde, selbst durch die Kleidung hindurch, und er küsste sie ebenfalls, genauso gierig, genauso willig, während seine Lippen gleichzeitig ganz zart waren, um dann plötzlich zu rufen: »Himmel«, und sich zurückzuziehen, »Himmel, das geht nicht. Tut mir leid, Clarissa.«

Nun setzte bei Clarissa wieder der gesunde Menschenverstand ein, der gesunde Menschenverstand und eine Art Würde. Sie wälzte sich von ihm herab, verdrängte die Lust, strich sich Haare und Kleidung glatt und bat ihn um eine Zigarette.

»Das Dumme ist«, sagte er, als sie nebeneinandersaßen, ihr Kopf an seiner Schulter, »dass ich dich begehre. Du bist so schön. Aber...«

»Ja«, sagte sie, »ja natürlich. Ich bin mit jemandem verheiratet, der mich braucht.«

»Und den du liebst.«

»Und den ich liebe, ja. Und deine... na ja, Florence ist meine beste Freundin. Und was auch immer du denkst, es könnte immer noch klappen mit euch beiden. Daher...«

»Ja, natürlich. Absolut undenkbar.«

»Ja.«

»Dann kehren wir vielleicht am besten zurück?«

»Ja, vielleicht.«

Er stand auf, streckte seine Hand nach unten und zog Clarissa auf die Füße. »Aber es gefällt mir trotzdem nicht, eine Auszeit genannt zu werden«, sagte er lachend. »Bin ich für dich wirklich nicht mehr?«

»Absolut nicht«, sagte Clarissa bestimmt.

An jenem Abend hatte er Dienst, und sie ging zu May.

»Du wirkst ziemlich selbstzufrieden, Herzogin«, sagte sie. »Du kommst also gut mit dem Commander aus?«

»Oh... ja«, sagte Clarissa. »Ja, ziemlich gut. Er ist sehr charmant. Aber das Ganze ist nur eine kleine Auszeit, May, nur eine kleine Auszeit.«

***

Als Grace in der Abtei eintraf, um Muriel und Florence ein paar Eier zu bringen, fand sie beide in Tränen aufgelöst vor. Entsetzt starrte sie sie an, weil sie sofort an Charles dachte.

Vielleicht hatte man die beiden durch einen grausamen bürokratischen Fehler vor ihr informiert.

»Was ist?«, fragte sie. »Was ist passiert?«

»Laurence«, sagte Muriel. »Der gute Laurence. Wir kennen ihn schon, seit Charles mit ihm in die Schule gegangen ist. Er ist gefallen. Drüben in Indien. Seine Mutter hat mich soeben angerufen. Florence, um Himmels willen, sorge dafür, dass dieses Kind zu greinen aufhört. Das ertrage ich nicht.«

»Ich gehe mit ihr spazieren«, sagte Grace.

Sie ging durch den Garten, Imogen an der Hand, und weinte ebenfalls, nicht unbedingt wegen Laurence, den sie kaum gekannt hat, sondern um all die Toten und Sterbenden, von denen die Welt zu wimmeln schien.

Jack hatte sein Gesicht gesehen, und nun befand er sich in einem Zustand absoluter Verzweiflung – und noch etwas anderem. Etwas Hässlichem, Schlimmerem.

»Das ist der Schock«, sagte der Arzt zu Clarissa, die für zwei Tage nach Cambridge gekommen war. »Buchstäblich der Schock. Es war grauenhaft für ihn. Er hat außerordentlich negativ darauf reagiert. Versuchen Sie, Geduld aufzubringen.«

Sie versuchte es, aber es war schwer. Er war abwechselnd wütend, feindselig, von einem wilden Selbstmitleid erfüllt – um sich dann wieder verzweifelt und ängstlich an sie zu klammern.

»Wenn du mich allein lässt«, sagte er und hielt ihre Hand fest, während ihm die Tränen übers Gesicht liefen, »dann sterbe ich. Ich bring mich um. Das ist das Einfachste. Verlass mich nicht.«

»Natürlich verlasse ich dich nicht«, sagte Clarissa und rang sich ein Lächeln ab, um ihn zu besänftigen. Dann zog sie seine Hand an die Lippen und küsste sie. »Niemals.«

»Küss mich«, sagte er unvermittelt. »Küss mich. Los. Auf die Lippen.«

»Jack, ich …« Sie versuchte es, betrachtete seine Lippen, diese merkwürdigen Überreste von Lippen, wich innerlich davor zurück, betrachtete den Rest seines Gesichts, musste schlucken. »Los«, sagte er, »küss mich. Küss mich verdammt.«

»Jack, ich …«

In diesem Moment verließ sie die Kraft. Sie stand einfach auf, drehte ihm den Rücken zu, flüchtete sich in die Zimmerecke und blieb dort stehen, immer noch mit dem Rücken zu ihm. »Du ekelst dich vor mir, nicht wahr?«, sagte er kaum hörbar. »Ich stoße dich ab. Nun, das überrascht mich nicht. Ich ekel mich auch vor mir.«

»Jack, Liebster …«

»Nenn mich nicht so.« Er drehte sich um, und seine Stimme troff vor Sarkasmus. »Nenn mich nicht Liebster. Mit Worten kannst du das nicht wiedergutmachen. Du ekelst dich vor mir, mehr lässt sich dazu nicht sagen. Verschwinde, los, geh nach Dartmouth zurück. Ich will dich hier nicht. Verschwinde, verschwinde …«

Er schrie und zitterte. Sie stand hilflos da und wusste nicht, was sie tun sollte. Wusste, dass sie nur eins tun musste, es aber nicht konnte.

»Verschwinde«, rief er, und es war ein einziger Angstschrei.

Sie verließ das Zimmer, kehrte in ihr Hotel zurück, lag fast die ganze Nacht wach und versuchte mit dem Grauen klarzukommen, das nun ihr Leben war. Am nächsten Tag besuchte sie wieder das Krankenhaus, aber er weigerte sich, sie zu sehen.

Vollkommen verzweifelt kehrte sie nach Dartmouth zurück. Am nächsten Tag ging sie mit Giles Henry ins Bett.

Das hatte sie natürlich nicht gewollt. Sie hatte nur mit ihm sprechen und sich irgendwie das Elend von der Seele reden wollen.

»Du Arme«, sagte er, streckte die Hand aus und berührte ihre Wange. Sie hatten die Stadt verlassen, und er war mit ihr in Richtung Warfleet House hochgestiegen. Nun schauten sie auf die wundervolle Mündung des Dart hinab, über den Bach hinweg, Clarissas Bach. Die Nacht war klar, der Mond voll, und in der eisigen Luft zeigte sich der Sternenhimmel in seiner ganzen Pracht.

»Sieh, wie die Himmelsflur«, sagte er plötzlich.

»Was?«, fragte Clarissa abwesend.

»Shakespeare, mein Schatz. *Der Kaufmann von Venedig.* Sieh, wie die Himmelsflur ist eingelegt mit Scheiben lichten Goldes.«

»Oh Giles«, bat sie, »sag das noch einmal.«

»Sieh, wie die Himmelsflur ist eingelegt mit …«

»Nein, nicht das. Sag noch einmal ›mein Schatz‹ zu mir.«

»Mein Schatz.« Er lächelte. »Ich persönlich halte das Zitat von Shakespeare für genialer, aber über Geschmack kann man bekanntlich nicht streiten.«

»Du hast recht, es ist wundervoll, aber …«

»Aber ›mein Schatz‹ ist bedeutsamer.«

Schweigen senkte sich herab, schließlich sagte sie: »Oh Giles, das ist alles so entsetzlich. Was soll ich nur tun?«

Tränen quollen aus ihren Augen und rannen ihr über die Wangen. Sie wischte sie ungeduldig fort. Er streckte die Hand aus, nahm mit dem Finger eine Träne auf und setzte sie ihr wieder ins Gesicht. »Du bist so schön«, sagte er. »So schön und so unendlich gut. Dein Jack ist ein glücklicher Mann. Trotz allem ist er ein glücklicher Mann. Weil er dich hat.«

»Nein«, rief sie, »ist er nicht! Ich bin eine schlechte Person und nütze ihm gar nichts …«

Wieder entstand Schweigen. Dann neigte er den Kopf und küsste sie.

Clarissa war schon Hunderte von Malen von Dutzenden von Männern geküsst worden, aber nie war es ihr so durch und durch gegangen. Denn es lag nicht nur Leidenschaft in dem Kuss, nicht nur Zärtlichkeit, sondern Freundlichkeit, Mitleid und vollkommenes Verständnis. Sein Mund war sanft, zaghaft und doch gleichzeitig sehnsuchtsvoll. Der Kuss war lang und unendlich erregend und doch gleichzeitig tröstlich und beruhigend. Sie reagierte ganz langsam, erst mit Erleichterung, dann mit Glück und schließlich mit einem Verlangen, das sie schier zerriss, ein heftiges, verzweifeltes Verlangen. Plötzlich zählte nichts anderes mehr, als ihn zu bekommen. Sie vergaß weder Florence, noch hörte sie auf, an Jack zu denken; sie schob sie einfach beiseite, als wären sie im Moment nicht von Belang. Giles war es, den sie wollte, Giles mit seinem schönen Gesicht und dem anmutigen Körper. Und Giles wollte sie ebenfalls, also war alles ganz einfach.

Es war absolut umwerfend. Sie hungerte regelrecht nach Sex, und ihr Körper war nicht nur gierig, sondern suchte mit verzweifelter Dringlichkeit nach Erlösung. Unter seinen geschickten, einfühlsamen, suchenden Händen erwachte er zum Leben und schwang sich zu ungeahnten Höhenflügen auf. Giles drang schnell in sie ein, da er ihr Verlangen spürte, und sie fühlte die sanfte, magnetische Schwere in ihrem Innern, trieb ihr entgegen, schrie und wäre praktisch sofort gekommen, wenn er nicht sehr ernst gesagt hätte: »Ganz ruhig. Ganz, ganz ruhig.«

Nun lag sie da und spürte, wie ihr Inneres aufgewühlt wurde, wie die gleißenden Aufwallungen sie zum Orgasmus trieben, aber vollkommen kontrolliert, absolut unglaublich. Er bewegte sich auf ihr und in ihr, zog sie mit sich, langsam, ganz langsam, bremste sie sanft, führte sie, bis sie sich um ihn wölbte, ganz in ihm aufging, nahm ihr tiefstes Inneres in Besitz. Und dann widerstand sie nicht länger, stieg unaufhaltsam zum Höhepunkt der Lust, gab ihren Körper hin, um sich schließlich fallen zu lassen, in diesem Tumult der Lust, diesem ewigen Entzücken, in dem jeder Höhepunkt größer und stärker war, bis sie irgendwann einen rauen Schrei hörte und wusste, dass es ihre eigene Stimme war. Danach fühlte sie auch ihn kommen, lange, ewig lange, bis er ebenfalls schrie, und dann lagen sie ganz still da und schauten sich in die Augen. In diesem Moment vernahm sie, ungebeten, Jacks Stimme: »Das Einzige, was zwischen uns stehen könnte, ist ein schöner großer, dunkler Marineoffizier.«

Immerhin war Giles blond.

***

»Ich werde Giles schreiben«, sagte Florence, »das habe ich jetzt beschlossen.«

Sie saß mit Grace im Garten des Mill House und schaute entzückt auf Imogen, die an ihren schmalen Ärmchen von Daniel und David hin und her geschwungen wurde. »Sie vergöttern sie, die beiden, oder?«

»Oh, in der Tat«, erwiderte Grace automatisch. »Und … und was willst du Giles mitteilen? Dass du es dir anders überlegt hast?«

»Das kann ich nicht«, sagte Florence, »denn das habe ich ja gar nicht.«

»Warum willst du ihm denn dann schreiben?«, fragte Grace leicht gereizt. »Das ergibt doch keinen Sinn.«

»Natürlich ergibt das Sinn«, erwiderte Florence, ebenfalls

gereizt. »In diesen Dingen bist du wirklich etwas begriffsstutzig, Grace. Der Sinn besteht darin, dass er nicht weiß, warum ich an jenem Tag nicht zu ihm gekommen bin. Er denkt immer noch, dass ich ihn einfach versetzt habe. Seinen Brief habe ich auch ignoriert.«

»Und warum?«, fragt Grace. »Das will mir wirklich nicht in den Kopf, Florence.«

»Ich hielt es für das Beste«, sagte Florence. »Ich dachte, wenn er weiß, dass ich ihn noch liebe und dass ich ihn nur wegen… wegen Imogen verlassen habe, dann würde er seine Eroberungsversuche nie aufgeben. Und das hätte ich nicht ausgehalten.«

»Warum hast du ihn denn wegen Imogen verlassen? Und erzähl mir nicht, ich sei begriffsstutzig, das kann ich nicht vertragen.«

»Schon gut. Aber versprich mir, dass du nicht… lachst, ja?«

»Ich würde es nicht wagen«, sagte Grace.

»Na ja, ich habe Gott einen Schwur geleistet. Ich habe gesagt, wenn er Imogen leben lässt, würde ich für immer und ewig auf Giles verzichten. Und das hat Gott getan. Ich hatte also keine andere Wahl.«

»Ja«, sagte Grace. Der krude, kompromisslose Mut in diesem schlichten, primitiven Handel rührte sie. In diesem Moment mochte sie Florence mehr denn je. »Ja, verstehe.«

»Aber in letzter Zeit habe ich gedacht, dass ich ihm schreiben und ihm mitteilen sollte, dass ich ihn immer noch liebe. Denk doch nur, was wäre, wenn ihm so etwas zustieße wie Jack, und er glauben müsste, es sei mir egal. Das wäre entsetzlich. Und mein Versprechen würde ich nicht brechen, wenn ich es ihm sagen würde, oder?«

»Nein«, sagte Grace. »Ich denke nicht.«

Sie hatten nur zwei Wochen. Clarissa würde nie auch nur eine einzige Stunde davon vergessen. Sie schwankte wild zwischen Freude und Verzweiflung, Lachen und Selbstvorwürfen, Vorsicht und Leichtsinn. Giles und sie liebten sich an verschiedenen, absolut unstatthaften Orten (dem Bootshaus, dem eisigen Wald, ihrem Büro), wo die Angst, entdeckt zu werden, ihrer Lust eine bittersüße Intensität verlieh. Darüber hinaus auch an verschiedenen statthaften Orten wie einem äußerst vornehmen Hotel in Exeter und einer romantischen Pension in Dartmoor. Sie logen und bogen es so hin, dass sie Zeiten und Gelegenheiten herausschlagen konnten. May wusste es natürlich und behauptete, es gewusst zu haben, seit sie den Commander, wie sie ihn hartnäckig nannte, zum ersten Mal gesehen hatte. Und Giles hatte einen Offizierskollegen, der ihn deckte, aber meistens nutzten sie einfach die Gelegenheiten, die das Schicksal ihnen bot. Und das Schicksal meinte es gut mit ihnen, denn die Sache flog nie auf.

Als die Tage weiter voranschritten und sie sich besser kennen lernten, merkten sie, dass ihnen gut gefiel, was sie da erfuhren. Sie machten sich keine Illusionen, die in Richtung Liebe wiesen, und gingen keinerlei Verpflichtungen ein. Es ging nur ums Vergnügen, ein reines, unkompliziertes, eigensüchtiges Vergnügen. Und Schuld. Clarissa lag in Giles' Armen, betrachtete sein Gesicht, lauschte seiner Stimme und kämpfte mit aller Kraft dagegen an, ständig das andere Gesicht und die andere Stimme vor sich zu haben, und auch dieser Kampf steigerte auf perverse Weise die Lust, indem er sie zwang, sich auf den Moment zu konzentrieren. Und der bot Freuden im Übermaß. Nach dem ersten Tag erwähnten sie Jack oder Florence nicht mehr. Sie schoben sie beiseite, nicht achtlos oder gedankenlos, sondern höchst behutsam, weil sie wussten, dass es das Beste war – dass der einzige Weg, keinem von beiden zu schaden, darin bestand, Schweigen walten zu lassen und das Geheimnis zu hüten.

Sobald Giles' Schiff den Hafen verließ, wäre es das gewesen. Die Geschichte wäre vorbei, das Ende besiegelt. Es würde keine Versprechungen geben, keine Übereinkünfte, keine Arrangements. Sie würden sich, wie Giles entschieden sagte, nie wiedersehen.

»Es war ein Festschmaus«, sagte er an ihrem letzten Abend, »ein opulenter Festschmaus mit den süßesten Früchten – Milton, frag nicht –, und ich werde es nie vergessen.«

»Ich auch nicht«, sagte Clarissa nüchtern. »Und ich danke dir von ganzem Herzen.«

»Du hast ja doch eine poetische Ader, mein Schatz.«

»Ich fühle mich auch poetisch«, sagte Clarissa. »Du hast mich vor der schlimmsten Zeit meines Lebens gerettet. Gott weiß, wie ich die nächsten fünfzig Jahre überstehen soll – oder auch nur die nächsten fünfzig Tage. Aber jetzt fühle ich mich dafür gewappnet. Trotz der Schuldgefühle.«

»Ja«, sagte Giles, »die bleiben mir immerhin erspart.«

Am nächsten Morgen sollten sie ihn mit aller Macht heimsuchen.

»Warum?«, sagte er mit leeren Augen und heiserer Stimme. »Warum konnte sie das nicht eher tun? Mir schreiben. Das begreife ich nicht.«

»Nennt sie denn keinen Grund?«, fragte Clarissa, deren Schuldgefühle sich noch verstärkt hatten, als sie von Florence' Brief erfuhr (in dem sie Giles gestand, dass sie ihn immer noch liebe, und ihn um Verzeihung bat).

»Verzeihung?«, fragte er wild und strich sich vehement das Haar zurück. »Wer muss hier wen um Verzeihung bitten?«

»Hör zu, Giles«, sagte Clarissa bestimmt, da sie plötzlich Gefahr witterte. »Du wirst Florence niemals um Verzeihung bitten, weil sie niemals erfahren darf, dass es etwas zu verzeihen gibt.«

»Das verstehst du nicht«, sagte er. »Sie ist so ehrlich, so geradeheraus. Ich könnte niemals zulassen, dass diese Lüge zwischen uns steht.«

»Um Gottes willen«, sagte Clarissa ungeduldig, »was für eine Lüge? Was tut das schon zur Sache, solange sie nichts weiß? Was wir hatten, war ein herrliches Vergnügen, das uns beiden unendlich gutgetan hat. Morgen wird es nur noch eine überwältigende Erinnerung sein. Zwei von uns hat es bedeutend glücklicher gemacht, und du solltest nicht uns alle vier ins Elend stürzen.«

»Aber du hast dich doch auch schuldig gefühlt«, sagte Giles und schaute sie vorwurfsvoll an.

»Natürlich. Und ich schäme mich entsetzlich. Aber wir können es nicht ungeschehen machen. Und wenn wir darüber reden, machen wir alles noch viel schlimmer. Denk an das Propagandaplakat, mein Schatz: ›Leichtfertiges Gerede kann Leben kosten.‹ Siehst du, jetzt habe ich auch mal ein Zitat gebracht. Versuch ruhig, mich auszustechen.«

»Gut.« Er lächelte schwach, während er sein Zigarettenetui herausholte und sich eine Zigarette anzündete. »›Eine Wahrheit, in böser Absicht berichtet, schlägt alle Lügen.‹ William Blake.«

»Der gute alte Blake«, sagte Clarissa. »Das kommt der Sache schon sehr nahe. Was ist, Giles, verbringen wir unseren letzten Abend nun zusammen, oder nicht?«

»Jetzt ist es sowieso zu spät, was?«, sagte Giles. »Und ich fühle mich so wunderbar und zum Sterben glücklich. Sie liebt mich noch, und ich werde sie zurückerobern.«

»Gut«, sagte Clarissa und stellte interessiert fest, dass sie nicht die Spur von Eifersucht verspürte.

Ihr letzter gemeinsamer Abend war absolut unvergesslich.

Clarissa weinte, als sie die HMS *Vigour* unter Dampf aus dem Dart fahren sah. Sie schickte ein kleines Gebet in den Himmel, nicht nur, dass er heil bleiben möge, sondern auch, dass er über ihre gemeinsame Zeit Stillschweigen wahren möge, egal, ob er Florence nun zurückerobern konnte oder nicht.

Dann stieg sie in die Stadt zu ihrem Büro hinab, setzte sich auf den fadenscheinigen Teppich auf dem Linoleumboden, mit dem sich neuerdings interessante Erinnerungen verbanden, und wusste, dass es Zeit war, in ihr wahres Leben zurückzukehren. Sie würde noch einmal versuchen müssen, den Graben zwischen sich und ihrem Ehemann zu überwinden. Den sie immer noch, wie sie feststellte, innigst liebte.

***

»Ich weiß, David, dass du nicht den Josef spielen willst, aber ich stecke wirklich in der Klemme«, sagte Grace. »Robert Goss hat sich das Bein gebrochen, und außer dir würde das niemand in der knappen Zeit schaffen. Es sind nur noch zehn Tage bis dahin, und du kennst die Rolle perfekt. Bitte, David, sei nicht so störrisch.«

»Warum kann Robert denn nicht mit Krücken auftreten?«, fragte Daniel. »Josef könnte sich doch auf dem Weg nach Bethlehem ein Bein gebrochen haben, weil er über einen Esel gestolpert ist oder so.«

»Wir können doch nicht die Bibel umschreiben«, sagte Grace. »Außerdem wird der arme Robert nicht einmal in die Schule gehen können. Es war ein schlimmer Bruch.«

»Und was ist mit Daniel? Der kennt die Rolle genauso gut wie ich.«

»Ich mach das nicht«, sagte Daniel.

»Daniel ist zu klein, viel kleiner als Gwen. Man kann doch keinen Josef auftreten lassen, der fast zwanzig Zentimeter kleiner ist als die Maria.«

»Dann nimm halt eine andere Maria. Gwen ist sowieso ein hoffnungsloser Fall. Die kann ums Verrecken nicht singen.«

»Das stimmt nicht, David. Gwen hat eine sehr schöne Stimme. Ich weiß, dass du denkst, ich hätte Elspeth die Rolle geben sollen« – an dieser Stelle wurde David rot – »aber die hat schon letztes Jahr die Maria gesungen. Das wäre nicht gerecht.«

»Wieso nicht?«

»David, bitte! Das reicht jetzt.« Grace verlor nicht oft die Geduld, aber sie war todmüde und hatte weder von Charles noch von Ben etwas gehört. Die Schlacht von El Alamein, die so entscheidend für die Westfront war, hatte man gewonnen, und Montgomerys Achte Armee war ins französische Nordafrika vorgedrungen, aber die Opferzahlen waren beträchtlich. Der gesunde Menschenverstand sagte ihr, dass sie es längst erfahren hätte, wenn einem der beiden etwas zugestoßen wäre, aber da sie überhaupt keine Nachrichten hatte, nagte die Sorge Tag und Nacht an ihr. »Du spielst den Josef, das ist mein letztes Wort. Da ist der Postbote. Geh und hol die Briefe, bevor Charlotte es tut.«

»Ich geh schon«, sagte Daniel. Er kam mit einem Brief mit dem Poststempel der Armee wieder.

»Der ist von meinem Dad«, sagte er.

Grace nahm ihm den Brief ab, überflog ihn schnell und las ihn dann gleich noch einmal, etwas langsamer. Im nächsten Moment ließ sie sich auf einen Stuhl sinken.

»Du bist ja ganz rot geworden«, sagte David. »Geht es Dad gut?«

»Ja«, sagte Grace, »ihm geht es gut. Er kommt nach Hause, David. Dein Dad kommt nach Hause.«

»Du siehst aber verdammt glücklich aus«, sagte Daniel.

KAPITEL 21

Frühjahr – Sommer 1943

Wo ist er denn jetzt?«, fragte David.
»Er ist dreißig Meilen weit weg, in einem Genesungsheim.«
»Ist das ein Krankenhaus?«
»Nein, dort kommt man hin, wenn es einem besser geht.«
»Mir gefiel das Krankenhaus nicht«, sagte Daniel. »Es war schrecklich. Dad hat es auch nicht gefallen.«
»Natürlich nicht«, sagte David. »Wer mag schon einen Ort, an dem man einem Kugeln aus der Wirbelsäule schneidet und die ganze Zeit wehtut?«
»Es ist ein großartiges Krankenhaus«, sagte Grace bestimmt. »Wenn euer Vater nicht dorthin gekommen wäre, wäre es ihm nie besser gegangen.«
»Es war trotzdem grauenhaft, oder? All diese Männer mit den Verbänden und manche ohne Beine und so.«
»Das stimmt schon. Aber daran ist ja nicht das Krankenhaus schuld.«
»Nein«, sagte Daniel, »dieser verdammte Hitler ist schuld.«
»Daniel, nimm nicht solche Wörter in den Mund.«
»Wieso denn nicht? Hitler tut das bestimmt auch.«
»Nur dass der auf Deutsch flucht«, sagte David.
»Dann benutzt er halt die deutschen Schimpfwörter dafür.«
Grace gab es auf.

Die Meinung der Jungen über das Wingfield Morris Hospital in der Nähe von Oxford teilte sie nicht. In ihrer Erinnerung würde es immer verbunden sein mit einem schuldbewussten Glücksgefühl, großer Erleichterung und dem vollkommen unlogischen Gedanken, dass der Krieg praktisch vorbei war.

Ben war im Februar mit dem Schiff zurückgebracht worden. Er war in El Alamein verwundet worden, und seine Verletzungen hatten die medizinischen Fähigkeiten sowohl des Feldlazaretts als auch des Militärkrankenhauses in Kairo überstiegen. *Der Arzt hat gesagt, ich sei ein wahres Ärgernis*, hatte er Grace geschrieben. *Ich habe eine Kugel in der Schulter, was nicht dramatisch klingt, aber sie steckt in der Nähe der Wirbelsäule. Der Knochen ist gesplittert, und sie bekommen sie einfach nicht raus. Außerdem hat sich die Wunde entzündet, sodass es mir insgesamt nicht allzu gut geht.*

Das war eine starke Untertreibung. Es bestand die Gefahr, wie sich herausstellte, dass das zentrale Nervensystem dauerhaft geschädigt werden könnte, sodass eine heikle Operation nötig war. Auch die Entzündung wütete wochenlang aufs Schlimmste. Da man eine Wunde gewöhnlich einfach nur mit Sulfanilamid behandelte, litt Ben nicht nur entsetzlich, sondern es bestand auch die Gefahr einer Sepsis. Grace, die ihn zum ersten Mal besuchte, als er seit zehn Tagen aus der größten Gefahr heraus war und Besuch empfangen durfte, war entsetzt über die Veränderungen, die mit ihm vorgegangen waren: Er war unglaublich mager, das Fleisch spannte sich über seine lange, knochige Gestalt, seine einst braun gebrannte Haut war wie Pergament und sah aus, als hätte er die Gelbsucht, und seine Augen waren dunkle Höhlen zwischen den markanten Kanten seines Gesichts.

Er liege am hinteren Ende des Krankensaals, hatte sie eine Krankenschwester mit einer unbestimmten Geste informiert.

Grace war langsam hingegangen, hatte verlegen die Männer in ihren Betten beäugt und ihn schließlich schlafend vorgefunden. Sie hielt einen Blumenstrauß in der Hand, den sie im Garten gepflückt hatte, eine überquellende Masse aus Schneeglöckchen und frühen Primeln. Da sie nicht wusste, was sie tun sollte, hatte sie sich einfach hingesetzt und ihn betrachtet, die Blumen im Schoß. Er lag auf der Seite, das Gesicht ihr zugewandt. Nach etwa zehn Minuten regte er sich, verzog das Gesicht, schlug langsam die Augen auf und erblickte sie. Im ersten Moment kam keine Reaktion, dann breitete sich ganz langsam ein Lächeln auf seinem Gesicht aus, dieses schöne, lustige, faltenreiche Lächeln, an das sie sich so gut erinnerte.

Schließlich sagte er schlicht: »Hallo.«

»Hallo, Ben.«

Schweigen. Dann sagte er, während sein Blick über ihr Gesicht wanderte: »Schön, dich zu sehen.«

»Schön, *dich* zu sehen«, sagte sie und war plötzlich verlegen, gleichzeitig aber auch auf eine verrückte Weise glücklich. »Wie geht es dir?«

»Verdammt beschissen«, sagte er und lächelte dann wieder. »Entschuldige. Ich bin keine weibliche Gesellschaft mehr gewöhnt.«

»Das denke ich mir«, sagte Grace. »Dass es dir schlecht geht, meine ich. Ist denn jetzt alles ... in Ordnung?«

»Ja.« Er versuchte, seine Position zu verändern, und verzog das Gesicht. »Ja, alles in Ordnung. Jedenfalls werde ich weder gelähmt sein noch sterben. Mein Arm wird nicht mehr zu viel nütze sein, aber es gibt sicher Schlimmeres.«

»Ja«, sagte sie, »das denke ich auch. Tut es sehr weh?«

»Ziemlich«, sagte er. »Aber kein Vergleich zu vorher. Sie stopfen mich hier mit Medikamenten voll. Außerdem ist es nicht heiß, und es gibt auch keine Fliegen.«

»Nein, das stimmt«, sagte Grace. »Obwohl mir jetzt wärmer ist als in den ganzen letzten Wochen. Es ist ein kalter Winter.«

»Wirklich? Ich will dir mal was sagen: Ich werde mich nie wieder über Kälte beschweren.«

»Wie lange warst du denn da drüben im Krankenhaus? Das konnte ich dem Brief nicht richtig entnehmen.«

»Etwa zehn Tage im Feldlazarett und dann ein paar Wochen in Kairo. Das Schlimmste war die Fahrt dorthin. Nach Kairo, meine ich. Erst ein Krankenwagen, eine richtige alte Klapperkiste, dann der Krankenhauszug. Klingt nicht schlecht, aber es war ein umfunktionierter Viehwaggon. Und so fühlte es sich auch an. Keine Flure und offen für alle Elemente. Der Arzt fuhr ganz hinten im Schlafwagen mit und hat sich einen edlen Tropfen gegönnt.« Er grinste. »Mittlerweile ist es einfach eine tolle Geschichte, und immerhin bin ich heil dort angekommen.«

»War es denn gut? Das Krankenhaus?«

»Ja, sehr gut. Die Krankenschwestern haben eine Wahnsinnsarbeit geleistet. Ein paar von ihnen waren sehr hübsch, das hat auch geholfen.« Er lächelte wieder. »Aber egal, die Operationen, die ich dort hatte, waren beide erfolglos. Irgendwann hat der große Chirurgenboss auf dieses gewaltige, klaffende Loch in meinem Rücken geschaut, und den Rest weißt du ja.«

»Ja.«

»Wie geht es den Jungen?«

»Denen geht es gut. Sie sind ganz schön gewachsen. Sie wollten unbedingt mitkommen, aber ich habe es ihnen nicht erlaubt. Na ja, die Ärzte haben es nicht erlaubt. Das nächste Mal.«

»Es dürfte kompliziert sein«, sagte er, »hierherzukommen.«

»Kompliziert nicht, nur ziemlich weit. Aber ich bin früh losgefahren. Mit dem Wagen. Ich habe ein paar Benzincoupons für meine Arbeit bei der Landarmee, weshalb ich meine eigenen Coupons etwas sparen konnte.«

»Bist du mit dem kleinen MG gefahren?«

»Ja.«

»Schöner Wagen. Ich nehme an, er gehört deinem Ehemann.«

»Ja«, sagte Grace und dachte, wie entsetzt Charles wäre, wenn er von der jüngsten unangemessenen Nutzung wüsste.

»Geht es ihm gut?«

»Soweit ich weiß, ja. Letzte Woche habe ich einen Brief bekommen. Sie sind jetzt in Tunesien, mit Montgomery.«

»Er hat Glück gehabt. Na ja, ich auch im Prinzip. Höchstwahrscheinlich werde ich nicht dorthin zurückkehren.«

»Ah«, sagte Grace, als das langsam in ihr Bewusstsein sickerte und sich sanft dort festsetzte, ein süßer, warmer Trost. »Es war also sehr schlimm«, sagte sie, »da drüben?«

»Es war die Hölle. Zumindest bis Harold Alexander kam, dann wurde alles irgendwie besser. Aus meiner Sicht war El Alamein das reinste Chaos. Ich wurde ja gleich am ersten Tag verwundet, aber wenn ich es richtig verstanden habe, war es ein brillanter Sieg.«

»Ja«, sagte sie, »der Wendepunkt des Krieges. So heißt es.«

»Mein bester Kamerad ist gefallen«, sagte er nüchtern und schwieg dann eine Weile. »Ich habe mit angesehen, wie er in die Luft geblasen wurde, zusammen mit ein paar anderen. War ziemlich schlimm. Es ist schwer, in einem solchen Moment an Siege und Wendepunkte zu denken.«

»Ja«, sagte Grace, »das kann ich mir vorstellen.«

Sie fühlte sich fehl am Platz, so armselig, wie sie da saß, ohne mit schlimmen Erfahrungen und Schicksalsschlägen aufwarten zu können. Sie schaute auf die Blumen hinab, die sie immer noch in ihrem Schoß umklammert hielt.

»Die sind sehr schön«, sagte er plötzlich. »Sind die für mich?«

»Ja. Ja, das sind sie. Ich gehe mal eine Vase suchen, okay?«

»Danke. Das ist aber nett. Frag die Schwester, die hat einen Schrank mit so etwas.«

Sie ging durch den Saal, ließ sich den Schrank zeigen und nahm die einzige Vase heraus, ein riesiges, hässliches Ding, in dem sich ihre Frühjahrsboten traurig verloren. Sie kam sich albern vor, als sie zu ihm zurückging.

Dann schwiegen sie. Ihr fiel nichts ein, was sie ihm hätte erzählen können. Es war ein Fehler, allein hierherzukommen, dachte sie mit einem an Panik grenzenden Gefühl. Sie kannte ihn nicht gut genug, es gab keine gemeinsamen Themen. Sie wollte sich schon unter einem Vorwand verabschieden und erklären, dass sie mit den Jungen noch einmal wiederkomme, als sie eine Hand auf der ihren spürte, ganz sanft. Als sie verwirrt aufschaute, merkte sie, dass Ben sie sehr ernst musterte. Er zögerte und zog seine Hand wieder zurück, aber seine Stimme war fest und freundlich und überhaupt nicht zögerlich.

»Es ist unglaublich schön, dich zu sehen«, sagte er. »Danke, dass du gekommen bist. Ich habe die ganze Zeit an dich gedacht, Grace. Deine Briefe haben mir sehr geholfen. Es war so hart. Alles dort. Zu wissen, dass du hier bist, bei den Jungen ... nun, das hat den entscheidenden Unterschied gemacht. Das wollte ich dir nur sagen.«

»Du hast es ja schon gesagt«, erwiderte sie lächelnd. Plötzlich war ihre Stimmung eine ganz andere, unbeschwerte. »In deinen Briefen.«

»Ich weiß. Aber ich wollte es dir noch einmal richtig sagen. Briefe sind ... na ja, irgendwie nur etwas aus zweiter Hand, falls du verstehst, was ich meine.«

»Ich denke schon.«

»Erzähl mir von den Jungen«, sagte er und lehnte sich ein bisschen zurück. »Erzähl mir, was sie so tun. Ich will alles wissen, noch das kleinste Detail.«

»Na ja«, sagte sie, »was David angeht…«

Sie redete lange über die Jungen, sehr lange: wie klug sie waren, wie lieb, was für eine gute Gesellschaft, was sie so taten. Wie David jeden Morgen für sie die Kamine anzündete und Daniel jeden Morgen und Abend Flossie molk; über David und die Musik und Daniel und das Schachspielen; dass David sich um ein Stipendium für die Oberschule bemühen würde.

»Du liebst sie wirklich, nicht wahr?«, sagte er plötzlich und lächelte. »Ich kann es kaum fassen, wie sehr du sie liebst.«

»Ja«, sagte sie, »das tu ich. Sie bedeuten mir viel.«

»Sie haben ein solches Glück, dass sie dich haben«, sagte er.

»Na ja«, sagte sie vorsichtig, »ich habe auch Glück. Es sind wirklich besondere Jungen. Manche Kinder haben sich nie in ihre Gastfamilien eingefügt.«

»Bei dir hätten sie kein Problem damit gehabt, würde ich wetten«, sagte Ben. »Was denkt dein Ehemann eigentlich darüber? Stört ihn das nicht?«

»Nein, natürlich nicht«, sagte Grace fest. »Warum sollte es?«

Ben erwiderte nichts, sondern schaute sie nur an. Irgendetwas an seinen dunklen Augen hatte etwas Verstörendes und flößte ihr Unbehagen ein. Ein fast körperliches Unbehagen. Sie schaute auf ihre Hände, die sich in ihrem Schoß ineinander verkrallten. Sie fragte sich gerade, was um Himmels willen sie sagen sollte, als eine Krankenschwester kam.

»Wir müssen jetzt Ihre Verbände kontrollieren, Sergeant Lucas. Und dann geht's zum Röntgen. Tut mir leid«, sagte sie zu Grace, »aber ich muss Sie bitten, jetzt zu gehen. Eine Stunde, hatte die Oberschwester gesagt, und Sie sind schon viel länger hier.«

»Ja, natürlich«, sagte Grace, stand auf und lächelte verlegen. »Auf Wiedersehen, Ben.«

»Danke, dass du da warst«, sagte er. »Das war sehr wichtig für mich. Es macht es bedeutend leichter, mit allem klarzukommen.«

Die gesamte Rückfahrt über hatte sie seine Stimme im Ohr, die ihr immer wieder sagte, wie wichtig ihr Besuch für ihn sei.

Als sie das nächste Mal hinfuhr, nahm sie David und Daniel mit. Ben sah schon wesentlich besser aus, hatte eine gesündere Gesichtsfarbe und sogar etwas zugenommen. Die Jungen waren zunächst schüchtern und befangen, aber dann entspannten sie sich, lehnten an seinem Bett und plapperten, kicherten und erzählten ihm lustige Geschichten, über Clifford, die Schule, Miss Merton.

»Die ist so dick«, sagte Daniel, »dass alles an ihr wabbelt, wenn sie lacht. David geht immer noch in ihren Tanzkurs«, fügte er hinzu. »Er ist ein richtiges Weichei.«

»Ich bin kein Weichei«, sagte David und langte ihm eine.

»Doch, bist du. Und du bist verliebt in Elspeth Dunn«, sagte Daniel.

»Bin ich nicht«, sagte David und wurde knallrot.

»Doch, bist du.«

»Bin ich nicht.«

»Weichei!«

»Halt den Mund.«

»Seid still, Jungs«, sagte Grace streng, »sonst dürft ihr nicht mehr herkommen. Warum geht ihr nicht für einen Moment nach draußen? Die Grünanlagen sind herrlich.«

»Dürfen wir, Dad?«, fragte David, den das sichtlich lockte.

»Natürlich dürft ihr.«

Im Nu waren sie verschwunden. Grace lächelte. »Das ist wirklich eine Rasselbande«, sagte sie. »Und du siehst ein bisschen müde aus.«

»Bin ich auch. Ich bin so froh, sie zu sehen, aber … Tut mir leid, ich sollte mich nicht beklagen.«

»Entschuldige dich bitte nicht«, sagte sie. »Ich wette, es ist noch sehr schmerzhaft.«

»Ja. Aber ich habe unglaubliches Glück gehabt.«

»Das würde ich auch so sehen«, sagte sie sachlich. »Eine Freundin meines Ehemanns… na ja, eigentlich auch von mir… Clarissa heißt sie. Ihr Ehemann ist Pilot. Er wurde abgeschossen und hat schreckliche Verbrennungen erlitten. Sein Gesicht ist offenbar vollkommen entstellt. Es wird von einem plastischen Chirurgen rekonstruiert, aber… Das ist alles so grauenhaft. Clarissa ist der festen Überzeugung, er wäre lieber tot.«

»Der arme Kerl«, sagte Ben. »Das tut mir leid, Grace…«

»Entschuldige dich nicht immer!«

»Ja, ja, in Ordnung. Aber egal, ein Kumpel von mir hat auf der Straße einen Typen gesehen, ohne Nase, fast kein Kinn mehr. Er sagte, alle hätten ihn angestarrt. Da hätte ich lieber ein Bein oder einen Arm verloren. Komisch, nicht wahr? Es sollte doch nicht so schlimm sein, oder? Der Mensch bleibt doch derselbe. Aber das Gesicht ist das, was man der Welt zeigt. Es ist… na ja, es ist im Prinzip dein Herz.«

»Ja«, sagte Grace langsam, »da hast du sicher recht. Du bist so… klug, Ben.«

»Nein«, sagte er, »ich denke nur viel nach. Übrigens«, fügte er mit einem Grinsen hinzu, »die Krankenschwester wollte wissen, ob du meine Freundin bist.«

»Und was hast du gesagt?«, fragte Grace.

»Schön wär's, hab ich gesagt«, antwortete er lachend.

Im Mai wurde er in das Genesungsheim verlegt. Es befand sich im Lake District. »Warum man mich ans Ende der Welt verfrachtet, weiß ich auch nicht«, erklärte er am Telefon. »Aber da bin ich nun.«

»Und danach?«

»Keine Ahnung. Mit dem Arm bin ich als Soldat nicht mehr zu gebrauchen, da wäre ich nur eine Last, wie man mir sagte. Aber ich bewerbe mich um eine Ausbildung bei den Fernmeldern oder so. In Tidworth, in der Nähe von Salisbury, liegt eine große Einheit. Darauf setze ich all meine Hoffnungen. Dann könnte ich die Jungen öfter sehen. Und dich«, fügte er zögernd hinzu.

Sie wusste, dass er ihr nur eine Freude machen wollte, aber sie freute sich trotzdem.

Florence, mein lieber Schatz,

ich kann Dir gar nicht sagen, wie sehr ich mich gefreut habe, als ich Deinen Brief bekam. Ich habe ihn tausend Mal gelesen. Zunächst hielt ich es für eine Halluzination. Ja, ich verstehe, was Du sagst, und ich verstehe auch, was Du meinst. Aber Du kannst nicht von mir erwarten, dass ich es dabei belasse und Dich nicht umzustimmen versuche – wo ich Dich doch so liebe und Du mich liebst und wir eine Tochter zusammen haben und unser Leben so perfekt sein könnte. Hätte ich doch nur bei Dir sein können, als sie so krank war. Hätte ich Dir doch nur zur Seite stehen können! Stattdessen habe ich geschmollt und Dir einen verdammt gehässigen Brief geschrieben.

Aber, Florence, Du musst Dich den Tatsachen stellen. Dein

Ehemann ist kein guter, anständiger Mann, mit dem Du mit der Zeit glücklich werden könntest, wenn Du Dich nur in Deinem jetzigen Leben einrichtest und mich zu vergessen versuchst. Er ist ein Sadist, Florence, und erzähl mir nicht, dass er sich ändert, denn das tut er bestimmt nicht. Und Du darfst auch nicht diesen Unsinn glauben, dass er Imogen für sein eigenes Kind hält. Ich bin mir sicher, dass das zu diesem gerissenen Spielchen gehört, das er mit Dir treibt. Die Vorstellung, dass er noch in England ist oder zumindest an einem Ort, von dem aus er vergleichsweise leicht zuschlagen kann, ist mir ein Graus. Sei auf der Hut, mein Schatz! Pass auf Dich und auf Imogen auf! Herrgott, ich liebe Dich so sehr. Ich kann Dir gar nicht sagen, wie anders ich mich fühle, seit ich weiß, dass Du mich noch liebst. Ich habe mich sofort wieder in Dich verliebt, als ich Deinen Brief gelesen habe. Es war, als lägst Du zum ersten Mal in meinen Armen, als würde ich Dich halten und entdecken. An dem Tag habe ich zum ersten Mal, seit ich wieder zu Hause bin, Deine Fotos herausgeholt, habe sie betrachtet und daran gedacht, wie Dein Haar fällt, seidig und duftend, und wie sich Deine Augen sanft verschatten, wenn wir miteinander im Bett liegen, wie sich Dein Mund anfühlt, dein ganzer Körper. Wie Doktor Faust würde ich meine Seele verkaufen, aber nicht für das Wissen dieser Welt, sondern dafür, auch nur einen einzigen Tag lang bei Dir zu sein. Ist sowieso ein altes, verkommenes Ding – meine Seele, meine ich.

Ich hoffe und bete inbrünstig, dass ich gegen Ende des Sommers Urlaub bekomme. Sicher steht mir welcher zu, zumal mir der letzte gestrichen wurde. Mach Dir keine Sorgen um mich, ich werde schon heil heimkehren. Etwas anderes kommt gar nicht infrage, jetzt, wo ich weiß, dass Du mich noch liebst. Danke, dass Du mir geschrieben hast, Florence, mein Schatz, und dass Du mir alles erklärt hast und mich noch liebst. Pass

*gut auf Dich und Imogen auf. Eines Tages werde ich wieder
bei euch sein. Bilde Dir nicht ein, dass Du mich loswirst. Ich
werde Dich nicht gehen lassen, das kann ich gar nicht, weil
ich Dich liebe.*

Giles

Florence hat diesen Brief so oft gelesen, dass sie schon fürchtete, das Papier könne sich abnutzen. Nachts steckte sie ihn
unter ihr Kopfkissen, tagsüber trug sie ihn immer bei sich.

»Aber ich kann nicht mit ihm zusammen sein«, sagte sie zu
Clarissa, der sie alles anvertraut hatte, »ich muss bei Robert
bleiben. Ich muss.«

»Florence«, sagte Clarissa bestimmt, »du bist vollkommen
verrückt.«

»Bin ich nicht. Ich habe es Gott versprochen. Es war ein
Schwur. Den kann ich nicht brechen.«

»Was für ein abergläubischer Unfug«, sagte Clarissa. »Wenn
es einen Gott gibt, was ich eher bezweifle, wird er nicht einem
unschuldigen kleinen Kind etwas antun – nicht dass irgendjemand Imogen als unschuldig bezeichnen würde, aber das nur
am Rande –, nur weil du dich mit deinem Liebhaber einlässt.
Und wenn doch, ist er nicht das nette, gütige Wesen, als das
ich ihn mir immer vorgestellt habe.«

»Du verstehst das nicht«, sagte Florence.

»Nein, in der Tat. Aber ich bin froh, dass du glücklicher
wirkst und auch den armen Giles glücklicher gemacht hast.
Nachrichten von Robert?«

»Nein. Er droht ständig damit, nach Hause zu kommen, tut
es dann aber nicht.«

»Reine Taktik«, sagte Clarissa unbekümmert. »Er will dich
nur einschüchtern. Florence, wie oft muss ich dir noch sagen,
dass er gefährlich ist. Du musst fort von ihm.«

»Ich kann nicht«, erwiderte Florence. »Ich kann einfach nicht. Lass uns nicht mehr darüber reden. Wie läuft's denn bei dir, Clarissa? Ich möchte von all den Höhenflügen in deinem Leben hören. Hier ist es ja so öde. Dein Leben stelle ich mir immer absolut glamourös und gefährlich vor.«

»Oh … na ja, es ist schon in Ordnung«, sagte Clarissa. »Gefährlich, mag sein. Aber glamourös absolut nicht.«

»Aber es gibt doch sicher viele attraktive Kapitäne, die dich aufmuntern und Händchen halten.«

»Florence, du hast eine sonderbare Vorstellung vom Leben bei der Marine«, sagte Clarissa fast streng. »Wir schuften wie die Berserker.«

»Bekommt dir jedenfalls großartig«, sagte Florence. »Ich weiß nicht, wann ich dich das letzte Mal so schön gesehen habe. Das muss an der Seeluft liegen.«

»Vermutlich.« Schweigen senkte sich herab. Unvermittelt sprang Clarissa auf, holte ihre Zigarettenschachtel und zündete sich eine an. Florence betrachtete sie neugierig.

»Stimmt etwas nicht?«

»Nein, nein. Na ja, doch, natürlich. Jack.« Ihre Stimme war nun ungewöhnlich schroff, fast scharf.

Florence war bestürzt. »Oh Clarissa, es tut mir leid! Daran hatte ich gar nicht gedacht. Wie geht es ihm?«

»Er ist furchtbar deprimiert. Aber das Schlimmste ist, dass wir uns ständig streiten. Ich weiß, dass das grausam ist, Florence, aber ich finde das alles so … gruselig. Dagegen bin ich absolut machtlos. Sein Gesicht stößt mich einfach ab, und das weiß er auch. Besonders hilfreich ist das nicht.«

»Nein.«

»Nächste Woche wird er allerdings in McIndoes Krankenhaus verlegt, wo sie mit der plastischen Chirurgie beginnen. Überwältigender Typ, dieser McIndoe. Ich kann dir gar nicht sagen, was er schon alles geleistet hat, für mich jedenfalls. Einfach durch seine Art. Die Männer vergöttern ihn. Aber was er bei Jacks Gesicht ausrichten kann, na ja …« Jack und sie hatten einen heiklen Waffenstillstand geschlossen. Sie hatte ihn noch einmal besucht und war ihm mit entschiedener Ehrlichkeit und gewachsenem Mut entgegengetreten, durch das Intermezzo mit Giles besänftigt. Nun fiel es ihr leichter, ihn anzuschauen und dabei zu lächeln. Aber es war immer noch eine Qual. Sie konnte sich beim besten Willen nicht vorstellen, wie sie ihn jemals wieder begehren sollte.

***

Jack Compton Brown würde demnächst dem Club beitreten, den seine Mitglieder als den elitärsten der Welt bezeichneten: dem Guinea Pig Club, der auf Station 3 des Queen Victoria Hospital in East Grinstead residierte. Die Aufnahmebedingungen waren simpel: im Dienst bei der Royal Air Force schlimme Verbrennungen erlitten zu haben. Clubvorsitzender war der geniale Archibald McIndoe, der nicht nur die Gesichter der Männer in einem beachtlichen Maß wiederherstellte, sondern auch ihre Seelen. Motto des Clubs war, dass es immer jemanden gab, dem es noch schlechter ging als einem selbst. Was dort geschah, war absolut außergewöhnlich.

Jack, der unendlich deprimiert und mutlos war, weil er vor Gegenwart und Zukunft gleichermaßen Angst hatte, der zusammenzuckte, wenn er in den Spiegel schaute oder die Menschen bei seinem Anblick zusammenzuckten, und der fest davon überzeugt war, dass er Clarissa verlieren würde, fand sich plötzlich in einem Umfeld wieder, das eher an den Gemeinschaftsraum einer Universität oder einen Schulschlafsaal erinnerte als an ein Krankenhaus. Die Männer genossen absolute Freiheit; jegliche Disziplin legten sie sich selbst auf. Sie trugen, was sie wollten, und taten, was sie wollten. Der Zeitplan war locker, und es gab keine festgelegten Besuchszeiten. Am Ende der Station stand ein Fass Bier, das immer gefüllt war. Man erlaubte den Männern nicht nur, in die Stadt zu gehen, einen Drink zu nehmen, in einem Restaurant zu speisen oder ins Kino zu gehen, nein sie wurden regelrecht dazu ermutigt – während die Stadt den Patienten von McIndoe in einer Art gemeinsamer Kraftanstrengung die umfassendste und einfühlsamste Unterstützung gewährte. Die guten Leute von East Grinstead starrten sie nicht an, zeigten nicht auf sie, wichen nicht vor den Guinea Pigs zurück und behandelten sie nicht anders als andere Menschen, sondern ignorierten sie einfach. Das war Therapie auf höchstem Niveau. Die Männer, alle jung, extrovertiert und überdurchschnittlich begeisterungsfähig, pflegten auch einen ziemlich ausgelassenen Lebensstil auf Station 3. Es war nicht ungewöhnlich, dass sich die Patienten gegenseitig Bier über den Leib gossen, herumalberten, spät von ihren Ausflügen in die Stadt oder nach London zurückkamen und betrunken herumgrölten. Aber wenn jemand neu eintraf oder auf die Platte kam, wie sie den Operationssaal nannten, oder wenn sich bei einer Behandlung unerwartete Schwierigkeiten ergaben, schlugen besagtem Patienten die größte Einfühlungsgabe und Liebe entgegen.

Die Krankenschwestern wurden nicht nur nach ihren beruflichen Qualitäten, sondern auch nach ihrem Aussehen ausgewählt, und eine ihrer Aufgaben bestand darin, die Moral der äußerst heißblütigen Männer wiederherzustellen. Etliche Patienten und Schwestern heirateten letztendlich.

McIndoes größte Gabe war seine Ehrlichkeit. Er redete nie um den heißen Brei herum und drückte sich nicht vor der Wahrheit. Ruhig, unsentimental und mit gesundem Menschenverstand konfrontierte er die Männer mit ihren Ängsten. Er besprach mit ihnen, was er mit ihnen anstellen würde, bestand darauf, dass sie sich wenigstens grundlegende Kenntnisse über die medizinische Dimension der Eingriffe aneigneten, und ermutigte sie dazu, bei den Operationen ihrer Kameraden zuzuschauen.

Nachdem sich Clarissa an seinem ersten Tag dort verabschiedet hatte, saß Jack still auf seinem Bett. Er fühlte sich elend und allein. Den Geräuschpegel und die allgemeine Ausgelassenheit fand er ziemlich unerträglich nach der geschützten, gedämpften Atmosphäre im Addenbrooke's Hospital.

Irgendwann stand er auf und ging ins Bad. Überall hingen Spiegel an den Wänden. Ihn schauderte. Bislang hatte man ihm den Anblick seines Gesichts mehr oder weniger erspart, sodass er sich mit diesem Grauen nicht auseinandersetzen musste. Er verspürte den mittlerweile vertrauten, nie abflauenden Ekel und das Selbstmitleid. Nachdem er eine ganze Weile auf dem Klo gesessen hatte, den Kopf in die Hände gestützt, kehrte er schließlich, weil er sich nicht ewig davor drücken konnte, auf die Station zurück.

Sie war fast leer. Es war ein schöner Tag, und draußen wurde herumbaldowert; die Männer schrien und lachten. Jack fühlte sich unendlich einsam und barg wieder den Kopf in den Händen.

Plötzlich öffnete sich die Tür, und er hörte jemanden hereinkommen.

»Hallo«, sagte ein Mann beiläufig. »Willkommen auf Station 3.«

»Danke«, sagte Jack.

»Murray Brooks.«

»Jack Compton Brown.« Er sah immer noch nicht auf, sondern streckte nur die Hand aus. Überrascht, weil der andere nicht zugriff, hob er den Blick. Dem Mann, der vor ihm stand und ihn begeistert angrinste, fehlten nicht nur ein Auge und ein Großteil der Kopfhaut, sondern auch beide Hände.

Das war der Moment, in dem Jack die lange Reise antrat, die ihm seine Selbstachtung wiederbringen sollte.

»Nun«, sagte McIndoe, »mit einer neuen Nase werden Sie schon viel besser aussehen. Sie werden sich auch gleich besser fühlen. Damit legen wir also los. Sonst alles in Ordnung hier?«

»Ja. Mehr oder weniger.«

»Gut. Schon einer Operation beigewohnt?«

»Nein, noch nicht.«

»Tun Sie das mal. Das ist sehr interessant und könnte Ihnen helfen. Gut, Ende der Woche werde ich Sie mir erstmals vorknöpfen.«

In der Nacht bevor er auf die Platte kam, konnte Jack nicht schlafen. Er hatte mit dem üblichen Klamauk gerechnet, in den er sich mittlerweile leicht widerwillig hereinziehen ließ, aber überraschenderweise ließ man ihn in Frieden. Und als die anderen dann ins Bett gingen, bemühten sie sich um Ruhe und redeten nur ganz leise.

Er dachte an Clarissa und daran, wie sehr er sie liebte und vermisste. Auch wenn sie es entschieden leugnete, wusste er, dass sie ihn nicht anschauen konnte, ja ihn regelrecht abstoßend fand. Niemals seit seinem Absturz hatte sie es über sich bringen können, ihn richtig zu küssen, auf den Mund. Er hatte panische Angst, sie zu verlieren, obwohl er es auf merkwürdige Weise fast herbeisehnte, weil er dann wenigstens keine Angst mehr haben müsste. Körperlich fühlte er sich höchst merkwürdig, weil er vor Energie und unterdrücktem sexuellem Begehren beinahe übersprudelte. Kaum vorstellbar, dass er je wieder ein normales Liebesleben haben würde, und diesen Gedanken fand er schier unerträglich. Das war das Schlimmste, bei allem sonstigen Elend. Schlimmer noch, als wenn ihn die kleinen Kinder anstarrten und ihre Mütter am Ärmel zupften. Schlimmer als die Besuche alter Freunde, die ihn mit falscher Begeisterung anlächelten und erklärten, wie sehr sie sich freuten, bei ihm zu sein, obwohl man ihnen ihr Entsetzen und den Wunsch, das Weite zu suchen, genau ansah. Schlimmer als die gutgemeinten, aber verletzenden Vorschläge von Leuten wie seiner Mutter, die erklärt hatte, dass sich bestimmt ein hübsches Haus auf dem Land finden ließe, davon gäbe es im Moment eine Menge.

»Verdammt zu einer Zukunft als Korbflechter«, sagte er zornig zu Clarissa. »Was hältst du davon?«

Er sah auf die Uhr: zwei. In zwölf Stunden würde es losgehen, dann wäre sein Gesicht unter dem Messer. Trotz allem fragte er sich, ob es die Mühe wert war. Was, wenn es schiefging, wenn die transplantierten Teile nicht anwuchsen, wenn die Rekonstruktion scheiterte und das Ergebnis auch nicht besser war? Plötzlich war ihm schlecht, und er musste zum Klo laufen. Als er zurückkam, wartete eine der Nachtschwestern an seinem Bett, ein außerordentlich hübsches Mädchen mit dunkelroten Haaren und großen grünen Augen. Sie hieß Caroline und erinnerte ihn an Grace.

»Mussten Sie sich übergeben?«, fragte sie mitfühlend. »Machen Sie sich keine Sorgen, das geht allen so. Möchten Sie etwas Heißes zu trinken, oder wird Ihr Magen das auch nicht bei sich behalten?«

»Käme auf einen Versuch an«, sagte Jack. »Klingt jedenfalls gut.«

Sie kam mit einem Krug heißer Malzmilch wieder. »Es

geht doch erst morgen Nachmittag los, oder? Dann dürfen Sie das hier noch trinken. Machen Sie sich nicht so viele Gedanken, Jack. Das ist jetzt die schwerste Zeit.«

»Ach ja?«, sagte er, und seine Stimme klang bitter. »Wartet nicht eine einzige allerschwerste Zeit auf mich? Bis wann auch immer.«

»Oh, jetzt gefallen Sie sich aber in Selbstmitleid«, sagte sie fröhlich. »Nein, natürlich nicht. Sie werden so viel besser aussehen, wenn der Chef mit Ihnen fertig ist, das können Sie sich überhaupt nicht vorstellen.«

»Ach ja?«, sagte er noch einmal. »Glauben Sie das wirklich?«

»Ich weiß es. Sie sind gar nicht so ein schlimmer Fall, Jack. Die gesamte Struktur Ihres Gesichts ist noch erhalten ... Na ja, von Ihrer Nase mal abgesehen. Sie besitzen noch Ihr Augenlicht. Und Ihre Arme und Beine.«

»Ich weiß, ich weiß. Jetzt jagen Sie mir nicht auch noch Schuldgefühle ein. Bis vorhin hatte ich ja auch angefangen, die Sache etwas positiver zu sehen, aber jetzt habe ich einfach eine Wahnsinnsangst.«

»Das ist nachvollziehbar. Die Station 3 ist voll von Männern, die zu den tapfersten Englands gehören und eine Wahnsinnsangst haben. Möchten Sie eine Schlaftablette?«

»Hätte ich nichts gegen.«

»Ich hole Ihnen eine.«

Sie saß auf dem Stuhl und schrieb irgendwelche Berichte, bis die Tablette wirkte. Zu seiner eigenen Überraschung merkte er, dass er plötzlich nach ihrer Hand griff.

»Danke. Danke, Caroline.«

»Ist mir ein Vergnügen.«

»Es ist wunderbar, wieder mit einer schönen Frau zu reden«, sagte er, bereits ziemlich schläfrig.

»Sie haben doch eine außerordentlich schöne Frau«, sagte sie bestimmt.

»Ich weiß. Aber Sie hat mich verlassen.«

»Nicht dass ich wüsste.«

»Doch. Sie erträgt es nicht, mich anzufassen.«

»Das ist am Anfang nicht ungewöhnlich«, sagte Caroline. »Das wird schon wieder, wirklich.«

»Woher wollen Sie das wissen?«, fragte er.

»Na ja«, sagte sie und schaute ihn nachdenklich an, »Erfahrungswerte. Außerdem sage ich Ihnen mal etwas, Jack Compton Brown: Ich würde Sie mit Kusshand nehmen. Wenn Sie nicht verheiratet wären, natürlich.«

»Das ist sehr nett von Ihnen«, sagte er, hundemüde jetzt, sodass er schon gar nicht mehr wusste, wo er war.

»Das ist nicht nett. Ich meine es ernst. Fragen Sie Fenella, wenn Sie mir nicht glauben.« Fenella war ihre Kollegin und beste Freundin.

»Das werde ich tun, ich warne Sie. Nicht dass Sie mir hier auf kokett machen und dann den Schwanz einziehen. Apropos Schwanz, Caroline ...«

Sie beugte sich über ihn und küsste ihn sanft auf die Lippen. »Ich wünsche keine schmutzigen Wörter auf dieser Station. Schlafen Sie jetzt, Jack, sofort.« Gehorsam schlief er ein.

Die erste Operation war nicht erfolgreich, und die zweite auch nicht. Die Transplantation erwies sich als schwierig. Clarissa traf ihn mürrisch und schmollend an.

»Jack, du musst positiv sein.«

»Klar«, sagte er und wurde nun wütend. »Versuch du nur, positiv zu sein. Versuch es einfach, Clarissa. Und hau ab. Geh und such dir einen schönen Admiral, dann kannst du mit dem positiv sein. Los, verschwinde.«

»Jack...«

»Hau ab, hab ich gesagt.«

Sie ging, und er schloss sich auf der Toilette ein. Als er zurückkehrte, saß Murray Brooks auf dem Stuhl an seinem Bett.

»Was bist du nur für ein Arschloch«, sagte er zu ihm. »Du solltest dich schämen.«

»Danke«, sagte Jack. »Wenn ich an deiner Meinung interessiert bin, frage ich dich.«

»Es wird dieselbe beschissene Meinung bleiben«, sagte Brooks und grinste säuerlich. »Tut mir leid. Vermutlich bin ich nur eifersüchtig. Du hast immerhin eine Frau.«

»Oh Gott«, sagte Jack. »Tut mir leid, Murray.«

Murrays Frau hatte ihm kürzlich geschrieben, dass sie ihn verlasse.

Allmählich heiterte sich seine Stimmung auf. Bei der dritten Operation wurde die transplantierte Haut über der rekonstruierten Nase angenommen.

»Gut«, sagte McIndoe, »allmählich wird's doch. Jetzt brauchen Sie erst einmal eine Pause. Ich schicke Sie nach Marchwood Park, da können Sie sich Ihren Lebensunterhalt verdienen.«

Marchwood Park war ein Genesungsheim in Hampshire; angegliedert war eine Fabrik, in der Ersatzteile für die Luftfahrt produziert wurden. Die Guinea Pigs waren stolz auf ihre Bilanz, da sie mit ihrer Arbeitskraft ein verlässlich höheres Soll als die nichtbehinderten Menschen erfüllten.

»Ich werde Sie vermissen«, sagte Caroline am Abend vor seiner Abreise.

»Ich komme ja zurück«, sagte Jack. »Rennen Sie also nicht mit einem der anderen davon.«

»Tu ich schon nicht. Aber was ist mit Ihrer Frau?«

»Die hat größtes Verständnis.«

Was Clarissa betraf, war er jetzt optimistischer. Als sie das letzte Mal zu Besuch kam, sah sie ihn mit Caroline flirten und war merklich irritiert. Beim Abschied küsste sie ihn. Vorsichtig zwar, aber immerhin richtig, auf den Mund.

»Du bist ein verheirateter Mann, Jack Compton Brown«, sagte sie streng. »Das darfst du nicht vergessen.«

***

»Dürfte ich wirklich kommen und ein paar Tage bleiben, nur ein paar Tage?«

»Das hatte ich doch schon gesagt, Ben.«

»Danke. Vielen, vielen Dank. Danach werde ich nach Tidworth versetzt. Ich kann mein Glück immer noch nicht fassen. Aber es wäre schön, ein paar Tage mit den Jungen verbringen zu können.«

***

»Ich warne dich«, sagte Florence. »Mutter ist auf dem Kriegsfuß. Sie findet das empörend. In Charles' Haus. Sie hat schon angedroht, dass sie dich einbestellt, um dir eine Erklärung abzuverlangen.«

»Woher weiß sie es überhaupt, Florence?«

»Grace, wirklich! Wie lange lebst du jetzt schon in Thorpe? Hör zu, ich muss jetzt los und Imogen zu ihrem Kindermädchen bringen. Bis zum Mittagessen muss ich noch Quartiere für sechs Familien auftreiben, zwei von ihnen mit schwangeren Frauen. Was ist mit dir? Hast du noch Platz im Mill House?«

»Na ja, ich …«, begann Grace, aber Florence lachte.

»Du bist wirklich schwer von Begriff, Grace. Du kapierst es immer noch nicht, wenn man dich auf den Arm nimmt, was?«

Nein, und es regt mich immer noch auf, wenn du mich so vorführst, dachte Grace. Wenn sie mutiger wäre, hätte sie es laut gesagt. Wieder einmal wandte sich ihr Herz Robert zu.

***

»Ich muss es Charles trotzdem mitteilen«, sagte Muriel.

»Was meinst du mit ›es‹, Muriel?«

»Dass du nun auch erwachsene Männer in seinem Haus be-herbergst. Fremde Männer.«

»Nicht *Männer*, Muriel. Einen Mann«, sagte Grace. »Und er ist auch kein Fremder, sondern der Vater von David und Daniel. Er war sehr krank, musst du wissen. Eine schlimme Wunde.«

»Immerhin konnte er eine Rückfahrkarte ergattern«, sagte Muriel, als sei Ben auf der Queen Mary gereist und habe an Deck Tennis gespielt.

»Ergattert ist vielleicht nicht das richtige Wort. Aber in der Tat, er ist in der Heimat.«

»Und drückt sich davor zurückzugehen. Das halte ich für empörend. Während tapfere Männer wie Charles immer noch dort sind und ihr Leben riskieren.«

»Er wurde offiziell ausgemustert«, sagte Grace.

»Man weiß ja, wie das läuft«, sagte Muriel. »Man muss nur ein paar Strippen ziehen, dann bekommt man jede beliebige Bescheinigung ausgestellt.«

»Ich glaube nicht, dass Mr Lucas in der Position ist, viele Strippen ziehen zu können«, sagte Grace und legte schnell auf, bevor sie komplett die Beherrschung verlor.

Sie fuhr nach Salisbury, um Ben abzuholen, aber zunächst fand sie ihn gar nicht. Auf der Station wimmelte es von Soldaten, alle in Uniform.

Fast fürchtete sie schon, dass er gar nicht da war, und schickte die Jungen los, um ihn zu suchen. Enttäuscht setzte sie sich auf einen Stuhl.

»Hallo, Grace.«

Lächelnd stand er vor ihr und sah schon wieder viel besser aus, mit seinem dunkleren Teint, und auch nicht mehr so mager.

Mit einem Lächeln stand sie auf. Sie hatte ganz vergessen, wie groß er war, da sie ihn in letzter Zeit immer nur im Bett gesehen hatte.

»Hallo«, sagte sie und streckte die Hand aus. Dann zog sie sie schnell wieder zurück und lachte verlegen. »Tut mir leid, ich wollte nicht so förmlich sein.«

»Entschuldige dich bitte nicht«, sagte er. »Gütiger Gott, das scheint ja eine stehende Redewendung zwischen uns zu sein, was?«

»Ja, offenbar«, sagte Grace.

»Er ist nirgendwo zu finden ... Oh Dad, Dad ...« Daniel sprang wie ein kleiner drahtiger Wirbelwind in seine Arme. Ben drückte ihn an sich, verzog aber das Gesicht.

»Vorsicht, Dan. Es tut immer noch ein bisschen weh.«

»Entschuldigung. David, hier ist er!«, rief er dann. »Bei Grace.«

»Nennt ihr sie jetzt schon Grace? Ihr Jungs solltet ein bisschen mehr Respekt haben«, sagte Ben.

»Wir haben richtig viel Respekt. Spielst du morgen mit uns Fußball, Dad? Sir Clifford sagt, er spielt auch mit, dann können wir zwei Mannschaften bilden.«

»Ja«, sagte Ben, »natürlich, Dan. Das wird ein Spaß.«

Es war ein perfekter Sommerabend, sodass sie nach dem Tee alle in den Garten gingen. Die Jungen waren ungewöhnlich still und schienen einfach bei ihrem Vater sein zu wollen. Sie saßen zu seinen Seiten, schauten ihn an und schienen es nicht fassen zu können.

»Herrlich«, sagte Clifford. »Hören Sie, Mr Lucas …«

»Ben.«

»Gut, Ben. Trinken Sie Whisky? Ich habe einem Hotel in Westhorne eine Flasche abgeschwatzt.«

»Clifford!«, sagte Grace. »Das ist doch unerhört. Wie hast du die bloß hier reingeschmuggelt?«

»Der Milchmann hat sie mitgebracht«, erklärte Clifford.

»Ein Whisky wäre wunderbar«, sagte Ben.

»Was für tolle Burschen«, sagte Clifford später, als Grace die beiden Jungen endlich dazu überredet hatte, sich von ihr ins Bett bringen zu lassen. »Sie können stolz auf sie sein.«

»Das bin ich auch. Ein Großteil der Ehre gebührt aber Grace. Und Ihnen. Ich habe in den letzten drei Jahren nicht viel für sie getan.«

»Grace, natürlich.«

»Sie ist wirklich nett, oder?«, sagte Ben schlicht. »Ein herzensguter Mensch. Ihr Sohn ist ein Glückspilz, wenn Sie mich fragen. Aber das weiß er natürlich.«

»Da wäre ich mir nicht so sicher, wenn ich ehrlich sein soll«, sagte Clifford, der vom Whisky bereits ziemlich betrunken war.

Später kehrten sie ins Haus zurück, in die Küche. Clifford war mittlerweile auch zu Bett gegangen. Grace, die Socken stopfte, fragte: »Stört es dich, wenn wir das Radio anschalten? Es gibt ein schönes Konzert. Mozart. Magst du Musik, Ben? Entschuldige, das sollte ich eigentlich wissen.«

»Entschuldige dich bitte nicht«, sagte er, »und ja, das tu ich. Sehr sogar. Woher hättest du es denn wissen sollen? Du weißt doch kaum etwas über mich – oder ich über dich.«

»Nein.«

»Ich weiß nur, dass ich mag, was ich kenne. Und jetzt schalte dein Konzert an. Soll ich dir beim Stopfen helfen? Das haben wir bei der Armee nämlich gelernt.«

Er nahm eine Socke und etwas Wolle, und dann saßen sie zusammen da und lauschten der *Kleinen Nachtmusik*. Plötzlich lachte sie auf.

»Was ist denn so lustig?«

»Dass wir hier sitzen und stopfen. Ein häusliches Idyll.«

»Gegen Häuslichkeit ist nichts einzuwenden«, sagte Ben. »Sie hält die Welt in Gang.«

Am nächsten Morgen wollte er spazieren gehen. »Das ist eines der Dinge, von denen ich in der Wüste geträumt habe, immer wieder. Von einem richtigen englischen Spaziergang.«

»Bäh«, sagte David.

»Doppelt bäh«, sagte Daniel.

»Ich komme mit«, sagte Grace. »Clifford, begleitest du uns auch?«

»Nein danke, meine Lieben«, sagte er. »Ich bin müde. Vielleicht trinke ich einfach noch einen kleinen Whisky und halte dann ein Nickerchen.«

»Aber nur einen«, sagte Grace streng. »Komm, Charlotte, wir gehen spazieren.«

Sie gingen über die Weiden in das Wäldchen – »Das ist Davids Strecke, wenn er Zuflucht sucht«, sagte Grace –, dann spazierten sie am Bach entlang. Unter den Bäumen war es kühl, und zwischen den Zweigen blinzelte die Sonne hindurch. Charlotte raste voran und bellte alles an – Sumpfhühner, Blätter, die in der Brise schwankten, und selbst ein großes

Holzscheit –, übersah aber ein Kaninchen, das ziemlich selbstbewusst im Farn hockte.

»Blödes Vieh«, sagte Grace. »Charles war der Meinung, ich solle mir einen Labrador zulegen. Manchmal denke ich, dass er vielleicht recht hatte.«

»Vermisst du ihn?«

Die Frage kam so überraschend, dass sie absolut ehrlich antwortete. »Nein, eigentlich nicht.«

Im nächsten Moment wurde sie rot, entsetzt über sich selbst, und sagte: »Das wollte ich nicht sagen. Doch, natürlich vermisse ich ihn, sehr sogar. Es ist nur, dass ...«

»Ich weiß«, sagte er. »Darf ich dich noch etwas fragen?«

»Ja. Und dieses Mal bin ich gewappnet.«

»Kannst du dich erinnern, wie dein Ehemann ist? So richtig, meine ich.«

»Nein, nicht so recht. Nicht mehr.«

»Das ist genau mein Problem«, sagte er. »Ich kann es auch nicht – mich an Linda erinnern, meine ich. Ich weiß noch, dass sie zauberhaft war und ich sie geliebt habe. Sie war mein Ein und Alles, aber ich kann mich nicht mehr an sie erinnern. Nicht daran, wie sie wirklich war. Wie es war, mit ihr ... zusammen zu sein. Und das macht mich schier wahnsinnig.«

»Mich auch«, sagte Grace. »Manchmal kommt man sich wie eine treulose Seele vor.«

»Ja.« Eine Weile blieb er stumm, dann fragte er: »Können wir auf den Hügel dort steigen?«

»Bis ganz nach oben? Dir scheint es ja wirklich besser zu gehen.«

»Unbedingt. Voll einsatzbereit.«

Sie stiegen auf den Forest Hill. Unter der prallen Sonne war es ziemlich heiß. Grace war sich bewusst, dass ihr Gesicht vermutlich knallrot war, und spürte den Schweiß an Stirn und

Rücken. Sicher sah sie zum Fürchten aus. Ben marschierte vorweg. Sie betrachtete ihn, die unglaublich langen Beine, die schmalen Hüften, den langen Rücken, das dunkle Haar. Er war... was eigentlich? Anmutig wäre vielleicht übertrieben, aber irgendwie wohlproportioniert? Plötzlich zog er sein Hemd aus und band es sich um die Hüfte. Sein Rücken war braun gebrannt und muskulös. Sie musste an den Morgen denken, an dem er mit nichts als einem Handtuch bekleidet in ihrer Küche gestanden hatte, noch mit Schweißgeruch behaftet. Die Erinnerung war verstörend.

Als sie den Gipfel erreichten, ließ er sich sofort nieder. »Uff, ich fühle mich etwas benommen«, sagte er. »Offenbar war das doch etwas viel.«

»Oh Gott, Ben, hier bekommen wir nicht einmal einen Schluck Wasser.«

»Es wird schon wieder gehen. Ich muss mich nur eine Weile ausruhen.«

Sie setzte sich neben ihn und behielt ihn ängstlich im Blick. Nach einer Weile drehte er den Kopf und schaute sie an, eindringlich und ernst. Seine dunklen Augen hielten ihren Blick fest. Er war wie eine echte Berührung, dieser Blick, und drang tief in sie ein. Sie spürte, wie ihr Körper reagierte, ein seltsamer, gedämpfter Aufruhr in ihrem Innern.

Er lächelte verhalten, aber sie lächelte nicht zurück, sondern starrte ihn einfach weiter an, kostete den Moment aus, spürte ihren Empfindungen nach. Nun erlosch auch sein Lächeln wieder, und er streckte die Hand aus, ganz langsam, und berührte ihren Arm, unendlich sanft.

»Ich würde alles darum geben zu erfahren, was du gerade denkst«, sagte er.

»Oh... so viel sind meine Gedanken nicht wert«, sagte sie. »Nicht einmal ansatzweise.«

Seine Hand glitt ihren Arm hoch, langsam, vorsichtig. Sie schauten ihr beide zu, dieser Hand, fasziniert, weil sie sich wie von selbst zu bewegen schien. Am Bündchen ihres kurzen Ärmels hielt sie an; sein Daumen wanderte in ihre Armbeuge und streichelte sie. Das war eine eigentümliche, verwirrend erotische Geste. Grace war erst erstaunt und dann schockiert über die Heftigkeit ihrer Reaktion.

»Du hast so schöne Arme«, sagte Ben. »So wunderschöne, anmutige Arme. Sie sind mir sofort aufgefallen, deine Arme.«

Das war nicht sehr romantisch, nichts, was man von einem Liebhaber erwarten würde, und dennoch: Nichts, was Charles je gesagt hatte, war ihr so durch und durch gegangen. Sie schaute ihn immer noch an, vor lauter Angst, etwas zu sagen – oder zu tun.

Aber dann stand er unvermittelt auf. »Jetzt geht es mir wieder besser«, sagte er. »Wir sollten zurückgehen.«

Als Grace ihm den Hügel hinabfolgte, hatte sie schwer gegen die Tränen anzukämpfen. Sie fühlte sich so unaussprechlich dumm und verschmäht.

Am Morgen regnete es. Sie sagte, sie müsse arbeiten, müsse ein Mädchen der Landarmee besuchen, dem es nicht gut gehe, und werde bei dieser Gelegenheit noch ein paar andere Kontrollbesuche in der Gegend abstatten. »Danach kaufe ich ein«, fuhr sie fort, »und gehe in die Bücherei. Zum Tee bin ich wieder zurück.«

Sie klingelte in der Abtei und erkundigte sich bei Florence, ob sie ihr etwas aus Shaftesbury mitbringen solle. Seit Florence ebenfalls Benzincoupons bekam, sprachen sie sich bei ihren Einkaufsexpeditionen immer ab.

»Nein danke. Ich besorge die meisten Dinge am Samstag.

Oh, vielleicht Seife, wenn du welche bekommst. Was macht denn der mysteriöse Mann?«

»Ben ist kein mysteriöser Mann«, sagte Grace gereizt.

»Wie ich hörte, ist er ziemlich attraktiv. Vorsicht, Grace!«

»Wer hat das denn behauptet?«

»Mrs Babbage. Himmel, was würde Charles nur sagen?«

»Hör doch auf«, sagte Grace.

»Kann ich mal kommen und ihn in Augenschein nehmen?«

»Er ist doch kein Ausstellungsstück, Florence.«

»Sei doch nicht so empfindlich.«

Das Landarmeemädchen war feindselig und mürrisch und erklärte, sie sei ständig krank wegen des Essens, das sei ein schrecklicher Fraß. Die Bauersfrau fragte Grace, ob sie kurz mit ihr reden könne.

»Sie ist in anderen Umständen«, sagte sie. »Ich bin doch nicht dumm, und sie sollte es besser auch nicht sein. Es wird ein Mischling. Die geht mit den Yankees aus. Nun, hier bleibt sie jedenfalls nicht. Soll sie doch in ihr wunderbares Liverpool zurückkehren, von dem sie immer so schwärmt.«

Grace holte tief Luft, kehrte in das Zimmer des Mädchens zurück und fragte, ob es sein könne, dass sie schwanger sei. Das Mädchen bestritt es empört, gab dann aber klein bei. »Könnte sein.«

»Ist deine Periode ausgeblieben?«, fragte Grace freundlich.

»Bislang ist sie jedenfalls noch nicht gekommen.«

»Wie lange ist sie überfällig?«

»Drei Monate«, sagte das Mädchen und brach in Tränen aus.

Der Vater war tatsächlich ein GI. Nur wusste sie dummerweise nicht, welcher.

Sie erklärte, sie könne nicht nach Hause gehen, weil ihr

Vater sie grün und blau schlage. Grace konnte sie dazu überreden, einen Arzt aufzusuchen, und nannte ihr den Namen einer lokalen Adoptionsagentur, die ihr vielleicht helfen könnte. Was für düstere Zukunftsaussichten für das arme Mädchen, dachte Grace. Andererseits sah ihre eigene Zukunft genauso düster aus, fügte sie stumm hinzu, nur um sich im nächsten Moment selbst dafür zu verachten, weil ihr so etwas überhaupt in den Sinn kommen konnte – schließlich hatte sie so unendlich mehr Glück im Leben. Was ist nur los mit mir?, fragte sie sich, während sie ihre Einkäufe tätigte. Leider bekam sie nichts als die Seife für Florence, was sie ziemlich wütend stimmte. Klar, Florence bekam natürlich wieder, was sie wollte. Auf der Heimfahrt fühlte sie sich zutiefst deprimiert.

Ben saß in der Küche und las, als sie wiederkam.

»Hallo.«

»Hallo«, sagte sie knapp.

»Guter Tag?«

»Das nicht unbedingt.«

»Warum nicht?«

»Oh … Eines der Mädchen der Landarmee ist schwanger. Sie kann nicht nach Hause und weiß jetzt nicht, wo sie hinsoll.«

»Und von wem ist sie schwanger? Vom Bauern?«

»Nein«, sagte Grace, die sich stellvertretend für ihre Bauern angegriffen fühlte, auch wenn das nicht sehr logisch war. »Von einem von drei GIs offenbar.«

»Oh«, sagte er.

Schweigen entstand, dann sagte er: »Tja, das sind merkwürdige Zeiten, oder?«

»Wie meinst du das?«

»Alles ist aus dem Lot. Es gibt keine Ordnung mehr. Nichts ist, wie es mal war.«

»Ja«, sagte Grace.

Die Jungen und Clifford nahmen ihn mit zum Angeln. Als sie zurückkamen, waren sie alle müde. Sie aßen früh zu Abend, dann spielten Clifford und die Jungen am Küchentisch Mensch-ärgere-dich-nicht. Grace nahm ihren Nähkorb und ging in den Salon. Ben folgte ihr.

»Was ist los?«

»Nichts.«

»Das hat Linda auch immer gesagt«, erwiderte er, »und zwar genau so. Wenn etwas nicht stimmte und ich etwas falsch gemacht hatte, dann sagte sie einfach ›nichts‹. Dann konnte ich stundenlang versuchen herauszufinden, wo das Problem lag.«

»Ach ja?«, fragte Grace, die der Vergleich mit Linda eigentümlich verletzte.

»Also werde ich mir Mühe geben, es herauszufinden. Leider habe ich das Gefühl zu wissen, was das Problem ist, und das ist beschämend.«

»Dann lass es besser«, sagte Grace. »Wenn du es sowieso weißt.«

»Nein«, sagte er. »Ich lasse die Dinge nicht gern auf sich beruhen. Ich kläre sie lieber.«

»Ben«, sagte sie, »da gibt es nichts zu klären, wie du es auszudrücken beliebst. Also lass es einfach. Was auch immer du denkst.« Ihr war klar, dass ihre Aussage nicht ganz logisch war, aber sie war wütender auf sich denn je.

»Oje«, sagte er. »Na gut. Wenn du meinst.« Er klang immer noch entspannt, ja sogar aufgekratzt.

»Meine ich.« Grace widmete sich der Aufgabe, Garnrollen zu sortieren, und wollte dann einen Faden einfädeln. Aber sosehr sie sich auch bemühte, sie schaffte es nicht und wurde immer wütender.

»Komm«, sagte er. »Lass mich mal machen.«

»Das geht nicht«, sagte sie. »Die Nadel ist zu fein.«

»Lass es mich wenigstens versuchen«, sagte er und nahm ihr die Nadel ab. Seine großen Hände waren sehr geschickt, und so glitt der Faden sofort durchs Nadelöhr.

»Danke«, sagte Grace knapp und begann damit, einen Rock zu säumen. Er sah ihr eine Weile zu, dann sagte er: »Ich geh dann mal Mensch-ärgere-dich-nicht spielen. Wenn du partout nicht mit mir redest.«

»Ich … Ja, das ist wohl besser«, sagte Grace. »Ich wollte sowieso *Brains Trust* hören.«

»Oh«, sagte er, »na gut. Eine Ratesendung. Dann seh ich wohl mal zu, dass ich aus der Küche verschwinde.«

Er schenkte ihr ein Lächeln, offenbar vollkommen ungerührt, und ging aus dem Raum. Grace sah ihm entsetzt nach, da sie das Gefühl hatte, ihn beleidigt zu haben. Dachte er, sie wolle unterstellen, dass er *Brains Trust* nicht mochte, es nicht zu würdigen wusste, keinen Sinn für anspruchsvolle Wissenssendungen hatte? Es gab nichts, was sie sagen, und nichts, wie sie das wiedergutmachen könnte.

Am nächsten Tag erschien Florence, Imogen im Kinderwagen. Ben war im Garten und palte mit Clifford Erbsen.

»Hallo«, sagte sie. »Hallo, Daddy.«

»Hallo, mein Schatz. Hallo, Imogen. Wie geht es meiner Lieblingsenkelin?«

»Sehr gut«, sagte Imogen. »Danke.«

»Ach du liebe Güte, was für tadellose Manieren«, sagte Clifford.

»Ja, das Kindermädchen lässt grüßen«, sagte Florence mit

einem Seufzer. »Ich hab so das dumpfe Gefühl, dass Mutter mit allem recht hatte: Babys brauchen eine Nanny und nicht ihre Mutter. Sie isst auch viel besser und geht aufs Töpfchen.« Dann wandte sie sich an Ben. »Sehr erfreut, Sie kennen zu lernen. Ich bin Florence, Grace' Schwägerin.«

»Ben Lucas, freut mich sehr«, sagte Ben und nahm ihre Hand. »Und so ein hübsches Mädchen«, fügte er hinzu. »Sie sieht genau wie Sie aus.«

»Finden Sie wirklich?«, fragte Florence und schenkte ihm ihr verhaltenes Lächeln. »Wie ungewöhnlich. Bislang sind Sie der Erste, der das sagt, aber Sie haben natürlich recht: Sie ist mir wie aus dem Gesicht geschnitten.«

»Na ja, meistens ist es ja eine Mischung aus beiden«, sagte Ben. »Ich nehme an, dass sie Ihrem Ehemann auch ähnelt.«

»Nicht wirklich«, sagte Florence. »Oder besser, überhaupt nicht. Obwohl er das natürlich anders sieht.«

»Wie alt ist sie denn?«

»Zweieinhalb.«

»Für zweieinhalb wirkt sie ziemlich groß.«

»Das ist sie auch. Sehr groß. Sie spricht auch unglaublich gut. Und wissen Sie was? Sie kann sogar schon bis zwanzig zählen. Und Daddy, gestern Abend habe ich ihr etwas vorgelesen, und als das Buch zu Ende war, sagte sie: ›Von vorn.‹ Ist das nicht entzückend?«

»Umwerfend«, sagte Clifford mit einem Zwinkern. »Heute nicht bei der Arbeit?«

»Nein, ich habe die ganze Woche frei. Ich war ein bisschen müde und hab ein paar Dinge vermasselt, und da sagte der Drache, also Mrs Haverford, dass ich von größerem Nutzen sei, wenn ich mal zu Hause bleibe. Nächste Woche habe ich nur eine Aufgabe, nämlich am Donnerstag das Häuschen für die Bürgerwehr fertig zu haben. Man hat mich an die Bürgerwehr ausgeliehen, ist das nicht zum Schreien? Man würde meinen, dass die sich selbst um ihr Häuschen kümmern können, aber offenbar ist das Frauenarbeit. Wo ist denn Grace?«

»Im Haus«, sagte Clifford.

Grace war in der Küche und bereitete einen Salat zu. Sie schenkte Florence ein mattes Lächeln. »Hallo.«

»Ich würde sagen, Grace«, begann Florence, die Begrüßung einfach ignorierend, »dass es sich um einen hochattraktiven Mann handelt.«

»Ach ja?«, sagte Grace. »So habe ich ihn noch nie gesehen.«

»Grace, nicht einmal du kannst ihn nicht so sehen«, sagte Florence. »Schau doch nur hin. Ein zweiter Mellors, würde ich sagen.«

»Wovon redest du, Florence?«, sagte Grace entnervt.

»Mellors, du weißt doch, der aus Lady Chatterley. Der Wildhüter. Unglaublich sexy, auf seine Weise.«

»Auf welche Weise?«

»Urig. Du weißt schon. Das gewisse Etwas der Unterklasse.«

»Nein, ich …«

In der Vorhalle war ein Geräusch zu hören. Grace drehte sich um und sah Ben hinter Florence stehen. Er drehte sich um und ging.

»Ben«, sagte sie später, als Florence wieder weg war. »Ben, jetzt bin ich dran. Schau mich nicht so an. Es tut mir leid … was du gehört hast.«

»Macht nichts«, sagte er. »War ja nicht dein Fehler.«

»Es macht sehr wohl was. Florence ist eine dumme, unsensible Person. Ich habe sie nie gemocht.«

»Mir gefällt sie«, sagte er lachend.

484

»Wie bitte?«, sagte Grace, aufrichtig überrascht.

»Klar. Ich fand sie nett. Ehrlich. Und attraktiv. Vielleicht sollte ich mich ihr als Mellors andienen. Ich kenne Lady Chatterley und den Wildhüter übrigens. Nur für den Fall, dass du etwas anderes denken solltest.« Er grinste sie an.

»Oh Ben, zieh das nicht ins Lächerliche.«

»Warum denn nicht? Es ist doch lustig. Und wahr.«

»Was ist wahr?«

»Ich bin doch tatsächlich … wie soll ich sagen? … nicht wie du.« Wieder grinste er. »Mir ist heute Nachmittag eine Menge klar geworden.«

»Nämlich?«

»Oh, dass Babys Kindermädchen brauchen. Und ganz bestimmt nicht ihre Mütter. Jedenfalls nicht, wenn sie richtig großgezogen werden sollen.«

»Hat Florence das gesagt?«

»Ja.«

»Diese dumme Ziege«, sagte Grace heftig.

»Du scheinst sie wirklich nicht besonders zu mögen«, stellte er fest.

»Nein, absolut nicht. Sie hat einen unglaublich reizenden Ehemann, aber sie … Na ja, ist auch egal.«

»Erzähl's mir.«

»Das kann ich nicht.«

»Komm schon, ich kann Geheimnisse für mich behalten.«

Grace zögerte, dann sagte sie: »Er ist nicht der Vater dieses schrecklichen Balgs. Aber er denkt es.«

»Ah.«

»Findest du das nicht empörend?«

»Kommt drauf an«, sagte Ben.

»Was meinst du damit?«

»Kommt drauf an, wie nett und reizend der Ehemann wirklich ist. Das weiß man nie, oder? Niemand weiß, was in einer Ehe los ist. Du weißt nichts über meine und ich nichts über deine.«

»Nein, in der Tat.«

»Was Florence gesagt hat«, begann er plötzlich, »hat auch mit dem zu tun, was am Sonntag passiert ist. Unter anderem. Und es hat auch damit zu tun, dass ich nichts über deine Ehe weiß.«

»Worüber redest du?«

»Als ich einfach weggegangen bin.«

»Oh«, sagte Grace unsicher.

»Hör zu.« Er setzte sich und nahm ihre Hände. »Was zwischen uns passiert, ist gefährlich.«

»Ben…«

»Nein, hör zu. Du bist… na ja, du bist wunderbar. Finde ich. Und ich bin allein und vermisse Linda. Und ich könnte… na ja, ich könnte jedenfalls. Und ich denke, du könntest auch. Aber dein Ehemann ist fort, schon sehr lange, und du bist dir über deine Gefühle nicht im Klaren. Du weißt nur, dass du einsam bist. Oder?«

»Ja«, sagte Grace. Ihre Stimme klang gar nicht mehr nach ihr selbst, sondern ganz zittrig und fremd.

»Außerdem bin ich nicht wie du oder dein Ehemann oder einer von euch. Ich bin… eben das, was Florence gesagt hat. Ich habe einen anderen Hintergrund, stamme aus einer anderen Klasse. Das macht alles nur noch schlimmer. Schwieriger. Oder?«

»Ich weiß nicht.« Wieder die fremde Stimme.

»Doch, Grace, das glaube ich bestimmt.«

»Ben, bitte lass mich versuchen, es dir zu…«

Erklären, hatte sie sagen wollen, aber er legte ihr den Finger an die Lippen.

»Nein, bitte nicht. Reden ist Silber, Schweigen ist Gold, hat meine Mutter immer gesagt. Sehr originell.« Er lächelte. »Wir haben doch eine schöne Freundschaft, Grace. Das ist etwas so ... Besonderes. Mir bedeutet das sehr viel.«

»Ja«, sagte Grace. »Mir auch.« Sie schaffte es, sein Lächeln zu erwidern, und verließ dann schnell den Raum. Trotz allem, was er gesagt hatte – dass sie wunderbar sei und die Dinge gefährlich –, fühlte sie sich unglücklich und dumm und aus irgendeinem Grund absolut hoffnungslos.

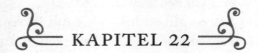

KAPITEL 22

Herbst 1943

Clarissa fuhr auf den Parkplatz des Queen Victoria Hospital und kontrollierte im Spiegel ihr Äußeres. Sie sah akzeptabel aus, dachte sie und legte noch ein bisschen Lippenstift auf, sprühte sich mit Joy ein und setzte dann aus reiner Gewohnheit ihre Kappe auf. Gott, hatte sie die Uniform satt. Sobald sie zu Hause war, würde sie sich umziehen.

Sie sah auf die Uhr. Es war ziemlich spät, schon nach neun, aber sie hatte unerwartet achtundvierzig Stunden Urlaub bekommen, war von Dartmouth nach London gefahren und hatte spontan beschlossen, Jack zu besuchen. Sie rief ihre Freundin Bunty Levinson an und fragte, ob sie sich ihren Wagen ausborgen könne. Bunty, für die der Krieg paradiesisch war, wie sie selbst sagte, und die immer über unerschöpfliche Vorräte an allem Möglichen einschließlich Benzincoupons verfügte, sah kein Problem darin, und so holte Clarissa den Wagen ab und fuhr direkt nach East Grinstead weiter. Jack würde sich so freuen, sie zu sehen. Die Nacht könnte sie in einer Pension verbringen. Für Wrens fanden die Leute immer einen Schlafplatz.

Jack hatte soeben einen weiteren erfolgreichen Eingriff hinter sich, und seine Laune besserte sich täglich. Clarissa fand zwar – und er selbst tat das auch –, dass er nicht im Entferntesten so aussah wie früher, aber die Verbesserungen hatten gereicht, um ihn dazu zu bewegen, für ihr nächstes Treffen einen Restaurantbesuch in London vorzuschlagen, nicht in East Grinstead. Die Nase ähnelte immerhin einer Nase – kein Vergleich mit der eleganten Adlernase, die mal in seinem Gesicht gesessen hatte, aber immerhin eine Stupsnase –, und eine weitere Transplantation hatte auch die Oberlippe wieder etwas in Form gebracht. Außerdem hatte sich Clarissa mittlerweile an den Anblick gewöhnt und erlitt nicht jedes Mal einen entsetzlichen Schock.

Sie freute sich darauf, ihn zu sehen, ja hatte ihn in letzter Zeit sogar vermisst. Das war ein gutes Gefühl. Die Ereignisse des vergangenen Jahrs, die Wochen mit Giles in Dartmouth, waren zu einem süßen, surrealen Traum verblasst. Gelegentlich wurde sie noch von Gewissensbissen befallen, aber meistens betrachtete sie die Affäre mit einem leidenschaftslosen, fast amüsierten Wohlwollen. Ihre einzige Befürchtung war, dass Giles es nicht genauso sah.

Die Station 3 war wie ausgestorben, abgesehen von ein paar Männern, die still im Bett lagen und lasen. Sie ließ sie in Ruhe, da sie mittlerweile wusste, dass sie am nächsten Tag auf die Platte mussten. Stattdessen machte sie sich auf die Suche nach einer Schwester, die ihr sagen könnte, wo sie Jack fand. Als sie den Flur entlangging, hörte sie aus einem der Nebenräume ein rhythmisches Klopfen. Sie zögerte, aber da sie Angst hatte, einer der Patienten könne ein Problem haben, öffnete sie die Tür.

Auf einer Rollliege, die man in den kleinen Raum gequetscht hatte, lag ihr Ehemann. Abgesehen von seiner Schlafanzugjacke war er nackt. Sein Körper bewegte sich auf und ab, und zwar auf einer Schwester, die ebenfalls schon halb ausgezogen war. Ihr langes rotes Haar wallte über das mit Papier bedeckte Kissen, und ihre grünen Augen begegneten Claris-

sas Blick mit einer eigentümlichen Mischung aus Verlegenheit und Triumph.

Die Worte, die in diesem Moment aus Clarissas Mund traten, sollten auch sie selbst immer wieder neu überraschen,
wann immer sie sich später daran erinnerte.

»Jack«, sagte sie, »komm sofort aus diesem verdammten
Bett raus und zieh dich an. Ich nehm dich mit nach Hause.«

»Ich weiß auch nicht«, sagte sie lachend, als sie sein armes,
geschundenes und plötzlich so schönes, geliebtes Gesicht
küsste und sich zufrieden räkelte, da die Erinnerungen an die
Wonnen der letzten Stunden in ihrem Körper noch nachhall-
ten, »ich weiß wirklich nicht, warum ich dich nicht verlassen
habe. Ich wusste nur, dass ich dich wollte, und zwar mehr denn
je zuvor. Ich musste dich haben. Niemals hätte ich dich diesem
armen, unglücklichen Mädchen überlassen.«

»Sie ist weder arm noch unglücklich«, sagte Jack. »Tatsächlich hat sie einen steinreichen Daddy und genießt das Leben
auf Station 3 in vollen Zügen.«

»Das habe ich gesehen. Wie oft hast du mit ihr gevögelt?«

»Noch nie. Heute war das erste Mal.«

»Lügner.«

»Das stimmt aber. Allerdings war sie sehr ... nett zu mir.«

»Darauf würde ich wetten«, sagte Clarissa.

Und dann dachte sie dankbar und in großer Zuneigung an
Lieutenant-Commander Giles Henry, der so nett zu ihr gewesen war, und auch, obwohl der es nicht wusste, zu Jack.

»Du warst wunderbar«, sagte er jetzt.

»Nein, ich war eher ... abscheulich. Zwischendurch jedenfalls. Ich kann dir keine Vorwürfe machen, dass du ... dass du
irgendwann beschlossen hast, sie zu ficken.«

»Ich weiß, wie es dir ging. Als ich zum ersten Mal mein

Gesicht im Spiegel sah, wurde mir klar, wie tapfer du tatsächlich bist.«

»Tapfer kann man das wohl kaum nennen«, sagte Clarissa. »Eher furchtbar feige. Die meiste Zeit über hatte ich einfach nur Angst, dich anzuschauen. Ich habe versucht, dich das nicht merken zu lassen, aber ...«

»Das ist absolut normal, sagt Caroline.«

»Ach ja?«

»Ja«, sagte er bestimmt. »Vollkommen normal. Du musst dich deswegen nicht grämen.«

»Tu ich aber. Jack?«

»Ja?«

»Mach es noch einmal. Bitte, bitte, würdest du es bitte noch einmal tun?«

Dieses Mal war es sogar noch besser: sanfter, langsamer. Ihr Körper, der sich so lange nach ihm gesehnt hatte, konnte es nun besser auskosten, konnte ihn empfangen, ihn annehmen. Sie spürte, wie er in sie eindrang, sanft und zärtlich, und spürte auch, wie sie sich für ihn öffnete wie eine dahintreibende Blume. Der Höhepunkt kam langsam, erst als fernes Echo, dann als anschwellender Gesang, aufsteigend, herabsinkend, wild durchdringend. Aber als sie sich aufbäumte, um sich von dieser Welle emportragen zu lassen, als ihr Körper sich krümmte, sang, vor Lust in die Höhe schnellte, wurde sie plötzlich von einem entsetzlichen Kummer befallen. Bebend lag sie da, klammerte sich an Jack und weinte unkontrolliert. Er barg sein Gesicht im Kissen und weinte ebenfalls.

Sehr viel später saßen sie beisammen und tranken den abscheulichen algerischen Wein, den Clarissa in Dartmouth aufgetrieben hatte. »Was gäbe ich nur um eine Flasche von Cliffords Champagner«, sagte sie.

»Warum hast du geweint?«, fragte Jack.

»Ich weiß es nicht. Einfach aus ... Kummer. Wegen dem, was verschwunden ist, unwiederbringlich verloren. Nicht nur für uns beide, sondern für alle. Und du?«

»Vermutlich aus demselben Grund. Herrgott, ich liebe dich so. Clarissa ...«

»Ja, Jack?«

»Clarissa, ich möchte wieder fliegen.«

Es wäre absolut falsch gewesen, mit ihm zu streiten und ihm das ausreden zu wollen. Es war der ultimative Triumph – für ihn, für McIndoe, für sie selbst –, dass aus all dem Schmerz, dem Entsetzen und der Demütigung der blanke Mut erwuchs, es noch einmal zu riskieren.

»Natürlich, das musst du unbedingt tun«, sagte sie.

Italien hatte kapituliert. Grace, die wusste, dass Charles mit großer Sicherheit dort war, las die Zeitung und lauschte auf die Radioberichte von der Invasion Siziliens, dem heftigsten Bombardement seit El Alamein, den schweren Gefechten, und fragte sich besorgt, wie lange seine Glückssträhne anhalten würde. Es kamen aber weder ein Telegramm noch andere Horrormeldungen. Allmählich kehrte sie wieder in diesen Zustand zurück, in dem sämtliche Gefühle betäubt waren. Es war ein bedeutender Wendepunkt, sagten alle: Italien, der weiche Unterleib Europas, wie Churchill es genannt hatte, war gefallen, die Deutschen aus dem Land vertrieben, sechzigtausend Kriegsgefangene entlassen. Das war wirklich der Anfang vom Ende, wie alle sagten, und nicht mehr das Ende vom Anfang.

Giles kehrte heim, nicht nur auf Urlaub. Sein Schiff würde für längere Zeit in Southampton stationiert sein.

Es gibt keinen besonderen Grund, hatte er Florence geschrieben, *aber ich komme. Drei Wochen Landurlaub, und dann ... Na*

ja, Southampton liegt nicht weit weg von Dir, oder? Es wird Zeit,
Florence, mein Schatz, dass wir endlich zusammen sind. Ich will
keinen Unsinn hören, mich nicht streiten. Du musst Robert verlas-
sen und mit Imogen zu mir kommen. Ich werde auf einem schnee-
weißen Hengst bei Dir aufkreuzen – oder vielleicht auch nur mit
einem Marinelaster – und Dich mitnehmen.

Als Florence den Brief las, füllten sich ihre Augen mit Tränen.
Die Sehnsucht nach ihm war überwältigend und wurde noch
durch das Wissen angeheizt, dass sie ihr Versprechen nicht
brechen konnte. Ihm zu antworten machte keinen Sinn, denn
der Brief würde sowieso nicht mehr rechtzeitig eintreffen.
Nun würde sie ihm wohl gegenübertreten und ihn fortschi-
cken müssen. Sie bereute es bitterlich, Kontakt zu ihm aufgenommen zu haben. Warum hatte sie es nicht einfach auf sich
beruhen lassen und ihn in dem Glauben belassen, sie mache
sich nichts mehr aus ihm? Das Einzige, was sie erreicht hatte,
war, dass der Schmerz nun wieder mit aller Macht aufbrach.
Dabei hatte sie jetzt ihr eigenes Leben. Sie liebte ihre Arbeit
beim Freiwilligendienst und überlegte, nach dem Krieg zum
Roten Kreuz zu gehen oder vielleicht sogar eine Ausbildung
als Krankenschwester zu machen. Ein eigenständiges Leben,
das ihr Selbstachtung und Mut einflößte, würde sie auch für
ihren Umgang mit Robert wappnen. Sie war wild entschlossen, bei ihm zu bleiben und es noch einmal zu versuchen, und
fühlte sich stark dabei, nicht mehr hilflos und gefangen.

Jetzt blieb ihr nichts anderes übrig, als Giles davon zu über-
zeugen, dass alles genauso gemeint war, wie sie es geschrieben
hatte. So schwer das auch sein mochte.

***

19. September, Italien

Meine liebe Grace,
nur ein paar Zeilen, da wir hier ziemlich viel um die Ohren
haben, aber Du sollst doch wissen, dass ich gesund und munter
in Italien angelangt bin. Zweifellos wirst Du von der Inva-
sion gelesen haben. Es war ziemlich aufregend. 600 Geschütze
auf Italiens Zeh. Ein paar ziemlich heftige Gefechte mit vie-
len Verlusten, aber ich scheine vom Leben begünstigt, da ich
nicht einmal einen Kratzer davongetragen habe. Wenn ich
Zeit habe, schreibe ich ausführlicher von all den Neuigkeiten.
Wir drängen jetzt wirklich mit aller Macht vorwärts.
Die Stimmung ist optimistisch, die Moral bestens. Allmäh-
lich glaube ich fest daran, dass ich wieder zu Dir nach Hause
komme – eines Tages. Noch nicht so bald, aber ich glaube da-
ran. Pass gut auf Dich auf. Ich liebe Dich.
Charles

Das war der erste Brief, der ihr den Eindruck vermittelte, dass
er sie wirklich liebte. Es beunruhigte sie, dass sie das irgendwie
kaltließ.

***

Giles traf Ende November in Southampton ein. Florence
badete gerade Imogen, als er anrief.

»Oh Gott«, sagte sie, als sie seine Stimme hörte »O Giles.
Giles, bitte, bitte, geh weg. Lass mich in Ruhe.«

»Nein, Florence, das tu ich bestimmt nicht. Ich werde zu dir
kommen. Morgen.«

»Nein, das darfst du nicht. Das kannst du nicht tun.«

»Dann musst du eben zu mir kommen. In Ordnung?«

»Nein, das ist überhaupt nicht in Ordnung.«

»Florence, du kannst dich nicht ernsthaft hinstellen und behaupten, du liebst mich nicht mehr.«

Florence zögerte einen Moment, dann sagte sie: »Nein, das kann ich nicht.«

»Dann bin ich auf dem Weg. Seit einem Jahr träume ich von diesem Moment – seit ich deinen Brief bekommen habe. Das kannst du mir jetzt nicht nehmen.«

»Nein, Giles, nein. Ich … Dann komme ich. Sag mir, wo ich hinkommen soll.«

»Ich hole dich vom Bahnhof ab. Dann fahre ich mit dir in ein Hotel und liebe dich.«

»In Ordnung. Ja. Ich werde da sein. Morgen nicht, aber übermorgen. Ruf mich morgen an, und ich sage dir, wann ich komme.«

»Aber dieses Mal versetzt du mich nicht, oder?«

»Nein, Giles, das tu ich nicht.«

Nanny Baines erklärte sich bereit, Imogen für ein paar Tage zu nehmen. Florence hatte ihr erzählt, dass sie mit den Queen's Messengers nach Southampton fahren müsse, um ausgebombten Familien zu helfen. Das Kindermädchen war beeindruckt von ihrem Beitrag zu den Kriegsanstrengungen und mächtig stolz auf sie.

»Ich würde mir gern einbilden, dass die gute Kinderstube, die sie durch mich genossen hat, jetzt Früchte trägt«, sagte sie zu Mrs Babbage. »Es geht nichts über Disziplin in der Kindheit.«

»Nein, in der Tat«, sagte Mrs Babbage.

Florence konnte beim WVS ein paar Tage Urlaub aushandeln; das habe sie sich verdient, sagte Mrs Haverford, schließlich habe sie wie eine Verrückte geschuftet.

Sie brachte Imogen zu Nanny Baines und machte sich auf den Weg zum Bahnhof. Kurz nach ihrem Aufbruch rief Robert an, um mitzuteilen, dass er am Abend heimkomme, weil er sieben Tage Urlaub habe. Muriel erklärte ihm aufgeregt, was sie wusste – dass Florence nämlich für den WVS unterwegs sei.

»Aber in achtundvierzig Stunden ist sie wieder da, Robert.«

»Kann man ihr nicht eine Nachricht zukommen lassen und sie zurückholen?«

»Nein, tut mir leid«, sagte Muriel mit einem zutiefst missbilligenden Tonfall. »Sie nimmt ihre Arbeit sehr ernst, Robert, tut mir leid.«

»Nun«, sagte er, »dann werde ich wohl auf sie warten müssen. Am besten lege ich einen Zwischenhalt in London ein, schaue nach dem Haus und komme erst morgen. Wäre das für dich in Ordnung?«

»Absolut«, sagte Muriel.

***

Ben kam ins Mill House, um seine achtundvierzig Stunden Urlaub mit den Jungen zu verbringen. Er kam, sooft er konnte, zumal man bei dem Fernmeldekurs sehr großzügig mit Urlaubstagen war. Und auch wenn Grace ihm bei der Abreise immer fröhlich lächelnd hinterherwinkte, wurde ihr jedes Mal schwer ums Herz. Sein unbeschwerter, offener Umgang mit ihr – mit allen Dingen des Lebens – hatte die Spannung und Missstimmung seines ersten Besuchs aufgelöst, als habe es sie nie gegeben. Was ihn betraf, legte er Wert auf die Feststellung, dass sie Freunde seien – »beste Freunde sogar, würde ich mir gern einbilden«. So sehe sie das auch, sagte sie und versuchte sich einzureden, dass sie das ernst meinte.

Ben übernahm ziemlich oft das Regiment in der Küche und zauberte wunderbare Gerichte aus Gemüse, Eipulver und Flossie-Käse, wie Daniel ihn nannte. Grace saß dann dabei, während im Hintergrund Musik lief, strickte, nähte oder schrieb die endlosen Briefe, die bei ihrer Arbeit für die Landarmee anfielen, beobachtete ihn und nährte verbotene Fantasien.

***

»Ich bleibe nicht«, sagte Florence aus den Tiefen von Giles' Armen, das Gesicht schon ganz geschunden von seinen Küssen. »Ganz bestimmt nicht. Ich muss zurück. Heute Abend noch.«

»Nein, das wirst du nicht tun. Ich habe in diesem wunderbaren Hotel im New Forest ein Zimmer gebucht. Mit Himmelbett. Dort werde ich dich lieben, bis du um Erbarmen flehst.«

»Nein, Giles, ich bleibe nicht. Höchstens noch ein kleines bisschen.«

Florence' Schreie, wild und fast aus einer anderen Welt, hallten durch den düsteren Novembernachmittag, als Giles sie liebte. Als sie irgendwann unter ihm lag, endlich zur Ruhe gekommen, schaute er auf ihr Gesicht hinab, ihr schmales, ausdrucksstarkes Gesicht, und sagte: »Ich liebe dich, Florence.«

»Ich liebe dich auch. Aber jetzt muss ich heim.«

»Nein, musst du nicht. Wir haben doch kaum begonnen. Du kannst mich doch jetzt nicht verlassen. Das kannst du nicht tun.«

»Gut, in Ordnung, dann eben morgen früh. Jetzt ist es vermutlich zu spät und zu dunkel. Da würde ich mich ja verlaufen.«

»Genau«, sagte er, »du würdest dich verlaufen. Bleib bei mir, in Sicherheit.«

In jener Nacht ging Nanny Baines in die Speisekammer und betrachtete das Dosenfleisch, das seit drei Tagen offen im Regal stand. Es sah noch gut aus, roch aber etwas eigentümlich. Na ja, es herrschte Krieg, da durfte man nicht so wählerisch sein. Sie nahm es aus dem Regal und belegte ein Sandwich damit.

»Ich muss gehen«, sagte Florence. »Ich muss wirklich zurück.«

»Das kannst du auch nachher noch tun. In diesem Moment gehörst du mir. Du wirst doch bei mir bleiben, oder, Florence? Ich liebe dich, und du gehörst zu mir.«

Sie betrachtete ihn neugierig. »Kaum zu glauben, dass du das immer noch sagst, nach dem, wie ich dich behandelt habe. Dass du noch da bist und auf mich wartest. Es wäre mir wirklich recht geschehen, wenn du dich in eine andere Frau verliebt hättest.«

»Ich könnte nie eine andere Frau lieben«, sagte er mit außergewöhnlicher Verve.

»Ich kann dir vertrauen, weißt du«, sagte sie und schmiegte sich in seine Arme. »Das ist das, was ich am meisten an dir liebe. Vertrauen ist für mich das Allerwichtigste. Vertrauen und Ehrlichkeit. Genau zu wissen, woran ich bin. Mich sicher zu fühlen.«

»Ja, natürlich«, sagte er und küsste sie. »Und du wirst Robert verlassen und mich heiraten.«

»Giles, das kann ich nicht, das musst du verstehen! Ich bin nur hier, um dich wissen zu lassen, dass ich dich noch liebe. Aber ich werde dich nie heiraten können. Ich muss zu Robert zurück.«

»Aber warum, Florence, warum? Das verstehe ich einfach nicht.«

»Weil er mein Ehemann ist«, sagte sie nüchtern, »und weil ich versprochen habe, bei ihm zu bleiben. Er braucht mich. Auf seine eigene verquere Weise braucht er mich.«

***

»Grace, hier ist Muriel. Hör zu, Nanny Baines ist krank. Sie hat verdorbenes Fleisch gegessen, dieses dumme Weib.«

»Das tut mir leid.«

»Ja. Aber die Sache ist die, dass sie auf Imogen aufpassen soll. Florence ist ja in kriegswichtigen Dingen unterwegs.«

»Ach ja?«, fragte Grace.

»Ja. Sie ist unten in Southampton. Offenbar muss sie Quartiere auftreiben. Wenigstens bringt sie die Leute nicht mit nach Hause.«

»Muriel, bitte …«

»Aber egal, ich kann mich auf gar keinen Fall um Imogen kümmern, ich stecke bis über beide Ohren in Arbeit. Daher habe ich Nanny Baines versprochen, dass du Imogen abholst und bei dir unterbringst, bis Florence zurückkommt.«

»Aber Muriel, ich …«

»Die anderen Kinder hast du ja sowieso, da dürfte das kein Problem sein. Außerdem gehörst du zu den wenigen Leuten, die Benzin haben. Sie wartet auf dich. Beeil dich bitte, es geht ihr wirklich dreckig.«

Robert erreichte die Abtei gegen Mittag, eine Flasche Sherry für Muriel im Gepäck. »Neuigkeiten von Florence?«

»Nein, aber ich bin mir sicher, dass sie morgen früh zurück ist, wie versprochen.«

»Ja, natürlich. Wo ist denn Imogen?«

»Grace passt auf sie auf.«

»Wie nett von ihr.«

»Nun, das ist doch das Mindeste, würde ich meinen.«

Robert las Zeitung, als es an der Tür klingelte. Da Muriel gerade ihr Nickerchen hielt, ging er an die Tür.

Eine große, stattliche Frau in der grünen Uniform der WVS stand dort und lächelte ihn über einen Deckenstapel, den sie an ihren mächtigen Busen drückte, hinweg an. »Ah«, sagte sie, »ich bin Joan Haverford. Vom WVS. Ist Mrs Grieg zu sprechen?«

»Nein«, sagte Robert, »die ist unterwegs. In Diensten des WVS. Sie wird morgen zurück sein.«

»Ich versichere Ihnen, dass sie nicht in Diensten des WVS unterwegs ist«, sagte Joan Haverford leicht streng. »Ich habe ihr persönlich zwei Tage freigegeben. Aber egal, diese Decken sind für sie. Für die Evakuierten, die heute Nacht aus Bristol eintreffen. Vielleicht könnten Sie sie ihr geben. Ganz herzlichen Dank.« Und schon war sie wieder fort, mit einem anmutigen Winken.

***

Grace war in der Küche und kochte Suppe, als Robert kam. Ben saß am Kamin und las Imogen etwas vor. Clifford war mit den Jungen in der Schule und probte das Krippenspiel, da Grace ihn mit einer Mischung aus whiskygetränktem Zuckerbrot und Peitsche dazu überredet hatte, ihren Platz einzunehmen. Sie hatte einfach erklärt, sie könne das nicht schon wieder ertragen, da das letzte Weihnachten erst gestern gewesen zu sein schien. Clifford hatte gesagt, dass man das im Alter

halt so empfinde, worauf sie erwidert hatte, dass sie mit vierundzwanzig höchstens im Mittelalter angelangt sein könne.

»Hallo, Robert«, sagte sie, als sie auf sein Klopfen hin die
Hintertür öffnete. »Was für eine nette Überraschung.«

Nach seinem letzten Besuch fühlte sie sich befangen, und
Florence' Abwesenheit erfüllte sie mit Sorge.

»Tja, in der Tat, ich habe unerwartet eine Woche Urlaub
bekommen und dachte, ich mache mich sofort auf den Weg.
Leider musste ich feststellen, dass Florence gar nicht da ist.
Jammerschade, aber sie leistet ihren Beitrag zu den Kriegsanstrengungen, da kann ich mich wohl kaum beklagen.«

»Mhm … nein«, sagte Grace. »Darf ich dir eine Tasse Tee
anbieten?«

»Ja, bitte. Wo ist denn mein Töchterchen? Ich habe gehört,
dass sie hier ist. Gott segne dich für dein gutes Herz.«

»Ja, die ist hier, im Wohnzimmer. Ben liest ihr etwas vor.«

»Ben?«

»Das ist ein … ein Freund von mir. Oder vielmehr der Vater
meiner kleinen Evakuierten.«

»Ach ja?« Roberts Augenbrauen wanderten auf eine Weise
hoch, die Grace gar nicht gefiel, aber dann lächelte er und zog
los, um Imogen zu suchen. Schließlich kehrte er zurück, das
Kind auf dem Arm. Imogen zappelte wild, weil sie wütend
war, dass dieser Mann sie mitten in der Geschichte gestört
hatte. Ben folgte ihnen.

»Wie findest du sie?«, fragte Robert.

»Sie ist zauberhaft«, sagte Grace. »Und sehr klug«, fügte sie
pflichtschuldig hinzu.

»Ich weiß. Wirklich unglaublich klug. Ich wünschte nur, ich
würde sie öfter sehen, weil sie sich so schnell verändert. Du
denkst doch nicht, dass sie Schaden davonträgt, wenn Florence sie bei Nanny Baines lässt?«

»Absolut nicht«, sagte Grace und wollte sich gerade darüber verbreiten, wie sehr sich Imogen zur allgemeinen Freude unter dem Einfluss von Nanny Baines verändert hatte, als Robert fragte: »Wo ist denn der Tee, den du mir versprochen hast?«

»Ich mach schon, Grace«, sagte Ben. Robert sah schweigend zu, wie er Tee kochte, einschenkte und die Tassen herumreichte.

»Danke«, sagte er knapp. Angespanntes Schweigen füllte den Raum.

»Ben war in der Wüste in Nordafrika. Wie Charles«, sagte Grace leicht verzweifelt.

»Ach wirklich?«

»Ja. Und dann wurde er verwundet und nach Hause gebracht. Jetzt ist er drüben in Tidworth.«

»Ich denke, ich bin in der Lage, für mich selbst zu sprechen, Grace«, sagte Ben unbekümmert.

»Es muss eine ziemlich schwere Verwundung gewesen sein, wenn man Sie nach Hause gebracht hat«, sagte Robert und blickte Ben kühl an.

»Das war es«, sagte Ben. »Schulter. Schulter und Rücken. Ich lag über sechs Monate im Krankenhaus.«

»Verstehe. Und kommen Sie oft hierher, um bei Grace zu wohnen?«

»Gelegentlich«, sagte Ben. »Um meine Söhne zu sehen. Meine Frau ist bei einem Bombenangriff ums Leben gekommen. Grace gewährt uns allen Unterschlupf.« Er lächelte auf Imogen hinab. Sie wollte wieder auf seine Knie klettern und wedelte mit ihrem Buch. Robert nahm sie demonstrativ hoch, um sie sich auf den Schoß zu setzen.

»Daddy liest dir etwas vor, mein Schatz«, sagte er.

»Nein«, sagte Imogen. »Ben lesen.«

»Ben muss jetzt aufbrechen«, sagte Ben in das unbehagliche Schweigen hinein.

»Wirklich?«, fragte Grace. »So früh schon.«

»Ja. Ich muss morgen früh um sechs bei meinem Kurs sein. Tut mir leid. Ich geh dann mal und packe meine Sachen.«

»Wie ich gesehen habe, sind Sie mit einem Armeefahrzeug unterwegs«, sagte Robert.

»Ja. Ich habe auf dem Weg ein paar Geschäfte beliefert. Sie können meinen Vorgesetzten nach der Genehmigung fragen, wenn Sie mögen.« Grace starrte ihn an. Sonst war er nie so empfindlich, so ruppig.

»Du liebe Güte, nein«, sagte Robert. »Ich war nur ein bisschen überrascht, das ist alles. Aber jetzt komm, Imogen. Wir gehen ins Wohnzimmer, und ich lese dir die Geschichte vor, die du so magst. Bis gleich, Grace.«

»Bis gleich.« Sie folgte Ben hoch. »Was ist los?«

»Nichts.«

»Ben! Irgendetwas ist doch.«

»Dazu sage ich nichts«, befand er knapp. »Ich habe ein komisches Gefühl, was diesen Mann angeht, vor allem wenn man bedenkt, was du über Florence erzählt hast.«

»Und was ist mit den Jungen?«

»Ich fahre an der Schule vorbei und verabschiede mich von ihnen. Und von Sir Clifford. Ich wage zu behaupten, dass sie noch eine Weile dort sein werden.«

»Ja, das werden sie.«

»Nun denn, auf Wiedersehen.« Er zögerte. »Kommst du wirklich klar hier? Ich ... ich mag diesen Mann nicht.«

»Ja, natürlich komme ich klar. Ich für meinen Teil mag ihn durchaus. Er war immer sehr nett zu mir.« Sie klang defensiv, wie sie selbst merkte.

»Gut. Na ja, dann ... Ich melde mich. Auf Wiedersehen, Grace. Danke, dass ich wieder hierbleiben durfte.«

»Auf Wiedersehen, Ben.«

Wenige Minuten später steckte er den Kopf zur Wohnzimmertür hinein. »Tschüss, Imogen.«

»Tschüss, Ben. Küsschen?«, fügte sie hoffnungsvoll hinzu.

Er wollte hingehen, blieb dann aber stehen. Robert drehte ihm unmissverständlich den Rücken zu und sagte: »Jetzt mach keine Faxen, Imogen, wir stecken gerade mitten in der Geschichte.«

»Nun, ich bin dann mal weg«, sagte Ben, der schon wieder Uniform trug. »Auf Wiedersehen … Sir.« Die Anrede kam wie eine Beleidigung heraus.

Robert warf ihm über die Schulter hinweg einen kühlen Blick zu. »Auf Wiedersehen, Sergeant.«

Ben ging hinaus, knallte die Haustür hinter sich zu und beschleunigte in der Einfahrt so heftig, dass der Kies unter den Rädern hervorspritzte.

Grace kehrte ins Wohnzimmer zurück. Robert saß allein am Kamin. Sie schenkte ihm ein eher unsicheres Lächeln. »Noch einen Tee?«

»Nein danke. Setz dich, Grace, ja?«

Sie setzte sich. »Wo ist denn Imogen?«

»Ich habe sie hochgebracht. In ihr Bettchen. Sie war sowieso schon furchtbar müde.«

»Wieso das denn? Das kann ich mir gar nicht vorstellen. Es ist doch noch gar nicht ihre Zeit.«

»Sie wird es schon verkraften. Ich habe ihr auch ein paar Spielsachen gegeben. Außerdem wollte ich mit dir reden.«

»Oh. Na gut. Aber nur kurz, dann muss ich wieder …«

»Grace, weißt du, wo Florence ist?«

»Nein«, sagte Grace, deren Herz unangenehm zu wummern anfing. »Nein, weiß ich nicht. Ich denke, sie ist im Auftrag des WVS unterwegs.«

»Das denke ich eher nicht«, sagte Robert.

Sie spürte, dass ihre Wangen und ihr Hals rot anliefen, und schluckte. »Natürlich ist sie das, Robert.«

»Nein, ist sie nicht. Vorhin war eine Frau vom WVS in der Abtei und hat behauptet, sie habe ihr ein paar Tage freigegeben.«

»Oh«, sagte Grace. Ihr wurde regelrecht übel. »Nun, dann besucht sie vermutlich jemanden. Ich muss das irgendwie durcheinandergebracht haben. Clarissa. Vielleicht ist sie zu Clarissa gefahren …«

»Das glaube ich nicht. Du etwa? Grace, schau mich an.«

Grace sah ihn an, und der Anblick gefiel ihr gar nicht. Das war ein neuer Robert, die blassen Augen hart wie Kiesel, der volle Mund fest zusammengepresst. An seinem Hals pochte eine Ader, was fast so obszön aussah wie eine sich windende Schnecke.

»Grace, weißt du etwas über Florence' Geliebten?«

»Nein, natürlich nicht. Ich wusste gar nicht … Ich meine, ich bin mir sicher, dass sie keinen Geliebten hat.«

»Ich denke aber doch, dass du das weißt. Und ich denke, dass du vermutlich auch weißt, dass er Imogens Vater ist, oder? Was glaubst du wohl, wie mir zumute ist, Grace? Ich werde betrogen und dann auch noch für dumm verkauft.«

»Robert, ich schwöre, ich weiß nichts …«

»Um Himmels willen, Grace. Du warst bei Florence, als Imogen geboren wurde. Erzähl mir nicht, dass ihr das alles zusammen durchgemacht habt und sie sich dir nicht anvertraut hat. Natürlich hat sie das.«

»Hat sie nicht, Robert«, widersprach Grace. »Über Florence' Privatleben weiß ich nichts, wirklich. Ich habe mich tunlichst nie darum gekümmert.«

»Aha, verstehe. Tja, plötzlich kann ich mir wunderbar vorstellen, Grace, dass du mit ihr unter einer Decke steckst.

Dass du sie ermuntert oder sogar angestachelt hast. Dass du dich dazu bereiterklärt hast, mich wegen des Babys zu belügen, bei dessen Geburt du geholfen hast. Nur schade, dass du bei meinem letzten Besuch hier einen gewaltigen Fehler gemacht hast. Da hast du nämlich die Katze aus dem Sack gelassen.«

»Was meinst du damit?«

»Du hast mir erzählt, dass Imogen zu früh geboren wurde – wo Florence doch immer ein solches Gewese darum gemacht hat, dass sie längst überfällig war.«

»Ich … Dann muss ich das wohl falsch verstanden haben. Ich …«

»Oh Grace, bitte! Ein bisschen Verstand musst du mir schon zubilligen. Ich bin sehr enttäuscht von dir, Grace. Du bist ganz anders, als ich immer gedacht habe. Florence und du, ihr seid dasselbe verlogene Pack.«

»Was willst du damit sagen?«

»Mach mir doch nichts vor, das weißt du ganz genau. Das kleine falsche Dämchen, so rein und unschuldig. Was für ein Witz …«

»Robert, lass das.«

»Und die ganze Zeit treibst du es mit diesem … dieser Kreatur. Diesem Proleten, den du dir in den Londoner Gassen angelacht hast, zusammen mit seinen widerwärtigen Blagen. Ich komme hierher und muss feststellen, dass er sich um meine Tochter kümmert. Der Anblick hat mich ganz krank gemacht, Grace.«

»Robert, würdest du jetzt bitte gehen!«

»Stille Wasser sind offenbar wirklich tief. Bist du noch schnell mit ihm hoch, um eine Nummer zu schieben? Hat er dich gegen die Wand gepresst? So machen die das doch, wo er herkommt.«

Grace stand auf. »Verschwinde. Verschwinde aus meinem Haus.«

»*Deinem* Haus? Jetzt ist es schon dein Haus? Der arme alte Charles. Nicht nur betrogen, sondern auch noch mit einem einfachen Soldaten. Er ist nicht einmal Offizier! Gütiger Gott. Was würde er nur sagen? Wo er doch für unser Land kämpft.«

»Du bist widerlich«, sagte Grace.

»Nun.« Er kam auf sie zu, packte sie bei den Handgelenken und zog sie zu sich hoch. »Nun, Grace, lass mal schauen, wie weit du deine Gunst streust. Ich habe dich immer gemocht. Ich mag den unschuldigen Typ, die stillen Wasser.«

Sein Atem roch widerwärtig. Sie wandte den Kopf ab, aber er drückte sie gegen die Wand und presste seinen Mund auf ihren. Sie spürte, wie seine Zunge über ihre Lippen und Zähne fuhr. Als sie schreien wollte, wurde ihre Stimme von seinem Mund erstickt.

Dann trat er schließlich ein Stück zurück, musterte sie nachdenklich und lächelte. »Sollen wir nach oben gehen? Wo du mit ihm zusammen warst? Oder sollen wir es hier unten tun, vor dem Kamin? Ich liebe Sex auf dem Fußboden, du nicht? Das ist so ... primitiv.«

»Robert, bitte verschwinde. Ich ... ich will nicht ...«

»Natürlich willst du. Nein, wir bleiben besser hier unten, sonst könnte Imogen uns hören. Sie hat für heute genug unangemessene Erfahrungen hinter sich. Sitzt auf dem Schoß deines Geliebten, der sie auch noch küssen will. Das war abstoßend.«

Grace schwieg.

Robert zog sie zu dem Teppich vor dem Kamin und begann mit einer Hand, ihr Kleid aufzuknöpfen. Er tätschelte ihre Brust.

Grace drehte den Kopf zur Seite und biss ihn ins Handgelenk. Er grinste und tätschelte sie weiter. »Ah, der unschuldige Wurm windet sich. Oh Grace, das ist ein Spaß.«

»Bitte«, sagte sie und brach nun in Tränen aus, »bitte, Robert, lass mich in Ruhe. Geh einfach, ich werde es auch niemandem erzählen, das schwöre ich dir. Geh einfach. Hörst du, jetzt schreit Imogen, sie ...«

»In Ordnung«, sagte er plötzlich, »in Ordnung.« Er ließ sie los, trat einen Schritt zurück und betrachtete sie. »Ich lasse dich in Ruhe, wenn es das ist, was du möchtest.«

Sie starrte ihn an, überrascht über den plötzlichen Stimmungswechsel.

»Sag mir einfach, wo Florence ist, Grace. Sag mir, wo sie ist. Mit wem sie zusammen ist.«

»Das kann ich nicht, Robert. Ich habe dir doch schon gesagt, dass ich es nicht weiß.«

Er hob die Hand und ließ sie hart gegen ihren Kopf knallen. Sie war so benommen, so schockiert, dass sie einfach dastand und ihn anstarrte. »Sag mir, wo sie ist«, forderte er. »Du weißt es, oder?«

»Nein, ich weiß es nicht.«

Er schlug sie noch einmal, fester diesmal, und traf sie am Auge. Es tat entsetzlich weh.

»Das denke ich aber doch. Nun komm schon, Grace, du kannst es mir genauso gut sagen.«

Es war wie in einem schrecklichen Traum. Sie konnte sich nicht bewegen und keinen klaren Gedanken mehr fassen. Wie gelähmt hockte sie in dieser Falle, in der alles um sie herum weit weg zu sein schien. Oben hörte sie Imogen brüllen, und in der Küche lief Musik im Radio, aber das alles war gar nicht wirklich, existierte in einer anderen Welt, in einem anderen Geschehen. Als sie Robert anschaute, lächelte er plötzlich, sein altes, sanftes, freundliches Lächeln, und sie hatte einen wilden Moment lang das Gefühl, sich das alles nur eingebildet zu haben.

»Komm.« Er setzte sich und klopfte neben sich auf das Sofa. »Komm her zu mir. Du wirkst blass, Grace. Alles in Ordnung?«

»Ja«, sagte sie langsam, »alles in Ordnung.«

»Gut. Tut mir leid, dass ich dich erschreckt habe. Ich wollte nur unbedingt wissen, wo sie ist. Ich liebe sie doch so sehr. Komm her, setz dich zu mir.«

Wie in Trance ging sie zum Sofa und zog auf dem Weg ihr Kleid enger um sich. Er lehnte sich zurück und schaute sie an.

»Das ist besser«, sagte er. »Ich hole dir gleich einen Tee.«

»Danke«, sagte sie, sehr zaghaft und sehr leise.

Vielleicht war ja nun alles in Ordnung, vielleicht würde er sie gehen lassen, beschämt über sein Verhalten. Er sah wieder ziemlich normal aus, ziemlich ruhig. »Robert, könnte ich bitte schnell mal zum ...«

»Gleich.« Pause. »Also«, sagte er dann, »wo ist sie?«

»Ehrlich, ich weiß es nicht.«

Er schlug sie wieder, diesmal gegen den Kiefer. Als sie zurückwich, zerrte er wie ein Verrückter an ihrem Kleid. Dieses Mal riss es, das Unterkleid ebenso, und ihre Brüste lagen bloß.

»Du weißt es«, erklärte er. »Sag es mir, sag es mir!«

»Ich kann nicht.«

»Du lügst, du kleine Hure. Dann lass uns mal schauen, was mit kleinen Huren passiert. Soldatenhuren ...«

Wieder sauste die Hand auf ihren Kopf nieder, so hart, dass Grace zu Boden glitt. Im nächsten Moment kniete er über ihr, fummelte an seinem Hosenstall herum und zog ihr die Unterhose herunter. Sie fühlte, wie sein Penis blind nach ihr stach und sich in ihre Oberschenkel bohrte. Sie presste sie zusammen und wollte ihn wegschieben.

»Mach die Beine breit«, sagte er, »los, breitmachen! Oder es knallt wieder.«

Nachdem sie vergeblich versucht hatte, ihn fortzustoßen, und sich eine entsetzliche, wabernde Dunkelheit auf sie herabsenkte, konnte sie nur noch denken, wie unendlich leid es ihr tat, dass sie die Geschichten über Florence nicht geglaubt hat.

»Du dreckiger Bastard! Runter von ihr.«

Das war Ben. Er hatte Robert mit seiner guten Hand am Nacken gepackt, zerrte ihn hoch und trat ihn wiederholt in den Hintern. Dann drehte er ihn um, stieß ihn gegen die Wand und jagte ihm die Faust ins Gesicht.

Grace saß schluchzend auf dem Boden und versuchte, ihr Kleid herunterzuziehen. Unterschwellig war ihr bewusst, dass die Jungen in der Tür standen und sie anstarrten, kreidebleich vor Schock. Dann hörte sie, dass Clifford in der Vorhalle war und die Polizei verständigen wollte. Aber selbst in ihrem Schmerz und Elend war ihr klar, dass das nicht gut wäre.

»Clifford, nein. Bitte nicht.«

Er legte den Hörer hin und schaute sie entgeistert an. »Warum denn nicht, um alles in der Welt?«

»Tu es einfach nicht. Bitte.«

Langsam und unter Schmerzen kroch sie zum Sofa, setzte sich darauf und stützte den Kopf in die Hände. Sie hörte David sagen: »Hör auf, ihn zu schlagen, Dad«, während Daniel sagte: »Grace, nicht weinen, bitte nicht weinen.«

Clifford kam aus der Vorhalle und sagte: »Ben, ist schon in Ordnung. An deiner Stelle würde ich es dabei belassen. Er ist ein Feigling, wie alle Tyrannen. Jetzt wird er Ruhe geben.«

Ben ließ eine Hand sinken, hielt Robert aber immer noch an der Kehle gepackt. »Lass ihn los«, sagte Grace, »lass ihn einfach los.«

Robert schüttelte sich wie ein Hund, strich sich das Haar zurück und wischte sich mit dem Taschentuch über die blutende Nase. Dann schaute er Clifford an.

»Weißt du, wo sie ist?«, fragte er. »Weißt du, wo meine Frau ist?«

Clifford schwieg, dann sagte er: »Robert, entweder du verschwindest hier und kommst nie wieder in Florence' oder Imogens Nähe – oder in die Nähe von einem anderen von uns –, oder ich schwöre bei Gott, dass ich dich hinter Schloss und Riegel bringe.«

Robert verließ den Raum und dann das Haus. Sie hörten seinen Jeep in der Einfahrt aufheulen.

Grace, die sich immer noch auf dem Sofa zusammenkauerte, sah, wie Ben sie eindringlich musterte. Es lag nicht nur Sorge oder Entrüstung darin, sondern noch etwas anderes. Etwas, mit dem sie im Moment nicht klarkam.

»Ich muss nach oben gehen«, sagte sie flüsternd. »Bitte entschuldigt mich.«

»Soll ich mitkommen?«, fragte der kleine Daniel.

»Nein, Daniel«, sagte sie, »ist schon in Ordnung. Ben, du musst mal nach Imogen schauen. Sie hat die ganze Zeit gebrüllt.«

»Hat er dir wehgetan?«, fragte David.

»Nicht sehr. Nein, mir geht es gut, wirklich.«

Sie ging schwerfällig aus dem Raum, die Arme vor den nackten Brüsten verschränkt, und mied Bens Blick.

Dann lag sie lange in der Badewanne und wusch sich den Gestank und das Grauen vom Leib, immer und immer wieder. Schließlich stieg sie träge aus dem Wasser, zog sich ein altes Nachthemd an, legte sich aufs Bett und rollte sich wie ein Fötus zusammen. Sie war zu Tode erschöpft, und ihr tat alles weh, nicht nur der Kopf, wo er sie geschlagen hatte, sondern jeder einzelne Muskel, als wäre sie viele Tage am Stück gelaufen.

An der Tür klopfte es. »Grace?«

»Ja?«

»Ich bin's, Ben. Darf ich reinkommen? Ich wollte dir eine Tasse Tee bringen.«

»Ja, komm herein.«

Sie setzte sich mühsam auf. Er trat ein und schloss die Tür hinter sich. »Ist alles in Ordnung?«

»Ja. Ja, mir geht es gut.«

»Dein Auge ist geschwollen«, sagte er.

»Ja. Er hat mich geschlagen.«

»Ich denke, wir sollten einen Arzt holen.«

»Nein«, sagte sie scharf, »das sollten wir nicht tun. Es ist alles in bester Ordnung.«

»Grace ...«

»Ich will keinen Arzt. Und auch keine Polizei. Clifford wird doch wohl nicht ...«

»Nein, keine Sorge. Er wird es nicht tun. Allerdings ...«

Er setzte sich auf die Bettkante und nahm Grace' Hand. »Ich wünschte, ich hätte ihn umgebracht«, sagte er. »Wirklich. Dieser Bastard. Dieser elende, dreckige Bastard. Man sollte ihn aufknüpfen.«

Obwohl er für gewöhnlich so sanft war, wirkte er plötzlich fast gewalttätig. Das schockierte sie. »Ben, tu nichts ...«

»Ich ertrage das einfach nicht«, sagte er. »Wenn ich daran denke, was hätte passieren können, wenn wir nicht zurückgekommen wären.«

»Nein.«

»Hat er ... hat er ... na ja ...« Er brachte die Worte nicht heraus, offenbar verlegen.

»Nein«, sagte Grace matt, »nein, hat er nicht. Ihr seid …
Das war wie das Eintreffen der US-Kavallerie.« Sie lächelte
zittrig.

»Gott sei Dank, Grace, Gott sei Dank.« Er war selbst blass
und mitgenommen. »Hier, trink deinen Tee. Ich habe ein bisschen Honig hineingetan, das ist gut gegen den Schock. Die
Süße. Auf dem Weg nach Kairo haben sie mir auch ständig
süßen Tee eingeflößt.« Er rang sich ein Lächeln ab. »Der
einzige Effekt war, dass ich ständig pinkeln musste, was die
Dinge deutlich verkompliziert hat.«

Er stützte sie, während sie trank, dann ließ sie sich wieder ins Kissen sinken und schaute ihn an. »Du musst es der
Polizei erzählen«, sagte er, »damit er ins Gefängnis kommt. Er
ist gemeingefährlich …«

»Das kann ich nicht«, sagte sie mit leiser, schwerer, ihr selbst
merkwürdig fremder Stimme. »Das kann ich nicht. Ich fühle
mich so … so schlecht. Ich schäme mich so.«

»Du schämst dich? Ich wüsste nicht, wieso …«

»Ich bin mir sicher, dass sich Florence auch geschämt hat«,
sagte sie. »Jetzt begreife ich das. Das ist wie eine Art … Anste-
ckung. Man fühlt sich irgendwie verantwortlich. Als wäre man
selbst schuld, als hätte man darum gebeten.«

»Grace, das ist törichtes Zeug. Wir waren doch hier und
haben es mit eigenen Augen gesehen. Niemand würde so etwas denken.«

»Die Polizei schon«, sagte sie, »ganz bestimmt. Und das
wäre schlimm für alle. Für die Kinder, für … Charles.« Der
Name kam ihr nicht leicht über die Lippen.

»Und was ist mit dir? Und wo du schon Florence ins Spiel
bringst, was denkst du, könnte er ihr alles antun? Und Imogen?«

»Nichts, denke ich«, sagte sie. »Ich glaube nicht, dass er

zurückkommt, nicht jetzt wenigstens. Die arme Florence. Ich schäme mich so für die Dinge, die ich gedacht und gesagt habe.«

»Du bist verrückt«, sagte er plötzlich und klang fast wütend. »Das will mir einfach nicht in den Kopf. Fast verspüre ich das Bedürfnis, ihn mir höchstpersönlich vorzuknöpfen. Ich wünschte, ich hätte ihm den Garaus gemacht, damit er nie wieder ...«

»Rede nicht so, Ben. Bitte. Dann geht es mir noch schlechter.«

»Tut mir leid, aber ich kann nicht anders. Ich könnte kotzen. Außerdem habe ich Angst um dich. Bitte, Grace, zeig ihn an. Bitte erzähl es jemandem.«

»Ich kann nicht. Ich kann einfach nicht. Das wäre schrecklich für die Familie. Außerdem müsste ich darüber reden, immer und immer wieder. Und wer würde mir schon glauben? Er würde allen erzählen, dass ich ... na ja, dass es meine Schuld war. Und man würde ihm glauben. Auch das über dich.«

»Was über mich?«, fragte Ben.

»Er sagte ... Na ja, er ist der Meinung, ich hätte offensichtlich ... ach, du weißt schon ... mit dir ...«

»Herrgott!«, sagte er. »Du lieber Himmel!«

»Findest du die Vorstellung so schrecklich?«, fragte Grace mit einem Lächeln. Der Tee und das Nachlassen von Angst und Schock ließen sie fast ein wenig leichtsinnig werden.

»Nein«, sagte er und sah schnell weg, »nein, natürlich nicht. Das wollte ich damit nicht sagen.«

Schweigen entstand, ein langes, angespanntes Schweigen. Schließlich fragte sie: »Geht es Imogen gut? Und den Jungen?«

»Die Jungen baden Imogen, was sie großartig findet. Die beiden sind ... na ja, sie sind ein bisschen durch den Wind.«

»O Ben, das tut mir so leid«, sagte Grace und brach in Tränen aus. Die Schluchzer schüttelten sie und zerrissen förmlich ihre Kehle. Tränen rannen ihr über die Wangen.

»Bitte nicht«, sagte Ben. »Bitte entschuldige dich nicht. Es war nicht deine Schuld. Es ist töricht von dir, das zu glauben.«

»Aber ich kann nicht anders, ich ...« Sie hatte die Stimme erhoben und war nun fast hysterisch.

Er betrachtete sie, dann rutschte er plötzlich näher an sie heran und legte den Arm um sie. »Komm mal her. Ist schon in Ordnung, ist ja alles gut. Du musst dir keine Sorgen machen. Weine einfach, das hilft. Schsch, meine Liebe, schsch ...«

Er legte auch den anderen Arm um sie und hielt sie fest. Plötzlich fühlte sie sich sicher und geborgen, den Kopf an seiner Brust. Nach und nach versiegten die Tränen, und das Grauen legte sich. Ihr Kopf war bleischwer und schmerzte, wo Robert zugeschlagen hatte. Sie verlagerte ihn etwas, bewegte sich ein wenig in Bens Armen, drückte sich fester an ihn. Sehr angenehm war das, so sanft eingehüllt, und sie wurde schläfrig.

»Vielleicht sollte ich noch ein wenig zu den Jungen gehen«, sagte er und legte sie sanft auf das Kissen zurück. »Ich fürchte, sie brauchen mich.«

»Ja, natürlich. Musstest du nicht aufbrechen?«

»Morgen früh reicht auch noch«, sagte er. »Ich werde dich heute Nacht nicht allein lassen, auch nicht mit Sir Clifford.«

»Mir geht es gut, Ben.«

»Nein«, sagte er, »ich bleibe. Ich möchte mich um dich kümmern.«

***

Im Himmelbett des Hotels klammerte sich Florence weinend an Giles. »Ich ertrage das nicht«, schluchzte sie. »Ich ertrage das einfach nicht.«

»Da gibt es nichts zu ertragen«, sagte er. »Wenn du nur vernünftig wärst.«

»Ich kann nicht bei dir bleiben, Giles. Robert gibt sich so viel Mühe, und er hat Imogen als sein Kind akzeptiert. Ich muss ihm noch eine Chance geben. Als seine Ehefrau bin ich ihm das schuldig.«

»Ich lasse dich nicht gehen«, sagte er. »Dafür liebe ich dich einfach zu sehr.«

»Du musst aber«, sagte Florence, »du musst mich gehen lassen.«

***

Es war schon sehr viel später, als Ben noch einmal zurückkam. Benommen durch ihre Müdigkeit und den Schmerz ihrer Blutergüsse kämpfte Grace gegen den Schlaf an und hörte Imogen kichern, hörte David und Daniel ungewöhnlich leise reden, hörte die Stimme von Ben, der ihnen etwas vorlas, hörte Clifford durchs Haus gehen. Irgendwann war es still.

Sie hatte die Hoffnung, ihn noch einmal wiederzusehen, schon fast aufgegeben und dachte gerade darüber nach, ob sie sich eine Aspirin holen sollte, als sich plötzlich die Tür öffnete. Kein Klopfen, sie öffnete sich einfach. »Grace? Darf ich reinkommen?«

»Ja. Könnte ich eine Aspirin bekommen?«

Er brachte ihr eine und auch noch eine Tasse Tee. Sie trank ihn langsam und betrachtete Ben nachdenklich. Irgendetwas hatte sich zwischen ihnen verändert, aber sie wusste nicht, was und wie es dazu gekommen war.

»Schlafen alle?«

»Alle. Sogar Sir Clifford.«

Er streckte die Hand aus und berührte ihr geschwollenes Auge. »Dein armes Gesicht. Tut es sehr weh?«

»Ziemlich, ja.«

»Es sieht zum Fürchten aus.«

»Ich werde allen erzählen müssen, dass Flossie schuld ist – dass sie mich mit ihren Hörnern aufspießen wollte.«

»Oh Gott«, sagte er, »schon wieder so ein Unsinn. Wie wär's mit der Wahrheit?«

»Dazu habe ich doch schon etwas gesagt.«

Er schaute sie an, zögerte einen Moment und sagte dann sehr langsam und bedächtig: »Ich weiß nicht, was ich getan hätte, wenn er dich wirklich vergewaltigt hätte. Das hätte ich nicht ertragen. Dann wäre ich ausgerastet.«

Mit diesen Worten verließ er das Zimmer wieder und schloss die Tür hinter sich. Grace wusste genau, was er meinte. Und trotz des Grauens und der körperlichen Schmerzen schlief sie mit einem Lächeln auf den Lippen ein.

Sie wachte sehr früh auf, um vier Uhr. Ihr Körper war steif und wund, und ihr Kopf schmerzte. Sie stand auf, stieg leise die Treppe hinunter, kochte sich einen Tee und nahm noch eine Aspirin. Dann saß sie, in ihren Morgenmantel gehüllt, am Heizkessel und dachte nach.

In den letzten Stunden hatte sich etwas Grundlegendes verändert: Sie fühlte sich wie eine andere Person. Was für eine Person das war, hätte sie nicht sagen können, aber trotz der Vorfälle fühlte sie sich stärker und beherrschter. Es gab zwei Weisen, durchs Leben zu gehen, dachte sie: als Fahrer und als Fahrgast. Durch Neigung und Erziehung war sie dazu bestimmt, ein Fahrgast zu sein; sie akzeptierte, was man von ihr verlangte, tat immer das Richtige und Angemessene, befolgte Regeln und respektierte Grenzen. Roberts Angriff hingegen, dieser Verrat durch eine Person, der sie so etwas niemals zugetraut hätte, stellte das alles infrage, nicht zuletzt auch ihre Unterwürfigkeit gegenüber den Männern. Auf eigentümliche Weise verlieh ihr das den Mut und die Kraft, über diese Grenzen hinwegzuschauen und das verbotene Terrain dahinter zu ergründen.

KAPITEL 23

Weihnachten 1943

Florence kam am nächsten Tag vorbei, um Imogen abzuholen, mit schweren Lidern und bleichem Gesicht. Nanny Baines hatte sie geschickt. »Entschuldige«, sagte sie absolut emotionslos, »tut mir leid, dass du dich um sie kümmern musstest.«

»Ist schon in Ordnung«, sagte Grace.

»Du siehst ja schrecklich aus«, sagte Florence mit geistesabwesender Miene, »absolut grauenhaft. Was um Himmels willen hast du nur angestellt?«

»Ich... na ja... Florence, die Sache ist die...«

Wie sollte man einer Frau sagen, dass ihr Ehemann einen vergewaltigen wollte? Dass er einen verprügelt hatte? Selbst wenn diese Ehefrau ihn nicht mehr liebte, ja nicht einmal mehr mochte.

Florence hörte aber sowieso nicht zu. »Imogen sieht ein bisschen komisch aus«, sagte sie. »Was um Himmels willen hat sie denn da an?«

»Einen alten Pullover von Daniel«, sagte Grace. »Mir sind die sauberen Sachen ausgegangen.«

»Hättest du nicht etwas von ihr waschen können?«

»Nein, Florence«, sagte Grace, die nun doch wütend wurde, trotz ihres ziemlich verworrenen Glücksgefühls, »das hätte ich *nicht* gekonnt.«

»Ist auch egal. Grace, ich wollte mit dir reden.«

»Oh. Aha. Ich wollte auch mit dir reden. Vielleicht sollte ich anfangen. Weißt du …«

Florence ging dazwischen. »Was ich sagen wollte, ist wirklich wichtig. Hör also zu. Ich weiß, dass du meine … meine Affäre missbilligst. Die Affäre mit … Giles. Und du hast recht, du hast absolut recht. Ich hätte das nicht tun dürfen. Die einzige Entschuldigung ist, dass ich wirklich sehr unglücklich war, aber … Na ja, davonlaufen ist auch keine Lösung. Die Sache ist die, dass ich in den vergangenen zwei Tagen mit Giles zusammen war.«

»Ja«, sagte Grace, »ich weiß.«

»Woher das denn?«, fragte Florence und starrte sie an.

»Florence, wenn du es mich kurz erklären lassen würdest …«

»Später. Wie dem auch sei, ich wollte dir nur sagen, dass ich sie jetzt aufgegeben habe. Die Affäre mit Giles, meine ich. Ich kehre zu Robert zurück. Er hat sich so viel Mühe gegeben, sich zu ändern, und er scheint Imogen wirklich zu mögen. Und er war so geduldig und treu. Das werde ich also jetzt tun … oder habe es vielmehr getan.« Sie unterbrach sich und schaute Grace mit wild entschlossenem Blick an. Doch auch wenn sie versuchte, eine gefasste Miene aufzusetzen, waren ihre Augen doch voller Tränen.

»Florence«, sagte Grace und streckte vorsichtig die Hand aus, »Florence, es gibt …«

»Nein, fang jetzt nicht an mit dieser Mitleidstour. Das verdiene ich nicht, und das könnte ich auch nicht ertragen«, sagte Florence. »Ich möchte auch gar nicht mehr darüber reden, sondern es einfach tun. Darum geht es doch im Leben, oder? Irgendwie weiterzumachen.« Sie warf Grace einen finsteren Blick zu, um nicht in Tränen auszubrechen.

Imogen ging zu ihr und kletterte auf ihren Schoß. In ihrer

Faust hielt sie etwas umklammert. Florence schlang die Arme um sie, als sei das Kind eine Art Rettungsanker.

»Mein Schätzchen, ich freue mich so, dich zu sehen! Selbst in diesem grässlichen Pullover. Was in drei Teufels Namen hast du da bloß in der Hand?«

»Schlange«, sagte Imogen und schaute zu ihr auf. »Daniels Schlange.«

»Nun, die kann Daniel gleich wiederhaben«, sagte Florence. »Was auch immer das ist. Oh Gott, das ist ja ein riesiger Wurm.« Sie riss ihn Imogen aus der Hand, ging zum Fenster und warf ihn schaudernd hinaus. »Ehrlich, Grace, diese Jungen sind ein Albtraum. Ich weiß nicht, wie du das aushältst.«

»Florence ...«

»Du siehst wirklich entsetzlich aus. Was hast du gesagt, hast du mit deinem Gesicht angestellt?«

»*Ich* habe gar nichts damit angestellt.«

»Du solltest wenigstens versuchen, es ein bisschen zu kaschieren. Aber egal ...«

»Florence, um Gottes willen«, rief Grace verzweifelt, »jetzt hör mir endlich zu!«

»Ist ja schon gut. Kein Grund zu schreien. Was ist denn? Alkohol hast du vermutlich nicht im Haus, oder? Im schlimmsten Fall würde ich sogar etwas von dem Holunderwein nehmen, den du gebraut hast.«

»Nein«, sagte Grace. »Dein Vater hat alles ausgetrunken, wie immer. Florence, jetzt setz dich und halt den Mund, ja?«

Florence schaute sie verblüfft an und setzte sich. Grace erzählte ihr, was geschehen war. Als sie fertig war, stand Florence auf, mit leuchtenden Augen und gerötetem Gesicht. »Kann ich dein Telefon benutzen?«, fragte sie.

»Ja, natürlich.«

Grace hörte, wie sie Mrs Boscombe bat, ihr eine Nummer

in Southampton zu geben. Dann versuchte sie wegzuhören, als Florence der Person am anderen Ende der Leitung versicherte, dass sie sie liebe und immer mit ihr zusammen sein wolle; ihr Ehemann gehöre endgültig der Vergangenheit an. Es war ein sehr langes Gespräch.

Grace freute sich für Florence. Allerdings hätte sie es auch nett gefunden, wenn Florence wenigstens zum Ausdruck gebracht hätte, dass ihr Roberts Verhalten leidtat, und sich nach Grace' Befinden erkundigt hätte.

***

Ben würde Weihnachten zu Besuch kommen. Grace merkte, dass sie sich mit einer kindlichen Begeisterung darauf freute. Die Jungen und sie hängten überall im Haus Girlanden aus bunt angemalten Zeitungspapierstreifen auf, und im Wald von Thorpe grub sie einen kleinen Nadelbaum aus, den sie, so gut es ging, schmückte. In einem Schrank in der Schule hatte sie etliche Christbaumkugeln und Lametta gefunden. Die Lichterkette brachten sie allerdings nicht in Gang, obwohl Clifford einen ganzen Abend daran herumbastelte, und so wirkte der Baum eher düster – bis Mrs Babbage mit ein paar alten Kerzenhaltern und Kerzen auftauchte.

»Mr Babbage und ich brauchen die nicht, weil wir zu unserer Tochter fahren.«

Ein paar Tage vor Weihnachten kam Elspeths Vater vorbei, die Miene missmutiger denn je, und zog ein großes Huhn unter seinem Mantel hervor.

»Ist gestorben«, sagte er düster, »einfach tot umgefallen, gleich drei Stück. Heute Nacht. Keine Ahnung, warum. Vielleicht alles ein bisschen anstrengend.«

»Ganz herzlichen Dank, Mr Dunn«, sagte Grace.

Sie hatte schon gehört, dass in der Woche vor Weihnachten nicht wenige mysteriöse Hühnertode zu verzeichnen gewesen waren.

Geschenke zu beschaffen war ein notorisches Problem, aber für Daniel konnte sie eine Aufzieheisenbahn und ein paar Schienen auftreiben. Der Lack war ziemlich verkratzt, aber sie funktionierte, und Ben würde sie bestimmt ein bisschen aufpolieren können. Bei David war es schon schwieriger; tatsächlich war sie schon ganz verzweifelt. Drei Tage vor Weihnachten kramte sie dann auf der Suche nach Decken auf dem Dachboden herum und stieß auf ein merkwürdiges Gerät, das auf Charles' Truhe mit den Schulsachen stand. Sie nahm es mit nach unten, um es Clifford zu zeigen. »Was ist das denn?«

»Allmächtiger«, sagte er und nahm es ihr aus der Hand, als sei es ein unbezahlbarer Schatz. »Das ist ein alter Detektorempfänger. Ich hatte ganz vergessen, dass er so etwas hat.«

»Könnte ich ihn wohl David schenken, was meinst du?«

»Ja, natürlich. Diese wunderbaren alten Dinger. Ich erinnere mich noch genau, wie ich es Charles geschenkt habe. Er war so ...« Clifford unterbrach sich, und seine leuchtend blauen Augen wirkten plötzlich furchtbar traurig. Grace sagte nichts, sondern nahm ihn einfach in den Arm.

Sie hatte darüber nachgedacht, ob Charles vielleicht Weihnachtsurlaub bekommen würde, und musste die schockierende Erkenntnis abwehren, dass es sich lediglich um einen Gedanken und nicht um eine Hoffnung handelte. Zum tausendsten Mal fragte sie sich widerstrebend, wie es ihr eigentlich nach Kriegsende mit Charles und den allgemeinen Umständen ergehen würde.

Zwei Wochen vor Weihnachten bekam sie einen Brief von

ihm. Er war immer noch in Italien, berichtete von dem entsetzlichen Chaos dort und versicherte ihr erneut, dass er sie liebe und vermisse. Weihnachten komme er nicht, schrieb er. *Aber nächstes Jahr vielleicht*, schloss er, *denn das Ende ist in Sicht.*

Für seine Verhältnisse war es ein philosophischer, fast poetischer Brief, dachte Grace. Offenbar hatte er sich tatsächlich verändert. Sie unterdrückte das Gefühl der Erleichterung, dass es ausgeschlossen war, ihn plötzlich auf der Matte stehen zu sehen, und konzentrierte sich auf Weihnachten. An das, was danach kam, wollte sie jetzt nicht denken.

Ben hatte ab dem 23. Dezember Urlaub. Er kam mit dem Zug, und sie würde ihn zusammen mit den Jungen abholen. Seit Roberts Übergriff hatte sie ihn nicht mehr gesehen, obwohl er immer wieder angerufen hatte, um sich zu vergewissern, dass es ihr gut ging. Die Jungen hatten sich von dem Schock wieder erholt. Der Vorfall war inzwischen nicht viel mehr als der Schatten eines Albtraums, aber da er ihr immer noch im Hinterkopf herumgeisterte, hatte Grace sich fest vorgenommen, ihn nicht zu verdrängen. Ihr musste immer gewahr bleiben, was Robert mit ihr gemacht hatte und was das für sie und ihr Leben bedeutete: ein Wendepunkt, eine Wasserscheide. Das war nicht immer ganz leicht, aber es half ihr, mit dem Grauen fertigzuwerden.

Am Tag nach ihrer Rückkehr war Florence noch einmal im Mill House aufgekreuzt. Sie wirkte zutiefst beschämt, als sie mit Imogen im Kinderwagen vor der Tür stand.

»Ich kann es kaum fassen, was für eine blöde Ziege ich bin«, sagte sie. »Mitten in der Nacht hat es mich plötzlich überkommen: Nach allem, was du für mich getan hast, Grace, und was mein Ehemann dir ... angetan hat, habe ich nichts Besseres zu tun, als deine Telefonrechnung ins Unermessliche zu treiben.«

»Sei nicht albern«, sagte Grace und tat so, als sei ihr der Gedanke nie selbst in den Kopf gekommen. »Mir geht es doch gut.«

»Es hätte aber auch ganz anders ausgehen können«, sagte Florence, »und ich fühle mich schrecklich. Es tut mir so leid, Grace, so entsetzlich leid. Geht es dir wirklich gut? Bist du dir sicher, dass du nicht zum Arzt gehen solltest? Oder zur Polizei?«

»Ja«, sagte Grace. »Ich ... Nein, das möchte ich nicht. Mir geht es gut. Er hat mich ja nicht ... Ach, vergiss es. Es ist ja letztlich nichts passiert. Gott sei Dank. Ich möchte nur einfach ...«

»... so tun, als sei nichts passiert«, sagte Florence trocken. »Ich müsste es selbst am besten wissen. Jahrelang habe ich nichts anderes getan. Diese Demütigung, das ist das Schlimmste. Dieses Gefühl, schmutzig und wertlos zu sein. Selbst jetzt noch, da ich beschlossen habe, mich von ihm scheiden zu lassen, werde ich Giles als Mitverantwortlichen ins Spiel bringen. Damit die Sache glatt über die Bühne geht. Ich könnte niemals vor Gericht erscheinen und erzählen, was er getan hat. Niemals könnte ich das.«

»Und du hast ... nichts von ihm gehört?«, fragte Grace.

»Nein. Vermutlich ist er in unserem Haus in London oder wieder in der Kaserne. Offenbar ist er direkt in die Abtei zurückgekehrt, hat seine Sachen zusammengesammelt und meiner Mutter erklärt, dass er nicht länger warten könne. Sie sagt, er habe vollkommen normal gewirkt. Er ist wirklich verrückt, musst du wissen. Clarissa hat das immer schon gesagt. Das Schlimmste ist, dass er mir das Gefühl gegeben hat, *ich* sei es, die nicht ganz richtig tickt.«

»Ja«, sagte Grace, »das glaube ich gern.«

»Na ja, Hauptsache, es geht dir gut«, sagte Florence und

musterte Grace nachdenklich. »Du siehst immer noch zum Fürchten aus. Die Blutergüsse werden langsam gelb. Gut, dass Ben dich nicht so sieht.«

»Florence«, sagte Grace und bemühte sich um eine neutrale Miene. »Ben ist nur ein Freund von mir. Der Vater von David und Daniel.«

»Alles klar«, sagte Florence. »Mach, was du willst. Schön, einen so attraktiven Freund zu haben, Grace, mehr sage ich dazu nicht.«

Und jetzt würde er für ein paar Tage kommen, und sie war nervös, ja fast schüchtern, weil sie ihn gleich sehen würde.

Ihm ging es offenbar genauso. Er kam allzu lässig über den Bahnsteig geschlendert und lächelte, schaute ihr aber kaum in die Augen, als er ihr die Hand gab. Die Jungen umarmte er dafür umso stürmischer.

Schweigend fuhren sie durch die dunklen, stillen Gassen. Sie mussten auch nicht reden, da David und Daniel unentwegt plapperten: über Weihnachten, das Schulkonzert, das Fußballspiel gegen die Schulmannschaft von Westhorne, das sie mit vier Toren Vorsprung gewonnen hatten, das Huhn, das sie zu Weihnachten essen würden, den Whisky, den Clifford für sich und Ben aufgetrieben hatte, das Ingwerbier, das sie alle zusammen gebraut hatten, das wunderschön geschmückte Haus. Außerdem, und das war wirklich eine große Aufregung, bekam Charlotte Junge. »Jeden Moment«, sagte David. »Ihr Bauch ist so dick, als würde sie platzen. Wenn wir Glück haben, kommen sie Weihnachten.«

»Das will ich nicht hoffen«, sagte Grace. »Ich habe so schon genug zu tun, da muss ich die Küche nicht auch noch in einen Kreißsaal verwandeln.«

»Allmächtiger«, sagte Ben. »Wer ist denn der Vater?«

»Frag lieber nicht«, sagte Grace. »Sie ist irgendwie entwischt, und dann rief Mr Tucker an, weil er sie mit seinem Schäferhund in der Scheune ertappt hat, beide offenbar höchst vergnügt.«

»Das muss ja was werden«, sagte Ben. »Ich mag Mischlinge sowieso lieber. Rassehunde reizen mich nicht.«

Jetzt grinste er sie zum ersten Mal an, und ihr ging es gleich besser, weil die Spannung ein wenig von ihr abfiel.

»Nach dem Tee muss ich in die Kirche«, sagte sie, »weil ich bei der Segnung der Krippe spiele. Tut mir leid.«

»Entschuldige dich bitte nicht«, sagte er. »Kann ich mitkommen?«

»Natürlich kannst du mitkommen, wenn du möchtest. David kommt auch mit, nicht wahr, David?«

»Klar, weil Elspeth irgend so ein dämliches Solo singt«, sagte Daniel.

»Halt den Mund«, sagte David und verpasste seinem Bruder eine Kopfnuss.

»Halt selber den Mund«, sagte Daniel und knuffte ihn in die Seite.

»Jungen«, sagte Clifford, »nicht am Tisch.«

Ben fing Grace' Blick auf. »Es scheint ihnen gut zu gehen«, sagte er.

»Ja«, sagte sie, da sie sofort wusste, was er meinte. »Sie scheinen nicht weiter besorgt deswegen zu sein.«

»Besorgt weshalb?«, fragte Daniel.

»Ob ich ein Geschenk für euch habe«, sagte Grace. »Jetzt räumt schnell den Tisch ab, wir müssen gleich gehen.«

Der Gottesdienst war sehr schön. Grace standen wie immer Tränen in den Augen, als die Weihnachtslieder erklangen, die Lesung aus der Heiligen Schrift vorgetragen wurde und die Kinder um die Krippe herumstanden und sie mit großen Augen anschauten, ihre Fantasie vom schlichten, friedlichen Zauber der Geschichte erfüllt.

Clifford war auch mitgekommen, stand neben Ben und sang mit seiner schönen Stimme kräftig mit. Ein paar der Anwesenden schenkten ihm sogar ein Lächeln, wenn auch ein unterkühltes. Der Geist von Weihnachten, mochte man nun daran glauben oder nicht, war ein mächtiger Botschafter des Guten.

***

Clarissa und Jack waren angereist, um Weihnachten mit Florence zu verbringen. Sie hatte sie darum gebeten, weil es sonst ein ziemlich freudloses Fest werden würde. Giles hatte keinen Urlaub bekommen. *Ich hatte ja gerade erst drei Wochen Urlaub*, hatte er geschrieben, *und wir haben noch ein ganzes Leben vor uns. Da werden wir es vermutlich verkraften, wenn wir Weihnachten dieses Mal nicht zusammen feiern können.«*

»Da bin ich mir nicht so sicher«, hatte Florence zu Clarissa gesagt. »Ihr müsst einfach kommen.«

Heiligabend kamen alle zum Tee ins Mill House.

»Ach, ich liebe Weihnachten«, sagte Clarissa und ließ sich am Kamin auf einen Stuhl sinken. »So eine wunderbare, verzauberte Zeit. Ich neige fast zu der Überzeugung, dass der Weihnachtsmann tatsächlich da oben herumsaust, mit Schlitten, Rentier und bimmelnden Glöckchen.«

»Willst du etwa behaupten, dass er das nicht tut?«, fragte Ben und machte ein unschuldiges Gesicht.

Clarissa lachte.

»Er ist wirklich großartig«, sagte Clarissa später in der Küche, wo sie Grace half, Nachschub an Getränken zu besorgen. »Absolut großartig. Und so unglaublich attraktiv.«

»Ach ja?«, sagte Grace knapp.

Clarissa warf ihr einen eindringlichen Blick zu und wechselte das Thema.

Jack war regelrecht aufgekratzt. Im Januar würde er seinen Dienst wieder antreten, in Rednal in Shropshire. Offiziell, um junge Piloten auszubilden, aber er bekundete die Hoffnung, auch eingesetzt zu werden. Grace betrachtete sein verwüstetes Gesicht und bewunderte seinen Mut. Und Clarissas; die saß neben ihm auf dem Sofa und hielt seine Hand. Clarissa sah wunderbar aus, in ihrem scharlachroten Pullover und der schwarzen Hose, das helle Haar hochgesteckt, der Mund knallrot angemalt, passend zum Pullover. Grace in ihrer vielfach geflickten Bluse und dem etwas formlosen Rock fühlte sich wie immer hässlich und unscheinbar neben ihr. Ihre Freundin brachte eine Menge Klatsch und Tratsch aus London mit. »Wisst ihr was? Als Suzy Renshaw letzten Monat geheiratet hat – du erinnerst dich doch an sie, Florence? –, hat sie eine unglaublich hübsche Teehaube über ihre Torte gestülpt, weil sie keinen Zuckerguss bekam …«

Sie redete unentwegt, setzte sich noch stärker in Szene als sonst und schien fast fanatisch gewillt, das Niveau der Unterhaltung hochzuhalten. Offenbar sollte die nicht eine Sekunde ins Nüchterne oder Nachdenkliche abgleiten. Grace sah, dass Ben sehr von ihr eingenommen war, und spürte sofort, wie das vertraute Gefühl der Eifersucht an ihr nagte. Das ließ sie nur noch stiller werden.

»Du freust dich also darauf, in den Dienst zurückzukehren?«, erkundigte sich Ben bei Jack. Er war vollkommen entspannt im Umgang mit diesen Leuten, dachte Grace – nur um sich dann zum tausendsten Mal für diesen Gedanken zu hassen, weil es keinen Grund gab, warum er es nicht sein sollte.

»Ja, riesig«, sagte Jack. »Ich komme mir vor, als hätte ich in den letzten achtzehn Monaten in einem Käfig gelebt. Nutzlos, kraftlos.«

»Nicht in jeder Hinsicht, mein Schatz«, murmelte Clarissa. Ben grinste, und seine dunklen Augen leuchteten. Grace hasste sie dafür.

»Du hältst den Mund, Clarissa, oder redest besser in der normalen Lautstärke weiter«, sagte Jack. »Ben hat mir eine ernsthafte Frage gestellt.«

»Ich würde alles darum geben, wenn ich wieder an die Front gehen könnte«, sagte Ben.

Grace starrte ihn an. Ihr war gar nicht klar gewesen, dass er das dachte.

»Wirklich?«, fragte Jack.

»Ja. Ich fühle mich wie ein Weib, das in Tidworth herumhockt und irgendwelche Funksprüche empfängt und sendet, während meine Kameraden noch da draußen sind und etwas Richtiges tun.«

»Ben, Frauen sind nicht länger zu sinnlosen Tätigkeiten verdammt«, sagte Clifford bestimmt. »Schau dir doch nur die drei hier an, sie vollbringen wahre Wunder. Ich bin so stolz auf euch.«

Allerdings tat nur Clarissa etwas wirklich Positives und Aufregendes, dachte Grace. Mittlerweile kam ihr die klassischste aller Aufgaben der Wrens zu, jene, die man auch im Film bewundern konnte: das Plotten und Überwachen der Positionsveränderungen der Schiffe auf See. »Das ist wirklich hochspannend. Wir stehen da wie Croupiers mit unseren langen Stäben und schieben Miniaturschiffe über das Brett. Und gelegentlich kommen die Rühreier nach unten und sichten die Lage.«

»Was um Himmels willen sind Rühreier?«, erkundigte sich Ben.

»Kapitäne und aufwärts. Die mit den goldenen Tressen an der Kappe.«

»Aha«, sagte er.

»Wir müssen gehen«, sagte Florence. »Imogen läuft sonst über. Schaut euch sie nur an, ist sie nicht süß? Vor drei Tagen hat sie schon ihren Weihnachtsstrumpf rausgehängt, aber ich habe kaum etwas, das ich hineinstecken kann, die arme Kleine.«

»Ich habe etwas Schokolade für sie«, sagte Clarissa. »Das hatte ich ganz vergessen. Von den Amerikanern. Und ein paar Orangen.«

»Orangen!«, rief David, der still in der Ecke gesessen und zugehört hatte. »Ich mochte Orangen doch immer so gern, oder, Dad? Ich und Mum haben immer um die Wette gepellt.«

»Dann sollst du auch eine Orange bekommen«, sagte Clarissa. »Ich bring am zweiten Weihnachtstag welche vorbei, für deinen Bruder und deinen Vater auch. Für alle. Aber jetzt, Grace: Hier sind ein paar Geschenke für euch. Und eine Flasche mit irgendeinem Zeug für euer Mittagessen morgen.«

»Oh Clarissa, ich habe aber nichts für euch«, sagte Grace bestürzt. Sie war wirklich die arme Verwandte, dachte sie deprimiert.

»Nein, aber du hast uns den schönsten Start ins Weihnachtsfest beschert – was für ein Knall!«, sagte Clarissa. »Komm, Jack, mein Schatz. Ich muss noch Weihnachtsstrümpfe aufhängen.«

Als sie fort waren, ging Grace in die Küche. Sie wusch das Geschirr ab, als Ben hereinkam.

531

Er lächelte sie an. »Was für eine überdrehte Person«, sagte er.

»Du schienst sie aber zu mögen«, sagte Grace.

»Ja, ich fand sie zauberhaft. Und klug, zweifellos. Aber das ändert nichts daran, dass sie überdreht ist. Ihn mochte ich auch. Was für ein Mann. Was er alles durchgemacht hat, und jetzt will er wieder fliegen. Einfach so, kein großes Gewese. Wahnsinn!«

»Ja, er ist sehr mutig.«

»Was ist denn los?«

»Nichts.«

»Doch, es ist etwas. Nun komm schon. Du kannst doch an Weihnachten nicht Trübsal blasen, das ist absolut unzulässig.«

»Keine Ahnung. Vermutlich bin ich einfach nur müde.«

»Du siehst auch müde aus«, sagte er.

»Danke.«

»Sei nicht albern. Das heißt doch nicht, dass du nicht hübsch aussiehst. Sehr hübsch sogar. Ich habe dich beobachtet. Deine Haare schimmern umwerfend im Kerzenlicht.«

»Oh«, sagte sie, weil sie nicht wusste, was sie sonst sagen sollte.

Als sie aufschaute, sah sie, dass er sie lächelnd betrachtete. »Manchmal bist du wirklich albern«, sagte er. »Ziemlich albern, könnte man sagen. Ich geh dann mal ein bisschen mit den Jungs spielen. Danach komme ich zurück und helfe dir beim Abendessen, in Ordnung?«

»In Ordnung.«

Nachdem sie die Weihnachtsstrümpfe der Jungen gefüllt hatte, wollte sie gerade ins Bett gehen, als sie plötzlich ein Jaulen aus der Küche hörte. Sie ging hin und sah Charlotte auf der Seite liegen, laut keuchend, ein Bein gehoben. Etwas Dunkles, Feuchtes drang aus ihrem Genitalbereich.

»Ach du meine Güte«, sagte Grace, »ein Welpe.«

Der Welpe kam heraus, immer noch wie ein Fötus in der Fruchtblase. Charlotte betrachtete ihn, schnüffelte an ihm, riss die Fruchtblase auf, biss die Nabelschnur durch und fraß die Nachgeburt, als habe man sie bestens darauf vorbereitet. Sie leckte den Welpen zärtlich ab und schob ihn an ihre Zitzen. Kaum war sie fertig, blähte sich ihr Körper schon wieder, und es kam ein weiterer Welpe zum Vorschein. Zu leiden schien sie nicht, und es schien ihr auch keine Probleme zu bereiten, sie hinauszupressen.

»Deutlich weniger kompliziert als bei uns Menschen«, sagte Grace, die andächtig gerührt zusah. Sie streichelte Charlottes Kopf, stellte sicher, dass genug Wasser da war, wie der Tierarzt ihr aufgetragen hatte, und machte sich auf eine lange Nachtwache gefasst.

Um zwei Uhr nachts war alles vorbei. Neun Welpen lagen bei ihrer Mutter, drei rostrote, fünf schwarz-weiße und ein ganz besonders niedlicher, rostrot-weiß und winzig – »Dich behalten wir«, sagte Grace. Sie legte eine große Decke um sie herum, sagte Charlotte, dass sie sie liebe, und ging ins Bett.

Am frühen Morgen ging sie wieder hinab. Charlotte war wach und beschnupperte ihre Welpen, die alle laut fiepten. »Sie haben Hunger«, sagte Grace streng. »Du musst sie säugen.«

Einige Welpen hatten Probleme, sich Zugang zu den Zitzen zu verschaffen; Grace kniete sich hin und schob sie näher. Dann fiel ihr auf, dass ein Welpe fehlte, der winzige rostrotweiße.

Er lag in der Ecke der Wurfkiste, kalt und reglos. Sie nahm ihn heraus und hielt ihn in den Händen, spürte sein seidiges Fell.

»Oh Gott«, flüsterte Grace. »Es tut mir so leid.«

Sie rückte näher an den Heizkessel heran, als könne die Wärme dem armen, eiskalten Ding noch helfen, und streichelte es mit dem Finger. Dort kniete sie noch, als sich die Tür öffnete und Ben hereinkam.

»Gütiger Gott«, sagte er, »eine Wöchnerinnenstation. Sehr passend am Weihnachtsmorgen. Wann sind die denn alle gekommen?«

»Heute Nacht«, sagte Grace.

Er ging hin und betrachtete sie lächelnd. »Und was hast du da in der Hand?«, fragte er schließlich.

»Noch einen Welpen. Er hat es nicht geschafft.«

»Lass mal sehen.« Er betrachtete erst den Welpen und dann sie. »Du weinst ja.«

»Ja. Das ist so traurig. Das arme Ding, gerade zur Welt gekommen und schon gestorben, einsam und allein in der Ecke einer großen, kalten Kiste. Tut mir leid, das ist töricht, wo doch Millionen von Menschen sterben. Entschuldige, Ben.«

»Du sollst dich nicht entschuldigen.« Er schaute sie an und lächelte wieder. »Nichts von dem, was du tust, ist lächerlich«, sagte er, kniete neben ihr nieder und wischte ihr mit dem Finger die Tränen ab. Und dann schaute er sie eindringlich an, genau wie an jenem Tag auf dem Hügel, nur dass er sich diesmal vorbeugte und sie küsste. Zunächst sanft und zärtlich, sodass sich ihre Münder gerade so berührten, aber dann schob sich langsam, fast verstohlen, seine Zunge zwischen ihre Lippen. Sie kniete einfach da, spürte ihn, spürte seinen Mund, der den ihren erkundete, langsam, vorsichtig, einfühlsam, und das war überwältigender, als sie es sich je hätte träumen lassen. Es erfüllte ihren Kopf, ihr ganzes Selbst, ihre Gedanken, ihre Gefühle. Schließlich hockte er sich wieder auf die Fersen und betrachtete lange ihr Gesicht, als hätte er es noch nie gesehen – ihr Haar, ihre Stirn, ihre Augen, ihre Nase, ihren Mund, ihren zu ungeahnten Freuden erwachten Mund. Dann sagte er munter und sachlich: »Nun, das wär's dann wohl. Das hätte ich also jetzt tatsächlich getan, nicht wahr?«

Den ganzen Abend über stand sie neben sich, erfüllt von all der aufgestauten Freude und Lust und diesem körperlichen Verlangen, zu dem sie sich niemals fähig gehalten hätte. Kein einziger ungestörter Moment blieb ihnen vergönnt. Grace trieb ohne Ben durch den Tag und wagte es kaum, ihn anzuschauen, da unentwegt die Emotionen an ihr zerrten. Die Jungen waren fast im selben Moment in die Küche gestürmt, als er sich von ihr zurückgezogen hatte, und überschlugen sich beim Anblick der Welpen vor Begeisterung. Clifford folgte auf dem Fuße und beschwerte sich gutmütig über den Lärm. Dann musste sich Grace um Flossie und die Hühner kümmern und für Charlotte ein üppiges Frühstück bereitstellen – »Gott sei Dank haben wir Flossies Milch« –, und danach folgte dann das unerbittliche Weihnachtsritual: Frühstück, Geschenke – Davids Gesicht, als er das Radio sah, und Cliffords Gesicht, als er ihn dabei beobachtete, würde sie nie in ihrem Leben vergessen –, schließlich Kirche und Mittagessen.

Grace' Eltern kamen zum Essen, Frank mit einer Flasche Port, die ihm ein dankbarer Kunde geschenkt hatte. »Gütiger Himmel«, sagte Grace, »wir haben ja mehr Alkohol als sonst.«

Betty war ziemlich still. Als sie Grace beim Abwasch half, sagte sie: »Ich hoffe, du hast ihn nicht allzu oft hier, mein Schatz.«

»Wen?«, fragte Grace.

»Mr Lucas, mein Schatz.«

»Nein, er ist in Tidworth stationiert. Aber warum sollte er

nicht hier sein? Er ist der Vater der Jungen, sie haben keine Mutter mehr …«

»Genau, mein Schatz, das meine ich. Was sollen denn die Leute denken? Und was, wenn es Charles zugetragen wird? Er ist dein Ehemann, Grace, und dies ist sein Haus. Und was soll Muriel denken?«

»Ich … Keine Ahnung, was sie denkt«, sagte Grace.

»Ich fürchte, ich kann es mir nur allzu gut vorstellen«, sagte Betty. »Meiner Ansicht nach solltest du dich wirklich vorsehen, Grace. Um Charles' willen, nicht um deiner selbst willen.«

Grace schwieg.

»Ich will ihn ja gar nicht schlechtreden, meine Liebe. Mr Lucas, meine ich. Er ist wirklich sehr nett. Ein bisschen ungehobelt vielleicht. Schau mich nicht so an, Grace, das stimmt doch. Ich habe einfach das Gefühl, dass die Situation gewisse Gefahren birgt. Dein Vater sieht es genauso.«

»In Ordnung, Mutter«, sagte Grace. »Ich werde mich schon vorsehen, wie du es nennst … Ach du liebe Güte, es ist schon Zeit für die Rede des Königs.«

Noch vor wenigen Wochen wäre sie aufgewühlt gewesen und zutiefst verunsichert. Jetzt fand sie es einfach nur lustig und nahm sich vor, es sobald wie möglich Ben zu erzählen.

Als ihre Eltern nach dem Abendessen gegangen waren, zündete sie endlich die kostbaren Christbaumkerzen an und schaltete alle anderen Lichter aus. David spielte ein paar Weihnachtslieder, dann saßen sie da und betrachteten den Baum und die winzigen Flämmchen, die im Dunkeln tanzten. Daniel kam zu ihr und schlang ihr die Arme um den Hals. »Danke, Grace, für dieses wunderschöne Weihnachtsfest.« Für den Rest ihres Lebens würde sie das Wort Glück immer mit einem warmen, fast dunklen Raum verbinden, der von Holzgeruch erfüllt und von einem Weihnachtsbaum erleuchtet war, während im Hintergrund ein kleiner Junge auf einem verstimmten Klavier Weihnachtslieder spielte.

Schließlich gingen die Jungen ins Bett. Clifford, der über seinem Whisky eingeschlafen war, erhob sich mühsam und erklärte: »Wenn ihr mich jetzt entschuldigen würdet, meine Lieben, ich muss hoch. Auf dem Weg werfe ich noch einen Blick auf diese Welpen.«

»In Ordnung, Clifford, danke«, sagte Grace.

»Gott segne dich, mein Schatz«, sagte er und beugte sich hinab, um ihr einen Kuss zu geben. »Und danke für alles. Gute Nacht, Ben.«

»Gute Nacht, Sir Clifford.«

»Oje, dieser absurde Name«, sagte Clifford und ging kichernd davon.

Ben sah Grace aus seiner Sofaecke aus an und streckte die Arme aus. »Komm her«, sagte er, »es wird Zeit, ein bisschen weiterzumachen.« Sie lachte, ging hin und setzte sich neben ihn.

Nachdem er sie eine Weile sanft gehalten hatte, sagte er in ihr Haar: »Möchtest du, Grace? Möchtest du?«, und zu ihrem großen Ärger hörte sie sich sagen, da sie nervös war und schüchtern und ein schlechtes Gewissen hatte: »Ich weiß es nicht. Ich weiß es wirklich nicht.«

»Dann tun wir es nicht«, sagte er. »Und nicht dass du dich wieder gleich entschuldigst. Wir tun nichts, bevor du dir nicht sicher bist. Und sollte das nie geschehen, bin ich immer noch ein überglücklicher Mann.«

»Wirklich?«, fragte sie skeptisch. »Bist du das wirklich?«

»Ja«, sagte er, »das bin ich. Ich liebe dich, Grace.«

»Wirklich?«, fragte sie, weil sie es kaum zu glauben wagte und gern noch einmal hören wollte.

»Natürlich tu ich das. Ich liebe dich, seit ich dich zum ersten Mal gesehen habe. Jeder einzelne Moment ist mir noch in Erinnerung. Du hast ein blaues Blumenkleid getragen, dein Haar war etwas kürzer als jetzt und vom Wind verwuschelt, und dein Gesicht war blass und verängstigt. Ich weiß noch, was du gesagt hast und wie freundlich du warst und wie du mich gehalten hast, als ich so weinen musste. Und... na ja, ich habe das alles nur wegen dir geschafft.« Er lächelte. »Aber egal, ich weiß jedenfalls, dass ich dich liebe.«

»Aber, Ben, du...«

»Ich weiß, was du sagen willst. Natürlich liebe ich dich nicht so, wie ich sie geliebt habe. Sie ist das eine, und ich habe sie auf eine bestimmte Weise geliebt, und du bist etwas ganz anderes, und ich liebe dich anders.«

»Ich glaube nicht«, begann Grace langsam und unter größten Mühen, »dass ich Charles je geliebt habe.«

»Das darfst du nicht sagen«, erwiderte er und schaute sie nervös an.

»Es stimmt aber. Ich habe viel darüber nachgedacht. Ich habe das Gefühl, dass ich dich liebe, und was ich für ihn empfunden habe, hat nichts damit zu tun. Nicht das Geringste.«

»Na ja«, sagte er irgendwann, »er ist weit weg, und du hast ihn lange nicht gesehen. Vielleicht hast du es einfach vergessen.«

»Ich habe es nicht vergessen«, sagte sie, »ich habe überhaupt nichts vergessen.«

»Das kann niemand wissen außer dir.«

»Ja, niemand. Und ich weiß auch, dass ich dich liebe. Aber...«

»Ich weiß, was du meinst«, sagte er. »Du bist immer noch mit ihm verheiratet, und er ist immer noch dein Ehemann, nicht wahr?«

»Ja.«

»Und er ist da draußen und kämpft für dich und für ...
Gnade uns Gott ... für mich und meine Jungen und uns alle.
Und du kannst ihm nicht einfach den Rücken kehren.«

»Nein, das kann ich nicht. Noch nicht, jedenfalls. Tut mir
leid.«

»Entschuldige dich bitte nicht.«

Sie lagen lange vor dem Kamin auf dem Boden, ohne sich zu
lieben, aber Ben löste in Grace Empfindungen und Sehnsüchte
aus, die sie unvorbereitet trafen, machtvoll, warm, durchdringend in ihrer Intensität. Wenn er sie küsste, war es ganz anders
als bei Charles, für den es nur der erste Schritt war, um sie
zu erregen, geschickt und fast unbeteiligt. Ben hingegen küsste
sie langsam und bewusst, ein Vergnügen um seiner selbst willen. Immer wieder zog er sich zurück und betrachtete sie, musterte ihr Gesicht, als habe er es noch nie gesehen und entdecke
immer wieder etwas Neues darin. Dann erkundigte er sich, wie
es ihr ging, wie sie sich fühlte und ob sie glücklich sei, um ihr im
nächsten Moment wieder zu sagen, immer eindringlicher, dass
er sie liebe. Bislang hatte sie keine Ahnung gehabt, was Verlangen war, das wurde ihr jetzt klar: Diese alles mit sich reißende
Kraft und diese freudige, alles durchdringende Macht hatte sie
nicht gekannt. Sie war nicht auf ihre Verlockungen vorbereitet,
auf diese Fähigkeit, Denken, Empfinden und Bewusstsein aus-
zuschalten. Und trotz allem, was sie gesagt hatte, und trotz ihrer
Angst, dass sie sich als Enttäuschung erweisen könnte, wäre sie
weitergegangen und hätte diesem Drängen nachgegeben, wenn
Ben sich nicht zurückgezogen und auf die Ellbogen gestützt
hätte, den Blick abwesend ins Feuer gerichtet.

»Ich glaube«, sagte er, »wir sollten jetzt besser ins Bett gehen. Allein, meine ich.«

»Oh Ben«, sagte sie, »vielleicht hatte ich unrecht, vielleicht
sollten wir uns nicht so anstellen. Immerhin ...«

Aber er legte ihr sanft die Hand auf den Mund, zog mit dem Finger ihre Lippen nach und sagte: »Nein, mein Schatz, du hattest nicht unrecht. Du bist zu nichts gezwungen, wenn du nicht möchtest.«

»Ich möchte aber. Ich möchte es mehr als alles andere in der Welt…«

»So meinte ich das nicht«, sagte er mit einem Lächeln und beugte sich hinab, um sie zu küssen. »Aber egal, für mich ist das ja auch nicht ganz einfach. Ich war Linda nie untreu. Zum Zeitpunkt unserer Hochzeit hatten wir beide noch nie mit jemandem geschlafen. Jetzt, das ist fast, als würde ich sie beiseiteschieben. Als würde ich mich von ihr verabschieden.«

»Ja«, sagte sie, schockiert über ihren Mangel an Sensibilität. »Ja, natürlich. Daran hatte ich gar nicht wirklich… na ja…«

Sie hielt verwirrt inne, und er beugte sich hinab, um sie noch einmal zu küssen. »Ich glaube, deine Mum mochte mich nicht«, sagte er.

»Nein«, sagte Grace. »Na ja, doch, schon. Aber es passt ihr nicht, dass du hier bist. Sie hat gesagt, ich solle mich vorsehen und dass ich mit Charles verheiratet sei und was denn Muriel dazu sage.«

»Sie hat recht«, sagte er ernst, »absolut recht. Ich kann es ihr nicht verdenken. Was meine Mutter gesagt hätte, möchte ich mir gar nicht ausmalen.«

»Erzähl mir etwas über deine Eltern, Ben. Über deine Kindheit und so.«

Sie saßen im Schein des Kaminfeuers, und er redete: über seine »größtenteils glückliche« Kindheit in dem kleinen Haus in Acton, seine dürftige Schulbildung, seine derbe, fordernde Mutter, »die mich nicht wirklich verstanden hat«, und seinen Vater, »den ich innig geliebt habe«; über seine kleine Schwester, die mit fünf an Diphtherie starb – »ich habe sie sehr geliebt, sie hieß Sarah, und ich weiß noch, wie sie vom Krankenwagen abgeholt wurde und ich ihm die ganze Zeit hinterhergeschaut habe, voller Schuldgefühle, weil nicht ich es war, der darin lag«; dann über seine gescheiterten Versuche, Lehrer zu werden – »vielleicht hätte ich es geschafft, wenn ich mit elf ein Stipendium bekommen hätte. Dann wäre ich ein bisschen länger zur Schule gegangen und hätte vielleicht den Abschluss gemacht. Aber meine Grundschule war schlecht, und Mum hatte das Gefühl, dass ich ihnen nicht länger auf der Tasche liegen sollte, wo mein Vater doch so krank war. Vermutlich hatte sie vollkommen recht. Also bin ich von der Schule abgegangen und habe gearbeitet.«

»Und wie war das?«

»Deprimierend«, sagte er zu ihrer Überraschung, »absolut langweilig und deprimierend. Den ganzen Tag an einem Schreibtisch in einem großen Raum mit Dutzenden von anderen. Damals war mir alles zuwider, auch mit Mum und Dad in dieser Straße zu leben … Als Kind ist das in Ordnung, da merkt man das gar nicht, weil alle so leben. Aber als ich dann größer wurde … Na ja, es schien alles ewig so weiterzugehen, grau und trist. Und dann bin ich Linda begegnet. Sie hat … Glanz in mein Leben gebracht. Alles wirkte plötzlich schöner.«

»Erzähl mir von ihr«, bat Grace leise und kämpfte gegen ihre Eifersucht an.

»Sie war wunderbar«, sagte er schlicht, »und so hübsch. Helle Haare, gute Figur. Und lustig, sie hat immer gelacht und gescherzt. Mein Vater liebte sie, er hat sie immer seinen Sonnenschein genannt.«

»Oh«, sagte Grace und rang sich ein Lächeln ab.

»Ich habe sie so geliebt«, sagte er, »und sie mich. Manchmal haben wir uns gestritten, aber mit ihr war das Leben herrlich.

Sie hatte eine Gabe dafür, das Leben schöner zu machen. Was auch immer passierte.«

Grace sagte nichts, war unfähig, etwas zu sagen. Ben lächelte, streckte die Hand aus und nahm ihre. »Ich glaube, ich weiß, was du denkst«, sagte er. »Aber das darfst du nicht. Du bist ganz anders als sie, und das ist auch gut so. Es ist gut, weil ich dich dann anders lieben kann und mich nicht untreu fühlen muss.«

»Ah«, sagte Grace. Sie dachte nicht nur an Linda, sondern auch an Bens Leben, an all die Entbehrungen und den Mangel an materiellem Reichtum und physischer Schönheit, und verglich es mit der goldenen Existenz von Charles, der in einem großen Haus aufgewachsen war, von Köchen und Nannys umgeben, von Ponys zum Reiten und Hunden zum Spielen, der immer gut gekleidet war und eine vorbildliche Erziehung genossen hatte. Sie fragte sich, was das für grundlegende Unterschiede zwischen den Menschen bewirkte und was für einen Einfluss es darauf hatte, ob sie gut oder schlecht wurden. Und sie fragte sich auch, wo sie selbst sich zwischen diesen Extremen einordnen sollte und wie sie etwas sein konnte, das beide liebten und wollten – oder es zumindest behaupteten. Das war ein eigentümliches Gefühl.

»Ich wüsste wirklich gern, was du gerade denkst«, sagte er.

Das hatte er schon einmal gesagt, oben auf dem Hügel, in der heißen Sonne. Sie lächelte, als sie daran dachte.

»Oh«, sagte sie schnell, »ich habe an Charles gedacht, daran, wie verwöhnt er als Kind war. Man hätte ihm auch mal den Hintern versohlen sollen.«

»Das hat man vermutlich sogar getan«, sagte Ben. »So etwas passiert doch an vornehmen Schulen auch, oder?«

»Ja«, sagte Grace und musste an Laurence' Worte bei der Hochzeit denken. »Ja, ich denke schon. Vermutlich war es sogar noch schlimmer. Viel schlimmer.«

»Du meinst, wegen der anderen Jungen? Das geschieht doch an vielen Orten, oder?«

»Keine Ahnung. Ich weiß es nicht, aber ich habe so eine Ahnung. Gefragt habe ich ihn nie danach.«

»Warum nicht?«

»Das geht doch nicht«, sagte sie schockiert. »Das gehört nicht zu den Dingen, die ich ihn fragen könnte. Zu... viel zu persönlich. Zu privat.«

»Das klingt komisch in meinen Ohren«, sagte er. »Ziemlich komisch. Du heiratest jemanden, schläfst mit ihm, kannst aber nicht mit ihm reden? Zwischen Linda und mir gab es so etwas nicht. Ich kann mir beim besten Willen nicht vorstellen, dass es da etwas gab, das ich nicht wusste. Oder nicht hätte fragen können. Selbst all diese... na ja, Frauensachen... und wann sie wollte und wann nicht – wir haben einfach über alles gesprochen.«

»Oh«, sagte Grace und hörte selbst, dass ihre Stimme plötzlich tonlos und distanziert klang. Er streckte die Hand aus und strich ihr das Haar aus dem Gesicht.

»Jetzt sei nicht albern«, sagte er lächelnd. »Bei dir hätte ich dasselbe Gefühl. Es gäbe nichts, was ich dich nicht fragen oder dir erzählen könnte. Das ist eines der ersten Dinge, die ich an dir geliebt habe – dass du vor nichts davonläufst. Hör zu, meine Schöne, wir müssen ins Bett. Oder ich finde noch mehr heraus, als ich sollte. Komm, lass uns gehen und nach deinen Welpen schauen, ja?«

Sie schlief mit einem Lächeln auf den Lippen ein, glücklicher, als sie es je für möglich gehalten hätte, immer noch im Ohr, wie er sie »meine Schöne« genannt hatte. Aber als sie aufwachte, lagen ihr die Schuldgefühle wie ein schwerer, harter Brocken auf dem Herzen.

Der zweite Weihnachtstag begann ganz wunderbar. Ben schlief lange, und Clifford und sie machten einen ausgiebigen Spaziergang. Als sie zurückkamen, saß Clarissa in der Küche und unterhielt sich mit Ben. Sie redete und lachte und beugte sich mit ihrem hübschen Gesicht zu ihm vor, während sein Blick auf ihr ruhte. Grace' Glück war so groß, dass nicht einmal der Hauch eines Schattens darauf fiel.

»Hallo, Clarissa«, sagte sie, »ich hatte ganz vergessen, dass du kommst.«

»Ich habe die Orangen vorbeigebracht, mein Schatz. Außerdem wollte ich auch, ehrlich gesagt, für einen Moment von Moo wegkommen. Sie ist ein harter Brocken, diese griesgrämige alte Hexe … Oh, Entschuldigung Clifford, ich hatte dich gar nicht …«

»Ist schon in Ordnung, Clarissa«, sagte er. »Ich habe über dreißig Jahre mit ihr zusammengelebt.« Er lächelte, aber seine Miene war schwer. Irgendwann entschuldigte er sich und verließ kurz darauf den Raum.

»Der arme alte Schatz«, sagte Clarissa mit reumütigem Blick. »Was bin ich nur für eine dumme Kuh. Vermutlich vermisst er sie, trotz allem. Aber ehrlich, sie kann es einfach nicht lassen. Heute Morgen ging es um Robert, wie traurig es sei, dass er nicht da ist, und wie sehr sie ihn vermisse. Florence hat mir erzählt, Grace, was passiert ist. Wie entsetzlich, du Arme …«

»Oh, halb so wild«, sagte Grace schnell. »Immerhin sind mir ein paar Dinge klar geworden.«

»Du bist wirklich eine Heilige«, sagte Clarissa und musterte sie nachdenklich. »Gerade hatte ich zu Ben gesagt, wie viel wir dir alle verdanken und dass wir ohne dich gar nicht zurechtkommen würden.«

»Das bin ich ganz bestimmt nicht«, sagte Grace und dachte,

dass eine Heilige alles andere als attraktiv war. Sofort fühlte sie sich wieder farblos und uninteressant. Clarissa würde niemand eine Heilige nennen.

»Wie dem auch sei, mein Schatz, ich sollte wohl mal wieder gehen. Jack habe ich bei Imogen gelassen, damit er sie dafür bewundert, wie sie bis siebzig zählt. Davor mussten wir sie dafür bewundern, wie schön sie aufs Töpfchen geht. Und davor, wie sie sich ganz allein die Zähne putzt. Ich hoffe, dieser Giles ist ein geduldiger Mensch.«

»Ja«, sagte Grace. »Ich bin mir sicher, dass er das ist.«

Sogar danach stand noch eine Weile alles zum Besten. Sie aßen zu Mittag und lauschten einem Konzert. Ben spielte mit Daniel und der Spielzeugeisenbahn, die sich als ziemlich unzuverlässig erwies. Der Aufziehschlüssel funktionierte nicht immer, weil er vom vielen Gebrauch schon so ausgeleiert war. Ben erklärte, er könne in einer der Werkstätten in Tidworth einen neuen herstellen.

»Können wir eine Apfelsine essen?«, fragte Daniel. »Die ist nett, die Clarissa. Und so hübsch.«

»Das ist sie«, bestätigte Ben. »Wirklich nett. Und hübsch.« Er zwinkerte Grace über Daniels Kopf hinweg zu. Als Daniel später mit David hochgegangen war, um seinem Detektorempfänger zu lauschen, sagte er: »Clarissa war also mal mit Charles verlobt?«

»Ja«, erwiderte Grace verwirrt. »In der Tat. Hat sie dir das heute Morgen erzählt?«

»Ja. Sie hat mir von ihm erzählt.«

»Aha.« Ihr war selbst nicht klar, wieso, aber irgendwie störte es sie, dass die beiden über ihren Ehemann redeten.

»Er scheint wirklich so zu sein, wie ich ihn mir vorgestellt habe«, sagte Ben.

»Ach ja?«

»Ja. Sehr englisch. Steife Oberlippe und so.«

»Tja, so ist er halt. Das ist kein Verbrechen, oder? Freundlich und großzügig ist er übrigens auch. Und mutig«, fügte sie hinzu.

»Natürlich ist er das, das bezweifelt doch niemand. Sei nicht albern, mein Schatz.«

Sie schwieg einen Moment, dann fragte sie: »Hat sie dir erzählt, warum sie die Verlobung gelöst hat?«

»Nicht genau. Sie hat nur gesagt, dass es nicht funktioniert hat. Das hat mir auch einiges über ihn verraten.«

»Ach wirklich? Was denn genau?«

»Oh … keine Ahnung. Clarissa ist ja sicher auch nicht ganz anspruchslos, oder?«

»Im Gegensatz zu mir, meinst du?«

»Natürlich nicht, Grace. Was ist denn mit dir los?« Er streckte die Hand aus, um die ihre zu streicheln, aber sie zog sie zurück.

»Oje. Sollen wir uns an den Kamin setzen? Da ist niemand mehr.«

»Nein«, sagte sie. »Nein, ich glaube nicht.«

Plötzlich wollte sie erst gar nicht damit anfangen, Momente des Glücks zu stehlen. Schon der Gedanke laugte sie aus. Sie war so lange allein gewesen, so lange einsam, dass sie sich nach jemandem sehnte, der immer da war, jemandem, mit dem sie reden und lachen und Dinge teilen konnte. Ben würde diese Person nicht sein. Er konnte es nicht sein.

Viel später, nach einem etwas angespannten Dinner, kam er zu ihr. »Nun komm schon, lass dich in den Arm nehmen. Die Jungen und Sir Clifford schlafen. Es wird dir guttun. Ich möchte dir noch einmal sagen, dass ich dich liebe. Der Neuheitswert hat sich noch nicht abgenutzt.«

Sie schenkte ihm ein eher halbherziges Lächeln, nahm dann die Hand, die er ihr hinstreckte, und folgte ihm ins Wohnzimmer. Er setzte sich auf das verbeulte alte Sofa, nahm sie in die Arme und schaute sie mit heiligem Ernst an. »Ich liebe dich wirklich«, sagte er. »Ich möchte nicht, dass irgendein Unsinn zwischen uns steht.«

»Ich weiß«, sagte sie matt. »Ich weiß. Und es tut mir leid.«

»Entschuldige dich bitte nicht. Du bist so schön, Grace. Clarissa ist der Meinung, dass ich dir offenbar guttue. Angeblich hat sie dich noch nie so schön gesehen.«

Grace ließ sich zurücksinken. »Das hat Clarissa gesagt? Was meinte sie denn damit? Hast du ihr gesagt, dass du … dass wir …«

»Nein, natürlich nicht. Beruhige dich. Sie hat nur gesagt … na ja, einfach nur das. Du kennst sie doch, viel besser als ich sogar.«

»Mir gefällt es nicht, dass du mit ihr über mich redest«, sagte sie. »Und über Charles erst recht nicht. In Ordnung?«

»Ja, in Ordnung. Und jetzt komm, lass dich küssen.«

Er küsste sie, aber sie blieb distanziert und in sich gekehrt, teils aus Verwirrung, teils weil, sofort nachdem er angefangen hatte, auch das Verlangen wieder da war, diese pulsierende, unerfüllte Sehnsucht, und plötzlich war ihr bewusst, dass das auch nicht besser werden würde, solange sie keine Entscheidung traf. Es würde sogar noch schlimmer werden. Sie würde keine schöne, warme, lange Werbephase wie mit Charles erleben, unmöglich, da sie keine Jungfrau mehr war, nicht mehr unschuldig. Eine Beziehung, die das ignorierte, die sexuelle Erfahrung und Lust leugnete, wäre einfach nicht mehr möglich. Entweder sie überließ sich der Sache, dieser neuen, wunderschönen Erfahrung, diesem verbotenen Ort, oder sie kehrte ihr sofort den Rücken. Beides zusammen konnte sie nicht

547

haben. Entweder verließ sie Charles, der sie liebte und ihr Ehemann war und im Moment irgendwo da draußen unter mühseligen, entbehrungsreichen und gefährlichen Bedingungen kämpfte, um mit einem anderen Mann ins Bett zu gehen und ihn zu lieben. Oder sie beendete die Sache mit Ben, bevor sie wirklichen Schaden anrichten konnte, und erklärte, dass es falsch sei. In jedem Fall musste sie eine Entscheidung treffen und Verantwortung übernehmen.

Aber dazu war sie noch nicht bereit.

Sie zog sich von ihm zurück. »Tut mir leid, Ben … mir ist nicht danach. Nicht jetzt.«

Er lehnte sich zurück und sah sie an. »Warum nicht?«

»Es ist einfach so.«

»Du bist wirklich ein bisschen durcheinander, nicht wahr?«, meinte er nach einer Weile.

»Nein, ich glaube nicht. Du kannst ja nicht von mir erwarten, dass ich einfach nur glücklich über das alles bin. Es ist so schrecklich kompliziert, das siehst du doch sicher auch.«

»Natürlich sehe ich das.«

Sie schwieg. Dann sagte sie: »Vielleicht haben wir es überstürzt.«

»Wohl kaum.«

Sie war verletzt. »Was soll das denn heißen?«

»Gar nichts. Einfach nur, was ich gesagt habe. Ich sagte, dass ich warte und Geduld habe. Ich bin da. Das scheint mir alles ziemlich einfach zu sein.«

»Für dich vielleicht«, sagte Grace.

»Ja, das weiß ich auch. Bitte komm her und lass mich zärtlich zu dir sein.«

»Nein«, sagte Grace, »nein. Tut mir leid, Ben. Ich gehe jetzt ins Bett.«

Er schaute sie an. »Du verhältst dich etwas albern«, sagte er.

»Ben«, sagte Grace, »bitte maß dir kein Urteil über mich an. Gute Nacht.«

»Gute Nacht«, sagte er. Er hatte sich ein Exemplar der *Picture Post* genommen und schaute nicht einmal mehr auf.

Am nächsten Tag reiste er ab, ohne dass sich die Lage zwischen ihnen entspannt hätte. Er war kaum fort, da hörte Grace das Knirschen von Reifen auf dem Kies und seufzte; sie wollte jetzt niemanden sehen. Die Hintertür öffnete sich. Es war Clarissa. Die konnte sie jetzt am wenigsten vertragen.

»Ganz allein, mein Schatz? Wo ist dein wunderbarer Mann?«

»Zurück in der Kaserne«, sagte Grace knapp. »Und er ist auch nicht mein Mann.«

»Ich habe gestern meine Strickjacke hier vergessen«, sagte Clarissa, die das einfach ignorierte. »Ah, da ist sie ja. Wir fahren nämlich gleich.« Dann schaute sie Grace eindringlich an. »Hast du geweint?«

»Nein.«

»Doch«, sagte sie. »Was ist denn los?«

»Nichts«, sagte Grace, und dann sagte sie immer lauter: »Nichts, nichts, nichts. Misch dich bitte nicht ein, Clarissa.«

»Du bist in ihn verliebt, nicht wahr?«, sagte Clarissa.

»Nein, natürlich nicht.«

»Doch bist du. Und er ist in dich verliebt.«

»Hat er … hat er dir das erzählt?«

»Nicht mit vielen Worten, nein. Aber wenn es je einen verliebten Mann gegeben hat, dann ihn. Er redet ständig von dir und schaut dich ständig an. Ich bin doch nicht blöd, mein Schatz.«

»Das weiß ich«, sagte Grace mit einem Seufzer. Wieder spürte sie, dass ihr die Tränen kamen, und sie blinzelte sie wütend weg.

Clarissa legte den Arm um sie.

»Lass das«, sagte Grace, »oder ich heule wieder los.«

»Was ist denn genau das Problem?« Clarissa setzte sich und steckte sich eine Zigarette an.

»Ach, Clarissa, ich weiß es nicht. Vermutlich fühle ich mich so schlecht wegen Charles. So schrecklich schuldig.«

»Hast du … na ja, warst du mit Ben im Bett?«

»Nein«, sagte Grace still und fühlte sich zu elend, um sich an einer derart persönlichen Frage zu stoßen. »Und das werde ich auch nicht tun. Ich kann einfach nicht. Das fühlt sich falsch an.«

»Ich würde aber sagen, mein Schatz«, erwiderte Clarissa, »dass du es unbedingt tun solltest.«

»Was?« Grace war aufrichtig schockiert.

»Ich denke, du solltest mit ihm ins Bett gehen, und zwar schnell. Bring es hinter dich, zieh das durch. Hör zu, Grace, du bist in Ben verliebt, hoffnungslos, das sieht ein Blinder mit Krückstock. Und er ist es auch. Das ist das Einzige, was zählt. Das ist es, was deiner Ehe im Zweifelsfall schadet. Ob du tatsächlich mit ihm geschlafen hast, fällt da gar nicht ins Gewicht.«

»Ich begreife nicht, wie du so etwas sagen kannst.«

»Nun, ich habe es gesagt«, erwiderte Clarissa. »Lass uns also nicht nach dem Wie fragen. Hör zu …« Sie zögerte. »Das muss unbedingt unter uns bleiben. Es ist aber wichtig. In Ordnung?«

Grace nickte.

»Als … als Jack im Krankenhaus war, mit seinen ganzen Verbrennungen, da konnte ich das nicht ertragen. Ich konnte es einfach nicht. Weißt du, was mich geheilt und unsere Beziehung gerettet hat?«

Grace schüttelte benommen den Kopf.

»Ich habe ihn mit einer Krankenschwester im Bett ertappt. Sieh nicht so schockiert drein, mein Schatz. Das hat bewirkt, dass mir klar wurde, wie sehr ich ihn liebe. Es hat unsere Ehe nicht in Gefahr gebracht, weil das Gefühl so stark ist. Ich liebe Jack so sehr, dass es unserer Beziehung nichts anhaben konnte. Verstehst du?«

»Und was ist mit dir?«, fragte Grace.

»Was meinst du damit?«

»Würdest du je mit … mit einem anderen ins Bett gehen?«

»Ach, du kennst mich doch«, antwortete Clarissa leichthin. »Ich bin ein böses Mädchen. Einen kleinen Flirt würde ich nicht ausschließen. Unter gewissen Umständen. Immerhin leben wir in eigentümlichen Zeiten, oder?« Sie lächelte Grace an. Grace fing ihren Blick auf und sah für eine Sekunde … was? Eigentlich nichts Bestimmtes, nur den Schatten von etwas, tief in ihren Augen, etwas Lauerndes, Verbotenes. Im nächsten Moment war es wieder erloschen, und sie richtete ihre Gedanken wieder auf das, was wirklich zählte, auf Clarissas Worte. »Das, was unter der Oberfläche steckt, ist wichtig, Grace. Wen man tatsächlich liebt. Und ich würde sagen, dass du das einfach nicht weißt. Aber jetzt muss ich wirklich gehen. Jack ist ohnehin schon sauer, weil ich ihn aufhalte.«

Sie umarmte Grace. »Viel Glück, mein Schatz. Dein Ben ist wirklich göttlich. Meiner Meinung nach hast du ihn absolut verdient. Auf Wiedersehen. Frohes neues Jahr.«

***

»Du bist so ruhig«, sagte Jack, als er mit Buntys Wagen auf die Straße nach London zog.

»Tut mir leid«, sagte Clarissa. »Ich habe nur über etwas nachgedacht. Ich habe Grace vorhin einen ziemlich drastischen Rat gegeben, fast eine Art Befehl. Jetzt kann ich nur hoffen, dass das nicht nach hinten losgeht.«

»Man muss sie manchmal herumkommandieren«, sagte Jack, »das arme kleine Ding.«

»Ich bin mir gar nicht sicher«, sagte Clarissa, »ob sie tatsächlich ein so armes kleines Ding ist.«

***

Weit entfernt davon, ihr das Leben zu erleichtern, hatte Clarissas Rat Grace in noch größere Seelenqualen gestürzt. Fast stündlich änderte sie die Meinung: Sie würde mit Ben ins Bett gehen; sie würde es nicht tun; sie würde ihm erzählen, was Clarissa gesagt hat, und ihn nach seiner Meinung fragen; sie würde ihm nicht erzählen, was Clarissa gesagt hat, und ihn trotzdem nach seiner Meinung fragen, indem sie die Idee als ihre eigene ausgab.

Es gab so vieles, vor dem sie Angst hatte: Was würde ihre Untreue mit ihrer Beziehung zu Charles machen? Was würde geschehen, wenn Muriel es herausfand? Oder wenn sie schwanger wurde, was ja nicht ausgeschlossen war? Und würde sie sich dauerhaft mit Ben einlassen wollen, oder war es nur ein Techtelmechtel, wie Clarissa sie vielleicht pflegte? Aber sie war nicht Clarissa, nicht im Mindesten. Wenn sie Ben weiterhin diese Gefühle entgegenbrachte, würde sie immer und ewig mit ihm zusammen sein wollen. Aber wie könnte sie das tun? Sie war schließlich mit Charles verheiratet. Ihre größte Sorge war allerdings, dass sie im Bett eine Enttäuschung sein könnte, weil er sofort herausfinden würde, dass sie ein hoffnungsloser Fall war, ohne jede Anziehungskraft. Linda war sicher umwerfend gewesen. Je mehr sie über sie hörte, desto mehr Ähnlichkeit schien sie mit Clarissa zu haben. Und das jagte ihr schreckliche Angst ein.

Manchmal, wenn sie sich besonders schlecht fühlte, stand sie kurz davor, das Ganze zu beenden. Manchmal hingegen wusste sie, dass sie das nicht konnte. Oder sie beschloss, mit ihm ins Bett zu gehen und es danach zu beenden, weil sie sich dann wenigstens sagen konnte, dass sie den letzten Zipfel Freude und Lust daraus gezogen hatte. Und in den verrücktesten Momenten war sie wild entschlossen, Charles zu verlassen und mit Ben und den Jungen wegzulaufen.

Am Ende übernahm das Schicksal die Entscheidung.

»Iss dein Essen auf«, sagte Grace beim Tee.

»Kein Hunger.«

»Das hast du beim letzten Mal auch gesagt, als es das gab, und später habe ich dich dabei erwischt, wie du die Speisekammer ausgeplündert hast. Iss also.«

»Ich mag nicht«, sagte er. »Ich habe Bauchschmerzen.«

Grace schaute ihn an. Er wirkte vollkommen gesund, und er hatte den ganzen Nachmittag draußen gespielt. »Dann gehst du besser ins Bett«, sagte sie scharf. Ihre Unentschlossenheit und Qual schlugen auf ihre Stimmung.

»Aber Grace…«

»Ab ins Bett.«

»Kann ich meine Ovomaltine haben?«

»Nein. Wenn du dein Abendessen nicht isst, bekommst du die nicht.«

An diesem Abend ging sie früh zu Bett; sie war ständig müde, weil sie so schlecht schlief. Als sie am Zimmer der Jungen vorbeikam, hörte sie ein schwaches Stöhnen. Sie öffnete die Tür. Daniel hatte sich zusammengerollt und hielt sich den Bauch. Als er sie sah, rang er sich ein Lächeln ab.

»Geht es dir wirklich so schlecht?«, fragte Grace erschrocken.

»Ein bisschen. Es tut so weh.«

»Und er ist ganz heiß«, sagte David.

Sie maß die Temperatur. Fast neununddreißig. Beunruhigt rief sie den Arzt an. Während sie auf ihn warteten, musste sich Daniel übergeben.

Der Arzt diagnostizierte eine Blinddarmentzündung und erklärte, sie sollten ihn unverzüglich ins Krankenhaus bringen. »Ich rufe einen Krankenwagen. Sie sollen ihn ins Salisbury General bringen. Das sieht gar nicht gut aus.«

Daniel begann zu schreien. »Ich will Dad. Ich will Dad.«

»Daniel, sei nicht albern. Dad ist nicht da, das weißt du doch.«

»Er soll kommen. Er soll hier sein. Das ist so schrecklich, es tut so weh. Mir ist schlecht...« Jetzt übergab er sich wieder. »Ich hasse dich, Grace, ich hasse den Arzt, ich will Dad!«

Ohne große Hoffnung rief Grace in der Kaserne von Tidworth an, wo Ben noch stationiert war, soweit sie wusste. Sie hinterließ eine Nachricht, dass der jüngere Sohn von Sergeant Lucas ins Salisbury Hospital gebracht wurde, weil sein Blinddarm herausgenommen werden musste – es bestehe keine ernsthafte Gefahr, aber wenn Sergeant Lucas möglicherweise Urlaub bekommen könne, um hinzufahren, wäre das sicher sehr hilfreich.

Der Krankenwagen kam blitzschnell; gegen zehn waren sie schon in Salisbury. Der Arzt im Krankenhaus untersuchte Daniel, erklärte dann, der Blinddarm müsse sofort raus, und wies eine junge Schwester an, Daniel für die Operation vorzubereiten. Daniel schrie weiter.

»Ich bin überrascht, wie stark der Schmerz ist«, sagte die Krankenschwester leise zu Grace. »Ich werde ihm einen Einlauf machen müssen. Denken Sie, das ist in Ordnung für ihn?«

»Ja, natürlich«, sagte Grace optimistischer, als sie sich fühlte.

Die Krankenschwester näherte sich Daniel mit einem Gummischlauch und einer Schüssel, ein unsicheres Lächeln auf den Lippen. Er hörte auf zu schreien. »Was ist das?«

»Das ist ... Na ja, damit ... leeren wir deinen Bauch«, sagte sie unbehaglich.

»Wie denn?«

Sie sah Grace hilfesuchend an. Grace nahm Daniels Hand und versuchte nervös, ihm die Funktionsweise eines Einlaufs zu erklären.

Nun wurde Daniel hysterisch, schlug um sich und stieß Grace und die Schwester mit dem Schlauch fort. »Nein! Nein, das dürfen die nicht, nein. Lasst mich in Ruhe, lasst mich alle in Ruhe. Dad soll kommen. Dad soll kommen.«

»Ich weiß nicht, was ich tun soll«, sagte die Schwester. »Ohne den Einlauf kann er nicht operiert werden. Daniel, nun komm schon, sei ein tapferer Junge ...«

»Nein«, schrie Daniel. »Nein, nein, nein.«

»Daniel, bitte!«, sagte Grace. »Es tut auch nicht weh, das verspreche ich dir. Lange nicht so sehr wie dein Bauch. Bitte, Daniel, tu es für mich.«

»Nein.«

»Daniel«, sagte eine Stimme, »reiß dich zusammen. Als ich im Krankenhaus war, hat man das ständig mit mir gemacht. Die Schwester will dir doch nur helfen.« Es war Ben. Sofort gab Daniel nach und überließ sich der Tortur des Einlaufs.

»Der arme Junge«, sagte Grace viel später, als sie an seinem Bett saßen, in dem er reglos und immer noch ohne Bewusstsein lag. »Der arme, arme Junge. Ich fühle mich so schrecklich, Ben. Ich war sauer auf ihn und habe ihn ins Bett geschickt, weil er sein Abendessen nicht essen wollte. Nicht einmal seine Ovomaltine habe ich ihm gegeben.«

»Umso besser«, sagte Ben, »sonst hätte er sich noch mehr übergeben. Mach dir keine Vorwürfe, mein Schatz.«

»Gott sei Dank, dass du gekommen bist. Ich weiß nicht, was sonst geschehen wäre.«

»Ich denke«, sagte Ben still und zeigte auf eine Gestalt, die am Ende des Gangs stand, »dass die schon mit ihm fertiggeworden wäre.«

Es war die Oberschwester, eine Dame von solchen Maßen, dass Miss Merton eine zarte Nymphe dagegen war.

»Ja, vielleicht. Aber er hat sich derart aufgeregt. War es schwer für dich wegzukommen?«

»Nein. Ich habe achtundvierzig Stunden Urlaub.«

»Oh«, sagte sie und hoffte, dass man ihr die Verwirrung – oder Freude – nicht anhörte.

»Mr und Mrs Lucas?« Das war die mächtige Krankenschwester.

»Äh … ja«, sagte Ben. (Es sei leichter, erklärte er Grace später, wenn sie das dachte.)

»Sie können nicht die ganze Nacht hierbleiben. Eigentlich sollten Sie überhaupt nicht hier sein. Dies ist ein Krankenhaus und kein Hotel.«

»Ja«, sagte Grace kleinlaut.

»Ihrem Kleinen geht es wunderbar, absolut wunderbar! Eine ganz normale Blinddarmentfernung. Eine Nacht gut geschlafen, und er ist wiederhergestellt. Sie können morgen zwischen zwei und drei kommen.«

»Aber was passiert, wenn er aufwacht und ganz allein ist?«

»Mrs Lucas, wenn er aufwacht, wird er nicht allein sein. Wir sind ja da.«

»Aber er möchte vielleicht, dass ich da bin. Wir.«

»In dem Fall«, sagte die Schwester mit strenger Miene, »werden wir ihm mitteilen, dass Sie zwischen zwei und drei kommen. Darin sehe ich nicht das geringste Problem. Er ist schließlich nicht schwer krank. Und jetzt gehen Sie bitte nach Hause und ins Bett, das ist das Vernünftigste, was Sie tun können.«

»Aber...«

»Komm, Grace«, sagte Ben, »du hast doch gehört, was die Schwester gesagt hat. Wir sollen ins Bett gehen. Das ist das Vernünftigste, was wir jetzt tun können.«

Draußen stand sein Armeelaster. Sie fuhren etwas zu schnell durch die dunklen Gassen. Er sagte keinen Ton und Grace auch nicht. Als sie im Mill House ankamen, warteten Clifford und David in der Küche auf sie.

»Mist«, sagte Ben leise, als sie eintraten, und lächelte sie an. »Macht euch keine Sorgen. Daniel geht es gut. Wir können ihn morgen alle zusammen besuchen.«

»Das sind ja ausgezeichnete Nachrichten«, sagte Clifford. »Siehst du, David, das hab ich dir doch gesagt.«

»Stimmt das auch?«

»Ja, das stimmt. Und jetzt ab ins Bett. Ich komme noch und decke dich zu.«

»Gut.«

»Ich geh auch ins Bett«, sagte Clifford. »Ich bin hundemüde.«

»Zu dir komme ich auch noch und decke dich zu«, sagte Grace. »Und wenn du artig bist, bring ich dir noch einen heißen Tee mit Rum.«

»Würdest du das wirklich tun, mein Schatz? Dafür wäre ich dir sehr dankbar.«

Es dauerte bestimmt eine Stunde, bevor im Haus Ruhe

einkehrte. Ben sah Grace durch die Küche hinweg an und lächelte.

»Da bin ich mal wieder, um mich bei dir zu bedanken«, sagte er.

»Ist schon in Ordnung«, sagte Grace. »Es tut mir nur leid, dass es so ablaufen musste.«

»Entschuldige dich bitte nicht«, sagte er, »es war ja nicht dein Fehler.« Ein langes Schweigen entstand. Dann fragte er: »Sollen wir uns an den Kamin setzen?«

Grace schaute ihn an und fragte sich, weshalb sie so ein Theater veranstaltet hatte. Plötzlich war alles ganz einfach.

»Nein«, sagte sie, »lass uns hochgehen.«

»Ich liebe dich«, sagte er, als sie neben ihm lag und sein Gesicht auf dem Kopfkissen betrachtete, ihre Hand in seiner. »Ich weiß, dass du Angst hast, und das habe ich auch. Aber ich liebe dich. Daran musst du immer denken. Das ist das Einzige, was zählt. Das Einzige, was wirklich zählt.«

Es gab noch andere Dinge, die wirklich zählten: dass er zu Beginn sanft und beruhigend war, weil sie vor lauter Angst, ihm nicht zu genügen, eine große Nervosität und Schüchternheit verspürte; dass er viel redete und ihr immer wieder sagte, dass er sie liebe, dass sie so schön sei, dass sie sich so wunderbar anfühle; dass sein Körper gleichzeitig fordernd und zärtlich war, geschickt und schüchtern, stark und darauf bedacht, ihr zu gefallen; dass die Art und Weise, wie ihr eigener Körper auf ihn reagierte, fordernd und lustvoll, eine vollkommen neue Erfahrung war; dass ihr Kopf und ihr Herz in das Entzücken ebenso einbezogen schienen wie der Rest ihres Körpers; dass sie dieses Murmeln vernahm, dann dieses Stöhnen und schließlich immer lautere Schreie, die sie erst als ihre eigenen erkannte, als er ihr die Hand auf den Mund legte und ins Ohr flüsterte, sie solle sich etwas zurückhalten; dass das Aufblühen der Lust, die Hingabe, die Beherrschung und schließlich der überwältigende Überschwang der Entladung die Grenzen des Vorstellbaren in Ausmaß und Glanz überstiegen; dass sie sanfte, traurige Tränen weinte, als der Orgasmus abebbte und sie friedlich in ihr Kissen sank; dass sie, als sie in seinen Armen einschlief, als Letztes seine Stimme vernahm, die ihr sagte, dass er sie liebe.

Sie wachten früh auf, gingen hinunter und tranken aus großen Tassen dampfenden Tee, beäugt von Charlotte und ihren Welpen, die sich mit heraushängenden Zungen und spitzen Zähnchen auf ihre nackten Füße stürzten. Sie waren schon groß, wuselten überall herum, brachten alles durcheinander, ein wuselnder, wunderbarer Haufen, der ihre Mutter zur Verzweiflung trieb.

»Ich kann es kaum erwarten, sie endlich loszuwerden«, sagte Grace.

»Obwohl sie uns zusammengebracht haben?«, fragte Ben. Und dann sagte er plötzlich: »Danke für letzte Nacht«, und nahm lächelnd ihre Hand.

»War es wirklich schön für dich?«, fragte sie. »Ich war so nervös und hatte so viel Angst, dass ich ... na ja ... dass ich dir nicht genügen könnte. Das war vermutlich Teil des Problems.«

»Du warst wunderbar«, sagte er todernst. »Ich danke Gott für die Blinddarmentzündung.«

»Clarissa hat mich dazu aufgefordert«, sagte Grace. »Sie sagte, ich müsse es unbedingt tun.«

»Dann danke ich Gott ebenfalls für Clarissa.«

Er reiste frühmorgens ab, nach einer weiteren süßen Nacht, zuerst nach Tidworth, von wo er sofort nach Yorkshire weitergeschickt wurde. Grace blieb allein zurück und versuchte, nicht allzu viel darüber nachzudenken, was mit ihr geschah. Sie beschloss, sich einfach darüber zu freuen; zum ersten Mal seit ihrer Hochzeit fühlte sie sich geschätzt, wichtig, ja sogar begehrenswert. Sie war fast froh, dass Ben nicht da war, weil sie so mit einem gewissen Abstand versuchen konnte, sich über ihre Gefühle für ihn und die Konsequenzen für ihr Leben klar zu werden. Dabei dachte sie unentwegt an ihn, hörte seine Stimme, sah sein Gesicht, spürte, wie sich seine Arme um ihren Körper schlangen und sein Mund auf ihrem lag. Ihr ganzer Körper sprühte vor Leben. Charles hingegen war zu einem fernen Geist verblasst, dem Schatten einer Person, an die sie sich kaum noch erinnern konnte. Sie nahm seine Briefe und Fotos und versuchte, ihn vor ihren Augen heraufzubeschwören, damit der Vergleich gerechter wurde, aber es war zwecklos: Er blieb eine ferne, nebelhafte Gestalt ohne Substanz und Eigenschaften.

Der Winter war außerordentlich kalt. London und andere Städte litten unter eisigem Nebel. Allerorten war das Leben ziemlich freudlos. Die Dürre des Sommers und nun der bittere Frost hatten zur Folge, dass es wenig Gemüse und Kartoffeln gab. Der Krieg mit seinen Entbehrungen und Härten schien schon ewig anzuhalten, und die Depression war mit Händen greifbar. Ende Januar kam es in London wieder zu einer Welle von Bombenangriffen, eine Woche später dann noch einmal. Mr Churchill verkündete mit seinem üblichen Humor, dass es fast wie früher sei. Aber als die Tage etwas länger wurden und die Luft ein bisschen wärmer wurde, breitete sich im gesamten Land eine gewisse Spannung aus. Es ging das Gerücht, dass die lang erwartete Invasion nun tatsächlich bevorstand. Männer, die man von den Schlachtfeldern in Ägypten, Tunesien und Italien zurückbeordert hatte, sollten jungen Rekruten eine schnelle Grundausbildung erteilen. Viele Monate lang waren die Häfen an der Südküste mit Schiffen überfüllt.

Grace, die dieses Leben wie alle anderen auch satthatte, merkte kaum, dass Clifford in seiner Depression versank. Bis sie ihn eines Nachts die Treppe hinuntersteigen hörte. Da sie Angst hatte, er könne krank sein, ging sie ihm nach. Er saß am Wasserkessel, in seinen fadenscheinigen Morgenmantel gehüllt, und trank Whisky. Als sie zu ihm ging und ihn in den Arm nahm, stellte sie zu ihrem großen Kummer fest, dass ihm Tränen in den Augen standen.

»Clifford, mein Lieber, was ist los?«

Zuerst wollte er mit der Sprache nicht heraus und erklärte, er fühle sich nur ein bisschen matt, da er Grace offenbar nicht kränken wollte. Aber dann sprudelte es plötzlich aus ihm heraus. Er sei einsam, vertraute er ihr an, unendlich einsam. Er vermisse sein altes Leben und seine alten Freunde und, was vielleicht die größte Überraschung war, auch Muriel.

»Mir ist schon klar, wie schwierig sie ist. Sie kann schrecklich barsch sein, und zu dir war sie zu meinem großen Kummer überhaupt nicht nett. Aber ich hatte sie trotzdem gern. Wir haben über dreißig Jahre lang zusammengelebt, Grace. Wir haben Kinder miteinander, haben sie aufwachsen und heiraten sehen. Das erzeugt eine starke Bindung – eine beinahe untrennbare, würde ich sagen.«

»Ja«, sagte Grace leise. Sie saß mucksmäuschenstill da und lauschte auf Cliffords müde, sanfte Stimme, während er ihr erzählte, dass er es entsetzlich bereue, alles aufgegeben und Muriel so tief verletzt zu haben.

»Wenn ich die Zeit zurückdrehen könnte, wäre ich vorsichtiger. Große Gesten sind ganz wunderbar, Grace, aber ich bin mir nicht sicher, ob sie wirklich angemessen sind. Es liegt ein großer Wert in der alten Ordnung, musst du wissen: dem treu zu bleiben, was man immer hatte, der eigenen Lebensweise. Die Heuchelei mag einen Preis haben, aber er ist es oft wert.«

Plötzlich schenkte er ihr ein Lächeln, freundlich und herzlich. »Was hätte ich nur ohne dich getan, mein Schatz, ohne dich und die Jungen. Ich weiß es nicht. Das muss alles so undankbar klingen. Hör einfach nicht auf dieses Gefasel eines verrückten Alten. Eines sehr verrückten Alten. Und jetzt gehe ich ins Bett. Die Gutenachttrünke, die ich mir genehmigt habe, reichen für eine ganze Woche. Gute Nacht, Grace.«

***

»Grace«, sagte Florence, »ich weiß, dass mich das nichts angeht, aber hast du ... na ja, hast du eine Affäre mit Ben?«

»Du hast recht«, erwiderte Grace wütend, »es geht dich nichts an. Wie kannst du es wagen, mich so etwas zu fragen?«

»Schon gut, schon gut«, sagte Florence. »Ich bin wohl kaum die Richtige, dich zu kritisieren, was? Aber ich würde es dir nicht verdenken, wirklich nicht.«

»Oh.« Grace ließ sich auf einen Küchenstuhl sinken.

»Na ja, er ist halt attraktiv«, sagte Florence, »sehr attraktiv sogar. Und Charles ist schon eine Weile weg. Ehrlich, Grace, es besteht kein Grund, so betroffen dreinzuschauen. Es herrscht schließlich Krieg. Nichts ist, wie es mal war.«

»Nein«, sagte Grace, »nein. Clarissa hat etwas Ähnliches gesagt.«

»Tja, so ist es«, sagte Florence. »Ich werde es auch niemandem erzählen. Und ganz bestimmt nicht Charles, wenn er heimkehrt.«

»Wie bist du ... Wie kommst du überhaupt auf so eine Idee?«, fragte Grace.

»Oh... Ich habe mich das einfach nur gefragt«, sagte Florence unbestimmt.

»Deine Mutter denkt aber doch nicht... sie ist doch nicht...«

»Gütiger Gott, nein. Für sie wäre das so undenkbar, dass es ihr nicht einmal in den Sinn käme.«

»Warum sollte das denn undenkbar sein?«

»Na ja, weil... weil...«

»Weil er nicht in die Schule gegangen ist?«, erkundigte sich Grace, verräterisch ruhig. »Weil er kein Offizier ist? Sondern aus einer niederen Klasse stammt, ist es das?«

»Irgendetwas in der Art, ja«, sagte Florence. »Nicht dass ich...«

»Oh nein, Florence, nicht dass du so etwas denken würdest. Ich bin mir allerdings sicher, dass dein Liebhaber höchsten gesellschaftlichen Ansprüchen genügt. Während Ben genau der Richtige für eine Liebschaft ist, der Richtige, um mit ihm ins Bett zu gehen, aber das wär's dann auch schon, nicht wahr? Etwas anderes könnte er gar nicht sein, etwas von Dauer, oder?«

»Nun ja, nein«, sagte Florence und blickte sie aufrichtig erstaunt an. »Das wäre mir tatsächlich nie in den Sinn gekommen. Wie sollte das funktionieren? Es sei denn, du ziehst hier weg und lebst mit ihm dort, wo er herkommt. Aber da würdest du doch gar nicht hinpassen, oder? Zu diesen Leuten? Schau mich nicht so an, Grace, das ist doch so. Ach, um Gottes willen, lass uns über etwas anderes reden.«

Plötzlich verflog Grace' Empörung. Florence war so unfassbar ehrlich, dass man sich nicht ernsthaft daran stoßen konnte. Sie redete, wie ihr der Schnabel gewachsen war, würde Betty sagen, und man konnte es auch nicht ganz von der Hand weisen. Über diese Seite ihrer Beziehung hatte Grace noch gar nicht nachgedacht, weil sie vollkommen von den emotionalen Verwicklungen absorbiert war: der Untreue gegenüber Charles und der Frage, wo das alles hinführen sollte. Aber es stimmte schon: Sollte sie Ben gegenüber eine dauerhafte Verpflichtung eingehen – und sie war längst noch nicht bereit, darüber auch nur nachzudenken –, würde sich das Leben in vielerlei Hinsicht verkomplizieren. In jedem Fall würden sie ein neutrales Terrain finden müssen, um sich ein neues Leben aufzubauen. Im Moment war alles wunderbar, und alle mochten sich – oder taten zumindest so –, aber es war eine künstliche Situation mit unrealistischen Voraussetzungen. Ihre eigenen Erfahrungen, was es bedeutete, sich auch nur ein kleines bisschen aus der eigenen Klasse zu entfernen, standen ihr lebhaft vor Augen, schmerzten manchmal sogar noch. Unvermittelt wurde sie von dem Ausmaß der Schwierigkeiten ihrer Situation überwältigt.

»Oh Gott«, sagte Grace laut, »was soll nur aus mir werden?«
Aber Gott antwortete nicht.

Aus einem Kriegsgefangenenlager in Süddeutschland kam über das Internationale Rote Kreuz die Nachricht vom Tod eines britischen Offiziers. Die Details des Berichts über die Entdeckung seiner Leiche durch Corporal Brian Meredith, ebenfalls Kriegsgefangener, verloren sich ein wenig im Vagen, als sie die zuständigen Behörden erreichten, aber die Erkennungsmarke identifizierte den Toten zweifelsfrei als Major Charles Bennett.

# KAPITEL 24

Frühlingsanfang 1944

Das Schlimmste war, dass sie sich über ihre Gefühle nicht im Klaren war.

Schock, Trauer, überwältigende Schuldgefühle wegen ihrer Untreue, weil sie sich in einen Mann verliebt und vielleicht ausgerechnet in dem Moment mit ihm geschlafen hatte, als Charles unter widrigen Umständen bei der Verteidigung ihres gemeinsamen Vaterlands gestorben war. Dazwischen aber, unerbeten und doch unleugbar, der perfide, verräterische Spross der Erleichterung.

Allmählich ließ sich aus den Fragmenten eine Art Geschichte zusammensetzen. »Getötet bei Fluchtversuch«, lautete die Formulierung in dem Telegramm, begleitet von den üblichen Worten des Bedauerns. Weitere Einzelheiten wurden nicht mitgeteilt. Die letzte verlässliche Information war, dass er mit seinem Zug in einer kleinen italienischen Stadt in schwere Straßenkämpfe verwickelt gewesen sei. Dabei sei er mit ein paar Kameraden gefangen genommen und in einen bewachten Lastwagen gesteckt worden, der vermutlich in Richtung eines deutschen Kriegsgefangenenlagers aufgebrochen sei. Durch das Chaos in Italien, das sich offiziell den Alliierten ergeben hatte, während große Teile der Armee Mussolini immer noch Gefolgschaft leisteten, sich an verstreuten Orten erbittert wehrten und Städte und Dörfer nur langsam in die Hände der Alliierten fallen ließen, war die Beschaffung von Informationen eine fast unmögliche Aufgabe. Einem unbestätigten Bericht zufolge war Major Bennett in der Nähe der französisch-italienischen Grenze aus dem Lastwagen entflohen. Danach verlor sich seine Spur.

Jedenfalls war er tot. Die deutschen Behörden hatten ihn identifiziert und begraben; wo, würde man ihnen zu gegebener Zeit mitteilen, hieß es.

In einem Brief seines Vorgesetzten an Grace hieß es außerdem, dass er ein tapferer Mann und guter Soldat gewesen sei. Nie sei er vor etwas zurückgeschreckt, sondern habe sich oft selbst in Gefahr gebracht, bewundert von seinen Männern und beliebt bei seinen Offizierskollegen. Sein Tod sei ein Verlust für Kompanie und Regiment, und man werde ihn für eine Auszeichnung empfehlen.

Als Grace den Brief las, fragte sie sich, über wie vielen anderen, von ähnlichen Plattitüden wimmelnden Briefen bereits Witwen geweint hatten.

Clifford war tief getroffen. Mit rührender Tapferkeit versuchte er, sich nicht hängen zu lassen, aber sie fand ihn mehrfach in Tränen aufgelöst. Bis tief in die Nacht saß er da, trank, las immer wieder die wenigen Briefe, die Charles ihm geschrieben hatte, und schaute sich Fotos von ihm an. Das Schlimmste war sicher die Entfremdung; da Charles nichts mehr mit ihm zu tun hatte haben wollen, hatte er ihn nun gleich zweimal verloren. Grace sah aber auch seine Einsamkeit, weil er seinen Kummer nicht mit der Mutter seines Sohnes teilen konnte. Als sie den Brief bekommen hatte, hatte sie sofort in der Abtei angerufen und war am nächsten Morgen persönlich hingegangen. Muriel hatte unter Schock gestanden und jede Mitleidsbekundung von sich gewiesen. Zu Grace war sie aber erstaunlich freundlich gewesen; sie hatte ihre Hand genommen und erklärt, dass sie jetzt tapfer sein müsse. Dann hatte sie sich zu Grace' größtem Erstaunen nach Cliffords Befinden erkundigt.

Florence war am Boden zerstört und weinte ununterbrochen, die Miene kreidebleich. Grace war gar nicht klar gewesen, dass sie Charles so sehr liebte; als Einzelkind fiel es ihr schwer, sich in das Verhältnis von Geschwistern hineinzuversetzen.

Später kamen ihre Eltern, wahre Felsen in der Brandung. Ihre Mutter tröstete sie und bot sogar an, die Jungen ein paar Tage zu sich zu nehmen. Ihr Vater dachte eher praktisch, zumal er mit den Prozeduren, die mit Charles' Tod einhergingen, vertraut war.

Alle waren furchtbar nett. Die Jungen schlichen auf Zehenspitzen durchs Haus, erledigten sämtliche Hausarbeiten, noch bevor sie darum gebeten wurden, und kochten Grace tassenweise lauwarmen, eher ungenießbaren Tee. Mit einer rührenden Einfühlungsgabe, die Grace schmerzhaft an den Vater der beiden erinnerte, schienen sie zu spüren, dass man Clifford helfen musste, und so schlugen sie endlose Schachpartien vor, suchten im Radio nach Konzerten für ihn und bestanden darauf, dass er mit ihnen, Charlotte und den beiden letzten Welpen, für die sich noch kein Abnehmer gefunden hatte, spazieren ging.

Miss Merton zog Grace buchstäblich an ihren großen Busen und hielt sie ungeniert an sich gedrückt, als Grace ihren ersten und einzigen hysterischen Weinkrampf erlitt. Dann sorgte sie diskret dafür, dass alle Kinder erfuhren, was passiert war. Als Grace das nächste Mal zur Probe kam, lagen lauter Sträußchen auf dem Klavier: Primeln, Schneeglöckchen und frühe Weidenkätzchen. Elspeths Vater trat an sie heran, verlegen und von tiefem Mitleid erfüllt, einen Käse unter dem Mantel, und erklärte, wenn sie irgendeine Art von Hilfe in Haus oder

Garten brauche, solle sie sich unbedingt melden. Mrs Babbage kam zwei Wochen lang täglich, um zu putzen, Wäsche zu waschen und zu bügeln, und weigerte sich, auch nur einen Penny dafür anzunehmen. Mrs Boscombe wiederum erklärte, dass sie keines der Ferngespräche, die Grace in den nächsten Wochen zu tätigen gedächte, aufschreiben würde. »Das ist das Mindeste, was ich tun kann, und ich bin mir sicher, dass Mr Churchill das auch so sehen würde«, sagte sie bestimmt.

Das Haus wurde überschwemmt von Mitleidsbekundungen von Charles' alten Freunden und ihren Eltern, denselben Leuten, die sie, als er noch lebte, ignoriert hatten. Das amüsierte sie eher, als dass es sie ärgerte. Clarissa schrieb einen derart einfühlsamen Brief, dass Grace heftiger schluchzte als bei allen anderen, und endete mit den Worten: *Wenn Du mich brauchst oder wenn ich irgendetwas für Dich tun kann, komme ich, egal, um was es sich handelt, und für Jack gilt dasselbe.*

Grace hatte keine Ahnung, wie sie die Beerdigung gestalten sollte. Eine gewöhnliche kam nicht infrage. Für ihr Empfinden war etwas Förmliches unabdingbar, irgendein Ausdruck von Trauer und Anerkennung für diesen Tod, irgendetwas, das ihm und seinem Leben Würdigung und Anerkennung zuteilwerden ließ. Sie sprach mit dem Pfarrer, der einen Gedenkgottesdienst vorschlug. Die Idee gefiel ihr, zumal sie sich nun darauf konzentrieren konnte, sich in die Vorbereitungen zu stürzen. Als sie darüber nachdachte, wer ein paar Worte über Charles sagen könnte, fiel ihr zunächst niemand ein. Laurence, der die naheliegende Wahl gewesen wäre, war selbst gefallen; Clifford kam nicht infrage, und einen der alten Freunde darum zu bitten hatte sie nicht die Absicht. Dann kam ihr Clarissa in den Sinn. Das wäre eine höchst eigentümliche Wahl, zumal man normalerweise keine Frauen um so etwas bat. Aber je vehementer sie die Idee verwarf, desto mehr drängte sie sich ihr auf. Sie kabelte nach Dartmouth, da sie Angst hatte, dass ein Brief nicht ankommen würde, und Clarissa kabelte zurück: *Gerührt, geehrt, bemüht, mich der Sache würdig zu erweisen. Herzliche Grüße, Clarissa.*

Das größte Problem war Clifford. Er musste natürlich zum Gottesdienst kommen, aber es bestand die Gefahr, dass Muriel ihm mit offener Feindseligkeit begegnete. Nach etlichen schlaflosen Nächten, in denen sie schon vor sich sah, wie Muriel ihm im Kirchenschiff von St. Andrews an die Kehle sprang, sprach sie Florence darauf an.

»Keine Sorge«, sagte die, »überlass das nur mir. Für gewöhnlich tut sie, was ich sage. Außerdem sind viele ihrer alten Freundinnen da, und da wird sie sicher nicht ihre Würde verlieren wollen.«

Es war ein heller, windiger Märztag, als Grace in der vordersten Kirchenbank saß, zwischen ihren Eltern, neben denen wiederum die Jungen und Clifford hockten. Muriel saß mit Florence und Imogen in der Bank gegenüber, stocksteif und mit versteinerter Miene. Clarissa und Jack hatten hinter ihr Platz genommen, beide in Uniform.

Die kleine Kirche war bis auf den letzten Platz besetzt. Die alte Garde war mit einem Großaufgebot vertreten, die Generation von Muriel und Clifford ebenso wie Charles' Freunde, vorwiegend junge Frauen, die Grace höflich und auch ein bisschen verlegen anlächelten. Zum Erstaunen dieser Leute fanden sie sich zwischen unerwartet vielen normalen Leuten wieder, einem breiten Spektrum aus Dorfschulkindern, bewacht vom strengen Auge von Miss Merton, Bauern mit ihren Frauen, verschiedenen Mitgliedern des Komitees der Landarmee unter der Führung von Mrs Lacey, ganzen Gruppen der dort beschäftigten Mädchen, dann Elspeth Dunns

Vater, der noch bleicher und ungesünder wirkte als sonst und einen steifen Anzug trug, Mrs Babbage in ihrem besten Kleid, Mr Babbage zur Seite, der nicht nur ein, sondern gleich drei Taschentücher für sie bereithielt, und Mrs Boscombe von der Telefonzentrale, die währenddessen von ihrer neuen, jungen und lange nicht so einfühlsamen Assistentin betreut wurde.

Sie alle waren da, weil sie Grace mochten und ihr das auch zeigen wollten. Gelegentlich schaute sie sich um und verspürte Trost und Zuversicht bei dem Anblick der Versammelten. Als der Pfarrer in die Kirche einzog und John Stokes der Orgel ein glanzvolles »Jesus bleibet meine Freude« abrang, stand sie auf, griff an ihrer Mutter vorbei nach Cliffords Hand und drückte sie, um ihm etwas von ihren Gefühlen weiterzugeben.

Es war kein langer Gottesdienst. Sie sangen »Lord of All Hopefulness«, der Pfarrer sprach ein paar Gebete und hielt eine kurze Predigt, dann stimmte der Chor ein wunderschönes »Crimond« an. Schließlich erhob sich Clarissa, stieg die Treppe zur Kanzel hoch und richtete den Blick auf die Versammelten. Sie war sichtlich gerührt. In ihren dunklen Augen standen Tränen, und sie brachte kein Wort hervor. Aber sobald sie die Stimme erhoben hatte, die noch musikalischer klang als sonst, gewann sie an Stärke und Vertrauen, und Grace hörte ihr fast schon ehrfurchtsvoll zu.

»Manche von Ihnen«, sagte sie, »kannten Charles Bennett, manche nicht. Sie alle sind hier, um ihn und sein Leben zu ehren, und das ist es, was zählt. Ich habe ihn gut gekannt, fast mein ganzes Leben lang. Es gab sogar eine Phase, in der ich ihn fast geheiratet hätte.« Sie hielt inne, den Schatten eines Lächelns auf den Lippen. »Dass wir Freunde geblieben sind, gute Freunde, obwohl es nicht dazu kam, ist ein Beweis für seine wunderbar ausgeglichene, positive Art im Umgang mit den Dingen. Viele Menschen hier kannten ihn sehr gut und haben ihn geliebt: seine Eltern Muriel und Clifford, seine Schwester Florence und natürlich seine Frau Grace. Ihnen muss unser tief empfundenes Beileid gelten. Auch andere, die ihn schon als kleinen Jungen kannten, sich um ihn gekümmert haben und ihn aufwachsen sahen, werden seinen Verlust nur schwer ertragen. Im Moment gibt es so viel Verlust, so viel Schmerz, so viele junge Männer, deren Lebensfaden im besten Lebensalter gekappt wird. Im Einzelfall ist das keine Erleichterung. Aber es kommt auf die Qualität des Lebens an, und Charles hat ein gutes Leben geführt. Er war ein großzügiger Freund, ein liebender Ehemann, ein schneidiger, tapferer Offizier, ein überaus hingebungsvoller Sohn ...«

Hier machte sie eine Pause, da Muriel unvermittelt aufgestanden war, das Gesicht vom Kummer verwandelt, zärtlich fast und irgendwie unkontrolliert. Nachdem sie Clarissa noch einmal angeschaut hatte, drehte sie sich um und eilte durch den Mittelgang aus der Kirche heraus, die Hände in dem unübersehbaren Versuch, nicht die Beherrschung zu verlieren, zu Fäusten geballt. Aber noch bevor Florence ihr folgen konnte, entstand Bewegung in Grace' Bank, dann waren Schritte zu hören, und man sah Clifford an der Seite zur Kirche hinauseilen. Florence hatte sich schon halb erhoben, aber Jack streckte die Hand aus und drückte sie wieder auf ihren Platz. Clarissa sprach weiter.

»Viel mehr möchte ich gar nicht sagen. Eines aber ist wichtig. Viele von denen, die heute hier sind, kannten Charles gar nicht, sondern sind da, um Grace zu unterstützen. Sie wird sicher großen Trost daraus ziehen – und auch aus der Tatsache, dass sie Charles in ihrer so kurzen Ehe eine wunderbare, liebende Ehefrau war. Er war so stolz auf sie, das weiß ich, und er war es aus gutem Grund.«

Ihr Blick ruhte auf Grace, und sie lächelte ihr so sanft und komplizenhaft zu, dass Schuldgefühle und Schmerz ein wenig von ihr abfielen. Und als John Stokes die schönste der Begräbnishymnen anstimmte – »God Be in My Head« – und die Gemeinde sich zum Singen erhob, kniete Grace nieder und weinte Tränen der Dankbarkeit und Erleichterung, dass Charles nie von ihrer Schwäche erfahren musste. Immerhin das war gewährleistet, wenn auch nicht durch eigenen Verdienst.

Als sie schließlich aus der Kirche trat und sich ängstlich nach Muriel umsah, erwartete sie ein wunderbarer Anblick: Muriel stand in einer Ecke des Friedhofs, immer noch von ihrem Kummer überwältigt, aber die Person, die sie tröstete und sie hielt und ihr sanft die Tränen abwischte, war nicht Florence, sondern Clifford.

Drei Tage später bekam sie einen Brief von Ben.

Meine liebe Grace,
die Jungen haben mir geschrieben und das mit Charles berichtet. Ich weiß, wie unglücklich Du sein musst, und es tut mir aufrichtig leid. Ich denke an Dich und hoffe so sehr, dass es Dir gutgeht. Es gibt nichts, was ich tun könnte, aber Du weißt, dass ich da bin.
In Liebe,
Ben

»Danke, dass ihr eurem Dad geschrieben habt«, sagte sie. »Das war sehr umsichtig von euch.«

»Wir dachten, du möchtest, dass er es weiß«, sagte Daniel.

»Ja«, sagte sie. »Das möchte ich.«

Sie schrieb zurück, bedankte sich für seinen Brief und schickte ihm herzliche Grüße, mehr nicht. Sie wusste, dass er es verstehen würde. Dann schob sie ihn vorsichtig, aber entschieden in den dunklen, hinteren Bereich ihres Kopfes und ihres Herzens, als würde sie etwas für einen langen Winter verstauen, bis sie bereit sein würde, darüber nachzudenken, was sie damit anfangen sollte.

Als sie endlich aus dem tief empfundenen Kummer um Charles wieder auftauchte, beschloss Florence, Robert um die Scheidung zu bitten. Sie wusste selbst nicht, warum sie so lange gebraucht hatte, um diese Entscheidung zu treffen; warum schon die Idee, einen Anwalt aufzusuchen, sie so erschreckt hatte. Den nötigen Mut hatte sie weder durch Giles' liebende Beharrlichkeit noch durch ihren Wunsch, mit ihm ein neues Leben zu beginnen, noch durch den zunehmenden Druck von Seiten ihres Vaters gewonnen, sondern durch Roberts Angriff auf Grace. Sie wandte sich an eine Kanzlei in Salisbury, die nichts über sie und ihre Familie wusste und ganz bestimmt nichts über Robert. Anwälte, das spürte sie instinktiv, waren eine genauso eingeschworene Gemeinschaft wie Ärzte und würden sich immer solidarisieren, und sie hatte große Angst davor, was Robert mit seinen Kollegen vom hohen Gericht gegen sie und eine kleine Landkanzlei aushecken könnte.

Der Name ihres Anwalts war Dodds, ein grauhaariger, graugesichtiger Mann, sachlich und knapp. Mit höflich ausdrucksloser Miene hörte er zu, als sie ihm die Einzelheiten unterbreitete.

»Ich möchte die Scheidung«, sagte sie bestimmt, »wegen Ehebruchs.«

»Weil Ihr Ehemann Ehebruch begangen hat?«

»Nein«, sagte sie. »Ich selbst.«

Mr Dodds bestand den ersten Test; er blinzelte nicht einmal. »Aha. Dann ist es eigentlich Ihr Ehemann, der die Scheidung wünscht?«

»Nein«, sagte Florence. »Ich wünsche sie.«

»Aber er hat in die Scheidung eingewilligt?«

Florence zögerte. »Na ja … ja.«

»Das ist von größter Bedeutung, Mrs Grieg.«

»Verstehe. Ja, natürlich willigt er ein.«

»Und Sie können einen entsprechenden Beweis vorlegen?«

»Ja, das werde ich tun.«

»Gibt es jemanden, der vor Gericht aussagen würde?«

»Ja. Der Vater meines Kindes.«

Mr Dodds' Miene wurde noch ausdrucksloser. »Aha. Und gibt es einen unanfechtbaren Beweis für Ihre Beziehung?«

»Nur optisch«, sagte Florence. »In die Geburtsurkunde ist er nicht eingetragen.«

»Verstehe. Nun, das könnte bestimmte Prozeduren erfordern, wenn wir das als Beweis zulassen wollen. Bluttests und so.«

»Ich kann beweisen, dass mein Ehemann zur Zeit der … der Empfängnis gar nicht da war.«

»Das könnte sich als hilfreich erweisen«, sagte Mr Dodds.

»Und was passiert nun?«

»Ich werde Major Grieg schreiben und ihn davon in Kenntnis setzen, dass Sie mich mit der Sache betraut haben und auf welcher Basis. Dann warten wir auf seine Antwort. Hatten Sie in den letzten Monaten Kontakt zu Major Grieg?«

»Nicht direkt«, sagte Florence.

Zehn Tage später bekam sie einen Brief von Robert.

Meine liebe Florence,

ich nehme mir die Zeit, um mich wegen eines außergewöhnlichen Briefs eines Mr Kenneth Dodds von Dodds & Partners in Salisbury mit Dir in Verbindung zu setzen.

Ich muss Dir mitteilen, dass ich keinerlei Absicht hege, mich von Dir scheiden zu lassen. Dafür liegst Du mir zu sehr am Herzen.

Natürlich ist mir bewusst, dass unsere Ehe nicht perfekt war, und wenn wir ehrlich sind, müssen wir wohl beide zugeben, dass wir uns gelegentlich nicht perfekt verhalten haben. Aber der Sinn einer Ehe besteht doch darin, dass man daran arbeiten muss, und zwar gemeinsam. Niemand denkt, dass die Ehe ein Kinderspiel ist. Solltest Du das gedacht haben, meine Liebe, dann war das sehr naiv von Dir. Aber ich bin der Ansicht, dass die Basis für ein glückliches Leben immer noch gegeben ist und wir mit der Verfolgung dieses Glücks weitermachen sollten.

Ich möchte Dir versichern, dass ich Imogen als mein Kind betrachte. Ich liebe sie sehr und möchte sie zusammen mit Dir in unserem Haus großziehen. Und natürlich möchte ich noch mehr Kinder haben. Dieser Krieg hat sämtliche Beziehungen unerträglichen Belastungsproben ausgesetzt, selbst die glücklichsten. Wenn unsere Trennung überhaupt etwas Positives für mich hat, dann die Erkenntnis, wie sehr ich Dich liebe.

Wir alle wissen vermutlich, dass das Ende des Kriegs in Sicht ist, selbst wenn er noch eine Weile andauert, ein Jahr vielleicht. Danach können wir in unser Haus zurückkehren und uns eine Zukunft aufbauen.

Wenn Du mir meine Unzulänglichkeiten verzeihen kannst, Florence, dann kann ich Dir die Deinen auch verzeihen.

Ich hoffe auf Urlaub in den nächsten Wochen, dann können

wir das vielleicht persönlich besprechen und einen Weg für die Zukunft finden.

Bis dahin verbleibe ich Dein Dich liebender
Robert

»Oh Gott«, flüsterte Florence. Sie ließ den Brief sinken, schaute aus dem Fenster und spürte wieder das vertraute Engegefühl in der Kehle. »Was soll ich nur tun?«

***

Es gab nichts auf der Welt, was Grace wichtiger gewesen wäre, als Ben zu sehen, aber sie hatte auch mehr denn je das Gefühl, verbotenes Terrain zu betreten. Die Schuldgefühle plagten sie, außerdem eine gänzlich unlogische, abergläubische Angst, dass sie irgendwie für Charles' Tod verantwortlich sein könnte – dass er eine Art Urteil darstellte. Ihr war auch klar, dass eine lange Zeit verstreichen musste, bevor der Umgang mit Ben als schicklich angesehen werden würde. Alle wären schockiert und würden sie wie eine Aussätzige behandeln, wenn sie sich jetzt mit ihm träfe. Zusammen mit den Schuldgefühlen trug das zu ihrem allgemeinen Missmut bei. Sie schlief schlecht, war tagsüber reizbar und sah sich nicht in der Lage zu arbeiten, ja nicht einmal Musikunterricht zu geben. Aber die Langeweile, die daraus resultierte, verschlechterte ihre Stimmung nur noch.

Miss Merton, die sich vor allem eine therapeutische Wirkung davon versprach, fragte sie, ob sie sich vorstellen könne, mit ihr den Maitanz beim Schulfest am Pfingstsamstag zu organisieren. Grace erklärte ziemlich lustlos, sie würde es tun, wenn sie nur Zeit dafür hätte. Als Elspeth Dunn eine wichtige Klavierprüfung mit Auszeichnung bestand, ließ sie ihr über Miss Merton ausrichten, wie sehr sie sich freue, unternahm aber nicht den Versuch, selbst mit ihr zu sprechen. Die einzige Gefühlsregung, die sie über Wochen hinweg zeigte, war ihre Freude, als David ein Stipendium für die Oberschule bekam. In diesem Moment brach sie in Tränen aus und umarmte ihn fest. »Dein Vater wird sich so freuen, er wird sich so unglaublich freuen.«

Florence, die selbst nervös und misslaunig war, kam zu Besuch, vorgeblich um sie aufzumuntern, vor allem aber, um sich Luft zu machen, weil sich die Scheidung von Robert als außerordentlich schwierig erwies. Ihre ersten Worte lauteten, dass Grace zum Fürchten aussehe.

»Danke«, sagte Grace knapp.

»Und dieses Kleid ist grauenhaft, so schlaff, wie es am Leib hängt. Du solltest es wenigstens ein bisschen einfassen.«

»Florence, wenn ich deinen Rat wünsche, egal zu was, dann frage ich dich«, sagte Grace.

»Schon gut. Kein Grund, gleich in die Luft zu gehen.«

»Doch«, erwiderte Grace. »Es wird Zeit, dass dir mal jemand sagt, dass du erst nachdenken solltest, bevor du den Mund aufmachst. Statt einfach den Leuten irgendetwas an den Kopf zu knallen. Du bist ja wie … wie deine Mutter.«

»Was?«, fragte Florence. Sie klang eher erstaunt als empört.

»Manchmal schon, ja.«

»Das ist ja erschreckend«, sagte sie. »Tut mir leid.«

Selbst die gute Mrs Babbage, die immer noch darauf bestand, das Mill House zu putzen, und sie mit ihren Kommentaren zum baldigen Ende des Kriegs aufmuntern wollte, brachte sie auf die Palme. Irgendwann teilte Grace ihr mit, und zwar nicht einmal besonders freundlich, dass sie wirklich der Ansicht sei, in Zukunft allein zurechtzukommen, sosehr sie auch zu würdigen wisse, was Mrs Babbage für sie getan habe. Die nächste Stunde über war sie in Tränen aufgelöst, weil sie immerzu an die verletzte Miene denken musste, mit der Mrs Babbage ihre Schürze und die Staubtücher in ihre Tasche gepackt hatte.

Schließlich war es David, der sie aus ihrer Stimmung riss, indem er ihr klarmachte, wie hässlich sie zu ihren Mitmenschen war. Clifford hatte sie gefragt, ob sie am Samstag mit ihm in ein Konzert in der Kathedrale gehe, und Grace hatte ihm mitgeteilt, dass ihr nicht danach sei auszugehen, er solle doch David mitnehmen.

Später kam David zu ihr. »Das war nicht nett von dir«, sagte er. »Sir Clifford hatte die Karten extra für dich gekauft. Er hatte Florence gebeten, sie zu besorgen, als kleine Überraschung.«

»Dann hätte er mich eben vorher fragen sollen«, sagte Grace.

David schaute sie an. »Du bist überhaupt nicht mehr wie früher«, stellte er fest.

An diesem Nachmittag unternahm sie einen langen Spaziergang und dachte äußerst angestrengt über sich und die Welt nach. Sie dachte an Charles und sagte sich wohl zum tausendsten Mal, dass er wenigstens nie von ihrem Betrug erfahren hatte. Sie dachte an Ben und daran, wie sicher sie sich immer noch war, dass sie ihn liebte. Und sie dachte an den Abend, als Robert sie geschlagen und sie daraufhin beschlossen hatte, künftig die Verantwortung für ihr Leben zu übernehmen. Weniger passiv wollte sie sein, positiver. Wenn sie sich jetzt gegenteilig verhielt und zu allen Menschen unfreundlich war, half das weder ihr noch Charles' Andenken. Auf dem Hügel, auf dem Ben an jenem heißen Nachmittag vor so langer Zeit ihren Arm gestreichelt hatte, blieb sie stehen, schaute auf das Haus hinab und dachte an das Glück, das sie dort gefunden hatte. Sie würde es zurückerobern, beschloss sie.

Wieder zu Hause angelangt setzte sie sich hin und schrieb zwei Briefe: einen kurzen, entschuldigenden an Mrs Babbage und einen ziemlich stockenden an Ben.

Es war kein langer Brief, aber sie brauchte lange, um ihn zu schreiben. Auf dem Schreibtisch und im Papierkorb sammelten sich bereits bergeweise Entwürfe. Die Worte wollten einfach nicht fließen. Sie verspürte eigentümliche Schuldgefühle, als würde Charles ihr über die Schulter schauen. Der Gedanke an Ben beunruhigte sie ebenfalls. War es überheblich, davon auszugehen, dass er in fieberhafter Ungeduld auf eine Nachricht von ihr wartete, alles stehen und liegen ließ und sofort angerannt kam? War er des Wartens vielleicht überdrüssig und bereute einige der Dinge, die er gesagt und getan hatte?

»Ach, um Himmels willen«, sagte Grace laut und griff nach einem weiteren Blatt Papier. »Jetzt reiß dich zusammen!«

Letztlich teilte sie ihm einfach mit, dass sie ihn vermisse, immer an ihn denke und ihn, wenn er Urlaub bekomme und Lust habe, sehr gern im Mill House begrüßen würde. *Dann könnten wir uns alle wiedersehen.* Sie unterschrieb mit: *Mit all meiner Liebe, Grace.*

Im selben Moment, da sie ihn abgeschickt hatte, fühlte sie sich schon besser.

***

An einem sonnigen Aprilmorgen wurde Florence um sechs Uhr früh vom Telefon geweckt. Es war Joan Haverford.

»Florence, wir brauchen jemanden, der in einer Stunde ein

paar arme Seelen vom Bahnhof abholt. Heute Nacht wurde ein großer Wohnblock in London von Bomben getroffen, und ich wurde gefragt, ob wir ein paar der Leute abholen und irgendwo unterbringen können. Könntest du gegen neun in Salisbury sein?«

»Natürlich«, sagte Florence.

Die Frauen, die aus dem Zug stiegen, Kinder hinter sich herschleppend, standen wie immer unter Schock und waren mürrisch und misstrauisch.

»Sie müssen Ihnen so dankbar sein«, sagten die Leute immer zu Florence und konnten es kaum begreifen, dass oft das Gegenteil der Fall war. In Ermangelung eines Schuldigen neigten die Opfer dazu, ihr die Schuld an der Misere zu geben.

Sie brachten sie in den Wartesaal, der zu diesem Zweck beschlagnahmt worden war, und gaben ihnen etwas Heißes zu trinken, warme Sachen und saubere Windeln und Milch für die Babys.

»Wie lange müssen wir denn hierbleiben?«, fragte eine junge Frau, die ein kleines Kind mit Triefnase an sich drückte. »Ich muss nämlich zurück zur Arbeit.«

»Ich weiß es nicht«, sagte Florence geduldig. »Aber wenn man keine Bleibe hat, kann man schlecht arbeiten, oder? Vorerst jedenfalls.«

Die Frau schaute sie an, registrierte ihren Akzent und das einstmals teure Tweedkostüm und sagte wenig logisch: »Tja, für Sie ist das vielleicht in Ordnung.«

»Was machen Sie denn für eine Arbeit?«, erkundigte sich Florence, die den Kommentar einfach ignorierte.

»Ich arbeite in der Fabrik«, sagte die Frau.

»Und wo ist Ihr Ehemann?«

»Hab keinen.«

»Aha. Und von wem … wessen …?« Florence zeigte auf das Kind.

»Was geht Sie das denn an?«, fragte die Frau.

»Ich muss das wissen, das werden Sie einsehen«, sagte Florence unbekümmert. »Für den Bericht und so. Immerhin soll ich Ihnen eine Unterkunft besorgen.«

»Sagen Sie den Leuten, sie können sich den Bericht sonst wohin stecken«, erwiderte die Frau und schniefte. Sie war den Tränen nahe. Plötzlich lächelte das Baby und streckte die Ärmchen nach Florence aus. Trotz der Triefnase war es sehr hübsch, mit seinen riesigen braunen Augen und den seidigen schwarzen Locken. Es war unverkennbar eins der »Kaki-Babys« von den GIs, dachte Florence, diese wachsende Armee unschuldiger Begleiterscheinungen der amerikanischen Invasion.

»Wie süß«, sagte sie. »Wie alt ist sie denn?«

»Neun Monate.«

»Sie ist ganz bezaubernd. Und wie heißt sie?«

»Mamie«, sagte die junge Frau, deren Widerstand angesichts dieser Begeisterung sofort schrumpfte. »Nach Mrs Eisenhower. Ihr Dad ist Pilot. Nach dem Krieg heiraten wir«, fügte sie hinzu, was aber eher eine Hoffnung als eine Überzeugung zum Ausdruck zu bringen schien. »Er hat drüben ein großes Haus, mit Swimmingpool und allem.«

»Wie schön«, sagte Florence, die das schon oft gehört hatte. Viele GI-Babys waren aufgrund solcher Verlockungen entstanden. »Gut, dann lassen Sie mich mal schauen. Sie wollen vermutlich etwas für den Übergang, bis Sie nach London zurückkönnen, nicht wahr? Gibt es dort jemanden, bei dem Sie für eine Weile unterschlüpfen können?«

»Nein, eigentlich nicht«, sagte die Frau. »Mein Dad hat mich rausgeworfen, als ich … na ja, als ich erfuhr, dass Mamie unterwegs ist. Also hab ich bei einer Freundin gewohnt. Aber die ... die hat es heute Nacht erwischt. Sie und ihre drei Kinder.«

Prompt brach sie in Tränen aus. Mamie stimmte mit ein, sodass sich der eingetrocknete Schnodder mit neuem vermischte. Florence zog ein Taschentuch aus der Tasche und wischte ihr behutsam das Gesichtchen ab. »Setzen Sie sich da hinten hin«, sagte sie, »ich will schauen, was ich für Sie tun kann.«

Am Ende eines langen Vormittags hatte sie für alle ein Quartier gefunden – für alle außer für ein Mädchen mit einem olivhäutigen Baby.

Florence betrachtete das Kind und dachte angestrengt nach. Nanny Baines hatte zunehmend Probleme, mit Imogen klarzukommen. Sie klagte ständig und brauchte eine Pause. Die Abtei kam allmählich herunter, und auch die Köchin hatte sich mehr oder weniger in den Ruhestand verabschiedet. Imogen würde sich über das Baby freuen.

»Könnten Sie sich vorstellen«, sagte sie, »mit mir nach Hause zu kommen? Nur für ein paar Wochen?«

»Weiß nicht«, sagte die Frau. »Was muss ich dafür tun? Und was kostet das?«

»Sie müssten im Haus helfen und sich um meine kleine Tochter kümmern, wenn ich diese Arbeit hier mache. Fünf Tage die Woche. Kosten würde Sie das nichts, aber ich würde Ihnen auch nicht viel zahlen können. Sie hätten ein schönes großes Zimmer und einen herrlichen Garten ... Ach so, und Sie müssten nett zu meiner Mutter sein. Die ist nicht ganz einfach.«

Die junge Frau schaute sie an und brach dann plötzlich in ein Grinsen aus. Es war ein schönes Grinsen, breit und voller Humor.

»Schlimmer als meine kann sie gar nicht sein«, erklärte sie.

Als sie Jeannette und Mamie in ihren Wagen setzte, befiel Florence plötzlich Panik. Es war gar nicht ihre Art, so impulsiv zu handeln, zumal sie nichts über Jeannette wusste. Sie könnte kriminell sein, oder Mamie könnte sich als Albtraum erweisen und unentwegt schreien. Muriel würde zweifellos einen Anfall bekommen. Na ja, jetzt war es zu spät. Sie hatte unmissverständlich klargestellt, dass es sich nur um ein paar Wochen handelte, und für Imogen wäre es nett, Gesellschaft zu haben. Außerdem herrschte Krieg.

»Ich muss auf dem Rückweg noch schnell bei meinem Anwalt vorbei«, sagte sie zu Jeannette. »Dürfte aber nicht lange dauern.«

»Wir können ihm noch einmal schreiben«, sagte Mr Dodds, »und bekräftigen, dass Sie sich von ihm scheiden lassen wollen. Es kann aber durchaus sein, dass er sich weiterhin sperrt.«

»Ja.«

»Ich hatte Sie so verstanden, Mrs Grieg, dass er die Scheidung auch will.«

»Ja«, sagte Florence, »das hatte ich auch gedacht.«

»Dann scheinen Sie die Situation falsch eingeschätzt zu haben. Es ist sein gutes Recht, sich zu weigern. Wenn er der Schuldige wäre, wäre das etwas anderes. Gibt es nichts, was gegen Major Grieg vorliegt?«

Für seine Verhältnisse wirkte er plötzlich sehr lebhaft; offenbar fand er Geschmack an der Sache. Derart komplexe Fälle kamen ihm sicher nicht oft unter, dachte Florence, und auch das Honorar dürfte auf ein erkleckliches Sümmchen steigen. Sie seufzte und sagte langsam: »Nein … Nein, eigentlich nicht.«

»Mrs Grieg …« Er zögerte. »Mrs Grieg, ich muss noch einmal betonen, wie wichtig es ist, dass Sie mir alles erzählen. Hätte ich mehr Informationen in der Hand, könnte ich vielleicht einen anderen Ansatz vorschlagen. Und noch etwas…« Er räusperte sich. »Was Sie mir hier erzählen, ist natürlich streng vertraulich.«

Er betrachtete sie ernst, und als sie seinen Blick erwiderte, errötete er leicht. »Es gibt keinen Grund, sich für irgendetwas zu schämen, Mrs Grieg. Es gibt nur weniges, was jemanden in meinem Metier überraschen oder schockieren könnte, das versichere ich Ihnen.«

Gütiger Himmel, dachte Florence, er denkt, Robert sei pervers – er sei vom anderen Ufer oder ziehe gern Frauenkleider an. Bei dem Gedanken musste sie lächeln.

Dann ging ihr allerdings auf, dass Mr Dodds recht hatte: Robert war tatsächlich pervers – allerdings auf eine viel gefährlichere Weise. Auf eine Weise, die sie bis ans Ende ihres Lebens quälen und verfolgen könnte, wenn sie es aussprechen, ihn vor Gericht schleppen und seine berufliche Existenz zerstören würde. Das konnte sie nicht tun, das war zu gefährlich. Er würde ihr auflauern und sich an ihr rächen. An ihr und Imogen, wo auch immer sie waren.

»Nein«, sagte sie schließlich, »es gibt nichts, was ich Ihnen nicht erzählt hätte.«

Muriel war entsetzt, als sie mit Jeannette und Mamie eintraf. »Tut mir leid, Florence«, sagte sie, »ich bin nicht bereit, das hinzunehmen. Wenn Grace Charles' Haus mit diesem Gesindel füllt, ist das eine Sache, aber es ist etwas gänzlich anderes, wenn du mit meinem Haus dasselbe vorhast. Wenn es unbedingt sein muss, kann das Mädchen heute Nacht hierbleiben, aber morgen früh muss sie fort.«

In diesem Moment platzte Imogen ins Zimmer und drückte

strahlend eine wild zappelnde Mamie an die Brust. »Baby hat Kacka gemacht«, rief sie, »mitten auf den Fußboden.«

»Ich glaube, ich drehe durch«, sagte Muriel.

»Meine Mutter wird auf ihrem Zimmer speisen«, sagte Florence, »sie ist sehr müde.«

»Sie will nicht mit mir an einem Tisch sitzen, denke ich eher«, erwiderte Jeannette munter. »Ihr kleines Mädchen ist aber wirklich schlau. Kann schon alle Texte von den Liedern auswendig, und das in ihrem Alter. Und kann schon bis ... bis achtundvierzig zählen, so weit ist sie jedenfalls gekommen.«

Sollte Florence noch irgendwelche Bedenken wegen Jeannette gehabt haben, waren die urplötzlich verflogen.

Sie trug das Tablett mit Muriels Abendessen hoch, klopfte leise an die Tür und stellte es ihr ans Bett.

»Das kannst du gleich wieder mitnehmen, was auch immer das sein soll«, sagte Muriel. »Ich rege mich viel zu sehr auf.«

»Suppe ist das«, sagte Florence. »Jeannette hat sie gemacht. Keine Ahnung, woraus, aber sie hat ein bisschen herumgewerkelt, und schon ... Es schmeckt jedenfalls besser als alles, was die Köchin je fabriziert hat.«

»Vielleicht nehme ich ein Löffelchen«, sagte Muriel, »aber ich bin mir sicher, dass es so gut gar nicht sein kann. Diese Leute wissen doch gar nicht, was anständiges Essen ist.«

»Anders als unsere Köchin, meinst du.«

Als sie das Tablett wieder abholte, war der Suppenteller leer.

»Die ist vorzüglich«, sagte sie zu Jeannette und nahm sich noch etwas Suppe. »Was ist denn da drin?«

»Vor allem Kartoffeln. Und dann noch ein bisschen anderes Zeug. Na ja, ich koche eben gern. Meine Mum hat in der

Küche des Savoy gearbeitet – bis sie gefeuert wurde«, fügte sie hinzu.

»Wieso wurde sie denn gefeuert?«, fragte Florence nervös.

»Weil sie ein paar Sachen stibitzt hat.«

»Das solltest du meiner Mutter besser nicht erzählen«, sagte Florence.

Mamie schrie nicht die ganze Nacht, sie schrie überhaupt nicht, und als Florence zum Frühstück hinunterkam, roch es nach frisch gebackenem Brot.

Nachdem sie drei Tage lang köstliche Suppen, Gemüseeintöpfe und auf wundersame Weise auch Omelettes aus einer Mischung aus frischen Eiern und Trockenei gegessen hatten, gestand Muriel zähneknirschend zu, dass Jeannette bis zum Monatsende bleiben dürfe. »Falls die Köchin nichts dagegen hat.« Den genauen Wortlaut der Antwort der Köchin behielt Florence lieber für sich: Wenn sie Mrs Bennett bis zum Ende ihrer Tage nicht mehr sehen müsse, sei das gerade lang genug.

***

»Denkst du, dass Charles ein Testament hinterlassen hat?«, erkundigte sich Grace eines Abends bei Clifford. »Falls ja, müsste ich mal hineinschauen. Ich verstehe nicht viel von diesen Dingen, aber ich weiß, dass es einiges zu regeln gibt, die Testamentseröffnung und so. Ich bin nicht umsonst die Tochter eines Bankdirektors.«

»Ich bin mir sicher, dass er ein Testament hinterlassen hat«, antwortete Clifford. »Ziemlich unwahrscheinlich, dass ein Anwalt nicht alles in bester Ordnung hinterlässt.«

»Ich habe aber schon an allen einschlägigen Plätzen nachgeschaut, in seinem Schreibtisch und so weiter. Wo, denkst du, könnte er es hingelegt haben?«

»Vielleicht hat er es bei der Bank oder einem Anwaltskollegen deponiert. Oder in der Abtei. Ich kann ja mal… Na ja, ich gehe morgen kurz hin. Muriel hat ein paar Probleme mit dem Garten. Dann könnte ich einen Blick in seine alten Akten werfen, wenn du magst.«

Seine Miene war bewusst neutral, und er mied ihren Blick. Als er zu einem Spaziergang aufbrach, lief Grace aber sofort zum Telefon, um Florence das Versprechen abzunehmen, am nächsten Tag Bericht zu erstatten. Und das tat Florence: »Wie ein altes Ehepaar haben sie im Garten gesessen. Meine Mutter hat eine missbilligende Miene aufgesetzt und demonstrativ gestrickt, während Daddy sie um Hilfe bei seinem Kreuzworträtsel gebeten hat. Das reinste Idyll, wie Clarissa sagen würde.«

»Das ist ja auch ein Idyll«, sagte Grace und dachte, wenn Charles' Tod das bis dahin Undenkbare ermöglicht hatte – die Wiedervereinigung zweier einsamer, unglücklicher alter Leute –, dann war er wenigstens nicht ganz vergeblich gewesen.

Clifford hatte das Testament gefunden. Es lautete schlicht, dass er alles Grace überließ, das Haus und sämtliche Wertsachen. Jetzt sei sie, wie Clifford erklärte, eine wohlhabende Frau mit eigenen Mitteln. Grace versuchte sich an den Gedanken zu gewöhnen und verspürte mehr Schuldgefühle denn je.

Sie hatte schon viele Wochen nichts mehr von Ben gehört und war zu dem Schluss gelangt, dass er an einen anderen Ort versetzt worden sein musste oder – schlimmer noch – selbst nicht wusste, was er wollte. Jeden Morgen wartete sie demonstrativ gleichgültig auf den Postboten. Jeden Morgen nahm sie die Post entgegen, schaute sie einmal durch, versuchte, das Zittern ihrer Hand zu verbergen, und legte sie dann auf den Tisch in der Vorhalle, ging in ihr Zimmer hoch und starrte mit leerem

Blick und von Tag zu Tag schwererem Herzen auf die Einfahrt hinab. Dort hatte sie ihn zum ersten Mal gesehen, als er seinen langen, schlanken Körper aus dem Jeep gewunden hatte, und nun fragte sie sich, ob sie ihn je wieder dort erblicken würde. Sie sagte sich selbst, dass sie sich albern aufführte, da schließlich Krieg herrschte. Aber es war zwecklos: Die tägliche Qual hielt an.

Aber dann kam der Morgen, an dem sie alle Hoffnung aufgegeben hatte, der Morgen, an dem alles schiefging. Sie hatte verschlafen und war mit Kopfschmerzen aufgewacht; David kippte Tee über seine Hausaufgaben; Daniel fiel ein, dass er Fußball hatte – um Flossie dabei zu ertappen, wie sie zufrieden alle seine Sporthosen auffraß –; Clifford fragte dreimal nach, ob es ihr auch wirklich gut gehe, weil sie ein bisschen kränklich aussehe; Muriel rief an und bestand darauf, dass sie mit Florence über Jeannette sprach; Mrs Lacey schrieb, dass es drei Beschwerden über ein Landarmeemädchen gebe, das Grace hartnäckig verteidigte; sie selbst erblickte sich zufällig im Spiegel und sah, dass sie sich die Haare waschen müsste und an ihrer Nasenspitze ein Pickel spross; Florence kam kurz vorbei und fragte, ob sie ihr ein paar Dutzend alte Decken zum Waschen vorbeibringen könne, während der Postbote gar nicht kam geschweige denn mit einem Brief von Ben. Aber just an diesem Morgen hörte man plötzlich ein Knirschen auf dem Kies. Sie sprang auf und kippte den Tee über ihre Scheibe Toast, die letzte des Laibs.

»Wenn das schon dieser verdammte Wagen mit den Decken ist, werde ich aber ...«

Im nächsten Moment hielt sie inne. Clifford sah sie erst bleich werden, dann knallrot, schließlich erhob er sich und ging ebenfalls zum Fenster. In der Einfahrt stand ein Jeep. Aus der Tür schob sich ein langes Bein und schließlich ...

»Ben!«, sagte Grace leise und mit zittriger Stimme, dann noch einmal lauter: »Es ist Ben!« Und schon war sie fort, in die Vorhalle gerannt und zur Tür hinaus, direkt in seine Arme, und so standen sie da, eng umschlungen, sie auf Zehenspitzen, sein Kopf über sie gebeugt, sein Mund in ihrem Haar, ihr Gesicht an seiner Brust, die Körper aneinandergepresst.

»Gütiger Gott«, sagte Clifford, der die beiden mit einer gewissen Milde betrachtete, »gütiger Gott. Ich hatte also recht.«

Er begrüßte Ben sehr herzlich und erklärte, ihm sei nach einem Spaziergang. Er würde die Jungen von der Schule abholen und ihnen die Neuigkeiten verkünden.

»Wieso bist du nicht eher gekommen?«, fragte sie und schaute aus den Tiefen ihres Glücks zu ihm auf. »Warum hast du nicht wenigstens mal angerufen? Ich hatte eine solche Angst …«

»Ich habe deinen Brief erst vor zwei Tagen bekommen«, sagte er, »weil ich ständig unterwegs war. Ich musste eine Lüge erfinden, um fortzukommen. Ich habe einfach behauptet, Daniel sei schon wieder krank. Lange kann ich auch nicht bleiben.«

»Wie lange denn?«, fragte sie.

»Nur bis morgen«, sagte er. »Aber so wirst du wenigstens wissen, dass ich dich liebe.«

»Ja«, sagte sie, »ich werde wissen, dass du mich liebst. Und du wirst wissen, dass ich dich liebe.«

Sie sah aus dem Fenster; draußen entfernte sich Cliffords große Gestalt. »Komm«, sagte sie und streckte ihm die Hand hin, »jetzt haben wir noch einen Moment für uns. Einen Moment, in dem ich dir zeigen kann, wie sehr ich dich liebe.« Wortlos führte sie ihn die Treppe hoch, in ihr Zimmer, ihr Bett.

Diesen Moment würde sie nie vergessen. Nie wieder in

ihrem Leben würde sie so hoch fliegen, würde ein so außerordentliches Entzücken verspüren, das wuchs, nach mehr verlangte, sich ins Unermessliche steigerte. Seine Hände, sein Mund, seine Stimme ergriffen Besitz von ihr und nahmen sie mit zu diesen Freuden. Sein Körper durchdrang sie, eine ewige Reise zu glänzenden Gipfeln und sanft gewellten Tälern, gewaltigen Triumphen und stillen, sanften Momenten des Friedens, kühnen Annäherungen an den Rande des Abgrunds und jähen Rückzügen, um sich für den nächsten Ansturm zu sammeln, dann den nächsten und dann, ja, jetzt endlich, ja, ja, die endgültige, taumelnde Erlösung.

»Ich liebe dich«, sagte er, nachdem sie eine Weile still dagelegen hatten, ein erstauntes Lächeln auf den Lippen angesichts dessen, was sie gerade erlebt hatten. »Ich liebe dich so sehr. Mehr denn je.«

»Und ich liebe dich«, sagte Grace. »Mehr denn je.«

»Es dürfte nicht ganz leicht für dich sein«, sagte er und musterte sie nachdenklich. »Vermutlich fühlst du dich ein bisschen … schlecht.«

»Ja, Ben. Ich fühle mich mehr als ein bisschen schlecht. Ich verspüre Schuldgefühle und Reue. Und ich habe Angst davor, was die Leute sagen. Oder denken. Andererseits ist der einzige Mensch, der wirklich betroffen wäre, tot. Die schreckliche Verletzung bleibt ihm also erspart. Er hat es nie erfahren, Gott sei Dank.«

Ben lag da und schaute sie an, dann streckte er die Hand aus und strich ihr eine Strähne aus dem Gesicht. »Du bist so perfekt«, sagte er. »So absolut perfekt.«

»Das bin ich bestimmt nicht, Ben«, erwiderte Grace und musste lachen über diesen absurden Kommentar. »Natürlich bin ich nicht perfekt. Ich habe einen Pickel an der Nasenspitze und müsste mir mal wieder die Haare waschen …«

»Für mich bist du perfekt«, meinte er. »Mehr wollte ich damit nicht sagen. Ich liebe dich, wie auch immer du bist.«

»Ihr seid also ein Liebespaar?«, fragte Daniel.

»Na ja ... schon. Ja, ich denke, das sind wir«, antwortete Ben zögerlich. Dann lächelte er Grace an.

Sie waren mit Clifford gekommen, hatten sofort das Haus gestürmt und sich in seine Arme gestürzt. Den Tee nahmen sie im Garten ein, da es für Mai wirklich heiß war. Dann saßen Ben und Grace auf der Bank vor dem Haus, sein Arm um ihre Schultern gelegt, und lächelten die anderen töricht an.

»Bäh«, sagte Daniel. »Wie David und Elspeth. Pfui Spinne.«

David war sehr still. Grace betrachtete ihn. Ben folgte ihrem Blick und registrierte es auch.

Nach einer Weile sagte er: »David, wollen wir einen Spaziergang machen?«

»Eigentlich nicht«, sagte David knapp.

»Ich würde aber gern einen machen. Danach können wir Fußball spielen.«

David schaute ihn geistesabwesend an. »Na gut.«

»Ich komme mit«, rief Daniel.

»Du musst mit mir zur Abtei gehen«, sagte Grace bestimmt.

»Nicht in die Abtei«, protestierte Daniel. »Ich habe keine Lust, Imogen zu sehen.«

»Die könnte natürlich da sein. Aber Jeannette braucht unsere Hilfe. Sie hat vorhin angerufen, weil sie ein Kaninchen häuten soll.«

Daniels Augen leuchteten auf. Er war sehr stolz darauf, dass er Kaninchen häuten konnte. »Na gut. Und was machst du, Sir Clifford?«

»Ich bin auch dort verabredet«, sagte Clifford. »Mit ein paar Blattläusen.« Er zwinkerte Grace zu.

Ben und David überquerten schweigend die Weide. Schließlich sagte Ben: »Ab September gehst du also auf die Oberschule?«

»Mhm.«

»Gut gemacht. Freust du dich schon darauf?«

David zuckte mit den Achseln. »Denke schon.«

»Großartiger Junge. Ich bin so stolz auf dich.«

»Ja, na ja.«

»Und was macht die Musik?«

»Gut.«

»Möchtest du noch etwas anderes lernen? Du könntest ja die Fiedel spielen lernen, wie dein Großvater.«

Wieder zuckte er mit den Achseln. »Weiß nicht. Vielleicht.«

»David?«

»Ja?«

»David, schau mich an.«

David sah ihn an, und Ben erkannte die tiefe Verletzung und Feindseligkeit in seinem Blick. »Was ist los, David? Hat es mit Grace zu tun? Mit Grace und mir?«

»Nein.«

»Doch, nicht wahr?«

Schweigen. Dann sprudelte es aus David heraus. »Wie kannst du das nur machen? Du sollst Mum lieben! Was würde sie sagen, wenn sie das wüsste?«

»Ich denke«, sagte Ben äußerst behutsam, »sie wäre sehr froh.«

»Warum? Was gibt es da, froh zu sein?«

»Sie wäre froh, dass ich nicht mehr so einsam bin.«

»Bist du denn einsam?«

»Natürlich. Für euch war es nicht so schlimm, weil ihr Grace hattet. Die hat sich um euch gekümmert und euch geliebt. Ich hatte niemanden.«

»Aber du hast Mum geliebt. Wie kannst du sie einfach vergessen?«

»Hast du sie vergessen, David?«

»Natürlich nicht.«

»Na also. Ich auch nicht. Ich habe nichts vergessen, überhaupt nichts: wie sie ausgesehen hat, wie hübsch sie war, wie sie uns zum Lachen gebracht hat, wie sie uns herumkommandiert hat, wie toll sie immer gekocht hat, wie wütend sie manchmal auf Nan war – oder auf uns, wo wir schon mal dabei sind – und wie sehr sie uns geliebt hat. Ich habe nichts vergessen, ehrlich.«

David erwiderte nichts, sondern schaute demonstrativ vor sich hin.

»Mum war eine besondere Person«, sagte Ben. »Wir können von Glück sagen, dass wir sie hatten. Aber jetzt ist sie fort. Sie ist schon lange fort, und wir werden sie nie zurückbekommen.«

Plötzlich setzte sich David auf den Boden und barg den Kopf in den Armen. »Ich vermisse sie«, sagte er mit erstickter Stimme, »ich vermisse sie immer noch. Ich möchte ihr so viel erzählen – dass ich das Stipendium bekommen habe und dass wir in der Fußballliga Erster geworden sind. Ich möchte ihr zeigen, wie ich die Welpen erzogen habe und wie ich Imogen Kinderreime beibringe.«

»Das würde ich auch gern tun«, sagte Ben sanft. Er setzte sich neben ihn und nahm ihn in den Arm. »Und ich vermisse sie auch immer noch. Grace liebe ich ja nicht statt deiner Mum, ich liebe sie zusätzlich. Ich weiß, dass das nicht leicht zu verstehen ist, aber es stimmt. Außerdem hätte Mum Grace gemocht, oder? Sie hätte sie sehr gern gemocht.«

»Ja«, sagte David widerstrebend. »Vermutlich.«

Ein langes Schweigen entstand, dann sah er zu seinem Vater auf. »Wirst du sie also heiraten? Grace, meine ich.«

»Vielleicht«, sagte Ben. »Eines Tages vielleicht. Wenn das für alle in Ordnung ist.«

Wieder entstand ein Schweigen, dann sagte David: »Na ja, vermutlich schon.« Er schenkte seinem Vater ein verlegenes Lächeln. »Ja, doch, das wäre in Ordnung.«

KAPITEL 25

Frühsommer 1944

Es war ein unglaublich schöner Frühsommer. Die Tage waren warm und golden, und alle erklärten das zu einem Omen: Sicher sei der Krieg bald vorbei. Die Stimmung stieg, und die Menschen beklagten sich nicht mehr über Mängel und Entbehrungen. Grace bewegte sich glücklicher denn je durch diese wunderschönen Tage, den Kopf voller unausgereifter Ideen, die sie tunlichst verdrängte, um die Zukunft nicht schon zu verplanen. Ben war in Tidworth und wusste nicht, wann er wieder Urlaub bekommen würde. Auf eigentümliche Weise war ihr das nur recht. Er liebte sie, und sie liebte ihn, das musste vorerst reichen. Sie war noch nicht bereit für den nächsten Schritt. Die Verwirrung und die Schuldgefühle waren noch nicht verflogen, und zu ihrer Überraschung trauerte sie auch um Charles.

Überall schien das große Glück zu herrschen. Clifford wuselte geschäftig umher, pfiff und sang den ganzen Tag – »Das ist, als würde man mit den Sieben Zwergen zusammenwohnen«, sagte Grace irgendwann lachend zu Florence – und verbrachte einen wachsenden Anteil seiner Zeit in der Abtei. Wie angedroht war er in den Kirchenchor eingetreten, sprang gelegentlich als Organist ein und wurde ein spätes, eher überflüssiges Mitglied der Bürgerwehr. Jeden Morgen stand er in aller Herrgottsfrühe auf, um sich dem Garten des Mill House zu widmen, dann stieg er auf sein altes, klappriges Fahrrad und strampelte nach Thorpe Magna und zu Muriel hinüber. Oft blieb er noch zum Lunch, ein-, zweimal sogar bis zum Abendessen, obwohl das weniger mit Muriels Charme als mit Jeannettes Kochkünsten zu tun hatte, wie Florence behauptete. Florence selbst war ungewöhnlich heiter und betrieb ihre Scheidung mit eisernem Elan, und wenngleich sie oft der Mut verließ, wurde sie durch die nahezu täglichen Liebesbriefe von Giles immer wieder aufgebaut. Sie – oder vielmehr ihr Anwalt Mr Dodds – hatten Robert einen weiteren Brief geschickt und ihren Wunsch, sich scheiden zu lassen, noch einmal bekräftigt. Dieses Mal hatte er wenigstens nicht zurückgeschrieben, um ihr Ansinnen abzulehnen. Vielleicht hatte er es mittlerweile begriffen.

Sie arbeitete immer mehr Stunden beim Freiwilligendienst, da Jeannette ihre häuslichen Pflichten fast alle übernommen hatte. Mrs Haverford erklärte oft, dass sie sich nicht vorstellen könne, wie man ohne sie klarkommen solle. Florence war selbst entzückt über ihre neu entdeckten organisatorischen Fähigkeiten und redete mittlerweile so unablässig und leidenschaftlich über ihre Arbeit wie sonst nur über Imogen. Eine Rückkehr zu ihrem alten Leben mit Dinnerpartys und Häuslichkeit konnte sie sich nicht vorstellen. Ihre Pläne für ihr zukünftiges Leben schwankten zwischen Politik und Verwaltungsaufgaben in der Industrie, waren aber immer hochtrabend. Wie Grace scheute sie allerdings davor zurück, sich mehr als nur nebelhafte Vorstellungen von ihrer Zukunft zu machen. Das war verbotenes Terrain, und die Gegenwart war schon fordernd genug.

***

Clarissa war zu beschäftigt, um über irgendetwas nachzudenken, wofür sie zutiefst dankbar war. Dartmouth war Sperrgebiet, das niemand betreten oder verlassen durfte, der nicht in offiziellen Marineangelegenheiten unterwegs war. Die Stadt war mittlerweile vollkommen überfüllt, wie sie Jack eines Abends bei einem ihrer seltenen Telefonate erzählte. »Die Amerikaner sitzen einfach auf den Bürgersteigen herum und warten darauf, eingeschifft zu werden. Dazu kommen noch die Tausenden von gelangweilten, heimwehgeplagten Soldaten, die sich nach irgendeiner Beschäftigung sehnen. Sie können einem wirklich leidtun, mein Schatz.«

»Da müssen sie durch«, sagte Jack. »Ich möchte jedenfalls nicht, dass du ihr Heimweh linderst.«

Ende April hatte es in Slapton Sands einen schrecklichen Zwischenfall gegeben: Mehrere amerikanische Schiffe waren bei einem Manöver, das die Landung in der Normandie simulieren sollte, von deutschen U-Booten angegriffen und Hunderte von Männern getötet oder schwer verletzt worden. In den Tagen danach herrschte in den Pubs und Tanzlokalen der Stadt eine Totenruhe, die aber niemand ansprach. Die Sicherheitsvorkehrungen waren so streng, dass jeder, der über die Ereignisse redete, selbst das medizinische Personal, das die Männer behandelte, sofort vors Kriegsgericht gestellt wurde.

In einer derart albtraumhaften Welt war es nicht allzu schwer, die Ängste um Jack im Zaum zu halten.

***

Die Proben für den Maitanz am Pfingstsamstag bereiteten den Schülern deutlich Probleme. Grace und Miss Merton waren schon der Verzweiflung nahe. Es war Mittwoch, und am Samstag sollte das Fest stattfinden. Nur drei Schüler beherrschten die komplizierten Bewegungen, und das gefiel Miss Merton überhaupt nicht. Sie war drauf und dran, den Programmpunkt ganz zu streichen, aber ihm eilte ein gewisser Ruf voraus. Selbst die Lokalpresse würde kommen und fotografieren.

»Wir machen uns zum Gespött der Leute«, stöhnte Miss Merton, als sie nach der letzten katastrophalen Probe an ihrem Schreibtisch saß, den Kopf mit dem vielfach gefalteten Kinn missmutig gesenkt. »Es bleibt uns nichts übrig, als die Sache zu streichen.«

»Auf keinen Fall«, sagte Grace bestimmt. »Wir bekommen das schon hin. Ich weiß, dass wir das schaffen. Wir müssen nur ein paar Extraproben nach der Schule anberaumen. Gleich morgen. Grämen Sie sich nicht, Miss Merton. Denken Sie einfach an … an Churchill.«

»Fast wünschte ich, ich hätte es mit den Deutschen zu tun«, erwiderte Miss Merton. »Die tun wenigstens, was Hitler sagt.«

***

In Schottland hatte Major Robert Grieg um ein dringliches Gespräch mit seinem Vorgesetzten gebeten.

»Es tut mir leid, dass ich Sie überhaupt damit behellige, Sir, aber ich brauche unbedingt vierundzwanzig Stunden Urlaub. Meiner Frau geht es gar nicht gut, vielleicht muss sie sogar ins Krankenhaus. Es ist … Na ja, es handelt sich um eine Frauensache. Und ich dachte, Sir …«

»Jaja, sollte sich machen lassen, Major Grieg. Nehmen Sie sich die vierundzwanzig Stunden, wenn es hilft. In den letzten Tagen ist es ja ziemlich ruhig gewesen – die Ruhe vor dem Sturm. Und Sie haben anständige Arbeit geleistet. Tut mir leid, das mit Ihrer Frau.«

»Danke, Sir.«

Robert besorgte sich Reisepapiere für den nächsten Tag und rief einen Freund in London an. »Ich brauche morgen einen Wagen und Benzin, Bertie, koste es, was es wolle. Dann muss ich sofort nach Wiltshire aufbrechen, zu meiner Frau. Kannst du ein paar Strippen ziehen?«

»Aber Robert, hab ich das je nicht gekonnt?«

***

»Jeannette«, sagte Florence am nächsten Morgen, »ich gehe jetzt. Vor dem Tee werde ich sicher nicht zurück sein, vermutlich sogar erst später. Ich habe Spätschicht in der Kantine. Ist das in Ordnung?«

»Selbst wenn nicht, wäre es in Ordnung«, sagte Jeannette munter. »Was ist mit Ihnen, Mrs B.? Sind Sie heute wieder ›sehr beschäftigt‹?«

»Das bin ich, in der Tat«, sagte Muriel kalt. Sie hatte verschiedentlich zu verstehen gegeben, dass sie nicht Mrs B. genannt werden wollte, aber es hatte nicht viel genützt.

»Der Name passt doch gut«, hatte Jeannette gesagt. »Meine alte Oma war in der ganzen Straße als Mrs B. bekannt, und Sie erinnern mich an sie.«

Muriel hatte nur, in einem Ausdruck tiefen Schmerzes, die Augen geschlossen.

»Du wirst also allein sein, Jeannette«, sagte Florence. »Wenn es Probleme gibt, egal welcher Art, ruf im Mill House an, ja? Ach so, heute Nachmittag ist eine Probe für den Maitanz. Ich habe Grace überredet, Imogen mitmachen zu lassen. Könntest du sie also um drei zur Schule bringen?«

»Ja, klar. Was haben Sie denn vor, Mrs B.? Imogen, sag danke, wenn du mehr willst.«

»Danke«, sagte Imogen.

»Braves Mädchen.«

»Es heißt ›danke schön‹, Imogen«, mischte Muriel sich ein. »Ich werde für die Kirche den Blumenschmuck gestalten, daher werde ich die meiste Zeit dort sein. Pfingsten ist nämlich ein bedeutender Feiertag für die Christenheit«, fügte sie hinzu, als komme Jeannette aus einem primitiven Land, wo sich das Christentum noch nicht verbreitet hatte.

»Ja, hab ich mal gehört. Imogen, geh mit Mamie nach draußen. Aber nicht in die Nähe des Teichs, denk dran.«

***

»Clifford«, sagte Grace, »wir werden heute Nachmittag in der Schule den Maitanz proben. Möchtest du mitkommen? Dann könntest du mich gelegentlich am Klavier ablösen, und Miss Merton wird Hilfe bei der Choreografie brauchen. Jeannette bringt die Kleinen auch hin. Florence hat mich bekniet, Imogen mitmachen zu lassen. Das wird entzückend.«

»Was für eine reizende Idee. Ja, da komme ich gern mit.«

»Gut. Vielleicht könnten wir schon früher hingehen, so gegen Mittag, damit du dir den Klavierpart anschauen kannst.«

»Von mir aus gern.«

»Und wer wird am Maibaum stehen und ihr ekelhaftes, schmalziges Lied singen? Und wer wird sie mit schmalziger Miene anglotzen? Bäh!«

»Halt den Mund, Daniel, aber sofort. Und geh und wasch dein Gesicht. Du auch, David. Ihr seht aus, als hättet ihr euch im Schlamm gesuhlt.«

»Haben wir ja auch«, sagte Daniel. »Nur weil ich gesagt habe, dass Elspeth eine schm… Aua! Hör auf, David!«

***

Jeannette war oben und putzte das Bad, als sie den Wagen in der Einfahrt hörte. Sie sah aus dem Fenster. Es war ein ziemlich großer Schlitten. Da hatte offenbar jemand Geld.

Ein Mann in Uniform stieg aus. In Offiziersuniform. Er schaute am Haus hoch, dann ging er zur Tür und klingelte. Jeannette ging hinunter und öffnete.

»Guten Morgen«, sagte der Mann, nahm seinen Hut ab und lächelte. Er sah gut aus, irgendwie ausländisch. Für ihren Geschmack ein bisschen zu dunkel, aber trotzdem.

»Morgen«, sagte sie.

»Ist Mrs Grieg hier?«

»Nein. Die ist beim Freiwilligendienst.«

»Ach so, ja klar. Wie dumm von mir. Wann kommt sie denn zurück?«

»Erst spät.«

»Oh«, sagte er. »Oje.«

»Warum?«

»Nun, ich dachte … Aber gut. Sie hat es offenbar vergessen.«

»Was vergessen?«

»Eine Verabredung, die sie hatte. Verdammt. Ist Mrs Bennett da? Oder ist sie …«, er schaute auf die Uhr. »Ja klar tut sie das.«

»Tut was?«

»Sich ausruhen.«

»Sie scheinen sie ja gut zu kennen«, sagte Jeannette.

»Na ja, ich bin ihr Schwiegersohn. Major Grieg. Mrs Griegs Ehemann. Entschuldigen Sie, ich hätte mich wenigstens vorstellen sollen. Und Sie sind …?«

»Ich heiße Jeannette. Jeannette Marks. Ich kümmere mich um Imogen und um das Haus und so. Jetzt erkenne ich Sie auch«, fügte sie hinzu. »Sie sind auf dem Foto im Zimmer von Mrs B.«

»Ach ja? Ist das jetzt eine ganz neue… Idee, dass Sie sich um Imogen kümmern? Wo ist denn Miss Baines?«

»Bei sich zu Hause, vermutlich«, sagte Jeannette. »Sie konnte nicht mehr, wo Imogen doch immer was anstellt und so.«

»Nun, dann haben wir ein Problem«, sagte Major Grieg. »Ich kann es kaum glauben, dass meine Frau Ihnen nichts gesagt haben soll.«

»Was denn gesagt?«

»Dass ich Imogen heute Nachmittag abhole. Ich fahre mit ihr zu meiner Mutter, zum Tee.«

»Nein, davon hat sie nichts gesagt. Wo ist sie denn? Ihre Mutter, meine ich.«

»Oh… nicht weit weg. Zurzeit wohnt sie bei einer Freundin, auf der anderen Seite von Salisbury. Sie hat heute Geburtstag, müssen Sie wissen, und hat sich so sehr darauf gefreut, Imogen zu sehen.«

»Ja, das wäre schön für sie, das verstehe ich gut.«

Plötzlich bogen Imogen und Mamie um die Ecke. Mamie saß in Imogens Holzschubkarre. Ihr kleines braunes Gesicht und die Arme waren über und über mit grünem Schleim bedeckt; sie weinte.

»Imogen!«, rief Jeannette. »Imogen, was hast du mit ihr gemacht?«

»Sie ist in den Teich gefallen«, sagte Imogen.

»Aber ich hatte dir doch gesagt, dass du nicht in die Nähe vom Teich gehen sollst! Wirklich. Was soll denn dein Vater denken?«

»Hallo, Imogen, mein Schatz«, sagte Robert, beugte sich hinab und wollte Imogen einen Kuss geben. Die drehte sich weg.

»Das ist so traurig«, sagte er. »Sie hat mich in drei Jahren nur dreimal gesehen. Das hat der Krieg aus den Familien gemacht. Was ist mit Ihrem Ehemann?«

»Noch nicht geheiratet«, sagte Jeannette knapp.

»Verstehe. Hören Sie, ich nehme an, Sie lassen mich Imogen nicht mitnehmen, oder? Es wäre auch nur für ein paar Stunden. Sie wäre zurück, bevor Florence ... bevor meine Frau heimkehrt.«

»Ich weiß nicht«, sagte Jeannette. »Da sollte ich wohl besser fragen.«

»Aber wirklich! Ich bin der Vater. Möchten Sie meinen Ausweis sehen?«

Er wirkte verletzt und aufgebracht, aber dann sagte er: »Aber wenn Sie sich erst absichern wollen ... Das ist vermutlich richtig.«

»Vermutlich. Aber ich weiß nicht, bei wem. Mrs G. ist nie irgendwo, wo ich sie erreichen kann. Um drei soll ich die Kinder zu einer Art Tanz oder so bringen. Aber Mamie sieht so gar nicht danach aus, als würde sie gern tanzen ...«

Sie betrachtete Mamie, die immer noch weinte. Ein paar Stunden Ruhe könnte sie gut gebrauchen, und auf die fünf Meilen nach Thorpe Magna und wieder zurück konnte sie auch gut verzichten. »Wissen Sie was?«, sagte sie. »Ich frage nur kurz die junge Mrs B. Sie wird wissen, ob das in Ordnung ist, wenn Imogen das Tanzen und so verpasst.«

»Oh ... in Ordnung. Gut. Ich behalte Imogen hier, ja? Dann können Sie Ihr Kleines mitnehmen.«

»Gut.«

Mrs Boscombe erklärte ihr gerade, dass im Mill House niemand war, weil alle zur Schule gegangen waren, als sie den Wagen starten hörte. Erschrocken rannte sie hinaus, aber er war noch da. Imogen saß lächelnd neben Robert. Sie liebte Autos.

»Auto fahren«, sagte sie. »Brumm, brumm.«

»Mrs Bennett ist nicht zu Hause«, sagte sie. »Die sind alle in der Schule, drüben in Lower Thorpe.«

»Hören Sie«, begann er, »dann mache ich Ihnen einen Vorschlag, damit Sie nicht so besorgt sind. Ich fahre dort vorbei, kläre mit Grace, ob Imogen auch wirklich nicht gebraucht wird, und fahre dann mit ihr zu meiner Mutter. Ich bringe sie zurück, wenn … Wäre Ihnen halb fünf recht?«

»Ja«, sagte Jeannette. »Ja. Halt den Mund, Mamie. Ich komme ja schon.«

Er fuhr ganz langsam davon, winkte noch einmal und lächelte. Imogens blonder Kopf erschien im Fenster.

»Tschüss, tschüss«, rief sie, »brumm, brumm.«

Da ist sie gut aufgehoben, dachte Jeannette. Da ist sie wunderbar aufgehoben. Schließlich ist er ihr Vater.

***

»Jeannette ist ziemlich spät dran«, sagte Grace, »wir müssen jetzt ohne Imogen loslegen. Na ja, sie hat ohnehin immer nur gestört. Wenigstens habe ich jetzt einen Vorwand, sie nicht mitmachen zu lassen. Sie hat das einfach nicht hinbekommen.«

Die Probe war genauso katastrophal wie sonst. Die Kinder begaben sich zum falschen Zeitpunkt zum falschen Ort, und die Bänder am Maibaum erinnerten eher an ein verheddertes Wollknäuel als an einen hübsch geflochtenen Zopf.

»Ach, egal«, erklärte Miss Merton verzweifelt. »Wissen Sie, was man über misslungene Kostümproben sagt? Pfingstmontag wird alles wunderbar klappen, da bin ich mir sicher. Elspeth, mein Schatz, das war wunderbar. David, würdest du Elspeth bitte mit den Bändern helfen? Alles in Ordnung,

Daniel, mein Schatz?« Daniel hockte hinter dem Klavier und machte Würgegeräusche.

»Eine Tasse Tee haben wir uns jetzt mehr als verdient«, sagte Miss Merton. »Ich gehe ins Lehrerzimmer und setze Wasser auf. Mr Bennett, gesellen Sie sich zu uns?«

»Mit Vergnügen«, sagte Clifford. »Das ist sehr nett von Ihnen. Komm, David, ich helfe dir mit den Bändern. Du hast eine wundervolle Stimme, meine Liebe«, sagte er zu Elspeth. »Das ist ein großes Geschenk. Unser junger Freund hier hat mir bereits alles über deine musikalischen Talente erzählt.«

David wurde knallrot, und hinter dem Klavier waren weitere Würgegeräusche zu hören.

»So, dann lasst uns jetzt den Tee trinken«, sagte Grace. »Du liebe Güte, es ist ja schon fast fünf. Nach dem Tee müssen wir sofort zurückfahren. Was wohl mit Imogen los ist? Vielleicht hatte Jeannette ja keine Lust auf den langen Fußweg.«

Der kleine Trupp marschierte gerade in der milden Frühlingswärme über den Kiesweg, als Florence' Wagen mit quietschenden Reifen den Hügel herabgerast kam. Im nächsten Moment sprang sie heraus, kam auf sie zugeeilt und packte Grace wie eine Ertrinkende am Arm.

»Grace, Grace«, rief sie. »Oh Grace! Hast du Imogen gesehen?«

»Nein«, sagte Grace, »hab ich nicht. Sie ist gar nicht gekommen, tut mir leid. Florence, wir …«

»Robert war nicht bei euch?«

»Robert? Nein, natürlich nicht. Was um Himmels willen ist denn los, Florence? Was ist passiert?«

»Robert hat sie«, sagte Florence und brach in hysterisches Schluchzen aus. »Er hat sie sich geschnappt, Grace, und ich weiß auch, wieso. Er will mich davon abbringen, mich scheiden zu lassen. Was soll ich nur tun, Grace, was soll ich nur tun?«

»Oh Gott«, sagte Grace. »Florence, er würde sicher nicht … ganz sicher würde er Imogen nicht …«

»Natürlich würde er«, sagte Florence, und ihre Stimme stieg zu einem lauten Klagelaut an. »Das gehört genau zu den Dingen, zu denen er fähig ist.«

»Jetzt beruhige dich erst einmal. So wirst du Imogen nicht helfen. Komm mit ins Haus, dann rufen wir die Polizei an.«

»Nein, nein, ich muss zurück. Vielleicht gibt es ja Neuigkeiten. Bitte ruf mich sofort an, wenn du etwas hörst, bitte!«

Sie sprang wieder in den Wagen, riss das Lenkrad herum, wendete und verschwand mit heulendem Motor die Straße hinauf.

***

Was Florence am meisten zusetzte, war die Fassungslosigkeit über ihre eigene Dummheit: Imogen in jemandes Obhut zu lassen und nicht sicherzustellen, dass ihr nichts passieren konnte, ja Jeannette nicht einmal auf eine solche Gefahr hinzuweisen! Sie hätte bei ihr bleiben müssen, die ganze Zeit über, statt in Wiltshire herumzukurven und sich wichtig vorzukommen. Was um Himmels willen sollten die Leute sagen – oder Giles –, wenn sie hörten, dass Imogen entführt worden war?

Dann durchfuhr sie ein anderer Gedanke, ein so entsetzlicher, dass sie in Panik geriet und ihre Sicht sich buchstäblich eintrübte. Sie musste anhalten. Warum sollte sich Robert damit begnügen, Imogen zu entführen? Vielleicht verprügelte er sie. Oder Schlimmeres noch. Unwahrscheinlich war das nicht. Fähig war er zu allem, und verrückt genug auch. Er konnte doch nicht wirklich glauben, dass sie sein Kind war, musste sie also als lebenden Beweis für Florence' Untreue betrachten. Ihr Anblick musste ihm ein Dorn im Auge sein. Nicht ausgeschlossen, dass er sie genau in diesem Moment schlug, ihr Verletzungen zufügte. Imogen war vollkommen wehrlos; so klein und verletzlich, wie sie war, könnte sie nichts dagegen machen. Vor Florence' Augen erschien das Bild, wie Imogens blondes Köpfchen malträtiert und hin und her geschüttelt wurde, die großen blauen Augen aufgerissen vor Angst, der Körper auf dem Boden liegend, geschunden, immer wieder getreten. Sie stürzte aus dem Wagen und übergab sich in die Hecke.

»Florence? Florence, was um Himmels willen ist denn los? Ist alles in Ordnung mit dir?« Roberts Stimme. Florence drehte sich um, in Zeitlupe, vollkommen sicher, dass sie halluzinierte. Dann sah sie ihn am Lenkrad eines großen Wagens sitzen, eines Austin, wie sie verwirrt dachte, als habe das etwas zu bedeuten. Er lächelte. Er war allein.

»Robert«, rief Florence, »Robert, wo ist Imogen? Was hast du mit ihr getan?«

»Florence, mein Schatz, nun beruhige dich doch. Ich habe sie mit zum Tee genommen, bei meiner Mutter und einer Freundin. Da ist sie auch noch. Das habe ich dieser grässlichen Person in der Abtei auch erklärt – die ich im Übrigen nicht für einen angemessenen Umgang für meine Tochter halte.«

»Deine Mutter wohnt doch in Yorkshire. Was für eine Freundin? Wo ist sie? Ich will sie sofort zurück, Robert, auf der Stelle!«

»Das ist doch albern«, sagte Robert, der immer noch die Ruhe in Person war und entspannt lächelte. »Sie ist nur in Salisbury, bei zwei hochrespektablen älteren Damen. Sobald wir in der Abtei sind, kannst du sie anrufen. Es tut mir leid, dass es ein bisschen spät geworden ist, aber Imogen hatte einen solchen Spaß, dass ich sie noch eine Weile dort lassen wollte. Soll ich dich heimfahren? Du siehst zum Fürchten aus.«

Florence fuhr im Schneckentempo zur Abtei zurück, Robert hinterher. Sie konnte kaum etwas sehen, weil eine erstickende Panik von ihr Besitz ergriffen hatte. Es war der reinste Albtraum.

Muriel wartete auf der Türschwelle. »Gott sei Dank hat er dich gefunden«, sagte sie. »Wie kann man nur so Hals über Kopf verschwinden, Florence!«

»Ich brauche das Telefon… Ich muss mit Imogen sprechen.«

»Der geht es gut, Florence«, sagte Robert. »Wie oft soll ich das noch sagen?«

»Ich will mit ihr sprechen.«

»Das kannst du gleich tun. Komm her.« Er schob sie fast ins Wohnzimmer. Muriel hatte sich taktvoller, als es ihre Art war, wieder zurückgezogen, was Florence überhaupt nicht recht war. »Setz dich«, sagte Robert. »Du siehst schrecklich aus. Ich hole dir einen Drink.«

»Ich will keinen Drink.«

Robert betrachtete sie mit einer ungewöhnlichen Mischung aus Verachtung und Mitleid. »Das denke ich aber doch.« Er ging zu einer Vitrine, nahm eine Flasche Sherry und schenkte ihr ein Glas ein. »Hier, trink.«

»Ich will nicht, Robert.«

»Trink, Florence.«

Florence trank. Er saß da und beobachtete sie.

»Und jetzt«, sagte er ganz ruhig, »müssen wir uns ein bisschen unterhalten.«

Das vertraute eisige Kribbeln der Angst kroch ihre Wirbelsäule hinauf. Sie schluckte und nahm das leere Glas. »Robert…«

»Sei still. Hör mir zu. Sehr genau. Ich wiederhole es noch einmal: Ich möchte keine Scheidung. Du bist meine Ehefrau, und ich möchte, dass es dabei bleibt. Ich möchte, dass diese ganze verfluchte Angelegenheit fallen gelassen wird. Hast du mich verstanden?«

Sie starrte ihn schweigend an.

»Sobald du das akzeptiert hast, wird alles besser. Nicht wahr, Florence? … Nicht wahr, Florence?, hatte ich gefragt.«

Florence nickte. »Ja«, sagte sie mit krächzender Stimme.

»Ich möchte, dass du dich hinsetzt und deinem lächerlichen Anwalt schreibst, dass sich die Sache erledigt hat, verstanden?«

»Ja. Ja, verstanden, Robert.« Sie fühlte sich zu Tode erschöpft.

»Und du tust es sofort. Papier und Umschläge habe ich dir schon herausgelegt. Da drüben, auf dem Schreibtisch.«

Florence stand auf, ging zum Schreibtisch und ließ sich schwer auf den Stuhl sinken.

»Es gibt noch ein paar andere Dinge«, sagte Robert.

»Ja?«

»Mir gefällt es nicht, dass dieses Mädchen sich um meine Tochter kümmert. Überhaupt nicht. Sie scheint mir ein absoluter Fehlgriff zu sein. Deine Mutter sieht das genauso. Ich möchte, dass sie dieses Haus verlässt, innerhalb einer Woche. Verstanden?«

»Ja«, sagte Florence und hasste sich dafür.

»Gut. Ich freue mich also auf die Nachricht, dass sie fort ist. Deine Mutter hat mir versprochen, mich darüber zu unterrichten.«

»Kann ich jetzt mit Imogen sprechen?«

»Sobald du den Brief geschrieben und mir ausgehändigt hast.«

Als sie fertig war, schaute sie ihn an. »Noch etwas?«

»Eigentlich nicht, nein. Ich werde meine Mutter bei ihrer Freundin anrufen, dann kannst du mit den beiden und mit Imogen reden. Danach fahre ich los und hole sie ab.«

»Ich hole sie selbst ab«, sagte Florence aufgebracht. »Wenn du denkst, ich …«

»Oh nein«, sagte er. »Ich werde sie abholen. Was um Himmels willen denkst du, stelle ich mit ihr an? Wie töricht kann man nur sein. Nein, ich bin jetzt schon viel glücklicher mit der Situation. Klar, wenn ich etwas zu Ohren bekäme, das darauf hindeutet, dass es dir an Loyalität mangelt … wer weiß. Es war nicht sehr schwer, sie für ein paar Stunden auszuborgen. Vielleicht würde ich es wieder tun, vielleicht sogar für länger. Was für ein süßer, kleiner Fratz. Zu meiner eigenen Überraschung muss ich zugeben, dass ich sie wirklich gern habe. Wirklich überraschend. Mir gefällt der Gedanke, dass wir noch mehr Kinder bekommen, wenn der Krieg erst einmal vorüber ist. Du und ich.«

Sie sprach mit Imogen, die munter und sogar begeistert klang. Robert brach auf und war eine Stunde später wieder zurück. Imogen stürmte herein. »Auto fahren«, sagte sie, »Auto fahren mit Daddys Auto.«

Florence saß da und hielt sie lange im Arm. Nachdem sie sie ins Bett gebracht hatte, setzte sie sich hin und schrieb an Giles. Sie wusste, wann sie sich geschlagen geben musste.

KAPITEL 26

Juni 1944

Major Robert Grieg, der monatelang in eine Mission von äußerster Geheimhaltung eingebunden war, bekam schließlich, was er wollte, und wurde wieder in den aktiven Dienst versetzt. Er würde mit seiner Einheit auf die Isle of Wight fahren, um dort seine Ausbildung zu vollenden, und sich Anfang Juni einschiffen. Die Einzelheiten waren geheim, aber es hatte sich herumgesprochen, dass eine Invasion der Alliierten in der Normandie geplant war, die der Anfang des Endes vom Krieg werden sollte, der endgültige Schlag gegen Hitlers Armee.

***

Lieutenant-Commander Giles Henry befand sich an Bord seines Schiffes und wartete mit fiebriger Ungeduld auf den Marschbefehl nach Frankreich. Nachdem er von Florence einen Brief bekommen hatte, in dem sie ihm mitteilte, dass sie ihn nicht mehr liebe, ihn nie wiedersehen wolle und sich nun endlich für Robert entschieden habe, war ihm alles egal. Was auch immer das Schicksal für ihn bereithielt, und sei es auch der Tod, es konnte ihm nur recht sein.

***

Geschwaderführer Jack Compton Brown saß wieder in seiner geliebten Spitfire und flog auf zielunterstützender Mission durch todbringende Himmel, um für die große Invasion der Normandie den Weg zu bereiten. Tag für Tag schwebte er in Todesgefahr, da er sich in direkter Schusslinie deutscher Flieger befand. Genau das war es, wovon er geträumt, wonach er sich gesehnt und was ihn in den langen Monaten im Krankenhaus zum Durchhalten bewogen hatte. Er triumphierte innerlich; seinen eigenen Krieg hatte er bereits gewonnen.

***

Als Clarissa am 6. Juni aus dem Fenster sah, war der Hafen von Dartmouth wie leer gefegt. Ein unheimlicher Anblick – in den vergangenen Monaten hatte sie sich daran gewöhnt, dass er immer überfüllt gewesen war, mit so vielen verschiedenen Schiffen und Landungsfahrzeugen, dass nicht einmal mehr ein Schlauchboot hineinzupassen schien. Sie hörte das endlose Dröhnen der Flugzeugmotoren am Himmel und schickte ein Stoßgebet für Jack los, um schließlich von einem so endlosen Wirbel an Verpflichtungen aufgesogen zu werden, dass sie gar nichts mehr spürte, keinen Hunger, keinen Durst, keine Erschöpfung. Bis sie eines Nachts auf dem Klo aufwachte und begriff, dass sie über eine Stunde dort geschlafen haben musste. Sie war dankbar dafür, dankbar für die Arbeit, denn die Angst drohte sie zu zermalmen.

Der Aufbruch der Schiffe hatte sich über mehrere Tage hingezogen. Die Menschen hatten ihnen von Balkonen und Fenstern aus nachgewinkt. Offiziere, die wussten, wohin man aufbrach und was auf sie wartete, sprachen nicht einmal untereinander darüber. Als Clarissa Jahre später einem Amerikaner erzählte, dass sie an jenem Tag in Dartmouth gewesen sei, füllten sich seine Augen mit Tränen, weil er sich noch gut daran erinnern konnte, wie ihnen eine Gruppe von Wrens beim Verlassen des Dart mit Winksignalen »Auf Wiedersehen« und »Viel Glück« gewünscht hatte.

Am kalten, windigen Morgen des 6. Junis hörte sie ein gewaltiges Tosen vom Meer. Sie wusste, was das bedeutete. Die Invasion hatte begonnen.

In endloser Abfolge liefen Schiffe ein, um Nachschub an Versorgungsgütern, Munition, Panzern und Soldaten zu holen und die Verwundeten zurückzubringen, die an die Krankenhäuser weiterverteilt wurden. Die Zahl der Opfer war beträchtlich.

Die Wrens bildeten einen wichtigen Teil der Operation: Sie arbeiteten als Fahrerinnen, Reiterinnen, Köchinnen, Telegrafistinnen, Kodiererinnen, Plotterinnen und Bootsleute, die über die wimmelnde Wasseroberfläche brausten, um den Schiffsbesatzungen Nachrichten und Befehle zu übermitteln und Vorräte zu bringen. Clarissa war selbst gelegentlich fürs Plotten, also für die Erfassung der Positionen auf den Seekarten, zuständig und betrachtete ehrfürchtig, wie sich die Flottenverbände in den Kanal vorschoben.

Es war ein großer Triumph, aber auch eine gewaltige Tragödie. Wenn sie am Abend, bevor sie in See stachen, in die Gesichter der jungen Männer schaute, die kaum den Kindesbeinen entwachsen waren und sich mit tollkühnen oder ängstlichen Mienen in die Schlacht stürzten, hätte sie am liebsten geweint. Sie las von den wachsenden Opferzahlen, von der Welle der Toten im Kielwasser des Sieges, und fragte sich immer wieder, wo das wohl enden mochte. Sie wusste nur, dass es den Preis wert war. Es musste so sein.

***

Grace, die sich bewusst war, dass sie persönlich nichts zu befürchten hatte, fühlte sich machtlos und von allem ausgeschlossen. Als sie Florence – einer vollkommen zerstörten
Florence, deren Augen wie dunkle Krater in ihrem bleichen
Gesicht lagen – ihre Hilfe bei der Freiwilligenorganisation anbot, erklärte Florence knapp, dass es dafür nun zu spät sei;
auf die Idee hätte sie auch eher kommen können, statt ihre
Zeit mit den dämlichen Landarmeemädchen zu verplempern.
Grace, die den Grund für Florence' desolaten Zustand kannte,
akzeptierte ihre Reaktion kleinlaut und stürzte sich stattdessen in die Aufgabe, für Clifford und die anderen Mitglieder
der Bürgerwehr Suppe zu kochen, wenn sie Nachtwache hielten. Erhebend war das nicht, aber immerhin konnte sie so
etwas Praktisches tun.

***

Jeannette, der die Nachricht, dass Robert jenseits des Kanals
war, die Verbannung ersparte, kochte ebenfalls große Mengen
an Suppe, die Florence mit in die Kantine nahm. Und wenn
sie ihre seltenen freien Abende in Pubs und Bars verbrachte,
tat sie das Ihrige, um mit ihren begrenzten Mitteln die Moral
der Truppenmitglieder zu stärken.

***

Robert Grieg war nun mit seinen Männern in Arroman-
ches, wo sie halfen, die Mulberry-Häfen zu bauen, jene riesigen schwimmenden Brücken, die für die britische Armee zu
einem entscheidenden Rettungsanker werden sollten.

***

Florence hatte mehr zu tun, als sie es sich je hätte träumen lassen. Ein endloser Strom von Soldaten auf dem Weg nach Portsmouth oder Southampton ergoss sich in die Kantine, und aus London kamen ganze Zugladungen voller Frauen und Kinder, die Zuflucht vor der Rache der deutschen Luftwaffe suchten, denn die würde der Invasion auf dem Fuße folgen, da waren sich alle sicher. Wie Clarissa war Florence mittlerweile zu müde, um noch etwas zu denken oder zu fühlen. Dass Robert tatsächlich in Frankreich war, in echter Gefahr, nachdem er sich so lange im sicheren Hinterland aufgehalten hatte, fand sie eigentümlich verstörend. Grace war also nicht die Einzige, die feststellen musste, dass sie sich über ihre Gefühle nicht ganz im Klaren war. Was Giles betraf, konnte sich Florence kaum vorstellen, dass er die Sache überlebte. Sie verfolgte in den Nachrichten den Kurs der Schiffe und wusste, dass er in die Landung involviert sein musste, und zwar mit ziemlicher Sicherheit an den ersten grausamen Tagen, als überall der Tod lauerte, am Strand und auf dem Wasser, und sofort gnadenlos zuschlug, ohne sich mit Gefangennahmen aufzuhalten.

»Denkst du«, fragte Grace und senkte die Zeitung, nachdem sie von dem großen Erfolg der Invasion gelesen hatte, von den Millionen alliierten Soldaten in der Normandie, von den anhaltenden Kämpfen, vom unendlich langsamen Vordringen der Alliierten in Frankreich, »es geht gut aus?«

»Gütiger Gott, ja«, antwortete Clifford. »Wir treiben Hitler vor uns her! An deiner Stelle würde ich gar nicht so viel von diesem Zeug lesen, mein Schatz. Sei froh, dass du nicht in London bist. Das sind fiese Dinger, diese V2-Raketen. So, jetzt werde ich aber erst noch einmal in die Abtei gehen. Muriel hat Probleme mit den Rosen. Schon wieder Blattläuse. Die müssen dringend behandelt werden.«

Er zwinkerte ihr zu, und Grace schenkte ihm ein Lächeln. Nur Muriel konnte in der Stunde des größten Dramas der Nation in Blattläusen ein dringendes Problem sehen.

Es war ein grauer, fast diesiger Junitag – ein altmodischer englischer Sommertag, dachte sie lächelnd. Bei der Kälte könnte man fast darüber nachdenken, ein Feuer im Kamin anzuzünden. Leider gab es keine Holzscheite, und sie fror nicht genug, um sich die Mühe zu machen, hinauszugehen und Holz zu hacken. Also sichtete sie die Kleider an den Haken im Hauswirtschaftsraum und entdeckte eine sehr große, dicke alte Strickjacke von Clifford und kuschelte sich hinein. Schuldbewusst dachte sie an Ben und daran, wie glücklich sie war.

In diesem Moment klingelte das Telefon. Sie ging in die Vorhalle. Es war Ben. »Geht es dir gut, mein Schatz?«, fragte er.

»Mir geht es wunderbar, und den Jungs auch.«

»Ich wollte dir nur sagen, dass ich dich liebe. Das ist schon alles.«

»Das ist schon eine Menge«, sagte sie.

»Ach so, außerdem bekomme ich dieses Wochenende achtundvierzig Stunden Urlaub. Du hast nicht zufällig Zeit für mich?«

»Oje, nein«, sagte sie. »Leider nicht.«

Er kam mit dem Zug nach Salisbury, wo sie ihn abholte. Sie gingen Hand in Hand spazieren, und er küsste sie häufig. Dann fuhren sie nach Hause, aßen mit den Jungen eine Kleinigkeit und spielten alle zusammen Mensch-ärgere-dich-nicht.

Am nächsten Tag stiegen sie auf den Hügel. »Hier an dieser Stelle habe ich begriffen, dass ich dich wirklich will«, sagte sie. »Dass ich dich unbedingt will. Als du meinen Arm gehalten hast, falls du dich erinnerst.«

»Natürlich erinnere ich mich«, sagte er. »Hatte das wirklich so eine Wirkung auf dich?«

»Oh ja«, sagte sie. »Ich habe dagesessen und konnte mich kaum noch beherrschen. Am liebsten hätte ich mir sämtliche Kleider vom Leib gerissen und … na ja …«

»Gütiger Gott«, sagte er lachend. »Was muss ich für ein toller Hecht sein. Mach dich vom Acker, Errol Flynn.«

Kurz vor dem Mittagessen erschien Florence mit Imogen im Garten. Sie wirkte müde und blass und leicht ungepflegt. Noch dazu war sie schrecklicher Stimmung, schrie Imogen an und schlug sie irgendwann sogar. Sofort brach sie in Tränen aus. »Wie konnte mir das nur passieren?«, fragte sie.

Ben reichte ihr ein Taschentuch, nahm das weinende Mädchen auf den Arm und drückte es an sich. »Das kann nicht schaden«, sagte er ruhig. »So lernen die Kinder, dass Erwachsene auch mal die Nerven verlieren.«

»Gütiger Himmel«, sagte Florence und putzte sich die Nase, »du bist aber ein kluger Kopf, wie Nanny Baines sagen würde.«

»Das nicht gerade.«

»Es sind nur alle so verdammt glücklich«, erklärte sie. »Das ist nicht gerecht! Ihr beide seid glücklich, Clarissa und Jack sind glücklich, und jetzt sind sogar Mutter und Vater glücklich. Das halte ich nicht mehr aus, wirklich nicht. Grace, sitz nicht da rum und schau so sentimental drein, hol mir lieber einen Drink, um Himmels willen. Egal was, ich nehme sogar dieses scheußliche Holunderzeug, das du immer braust.«

Grace sah aus dem Fenster, während sie sich mit dem Öffnen der Weinflasche abmühte, und sah Florence eindringlich auf Ben einreden. Als Florence wieder fort war, erkundigte sie sich, was sie gesagt hatte.

»Ach, immer dasselbe«, antwortete Ben. »Es geht ihr einfach elend. Wer könnte es ihr verdenken? Mit so einem Typen geschlagen zu sein. Ich wünschte immer noch, ich hätte ihm an jenem Tag die Eier abgeschnitten.«

»Oh Ben, sag das nicht. Was hätte das gebracht?«

»Eine Menge«, sagte er grimmig. »Ihr seid zu nachsichtig, ihr beiden.«

»Du verstehst das nicht«, sagte Grace. »Er hat sie jetzt genau da, wo er sie immer haben wollte: in der Ecke. Etwas Schlimmeres kann ich mir kaum vorstellen. Das ist ausweglos. Ich glaube, ich würde wegrennen.«

»Nein, das würdest du nicht tun, mein Schatz«, sagte er und streckte den Arm aus, um sie zu streicheln. »Du würdest es durchziehen, ich kenn dich doch.«

»Vielleicht hast du recht«, sagte sie. »Aber hoffen wir mal, dass ich erst gar nicht auf die Probe gestellt werde.«

Als sie an diesem Abend ins Bett gingen, fühlte sie sich nervös und elend. Ihr graute jetzt schon vor seiner Abreise, und sie verspürte eine eigentümliche Unlust, mit ihm zu schlafen – das zu sein und zu tun, von dem sie wusste, dass er wollte, dass sie es war und tat.

»Was ist los, mein Schatz?«, fragte er, nachdem er sie ein paarmal geküsst hatte. »Stimmt etwas nicht?«

»Keine Ahnung«, sagte sie missmutig. »Ich weiß es einfach nicht. Vermutlich bin ich einfach zu müde.«

»Könnte sein«, sagte er, »aber das ist nicht das eigentliche Problem. Möchtest du nicht, Grace? Möchtest du nicht mit mir schlafen?«

»Nein«, sagte sie leise, »ich möchte nicht. Ich weiß selbst nicht, warum, wirklich nicht. Es tut mir leid.«

»Entschuldige dich bitte nicht«, sagte er mit einem Lächeln.

»Das macht doch nichts. Sag es mir einfach beim nächsten Mal.«

»Das konnte ich nicht«, sagte sie schockiert. »Es ging nicht.«

»Warum denn nicht? Das ist doch albern. Für mich ist es doch auch nicht schön, wenn du mir etwas vormachst. Da übe ich mich lieber in Geduld. Vermutlich ist es schwer für dich, die Lust immer auf Kommando an- und ausstellen zu müssen. Komm, gib mir einen Kuss, und dann schlafen wir einfach.«

Sie schliefen ein, er an ihren Rücken geschmiegt. Mitten in finsterer Nacht wachte sie auf und verspürte ein heftiges Verlangen. Er schlief tief und fest und atmete schwer. Vorsichtig schob sie sich von ihm fort, streckte die Hand nach hinten, tastete nach ihm und begann ihn sehr sanft zu liebkosen. Das Verlangen drang in seinen Schlaf; er rührte sich und streckte sich ein wenig, und sein Penis wurde steif. Sie drehte sich zu ihm um und küsste ihn zärtlich, bis er erwachte und sie schläfrig zurückküsste, erst ihr Gesicht, dann ihre Brüste.

Grace stöhnte leise, da sie ein brennendes Verlangen verspürte.

»Schon besser«, sagte er, und sie hörte das Lächeln in seiner Stimme. »So ist es ganz entschieden besser.« Er drehte sich auf den Rücken, und sie legte sich auf ihn, sank auf ihn hinab, bewegte sich auf ihm und fühlte, wie er sich aufbäumte und tief in sie eindrang. Sanft schob er sie hoch, und als sie auf ihm saß, verspürte sie fast so etwas wie Schmerz, so gewaltig und durchdringend war die Lust.

Draußen dämmerte es bereits. Sie konnte ihn jetzt erkennen, konnte sehen, wie sein Blick über sie glitt, sie liebkoste. Auf seinem Gesicht lag ein sanftes Lächeln, seine Hände streichelten ihren Bauch, und sie wünschte, er würde ewig währen, dieser Moment, in dem sie die Liebe zu sehen vermeinte, die Liebe als ein gewaltiges, perfektes Ganzes, greifbar und abstrakt gleichermaßen, physisch und emotional, dem Moment verhaftet und doch ewig.

Es war, wie sie glücklich, schuldbewusst und ängstlich dachte, zu schön, um wahr zu sein.

Es war der 19. Juni. Der grausamste Sommersturm seit Menschengedenken – nur übertroffen durch den, der zum Untergang der Armada geführt hatte – wütete an der französischen Küste und drohte die kostbare Konstruktion der Mulberry-Häfen zu zerstören. Nicht nur die Landungsbrücken selbst, sondern auch die Männer darauf waren von Vernichtung bedroht und klammerten sich teils mit bloßen Händen daran fest. Wellen von drei, vier Metern Höhe peitschten drei Tage und Nächte gegen die Brücken. Reparaturen waren praktisch unmöglich, obwohl man alles versuchte. Kleine Boote, die einzigen, die man unter diesen Bedingungen einsetzen konnte, fuhren unter verheerenden Bedingungen unentwegt an den Brücken entlang, um Soldaten zu retten.

Teil dieser Mission war Robert Grieg, der sich mit gelassenem Mut, ja fast humorvoll in die Finsternis und den heulenden Sturm stürzte und immer wieder von Neuem sein Leben riskierte.

KAPITEL 27

Spätsommer 1944

Muriel schaute Florence über den Frühstückstisch hinweg an; ihre Nasenlöcher waren leicht gebläht, was darauf hindeutete, dass sie eine Sache von größter Wichtigkeit zu verkünden hatte. »Es wird wirklich Zeit, Florence«, sagte sie.

»Wofür?«, fragte Florence erschöpft. Ein langer Tag wartete auf sie, dabei war sie am Vorabend erst um acht nach Hause gekommen. Sie hatte Kopfschmerzen, ihre Augen waren gereizt, ihre Haut überempfindlich. Nach einem kurzen Blick in den Spiegel war sie froh, dass Giles sie nicht sehen konnte, mit diesem ausgemergelten Gesicht, der schlaffen, papierenen Haut und dem glanzlosen, strähnigen Haar. Aber er würde sie sowieso verlassen.

»Dass dieses Mädchen geht. Und ihr Kind mitnimmt. Ich war bislang außerordentlich geduldig, aber ...«

»Du warst überhaupt nicht geduldig, Mutter. Du hast eine Menge ungemein delikater Speisen in einem wunderbar sauberen Haus zu dir genommen«, sagte Florence.

»Mag sein, ja. Und ich musste mich mit diesem ewigen Angriff auf meine Ohren abfinden, musste mein Haus mit einem Gassenkind mit ewiger Rotznase teilen und mich Big Nan nennen lassen«, sagte sie. »Das ist nicht lustig, Florence.«

»Finde ich schon«, sagte Florence, aber das Zucken in ihren

Mundwinkeln, das sie nicht kontrollieren konnte, war plötzlich verschwunden. Stattdessen war sie rot im Gesicht, und ihre Augen glänzten. »Besonders lustig finde ich, dass du das für etwas hältst, mit dem man sich abfinden muss – wenn ich an die wahren Härten denke, die ich stündlich und täglich erlebe. Jeannette ist jetzt Teil der Familie, ich mag sie sehr gern, und Imogen liebt sie. Ich habe ihr gesagt, dass sie gehen muss, wenn… na ja… wenn sie eine andere Bleibe gefunden hat. Aber bis dahin werde ich sie sicher nicht auf die Straße setzen.«

»Das ist nicht der Punkt, Florence.«

»Ich weiß nicht, wovon du redest.«

»Das denke ich aber doch. Robert besteht darauf, dass sie geht. Andernfalls droht er, Imogen von hier wegzuholen.«

»Das kann er gar nicht«, erwiderte Florence scharf. »Erstens ist er in Frankreich, und zweitens hat er gar keinen Ort, wo er sie hinbringen könnte.«

»Seine Mutter würde sie nehmen, das hat sie mir selbst geschrieben.«

»Diese alte Hexe!«, rief Florence. »Wie kann sie es wagen! Ich hoffe, du hast sie wissen lassen, dass sie sich aus unseren Angelegenheiten heraushalten soll. Und falls nicht, würde ich gern den Grund erfahren. Und auch den Grund, warum du mir das nicht längst erzählt hast…«

»Florence, wirklich! Das war doch nur nett gemeint. Und das ist auch nicht der Punkt. Robert ist ein mächtiger Mann mit einem starken Willen…«

»Er ist ein Tyrann«, sagte Florence knapp.

»Das behauptest du. Ich habe noch nichts davon bemerkt.«

»Mutter!«, sagte Florence. »Mutter, wirklich. Warum glaubst du wohl…«

Sie unterbrach sich. Robert jetzt in den Rücken zu fallen hatte keinen Sinn. Sie musste mit ihm auskommen, um Imogens willen, musste optimistisch und tapfer sein. Das war eine düstere, wenn nicht gar unerträgliche Aussicht, aber es gab keine Alternative dazu.

»Gut, in Ordnung«, sagte sie unvermittelt. »Ich werde heute mit Jeannette reden. Lass mich nur ...«

»Worüber?«, fragte Jeannette, die soeben in den Raum trat. »Wenn es wegen der Decken ist, die kriege ich bei diesem Wetter nicht trocken. Noch Tee, Mrs B.?«

»Nein, vielen Dank«, sagte Muriel mit eisiger Stimme. »Er war auch viel zu stark, Jeannette. Ich bevorzuge ihn sehr hell, wie ich dir schon mehrfach mitgeteilt habe.«

»Entschuldigung«, sagte Jeannette, »offenbar kriege ich das nicht richtig hin. Also, Florence, was ist los? Und ist es in Ordnung, wenn ich mir heute Abend freinehme? Ted Miller will mit mir ins Kino gehen ...«

Ted Miller arbeitete auf dem Bauernhof auf der anderen Seite von Thorpe Magna. Jeannette und er gingen nun schon einen ganzen Monat miteinander aus (wobei er sich unwissentlich mit den bewaffneten Kräften abwechselte), und er wurde gemeinhin für einen Glückspilz gehalten. Bei den Ortsansässigen galt Jeannette als Ausbund an Raffinesse, mit ihren wasserstoffblonden Locken, dem knalligen Lippenstift und der von niemandem sonst erreichten Beherrschung des Jitterbug. Die Existenz von Mamie bot Anlass zu Gerüchten über noch ganz andere Vorzüge. Sie wurden von Ted Miller bestärkt – dem Jeannette allerdings unmissverständlich klargemacht hatte, dass sie ohne Ehering niemanden mehr an ihre Unterwäsche heranlassen würde.

»Ja, das ist in Ordnung«, sagte Florence, »natürlich. Ich werde früh zurück sein. Aber was ich eigentlich sagen wollte, Jeannette, ist ... Na ja, die Sache ist die, Jeannette, ich muss dich bitten ...«

»Imogen, lass das«, rief Jeannette. »Sie ist müde, sie sind beide müde. Sie waren gestern Abend so lange auf, weil sie auf Sie gewartet haben. Wissen Sie was, ich mach die Hausarbeit später und gehe mit ihnen zum Bach, da können wir picknicken und Boot fahren. Da sind sie immer völlig aus dem Häuschen, die beiden. Und jetzt spucken Sie schon aus, Florence, ich habe Mamie auf dem Töpfchen sitzen lassen, sie hat Dünnschiss, weil sie zu viele Erdbeeren gegessen hat, aber sie wird gleich fertig sein...«

»Florence«, sagte Muriel, »bitte! Wenn du es nicht tust, tu ich es.«

»Was?«, fragte Jeannette.

»Jeannette«, sagte Florence, »ich muss dich bitten zu...«

Draußen in der Zufahrt war das Dröhnen eines Motorrads zu hören, dann erklangen Schritte und ein Klopfen an der Tür.

»Ich geh schon«, sagte sie dankbar.

Als sie eine Minute später ins Esszimmer zurückkehrte, war sie bleicher denn je; ihre Lippen waren verzerrt und blutleer. Sie ließ sich schwer auf einen Stuhl sinken, betrachtete Imogen und schwieg. Dann sagte sie: »Entschuldigung. Ist schon in Ordnung, Jeannette, es war nichts Wichtiges. Vielleicht solltest du besser sofort mit den Kindern aufbrechen. Ich habe eine Menge zu tun.«

»Florence«, sagte Muriel, »was um Himmels willen ist nur los mit dir?«

»Mit mir gar nichts, Mutter«, sagte Florence. »Aber ich habe ein Telegramm bekommen. Robert ist tot.«

Sie fühlte sich schrecklich, schrecklicher, als sie es je für möglich gehalten hätte. Die Schuldgefühle erfüllten sie so sehr, dass sie sich körperlich krank fühlte. Sie versuchte sich seine

Schläge vor Augen zu führen, den Schmerz und die Angst.
Seinen Gesichtsausdruck, wenn er ihren Kopf hin und her geschlagen hatte. Den Schmerz in ihrem Bauch, als er hineinge-
treten hatte. Den unsäglichen Kummer über den Verlust ihres
Babys, den Psychoterror, dem sie seither ausgesetzt war – aber
das Einzige, woran sie denken konnte, war ihr eigener Betrug.
Sie hatte einen anderen Mann geliebt und mit ihm geschlafen, hatte sein Kind zur Welt gebracht, hatte Robert vor ihrer
Mutter als Tyrannen diffamiert und hätte am liebsten noch
viel Schlimmeres über ihn gesagt; dabei war er da längst tot.

Und er war als Held gestorben, in dem gewaltigen Unwet-
ter. Er hatte einen unglaublichen Mut unter Beweis gestellt
und würde vermutlich posthum ausgezeichnet werden. Später sollte man ihr berichten, dass er aus dem kleinen Boot ge-
spült worden war, mit dem er Männer gerettet hatte, und tagelang den Wellen und der Finsternis ausgesetzt gewesen war,
bis man seine Leiche ein paar Meilen weiter an einem Strand
gefunden hatte. Für seine Männer war er ein leuchtendes Beispiel, als brillanter Soldat und fähiger Kommandant. Das
führte dazu, dass sie sich noch schlechter fühlte: Anscheinend
war sie ja selbst für sein Verhalten ihr gegenüber verantwortlich. Denn ganz offensichtlich war Robert ein guter, fähiger
Mann gewesen. Sie fragte sich, wie er in der Stunde seines
Todes an sie gedacht haben mochte, dieser Held: als fehlerhaf-
tes Wesen, das ihm nicht gerecht wurde und ihm nicht die er-
sehnte Frau war? Sie holte den letzten Brief heraus, den er ihr
geschrieben hatte, und las ihn immer wieder, unter Tränen der
Reue und Selbstverachtung. Er liebe sie, schrieb er, und ziehe
glücklich und sogar hoffnungsfroh in den Krieg, da er wisse,
dass sie beide danach ein neues Leben begönnen. Sie fragte
sich, ob er das so meinte, und bejahte es für sich. Geantwortet
hatte sie nie auf den Brief, ebenso wenig wie auf die anderen –

was war sie nur für eine nutzlose, wertlose Ehefrau gewesen! Sie hatte Robert freiwillig geheiratet, fast kaltblütig, da sie genau wusste, dass sie ihn nicht liebte, und hatte ihre wohlverdiente Strafe bekommen. Erleichterung fühlte sie nicht, auch nicht darüber, dass dieser ewige Albtraum nun vorbei war. Sie verspürte nur Bedauern und eine überwältigende Traurigkeit.

»Florence«, sagte Grace fast streng, »du musst damit aufhören.«

»Tut mir leid.«

»Du hast alles für Robert getan ...«

»Nein, habe ich nicht, bestimmt nicht ...«

»Doch, Florence. Er hat dich verprügelt, um Gottes willen! Und du hast ihn nie verraten, hast es nie jemandem erzählt.«

»Nein. Aber ich hatte eine Affäre mit einem anderen. Ich habe ein Kind bekommen, das nicht von ihm ist. Von dem er wusste, dass es nicht von ihm ist ...«

»Mag sein, aber das kann dir wirklich niemand vorwerfen ...«

»Du selbst hast es mir vorgeworfen.«

Grace wurde rot. »Ja, ich weiß. Tut mir leid. Aber ich war ja nicht im Bilde. Ich ... na ja, ich hatte unrecht. Aber du wärst zu ihm zurückgegangen und hattest ihm das auch gesagt. Vermutlich ist er so glücklich in den Tod gegangen, wie es überhaupt nur möglich war. Gott weiß, was das bedeutet. Du musst aufhören, dich so zu quälen.«

»Gut, in Ordnung«, sagte Florence. »Du hast ja recht. Ich werde mir Mühe geben. Die Schuldgefühle sind nur einfach so überwältigend, das kannst du nicht nachvollziehen.«

»Oh doch«, sagte Grace. »Das kann ich sehr gut nachvollziehen. Mir geht es schließlich genauso. Obwohl Charles ja ... tot ist. Ehrlich.« Sie schaute Florence an. »Ich glaube auch nicht, dass sich das je ändern wird. Es verfolgt mich auf Schritt und Tritt.«

»Aber es gibt einen großen Unterschied«, erwiderte Florence. »Charles hat es nie erfahren.«

»Und noch einen großen Unterschied, der mich schlimmer dastehen lässt als dich«, sagte Grace leise. »Charles hat mich nie schlecht behandelt.«

Ein langes Schweigen senkte sich herab. Schließlich sagte Florence: »Ich muss nach London. In unser Haus. Papiere holen und so. Kommst du mit?«

»Jedes Mal wenn ich hierherkomme«, sagte Florence, als sie in dem geisterhaften Wohnzimmer mit den in Tücher gehüllten Möbeln standen, »bin ich verblüfft, dass es noch steht.«

»Es ist ein sehr großes Haus«, sagte Grace, »sehr vornehm.«

»Ja, und ich kann es kaum erwarten, es loszuwerden. Es ist so angefüllt mit schrecklichen Erinnerungen. Na ja«, fügte sie hinzu, als sie sich mit einem Seufzer an die Nacht erinnerte, die sie mit Giles hier verbracht hatte, »auch mit ein paar schönen. Aber egal, das ist nicht das, was ich möchte.«

»Was möchtest du denn?«

»Ich weiß es nicht, wirklich nicht. Eines scheint mir ausgeschlossen: dass ich zu Giles renne und sage, komm zurück, ich liebe dich noch immer.«

»Warum denn nicht?«, fragte Grace. »Wenn er dich doch so liebt und so unglücklich sein muss?« Noch während sie das sagte, dachte sie, wie leicht es doch war, das Leben anderer Menschen zu regeln und Lösungen für ihre Probleme zu finden. Bei sich selbst gelang einem das nie.

»Das ist schwer zu erklären. Einmal habe ich das ja schon getan. Noch einmal geht das nicht. Das käme mir überheblich vor.«

»Ich glaube nicht, dass er das so sehen würde«, sagte Grace. »Vermutlich wäre er überglücklich. Sonst muss er doch glauben, du liebst ihn nicht mehr. Das wäre doch viel schlimmer.«

»Mag sein. Aber ich befürchte, dass es ihn vielleicht gar nicht mehr interessiert. Ich habe ihm schon so viel zugemutet. Ich liebe dich, ich liebe dich nicht, ich will dich, ich will dich nicht. Der arme Kerl, was soll er denn denken? Das ist alles andere als nett – zumal er immer so geduldig und loyal war. Ich verdiene ihn nicht. Genauso wenig, wie ich …«

»Florence«, sagte Grace streng, »fang nicht wieder damit an. Bitte.«

»Schon gut. Aber das ist im Moment auch gar nicht von Belang«, sagte Florence in entschlossenem Tonfall. »Ich habe nicht die leiseste Ahnung, wo sich Giles befindet und ob es ihm gut geht. Ich weiß überhaupt nichts. Und jetzt machen wir besser weiter. Ich muss Roberts privaten Kram finden, seine Papiere, unsere Hochzeitsurkunde und so. Vielleicht sollte ich auch ein paar meiner Anziehsachen mitnehmen, wenn die Motten sie nicht gefressen haben. Sie sind etwas altmodisch, aber das werden die Einwohner von Thorpe sicher nicht merken, oder?«

»Vermutlich nicht«, sagte Grace.

Es war ein heißer Tag, im Haus war es stickig. London war eine Geisterstadt: Die Soldaten waren fast alle abgezogen, die meisten Cafés und Restaurants geschlossen, und leere Taxen fuhren durch die Straßen. Die allgemeine Schwermut war mit Händen greifbar. Die Menschen hatten genug. Obwohl die gefürchteten Vergeltungsschläge für die Landung an der Küste der Normandie nicht in erwartetem Ausmaß stattfanden, hingen immer noch die allgegenwärtige Angst und die

Bedrohungen der Vi-Raketen in der Luft. Gebäude, Straßen und Bäume, die sich gerade erst zu erholen begannen, erlitten neue Schäden. Die Menschen waren sichtlich kriegsmüde, ertrugen ihr Schicksal aber immer noch ungeheuer tapfer.

An jenem Abend saßen sie in der Küche und aßen das eher unappetitliche Brot und die Fischkonserven, die Grace hatte besorgen können. Dazu tranken sie einen hervorragenden Rotwein aus Roberts Keller.

»Es sind immer noch ein paar Flaschen da«, sagte Florence, als sie ihn begeistert einschenkte. »O Grace, mir geht es schon viel besser. Das hat damit zu tun, dass ich jetzt hier bin und die Erinnerungen wiederkehren. All die schrecklichen Erinnerungen. Hier wird alles wieder lebendig. Danke, dass du mitgekommen bist. Auf uns. Auf uns und die Zukunft. Was denkst du, hält sie für dich bereit?«

»Ich weiß es nicht«, sagte Grace. »Ich weiß es wirklich nicht. Darüber möchte ich lieber gar nicht nachdenken.«

»Warum denn nicht?«

»Ich bin so glücklich, und doch gibt es so viele Unwägbarkeiten...« Ihre Stimme verlor sich. Es fiel ihr schwer, sich Florence anzuvertrauen, auch wenn sie sie mittlerweile viel lieber mochte. Aber sie war trotzdem auf der Hut.

»Glaubst du, dass du... na ja... mit Ben zusammenbleiben könntest?«

»Das weiß ich nicht, Florence. Woher sollte ich?«

»Was möchte Ben denn? Komm, trink noch einen Schluck.«

»Nein danke. Eigentlich trinke ich gar keinen Wein. Und was Ben will, weiß ich nicht.«

»Dich natürlich«, sagte Florence. »Nur dass es, wie ich schon einmal sagte, nicht ganz einfach sein dürfte. Ihr seid so verschieden. Schau mich nicht so an, Grace, das ist doch so. Es wäre doch dumm, das zu leugnen.«

»Vermutlich«, sagte Grace mit einem Seufzer. »Meine Mutter würde jedenfalls Zustände kriegen.«

»Siehst du«, sagte Florence. »Und jetzt komm schon, lass dir noch ein Glas einschenken. Für jemanden, der eigentlich keinen Wein mag, hast du schon eine Menge getrunken.«

Sie gingen ziemlich früh ins Bett. Grace, die nicht an Wein gewöhnt war und erst recht nicht an schweren französischen Rotwein, wachte mitten in der Nacht auf und fühlte sich elend. Ihr Schädel dröhnte, und ihr Magen rebellierte. Sie blieb mit geschlossenen Augen liegen und hoffte, dass sich das Karussell zu drehen aufhörte, aber schließlich rannte sie ins Bad, um sich zu übergeben.

Als sie noch vor der Toilette kniete und sich fragte, wie um Himmels willen sie ins Bett zurückgelangen sollte, trat Florence ein. »Alles in Ordnung? Ich habe dich herumlaufen hören.«

»Nein«, stöhnte Grace. »Mir geht es grauenhaft.«

»Komm, ich bring dich zurück ins Bett. Das nennt man einen Kater, Grace. Ich nehme an, dass du so etwas noch nicht oft erlebt hast.«

»Behandele mich nicht wie ein dummes, kleines Schulmädchen«, fuhr Grace sie an.

»Entschuldige. Komm, ich hol dir ein Wasser. Das brauchst du jetzt. Viel Wasser.«

Sie setzte sich aufs Bett und nötigte Grace, Wasser zu trinken. Grace schüttelte sich. »Mir ist kalt«, sagte sie elendig.

Florence ging zum Kleiderschrank. »Ich habe ein paar alte Jacken und Pullover hier drin. Alles, was nicht mehr in mein Zimmer gepasst hat. Oh Gott, hab ich ein Zeug! Früher habe ich wie eine Verrückte eingekauft, dann ging es mir immer gleich besser. Das war die einzige Möglichkeit, mich an Robert zu rächen. Clarissa hat das als Konsumtherapie bezeichnet. Schau doch mal, was für ein hübsches Fuchsjäckchen. Kaum getragen, dabei hat es ein Vermögen gekostet. Um Gottes willen ...«

»Was denn?«

»Da ist ja sogar noch einer von Charles' Anzügen! War mir gar nicht klar, dass er noch etwas hierhat. Aber egal, zieh den Fuchs an, dann wird dir gleich wärmer.«

»Danke«, sagte Grace. »Was hat der Anzug denn hier zu suchen?«

»Na ja, den hat er hier aufbewahrt, zusammen mit ein paar Hemden. Für den Fall, dass er sich umziehen wollte und nicht in die Wohnung in der Baker Street konnte. Der ist wirklich uralt, noch aus Vorkriegszeiten.«

»Oh«, sagte Grace.

Sie zog die Jacke an und lehnte sich in die Kissen zurück. Es kam ihr fast ausschweifend vor, mitten in der Nacht in einem großen Londoner Haus verkatert im Bett zu sitzen, in ein Fuchsjäckchen gehüllt, selbst wenn es den Geruch von Mottenkugeln ausströmte. Irgendwie hob das ihre Laune. Sie betrachtete den Anzug, Charles' Anzug, der noch im Schrank hing. Er flößte ihr ein merkwürdiges Gefühl ein, als sei er ein Geist, der sie beobachtete.

»Ist Charles oft hierhergekommen?«

»Nein. Robert hat das nicht wirklich begrüßt. Aber er hatte einen Schlüssel, nur für den Notfall. Ich weiß nicht, ob er ihn je benutzt hat, aber ihm war klar, dass ich nicht erpicht darauf bin. Möchtest du einen Tee, oder so?«

»Ja, bitte«, sagte Grace. »Das wäre sehr nett.«

Als Florence fort war, ging sie mit wackeligen Schritten zum Schrank, holte den Anzug heraus und nahm ihn mit ins Bett. Er roch ebenfalls nach Mottenkugeln.

»Wie romantisch«, sagte sie laut und musste kichern.

Es war ein komisches Gefühl, den Anzug in den Händen zu halten: Er war ein Teil seiner Vergangenheit, ein Teil von ihm selbst. Seine Kleidung im Mill House hatte sie weggepackt, in eine riesige Truhe. Sobald sie sich dazu in der Lage sehen würde, würde sie Florence die Sachen für ihre Organisation überlassen.

Sie kramte in den Taschen. Er hatte immer ein großes Gewese darum gemacht, abends seine Taschen zu leeren, ein weiterer Teil seiner obsessiven Natur. In jener Nacht hatte er es offenbar nicht getan. In einer Tasche fand sie eine Münze, in der anderen ein Taschentuch und eine Straßenbahnfahrkarte. Und in der Brusttasche steckte ein Stück Papier.

Es war zweimal ordentlich zusammengefaltet. Auch das hatte er immer getan, so akribisch wie das Leeren der Taschen. Nie zerknüllte er Rechnungen oder andere Papiere und steckte sie so in die Tasche, nicht einmal in den Mülleimer. Sie faltete das Papier auseinander, mit einem schlechten Gewissen, weil sie in seinen Dingen herumschnüffelte. Es war ein altes Blatt, das entlang der Falzkanten teilweise schon gerissen war. Hoffentlich war es kein Liebesbrief. Das würde sie jetzt vermutlich nicht aushalten.

Ein Liebesbrief war es nicht gerade. *Charles, mein Schatz*, stand da, in Clarissas extravaganter Handschrift mit den wilden Schnörkeln.

Ich weiß nicht, was ich noch sagen soll. Außer dass wir unsere Meinung nicht mehr ändern sollten. Ich habe mich jedenfalls nicht anders besonnen, kann es gar nicht. Was auch immer Du sagst – oder zu tun ankündigst. Das hast Du aber auch gar nicht vor, das glaube ich nicht eine Sekunde lang.

Es funktioniert einfach nicht, das musst Du akzeptieren.

Du musst einfach. Ich liebe Dich wie verrückt, aber ich kann Dich nicht heiraten. Abgesehen von allem anderen bin ich Deiner nicht würdig. Das weißt Du mittlerweile, daher sollte es Dir ein wenig besser gehen. Du kannst Dich nicht für den Rest Deines Lebens an eine schlechte Person binden. Also, kein Unsinn mehr, mein Schatz. Du wirst ein liebes, nettes Mädchen finden, das Dich glücklich macht, das weiß ich. Aber ich bin das nicht. Bitte, Charles, lass mich gehen. Es gibt wirklich keinen anderen, das schwöre ich Dir. Und ganz bestimmt nicht Monty – da war nichts, das musst Du mir bitte, bitte glauben. Ich weiß nur, dass wir schrecklich unglücklich miteinander würden. Auf lange Sicht wäre es grausam von mir, mich auf eine Hochzeit einzulassen.

Mit all meiner Liebe,
Clarissa

Grace saß da und las den Brief immer und immer wieder, vollkommen verwirrt. Offenbar hatte Charles nach der Lösung der Verlobung absolut neben sich gestanden. Seine Version, dass sie sich einvernehmlich getrennt hätten, schien jeder Grundlage zu entbehren. Oder sie entsprang dem unbeirrbaren Selbstbewusstsein des Charles, den sie kennen gelernt hatte. Und was sollte die Bemerkung, dass Clarissa eine schlechte Person sei? Sie riss immer Witze darüber, wie unartig sie sei, aber sollte das heißen, dass sie Charles untreu gewesen war?

Plötzlich war sie aufgewühlt. Wenn er Clarissa so verzweifelt nachgelaufen war, war sie selbst dann nur zweite Wahl gewesen, ein Ersatz für die eigentliche Herzensdame? War sie das … was stand da noch gleich … »liebe, nette Mädchen«, das ihn glücklich machen würde? Das liebe, fügsame Mädchen, das von ihm geblendet war und in Ehrfurcht vor ihm erstarrte? War es das, wonach er gesucht hatte? Erklärte das, warum er sich für sie entschieden hatte? Und nicht für ein anderes selbstbewusstes Wesen, das ihn wie Clarissa verlassen könnte, weil er zu fordernd war oder weil jemand anders auftauchte?

Als Florence mit dem Tee zurückkam, erkundigte sich Grace so beiläufig wie möglich: »War Charles eigentlich sehr aufgewühlt, als die Verlobung mit Clarissa gelöst wurde?«

»Ziemlich«, antwortete Florence. »Ja, doch. Aber es war eine einvernehmliche Entscheidung. Sie waren sich einig, dass es nicht funktionieren würde. Warum?«

»Ach … ich hatte mich das nur gefragt«, sagte Grace.

Sie lag noch lange wach und dachte nach, über Charles, sich selbst, Ben. Dabei musste sie feststellen, dass sich ihre Schuldgefühle ein klein wenig abgemildert hatten.

KAPITEL 28

Herbst – Winter 1944

Die Sache ist die, Clarissa, dass du das gar nicht wissen kannst, weil du Giles nie begegnet bist«, sagte Florence. Ihr blasses Gesicht war ganz rot vor Aufregung, und ihre dunklen Augen glänzten.

»Nein«, sagte Clarissa, »das stimmt schon. Aber ...«

»Erklär mir also nicht, was er fühlt oder fühlen könnte, denn das ist witzlos. Warum denken eigentlich immer alle, sie wüssten besser als ich, wie ich zu leben hätte?«

»Gut«, sagte Clarissa ziemlich kleinmütig. Erstaunlich kleinmütig für ihre Verhältnisse.

»Ich kann ihm das nicht noch einmal zumuten, das wäre nicht richtig.«

»Da hast du recht«, sagten Grace und Clarissa einstimmig.

Sie saßen zusammen im Garten der Abtei, an einem goldenen Septembertag. Clarissa hatte Urlaub und war für ein paar Tage zu Besuch. Sie war sehr dünn und sichtlich ausgelaugt, aber so hübsch und temperamentvoll wie immer. Grace betrachtete sie mit einer Mischung aus Abwehr und Bewunderung; die nagende Eifersucht, die sie bei Clarissas Anblick immer empfand, war nach der Entdeckung des Briefs noch einmal gewachsen.

»Und wie geht es Jack?«, fragte sie, um die Unterhaltung von Florence und Giles wegzulenken.

»Prächtig«, sagte Clarissa. »Im Moment hat er eine kleine Verschnaufpause, worüber ich wirklich froh bin. Ich glaube zwar nicht, dass er zweimal vom Blitz getroffen wird, aber ich habe immer ein Garnröllchen dabei, damit ich auf Holz klopfen kann, wenn ich an ihn denke.«

»Was für ein Unfug, Clarissa«, sagte Florence streng.

»Mag sein. Aber bislang hat es funktioniert«, sagte Clarissa. »Vielleicht hätte sich Churchill auch ein paar Garnröllchen in seinen Sirenenanzug stecken sollen, dann wäre dieser Schlamassel womöglich schon vorbei. Ah, da ist Jeannette mit Imogen. Ich muss schnell mit ihr reden, da ich morgen vermutlich arbeiten muss.«

Sie hievte sich hoch und streckte die Arme nach Imogen aus, die wie eine Rakete hineinschoss; dann schlang sie ihrer Mutter die Arme um den Hals und bedeckte ihr Gesicht mit wilden Küssen.

»Sie ist wirklich süß«, sagte Clarissa und hielt das Gesicht in die Sonne. »Nur ein bisschen ängstlich.« Sie gähnte. »Oh Gott, bin ich müde. Mein armes Hirn fühlt sich an, als habe man es in mehrere Lagen Watte gepackt. Ich bin praktisch außer Gefecht gesetzt.«

»Warum hältst du nicht ein Nickerchen?«, fragte Grace. »Ein bisschen Muße hast du dir sicher verdient. Und sie ist auch so hübsch, nicht wahr? Imogen, meine ich. Sie sieht ein bisschen aus wie Charles als Baby.«

»Charles?«, fragte Clarissa und lächelte träge in die goldene Luft. »Das meinst du doch nicht ernst, oder? Sie sieht eher ihrem Papa ähnlich, würde ich sagen.«

»Ihren Papa, wie du ihn zu nennen beliebst, hast du doch noch nie gesehen«, sagte Grace.

»Nein, natürlich nicht.« Clarissa klang… Grace konnte es nicht recht einschätzen: nicht sauer, nicht gereizt, aber doch irgendwie verunsichert. Und plötzlich auch wieder hellwach. »Aber ich habe Bilder von ihm gesehen. Du nicht?«

»Nein«, sagte Grace. »Nie.«

»Ach so, na gut. Aber egal. Natürlich kann es sein, dass sie wie Charles aussieht. So hatte ich das einfach nur noch nie betrachtet. Hör zu, ich kann jetzt nicht schlafen, dann wache ich nie wieder auf. Vielleicht sollte ich besser ein Bad nehmen oder mir sonst etwas Belebendes gönnen. Bis später, mein Schatz.«

»Mach das«, sagte Grace.

Sie hätte gern mit Clarissa über Charles und den Brief geredet, aber dies war nicht der rechte Moment. Es war wichtig, dass Clarissa dann klar bei Verstand war.

Im HMS *Cicala* in Kingswear, gegenüber von Dartmouth, lag May Potter in ihrer Koje und las in *Woman & Beauty* einen Artikel über den Kampf gegen raue Ellbogen, als ihre Freundin, die Leading Wren Sally Bishop, hereinkam.

»Telefon für dich. Männlich. Unverkennbar Oberschicht. Und betrunken«, fügte sie hinzu.

»Oh Gott«, sagte May, »das hat mir noch gefehlt. Hast du dir je Gedanken wegen rauer Ellbogen gemacht, Sally?«

»Ständig«, antwortete Sally. »Der ganze Krieg ist daran gescheitert.«

May lachte immer noch, als sie zum Hörer griff. »Petty Officer Potter«, sagte sie.

»May, mein Schatz, ich bin's.«

»Na klar. Und hier bin ich. Da müssen Sie sich schon etwas Besseres einfallen lassen.«

»May, ich bin's, Giles Henry. Clarissas Freund. Sie müssen sich an mich erinnern.« Er klang weinerlich.

»Oh. Sicher erinnere ich mich. Tut mir leid. Ist alles in Ordnung bei Ihnen?«

»Mir geht es gut. Gott sei Dank. Bin für ein paar Tage zurück, dann muss ich nach Liverpool. Hören Sie, wo ist Clarissa?«

»Die hat Urlaub. Sie ist bei ihrer ...« Dann unterbrach sie sich. »Egal, sie ist jedenfalls zwei Wochen fort.«

»Oh Gott, nein.« Er klang so verzweifelt, dass sie fast eingelenkt hätte. Dann fiel ihr ein, dass er Musiker war. Trau nie einem Bühnenmenschen, hatte ihre Mutter immer gesagt, und das hatte sie bisher beherzigt. »Aber vielleicht ruft sie mich ja mal an«, fügte sie hilfsbereit zu. »Dann könnte ich ihr eine Nachricht übermitteln.«

»Oh May, Schätzchen, würden Sie das wohl tun? Das würde mein ganzes Leben verändern!«

Himmel, der war ja wie Clarissa – eine männliche Version von Clarissa. »In Ordnung, schießen Sie los. Lassen Sie mich Ihr Leben verändern. Wie lautet die Nachricht?«

»Sagen Sie ihr, dass ich mit ihr reden muss. Über Florence. Und versuchen Sie eine Telefonnummer zu bekommen, ja? Wenn irgend möglich.«

»In Ordnung. Wo kann ich Sie erreichen?«

»Hinterlassen Sie eine Nachricht im Offizierskasino. Bis ... bis Donnerstag. Danach bin ich fort.«

»Gut.«

»Gott segne Sie, May. Sie sind eine Botin des Himmels.«

Sie sah auf ihre Armbanduhr: Es war zu spät, um Clarissa noch anzurufen. Morgen früh musste reichen.

Sie kehrte zu ihrer *Woman & Beauty* zurück und las einen Artikel darüber, wie man sich selbst eine Dauerwelle machte. Einen Versuch wäre es vielleicht wert. Das Salzwasser war eine Katastrophe fürs Haar.

Giles hatte einen schrecklichen Krieg hinter sich. Verglichen mit vielen anderen hatte er allerdings eher einen guten Krieg hinter sich, da sein Leben offenbar wie durch einen Zauber geschützt war. Er war nicht verwundet worden und hatte kaum mehr erlitten als einen blauen Fleck, dabei hatte er unzählige Männer sterben sehen, auf gesunkenen und abgeschossenen Schiffen, sowohl Freund als auch Feind. Er hatte Konvois mit Kameraden aufbrechen sehen, wohl wissend, dass sie vermutlich nie wiederkehrten, hatte sich verausgabt in der Erwartung, selbst auch nie wiederzukehren, und hatte unentwegt seiner eigenen Sterblichkeit ins Gesicht geschaut. Drei Tage hatte er, nachdem sein Schiff gesunken war, auf einem Floß im eiskalten Atlantik ausgeharrt. Immer noch hörte er das Stöhnen seiner Kameraden, als sie langsam ins gnädige Vergessen und dann in den Erfrierungstod hinübergeglitten waren. An den Stränden der Normandie hatte er Dinge gesehen, die er nie wieder vergessen würde: Männer, die zu Hunderten starben, noch bevor sie das Ufer erreichten, und von ihren Kameraden mitgeschleppt und weitergezerrt wurden. Zu Tode erschrockene Neulinge, die verzweifelt den blinden Mut aufzubringen versuchten, den man ihnen antrainiert hatte. Schlachterprobte alte Hasen, die mindestens genauso viel Angst hatten. Er glaubte schon lange nicht mehr, das Richtige zu tun, glaubte an fast gar nichts mehr, verspürte eine Taubheit und Gefühllosigkeit, die sich nur noch auf das Ende richtete, einen nahezu unglaublichen, aber grundlegenden Traum. Florence war Teil dieses Traums, füllte fast den ganzen Traum aus, nur dass er sie jetzt verloren hatte, unwiederbringlich verloren, wenn er ihr glauben durfte, und das war schwerer zu ertragen als alles andere. Ihr letzter Brief, düster und hoffnungslos, hatte auf ihn gewartet, als er glücklich wieder in Dartmouth eingelaufen war. Sie hatte ihm eröffnet, dass sie bei Robert bleiben müsse, das sei ihr jetzt klar, und dass Imogen bereits in Gefahr sei, wenn er, Giles, auch nur

Kontakt zu ihr aufnehme. Das hatte ihm das Herz gebrochen, zumal er Florence kannte: Wenn es um Imogen ging, würde sie alles ertragen, jeden Schmerz, nur um ihr Kind zu schützen. Eine Löwin, die ihr Junges verteidigte, war nichts dagegen. Das Risiko, sie anzurufen, würde er nicht eingehen, da Robert zu Hause sein könnte. Aber Clarissa, die könnte und würde ihm helfen. Clarissa könnte als gute Fee einspringen. Eine wunderbar sinnliche gute Fee.

»Es tut mir furchtbar leid, dass ich dir das zumuten muss, Clarissa«, sagte Florence beim Frühstück, »aber ich muss einfach ein paar Stunden arbeiten, wenigstens heute Morgen. Wirst du allein zurechtkommen?«

»Ich denke schon, mein Schatz. Vielleicht besuche ich Grace und ihre göttlichen Jungs. Ich liebe kleine Jungs.«

»Du liebst alle Jungs«, sagte Florence, »egal ob groß oder klein. Gut, vielleicht hole ich dich nach dem Lunch dort ab. Brauchst du etwas aus Salisbury?«

»Nur zehn Meter roten Seidensamt und zwei Paar Schuhe mit atemberaubenden Absätzen. Ach so, und einen großen Flakon Chanel. Lustig, dass wir so etwas mal für selbstverständlich gehalten haben.«

Grace war nicht gerade aus dem Häuschen, als sie Clarissa sah, wusste aber selbst nicht, wieso. Vermutlich weil sie das Gespräch über Charles und die Auflösung der Verlobung dann nicht länger aufschieben konnte. Mit großer Freude erfüllte sie das nicht.

Sie kochte eine Kanne Kaffee und trug sie in den Garten; es war ziemlich warm, ein wunderschöner Septembertag. Zuvor hatte Nebel geherrscht, aber nun waren die Wiesen in goldenes Licht getaucht.

»Ach, das reinste Paradies! Genau das, was ich jetzt brauche. Wenn Jack noch da wäre, wäre alles perfekt.« Sie schaute Grace an und lachte. »Eigentlich ist es auch ohne ihn perfekt. Er ist immer noch schwer genießbar. Sobald er aus seinem Flugzeug steigt, fängt er wieder mit seinem Gesicht an.«

»Na ja, vermutlich ist das… Oh verdammt, das Telefon. Würdest du mich bitte entschuldigen, Clarissa.«

Es war ein Ferngespräch aus Dartmouth. Die Anruferin hatte einen ziemlich vulgären Slang und klang eilig; sie wolle Clarissa sprechen. »Für dich«, rief Grace durch die Schiebetür. »Eine May Soundso. Porter?«

»Potter. Auch eine Wren. Oh Gott, ich hoffe, es ist nichts Dringendes los da unten. Entschuldige, Grace. Und danke. Wo soll ich das Gespräch annehmen?«

»Im Arbeitszimmer ist es ruhiger«, sagte Grace. »Mrs Babbage wollte gerade staubsaugen.«

Als sie mit den Kaffeetassen die Vorhalle durchquerte, sah sie, dass Clarissa den Hörer nicht auf die Gabel gelegt hatte. Sie ging hin, um es nachzuholen.

May Potter hatte eine laute Stimme, sehr laut und deutlich. Grace hörte unwillkürlich mit, das ging gar nicht anders, absolut nicht. »Nun, Herzogin«, sagte sie gerade, »was denkst du, wer hier aufgekreuzt ist? Wie ein glänzender, goldener Ritter? Der Commander, stell dir nur vor.«

»Giles!«, rief Clarissa. »Oh Gott, May, wann ist er gekommen?«

»Gestern, glaube ich.«

Leg den Hörer auf, Grace, leg ihn sofort auf.

»Er möchte dich jedenfalls sehen. Unbedingt. Angeblich ist es lebensentscheidend. Wirklich, Herzogin, der Typ ist genauso wie du.«

»Ach, der liebe Schatz«, sagte Clarissa geistesabwesend.

»Hör zu, May, gib ihm diese Nummer, ich rede mit ihm. Vor dem Lunch. Danach kommt Florence vielleicht vorbei, dann darf er auf keinen Fall mehr hier anrufen. Verstanden? Und richte ihm ganz herzliche Grüße aus.«

»Selbstredend.«

Grace spülte die Kaffeetassen aus, als Clarissa in die Küche kam: Sie wagte es nicht, sich umzudrehen.

»Entschuldige, meine Liebe«, sagte Clarissa. »Marineangelegenheiten. Vermutlich wird nachher noch mal jemand anrufen. Ich hoffe, das ist in Ordnung. Wirklich, man kann im Moment nicht einmal ein Bad nehmen, ohne gestört zu werden.«

»Tatsächlich?«, sagte Grace. Sie starrte weiterhin in die Spüle und schrubbte an den Tassen herum.

»Hm. Ist alles in Ordnung, meine Liebe? Du klingst so komisch.«

»Ja, danke. Alles bestens. Könnten wir wieder hinausgehen, Clarissa? Ich möchte mit dir reden.«

»Natürlich. Aber bist du dir sicher, dass alles in Ordnung ist?«

»Ja, ganz sicher.«

Sie ging voran, immer noch so schockiert durch ihre Entdeckung, dass sie sich kaum unter Kontrolle hatte. Im Garten ließ sie sich schwer auf einen Stuhl sinken.

»Worüber wolltest du denn mit mir reden?«, fragte Clarissa, die nun leicht verunsichert wirkte, weil sie offenbar Grace' Unbehagen spürte.

»Über Charles«, sagte Grace knapp. Über Giles konnte sie jetzt nicht reden. Noch nicht.

»Charles? Was ist denn mit Charles?«

»Warum hast du die Verlobung gelöst, Clarissa? Was war

der eigentliche Grund? Und warum habt ihr immer ein solches Geheimnis darum gemacht?«

»Ach Grace, meine Liebe, nicht das schon wieder. Ich habe dir doch erzählt, dass ...«

»Nein, Clarissa, hast du nicht. Ich glaube nicht, dass du mir alles erzählt hast. Ich ... na ja, ich habe einen Brief gefunden. Bei Florence zu Hause. Von dir an ihn. Es schien um eine Menge mehr zu gehen als nur darum, dass es einfach nicht funktioniert hätte.«

Ein langes Schweigen entstand, dann sagte Clarissa schließlich: »Na ja, jetzt ist es vermutlich auch egal. Ich hatte ihm versprochen, es nie jemandem zu erzählen.«

»Was erzählen?« Grace war plötzlich nervös und wusste selbst nicht, wieso.

»Ach, nichts Schlimmes. Na ja, für ihn war es damals schon schlimm, aber es war nichts Ernstes. Es funktionierte einfach nicht, daran ließ sich nun mal nicht rütteln. Wir wären nie glücklich miteinander geworden, wirklich nicht. Wir kamen einfach nicht mehr miteinander aus und haben uns nicht mehr aneinander gefreut. Aber egal, eines Abends ging ich mit einem anderen Mann essen. In London, während Charles hier war. Das war eine absolut – nahezu absolut – harmlose Angelegenheit. Nur ein guter alter Freund. Aber ... Na ja, du kennst mich ja, mein Schatz, einer Gelegenheit zu einem kleinen Flirt kann ich nicht widerstehen. Wir tranken zu viel, landeten in meiner Wohnung, und plötzlich stand Charles auf der Matte.«

»Und ihr lagt natürlich im Bett?«, fragte Grace.

»Ich hatte unsere Beziehung schon seit ein paar Wochen beenden wollen. Wirklich. Aber er weigerte sich. Er sagte immer, dass alles wunderbar werden würde, dass wir nur beide ein wenig unter Druck stünden. Das trieb mich allmählich in den Wahnsinn. Jene Nacht hat die Sache dann erledigt. Schluss, aus.«

»Das kann ich mir gut vorstellen.«

»Ich sagte, sicher würde er mich jetzt nicht mehr heiraten wollen, wo er nun wisse, wie schrecklich ich bin. Aber er rastete vollkommen aus, tobte herum, bedrohte mich, erklärte, dass er losziehen und Monty – so hieß der Mann – erschießen werde, dass er sich selbst erschießen werde. Schrecklich war das. Am Ende beruhigte er sich und fing an zu weinen. Das war noch schlimmer. Er flehte mich an, ihn zu heiraten, und erklärte, ihm sei egal, was ich getan hätte. Er würde mir alles verzeihen ...«

»Aber warum?«, fragte Grace. »Ich verstehe das einfach nicht. Wo du doch ...«

»Stolz, mein Schatz. Männlicher Stolz. Charles hat – er *hatte*, Entschuldigung – ein Übermaß an Stolz. Es war ihm ein fast pathologisches Bedürfnis, bei den Leuten gut dazustehen. Er brachte es einfach nicht übers Herz, überall zu verkünden, dass die Verlobung aufgelöst war. Man hatte in der Zeitung darüber berichtet, und der Hochzeitstermin stand schon fest. Bis dahin waren es noch sechs oder sieben Monate, aber dennoch. Er hatte seinen Trauzeugen ausgewählt und so weiter und so fort. Seiner Meinung nach würde er wie ein Vollidiot dastehen, egal, wie wir die Sache einfädelten. Wenn ich die Sache beendete, würden die Leute denken, ich hätte ihn satt oder könne mich mit irgendwelchen Schwächen von ihm nicht abfinden. Und wenn er es tat ... nun, dann würde er entweder wie ein Schuft dastehen oder müsste zugeben, dass er mich mit einem anderen Mann ertappt hatte. Ich sagte also, wieso um Himmels willen können wir nicht einfach behaupten, es beruhe auf Gegenseitigkeit? Er sagte, er denke darüber nach, und reiste ab. Da dachte ich, ich hätte es geschafft.«

»Hattest du aber nicht?«, fragte Grace, vollkommen gepackt von der Geschichte.

»Nein, nicht ganz. Am nächsten Morgen wurde ein Zettel unter meiner Tür durchgeschoben. Darauf stand, dass er darüber nachgedacht habe und sich einen Bruch unter gar keinen Umständen vorstellen könne. Dazu liebe er mich zu sehr, und wenn ich ihn nicht heiratete, würde er sich umbringen. Mir war natürlich klar, dass das Unfug war; so etwas hätte er niemals getan, weil das gar nicht in seiner Natur lag. Das habe ich ihm auch ins Gesicht gesagt. Es zeigte einfach, wie wichtig ihm das alles war.«

»Wie wichtig *du* ihm warst«, sagte Grace leise.

»Nein, meine Liebe, das geht an der Sache vorbei. Wie wichtig er sich selbst war.«

»Ah. Verstehe«, sagte Grace unsicher.

»Überzeugt siehst du nicht aus. Aber ein Mann, der seine Verlobte mit einem anderen im Bett ertappt und sie immer noch heiraten will… Das ist doch ein bisschen komisch, findest du nicht?«

»Ja«, sagte Grace, »durchaus. Aber ich finde es auch ein bisschen komisch, dass die Verlobte mit einem anderen Mann ins Bett geht. Du nicht?«

Sie hörte selbst, dass sie gereizt klang. Hart. Das war ihr gleich. »Und dann hast du ihn also losgeschickt, um nach mir zu suchen, nicht wahr?«

»Wie bitte?«

»Er solle sich ein ›liebes, nettes Mädchen‹ suchen, das ihn glücklich macht. So lautet der Satz in deinem Brief, wenn ich mich recht entsinne. Ein langweiliges, schüchternes, sanftes Mädchen, das ihm so etwas nie antun würde. Die nie mit einem anderen Mann ins Bett gehen würde, weil sich ohnehin niemand für sie interessiert. So ungefähr hast du dir das vorgestellt, nicht wahr, Clarissa? Und in diese Rechnung passte ich ganz wunderbar. Die liebe, harmlose Grace. Gab es noch eine andere Kandidatin, was meinst du? Oder hast du ihm sogar selbst eine vorgeschlagen? War ich vielleicht gar nicht so leicht zu finden?«

Unvermittelt brach sie in Tränen aus; ihre Augen brannten. »Und was ist mit Jack, Clarissa? Hast du ihm auch erzählt, warum sich Charles für mich entschieden hat? Es muss ihn doch gewundert haben, nachdem er erst mit jemandem wie dir verlobt war. Und Florence, die wusste es vermutlich auch…« Sie unterbrach sich. Giles. Den hatte sie ganz vergessen. Giles und Clarissa. Clarissas Nonchalance in diesen Dingen machte die Geschichte wirklich skandalös – im Zweifel für den Angeklagten, das hatte sich jetzt erübrigt.

»Grace, sei nicht albern«, sagte Clarissa. »Niemand hat sich gefragt, warum sich Charles für dich entschieden hat. Man konnte doch sehen, dass er dich liebt und du absolut perfekt zu ihm gepasst hast.«

»Absolut perfekt«, sagte Grace bitter.

»Ach, mein Schatz, jetzt sei doch nicht so. Und Florence wusste ganz bestimmt nichts über Charles und mich und darüber, wie verstört er war. Sie hat uns die Geschichte abgenommen, wie alle anderen auch.«

»Sie scheint ohnehin ziemlich leichtgläubig zu sein«, sagte Grace. »Ein Glück für dich, was?«

»Wie bitte?« Clarissas Augen glänzten plötzlich. Ihr Blick war durchdringend, ihre Wangen gerötet.

»Ich sagte, ein Glück für dich, dass sie so leichtgläubig ist.«

»Was willst du damit sagen?«

»Ich habe dich vorhin am Telefon gehört«, sagte Grace, »als du mit dieser… dieser Person geredet hast. Über Giles. Ich konnte es kaum fassen. Nicht ausgerechnet Giles – wo Florence doch deine beste Freundin ist. Das ist…«

»Grace.« Clarissa war nun kreidebleich. Auf ihrer Stirn stand Schweiß. »Grace, du weißt gar nicht…«

»Das glaube ich aber doch«, erwiderte Grace. »Ich weiß sehr wohl. Das passt doch alles wunderbar zusammen. Ich wusste, dass irgendetwas nicht stimmt, schon Weihnachten. Du warst so… nervös. Und dann gestern dieser kleine Ausrutscher, dass Imogen wie Giles aussieht. Ich verstehe dich nicht, Clarissa, wirklich nicht. Oder vielleicht doch. Aber egal…«

»Du wirst es Florence nicht erzählen«, sagte Clarissa mit leiser Stimme.

»Das entscheide ich«, sagte Grace, »nicht du. Ich denke, ich sollte es ihr erzählen. Wenn er jetzt zurückkäme und sie ihn immer noch wie verrückt lieben würde, das wäre doch… grausam. Sie muss es wissen.«

»Du redest wie ein Kind«, sagte Clarissa, »wie ein besserwisserisches, selbstzufriedenes Kind. Dabei verstehst du nicht einmal ansatzweise…«

»Doch, ich denke, ich verstehe durchaus«, sagte Grace. »Du bist nicht viel besser als eine Hure, Clarissa. Du kannst einfach nicht widerstehen, wenn du einen… einen Schwanz siehst.«

Clarissa brach in Lachen aus. »Aber meine Liebe, was ist das denn für eine Ausdrucksweise?«

»Sei nicht so arrogant!« Grace war aufgesprungen und verpasste ihr eine Ohrfeige. Clarissa sackte auf ihren Stuhl zurück, die Augen schockiert aufgerissen, die Hand an der roten Wange.

In diesem Moment trat Florence in den Garten. »Was ist denn hier los?«, fragte sie. »Habe ich das richtig gesehen, dass du Clarissa geschlagen hast? Was ist denn los?«

»Sie ist nur wütend auf mich«, sagte Clarissa schnell. »Ich…

na ja, ich habe etwas Schlimmes über Ben gesagt. Das war nicht richtig von mir, Grace, entschuldige bitte.«

Grace war so verblüfft über diese geschmeidige Lüge – die einzige, die Florence unter diesen Umständen akzeptieren konnte –, dass sie stumm dastand und auf Clarissa hinab-schaute.

»Ach ja?«, sagte Florence. »Ich bringe Grace ständig gegen mich auf, wenn ich etwas über ihn sage – dass es sehr schwie-rig wird, falls sie heiraten, wegen der unterschiedlichen Her-kunft und so. Mir ist schleierhaft, wie du die Augen davor ver-schließen kannst, Grace, wirklich. Ist das dein Telefon? Soll ich drangehen?«

Grace und Clarissa starrten sich an.

»Nein«, sagte Grace dann, »ich kann es entgegennehmen«, während Clarissa sagte: »Nein, ich geh schon, es könnte dieser Anruf aus Dartmouth sein, von May Potter ...«

Aber keine von ihnen war schnell genug, denn in diesem Moment kam Mrs Babbage heraus und erklärte, es sei für Mrs Compton Brown. »Ein Gentleman«, sagte sie. »Ferngespräch. Einen Namen hat er nicht genannt, nur dass Sie Bescheid wüssten.«

»Das muss Jack sein, das Schätzchen«, sagte Clarissa. »Bitte entschuldigt mich.«

Als sie wieder herauskam, lächelte sie entspannt. Sie hatte sich die rote Wange gepudert und hielt Grace die andere hin.

»Es war tatsächlich Jack. Wollte nur ein bisschen plaudern. Es war so schön bei dir, Grace, wirklich. Tut mir leid, dass ich dich so schrecklich verletzt habe. Und bitte, überstürze nichts. Ich werde wohl jetzt mit Florence zurückfahren. Wir sehen uns demnächst.«

Mit diesen Worten schlüpfte sie in Florence' Wagen. Das

Letzte, was Grace von ihr sah, war eine kleine, wohlmanikürte Hand, die fröhlich aus dem Wagenfenster winkte.

»Grace«, sagte Ben. »Du hast mir gar nicht zugehört, nicht wahr?«

»Was?«, fragte Grace.

»Ich sagte ... ach egal.« Er klang ungewöhnlich gereizt.

»Tut mir leid«, sagte Grace. »Tut mir furchtbar leid. Mir geht etwas durch den Kopf, das mich sehr aufregt. Was hattest du gesagt?«

»Vergiss es. Ist nicht so wichtig.«

»Es tut mir leid«, sagte Grace noch einmal.

»Was ist denn los? Möchtest du darüber reden?«

Sie schüttelte den Kopf. »Nein. Ist nicht so wichtig.«

»Scheint mir aber doch.«

»Nein, wirklich.«

»Na schön.«

Schweigen senkte sich herab. Grace gab sich Mühe, ihre Gedanken beieinanderzuhalten und einfühlsamer zu wirken. Ben hatte selbst Probleme, das wusste sie. Vor allem zerbrach er sich den Kopf darüber, was nach dem Krieg werden sollte.

»Tu mir einfach einen Gefallen und hör mir zu«, sagte er dann.

»Ich glaube, ich weiß, worum es geht«, sagte Grace.

»Ach ja?«

»Du fragst dich bestimmt, was du nach dem Krieg tun sollst, oder? Ich habe auch schon einmal darüber nachgedacht. Wenn du immer noch Lehrer werden willst, kannst du die Jungen hier lassen und aufs College gehen. Oder wohin auch immer. Mir würde das nichts ausmachen, im Gegenteil ...«

»Es geht um die Zeit nach dem Krieg, in der Tat«, sagte er.

»Aber nicht darum, was für eine Arbeit ich mache. Na ja, darum natürlich auch. Aber was ich sagen wollte, ist … Du weißt ja, dass ich dich liebe. Und du liebst mich. Aber wir werden furchtbare Probleme bekommen, wenn wir zusammenbleiben, meinst du nicht auch?«

»Aha … keine Ahnung«, sagte Grace. Plötzlich fühlte sie sich hundeelend. Gleich würde er ihr sagen, dass es vorbei war. Dass er sie verließ.

»Du solltest dir aber Klarheit darüber verschaffen«, sagte er und klang besorgt, fast verärgert. »Im Moment ist alles schön und gut. Ich gehe in deinem prächtigen Haus aus und ein und tue so, als wäre ich wie du, aber das stimmt natürlich nicht. Und meine Jungen sind auch nicht wie du. Sie sind jetzt schon so lange hier, dass sie denken, sie gehören in dieses Haus, und das ist nicht gut. Wir sollten hier verschwinden und unseren eigenen Weg gehen, nach dem Krieg jedenfalls.«

»Oh«, sagte Grace matt. »Verstehe. Ja.«

»Ich werde meine Arbeit wieder aufnehmen. Den beiden wird es gut gehen. Sie sind ja jetzt älter.«

»Ja. Ja, natürlich wird es ihnen gut gehen.«

Das tat derart weh, dass sie es kaum ertragen konnte. Der Schmerz schien in ihrem Unterleib zu wühlen. Sie legte die Hand darauf, als könne sie ihn abwehren.

»Was meine Mum sagen würde, wenn sie die beiden jetzt sehen könnte, möchte ich mir gar nicht ausmalen. Verwöhnte Blagen, würde sie sagen, und dass sie weit über ihre Verhältnisse leben. Und das stimmt ja auch. Sie wäre entsetzt.«

Grace verspürte einen Anflug von Ärger. »Es tut mir sehr leid …«, begann sie.

»Andererseits«, sagte er nun, »wäre mein Vater hocherfreut. Wegen der Musik. Und der Oberschule.«

»Schön«, sagte sie und gab sich Mühe, fröhlich und unbekümmert zu klingen. »Und was ist mit Linda? Was würde die sagen, was glaubst du?«

»Da bin ich mir nicht ganz sicher, ehrlich gesagt«, antwortete er. »Ich habe darüber nachgedacht. Vermutlich wäre sie … ein wenig überrascht.«

Grace hatte die Nase voll und stand einfach auf. »Ben, tut mir leid, aber ich muss gehen.«

»Wohin denn?«

»Zur … zur Kirche. Klavier spielen. Das würde deiner Mum vermutlich auch nicht passen, dass ich weggehe, statt dir den Tee zu …«

Sie bekam ihren Satz nicht heraus, sondern drehte sich einfach um und rannte aus der Küche, hoch in ihr Zimmer, wo sie die Tür hinter sich zuknallte. Sie warf sich aufs Bett und barg das Gesicht im Kopfkissen, damit er sie nicht hörte. Es war vorbei, es würde nichts mehr daraus erwachsen. Der Krieg würde enden, und Ben würde gehen, seine Jungen mit sich nehmen und Grace hinter sich lassen, ein nettes, bizarres Zwischenspiel.

Es klopfte an der Tür, sanft, aber bestimmt. Sie ignorierte es, aber dann klopfte es wieder.

»Grace! Liebling, lass mich rein. Ich wollte noch etwas anderes sagen.«

»Du hast schon genug gesagt«, rief sie. »Ich glaube nicht, dass ich noch mehr hören möchte.«

»Das aber vielleicht schon.«

»Nein.«

»Sei nicht albern«, erklärte er und klang gereizt. Das brachte sie erst recht auf. Wie konnte er so unsensibel sein, nicht zu merken, wie sehr er sie verletzt hatte.

Sie sprang aus dem Bett und riss die Tür auf. »Hör zu, Ben«, rief sie. »Vielleicht sollte ich dir ein paar Dinge erklären. Ich hatte immer gedacht – fälschlicherweise offenbar –, dass du etwas sensibler bist als andere Männer.«

»Tut mir leid«, sagte er und schaute dann unsicher und sichtlich nervös auf sie herab.

»Jetzt darfst du das ausnahmsweise einmal sagen«, erklärte sie. »Jahrelang habe ich mich nun um diese Kinder gekümmert, und das war wirklich schön. Ich habe es sehr, sehr gern gemacht. Aber es war auch viel Arbeit, und es tut mir furchtbar leid, dass ich nicht die Zeit und Energie hatte, um sicherzustellen, dass sie sich keine Flausen in den Kopf setzen. Es tut mir leid, Ben, dass ich nicht die Zeit hatte, um regelmäßig mit ihnen in irgendwelche Gassen in Salisbury zu fahren und sie mit der Nase darauf zu stoßen, wo sie eigentlich herkommen. Blöd von mir, ich weiß. Und es tut mir äußerst leid, dass ich David Klavierstunden gegeben habe. Was hättest du bevorzugt? Banjo? Die Sache mit dem Schach hat Clifford verbrochen. Das ist unverzeihlich, aber darüber redest du besser mit ihm. Plötzlich scheint dir das ja große Sorgen zu bereiten. Du verschwindest also besser mit ihnen, bevor es noch schlimmer wird. Vielleicht erst mal in die Kaserne, da können sie ja …«

»Hör auf zu schreien.« Er streckte die Hand aus und strich ihr sanft übers Gesicht. »Beruhige dich. Du hast mich vollkommen falsch verstanden. Ich wollte nur versuchen …«

»Nun, das ist dir gelungen«, sagte Grace und fuhr sich wild mit der Hand über die Augen.

Ben lächelte und reichte ihr ein Taschentuch. »Hier, nimm das«, sagte er. »Deine Nase läuft.«

»Ach, geh doch weg!«, rief Grace, die noch nie so wütend auf jemanden war. »Geh einfach! Ich möchte dich nie wiedersehen.«

»Oh Gott«, sagte er. »Ich scheine die Dinge noch komplizierter gemacht zu haben. Ich wollte dich nicht aufbringen, wirklich nicht.«

»Hast du aber«, sagte Grace. »Was hast du dir denn vorgestellt? Dass ich glücklich bin? Oder dankbar?«

»Vielleicht«, sagte er. »Zumindest wenn du mich hättest ausreden lassen. Dankbar vielleicht nicht gerade. Aber glücklich.«

»Was hättest du schon sagen können, das mich glücklich macht?«

»Na ja«, sagte er und räusperte sich. Er schien sich zu sammeln, physisch und psychisch. »Na ja, eigentlich wollte ich … Ich wollte dich fragen, ob du dir vorstellen könntest, mal darüber nachzudenken, mich zu heiraten. Einfach nur nachdenken, mehr nicht. Gründlich. Wegen all der Dinge, die ich dir zu vermitteln versucht habe. Auch wenn sie etwas falsch rübergekommen sind. Es tut mir leid, Grace.«

»Oh«, sagte Grace.

»Aber vielleicht hätte ich es gar nicht versuchen sollen«, sagte er. »Vielleicht hätte ich wissen müssen, dass es unmöglich ist. Tut mir trotzdem leid, Grace. Tut mir leid, dass ich dich derart aufgebracht habe. Vielleicht sollte ich besser …«

»Entschuldige dich bitte nicht«, sagte sie langsam, streckte die Hand aus und berührte sein Gesicht so sanft wie er zuvor ihres. »Und es ist keineswegs unmöglich. Es wäre sogar wunderbar. Ich wäre sehr froh. Ich denke sehr gern darüber nach.«

»Wirklich?« Aus seinem langen, hageren Gesicht wich sofort jede Angst und machte einem triumphierenden Grinsen Platz. »Das würdest du wirklich tun?«

»Ja, das würde ich. Und ich wüsste auch nicht, warum ich groß darüber nachdenken sollte. Tatsächlich finde ich all die

Dinge, die du angesprochen hast, ziemlich töricht. Meiner Ansicht nach räumst du ihnen viel zu viel Gewicht ein.«

»Nein«, sagte er, »eigentlich nicht. Weißt du …«

»Ben«, sagte Grace, »jetzt bin ich dran. Würdest du bitte still sein, ja?« Sie reckte sich und küsste ihn auf den Mund, erst sanft, dann dringlich. Er reagierte mit einer wilden Zärtlichkeit. Schließlich nahm sie seine Hand, zog ihn in ihr Zimmer, schloss die Tür und drehte den Schlüssel herum. »Für alle Fälle«, sagte sie. »Falls sie zurückkommen.«

»Wo sind sie denn?«

»Beim Angeln. Mit Clifford. Schickt sich das für Jungen wie sie?«

»Hör auf«, sagte er. »Jetzt will ich dich nur noch lieben.«

Es ging so schnell wie noch nie, als wolle er ihr unbedingt zeigen, wie sehr er sie liebte. Er drang fast sofort in sie ein, und sie war, erregt durch die aufbrausenden Emotionen der letzten Stunde, mehr als bereit und gierte nach ihm. Sie klammerte sich an ihn, umschlang ihn und spürte, wie die süßen, sich überstürzenden und überlappenden Wellen sie sofort durchdrangen.

»Ich liebe dich«, sagte er, »ich liebe dich so sehr.« Und noch während er das sagte, steigerte sich seine Lust und riss sie mit sich, durch das schwelende Begehren hin zur weißglühenden Entladung. Fast losgelöst lag sie da und spürte, dass ihr Körper ihn kannte, ihn liebte, ihn als Teil von sich empfand, sich ihm anvertraute und ihm voranging, und als er kam und schrie, diesen langen, vibrierenden Schrei der Liebe, schrie sie ebenfalls, laut und triumphierend: »Ich liebe dich, Ben, ich liebe dich«, und dachte, dass sie nie wieder in ihrem ganzen Leben ein derart perfektes Glück verspüren würde.

Später lagen sie verwirrt und benommen da, und er fragte: »Geht es dir jetzt besser?«

»Ja«, sagte sie, »natürlich geht es mir besser.«

»Manchmal«, begann er, beugte sich zu ihr herüber und küsste sie, »bekommst du die Dinge einfach in den falschen Hals.«

»Ich weiß«, sagte sie mit einem Seufzer. »Manchmal nehme ich mir nicht genug Zeit zum Nachdenken. Das war schon immer so.«

»Ist mir auch schon aufgefallen.«

»Ben?«

»Ja.«

»Darf ich dir etwas erzählen? Es hat nichts mit uns zu tun. Etwas, das mich sehr aufregt.«

»Natürlich.«

Sie lag da, hielt seine Hand und erzählte ihm von Clarissa. Von Giles und Clarissa.

»Was, denkst du, sollte ich tun?«, fragte sie.

»Nichts«, antwortete er.

»Aber...«

»Hör zu«, sagte er, »erstens weißt du nicht, was wirklich passiert ist.«

»Doch, das weiß ich.«

»Nein, mein Liebling. Na gut, vermutlich hat Clarissa... Ich gehe davon aus, dass die beiden es getan haben.«

»Natürlich haben sie es getan, Ben. Dabei ist Florence ihre beste Freundin, und...«

»Grace! Jetzt gehen schon wieder die Pferde mit dir durch. Sie sind also miteinander ins Bett gegangen. Ja und?«

»Was meinst du mit ›ja und‹?« Sie war schockiert.

»Ich meine, dass das nicht die Welt bedeutet. Nicht immer.«

»Aha«, sagte sie.

»Du musst versuchen, die Sache aus ihrer Perspektive zu betrachten. Wie war es wohl für Clarissa, Jack in diesem Zustand zu erleben? Entsetzlich, grauenhaft. Herrgott, die meisten Frauen wären abgehauen. Sie ist bei ihm geblieben. Sie liebt ihn. Das finde ich ziemlich anständig. Wirklich.«

Sie drehte den Kopf und musterte ihn interessiert. »Du magst sie wirklich, oder?«

»Ja, klar. Ich finde sie umwerfend. Sehr sexy. Aber ich mag sie auch. Sie ist tapfer und sympathisch und viel treuer, als du denkst.«

»Treu? Sie weiß doch gar nicht, was Treue ist, Ben.«

»Natürlich weiß sie das. Aber es ist halt keine sexuelle Treue. Sie kann nichts dagegen machen, sie fickt halt... Entschuldige, mein Liebling, sie geht eben gern mit Männern ins Bett.«

»Ficken trifft es besser«, befand Grace grimmig.

»Von mir aus. Sie fickt, wie andere Leute küssen. Und sammelt Männer wie Trophäen.«

»Hat sie dich auch für ihre Sammlung gewinnen wollen?«, fragte Grace. Die Frage interessierte sie so brennend, dass sie nicht einmal Eifersucht verspürte.

»Eigentlich nicht. Einmal hat sie sich ganz schön rangemacht. Weihnachten, als du mal draußen warst und wir allein zurückblieben. Ich will nicht behaupten, dass sie versucht hat, mich nach oben zu lotsen, aber es war ihr wichtig, mich wissen zu lassen, dass sie es tun könnte.«

»Oh«, sagte Grace. »Verstehe. Und hätte sie Erfolg damit gehabt?«

»Lass es uns mal so sagen«, erklärte er mit einem Grinsen. »Man könnte ihr nur schwer widerstehen. Unter gewissen Umständen jedenfalls. Ich würde es also nicht drauf ankommen lassen.«

»Ben, wie kannst du nur so etwas sagen? Ich würde nie...«

»Immer mit der Ruhe«, sagte Ben. »Natürlich würde ich

das nicht tun. Ich möchte dir nur etwas klarmachen. Vermutlich waren sie sehr einsam in Dartmouth. Sie war aufgewühlt wegen der Sache mit Jack. Und ihm ging es miserabel, weil er dachte, er hätte Florence verloren und würde bei seinem nächsten Einsatz ohnehin umkommen. Warum also nicht, mein Schatz? Was konnte das schon für einen Schaden anrichten? Mal ernsthaft?«

»Einen großen, würde ich meinen.« Plötzlich war Grace wieder aufgebracht. Bens Pragmatismus schockierte sie.

»Das ist deine Meinung, genau. Und in deinem Fall würde es auch etwas bedeuten. Aber nicht in Clarissas. Ach, meine Liebe, du hast mir überhaupt nicht zugehört.«

»Doch, habe ich.«

»Nein, hast du nicht. Aber egal – was tatsächlich großen Schaden anrichten würde, wäre, wenn du jetzt zu Florence rennst und ihr brühwarm erzählst, was Clarissa getan hat. Das darfst du nicht, Grace, auf gar keinen Fall.«

»Das hatte ich auch gar nicht vor«, sagte sie. »Aber ich kann nichts dagegen tun, dass ich Clarissa jetzt hasse. Und ihr nicht mehr über den Weg traue. Außerdem fühle ich mich absolut unwohl, wenn ich mit den beiden zusammen bin.«

»Es gibt Schlimmeres, als sich unwohl zu fühlen«, sagte er, »viel Schlimmeres. Ich muss es wissen. Gib mir einen Kuss. Und dann solltest du dich besser anziehen, denn sonst weiß ich nicht, auf was für Ideen ich noch komme.«

Sie erzählten es niemandem. Es war noch zu früh, darin waren sie sich einig, zu früh nach Charles' Tod. »Vor allem Clifford wäre verletzt, das weiß ich. Trotz allem«, sagte Grace. »Und es besteht ja auch keine Eile, oder? Ich meine, wann hattest du denn gedacht, wann wir … na ja …«

»Ach, nicht so bald«, sagte er. »Na ja, nicht allzu bald. Nächstes Jahr vielleicht? Wenn ich mich ein bisschen organisiert habe. Mir war es aber wichtig, dass du weißt, was ich möchte. Und ich musste unbedingt wissen, ob du es möchtest.«

»Ich möchte es«, sagte sie. »Ich liebe dich, Ben.«

»Ich liebe dich auch, Grace.«

Zum hundertsten, wenn nicht gar zum tausendsten Mal dachte sie, dass es zu schön war, um wahr zu sein.

Clarissa rief Florence an, um ihr zu sagen, dass sie demnächst länger Urlaub bekomme, und erkundigte sich, ob sie die Zeit mit ihr in London verbringen wolle. »Es wird dir guttun, mal rauszukommen«, sagte sie. »Wir könnten es uns gut gehen lassen.«

»Ich weiß nicht«, sagte Florence. »Irgendwie fühle ich mich so kraftlos. Hier bei Mutter bin ich besser aufgehoben, mit all der Langeweile. Bei Mutter und Grace.«

»Triffst du dich in letzter Zeit öfter mit Grace?«, fragte Clarissa beiläufig.

»Nein«, sagte Florence, »sie scheint mir aus dem Weg zu gehen. Vermutlich habe ich etwas Falsches gesagt. Du weißt ja, wie taktlos ich sein kann.«

»Das stimmt«, sagte Clarissa. »Aber nach London kommst du, keine Widerrede, mein Schatz, ob du nun möchtest oder nicht. Wegen des genauen Termins melde ich mich noch. Tschüss für heute.«

Nachdenklich legte sie auf. Es sah nicht so aus, als würde Grace etwas sagen wollen. Clarissa hatte auch nicht damit gerechnet, aber die Angst nagte trotzdem an ihr. Herrgott, Grace war so selbstgefällig! Sympathisch, aber selbstgefällig. Man hätte gedacht, dass Ben sie vielleicht ein bisschen zurechtstutzen würde, aber daran schien es noch zu hapern. Sie konnte sich erinnern, dass Florence mal vor Jahren gesagt hatte, eine übertriebene Moral sei ein Klassending, und damit hatte sie ja so recht. Blieb nur zu hoffen, dass sich Florence ihrer Klasse würdig erweisen würde, wenn sie selbst auf die Probe gestellt wurde. Von Jack ganz zu schweigen.

Mit ihrer außergewöhnlichen Fähigkeit, unangenehme Tatsachen beiseitezuschieben, schlug Clarissa ihr Adressbuch auf. Dann griff sie zum Telefonhörer und wählte die Nummer des Offizierskasinos in Liverpool.

***

»Kann ich kurz mit dir reden?«, fragte Clifford eines Abends, nachdem die Jungen zu Bett gegangen waren. Sein Gesicht war erhitzt, und er sah ziemlich müde aus. Er hatte sich mit Dezimalzahlen und lateinischen Deklinationen herumgeschlagen, um dem verzweifelten David zu helfen, der mittlerweile täglich erklärte, er hätte auf dieses verfluchte Stipendium verzichten und lieber mit seinen Freunden zur Secondary Modern gehen sollen.

»Ja, natürlich«, sagte Grace. »Ich koche uns einen Tee.«

So setzten sie sich zusammen. Nachdem Clifford seinen Tee ausgetrunken hatte, stellte er die Tasse ab und räusperte sich. Grace schenkte ihm ein aufmunterndes Lächeln. »Was ist los, Clifford? Nun komm schon, mir kannst du nichts vormachen. Irgendetwas ist doch.«

»Na ja, mein Schatz, das stimmt. Ich ... das heißt, Muriel und ich ...«

»Clifford!«, rief Grace, ging zu ihm und schlang ihm die Arme um den Hals. »Ihr werdet wieder zusammenleben, Clifford! Ich freue mich ja so!«

»Wirklich? Und du hältst das nicht für einen kapitalen Fehler?«

»Natürlich nicht. Ich finde das wunderbar. Über nichts könnte ich mich mehr freuen.«

»Oh Grace«, sagte er, und die Erleichterung war ihm anzuhören, »was bist du nur für ein großartiges Mädchen. Ich dachte, du würdest dich dagegen aussprechen.«

»Natürlich nicht. Ich hoffe schon darauf, seit ich dich bei Charles' Beerdigung bei ihr stehen sah. Das ist doch töricht, dass ihr beide so einsam seid, obwohl ihr genauso gut zusammen sein könnt. Ich meine, sie hat dir doch offensichtlich vergeben…«

»Soweit Muriel etwas vergeben kann«, sagte Clifford mit einem reumütigen Lächeln. »Sie redet nicht wirklich darüber, und ich auch nicht. Dafür lässt sie ständig irgendwelche Anspielungen fallen, auf die Zeit, als ich nicht da war, mich um nichts gekümmert habe, ihr nicht geholfen habe und so weiter und so fort. Aber damit kann ich leben.«

»Du hast sie immer noch sehr gern, nicht wahr?«, fragte Grace.

»Oh ja«, sagte er, »ich habe sie wirklich gern. Das kommt dir sicher komisch vor. Aber egal, du darfst jedenfalls niemals denken, ich wüsste nicht zu würdigen, was du für mich getan hast. Das war wunderbar und außerordentlich mutig von dir. Ich stehe tief in deiner Schuld. Eines Tages kann ich mich vielleicht revanchieren.«

»Ich habe es sehr genossen«, sagte Grace. »Wirklich.«

Als Ben am Wochenende anrief, erzählte sie ihm von Cliffords Entscheidung. »Es ist einfach wunderbar! Und er ist so glücklich! Wieso jemand mit Muriel zusammenleben will, kann ich mir zwar beim besten Willen nicht vorstellen, aber so ist es halt. Das bedeutet auch, dass wir, wenn wir… na ja, nächstes Jahr oder wann auch immer… dass wir dann das Mill House für uns allein haben. Für uns und die Jungen. Das ist doch auch schön, oder?«

»Ja«, sagte Ben, »das ist es.« Er klang ein wenig verhalten.

»Natürlich ist es das, Ben, sei nicht albern. Clifford ist wunderbar, aber...«

»Hör zu, Grace, ich muss Schluss machen. Wir sehen uns bald«, sagte Ben. »Ich liebe dich«, fügte er schnell hinzu.

»Ich liebe dich auch.«

Sie legte den Hörer auf und fühlte sich fast ein wenig vor den Kopf gestoßen. Vor den Kopf gestoßen und ängstlich.

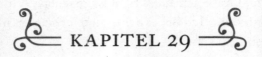

KAPITEL 29

Herbst – Winter 1944

Ben und Grace waren spazieren gegangen und traten nun aus dem Wäldchen – Davids Wäldchen, wie sie es mittlerweile nannten – wieder auf die Wiese.

»Ist das nicht herrlich?«, sagte Grace glücklich, als sie das Mill House betrachtete, das in der kleinen Senke vor ihnen lag. Die späte Sonne fing sich in den großen Fenstern, und aus dem doppelten Schornstein stieg wirbelnder Rauch. »Ich liebe dieses Haus abgöttisch. Es ist ein glückliches Haus. Und trotz allem, was passiert ist, war auch ich glücklich hier. Wir alle waren es.«

»Ja«, sagte Ben. Er klang sonderbar.

Grace schaute ihn an. »Was ist los?«

»Es ist ein schönes Haus, ja«, sagte er nach einer langen Pause. »Aber ich glaube nicht, dass wir hierbleiben können.«

»Warum denn das nicht?«, fragte sie erstaunt. »Es ist doch perfekt. Die Jungen betrachten es als ihr Zuhause, und Geldprobleme haben wir auch nicht. Es ist schließlich mein Haus. Charles hat es mir überlassen...«

»Genau das ist das Problem«, sagte er. »Es ist deins. Absolut deins. Früher Charles' Haus, jetzt deins. Mit mir hat das nichts zu tun.«

»Oh Ben, jetzt sei doch nicht albern! Natürlich hat es etwas mit dir zu tun.«

»Nein«, sagte er, »hat es nicht. Und ich möchte nicht hier leben.«

»Aber warum denn nicht?«

»Weil es nicht mein Haus ist. Es gehört dir. Wenn wir heiraten, werden wir in meinem Haus leben. Das wirst du doch sicher verstehen.«

»Das ist absurd, Ben. Du machst dich über mich lustig.«

»Nein«, sagte er, »das ist nicht absurd. Ich finde es absolut nachvollziehbar. Tut mir leid, Grace. Ich mag das Mill House auch sehr, aber ich kann nicht mit dir darin leben. Ich käme mir wie ein Schmarotzer vor. Damit käme ich nicht zurecht.«

»Oh«, sagte Grace. »Darüber muss ich vermutlich mal nachdenken.«

»Nein«, sagte Ben, »darüber musst du nicht nachdenken. Da gibt es nichts nachzudenken. Wir werden ein anderes Haus für uns finden.«

Das war eine Seite von ihm, die sie noch nie gesehen hatte: der egoistische, stolze Mann. Sonst war er immer so sanft und unbekümmert. Und jetzt war sie schockiert. Schockiert und empört. Sie liebte das Mill House, liebte es von ganzem Herzen, und fühlte sich ihm fast physisch verbunden. In was für einem Haus wollte er denn leben? In so einem wie dem, das er mit Linda hatte, einem kleinen, beengten Stadthaus? Plötzlich hörte sie Florence' Stimme: »Aber da würdest du doch gar nicht hinpassen? Zu diesen Leuten?«

Zum ersten Mal dachte sie darüber nach, was es bedeuten könnte, einen Mann mit einem vollkommen anderen Hintergrund zu heiraten. Würde es tatsächlich so viel ausmachen, wie Florence gesagt hatte? Und wie auch Ben angedeutet hatte, an jenem Tag, als er ihr den Heiratsantrag gemacht hatte? War sie überheblicher und mehr von solchen Dingen beeinflusst, als sie es sich eingestehen wollte? Alles war wunderbar, wenn sie Ben in ihr Leben einließ – aber würde sie tatsächlich damit klarkommen, wenn er sie in sein Leben schleppte?

Am nächsten Morgen stand sie früh auf, wanderte durch das Mill House und blieb an ihren Lieblingsplätzen stehen: der mit Glyzinien überwucherten Veranda, der Küche mit den mächtigen Schränken und dem Steinboden, dem Wohnzimmer mit den großen Fenstern und den Fensterläden davor, dem langen, lichten Treppenhaus mit der geschwungenen Treppe und dem wunderschön gewundenen Geländer. Der Gedanke, das alles hinter sich zu lassen, machte sie unsäglich traurig. Fast traten ihr die Tränen in die Augen. Es ist doch nur ein Haus, sagte sie sich, nur Ziegelsteine und Mörtel. Aber das stimmte natürlich nicht. Es gehörte ihr, es war ihr Zuhause, es war alles, was sie in der Welt noch hatte, eine Quelle von Trost und Kraft. Sie hatte das Gefühl, dass sie genauso zu diesem Haus gehörte, wie es zu ihr gehörte.

Sie kochte sich eine Tasse Tee und trat zur Hintertür hinaus. Draußen war es eiskalt, und sie schaute auf den abfallenden Garten, den Bach, die Weide dahinter. Charlotte kam hinter ihr herausgeschossen, gefolgt von Puppy, die sie als einzigen Welpen behalten hatten. Was würde sie in einem kleinen Stadthaus nur machen, ohne einen richtigen Garten? Und wer würde Flossie und die Hühner nehmen? Tränen traten ihr in die Augen. Als sie dagegen anblinzelte, spürte sie Bens Arm um die Schulter.

»Ich weiß, was du denkst«, sagte er, »und es tut mir leid. Aber du musst mich verstehen, Grace. Ich kann nicht Mr Grace Bennett sein. Das kann ich einfach nicht.«

»Also möchtest du von hier wegziehen?«, fragte sie. »Und woanders hingehen? In die ... Stadt?«

»Nicht unbedingt in die Stadt. Obwohl ich auch nicht wüsste, was ich auf dem Land anfangen sollte. Noch nicht. Und ja, ich würde von hier weggehen wollen. Solange wir hier sind, Grace, bin ich der ulkige Mann an deiner Seite. Damit würde ich nicht klarkommen. Nicht für den Rest meines Lebens. Denkst du, dass mich die Leute hier – deine Freunde – je akzeptieren würden?«

»Ich habe hier keine Freunde«, sagte sie. »Keine echten, jedenfalls. Das weißt du doch.«

Er überhörte es. »Kannst du dir vorstellen, dass ich auf diesen Partys herumstehe, ein Glas Sherry in der Hand, und ihre Blicke auf mir spüre, weil sie die ganze Zeit schauen, ob ich mich auch richtig benehme und ausdrücke? Das kann ich doch gar nicht.«

»Das … das hast du noch nie so gesagt«, erwiderte sie.

»Ich habe es aber zu sagen versucht. Ich habe versucht, dir diese Gedanken zu vermitteln. An dem Tag zum Beispiel, als ich dich gefragt habe, ob du mich heiraten würdest. Bislang haben wir in einer Traumblase gelebt, mein Schatz, nicht im wahren Leben. Der Krieg hat alles auf den Kopf gestellt. Wen hat es gekümmert, dass ich Sergeant bin und dein Mann Major? Dass ich mit vierzehn von der Schule abgegangen bin und er in Oxford studiert hat? Alles egal. Aber so wird es nicht bleiben, Grace. Wenn wir in das wahre Leben eintreten und heiraten, wird es nicht mehr egal sein.«

»Aber Ben …«

»Nein, Grace, tut mir leid. Ich kann nicht hier leben und Tag für Tag ertragen, dass die Leute mich alle für so nett und charmant halten, ›obwohl ich doch …‹, wie sie immer hinzufügen werden. Und wie amüsant und mutig es doch von dir ist, mich geheiratet zu haben. Nein, wir müssen woanders ein neues Leben beginnen.«

»Ja, das leuchtet mir ein«, sagte Grace leise. Sie wollte sich nicht mit ihm streiten. Sie brauchte Zeit, um darüber nachzudenken und sich an die Vorstellung zu gewöhnen.

Das tat sie in den nächsten Tagen und kam zu dem Schluss, dass Ben recht hatte. Sie musste an all die Gelegenheiten denken, bei denen sie sich über Charles' Freunde empört hatte, weil sie sie mieden. Wie viel schlimmer musste es für ihn sein. Es war ein vollkommen abwegiger Gedanke, er könne sich einfach in ihrem Haus und Leben einrichten. Letztlich war das Mill House doch nichts anderes als Ziegelsteine und Mörtel, sagte sie sich tapfer, und dass sie Ben hinreichend liebte, um den Mut aufzubringen, es zu verlassen. Dann bekam sie einen Brief von ihm.

Liebe Grace,
es gab noch etwas anderes, worüber ich mit Dir reden wollte,
aber Du warst so empört wegen der Sache mit dem Haus,
dass ich es nicht fertiggebracht habe. Es hat damit zu tun,
was ich aus meinem Leben machen möchte. In keinem Fall
möchte ich zurück in die Versicherungsagentur. Abgesehen von
allem anderen hat meine Liebe zu Dir mich mutig gemacht.
Immerhin darüber solltest Du Dich freuen! Mein Traum war
es immer, Lehrer zu werden, wie Du ja weißt. Lange dachte
ich, dass ich es doch noch versuche. Aber das wäre sehr hart.
Ich müsste jahrelang aufs College gehen, und das scheint mir
nicht machbar. Nun hat mir die technische Seite am Militär-
dienst gut gefallen; das passt zu mir, und so werde ich es viel-
leicht damit versuchen. Neulich habe ich mit einem der Un-
teroffiziere gesprochen, und wie es ausschaut, könnte ich eine
bezahlte Ausbildung an einem der Colleges absolvieren. Das
würde bedeuten, dass ich sehr viel länger bei der Armee blei-
ben müsste. Und dass du die Frau eines Sergeant wärst und

wir oft nicht wüssten, wohin es uns verschlägt. Ich möchte,
dass Du darüber nachdenkst, Grace, sehr sorgfältig.
   Ich sende Dir all meine Liebe,
   Ben

Sie war sich nicht sicher, was er ihr mitteilen wollte. Sie wusste nur, dass plötzlich nichts mehr selbstverständlich war.

Florence fuhr nach London, um ein paar Tage mit Clarissa zu verbringen. Clarissa hatte hartnäckig darauf bestanden und den ersten Freitag im Dezember als Anreisedatum festgelegt. »Und du musst mindestens eine Woche bleiben. Imogen kannst du mitbringen, wenn du magst, aber es würde dir sicher guttun, mal alles hinter dir zu lassen. Jeannette wird wunderbar mit ihr klarkommen, da bin ich mir sicher.«

»Ich weiß nicht«, sagte Florence. »Eigentlich bin ich nicht gern so lange von ihr getrennt…«

»Florence, mein Schatz, wenn du erst einmal hier bist, wird es dir schon gefallen. Ich habe eine Menge geplant und weiß schon, wen wir alles besuchen. Es wird wie früher sein. Wenn du das Haus verkaufen willst, kannst du schon mal die nötigen Schritte einleiten. Und wir können Zukunftspläne schmieden. Du willst doch nicht ewig in der Abtei bleiben, oder?«

»Nein«, sagte Florence zögerlich.

»Florence! Das kannst du nicht tun.«

»In der Abtei nicht, nein. Aber ich weiß auch nicht, ob ich in London leben will. Mit meinen Freunden dort habe ich keinen Kontakt mehr, also gibt es auch keinen Grund, dorthin zurückzukehren. Mittlerweile bin ich ein richtiges Landei geworden.«

»Sei nicht albern«, sagte Clarissa. »Was ist mit deinen Plänen, die Welt zu regieren?«

»Oh, davon bin ich wieder abgekommen. Ich glaube nicht, dass die Welt mich will«, sagte Florence erschöpft.

»Natürlich will sie dich. Du musst positiv denken, mein Schatz. Du solltest mal hören, was Jack alles vorhat. Aber das kann er dir ja selbst erzählen. Tschüss, mein Schatz. Nächsten Freitag. Keine Widerrede.«

Florence fragte Jeannette, ob sie sich vorstellen könne, eine Woche lang mit Imogen zurechtzukommen, und Jeannette sagte, kein Problem, nur nicht gerade am Freitag: Ted führe sie zum Tanzen aus und sie habe so das Gefühl, dass er ihr einen Heiratsantrag machen wolle. Florence teilte Clarissa also mit, dass sie erst am Samstag komme, und war überrascht, als Clarissa energisch protestierte. »Ich habe zu einer Dinnerparty geladen, mein Schatz. Die Leute brennen darauf, dich zu sehen. Kann Moo das nicht übernehmen?«

»Nicht beide Mädchen gleichzeitig. Ich komme Samstag.«

Eine Stunde später bekam sie einen Anruf von Grace, die erklärte, Clarissa habe sie angerufen: Sie passe gern am Freitagabend auf die Kinder auf. Wenn Jeannette dafür am Samstag zu ihr kommen könne, dann könne sie mit Ben ein Konzert in der Kathedrale besuchen.

»Es ist mir schleierhaft, warum alle so erpicht darauf sind, dass ich zu Clarissas Dinnerparty gehe«, erklärte Florence gereizt. »Als müsse ich dringend mal aus dem Haus raus. Aber wenn du unbedingt willst, Grace.«

»Will ich«, sagte Grace. »Unbedingt.«

»Und bring etwas wirklich Hübsches zum Anziehen mit«, sagte Clarissa. »Es wird eine sehr vornehme Dinnerparty. Abendgarderobe, bitte.«

»Clarissa, um Himmels willen, wer geht denn in diesen Zeiten zu einer solchen Dinnerparty?«

»Oh … eine Menge Menschen«, sagte Clarissa vage. »Mein wunderbarer amerikanischer Attaché, dann Bunty und ihr verruchter Gynäkologe. Und Jack natürlich. Es wird ein prächtiges Ereignis, lass mich also nicht im Stich! Du musst eine glamouröse Erscheinung sein.«

»Jetzt mach mal halblang, Clarissa«, sagte Florence. »Ich werde da sein und nicht meine Uniform tragen. Mehr kann ich nicht versprechen.«

»In Ordnung, mein Schatz. Das wird schon passen.«

Sie saß in dem eiskalten Zug, der im Schneckentempo nach London fuhr, und bemühte sich um gute Laune. Worüber sie mit Clarissas vornehmen Londoner Freunden reden sollte, war ihr absolut nicht klar. Vermutlich würde sie schon bei der Suppe einschlafen. In jüngster Zeit wurde sie immer wieder von einer tiefen Erschöpfung und dem Gefühl vollkommener Nutzlosigkeit befallen, und nicht einmal Imogen konnte das vertreiben. Sie konnte sich nicht vorstellen, überhaupt jemals wieder etwas tun zu wollen. Alles fiel ihr unendlich schwer. Und sie hatte in allem versagt. Sie war eine schreckliche Ehefrau gewesen, hatte einen anderen Mann ins Elend gestürzt, hatte ein uneheliches Kind zur Welt gebracht und besaß weder einen Beruf noch Begabungen. Außerdem sah sie wesentlich älter aus als dreiunddreißig.

Es war sehr nett von Clarissa, sie einzuladen, aber sie würde es mit ziemlicher Sicherheit bereuen. Sie wünschte sich sehnlichst, sie hätte die Einladung abgelehnt. Als sie die Waterloo Station erreichte, war sie wild entschlossen, in ihr Haus in der Sloane Avenue zu gehen und dort auch zu bleiben; sie würde Clarissa anrufen und eine Krankheit vorschieben, Migräne oder so. Als sie sich über den Bahnsteig schleppte, sah sie allerdings Jack an der Bahnsteigsperre stehen, der ihr fröhlich entgegenlächelte. Er sah immer noch merkwürdig aus, mit seiner kleinen, stumpfen Nase, der glänzenden transplantierten Haut und den kleinen Augen. Wenn er so tapfer sein konnte, dann konnte sie das sicher auch.

»Du siehst müde aus«, sagte er, gab ihr einen Kuss und nahm ihr den Koffer ab. »Hör zu, ich wasche meine Hände in Unschuld, aber Clarissa hat einen Friseurtermin für dich gemacht. Angeblich soll er dich ein wenig aufmöbeln. Ich werde dich also hinbringen und hinterher wieder abholen.«

»Oh«, sagte Florence, »das ist sehr nett von dir, Jack. Aber du hast sicher Besseres zu tun, als während deines kostbaren Urlaubs darauf zu warten, dass ich mir das Haar machen lasse.«

»Es ist ja nur ein Nachmittag«, sagte er. »Außerdem kann ich dann schnell in den Club gehen und eine Partie Bridge spielen.«

Tatsächlich genoss sie den Nachmittag richtiggehend. Sie saß beim Friseur und blätterte in der *Vogue*, die mit wunderbaren Bildern von der Befreiung von Paris gespickt war. Außerdem erfuhr sie ein paar interessante Dinge, die sie bei der Dinnerparty zum Besten geben könnte: dass Elsa Schiaparelli der Meinung war, Lebensmittel kosteten zwanzig Mal so viel wie 1939, dass Colette ihre Memoiren schrieb und dass es in Paris nur einen einzigen Friseur gab, einen gewissen Gervais, der Haare trocknen konnte, und zwar mit Hilfe einer höchst komplizierten Apparatur, für die ganze Gruppen von Jungen ein Tandem im Souterrain antreiben mussten, um Strom zu erzeugen.

Hinterher führte Jack sie zum Tee ins Ritz aus. »Das ist doch aberwitzig«, sagte Florence lachend.

Die Sandwiches waren ziemlich langweilig und der Kuchen ein bisschen hausbacken, aber die Bedienung war so vortrefflich wie immer und der Palmengarten fast genauso hübsch wie früher.

Jack verriet ihr seine Pläne. »Ich werde plastische Chirurgie studieren«, sagte er schlicht. »Egal, wie lange das dauert – viele Jahre natürlich, weil ich ganz vorn anfangen muss mit dem Medizinstudium. Aber es fasziniert mich unendlich, und ich weiß, dass ich das kann. Außerdem habe ich so das Gefühl, dass ich ein paar der Wunder, die man an mir vollbracht hat, weitergeben kann. Clarissa will ohnehin arbeiten«, fügte er hinzu. »Sie und ihre Freundin May werden sich mit einem Unternehmen selbstständig machen.«

Florence betrachtete ihn mit einem an Ehrfurcht grenzenden Blick.

Als sie bei ihnen zu Hause eintraf, war Clarissa aus dem Häuschen. »Dein Haar ist göttlich, mein Schatz! Was wirst du anziehen? Zeig es mir.«

Das weinrote Strickkleid, das Florence 1939 gekauft hatte, mit der Raffung und Fältelung am Busen, befand sie für perfekt. »Kein bisschen altmodisch. Aber du musst dir von mir ein Paar Schuhe ausborgen, die da kommen nicht infrage, tut mir leid.« Dann schickte sie Florence hoch, um ein Bad zu nehmen. »Und komm ja nicht runter, bevor ich dich rufe. Wenn du mir im Weg herumspringst, schaffe ich das nie. Ruh dich aus und lege dir Pads auf die Augen, was auch immer. Und besprüh dich mit irgendeinem Parfüm von meinem Ankleidetisch. Wir sehen uns in ein paar Stunden.«

Florence, für die ein Bad mittlerweile nur noch darin bestand, schnell in kaltes Wasser einzutauchen, wenn sie Imogen geweckt hatte und gleich in die Kantine aufbrechen würde – oder alternativ in einem noch kälteren Bad am späten Abend –, gab sich diesem Vergnügen gern hin.

Um halb acht saß sie vor dem Spiegel und lächelte wahrhaftig. Die neue Frisur, fünf Zentimeter kürzer und sanft aus der Stirn gewellt, ließ ihr Gesicht weicher erscheinen. Ihre mit Wimperntusche betonten Augen wirkten größer, und ihr Mund, den sie mit tiefrotem Lippenstift nachgezogen hatte, war wunderbar dramatisch, nicht einfach nur zu groß, wie sie sonst immer fand. Selbst ihr Busen, der in diesen Zeiten nur noch kümmerlich zu sein schien, machte unter den Drapagen und Fältelungen mehr her. Ihre Beine waren noch wie immer, diese langen, schlanken Läufe eines Rennpferds, wie Giles mal gesagt hatte. Mit einer großen Willensanstrengung verdrängte sie ihn aus dem Kopf und besprühte sich großzügig mit Clarissas Arpège, als sie plötzlich die Türklingel vernahm. Langsam stieg sie in den Salon hinab.

Sie erwartete, eine Menge Menschen zu sehen, aber zu ihrer Überraschung war der Salon leer – leer und schummrig. Nur eine von Clarissas wunderschönen Tischlampen von Tiffany's brannte, und zu beiden Seiten des Kamins standen Kerzen. Ansonsten erglänzte der Raum im Schein des Feuers, das golden umrandete Schatten an die Wände warf.

Verwirrt runzelte sie die Stirn und setzte sich auf das Sofa, unschlüssig, was sie tun sollte. Sie griff nach ihrer Zigarettenschachtel. Als sie sie aufklappte, hörte sie Schritte und schaute auf. Eine Silhouette stand im Türrahmen. »Oh Jack«, sagte sie erleichtert. »Jack, ich …« Dann unterbrach sie sich.

Denn das schien nicht Jack zu sein, dazu war die Gestalt zu groß, das Haar zu hell, die Schultern zu schmal. Und dann saß sie einfach nur da und starrte ungläubig auf das Schattenbild, das er nicht sein konnte, aber zu sein schien, ja es auch war, so unfassbar und unerhört das sein mochte, Giles, der mit todernster Miene den Blick über sie wandern ließ. Die Entfernung zwischen ihnen schien unüberwindbar, aber nun kam er langsam auf sie zu und streckte die Arme aus, und sie erhob sich und bewegte sich in Zeitlupe, als würde sie einer lauernden Gefahr entrinnen, in seine Richtung, spürte, wie er sie hielt, fühlte, dass er sein Gesicht in ihrem Haar barg, hörte seine Stimme ihren Namen sagen, ganz leise, immer wieder und wieder, und dann hörte sie Clarissa in einem sonderbaren Tonfall verkünden: »Wir gehen jetzt aus. Bis später. Bis sehr viel später.« Dann war das Geräusch zu hören, wie sich die Haustür schloss, ganz sanft, und sie standen noch lange einfach da, rührten sich nicht, taten überhaupt nichts, wussten nur um ihr Glück und kosteten aus, was es wahrhaft bedeutete.

KAPITEL 30

Winter 1944 – Frühling 1945

»Hör zu«, sagte Grace. »Ich habe mich bereiterklärt, das Mill House zu verkaufen. Ich habe mich bereiterklärt, von den Menschen von Thorpe wegzuziehen. Das sind zwei große Zugeständnisse. Nicht wirklich Zugeständnisse...«, sagte sie schnell, als sie den alarmierten Ausdruck in Bens Augen sah, während sich sein Mund bereits anspannte, um eine weitere unmissverständliche Willenserklärung abzugeben. »Es waren absolut richtige Entscheidungen. Aber ich möchte nicht, dass du bei der Armee bleibst.«

»Du glaubst nicht, dass es das Richtige für mich ist?«

»Nein, ich glaube nicht, dass es das Richtige für dich ist.«

»Und das hat nichts damit zu tun, dass du nicht die Frau eines Sergeant sein willst?«

»Oh Ben, bitte!«, sagte Grace. Sie spürte, wie sie eine fast schon vertraute Verzweiflung befiel. »Lass doch ein bisschen Nachsicht walten. Nein, ich möchte tatsächlich nicht die Frau eines Sergeant sein. Ich möchte überhaupt nicht die Frau eines Armeeangehörigen sein, so einfach ist das. Und ich glaube auch nicht, dass du tief in deinem Innern ein Armeemensch bist. Oder ein Ingenieur, was das betrifft. Ich glaube, dass du ein wunderbarer Lehrer wärst und genau das tun solltest.«

»Grace, darüber haben wir doch schon so oft gesprochen«,

sagte Ben. »Ich habe nicht einmal den nötigen Schulabschluss. Damit bin ich nicht einmal für ein Lehrerstudium qualifiziert.«

»Du hast aber all diese Abendkurse belegt, Ben. Damit könntest du die nötige Qualifikation morgen in der Tasche haben, und das weißt du auch. Dir ist das Ganze nur ein bisschen unangenehm, und du trägst extradick auf, damit ich mich schlecht fühle.«

Er schaute sie wütend an. Dann wurde seine Miene plötzlich milder, wie so oft, und er lächelte. »Nun ja, vielleicht hast du recht. Sprich weiter.«

»Du könntest es diesen Sommer noch machen. Vielleicht jedenfalls. Du musst dich halt erkundigen. Du sagst selbst, dein Arm wird schlimmer und die Kopfschmerzen auch. Vielleicht kannst du als untauglich ausgemustert werden. Ich denke sogar, dass du dich darum bemühen solltest. Das Land kommt jetzt auch ohne dich klar.« Sie gab ihm einen Kuss, damit er begriff, dass das ein Scherz sein sollte. In letzter Zeit musste man ihn mit Samthandschuhen anfassen.

»Ich glaube nicht, dass das geht«, sagte er.

»Hast du mit deinem Vorgesetzten gesprochen?«

»Nein. Aber wenn ich für untauglich erklärt werde, was dann?«

»Dann könntest du dich fürs College bewerben.«

»Und wovon soll ich leben, wenn ich aufs College gehe?«

»Ben, ich habe doch etwas Geld. Und der Verkauf des Hauses wird auch etwas einbringen. Und du bekommst doch auch eine Entschädigung für dein Haus, oder?«

»Die reicht nicht. Und von deinem Geld werde ich bestimmt nicht leben«, sagte er. »Darüber möchte ich auch nicht mehr diskutieren. Ich verstehe nicht, wieso du immer wieder davon anfängst.«

»Aber es wären doch nur drei Jahre! Das ist doch kleinlich, Ben. Danach kann ich für den Rest meines Lebens von deinem Geld leben.«

»Nun … möglich.« Er schien ernsthaft über ihren Vorschlag nachzudenken, und ihre Hoffnung stieg wieder. »Und wann soll ich mit dem College beginnen, denkst du?«

»Diesen Herbst vielleicht? Warum nicht? Der Krieg wird dann vorbei sein.«

»Und das weißt du, ja?«

»Klar. Ich lese doch Zeitung.«

»Was ich natürlich nicht tue. Weil mich die vielen Wörter überfordern.«

»Ben, hör auf! Das ist lächerlich.«

»Tut mir leid«, sagte er und streckte die Arme aus. »Komm her, es tut mir leid. Wirklich. Es ist einfach … schwierig für mich, musst du wissen. Jetzt plötzlich.«

»Ich verstehe nicht, warum«, sagte sie und ließ sich von ihm in die Arme nehmen. »Du warst immer so entspannt, so unbekümmert im Umgang mit … mit allem. Du hast dich über so etwas nur lustig gemacht. Ich verstehe nicht, warum plötzlich alles so schwierig sein soll.«

»Weil es nun so konkret ist«, sagte er langsam. »Weil es offiziell wird und die Leute davon erfahren werden, dass ich mit dir zusammen bin, Verantwortung für dich übernehme, für dich sorge – für dich und … unsere Kinder. Plötzlich frage ich mich, was die Leute wohl sagen werden und wie ich das schaffen soll …«

»Wie *wir* das schaffen sollen«, sagte Grace entschieden.

»Stimmt schon. Aber den Großteil muss ich leisten.«

»Nein, Ben. Das weise ich energisch zurück.«

Und schon ging es wieder los. In ihren Diskussionen und gelegentlich sogar Streits standen sie sich erschreckend feindselig gegenüber. Wenn sie an den sanften, freundlichen Ben von vor einem Jahr dachte, fragte sie sich, wo er nur geblieben war.

»Grace«, sagte Daniel. »Ich habe gehört, du verkaufst das Mill House?«

»Na ja … vielleicht.«

»Warum?«

»Na ja, weißt du …« Sie zögerte. »Dein Dad … er möchte woanders leben.«

»Was? Mit uns zusammen? Ohne dich?« Er wirkte entsetzt und schien den Tränen nahe.

Grace dachte sorgfältig nach, dann sagte sie: »Nein, nicht ohne mich. Zusammen mit mir.«

»Oh. Ihr werdet also heiraten?«

»Na ja … vielleicht. Das tun wir vielleicht. Da musst du deinen Dad fragen.«

Daniel sprang auf, rannte zur Treppe, rutschte das Geländer hinunter und stieß ein Kriegsgeheul aus. David erschien mit griesgrämiger Miene im Treppenhaus – wie Ben, dachte Grace unvermittelt.

»Was ist denn hier los?«

»Grace und Dad werden heiraten.«

»Daniel, ich …«

»Ja, ich weiß«, sagte David kühl. »Dad hat es mir erzählt.«

Grace schaute ihn an. »Wann hat er dir das erzählt?«

»Ach, schon vor Ewigkeiten. Als er wiedergekommen ist. Nachdem er weg war.«

»Oh«, sagte Grace, leicht verunsichert.

»Dad sagt, wir müssen hier wegziehen und woanders wohnen«, sagte Daniel.

»Wieso denn das?«

»Keine Ahnung.«

»Das ist doch dämlich«, sagte David. »Und das werde ich ihm auch sagen.«

Als Ben das nächste Mal heimkam, hatten sie einen handfesten Streit. David erklärte ihm, wie angekündigt, dass es eine dämliche Idee sei, aus dem Mill House wegzuziehen. Ben stellte Grace zur Rede und wollte wissen, wie sie die Jungen gegen ihn aufhetzen könne, worauf Grace erklärte, dass sie das keineswegs tue, und von ihm wiederum wissen wollte, was denn in ihn gefahren sei, dass er David gegen jede Absprache von ihren Heiratsplänen in Kenntnis setze. Daniel brach in Tränen aus und erklärte, dass er nicht mitkomme, wenn sie das Mill House verließen, während David aus dem Haus stürmte und so lange fortblieb, dass sie sich schon ernsthaft Sorgen machten.

Im Bett machten sie alles wieder gut: mit sonderbar heftigem Sex, bei dem Ben abwechselnd wütend und leidend wirkte, sich sehr dominant aufführte, Grace in wilder Dringlichkeit zum Höhepunkt trieb und sie mit dieser Gewalt erschöpfte.

»Ich liebe dich so sehr«, sagte er hinterher, als wieder die alte Zärtlichkeit und Sanftheit eingekehrt waren. »Du bist so wunderbar, so absolut das, was ich mir wünsche. Ich weiß, dass das reichen sollte, aber es reicht nicht. Alles muss seine Richtigkeit haben.«

Er hatte keinen Antrag auf Ausmusterung gestellt, weil er der Meinung war, dass er damit seine Chancen auf eine bezahlte Ausbildung schmälerte. Außerdem widerstrebte ihm die Vorstellung.

»Aber Ben, wenn dir deine Schulter solche Probleme bereitet, dann wirst du ohnehin nicht in der Armee bleiben können.«

»Mag sein, aber diese Entscheidung würde ich doch lieber denen überlassen.«

»In Ordnung. Hast du denn noch einmal darüber nachgedacht, was ich gesagt habe? Wegen der Lehrerausbildung?«

»Ja. Und ich möchte das nicht.«

»Lehrer werden? Oder von mir abhängig sein?«

»Beides.«

»Das stimmt nicht, das weiß ich«, sagte Grace und verließ Türe knallend den Raum.

Sie redete mit Florence darüber, obwohl sie sich selbst darüber wunderte. Fühlte sie sich ihr inzwischen tatsächlich nah genug, um sie in einer derart heiklen Sache um Rat zu fragen? Das beunruhigte sie ebenfalls: dass sie sich derart verändert haben sollte.

Florence war einfühlsam, aber zurückhaltend.

»Du hast ein echtes Problem, Grace, das habe ich ja immer gedacht. Ben ist sehr stolz, und das muss er auch sein. Das hat mit dem Klassenunterschied zu tun. Ich weiß, wie arrogant und widerwärtig das klingt. Aber du musst das einfach akzeptieren. Diese Zugeständnisse musst du ihm schon machen.«

Es schien ein Teufelskreis zu sein. Der kleinste Anlass genügte, um alles noch schlimmer zu machen. Als David zu Ben sagte, dass er wirklich gut erklären könne und unbedingt Lehrer werden solle, hatte das wilde Anschuldigungen zur Folge, weil angeblich Grace dem Jungen diese Flausen in den Kopf gesetzt hatte. Als Daniel weinte, weil er es nicht ertragen würde, Flossie zurückzulassen, und Grace daraufhin ebenfalls weinen musste, war die Reaktion so heftig, dass sich Grace in jener Nacht nicht von Ben berühren lassen mochte. Als Florence ins Haus stürmte, um zu verkünden, dass Giles und sie bei seinem nächsten Urlaub heiraten würden, sagte Ben nur »Oh« und schlug auch keinen Termin für eine Aufwartung vor. Selbst als Grace erzählte, dass sie sich hübsche kleine Stadthäuser in Salisbury angeschaut hatte, packte ihn die Wut.

»Das sollten wir zusammen tun«, erklärte er. »Das ist ja nicht deine Entscheidung.«

Plötzlich dachte sie verschärft und fast ängstlich über Charles und ihre Ehe mit ihm nach. Fast vermisste sie ihn schon.

Sie würde und könnte Ben nicht in allem nachgeben, das wäre nicht richtig. So hatte Charles ihre Ehe geführt, und das hatte ihr nur ein Gefühl von Ärger und Abwehr eingeflößt. Jetzt war sie älter und reifer und wusste, dass sie Kompromisse finden mussten.

»Wie habt ihr euch denn früher geeinigt, Linda und du?«, erkundigte sie sich eines Abends vorsichtig, als er für ein paar Tage zu Hause war und sie sich näher waren.

»Ich weiß, warum du fragst«, sagte er, und sie spürte sofort, wie er sich von ihr zurückzog, körperlich und emotional, »und es wäre mir lieber, du hättest es nicht getan.«

»Wieso?«

»Weil das nicht fair ist. Gegenüber keinem von uns.«

»Warum nicht, Ben?«

»Weil wir nicht dieselben Probleme hatten, deshalb.« Dabei beließ er es.

Sie schwieg. Das war das, wovor sie am meisten Angst hatte.

In einem schmerzhaften Prozess begann sie sich langsam zu fragen, ob es klug war, was sie da tat. Geblendet von Liebe, Verlangen und Glück hatte sie die Augen vor der Realität verschlossen. Nun versuchte sie, ein paar Jahre weiterzudenken, wenn die erste überschwängliche Freude über das Leben mit

Ben verflogen sein würde. Waren die Unterschiede größer, als sie erwartet hatte?

Die Krise kam, wie das bei Krisen oft der Fall ist, wegen einer Kleinigkeit. Es war Samstagmorgen, und Ben war spät am Vorabend eingetroffen. Seine Schulter schmerzte, und er war müde.

Nun sah er aus dem Fenster und sagte: »Die Beete müssen in Schuss gebracht werden.«

»Ich weiß«, sagte sie. »Mr Blackstone hatte diese Woche keine Zeit.«

»Dann kümmere ich mich darum«, sagte er.

»Nein, Ben, tu das nicht. Das wäre nicht gut, wo deine Schulter dir so zu schaffen macht. Ich erledige das schon, wenn ich Zeit habe.«

»Nein«, sagte er. »Ich möchte nicht, dass du das tust.«

»Wieso das denn nicht?«

Er zuckte mit den Achseln.

»Ben, warum nicht? Ich bin bestens in der Lage dazu.«

»Mag sein, dass du in der Lage dazu bist«, sagte er, »aber du solltest so etwas nicht tun. Das ist keine Arbeit für eine Frau.«

»Oh Ben, wirklich! Frauen haben fünf Jahre lang das halbe Land geschmissen. Wie kann man nur etwas so Dummes und Altmodisches sagen!«

»Tja, ich bin nun einmal altmodisch«, sagte er, »und mir gefällt es nicht, wenn Frauen Spaten schwingen.«

Grace sagte, so etwas Dämliches habe sie noch nie gehört, worauf er erwiderte, dass sie in Zukunft eine Menge ähnlich dämlicher Dinge zu hören bekomme und sich besser schon einmal daran gewöhne.

»Jetzt wirst du mir gleich mitteilen«, erklärte sie, um die Situation ins Witzige zu wenden, »dass Frauen hinter den Herd gehören.«

»Was willst du damit sagen?«

»Nichts«, sagte Grace schnell.

»Doch. Du willst unterstellen, dass Männer aus der Arbeiterklasse solche Dinge eben sagen, nicht wahr? Das sind halt nicht so nette liberale Oberklassetypen wie Charles und Jack.«

»Charles war nicht liberal, Ben. Jetzt mach dich doch nicht lächerlich.«

»Wenn ich meine Überzeugungen nicht artikulieren kann«, sagte er plötzlich, »ohne dass du sie mit meinem Hintergrund in Verbindung bringst, dann weiß ich gar nicht, was wir hier zusammen verloren haben.«

»Ben, das ist doch paranoid. Ich habe nichts dergleichen getan, und das weißt du auch.«

»Da bin ich ja froh, dass du meine Gedanken lesen kannst«, sagte er und ging in den Garten.

Grace zitterte vor Angst und Wut. Sie hatte soeben den Tisch abgeräumt, als er zurückkam. Zunächst dachte sie, er wolle sich entschuldigen, aber er sagte nur: »Ich denke, ich fahre nach Tidworth zurück.«

»Warum?«

»Weil wir kein schönes Wochenende haben werden. Außerdem muss ich ein bisschen nachdenken.«

Panik packte sie, und ihr war mit einem Mal speiübel. »Worüber?«

»Über uns. Was wir nun tun.«

Sie widersprach nicht; so viel Selbstachtung besaß sie immerhin. Er reiste so rasch wie möglich ab und gab ihr auch nur einen flüchtigen Kuss. Bis Sonntagabend hörte sie nichts von ihm. Dann rief er an und erklärte, es tue ihm leid, aber er brauche mehr Zeit zum Nachdenken. Er liebe sie, aber er sei sich nicht sicher, ob sie beide der Situation gewachsen seien. »Ich schreibe dir oder so«, sagte er. »Tut mir leid, aber wir sollten uns unserer Sache sicher sein.«

Eine Woche lang hörte sie nichts von ihm, dann kam er.

Mit gesenktem Kopf saß er im Arbeitszimmer und erklärte, dass sie, sosehr er sie auch liebe, die Entscheidungen über ihre gemeinsame Zukunft noch aufschieben sollten. Die Dinge seien viel schwieriger, als er zunächst gedacht hätte. Grace, die auch ihren Stolz hatte, erklärte, das sehe sie genauso. Er sagte, er komme in ein paar Wochen wieder, um die Jungen zu sehen, bis dahin sollten sie besser keinen Kontakt haben.

Als er fort war, ging sie auf ihr Zimmer. Sie lag die ganze Nacht wach auf ihrem Bett und starrte in die Dunkelheit. Ihr war unbegreiflich, dass ein solches Glück so schnell kommen und wieder verschwinden konnte. Wider alle Vernunft erwartete sie, in den nächsten Tagen von ihm zu hören, aber vergeblich. Das Telefon schwieg stur – so stur, wie er es war.

Der Kummer und die Angst machten sie buchstäblich krank. Ständig war ihr übel, und oft hatte sie Kopfschmerzen und fühlte sich antriebsarm und energielos. Am liebsten hätte sie fortwährend geschlafen. Nach dem Lunch fielen ihr die Augen zu, und nach dem Abendessen nickte sie auf dem Sofa ein.

»Du siehst fürchterlich aus«, sagte Florence, die selbst vor Glück strahlte. »Ist alles in Ordnung?«

»Ja, vermutlich. Ich mache mir nur Sorgen.«

»Weswegen?«

»Wegen Ben«, sagte Grace. »Wegen dem, was aus uns wird.«

Und dabei beließ sie es.

»Du solltest mehr essen«, sagte David, der beobachtete, wie sie das Essen auf ihrem Teller hin und her schob. »Du bist schrecklich dünn.«

»Ich habe keinen Hunger«, sagte Grace.

»Du siehst aber furchtbar aus«, mischte sich Daniel ein. »Ganz blass. Geht es dir gut?«

»Ja. Mir war nur in letzter Zeit nicht so gut, das ist alles.«

»Du solltest zum Arzt gehen. Vielleicht hast du ja eine Blinddarmentzündung wie ich damals.«

»Ach, rede nicht davon«, sagte Grace, die an das Glück jener Nacht denken musste, als die Schwester sie ins Bett geschickt hatte.

»Warum denn?«

»Rede einfach nicht davon.« Sie brach in Tränen aus und stürzte die Treppe hoch.

David sah Daniel an. »Vielleicht hat sie ja tatsächlich eine Blinddarmentzündung«, sagte er. »Bestimmt hat sie Angst, es könnte eine sein, deshalb weint sie ständig. Gestern hat sie sich übergeben, das habe ich gehört. Genau wie du damals.«

»Sollen wir Dad Bescheid sagen?«

»Ja. Ich schreibe ihm.«

Ben stand in seinem kleinen Zimmer in der Kaserne von Tidworth und las Davids Brief, in dem stand, dass es Grace nicht gut ging, dass sie sich immer wieder übergab, nichts essen wollte, immer müde war und ständig weinte. Daniel und er seien der Meinung, sie habe vielleicht eine Blinddarmentzündung. Ben solle doch bitte kommen und sie überreden, zum Arzt zu gehen. Die verschiedensten Gefühle stürmten auf ihn ein, und er war nicht überrascht, dass die Zeilen leicht verwischt waren, als er den Brief noch einmal las.

Am nächsten Abend traf er im Mill House ein. Grace saß in der Küche und versuchte sich auf den komplizierten Brief einer Mutter der Landarmeemädchen zu konzentrieren. Sie schaute auf und wurde rot, als er eintrat.

»Hallo. Was tust du denn hier?«

»Ich wollte dich sehen, das ist alles.«

»Oh«, sagte sie verwirrt.

Er sah seltsam aus, irgendwie nervös, und gänzlich anders als die unerbittliche, feindselige Kreatur, die er in letzter Zeit gewesen war.

»Ich sollte gar nicht hier sein. Es wird Ärger geben, wenn das herauskommt. Aber ich …«

»Lass mich das gerade beenden«, sagte sie, so kühl sie konnte, weil er nicht merken sollte, dass sein Erscheinen sie innerlich aufwühlte. »Das ist ziemlich kompliziert. Danach hole ich dir einen Drink.«

»Ich will keinen Drink«, sagte er.

Das war es also – die endgültige Verkündigung.

»Komm mit hinüber, ja?«, sagte er. »Ich möchte mit dir reden.«

»Na gut.« Sie folgte ihm, setzte sich neben ihn aufs Sofa und fühlte sich schrecklich. Nachdem sie einmal tief durchgeatmet und die Panik unterdrückt hatte, schaute sie ihm fest in die Augen. Sie würde keinen Narren aus sich machen.

»Ich habe einen Brief von David bekommen«, sagte er unvermittelt. »Er scheint zu denken, du hast eine Blinddarmentzündung.«

»Unsinn. Ich habe doch keine Blinddarmentzündung.«

»Bist du dir sicher? Er schreibt, du würdest nichts mehr essen und dich elend fühlen.«

»Mag sein, aber das ist sicher keine Blinddarmentzündung.«

»Aber er schreibt, du hättest dich auch übergeben.«

»Ja, das stimmt. Aber wenn es der Blinddarm wäre, wüsste ich das. Ich bin doch nicht blöd.«

»Vielleicht ja doch«, sagte er. Nach einem Zögern fragte
er: »Grace, wann hattest du zum letzten Mal deine Periode?«

»Keine Ahnung«, sagte sie gereizt. »Vor… vor…« Ihre
Stimme verlor sich. Dann starrte sie ihn an und wurde rot.
Ihre Augen glänzten. »Oh Gott«, sagte sie schließlich mit
einem ehrfürchtigen Wispern. »Heiligabend, das weiß ich
genau. Ich dachte noch, jetzt reicht's aber.«

»Und jetzt haben wir März.« Er legte ihr die Hand auf den
Bauch. »Er fühlt sich nur ein bisschen geschwollen an«, sagte
er. »Flüssig natürlich. Das ist es.«

»Warum musst du immer so verdammt gut Bescheid wissen«, sagte sie und brach in Tränen aus.

Wie durch ein Wunder war plötzlich alles wieder gut. Ben erklärte, sie müssten schnell heiraten, da er keinen kleinen Bastard in der Familie wolle. Dabei lächelte er und küsste sie.
Mit einem Mal war er ganz ruhig und auf eine zuversichtliche
Weise glücklich.

Er sagte, aus dem Mill House wolle er immer noch ausziehen, aber er wolle ganz bestimmt nicht in der Stadt leben. Kinder seien auf dem Land viel besser aufgehoben, und das Leben
sei auch günstiger dort. Da David sich mittlerweile auf der
Grammar School eingelebt habe, komme vielleicht ein Dorf
auf der anderen Seite von Salisbury infrage. Außerdem habe er
nachgedacht und sei zu dem Schluss gekommen, dass für einen
Familienvater der Lehrberuf die ideale Beschäftigung sei; wenn
Grace tatsächlich bereit sei, ihn während der Collegezeit zu unterstützen, würde er für den Rest des Lebens für ihren Unterhalt
sorgen. Grace erklärte, das sei vollkommen in Ordnung für sie.

Sie lag im Bett und schaute ihn an, als er das alles sagte,
lächelnd und unfähig, ihr Glück zu fassen. »Ich liebe dich«,
sagte sie. »Ich liebe dich so sehr.«

»Ich liebe dich auch. Und es tut mir leid, dass ich mich in letzter Zeit wie ein Berserker aufgeführt habe.«

»Entschuldige dich bitte nicht«, sagte sie.

Ihr gemeinsames Baby – sein Baby – schien eine höchst bemerkenswerte Wandlung in ihm zu bewirken. Alles schien wieder ins rechte Licht zu rücken, seine Selbstachtung wiederhergestellt zu sein. Sie konnte nur mutmaßen, dass vielleicht ein primitiver Instinkt dahintersteckte. Offenbar hatte er das Gefühl, dass sie nun, da sie sein Kind in sich trug, klar und unwiederbringlich zu ihm gehörte. Seine Frau war. Ihr war das egal. Was auch immer die Veränderung hervorgebracht hatte, er war wieder der alte Ben. Sanft und fürsorglich – und selbstbewusst, denn auf diesem Gebiet kannte er sich aus und konnte ihr alles darüber erzählen, während es für sie Neuland war. Alles war gleichzeitig kompliziert und kinderleicht, und sie wusste nur, dass sie unendlich glücklich war.

»Ich denke, wir sollten das feiern«, sagte Grace. »Nur im familiären Kreis natürlich. Dann könnten wir es den anderen erzählen. Und all die glücklichen Enden feiern. Unseres, Florence' und Giles', Muriels und Cliffords. Außerdem hat Jack tatsächlich die Aufnahmeprüfung fürs Medizinstudium geschafft – übrigens ohne irgendein Theater zu veranstalten, weil seine Frau ihn aushält. Ach so, und was Jeannette betrifft, ist Ted Miller offenbar endlich mit seinem Antrag herausgerückt. Daniel zufolge ist übrigens auch Charlotte wieder trächtig. Anscheinend bin ich keine gute Anstandsdame. Und ich weiß auch nicht, ob das wirklich Grund zum Feiern ist.«

»Natürlich ist es das«, sagte Ben. »Schließlich war es Charlottes erste Niederkunft, die uns zusammengebracht hat. Ja, plan du nur dein Fest. Bald wird ohnehin das ganze Land feiern.«

Zu ihrer Überraschung fühlte sie sich auf wundersame Weise genesen und von einer unbändigen Energie erfüllt. »Das hatte ich dir ja gesagt«, erklärte Ben selbstzufrieden. »Dreizehn Wochen, fast auf den Tag genau.«

Er war immer noch von einer besitzergreifenden Freude über ihre Schwangerschaft erfüllt und betrachtete sie sichtlich als sein Terrain. Grace störte das nicht. Sie störte gar nichts. »Wie wär's mit Ostermontag?«, fragte sie, als sich ihre Pläne konkretisierten. Dann konnten nämlich alle kommen. Clarissa, die schließlich ihr geliebtes Dartmouth verlassen hatte und nach Greenwich zurückversetzt worden war, konnte problemlos Urlaub nehmen. Jack war in Norfolk, hatte aber erklärt, dass ihn nichts fernhalten könne. Giles konnte von Liverpool aus anreisen, und Clifford äußerte sich entzückt über die Einladung.

Als sie ihre Eltern einlud, schaute ihre Mutter sie misstrauisch an. »Gibt es einen besonderen Grund zum Feiern, mein Schatz?«

Grace zögerte. Sie wusste, was sie zu tun hatte. Sie musste es hinter sich bringen, da es nicht angemessen wäre, ihre Eltern in der Öffentlichkeit mit den Neuigkeiten zu konfrontieren. Trotzdem graute ihr davor.

»Ja«, sagte sie schließlich. »Ja, gibt es.«

Sie nahmen es sehr gut auf. Frank freute sich aufrichtig und erklärte, er habe Ben immer gemocht – der sei ein feiner, junger Mann mit dem Wesen eines Gentleman, sodass er seine Tochter nur allzu gern in seine Obhut gebe. Betty verdrückte ein paar Tränen und erklärte dann skeptisch, dass das vermutlich in Ordnung sei, dass sie die Wahl aber trotzdem für ein wenig – ein ganz klein wenig – unangemessen halte.

Grace machte sie nicht darauf aufmerksam, dass ihre Verlobung mit Charles auch ein wenig unangemessen gewesen war, jedenfalls aus Sicht von Charles' Verwandten und Freunden, und erklärte schlicht, dass sie sehr glücklich sei und Betty nun endlich Großmutter werde. »Du warst so geduldig, Mutter«, sagte sie und gab ihr einen Kuss. »Das wird ganz wunderbar, und wenn wir erst einmal nach Salisbury gezogen sind, wohnen wir sogar ganz in eurer Nähe.«

»Es ist sehr vernünftig, dass ihr umzieht«, sagte Betty unerwartet. »Schließlich ist das Mill House Charles' Haus, und das wird es immer bleiben. Ich könnte keinen Respekt vor Ben haben, wenn er dort bleiben würde.«

Grace erklärte, es sei ausschließlich Bens Idee gewesen, das Mill House zu verlassen, sie selbst habe sich sogar dagegen gesperrt, worauf Ben in Bettys Achtung sofort deutlich stieg.

Der Vormarsch auf Berlin, Hitlers zunehmender physischer und psychischer Verfall, die an Laternenpfählen baumelnden Leichen von Deserteuren, denen der Ausgang des Kriegs nur allzu bewusst gewesen war, die blutigen Kämpfe auf dem gesamten deutschen Staatsgebiet, die verheerenden Schäden in norddeutschen Städten und Landschaften, die allmähliche Entdeckung des ganzen Ausmaßes des Holocausts – das alles schien weit weg zu sein von dem verschlafenen Zauber von Shaftesbury und der friedlichen, lieblichen Landschaft von Thorpe St. Andrews, als Grace ihre Ostermontagsfeier vorbereitete.

Sie hatte Blumen im Haus verteilt, körbeweise Primeln und Narzissen und sogar ein paar frühe Glockenblumen, und im Garten hatte sie große Sträuße Forsythien und Apfelblütenzweige geschnitten. Mrs Babbage war gekommen, um etwas zu veranstalten, das sie als ein Mittelding zwischen normalem Putzen und Frühjahrsputz bezeichnete: Sie hatte die goldbraunen Dielen gebohnert, die schönen Fenster poliert und die Steinplatten in der Küche geschrubbt. Das Haus war mit Flecken reinsten, klarsten Sonnenlichts gesprenkelt. Der Garten war üppig grün und von Vogelgezwitscher erfüllt. Jeannette war aus der Abtei herübergekommen, und aus der Küche strömte der wunderbare warme Duft von frischem Brot, vor sich hin köchelnden Suppen, Schnittlauch, Petersilie und Knoblauch.

Am Abend vor dem Fest rief Grace in der Abtei an und fragte nach Clarissa. Als die ans Telefon kam, war ihre Stimme so hell und unbefangen wie immer.

»Mein Schatz, wie schön von dir zu hören! Ist alles in Ordnung?«

»Ja, danke, Clarissa. Ich würde gern kurz mit dir sprechen. Könnten wir ... Na ja, würdest du mit mir vielleicht einen Spaziergang machen?«

»Natürlich. Wunderbare Idee. Ich komme bei dir vorbei, ja? In ungefähr einer halben Stunde?«

»Das wäre nett«, sagte Grace.

»Ich wollte mich nur entschuldigen«, sagte sie, als sie durch die Wiese gingen, »weil ich neulich so überheblich gewesen bin. Ich ... ich habe mit Ben darüber gesprochen, und er hat mir klargemacht, dass das alles halb so wild ist.«

»Wie weise von ihm«, sagte Clarissa leicht säuerlich. »Nur dass er gar nicht weiß, was wirklich passiert ist.«

»Nein, aber er hat mich darauf aufmerksam gemacht, was du wegen Jack alles durchgemacht hast und dass ihr beide denken musstet, die Sache mit Florence sei passé. Na ja, da bin ich wohl etwas übers Ziel hinausgeschossen mit meinen moralischen Belehrungen. Das tut mir leid. Abgesehen davon hätte ich dich niemals schlagen dürfen.«

Clarissa lächelte und nahm ihren Arm. »Denk einfach gar

nicht mehr darüber nach, mein Schatz. Aber reizend, dass du dich entschuldigst. Die Sache war allerdings wirklich ungehörig von mir, was auch immer Ben zu meiner Entschuldigung anführen mag. Was für ein wunderbarer Mann! Ben meine ich. Aber es ist ja nicht weiter von Belang, und Florence wird es nie erfahren. Lass es uns also einfach vergessen. Konzentrieren wir uns lieber auf dich und dein Baby. Weißt du schon, wie sie heißen wird? Denn es muss doch ein Mädchen sein, oder? Es gibt übrigens nichts auf der ganzen Welt, worüber ich mich mehr freuen würde, als ihre Patin zu werden. Was hältst du davon?«

»Das ist eine wunderbare Idee«, sagte Grace und stellte überrascht fest, dass sie es tatsächlich so meinte. »Aber das muss ich natürlich mit Ben besprechen«, fügte sie pflichtschuldig hinzu.

Am nächsten Morgen wachte Grace früh auf, schlüpfte leise aus dem Bett, um Ben nicht zu stören, und beschloss, sich mit dem ersten – und auch einzigen – ordentlich warmen Wasser des Tages ein Bad zu gönnen. Als sie so dalag und ehrfurchtsvoll ihre beträchtlich vergrößerten, mit Venen durchzogenen Brüste betrachtete – bislang das einzige Anzeichen für ihre Schwangerschaft –, kam Ben herein.

»Du siehst wunderbar aus«, sagte er und rieb sich schläfrig die Augen.

»Ob du das in fünf Monaten, wenn ich dick und hässlich bin, auch noch sagen wirst, wage ich zu bezweifeln«, sagte Grace.

»Du wirst nicht dick und hässlich, sondern dick und schön sein«, erwiderte er und beugte sich herab, um ihr einen Kuss zu geben.

Um elf erschienen unerwartet Clarissa und Jack. »Wir haben es nicht länger ausgehalten«, sagte Clarissa. »Moo hat Mehltau an ihren Frührosen entdeckt, woran angeblich Clifford schuld ist, und jetzt macht sie ihm die Hölle heiß. Wie er diesen paradiesischen Hafen hier verlassen konnte, ist mir unbegreiflich. Grace, mein Schatz, sag uns einfach, was wir tun können. Wir sind ja nicht gekommen, um die Hände in den Schoß zu legen, nicht wahr, Jack? Ben, mein Lieber, wie schön, dich zu sehen. Ich könnte schwören, dass du noch größer geworden bist. Gib mir einen Kuss. Wie ich höre, geht ihr beide unter die Studenten, Jack und du. Das finde ich einfach großartig…«

Grace ließ Clarissa stehen, um die Gläser hinauszutragen und den Champagner, den Jack und sie mitgebracht hatten, in die Speisekammer zu bringen. Eines der Dinge, die sie in ihrem neuen Haus unbedingt haben wollte, war ein Kühlschrank.

Florence, Giles, Clifford und Muriel trafen zusammen ein. Clifford hatte sich offenbar schon ein wenig Mut angetrunken. Muriel reichte Ben Mantel und Hut. »Wenn Sie das bitte weghängen würden«, sagte sie liebenswürdig. »Und dann hätte ich gern sofort einen Drink. Der Morgen war ein Albtraum, ich bin mit den Nerven am Ende.«

»Inwiefern ein Albtraum?«, erkundigte sich Ben.

»Oh, das hat mit dem Garten zu tun. Das würden Sie vermutlich nicht verstehen, eine ziemlich komplexe Angelegenheit. Aber egal, es ist alles Cliffords Schuld.«

Ben fing Cliffords Blick auf und zwinkerte. »Vielleicht solltest du dir auch einen Drink genehmigen«, sagte er dann.

Grace und Ben waren übereingekommen, ihre große Neuigkeit kurz vor dem Lunch zu verkünden, wenn das erste Eis gebrochen war und alle schon ein, zwei Drinks genommen hatten. Der Tag war so herrlich, dass sich alle im Garten versammelt hatten. »Ich wünschte, wir könnten diesen Moment einfrieren und für immer und ewig bewahren«, sagte Grace leise zu Ben, als sie an der Schiebetür standen und ihre Gäste betrachteten, all diese Menschen, die ihr am Herzen lagen: Imogen und Mamie liefen Puppy hinterher, die Jungen hockten auf dem Zaun zur Wiese, Ted und Jeannette standen unter der Weide und lachten, Giles und Florence lagerten im Gras, sein Arm um ihre Schultern gelegt, ihre Eltern saßen auf Gartenstühlen und unterhielten sich, Jack redete ernst auf Muriel ein, während Clarissa sich bei Clifford untergehakt hatte und ihn mit einer zweifellos skurrilen Anekdote zum Lachen brachte.

»Schau«, sagte Grace, »schau dir das nur an, Ben. Das ist das Glück. Unser aller Glück.«

Ben lächelte auf sie herab und nahm ihre Hand. »Gib mir einen Kuss«, sagte er, »und dann gehen wir hin und erzählen es ihnen.«

Aber dann klingelte das Telefon.

Clarissa war es, die Grace stocksteif im Salon stehen sah, regungslos, weiß, das Gesicht verzogen und auf eigentümliche Weise uralt. Irgendetwas stimmte nicht, irgendetwas stimmte ganz und gar nicht, und Clarissa hatte es kaum wahrgenommen und sich in Bewegung gesetzt, als sie Grace bereits in sich zusammensacken und zu Boden fallen sah, als sei sämtliche Energie aus ihr gewichen. Das rotblonde Haar um sich aufgefächert, die Augen geschlossen, blieb sie liegen.

»Was ist los, Grace? Was ist?«, rief Florence nun und schoss vor allen anderen durch die Tür. »Jack, schnell, ruf einen Arzt, es ist etwas passiert! Giles, hol Wasser! Wo ist Ben? Ben, komm her, schnell!«

Jetzt rührte sich Grace und setzte sich mühsam auf. Ben kniete sich hinter sie, schlang die Arme um sie, stützte sie. »Was ist los?«, fragte er. »Ist es das…?«

»Nein«, sagte sie. »Nein. Das ist es nicht. Mir geht es gut.«

»Wer war am Telefon?«, fragte er. »Hat es mit dem Anruf zu tun? Wer war es? Gibt es schlechte Nachrichten?«

»Charles«, sagte Grace. »Er lebt.«

KAPITEL 31

Sommer 1945

Sie verlor das Baby. Der Schock, hieß es. Sie lag im Krankenhaus und spürte den körperlichen Schmerz kaum, so überwältigend war der Kummer, als ihr Baby, Bens Baby, sich von ihr entfernte und all ihr Glück mit sich nahm.

Abgesehen von allem anderen hatte sie eine entsetzliche Angst gepackt bei der Vorstellung, Charles würde zurückkommen: ein Fremder, der in ihr Haus spazierte, ihr Leben übernahm, sich in ihr Bett legte. In den ersten schrecklichen Stunden, als sich das Bild in ihrem Kopf formierte, fasste sie die wildesten Pläne: dass sie weglaufen würde, einfach so, ganz allein, irgendwohin, wo sie niemand finden würde; dass sie mit Ben weglaufen würde, mit Ben und den Jungen; dass sie sich weigern würde, Charles auch nur zu sehen, und ihm ausrichten lassen würde, dass sie ihn verließ; dass sie sich mit ihm treffen und ihm mitteilen würde, dass sie ihn verließ.

Ihre Gäste hatten mit Verwirrung reagiert, mit Verlegenheit, Mitleid. Niemand hatte so recht gewusst, was er tun oder sagen sollte. Muriel war natürlich außer sich vor Glück gewesen, und Clifford ebenfalls, das konnte sie ihnen nicht verdenken. Florence war hin und her gerissen gewesen zwischen der Sorge um Grace und der Freude, ihren Bruder wiederzuhaben. Clarissa war einfach nur entsetzt gewesen; sie war zu

Grace gegangen, die zitternd in ihrem Zimmer saß, hatte sie in den Arm genommen, lange festgehalten und dann gesagt: »Ich werde alles tun, alles, um dir zu helfen.«

Ihre Eltern waren vollkommen aufgelöst gewesen, aber gleichzeitig merkwürdig pragmatisch. »Wir nehmen die Jungen, mein Schatz, so lange wie nötig«, hatte Betty gesagt, als sie sich halb widerwillig, halb erleichtert verabschiedeten. »Und sag Ben, dass er jederzeit kommen kann, wenn er mag.«

Um drei waren alle fort gewesen. Als Grace auf wackeligen Beinen nach unten gegangen war, hatte sie das Haus leer vorgefunden. Die einzigen sichtbaren Spuren des Fests waren die Blumen gewesen. Ben hatte dagesessen und aus dem Fenster gestarrt.

»Möchtest du reden?«, hatte er gefragt, und in seiner Stimme hatte neben Sorge und Mitleid eine gewisse Ungeduld gelegen, fast eine Art Ärger. Sie verstand das gut. Die Wut galt nicht ihr, sondern dem Schicksal, das ihm so etwas antun konnte.

»Nein«, hatte sie gesagt, »noch nicht. Ich … Wir können noch nicht reden. Es ist alles zu kompliziert.«

»Sag noch einmal, wo er ist.«

»In einem Lager der Alliierten, irgendwo mitten in Deutschland. Man wird sie heimfliegen, in ein paar Wochen oder so. Mehr weiß ich auch nicht. Im Moment nicht. Der Mann, der angerufen hat, jemand aus dem Kriegsministerium – frag mich nicht, wer –, will sich noch einmal bei mir melden.«

»Aber es kann kein Zweifel bestehen?«, hatte er gefragt. »Es kann sich nicht um einen Fehler handeln?«

»Nein … leider nicht.«

»Du bist so ruhig«, hatte er festgestellt.

»Ich weiß. Das wird nicht so bleiben, fürchte ich.«

Und es war auch nicht so geblieben. Um die Abendessenszeit war sie bereits hysterisch gewesen, hatte sich weinend an Ben geklammert und ihn gebeten, sie fortzubringen. Und dann hatten, entsetzlich und unerträglich, die Schmerzen eingesetzt.

Nach und nach zeichnete sich ab, wie es zu diesem grässlichen Fehler hatte kommen können. Charles war nicht allein geflohen; er war mit einem anderen Offizier zusammen gewesen, als sie aus dem Konvoi ausgebrochen waren, und es war dieser andere Mann, ein gewisser Lieutenant-Colonel Barlowe, der angeschossen worden und an den Folgen gestorben war. Die Einzelheiten waren immer noch verschwommen, aber an dieser Stelle war die Verwirrung um die Identitäten offenbar entstanden. Charles, der keine Ahnung hatte, was ihm offiziell zugestoßen sein sollte, schlug sich langsam und mühselig durch Südfrankreich durch und wurde schließlich in Vichy-Frankreich angeschossen und gefangen genommen. Ein paar Wochen verbrachte er in einem von den Deutschen kontrollierten Krankenhaus, wurde dann von den sich zurückziehenden Truppen mitgeschleppt und landete in etlichen verschiedenen Kriegsgefangenenlagern. Er hatte geschrieben, hatte versucht, Kontakt aufzunehmen, aber die Briefe waren nicht durchgekommen. Erst mit der Ankunft der Alliierten in Norddeutschland war er in ein Durchgangslager gelangt und hatte eine Nachricht nach Hause schicken können. Zurzeit befand er sich in einem Luftwaffenstützpunkt der Alliierten und wartete darauf, nach England ausgeflogen zu werden. Er hatte eine unfassbar schreckliche Zeit hinter sich. Grace wusste ohne jeden Zweifel, dass sie da sein musste, wenn er heimkam. Wenigstens das war sie ihm schuldig.

Nach ein paar Tagen konnte sie das Krankenhaus verlassen, blass, schwach und um Tapferkeit bemüht. Sie musste sich ja nicht nur um Charles, sondern auch um Ben und die Jungen Sorgen machen, da konnte sie es sich nicht leisten, sich gehen zu lassen. Der Umgang mit den Jungen fiel ihr nicht leicht. Die Ereignisse hatten die beiden gebeutelt, und ihre Zukunft stand in den Sternen, daher waren sie laut, unruhig und fordernd. Ben wiederum hatte nach Tidworth zurückkehren müssen, was sogar eine Erleichterung darstellte. Nach ein paar Tagen nahm sie Florence' Angebot an, die Jungen zu sich zu nehmen.

»Hier wird es ihnen gut gehen. Jeannette wird sie schon sattkriegen, und Clifford kennen sie ja so gut …«

»Und was ist mit deiner Mutter?«

»Mit der komme ich schon klar«, sagte Florence.

Und so war sie nun allein, allein mit ihrer Angst und dem Grauen, und versuchte, nicht zu denken, zu planen, zu fühlen. Sie wartete einfach.

Dann rief er an. Er war in Kent, eingeflogen von einem britischen Bomber.

»Grace?«, sagte er. »Grace, mein Schatz. Hallo, ich bin's, Charles.«

»Hallo«, sagte sie. Ihre Stimme war schwach und brüchig; sie hatte Schwierigkeiten, überhaupt einen Ton herauszubekommen. Den Hörer umklammert stand sie in der Vorhalle und versuchte, die Ruhe zu bewahren.

»Ist alles in Ordnung, Schatz?«

»Ja«, sagte sie. »Mir geht es gut. Danke. Und dir?«

»Oh, ziemlich gut im Prinzip.«

Schweigen entstand. Was für eine bizarre Unterhaltung, dachte sie – als würde man mit einem Geist reden. Dem Geist des Mannes, den sie geheiratet, für tot gehalten und betrogen hatte. Das war hart. Ihr Wirklichkeitssinn ließ sie im Stich.

»Ich dachte, du bist tot«, sagte sie schließlich. »Wir alle dachten das.«

»Ja, das weiß ich mittlerweile. Es tut mir leid. Furchtbar leid.«

Wieder Schweigen. »Wann kommst du nach Hause?«, fragte sie.

»Morgen vermutlich. Gott, das ist so unwirklich. Ich kann mit dem Zug nach London fahren und dann weiter nach Salisbury. Von dort nehme ich dann ein Taxi...«

»Ich hole dich ab«, sagte sie.

»Wie denn?«

»Mit dem Wagen«, sagte sie, überrascht über seine Frage. Dann fiel ihr ein, dass er ja gar nicht wissen konnte, dass sie Auto fuhr. So viel hatte sich verändert. Wie sollten sie auch nur anfangen, das alles aufzuarbeiten?

»Wie schön, mein Schatz. Richtig. Ich rufe dich an, wenn ich in London bin, ja?«

»Ja, mach das.«

»Ich kann es kaum erwarten, dich zu sehen«, sagte er.

Sein Zug sollte um vier in Salisbury sein, hatte er gesagt. Sie machte sich fertig, um ihn abzuholen, bürstete sich die Haare, zog ihr anständigstes Kleid an und schminkte sich, damit sie nicht ganz so bleich aussah. Ihr war hundeelend.

Der Zug kam natürlich zu spät. Sie kaufte sich eine *Picture Post*, setzte sich wieder in den Wagen und las über die Ereignisse der letzten Wochen – den Fall von Berlin, Hitlers Tod, die bedingungslose Kapitulation der deutschen Wehrmacht –, aber vor ihren Augen breitete sich nur ein sinnloses Gewirr von Buchstaben und Worten aus. Schließlich hörte sie den

Zug einfahren, hörte den Dampf, das Quietschen der Bremsen, das metallene Geräusch der sich öffnenden Türen und versuchte verzweifelt, sich zusammenzureißen. Sie stieg aus dem Wagen, ging zur Bahnsteigsperre und hatte schon panische Angst davor, ihn auch nur zu sehen.

Der Bahnsteig wimmelte von Menschen, viele von ihnen Soldaten. Sie konnte ihn nicht sehen und wurde von der wilden Hoffnung gepackt, dass er gar nicht da war, dass ihr wenigstens ein Aufschub gewährt wurde. Aber dann entdeckte sie ihn. Anders als mancher vorausgesagt hatte, war er durchaus wiederzuerkennen, gut sogar. Dennoch waren die Veränderungen entsetzlich: Dünn war er, schrecklich dünn, fast ausgemergelt, hinkend, das Gesicht bleich, mit veränderten Zügen, die Wangenknochen höher, weil sie so hervorstachen, der Kiefer schärfer und härter, die Augen irgendwie heller. Als er sie erblickte, lächelte er, winkte und nahm seinen Hut ab; seine Haare waren dunkler und sehr kurz. Seitlich am Gesicht hatte er eine dicke Narbe, die sich von der Stirn bis zum Kiefer zog. Grace zwang sich, zurückzulächeln und zu winken, und dann war er auch schon bei ihr, hatte seine Tasche abgestellt und seine Arme um sie geschlungen, drückte sie fest an sich.

»Ich kann es kaum fassen, dass du hier bist«, sagte er, und in seiner Stimme lagen Tränen. »Ich kann es kaum fassen, dass ich tatsächlich zu Hause bin.«

Sie fuhr sehr vorsichtig, da sie nicht wollte, dass er Angst um seinen Wagen hatte oder ihren Fahrstil kritisierte.

»Du fährst ja blendend«, sagte er und klang überrascht. »Seit wann fährst du denn schon?«

»Oh ... seit Ewigkeiten«, antwortete sie schnell.

»Hier ist es überall so schön«, sagte er. »Ich hatte ganz vergessen, wie schön England ist.«

»Wo warst du denn genau?«

»Was für eine Frage, mein Schatz. Wo war ich nicht, müsste sie lauten. Aber das willst du gar nicht alles hören.«

»Doch, natürlich. Wie soll ich das sonst verstehen, wenn du nichts ...«

»Das kannst du sowieso nicht verstehen, nicht ansatzweise, Grace«, sagte er knapp.

»Oh.«

»Entschuldigung, ich wollte dich nicht anfahren. Es ist nur so hart, darüber zu ... Aber egal, ich war an einer Unmenge gottverlassener Orte, zuletzt in Frankreich, in den Ardennen, und dann in Deutschland.«

Sie schaute ihn an, aber er starrte nur leer vor sich hin.

»War es ... sehr schlimm? Oder möchtest du nicht darüber reden?«

»Ich möchte nicht darüber reden. Noch nicht jedenfalls. Und ja, es war sehr schlimm. Das Krankenhaus war in Ordnung.«

»Du ... du humpelst. Ist das wegen der Geschichte, als du angeschossen wurdest?«

»Ja«, sagte er knapp.

»Die Narbe im Gesicht auch?«

»Ja, mein Schatz. Ich sagte doch, dass ich nicht darüber sprechen will.«

»Entschuldige.«

Als sie Thorpe Magna erreichten, erkundigte er sich: »Wie geht es Mutter?«

Sie war überrascht, dass er nicht früher nach ihr gefragt hat. »Der geht es gut. Sehr gut. Dein Vater wohnt jetzt wieder in der Abtei.«

»Gütiger Gott, sie hat ihn also zurückgenommen! Wie

außerordentlich großmütig von ihr. Nun, darum muss ich mir also keine Sorgen mehr machen.«

»Worum?«

»Mich mit ihm auseinanderzusetzen.«

»Verstehe. Nein. Sie haben gesagt, dass sie dich furchtbar gern sehen würden. Aber wenn du müde bist, dann vielleicht erst morgen …«

»Natürlich. Mal schauen. Was ist mit Florence? Und Robert?« Schockiert ging ihr auf, was er alles nicht wusste. »Robert ist tot, Charles.«

»Gütiger Gott, wie schrecklich. Die arme Florence.«

»Ja«, sagte sie. Ihr war nicht danach, irgendetwas zu erklären.

Je länger sie fuhren, desto stärker schwoll ihre Panik an. Unvermittelt sagte er: »Diese … diese Jungen sind doch nicht zu Hause, oder? Du hast sie doch weggeschickt, oder?«

»Nein, sie sind nicht da.«

»Gut. Ich hatte schon eine gewisse Sorge, dass ich sie dort vorfinden könnte.«

»Zurzeit sind sie in der Abtei«, sagte sie, unfähig, sich zu beherrschen. Eigentlich hatte sie damit noch nicht herausrücken wollen, aber sie war so empört für ihre Jungs, ihre geliebten Jungs, dass er das wissen sollte.

»Was um Himmels willen machen sie denn in der Abtei?«

»Sie müssen doch irgendwohin, Charles. Sie haben kein anderes Zuhause.«

»Dann muss man ihnen eben eins besorgen«, sagte er knapp und verfiel wieder in Schweigen.

Schließlich waren sie da. Er lehnte sich zurück und betrachtete das Haus. Dann stieg er aus und ging zur Tür. Sie schloss auf, und er trat ein, ging durch die Vorhalle in die Küche, dann weiter in den Salon, erkundete alles, fiel in ihr Reich ein, bean-

spruchte es für sich, ihr Haus, ihr Refugium. Am Ende drehte
er sich um und sagte mit einem Lächeln: »Es sieht alles wunderbar aus, mein Schatz. Du hast dich großartig darum gekümmert. Alle Achtung.«

Das Abendessen bereitete sie früh zu. Die Atmosphäre wurde
immer angespannter. Es gab so viel zu erzählen, aber so wenig,
was man hätte sagen können. Grace sprach so unbekümmert,
wie sie es vermochte, über ihre Arbeit bei der Landarmee, über
Florence und den Freiwilligendienst, über Clarissa und Jack,
aber er war zerstreut und sichtlich desinteressiert. Seine einzige Sorge schien Robert zu gelten, wann und wie er gefallen sei und was Florence nun zu tun gedenke. Sie brachte es
nicht über sich, ihm von Giles zu erzählen, das war zu gefährliches Terrain. Außerdem freute er sich für seine Mutter und
erklärte mehrfach, wie gut es sei, dass sie Clifford zurückgenommen habe.

Selbst Jack interessierte ihn nicht, Jack, seine Verletzungen
und seine Zukunftspläne. Nur Robert und Muriel, die beiden
Personen, die seine Anteilnahme am wenigsten verdient hatten.

Und dann war es Zeit fürs Bett. Sie hatte ewig darüber
nachgedacht, was sie tun sollte. Und konnte. Der Arzt im
Krankenhaus hatte ihr das, was er Intimitäten nannte, für
mindestens einen Monat verboten. Aber wie erklärte man
einem Ehemann, der vier Jahre nicht mehr zu Hause gewesen
war, dass man soeben eine Fehlgeburt erlitten hatte und nicht
mit ihm schlafen konnte? Am Ende beschloss sie, es über sich
ergehen zu lassen. Was aus ihr wurde, schien ohnehin keine
Rolle zu spielen. Sie stieg neben ihm ins Bett, am ganzen Körper verkrampft, und schaute ihn unsicher an. Er beugte sich
über sie, küsste sie sanft und sagte: »Oh Grace, mein Schatz,

es ist so lange her.« Und dann schaltete er das Licht aus und küsste sie richtig. Auf diese abstoßende, mechanische, wohlgeübte Weise, die sie noch so gut in Erinnerung hatte.

Sie beschloss zu zählen. Es dauerte ja nie lang. Spätestens bei fünfhundert wäre es vorbei, dachte sie. Außerdem war er ihr Ehemann. Einst hatte sie ihn geliebt und begehrt – oder es sich zumindest eingebildet –, vielleicht würde sie es ja wieder tun. Sie spürte seine Hände auf sich und in sich, fühlte, wie sie ihr Inneres erkundeten, fühlte, wie er steif wurde und in sie eindringen wollte, versuchte, sich aufs Zählen zu konzentrieren, auf ihren Atem, und versuchte bei alledem, Bens Bild aus ihrem Geist zu verdrängen. Wie eine Vergewaltigung war das, wie bei Robert. Sie spürte, dass sich in ihrer Kehle ein Schrei zusammenballte, und wusste, dass er sich Bahn brechen würde, wenn Charles nicht aufhörte. Wenn sie ihn nicht dazu brachte, sofort aufzuhören. Unvermittelt zog sie sich zurück und setzte sich auf. Sie schlang die Arme um die Knie und murmelte, dass sie noch nicht so weit sei. Er schaltete das Licht an. Sein Gesicht war hart, seine Augen wütend.

»Mein Schatz«, sagte er, den Kosenamen sichtlich mit Mühe hervorbringend, »mein Schatz, bitte! Sicher verdiene ich einen kleinen Willkommensgruß.«

»Charles, es gibt da etwas, das ich dir erzählen muss.«

Sie erzählte es ihm knapp, in wenigen Sätzen. Es schien nicht nötig, die Sache auszuschmücken, eher im Gegenteil. Er starrte sie an, das Gesicht kreidebleich und verzerrt, und hörte ihr mit eisernem Schweigen zu. Als sie fertig war, stand er auf, zog seinen Bademantel an und ging nach unten.

Sie wartete eine Weile, dann folgte sie ihm. Er saß im Salon und hatte sich eine Zigarette angezündet. Als sie eintrat, schaute er sie nicht an.

»Hör zu«, sagte sie zaghaft, »wir sollten reden. Es gibt …«

»Ich möchte nicht darüber reden«, sagte er. »Jetzt nicht. Lass mich einfach in Ruhe, bitte.«

Sie ließ ihn allein.

Sie wachte früh auf. Ihr war kalt, und sie wunderte sich, dass sie überhaupt geschlafen hatte. Sie stand auf und machte sich auf die Suche nach ihm.

Er lag im Gästezimmer und schlief tief und fest. Neben dem Bett standen ein Aschenbecher mit etlichen Zigarettenstummeln und ein leeres Glas. Sie ließ ihn allein, ging die Treppe hinunter, putzte das Haus und fütterte die Hunde und Flossie.

In der Schule war heute Tanzunterricht, wie ihr klar wurde. Sie rief Miss Merton an und erklärte, dass sie nicht kommen könne.

»Das ist schon in Ordnung, Mrs Bennett. Das verstehe ich schon. Es muss ziemlich ... aufregend für Sie sein«, sagte sie vorsichtig, »jetzt, wo Ihr Ehemann wieder zu Hause ist. Was ist mit nächster Woche?«

»Nächste Woche ist kein Problem«, sagte Grace und legte auf.

»Was ist kein Problem?«, fragte Charles. Er war die Treppe heruntergekommen und sah zum Fürchten aus.

»Oh ... Ich spiele in der Schule Klavier, beim Tanzunterricht. Für heute habe ich abgesagt. Weil du da bist.«

»Was? In der Dorfschule?«

»Ja. Spricht etwas dagegen? Einigen der Schüler gebe ich auch Einzelunterricht.«

»Kommen sie hierher?«, fragte er. »In dieses Haus?«

»Einige schon, ja. Es gibt ein kleines Mädchen, Elspeth Dunn, das sehr ...«

»Ich glaube nicht, dass mir die Idee gefällt«, sagte er. »Nicht hier im Haus. Mach das in Zukunft in der Schule.«

»Nun, das können wir ja sehen.«

»Nein, Grace, das können wir nicht sehen«, sagte Charles und wirkte zum ersten Mal seit seiner Rückkehr wie der Mann, an den sie sich erinnerte: anmaßend und überheblich.

Er fuhr sich mit der Hand durch sein Stoppelhaar. »Wir müssen miteinander reden. Dringend.«

»Ja«, sagte sie und folgte ihm brav in die Küche.

»Dieser Mann«, sagte er. »Wussten alle davon? Ich meine, war es Stadtgespräch?«

»Ja und nein.«

»Grace, entweder wussten es alle, oder sie wussten es nicht. Antworte mir bitte!«

Er klang wütend. Sein Mund war verkniffen, die Ränder seiner Lippen waren blutleer. Zum ersten Mal hatte sie Angst.

»Na ja, vermutlich wussten alle, dass wir ... dass wir uns sehr nahestanden. Das war wohl nicht zu übersehen.«

»Aber vielleicht wie gute Freunde, wäre das möglich?«

»Keine Ahnung. Vermutlich nicht. Ist das wichtig?«

»Natürlich ist das wichtig. Überaus wichtig. Es geht darum, ob ich als Witzfigur dastehe, würde ich sagen.«

Grace starrte ihn an. »Das ist deine größte Sorge, Charles? Dass du als Witzfigur dastehen könntest?«

»Das ist eine gewisse Sorge, ja. Obwohl es natürlich nicht meine einzige ist. Ich hätte gedacht, dass dir das klar ist.«

»Oh«, sagte sie.

»Worauf ich hinauswill, ist ...«, fuhr er fort, »... wissen alle, dass du ... Herrgott ... dass du mit ihm geschlafen hast?«

»Das weiß ich nicht«, antwortete Grace. »Wenn sie Augen im Kopf haben, würde ich sagen, ja. Florence wusste es und Clarissa ... und dein Vater natürlich.«

»Wie bitte? Florence wusste es? Was zum Teufel hat die denn damit zu tun?«

»Sie … sie … Ach, frag sie doch besser selbst«, sagte Grace. »Ich kann nur sagen, dass sie mir eine gute Freundin war. Und ich ihr im Übrigen auch. Wir haben eine Menge miteinander durchgemacht, Charles. Wenn ich dir das erzählen dürfte, dann…«

»Und Clarissa?«, ging er dazwischen. »Die fand es vermutlich höchst amüsant, oder? Habt ihr euch totgelacht darüber, ja?«

»Charles, bitte, mach es nicht noch schlimmer.«

»Es kann gar nicht schlimmer werden«, sagte er, »soweit ich das beurteilen kann. Und was ist mit dieser … dieser Schwangerschaft? Wussten das auch alle?«

»Nein«, sagte Grace leise.

»Gott sei's gepriesen.«

Er schwieg einen Moment und starrte sie wütend an. Sie erwiderte seinen Blick und dachte an ihr Baby, Bens Baby, das sie nicht bekommen würde und das nun auf etwas reduziert wurde, das nicht alle gewusst hatten, das man also unter den Teppich kehren konnte. Plötzlich wich ihre Traurigkeit einer teuflischen Wut. Sie sprang auf und verpasste ihm eine Ohrfeige, mitten ins Gesicht. Dann wich sie zurück, schockiert über sich selbst, aber immer noch voller Aggressionen.

»Rede nicht so mit mir«, sagte sie. »Dieses Baby hat mir viel bedeutet. Du scheinst nichts begriffen zu haben. Du warst weg, Charles, vier Jahre lang! Und ich, ich war allein. Das ganze letzte Jahr über dachte ich, du seist tot. Wir alle dachten es. Ich habe mich nicht einfach wie eine Hure aufgeführt…«

»Nimm nicht solche Wörter in den Mund.«

»Ich rede, wie ich will«, sagte Grace, nun mit leiserer Stimme. »Und du wirst zuhören. Es tut mir leid, entsetzlich leid, was passiert ist. Wie leid, kannst du dir gar nicht vorstellen. Natürlich ist das schrecklich für dich, das verstehe ich schon. Aber du musst dich auch in mich hineinversetzen. Ich … ich habe Ben geliebt. Ich wollte ihn heiraten. Ich habe so lang und so hart darüber nachgedacht und mich so schuldig gefühlt, selbst nachdem du … nachdem ich dachte, du seist tot. Denk bitte auch mal darüber nach, wie es für mich war, Charles. Oder es besteht keinerlei Hoffnung für uns.«

»Ich mache einen Spaziergang«, sagte er.

Als er zurückkam, wirkte er ruhiger und versuchte sich sogar ein Lächeln abzuringen. Sie lächelte matt zurück und bot ihm etwas zu essen an. Schweigend verzehrte er ein paar Scheiben Toast und ein paar Eier, dann nahm er ein Bad und zog sich an.

Als er nach unten kam, sagte sie: »Warum gehst du nicht mal zur Abtei hinüber? Sie würden dich so gern sehen. Besonders deine Mutter.«

»Ich glaube nicht, dass ich das fertigbringe«, sagte er knapp, »noch nicht. Ich kann ihnen nicht gegenübertreten. Im Wissen um diese ganze Geschichte und ihre Verwicklung darin …«

Sie bohrte die Nägel in die Handflächen, um sich zu beherrschen.

»Florence' Verhalten«, sagte er, »macht mir am meisten zu schaffen. Dass sie das dulden konnte. Denn offenbar hat sie das ja getan. Du und ein … ein anderer Mann. In meinem Haus.«

»Du hast nicht ein Wort von dem, was ich gesagt habe, verstanden«, sagte Grace, die plötzlich eine eisige Ruhe verspürte. Sie ging nach oben in ihr Zimmer und begann damit, Kleidung in eine Tasche zu packen. Er folgte ihr. »Was tust du da? Verlässt du mich und gehst zu deinem Fußsoldaten?«

»Ich weiß es nicht«, sagte Grace. »Das habe ich noch nicht entschieden. Jedenfalls gehe ich nicht zu meinem Fußsoldaten, wie du ihn zu nennen beliebst. Das trifft dich am meisten, Charles, nicht wahr? Ein schlichter Soldat, nicht einmal ein Offizier.«

»Wo willst du denn dann hin?«, fragte er, ohne auf ihren Kommentar einzugehen.

»Ich bin mir nicht sicher. Vermutlich zu meinen Eltern. Nur für ein paar Tage. Um nachzudenken.«

»Worüber nachzudenken?« Er wirkte aufrichtig verwirrt.

»Darüber, was ich vorhabe.«

»Du meinst, es kann sein, dass du ... nicht bleibst?«

»Vielleicht«, sagte sie.

»Ich verstehe dich nicht«, sagte er, »ich verstehe dich absolut nicht. Ich kann nachvollziehen, wie ... wie sich diese Sache entwickelt hat. Aber jetzt davon zu reden, dass du vielleicht nicht bei mir bleibst! Das ist ... nun, das ist schrecklich, Grace. Schockierend. Genau das ist es. Ich bin schockiert.«

»Was schockiert dich denn daran?«

»Ich bin schockiert, dass du offenbar nicht das mindeste Ehrgefühl hast. Dass du nicht das Richtige und Angemessene tun möchtest. Wir sind verheiratet, Grace. Du bist meine Frau. Ich habe unsäglich grausame fünf Jahre hinter mir. Und am Ende dieser Jahre glaube ich, zu meiner mich liebenden Frau zurückzukommen, und finde eine ... eine ... lieber Herrgott, hilf mir.«

Unvermittelt ließ sich Grace aufs Bett sinken. Zum ersten Mal verspürte sie echtes Mitleid mit ihm. Mitleid und Reue. Sie streckte die Hand aus und nahm seine. »Es tut mir leid«, sagte sie, »entsetzlich leid. Ich habe nicht das Gefühl, etwas Falsches getan zu haben, aber es tut mir trotzdem schrecklich leid für dich.«

Er schaute auf die verschränkten Hände hinab und sagte stumpf: »Es wäre absolut falsch von dir, mich zu verlassen. Falsch und ehrlos. Wie ich schon sagte.«

Kurz darauf hörte sie, wie er mit seiner Mutter telefonierte.

»Ja«, sagte er ganz normal, »sehr gut. Es ist wunderbar, wieder zu Hause zu sein. Was? Ja, das würde ich gern tun. Heute bin ich ein bisschen müde, aber wie wär's mit morgen? Lunch, ja, das wäre schön. Ja, sie kommt sicher gerne mit. Wie geht es Vater? Gut. Grüß ihn von mir. Also dann, bis morgen. Wird Florence auch da sein? Ah, verstehe. Nein, mach dir keine Sorgen. Ich bin wirklich gut in Form. Ja, das stimmt, das Haus sieht wirklich prächtig aus. Auf Wiederhören, Mutter.«

»Wohin werde ich sicher gern mitkommen?«, fragte Grace.

»Zum Lunch in der Abtei. Morgen.«

»Da geht nicht, tut mir leid. Morgen arbeite ich.«

»Kannst du das nicht absagen?«

»Nein, natürlich nicht. Du hättest mich fragen sollen, Charles. Aber egal, es ist sicher ohnehin besser, wenn du allein hingehst.«

Er hatte seine Sachen ins Gästezimmer geräumt. Abends saßen sie schweigend da und lasen. Im Radio lief ein Konzert, das sie sich gern angehört hätte, aber er erklärte, dass es ihm lieber sei, wenn sie es ausstellte. Niemand rief an. Im Haus war es totenstill.

Als sie am nächsten Tag um vier nach Hause kam, saß er in der Küche. Er wirkte vollkommen erschöpft.

»Wie geht es deiner Familie?«, fragte sie und legte ihre Akte ab. Sie war eine lange Strecke zu verschiedenen Höfen in der Nähe von Westhorne geradelt und entsprechend müde. Eigentlich hatte sie mit dem Auto fahren wollen, aber Charles war einfach davon ausgegangen, dass er es haben könne, und das war ihr keinen Streit wert gewesen.

»Oh … ganz gut. Verdammtes Chaos da drüben. Diese

schreckliche Frau, ich kann mir beim besten Willen nicht vorstellen, wie Mutter das aushält. Und dann diese Kinder, die kleinen. Keine Disziplin. Florence muss den Verstand verloren haben, dass sie meint, sich selbst um Imogen kümmern zu müssen.«

»Hast du auch … die Jungen gesehen?«

»Wen? Ach so, ja, kurz. Schienen gar nicht so übel zu sein. Reden aber nicht viel.«

»Nein«, sagte Grace.

»Meine Mutter sieht aber blendend aus.«

In dieser Nacht bekam Charlotte ihre Welpen. Grace saß bei ihr, streichelte sie, redete mit ihr und konnte die schmerzlichen Erinnerungen kaum ertragen. Diesmal waren es nur vier, alle schwarz-weiß und alle groß und gesund. Keines, das starb, keines, um das man trauern musste.

Am nächsten Morgen fragte Charles, ob man nicht wenigstens zwei loswerden könne, und sie sagte, nein, könne man nicht. Er war sichtlich verstimmt, widersprach aber nicht. Es fiel ihm schwer, sich mit ihr zu arrangieren, das war nicht zu übersehen.

Für den nächsten Tag plante er eine kleine Reise nach London; er habe einen Termin im Kriegsministerium und müsse ein paar Dinge regeln, erklärte er.

»Was hast du denn überhaupt vor?«, fragte Grace. »Kehrst du in die Kanzlei zurück oder …«

»Natürlich kehre ich zurück«, sagte er, offenkundig erstaunt, dass sie auch nur fragen konnte. »Ich weiß, dass die Geschäfte brachliegen, aber vielleicht kann ich die Kanzlei ja wieder aufbauen. Was das Büro in London betrifft, bin ich mir nicht sicher, aber das werden wir ja sehen.«

»Ich dachte, dass ich vielleicht eine Ausbildung zur Musiklehrerin mache.«

»Was meinst du, mein Schatz?«, sagte er gedankenverloren. Es war das erste Mal, seit sie ihm von Ben erzählt hatte, dass er sie »mein Schatz« nannte.

»Ich sagte, ich möchte mich richtig zur Musiklehrerin ausbilden lassen.«

»Wieso denn das?«

»Weil ich etwas aus meinem Leben machen möchte.«

»Grace«, sagte er, »mir scheint, du machst eine Menge aus deinem Leben.«

Als er aus London zurückkam, wirkte er befangen. Er hielt einen großen Blumenstrauß in der Hand. »Die sind für dich.«

»Oh danke, wie hübsch.« Sie reckte sich und küsste ihn schnell.

»Ich habe mich auch mit Clarissa getroffen.«

»Ach ja?«

»Ja. Wir haben uns länger unterhalten. Seither geht es mir mit vielem besser. Ich …« Er schaute sie unbehaglich an. »Na ja, ich sehe jetzt, wie schwer das alles für dich ist. Das tut mir leid. Offenbar hatte ich das nicht richtig verstanden, weil es … weil es ein solcher Schock war. Für mich. Und für dich natürlich auch.«

»Ja, natürlich. Das weiß ich ja.«

»Der arme, alte Jack, was für ein Gesicht. Grauenhaft!«

»Ja.«

»Ich habe natürlich noch ganz andere Fälle zu Gesicht bekommen. Im Krankenhaus.«

»Erzähl mir davon«, sagte sie später beim Abendessen. »Erzähl mir vom Krankenhaus. Von allem. Für mich ist immer noch alles so verworren. So chaotisch.«

Es schien ihm immer noch zu widerstreben, ausführlicher von seinen Erlebnissen zu erzählen. Er war in Italien gefangen genommen worden, bei Straßenkämpfen. Das Chaos sei unbeschreiblich gewesen, sagte er. Sie seien ein paar Tage lang in Richtung Norden gebracht worden. Als sie anhielten, um eine Pause zu machen, konnten er und ein anderer Offizier, Colin Barlowe, fliehen.

»Gegen zwei Uhr morgens war das. Es gab ein kleines Kuddelmuddel, weil wir von einem anderen Konvoi übernommen werden sollten, und da konnten wir uns irgendwie verdünnisieren. Barlowe wurde ins Bein geschossen, aber wir kamen trotzdem ziemlich weit. Drei Tage und Nächte sind wir gelaufen, in Richtung französische Grenze. Wir waren mit den Kräften am Ende, halb verhungert und verdurstet. Dennoch hatten wir das Gefühl, noch eine Chance zu haben. Aber plötzlich verschlechterte sich Barlowes Zustand. Die Wunde hatte sich entzündet, und es ging ihm echt dreckig. Ich wusste nicht, was ich tun soll. Irgendwann hat uns ein Bauer der Gegend aufgelesen und in seiner Scheune versteckt...«

»Ein italienischer Bauer?«

»Was denn sonst?«, fragte Charles gereizt.

»Entschuldigung.«

»Das war ein guter Mensch, der uns helfen wollte. Er brachte uns Decken und versprach, einen Arzt zu holen. An diesem Punkt bin ich dann allein weitergezogen. Barlowe bestand darauf, weil es keinen Sinn gemacht hätte, dass wir beide das Risiko einer erneuten Gefangennahme eingingen. Da hatte er natürlich recht, zumal er ja gut versorgt war. Dachte ich jedenfalls.«

Charles war monatelang unterwegs, wanderte durch Südfrankreich und schlief in Scheunen und Heuschobern. Gelegentlich halfen ihm Sympathisanten, aber die meiste Zeit schlug er sich irgendwie durch und überlebte mit Hilfe von Almosen, kleinen Diebstählen und erbettelten Gaben.

»Gott sei Dank war Sommer, und es war warm. Ein Bauer schenkte mir ein Paar Stiefel, ein anderer eine Jacke, die ich über meiner Uniform tragen konnte.« Schließlich erreichte er Vichy-Frankreich, wo er in Gefangenschaft der deutschen Armee geriet. »Damals habe ich mir das hier zugezogen« – er zeigte auf sein Gesicht – »und die Sache mit dem Bein.« Er lag wochenlang im Krankenhaus – »Ich wusste kaum, ob ich tot oder lebendig bin, und es war mir auch egal« –, wurde dann unter Bewachung in ein deutsches Kriegsgefangenenlager verbracht und zweimal noch mit der zurückweichenden Armee verlegt. »Das Chaos war unbeschreiblich, ein absoluter Albtraum. Manchmal dachte ich, sie würden uns erschießen, nur um uns loszuwerden. Dutzende von uns haben sie mit sich herumgeschleppt. Wir waren ständig unterwegs, sind in die unbeschreiblich brutale Schlacht in den Ardennen geraten und so weiter und so fort. Es war ausgeschlossen, dir eine Nachricht zukommen zu lassen. Absolut ausgeschlossen.«

»Natürlich. Das sehe ich ein«, sagte Grace. »Und was ist aus diesem anderen Mann geworden? Wie hieß er noch gleich?«

»Barlowe.«

»Offenbar ist er gestorben, und man hat ihn mit dir verwechselt.«

»Ja. So muss es gewesen sein, zweifellos. Er wurde in der richtigen Gegend gefunden, soweit ich es beurteilen kann. Wir waren zusammen geflohen und sahen uns nicht ganz unähnlich, und dann war da noch diese sonderbare Geschichte mit den Erkennungsmarken. Er hatte nämlich meine ...«

»Wie konnte das denn sein?«

»Keine Ahnung. Ich dachte, ich hätte sie verloren. Ich habe ihn ja mit mir herumgeschleppt, um ihn auf den Beinen zu halten. Dabei muss sie abgerissen sein oder so. Vielleicht hat sie sich in seiner Kleidung verfangen ...«

»Und wo war seine?«

»Die hatte ich. Er hat sie mir gegeben. Wir waren uns einig, dass ich eine haben muss, für den Fall, dass ich in Gefangenschaft gerate. Wenn sie mich für einen Spion gehalten hätten, hätten sie mich standrechtlich erschossen. In dieser Hinsicht waren beide Seiten gnadenlos.«

»Verstehe«, sagte Grace. »Die arme Mrs Barlowe muss also gedacht haben, ihrem Ehemann ginge es gut. Bis jetzt zumindest. Sie konnte sich wenigstens Hoffnung machen.«

»Ja, leider.«

»Du weißt also nicht, was aus ihm geworden ist?«

»Nein, natürlich nicht. Aber wie ich schon sagte, als ich ihn zurückließ, schien mir alles in Ordnung zu sein. Der arme Kerl.«

»Uns wurde mitgeteilt, dass man dich – ihn – tot aufgefunden habe. Getötet bei einem Fluchtversuch«, sagte Grace. »Ohne nähere Einzelheiten. Das mit dem Fluchtversuch begreife nicht, wo er doch in jemandes Obhut war ...«

»Grace, es waren Deutsche mit einem Jeep voller Gefangener, die ihn gefunden haben, oder? Da kann man doch nicht erwarten, dass sie peinlich genau Buch führen! Du hast nicht die mindeste Ahnung, was für ein Chaos da herrschte. Das war ja nicht wie im Film.«

»Nein, natürlich nicht«, gab Grace kleinlaut zu. »Aber ...«

»Hör zu«, sagte Charles, »können wir es dabei belassen? Ich bin nicht in der Stimmung für so ein verdammtes Verhör.«

»Entschuldige«, sagte Grace.

In jener Nacht kam er in ihr Zimmer. Sie war schon fast eingeschlafen und sah ihn plötzlich da stehen. Im Licht aus dem Flur zeichnete sich seine Silhouette deutlich ab. Sein Gesichtsausdruck erschreckte sie, halb Wut, halb Elend. Sie wickelte sich enger in ihre Bettdecke und gab sich Mühe, ruhig zu klingen.

»Kannst du nicht schlafen?«, fragte sie.

»Nein«, sagte er, und seine Stimme war barsch. »Nein, kann ich nicht, verdammt noch mal.«

Er hatte offenbar getrunken und roch nach Whisky und Zigaretten. Er setzte sich auf ihr Bett, beugte sich über sie und wollte sie küssen. Sie drehte den Kopf weg.

»Herr im Himmel«, sagte er. »Wie lange soll ich das denn noch ertragen? Nun, das werde ich nicht tun, Grace, hörst du? Ich bin heimgekommen und brauche dich.«

Er riss ihr die Bettdecke weg, schob ihr Nachthemd hoch und legte sich auf sie. Sie spürte seinen harten Penis, spürte, wie er zustieß. »Nein«, sagte sie. »Bitte nicht. Bitte, bitte nicht.«

»Doch«, sagte er, und in seiner Stimme lag eine erschreckende Brutalität. »Doch.«

Es dauerte nicht lange. Er drang in sie ein, stieß ein paarmal zu und kam. Dann rollte er sich von ihr herunter und blieb ruhig auf der Seite liegen, von ihr abgewandt.

»Du scheinst das nicht zu verstehen«, sagte er nach einer Weile. »Du scheinst dir nicht einmal Mühe zu geben, das zu verstehen. Ich bin absolut entsetzt, Grace. Über das, was du mir angetan hast. Und über das, was ich hier erleben muss.«

»Aber…«

»Nein, fang nicht wieder damit an. Es ist nicht deine Schuld. Ich weiß, dass es ein Schock für dich ist. Aber du bist meine Frau, um Gottes willen! Empfindest du denn gar nichts mehr für mich?«

Sie schwieg.

»Du schockierst mich«, sagte er. »Du schockierst mich mit

deiner Gefühlskälte. In den Jahren meiner Abwesenheit musst du dich entsetzlich verhärtet haben. Und jeden Sinn für Loyalität verloren haben. Und für Ehre. Gute Nacht.«

Mit diesen Worten verschwand er und ließ sie mit ihren Schuldgefühlen allein.

Der Krieg war vorbei, wenigstens in Europa. Der Rhein war überquert, Hitler war tot, Deutschland hatte kapituliert. In den Straßen und Dörfern wurde gefeiert, und auf den Hügeln brannten Freudenfeuer. Die Verdunklungsvorhänge wurden heruntergerissen und entsorgt. Das Land begehrte auf und feierte. Eine Viertelmillion britischer Soldaten waren im Kampf gefallen, ebenso viele waren verletzt worden, fast hunderttausend Zivilisten hatten ihr Leben gelassen. Darüber hinaus noch viele Millionen mehr: Deutsche, Russen, Amerikaner, Franzosen. Der Verlust war schier unermesslich, aber der Krieg gewonnen.

Grace' Tage schleppten sich quälend dahin. Manchmal war sie so unglücklich, dass sie dachte, sie halte es nicht länger aus; manchmal ergriff sie aber auch ein Gefühl von Frieden, eine stumpfe Resignation. Ihre einzige Beschäftigung neben der Sorge für das totenstille Haus waren die Nachmittage beim Tanzunterricht und die Musikstunden. Florence war viel in London und schaute sich Häuser und Schulen für Imogen an. Clarissa, die bald aus dem Kriegsdienst entlassen werden würde, hatte bereits tausend Pläne für ihre Sekretärinnenagentur. Grace war sich schmerzlich bewusst, dass Florence und Clarissa sich vermutlich oft sahen und über ihre Zukunft sprachen, während sie für sie, Grace, zwar Mitleid empfanden, ihr aber auch nicht helfen konnten und sie folglich aus ihrem überfüllten Terminkalender strichen. Grace nahm es ihnen nicht übel, aber es trug nicht gerade dazu bei, ihre Stimmung zu heben. Ihr war auch bewusst, was noch schmerzlicher war, dass Ben still und geduldig auf ihre Entscheidung wartete – eine Entscheidung, für die ihr sowohl die Kraft als auch die Fähigkeit fehlten.

Wie aufs Stichwort rief Clarissa an: Ob sie kommen und ein paar Tage bleiben wolle? Sie wäre höchst willkommen, und es würde ihr sicher guttun.

»Das würde Charles gar nicht gefallen«, sagte Grace zögerlich, wegen ihrer gehässigen Gedanken von Schuldgefühlen gepackt.

»Vergiss Charles«, sagte Clarissa. »Du kommst.«

Und sie fuhr hin.

»Ich glaube nicht, dass du bei Charles bleiben solltest«, sagte Clarissa, »wenn er bei dir nur an zweiter Stelle steht.«

»Im Moment kann ich ihm nicht mehr bieten«, sagte Grace gereizt, »aber wer sagt, dass sich das nicht noch ändert? Ich weiß, was ich zu tun hätte«, fügte sie hinzu, »aber ich weiß nicht, ob ich das schaffe.«

»Ist es auf lange Sicht denn besser«, fragte Clarissa, »wenn er zweite Wahl bleibt?«

»Einen Drink?«, fragte Jack.

Sie saßen in dem kleinen Hof hinter dem Haus und warteten auf Clarissa, die sich mit May Büros anschaute.

»Ja, das wäre nett. In letzter Zeit trinke ich ziemlich viel.« Sie schenkte ihm ein mattes Lächeln.

»Das überrascht mich nicht. Was dir passiert ist, dürfte schwer zu ertragen sein.«

»Da bin ich sicher nicht die Einzige.«

»Nein, vermutlich nicht.«

»Und stell dir nur die arme Frau vor, die dachte, ihr Ehemann lebt. Dabei war er längst tot.«

»Ja, in der Tat.« Er reichte ihr ein Glas. »Gin Tonic, in Ordnung?«

»Wunderbar. Schön schwach, will ich hoffen. Ich habe mich gefragt, ob ich sie mal besuchen soll. Mrs Barlowe, meine ich, die Frau dieses anderen Manns. Denkst du, das wäre eine nette Geste?«

»Unbedingt. Ziemlich mutig von dir, würde ich sagen, aber sehr nett.«

»Nun, das bin ich ihr wohl schuldig. Irgendwie fühle ich mich für die Sache verantwortlich. Jack...«

»Ja?«

»Ach, egal.«

»Nein, nein, sprich. Es gibt offenbar etwas, das dir auf der Seele brennt.«

»Na ja, schon. Kein Riesenproblem, aber es beschäftigt mich. Ich dachte immer, das Rote Kreuz sei so gut darin, Familien über Kriegsgefangene zu informieren. Was denkst du?«

»Oh ja, sicher. Zumindest was Kriegsgefangene in Deutschland angeht. Die Deutschen haben sich ziemlich akribisch an die Genfer Konventionen gehalten. In Japan sieht das schon ganz anders aus.«

»Ja, natürlich. Aber meinst du nicht, dass uns Charles in all den Monaten in deutscher Kriegsgefangenschaft nicht irgendeine Nachricht hätte zukommen lassen können?«

»Nein, nicht notwendigerweise«, sagte Jack. »Bei den Bedingungen, unter denen er gefangen gehalten wurde, mit der ständigen Verlegung, einer Armee auf dem Rückzug und all diesen Kämpfen auf dem Marsch... Oh Gott, nein, das war ein verdammtes Chaos. Daran kann kein Zweifel bestehen, Grace.«

»Verstehe«, sagte Grace kleinlaut.

Florence stieß in dasselbe Horn wie Clarissa. »Du musst nicht bei ihm bleiben, wenn du ihn nicht liebst.«

»Na ja«, sagte Grace und vernahm selbst die bewusst kühle Note in ihrer Stimme, ihrer unvertrauten Stimme, »was ist schon Liebe, Florence? Werde ich in ein paar Jahren noch dasselbe für Ben empfinden wie jetzt, was meinst du? In fünf Jahren? Charles ist immer noch mein Ehemann, da muss ich doch wohl bei ihm bleiben. Schließlich hat er eine so schreckliche Zeit hinter sich.«

»Das hat er dir erzählt, nicht wahr?«

»Ja. Und das wird doch sicher auch stimmen, oder?«

»Ja«, sagte Florence. »Vermutlich.«

Als sie wieder heimfuhr, fühlte sie sich auf eigentümliche Weise besser. Vermutlich hatte es ihr einfach gutgetan, mit anderen Menschen zusammen zu sein. Charles holte sie vom Zug ab und gab ihr einen hilflosen Kuss auf die Wange. »Du siehst besser aus«, sagte er.

»Du auch«, sagte sie und musterte ihn. Tatsächlich hatte er seit seiner Rückkehr ein bisschen zugenommen, und auch sein Haar war schon etwas nachgewachsen.

»Ich dachte, wir könnten vielleicht essen gehen«, sagte er. »Bei Grosvenor, unserem alten Lieblingslokal.«

»Oh«, sagte sie überrascht. »Ja, das wäre schön.«

Das Essen war wirklich vorzüglich, nicht wie vor dem Krieg, aber ausgezeichnet zubereitet und mit einer erstaunlichen Auswahl an frischem Gemüse. Charles bestellte eine Flasche Wein. Er hatte einen guten Tag hinter sich und seine Rückkehr in die Kanzlei vorbereitet. »Der alte Jacob hat die Dinge schleifen lassen«, sagte er. »Kaum überraschend, aber jetzt ist er in den Ruhestand getreten. Ich kann es kaum erwarten, die Dinge in Angriff zu nehmen. Vater scheint sich auch darüber zu freuen. Also, auf uns«, fügte er hinzu, immer noch ziemlich befangen. »Auf Neuanfänge und so.«

»Charles, ich kann nicht …«

»Nein, ich weiß. Tut mir leid. Wir könnten ja auf die Vergangenheit trinken, auf alles, was wir mal hatten. Wäre das in Ordnung?«

»Ja, das wäre in Ordnung«, sagte sie und fühlte sich merkwürdig gerührt.

Bei ihrer Rückkehr war das Haus kalt. »Wir gehen besser gleich ins Bett«, sagte er.

»Ich kann dir noch ein heißes Getränk bringen, wenn du möchtest«, sagte sie.

»Das wäre nett, danke.«

Sie trat ins Gästezimmer. Er las und schaute auf. »Grace«, sagte er. »Ich bin … Na ja, es tut mir leid, wegen neulich nachts. Das war ein Fehler. Es wird nie wieder geschehen.«

»Es war ja auch zu verstehen«, sagte sie. »Wie du schon sagtest.«

Sie lag die ganze Nacht wach. Am nächsten Morgen war sie zu einem Entschluss gelangt. Sie schrieb Ben einen Brief.

KAPITEL 32

Sommer – Herbst 1945

Die Antwort traf fast unverzüglich ein, als wisse er, dass es getan werden müsse, und zwar schnell.

Meine wunderbare Grace,
es fällt mir äußerst schwer, mich für Deinen Brief zu bedanken, aber ich weiß, ich muss es tun. Es fällt mir auch schwer zu sagen, dass ich Dich verstehe, aber ich tue es. Vermutlich war mir klar, dass es darauf hinausläuft. Du bist zu ehrlich, zu loyal, um eine andere Entscheidung zu treffen. Ich wünschte nur, ich hätte ein bisschen mehr Zeit mit Dir gehabt. Es war so schön und zärtlich, und ich werde es nie vergessen, nie. Ich liebe Dich, Grace, und Deine Entscheidung kann daran nichts ändern. Vielleicht liebe ich Dich sogar noch mehr. Es muss so schwer für Dich sein. Ich glaube nicht, dass ich das schaffen würde.

Ich werde jetzt alles tun, um Dir zu helfen. Ich werde nicht zu Deinem Haus kommen und Dich zu sehen versuchen. Es ist wunderbar von Deinen Eltern, dass sie die Jungen nehmen. Ich habe mit meinem Vorgesetzten gesprochen, und er hat mir eine Unterkunft hier in der Nähe in Aussicht gestellt. Für die beiden wird es bestimmt schwer, aber wir wären sowieso weggezogen, und so sind wir drei wenigstens zusammen. Ich bin mir sicher, dass wir uns irgendwie arrangieren.

*So schlecht geht es mir im Moment gar nicht. Ich weiß aber,
dass das noch kommen wird. Ich warte darauf, wie man darauf wartet, dass eine Brandwunde zu schmerzen beginnt.
Im Moment scheinst Du noch bei mir zu sein, und das hilft
mir durchzuhalten. Ich sehe Dich vor mir, höre Dich, spüre
Dich.*

*Die Liebe zu Dir ist etwas Gewaltiges in meinem Leben,
und das nun schon seit langer Zeit. Es wird sonderbar sein,
ohne Dich zu sein. Als hätte ich ein Bein verloren, das ich aber
immer noch spüre. Ich verbringe viel Zeit damit, mich einfach
nur zu erinnern: an Dinge, die wir gesagt haben, an den ersten Kuss am Morgen des ersten Weihnachtstags, an den Tag,
als mir aufging, dass Du schwanger bist, an den Tag, als ich
im Krankenhaus aufwachte und Du an meinem Bett saßt, die
Blumen im Schoß. Ich dachte, ich träume.*

*Um das Baby tut es mir entsetzlich leid. Du warst so tap-
fer. Ich war bei Dir und habe Dich angeschaut und wusste,
dass ich niemals so mutig wäre wie Du.*

*Sag Sir Clifford, dass er an meiner statt auf Dich aufpas-
sen soll. Ich werde ihn sehr vermissen, und die Jungen werden
das auch. Er war uns wirklich ein guter Freund. Mir hilft es
zu wissen, dass wenigstens er da ist.*

*Ich kann es kaum ertragen, diesen Brief zu beenden. Das
ist, als würde ich zum letzten Mal meine Arme nach Dir
ausstrecken. Gott sei Dank habe ich es nicht gewusst, als ich
das tat.*

*Ich liebe Dich, Grace. Danke für alles. Danke dafür, dass
Du Du selbst bist.*

Ben

Wie Charles es aufnehmen würde, war ihr nicht ganz klar.
Vermutlich verspürte sie einen winzigen Fetzen Hoffnung,

dass er sagen würde, er wolle sie gar nicht zurück, es würde ohnehin nicht funktionieren, ein klarer Bruch sei das Beste, das habe er jetzt entschieden. Wahrscheinlicher und auch angemessener schien ihr, dass er erklären würde, wie glücklich sie ihn mache und dass er alles daransetzen werde, sie ebenfalls glücklich zu machen. Was sie nicht erwartet hatte, war, dass er einfach kurz nickte und sie flüchtig auf die Stirn küsste.

»Gut«, sagte er und zog sich in seinen Sessel zurück, als sie nach dem Abendessen im Salon saßen. »Gut.«

Nachts weinte sie sich in den Schlaf, das Gesicht ins Kopfkissen gedrückt, um das Geräusch zu dämpfen.

»Ich möchte ein paar Dinge am Haus machen lassen«, sagte er.

»Was für Dinge?«

»Oh… vor allem in der Küche. Die sieht furchtbar heruntergekommen aus. Ich würde gern den alten Wasserkessel herausholen, das hatte ich immer schon vor, und einen neuen einbauen, einen Aga-Boiler vermutlich. Dann müssen diese Regale runter und Schränke eingebaut werden. Und falls wir Stoff bekommen – was, wie ich weiß, schwierig ist –, dann könnten wir die Sofas und Sessel im Salon neu beziehen lassen, was meinst du? Das sieht alles so schäbig aus.«

»Ist mir gar nicht aufgefallen«, sagte sie matt und musste an all das Glück denken, das sie mit diesem schäbigen Raum verband, mit diesen schäbigen Sofas.

»Tja, mein Schatz, du lebst eben schon zu lange hier. Und wo wir schon beim Thema sind, Grace, ich bin wirklich der Meinung, dass diese Hunde raussollten. Am besten in einen Zwinger, mindestens aber in den Schuppen. Es ist doch absurd, dass sie in der Küche leben.«

Mr Blackstone wurde bestellt, um den Garten umzugestalten. Die Fußballpfosten wurden entfernt und auf den Rasenflächen neue Beete angelegt. Endlich sollte auch der Tennisplatz gebaut werden. Flossie wurde an Mr Dunn verkauft. Grace, die niemals gedacht hätte, dass sie eine emotionale Beziehung zu Flossie hatte, vergoss Tränen, als die Ziege in Mr Dunns Anhänger davonfuhr.

Immerhin blieben die Hunde in der Küche.

»Charles«, sagte Grace, »fändest du es nicht schön, wenn wir Kontakt zu Mrs Barlowe aufnehmen würden? Für sie muss das doch alles unglaublich schrecklich sein, und du könntest ihr wenigstens ein bisschen von dem erzählen, was passiert ist.«

»Oh, sie wird mittlerweile einen vollständigen Bericht erhalten haben, da bin ich mir sicher«, sagte er. »Ich weiß auch gar nicht, ob es eine gute Idee ist, die Dinge wachzuhalten und immer wieder in der Vergangenheit zu wühlen.«

»Aber sie kann gar keinen vollständigen Bericht haben, da niemand weiß, was genau passiert ist! Nicht einmal du. Ganz bestimmt würde sie es aber gern von dir hören, da du schließlich die letzte Person bist, die ...«

»Grace«, sagte Charles, »das ist genau der Punkt. Nicht einmal ich weiß, was passiert ist. Ich persönlich denke nicht, dass es hilfreich wäre, wenn ich plötzlich dort auftauche. Tatsächlich halte ich das sogar eher für belastend. Könnten wir jetzt bitte das Thema wechseln?«

***

Sandra Meredith war einkaufen, als Corporal Meredith nach Hause kam. Das geschah oft: Männer kehrten heim und erwarteten, wie ein Held empfangen zu werden, fanden aber nur ein leeres Haus vor. Anders als die meisten anderen war Corporal Meredith aber nicht enttäuscht. Die Informationen über seine Entlassung aus dem Militärdienst waren denkbar vage gewesen, außerdem hatten sie kein Telefon und ihre Mutter oder ihre Freunde auch nicht. Und da seine Frau keine telepathischen Kräfte besaß, wäre es unvernünftig gewesen, fest mit ihrer Anwesenheit zu rechnen.

Als sie dann kam, erschöpft, mit schweren Taschen bepackt, eine quengelnde Deirdre, die sich im Co-op in die Hose gepinkelt hatte, hinter sich herschleifend, war das Teewasser aufgesetzt und der Tisch gedeckt, während Brian dasaß und den *Daily Mirror* las, als wäre er nie weg gewesen.

»Oh Gott«, rief sie, »oh mein Gott.«

»Nein«, sagte Brian mit einem fröhlichen Lächeln, »nur Brian. Dein Ehemann. Hallo, Sandra.«

Sandra ließ alle Taschen fallen und stürzte sich in seine Arme.

»Wer ist der Mann?«, fragte Deirdre, misstrauisch und eifersüchtig.

»Das ist dein Dad, Deirdre«, sagte Sandra, gleichzeitig lachend und weinend. »Dein Dad. Den du noch nie gesehen hast.«

Sehr viel später, als sie äußerst widerwillig das Bett verließ, um nach Deirdre zu schauen und für sie beide eine stärkende Tasse Tee zu kochen, sagte sie: »Was ist das eigentlich für ein Ring, Brian? Bei deinen Sachen.«

»Oh«, sagte er, »ich bin über einen armen Kerl gestolpert, der dran glauben musste. Vermutlich bei einem Fluchtversuch gestorben. Ich dachte, seine Frau würde sich darüber freuen, sollte ich je nach Hause kommen, also habe ich ihn an mich genommen. Das hätte ich natürlich nicht tun dürfen, aber na ja, es hat ja keiner gesehen. Ich dachte, ich versuche, sie ausfindig zu machen und ihn ihr zu schicken. Zu gegebener Zeit.«

»Wie willst du sie denn ausfindig machen?«

»Ich hab ja seinen Namen. Durch das Kriegsministerium. Er war bei den Kanonieren.«

»Du bist wirklich ein süßer Gauner.« Sandra schenkte ihm ein Lächeln.

»Ein Gauner nicht gerade, halten Sie Ihre Zunge im Zaum, Mrs Meredith. Kommst du jetzt aus freien Stücken ins Bett zurück, oder muss ich kommen und dich packen?«

***

»Wie reizend«, sagte Charles. »Wie überaus reizend.«

»Was denn?«

»Die Darby-Smiths haben uns zum Dinner eingeladen. Großes Fest, Abendgarderobe. Sie feiern Normans Rückkehr und Dianas Geburtstag. Das wird ein Heidenspaß, nicht wahr?«

»Ja«, sagte Grace.

»Diana habe ich immer gemocht. Ziemlich hübsch und sehr forsch. Hast du sie oft gesehen, als ich nicht da war, mein Schatz?«

»Nein«, sagte Grace. »Nie.«

Sie hatte vorgeschlagen, dass Charles wieder ins Schlafzimmer zog. Es gab keine denkbaren Gründe, es noch länger hinauszuzögern, und so war es geschehen. Je schneller sie über diese besondere Hürde hinwegkam, desto besser. Sie fuhr in die Klinik für Geburtenplanung und ließ ihr Pessar kontrollieren. Ein junger Arzt verschrieb ihr ein neues und erklärte, dass sie von Glück sagen könne, dass sie noch nicht schwanger geworden sei.

»Wirklich?«, sagte Grace.

»Es ist schon etwas altersschwach«, sagte der Arzt lächelnd, obwohl er müde wirkte, ja regelrecht ausgelaugt. »Mrs Bennett, ist alles in Ordnung? Hier, wischen Sie sich damit die Augen ab. Gibt es ein Problem, über das Sie gern reden würden?«

»Nein«, sagte Grace. »Nein, alles bestens, danke.«

Sie teilte Charles mit, dass sie nicht einmal über Kinder nachdenken wolle, für eine lange Zeit nicht.

»Das ist in Ordnung, mein Schatz. Das verstehe ich. Vielleicht nächstes Jahr...«

»Vielleicht«, sagte Grace.

Charles weigerte sich hartnäckig, über den Krieg zu reden; wenn er mit ihr darüber sprach, dann nur in absolut allgemeinen Bemerkungen. Er war angespannt und verschlossen – vermutlich war das einfach seine Art und Weise, damit klarzukommen. Sie wusste, dass er entsetzlich gelitten haben musste. Oft war er mürrisch und schweigsam, wo er früher munter gewesen war, und seine Laune sank in den Keller, wo er früher nur gereizt gewesen wäre. Häufig verfiel er unvermittelt in depressive Stimmungen, außerdem litt er abwechselnd unter Schlaflosigkeit und Albträumen. All das verstand sie, und es tat ihr auch leid, aber sie wünschte trotzdem, er würde sie an seinen Erlebnissen teilhaben lassen, würde darüber sprechen, würde offenbaren, was er mit sich herumschleppte. Aber er tat es nicht. Und während andere Männer am Esstisch Geschichten erzählten und Erfahrungen austauschten, über Schlachten und Gefahren und Gefangenschaften und Fluchten (allesamt für die Gelegenheit und das Publikum aufbereitet und vom Schlimmsten gereinigt), saß er schweigend, ja fast melancho-

lisch dabei und ließ sich nur gelegentlich ein paar Brocken aus
der Nase ziehen.

Sex mit Charles war jetzt eine Qual. Sie kam nie zum Höhepunkt und wollte es auch nicht. Das wäre ihr wie die endgültige Treulosigkeit vorgekommen, der äußerste Betrug an Ben.
Außerdem hätte sie es auch gar nicht vermocht. Die selbstver-
ständliche, mechanische Reaktion, zu der sie früher fähig war,
blieb einfach aus. Sie spielte ihm etwas vor, um ihn glücklich
zu machen, aber ihr Geist blieb unbeteiligt.

***

Angela Barlowe fürchtete, einen Zusammenbruch zu erleiden. Sie hatte sich immer für eine starke, vernünftige Person
gehalten, und als solche hatte sie sich im Krieg auch bewie-
sen, hatte sich um ihren großen Haushalt gekümmert, um ihre
verwitwete Mutter und ihre vier Kinder, und im Krankenhaus
in Cirencester ehrenamtliche Arbeit geleistet. Immer war sie
ruhig und optimistisch geblieben, selbst als sie hörte, dass ihr
Mann, Lieutenant-Colonel Barlowe, Anfang 1944 in Italien in
Gefangenschaft geraten war. Aber das lange Warten am Ende
des Kriegs, zunächst hoffnungsvoll, dann zunehmend besorgt,
und dann der behutsam bedauernde Brief des Kriegsministe-
riums – in dem es hieß, dass man sie nicht eher habe informieren können, weil es eine höchst bedauerliche Verwechslung
mit einem anderen Offizier gegeben habe, dass aber jetzt ohne
jeden Zweifel feststehe, dass ihr Mann bei dem Versuch der
Flucht aus einem Konvoi in Italien getötet worden sei – hatten sie fast aus der Bahn geworfen. Verbitterung lag ihr fern,
zumal sie eine gläubige Christin war und großes Vertrauen in
die Gerechtigkeit von Gottes Willen hatte, aber was sie doch

zutiefst verstörte, war die magere Ausbeute an brauchbaren Informationen. Sie versuchte sich damit abzufinden, aber die nagenden Fragen, wie genau ihr geliebter Colin gestorben war und wie sehr er gelitten hatte, verfolgten sie bis in die Träume und störten ihre Tage.

Wenn sie nicht auf eigene Faust ein paar Ermittlungen anstellen würde, das wurde ihr irgendwann klar, dann würde sie still und leise – oder mit einem lauten Knall – verrückt werden.

***

Florence und Giles hatten in aller Stille auf dem Standesamt geheiratet. Er bekam das Angebot, in einer Revue im West End Klavier zu spielen und zu singen. Florence, die vor Stolz fast platzte, lud sie alle zu der Vorstellung ein.

»Ihr könnt hier wohnen«, schrieb sie an Grace. »Es wäre wunderbar, euch zu sehen. Clarissa und Jack kommen auch, und Mutter und Daddy habe ich ebenfalls gefragt. Alles andere, wenn es so weit ist. Grüß Charles herzlich von mir.«

»Gütiger Gott«, sagte Charles, »müssen wir da wirklich hin? Ich hasse solche Shows, und wenn er sich als Stümper erweist, ist das nur peinlich.«

»Ja, müssen wir«, sagte Grace. »Wenn ich zu den Darby-Smiths gehen kann, dann kannst du auch zur Premiere deines Schwagers gehen.«

Florence und Giles hatten ein äußerst hübsches Haus in einer Seitenstraße der Walton Street gekauft. »Gefällt es dir?«, fragte Florence und küsste Grace, als sie kurz nach dem Lunch eintrafen. »Ich freue mich so, dich zu sehen, Grace! Aber du siehst zum Davonlaufen aus.«

»Danke«, sagte Grace lachend. »Du änderst dich auch nie, Florence, stimmt's?«

Charles und Clifford waren in der Stadt, da sie schauen wollten, was vom Londoner Büro übrig geblieben war. Grace und Florence saßen im Gärtchen und warteten darauf, dass die junge Nanny Imogen von der Schule zurückbrachte.

»An der Nanny-Front musste ich einlenken«, gestand Florence. »Das würde ich nicht allein schaffen, nicht in Anbetracht meiner jüngsten Pläne.«

»Was sind denn deine jüngsten Pläne?«

»Politik. Lach nicht!«

»Ich wollte gar nicht lachen«, sagte Grace.

»Aber du hattest dieses verhaltene Lächeln im Gesicht«, sagte Florence. »Na egal. Ja, ich werde mich in die Lokalpolitik stürzen und dann mal schauen. Ich weiß, dass das kein Zuckerschlecken ist, da mache ich mir keine Illusionen. Sicher habe ich aber Talent dafür und kann etwas Sinnvolles tun. Der Partei stehen nämlich echte Kämpfe ins Haus, um wieder an die Macht zu gelangen. Schwer zu begreifen, dass man Churchill nach allem, was er für dieses Land getan hat, abserviert hat. Eine Schufterei wird das, hartnäckiges Klinkenputzen, aber ich kann es kaum erwarten.«

»Das klingt wunderbar«, sagte Grace sehnsüchtig.

»Und was ist mit dir?«

»Oh… es ist alles noch so frisch. Ich… wir richten uns noch im Leben ein. Denke ich.«

»Du siehst nicht so aus, als würdest du dich irgendwo einrichten«, sagte Florence.

»Darüber möchte ich nicht reden«, sagte Grace.

Clarissa und Jack stießen im Theater zu ihnen. Clarissa sah umwerfend aus, in ihrem schwarzen Samtkleid mit den sanft

gerundeten Schultern und nur der Andeutung eines Rocks.
Florence hingegen trug ein äußerst schickes hellgrünes Wollkleid mit Wickelmieder und einem wundervoll dramatischen Fuchscape aus Vorkriegszeiten, komplett mit Kopf und
Schwanz. Grace war sich schmerzlich bewusst, dass sie wie
die arme Verwandte vom Land aussah, in ihrem alten dun-
kelblauen Kreppkleid und dem Wollmantel. Das Unbehagen
verging ihr, als sie sah, wie die Leute Jack anstarrten und er
entschieden und fröhlich zurücklächelte. Man hätte meinen
können, es mache ihm nichts aus – bis sie sah, dass er in den
Taschen seiner Smokingjacke die Fäuste ballte.

Die Show war nichts Besonderes, aber Giles war überragend.
Sein Charme und sein Talent machten vieles wett. Wenn er
auf der Bühne stand, wirkten die Musik kunstvoller, die Texte
weniger banal und die anderen Schauspieler begabter.

Nach der Show nahmen sie in seinem Ankleidezimmer
einen Drink zu sich und kehrten dann in die Walton Street
zurück.

»Das war wunderbar«, sagte Clarissa. »Was für ein Glanz in
unserem tristen Leben, Giles.«

»Du kennst mich doch«, sagte er leichthin, »ein einziger
langer Rausch.« Er war sehr betrunken, und Grace wurde
plötzlich nervös.

»Ach, Clarissa, wirklich!«, sagte Clifford lachend. »Die Fantasie der ganzen Welt würde nicht reichen, um dein Leben als
trist zu bezeichnen.«

»Hast du eine Ahnung!«, sagte Clarissa. »Heute haben May
und ich den ganzen Tag damit verbracht, die Wände von dem
Saustall abzuschrubben, den wir unser Büro nennen. Das war
es allerdings wert. Es wird wunderbar.«

»Wer ist denn May?«, fragte Charles.

732

»Meine Geschäftspartnerin. Auch eine Wren. Wir haben den ganzen Krieg zusammen durchgemacht. Daher auch der Name unserer Agentur: Marissa. Kapiert?«

»Ja, danke«, sagte er knapp. »Dafür reicht's gerade noch.«

»Außerdem hat sie Giles und mich wieder zusammengebracht, vergiss das nicht«, sagte Florence. »Wir hätten sie heute einladen sollen, Clarissa, das wäre doch schön gewesen.«

»Ein andermal«, sagte Clarissa schnell – ein bisschen zu schnell, dachte Grace, die sie im Blick behielt.

»Ich komme immer noch nicht darüber hinweg«, sagte Florence und schüttelte sich, »wie leicht wir uns hätten verpassen können.«

»Nein, hätten wir nicht«, sagte Giles. »Denkst du wirklich, ich hätte dich in Ruhe gelassen? Und es nicht wenigstens noch einmal versucht?«

»Ich finde es immer noch unglaublich«, sagte Florence, »dass May dir einfach so über den Weg gelaufen ist und sich sogar an deinen Namen erinnern konnte. Und dass sie auf die Idee kam, Clarissa anzurufen.«

»Moment mal«, sagte Charles und runzelte die Stirn, »jetzt habt ihr mich aber abgehängt. Was ist denn passiert?«

»Ach, das war nur einer dieser merkwürdigen Zufälle«, antwortete Giles. »Ich habe in Dartmouth angelegt und bin dann in einem Pub May Potter begegnet. Wir gerieten ins Plaudern...«

»Und Giles ist tatsächlich eine Plaudertasche!«, sagte Florence zärtlich. »Wie eine Frau ist er, wie Clarissa.«

»Das behaupten viele«, ging Giles dazwischen. »Dass wir wie Bruder und Schwester sind.«

Ein unbehagliches Schweigen entstand, dann sagte Florence ziemlich langsam: »So viele können es gar nicht behauptet haben, Giles. So viele Leute haben euch noch gar nicht zusammen erlebt.«

Wieder Schweigen, dann erhob sich Grace' Stimme, klar und deutlich. »Ich habe es zum Beispiel gesagt«, erklärte sie, »im selben Moment, als ich Giles kennen lernte, weißt du noch? Ich konnte es kaum fassen. Ihr seht euch sogar ähnlich. Und« – sie schaute zu Clifford hinüber, der in seinen Whisky starrte, schon halb eingeschlafen – »Clifford hat es auch gesagt, nicht wahr, Clifford?«

»Was hast du gesagt, mein Schatz?«, antwortete er erwartungsgemäß. »Ach so, ja, natürlich habe ich das.«

»Moo, meine Liebe«, sagte Clarissa, erstaunt über Grace' Geistesgegenwart, »du solltest den alten Schatz ins Bett bringen. Es ist unbeschreiblich niedlich, wie er da sitzt, aber wenn er jetzt nicht geht, werden wir ihn tragen müssen, und dazu ist niemand mehr nüchtern genug. Ich bin auch furchtbar müde, daher sollten wir uns ebenfalls auf den Weg machen, Jack. Giles, Schätzchen, es war wundervoll. Danke noch einmal, dass du uns dazugebeten hast. Darf ich dir einen Kuss geben?«

Aber Grace, die beobachtete, wie Florence Clarissa beobachtete, wusste, dass etwas Dunkles hereingebrochen war – ein Schatten auf Florence' Glück.

Als sich Grace später in der Küche ein Glas Wasser einschenkte, kam Florence herein. Sie wirkte müde und blass.

»Grace«, sagte sie, »darf ich dich etwas fragen?«

»Natürlich. Aber ich bin furchtbar müde, sodass ich vielleicht nicht viel Sinnvolles hervorbringe.«

»Komm mir nicht so, Grace. Du sagst immer nur sinnvolle Dinge«, erwiderte Florence. Ihre Stimme klang schwer. »Deshalb möchte ich ja auch mit dir reden.«

»Dann schieß los.«

»Es gibt da etwas... Na ja, ich denke, es könnte etwas zwischen Giles und Clarissa sein. Ich habe immer gedacht, ich bilde mir das nur ein. Aber sie sind irgendwie... komisch, wenn sie zusammen sind. Und dann das, was er heute Abend gesagt hat: dass so viele behaupten, sie seien sich so ähnlich. Ich meine, das ist doch komisch, oder? May kennt seinen Namen, obwohl sie ihm nie zuvor begegnet ist? Natürlich hätten sie sich da unten gut über den Weg laufen können. Was meinst du, Grace? Denn das könnte ich, glaube ich, nicht ertragen. Wirklich nicht. Ich muss Menschen trauen können, das ist für mich das Wichtigste. Ehrlichkeit.«

»Ich weiß«, sagte Grace, die unter Florence' Ehrlichkeit hinlänglich gelitten hatte. »Aber...«

»Die Sache ist die, Grace: Dir traue ich. Ich glaube, dass du auch ehrlich bist. Und du siehst die Dinge, wie sie sind. Wenn du also irgendetwas weißt, egal was...«

Grace schauderte es. Wo hatte sie diesen Satz schon einmal gehört? Ja klar, von Roberts Lippen, als er sie dazu bringen wollte, ihm zu verraten, wo Florence war. Dieser böse, ekelhafte Robert, der Florence ins Elend gestürzt hatte. Aber jetzt war sie glücklich, so unglaublich glücklich. Grace begriff, dass sie die Macht hatte, sie außerordentlich unglücklich zu machen, und dass sie sie nur mit einer Lüge, einer brutalen Lüge, davor bewahren konnte. Es stimmte, was Florence gesagt hatte: Sie war eine grundehrliche Person. Sonst wäre sie vermutlich noch mit Ben zusammen. Betrug und Falschheit waren ihr zuwider; sie musste den Menschen vertrauen können. Außerdem fehlte ihr die Begabung, eine falsche Fassade aufrechtzuerhalten. Wann auch immer sie log, es fiel immer auf sie zurück.

»Grace!«, sagte Florence. »Grace, du weißt etwas, nicht wahr? Du musst es mir erzählen.«

Schweigen. Dann sagte Grace: »Nein, Florence, natürlich

weiß ich nichts. Das ist doch albern. Ich bin an jenem Morgen ans Telefon gegangen. May wollte mit Clarissa sprechen, aber Clarissa war noch nicht da, daher habe ich die Nachricht entgegengenommen. Es kann kein Zweifel daran bestehen, dass Giles und sie sich gerade erst kennen gelernt hatten. Sie hat sich ständig über diesen Zufall ausgelassen und mich sogar gefragt, ob ich seinen Namen kenne, um sich abzusichern. Das war's. Hör auf, dir das Leben schwer zu machen. Freu dich über Giles und über das, was ihr habt.«

Noch während sie sprach, hatte sie plötzlich einen Kloß im Hals, weil sie an Ben denken musste und an alles, was sie selbst nicht hatte. Verzweifelt kämpfte sie gegen die Tränen an, aber es war zwecklos: Die doppelte Anspannung des Abends und die Lüge, die sie soeben erzählt hatte, überwältigten sie.

»Oh Gott«, sagte Florence. »Nein, Grace, nicht doch! Es tut mir leid. Komm, ich hole dir einen Drink. Hier bitte, ein Taschentuch. Oje, es tut mir so leid.«

»Gib mir besser keinen Drink«, sagte Grace, und ihre Stimme brach. »Das letzte Mal habe ich die ganze Nacht gekotzt.«

»In der Tat. Wie wär's dann mit einem Tee? Oh Gott, meine Liebe …«

»Mach dir keine Sorgen«, sagte Grace. »Das gibt sich schon wieder. Ich sollte besser hochgehen, sonst ist Charles sauer … Oh Gott, ich glaube nicht, dass ich ihn jetzt sehen kann.«

»Weißt du was?«, sagte Florence. »Nimm ein Bad. Im Bad vom Kinderzimmer. Da oben kannst du auch schlafen. Es gibt dort einen winzigen Raum mit einem Bett. Ich sage Charles, dass du schreckliche Kopfschmerzen hast, dann lässt er dich in Ruhe. Auf mich wird er hören.«

»Aber Florence«, sagte Grace, die sehnsüchtig an den winzigen Raum und das Bett für sich allein dachte, und lächelte durch ihre Tränen hindurch, »das wäre doch gelogen.«

»Ich weiß«, sagte Florence, »aber selbst ich lüge gelegentlich. Oh Grace, ich danke dir so sehr, dass du mit mir geredet hast. Du hast keine Ahnung, wie viel besser es mir jetzt geht.«

»Gut«, sagte Grace.

Als sie in dem schmalen Bett lag, dachte sie darüber nach, was sie getan hatte. Sie hatte gelogen – mit erschreckender Kaltblütigkeit, und zwar gleich zweimal – und hatte die Kontrolle über die Situation übernommen, hatte eine Entscheidung getroffen. Gleich morgen früh würde sie Clarissa und Giles über ihre Lüge informieren müssen. Und beten müssen, dass Florence nicht weiter nachbohrte. Das passte alles gar nicht zu ihr. Oder vielleicht doch? Die Veränderungen, die sie in den letzten Jahren durchgemacht hatte, waren umwälzend. Letztlich wusste sie nicht mehr, wer sie eigentlich war. Und noch weniger, wer sie sein sollte.

Beim Frühstück war Charles schweigsam. Er war sauer, dass sie nicht bei ihm geschlafen hatte, und litt unter einem üblen Kater. Florence und Giles hingegen wirkten sehr glücklich, lächelten sich über den Tisch hinweg an und griffen immer wieder nach der Hand des anderen. Charles' Laune schien dadurch nicht besser zu werden.

»Was ist eigentlich mit deiner Musik, Grace?«, fragte Giles plötzlich. »Wenn ich mich recht entsinne, hast du mir mal erzählt, dass du eine Ausbildung zur Musiklehrerin machen willst.«

»Das war vor meiner Rückkehr«, sagte Charles. »Jetzt wird sie keine Zeit mehr dafür haben, da…«

»Ja, Giles«, sagte Grace, als hätte sie Charles nicht gehört, »das habe ich vor. Ich habe mich sogar schon beworben. Jetzt warte ich nur noch auf Informationen, was das alles beinhaltet. Aber es gibt eine gute Musikhochschule in Salisbury, die vielleicht genau das Richtige für mich ist.«

»Großartig«, sagte Giles. »Ein solches Talent darf man doch nicht vergeuden, oder, Charles?«

»Ja, vermutlich«, sagte Charles.

KAPITEL 33

Winter – Frühjahr 1945–46

»Was haltet ihr davon, wenn wir nach Australien gehen?«, fragte Ben.
»Nach Australien? Super«, sagte Daniel.
»Weiß nicht«, sagte David. »Wieso denn Australien?«
Wieso Australien?
Weil das ein Neuanfang wäre. Weil es so weit weg von Grace wäre, dass sie zu einem unmöglichen Traum würde. Weil dort nicht die geringste Chance bestünde, ihr zufällig über den Weg zu laufen. Weil er nachts nicht wach liegen und gegen die fast unwiderstehliche Versuchung ankämpfen müsste, nach Mill House zu fahren und sie zu sehen. Weil es ein junges Land war und die gesellschaftliche Herkunft nicht von Belang; dort würde man ihn einfach für das schätzen, was er war und konnte.

***

Grace erkannte Daniels Handschrift sofort. Sie steckte den Brief schnell in die Tasche, bis Charles in die Kanzlei aufgebrochen war.

Dann las sie ihn mehrfach, und nachdem sie lange darüber nachgedacht hatte, schrieb sie zurück und bat die Jungen um ein Treffen im Bear in Salisbury.

»Heute komme ich vielleicht ein bisschen später«, sagte sie zu Charles. »Ich habe noch eine Sonderveranstaltung.«

Er sah sie seufzend an. »Ich hoffe, das passiert nicht allzu oft«, sagte er. »Als ich zugestimmt habe, dass du diese Ausbildung machst, hast du mir versprochen, dass sie unser gemeinsames Leben nicht beeinträchtigt.«

»Das ist doch albern«, sagt Grace. »Vielleicht nehme ich den Bus um halb sieben statt um sechs. Ich sehe nicht, inwiefern das größere Auswirkungen auf unsere Ehe haben sollte. Und wenn, dann hätten wir ein grundsätzliches Problem. Wenn du mir allerdings einen Wagen zugestehen würdest...«

»Grace, wir können uns im Moment nicht zwei Wagen leisten«, sagte Charles, »das habe ich dir doch schon einmal erklärt. Wenn die Kanzlei wieder floriert, dann vielleicht.«

Grace sagte nichts. Ihr war klar, dass es nichts mit den Finanzen zu tun hatte. Er wollte ihr einfach nicht die Freiheit zugestehen, die mit einem eigenen Wagen verbunden war. Er hatte keine Ahnung, dass sie nie eine richtige Fahrstunde genossen und sich das Fahren während des Kriegs praktisch selbst beigebracht hatte. Diese Eröffnung sparte sie sich für einen Moment auf, in dem sie ihn so richtig schockieren wollte. Charles zu schockieren war eines der wenigen Vergnügen, die ihr in ihrer Beziehung noch geblieben waren.

Sie hatte für beide Jungen Geschenke gekauft: ein Set Bahnschienen für Daniel und eine gebrauchte Kamera für David. Für Daniel hatte sie auch noch ein Foto rahmen lassen, von Flossie und Charlotte auf der Weide.

Sechs Monate hatte sie die beiden nun nicht mehr gesehen. Als sie auf sie wartete, pochte ihr Herz so wild, als würde sie sich mit Ben treffen.

Nun traten sie in die Lounge des Bear, leicht nervös. David

gab sich weltmännisch und pfiff vor sich hin, die Hände in den Taschen. Sie stand auf und rief sie.

Daniel stürzte in ihre Arme. »Wir haben dich so sehr vermisst!«

»Ich habe euch auch vermisst. Unendlich. Hallo, David.«

»Hallo«, sagte er und schüttelte ernst ihre Hand.

»David«, sagte Grace lächelnd, »du bist groß geworden. Wie läuft's in der Schule?«

»Gut, danke.«

»Zweites Jahr schon.«

»Ja.«

Zunächst war die Stimmung etwas befangen, aber sobald sie sich im Speisezimmer zum Tee niederließen, entspannten sich die Jungen und plapperten munter drauf los: David spiele jetzt in der Fußballmannschaft für die unter Vierzehnjährigen; Daniel habe einen Hamster; sie würden bald wieder umziehen, in ein Haus ziemlich in der Nähe; ihr Dad verlasse die Armee und habe vorerst Arbeit in einer Fabrik gefunden.

»Er hat gesagt, wir sollen dir sagen, dass es ihm gut geht«, erklärte Daniel zaghaft. »Das ist alles. Und er möchte wissen, wie es dir geht.«

»Sagt ihm, dass es mir auch gut geht. In Ordnung?«

»Ja.« Er lächelte sie an.

Nach dem Tee gingen sie wieder in die Lounge.

»Ich werde mich dieses Jahr auch für ein Schulstipendium bewerben«, sagte Daniel, der neben ihr saß und sich an sie schmiegte, obwohl er schon ein großer Junge war.

»Ich weiß. Denkst du, du wirst es schaffen?«

»Keine Ahnung«, sagte er.

»Nein«, sagte David, und Daniel knuffte ihn.

»Du wirst sowieso nicht auf die Schule gehen, wenn wir nach Australien ziehen.«

»Australien?«, sagte Grace. Der Schock war so gewaltig, dass sie Angst hatte, in Ohnmacht zu fallen. »Ihr geht nach Australien?«

»Vielleicht. Das war Dads Idee. Wir wollen das nicht.«

»Ich schon«, sagte Daniel. »Außer dass ich dich dann nicht mehr sehen kann.«

Sie brachte die beiden zum Bus. Daniel überschlug sich vor Begeisterung, als er das Foto sah. »Das werde ich immer überall mit hinnehmen. Sogar nach Australien. Besonders nach Australien.«

Als sie auf ihren eigenen Bus wartete, fuhr Charles mit seinem Wagen vor. Er hupte und lehnte sich hinüber, um ihr die Tür aufzumachen.

»Hallo«, sagte sie.

Er schwieg. Dann sagte er: »Was zum Teufel soll das?«

»Was meinst du damit?«

»Diese Jungen zu treffen. Ich habe gesehen, wie du sie zum Bus gebracht hast. Ohne mir etwas davon zu erzählen. Ohne mich zu fragen.«

»Charles!«

»Ich meine es ernst. Hast du ihren Vater auch gesehen? Ja?«

»Nein!«, sagte sie, fast belustigt über seine Wut. »Nein, natürlich nicht. Ich werde ihn nie wiedersehen, das habe ich dir doch versprochen.«

»Was auch immer das heißen mag«, sagte er.

»Charles, hör auf. Das ist unverschämt.«

»Warum wolltest du sie sehen? Warum, um Himmels willen?«

»Weil ich sie vermisse. Ich liebe die beiden, und …«

»Du liebst sie?«, sagte er, und seine Stimme klang höhnisch. »Du liebst zwei kleine Gassenjungen? Aus dem East End? Du …«

»Halt an«, sagte sie mit zitternder Stimme. »Halt sofort an. Oder ich springe aus dem Wagen.«

»Nein.«

»Charles…« Sie legte die Hand an den Türgriff. Er schaute sie an und kam mit quietschenden Bremsen zum Stehen.

»Tu das nie wieder«, sagte sie. »Rede nie wieder so über diese Jungen. Hast du mich verstanden? Sie waren für sehr lange Zeit das Einzige, was ich hatte. Ich habe sie unglaublich gern gehabt. Und ich habe sie immer noch gern.«

Es herrschte Schweigen. Irgendwann sagte er: »Ich begreife nicht, wieso du nicht siehst, was mich so daran empört. Du kannst jetzt aussteigen, wenn du möchtest.«

Sie zögerte, dann sagte sie schließlich: »Nein, ist in Ordnung. Ich bleibe. Lass uns heimfahren.«

Als sie am Mill House eintrafen, hatten die Schuldgefühle sie schon wieder fest im Griff.

Charles hatte versucht, ihr den Musikunterricht auszureden. Immer wieder fing er damit an, dass ihm das nicht gefalle. Wenn sie schon unterrichten müsse, dann doch lieber an St. Edwin, der Privatschule in Westhorne. Grace erklärte bestimmt, dass sie nicht vorhabe, ihre Zeit an Kinder zu verschwenden, in deren Leben Musik bereits eine große Rolle spiele. Sie würde Miss Merton so lange unterstützen, wie die sie brauche.

Als sie eines Tages aufbrechen wollte, sagte Miss Merton: »Ich mache mir etwas Sorgen um Elspeth Dunn.«

»Warum?«, fragte Grace.

»Wissen Sie, dass sie das Stipendium nicht bekommen hat?«

»Ja. Ich war etwas überrascht, weil…«

»Ich nicht«, sagte Miss Merton. »Für sie gibt es nichts als

Musik. Sie kann nicht richtig lesen und beherrscht nicht einmal das Einmaleins. Jetzt ist sie auf der Secondary Modern, und wie ich hörte, ist sie sehr unglücklich dort. Ich dachte, wenn sie vielleicht wenigstens den Musikunterricht fortführen könnte ...«

»Natürlich«, sagte Grace. »Ich werde sie mal besuchen.«

Elspeth war gerade nach Hause gekommen, als sie eintraf, und deckte den Tisch für den Tee. Als sie Grace sah, wurde sie rot vor Freude. »Hallo, Miss.«

»Hallo, Elspeth.«

Sie war immer noch sehr klein und wirkte eher wie neun. Nur ein paar Pickel an der Nase deuteten darauf hin, dass sie in die Pubertät kam.

»Wie ist es auf der neuen Schule?«

»In Ordnung.«

»Machst du da auch Musik?«

»Nur in der Klasse, Miss. Der Lehrer ist nicht sehr nett.«

»Keine Klavierstunden?«

»Nein, Miss.«

»Das ist ja schade. Hör zu, ich dachte, dass du vielleicht einmal die Woche zu mir nach Hause kommen könntest, dann könnte ich dir Unterricht geben. Und du kannst auch jederzeit zum Üben kommen, wenn du möchtest.«

»Oh Miss!« Elspeths schmales Gesicht lief so rot an, dass man nicht einmal mehr die Pickel sehen konnte. »Das wäre wunderbar, Miss. Aber ich muss erst meinen Vater fragen.«

»Ich bin mir sicher, dass dein Dad nichts dagegen hat. Du kannst ihm ausrichten, dass ich seinen Käse genauso vermisse wie du die Klavierstunden. Das versteht er schon.«

»Ja, Miss.«

***

»Wie überaus reizend«, sagte Angela Barlowe.

»Was denn, mein Schatz?«, erkundigte sich ihre Mutter. Sie saßen bei einem ziemlich frühen Frühstück. Es war der Tag, an dem Angela Dienst im Krankenhaus hatte, und vorher musste sie noch die beiden Mädchen an der Schule absetzen. Die Jungen waren beide außer Haus, der eine auf der Vorbereitungsschule fürs College, der andere in Wellington. Die Gebühren bezahlte im Wesentlichen die Armee.

»Ich habe einen Brief von einer Grace Bennett bekommen. Sie ist mit dem Offizier verheiratet, mit dem ... na ja, mit dem es die Verwechslung gegeben hat. Es ist jedenfalls ein sehr netter Brief. Sie schreibt, sie wolle mich besuchen kommen.« Als sie ihre Mutter ansah, standen ihr Tränen in den Augen. Sie wischte sie mit der Serviette fort und sagte mit brüchiger Stimme: »Wenn ich nur besser wüsste, was eigentlich passiert ist, wäre es vielleicht leichter zu ertragen. Ich muss ihr sofort antworten.«

***

Grace und Angela Barlowe kamen überein, dass es am günstigsten wäre, sich in London zu treffen. Grace wollte auf keinen Fall, dass Charles von dem Treffen erfuhr, da es zu den Dingen gehörte, die ihn auf die Palme trieben. Also gab sie vor, Florence und Imogen zu besuchen. »Sie ist schließlich mein Patenkind, und ich habe sie ewig nicht gesehen.«

Charles erwiderte nur, dass nicht einmal der Allmächtige viel für dieses Kind tun könne.

Grace saß im Foyer des Charing Cross Hotel und wartete auf Angela. Sie war ziemlich nervös, weil sie mit dem Auftritt eines wahren Drachens von einer Frau rechnete, die es ihr übel nahm, dass ihr Gatte tot war, während Grace' Ehemann heil nach Hause gekommen war. Oder die verlangte, Charles selbst zu sehen, um sich die Geschichte von ihm erzählen zu lassen. Was sollte sie dann tun? Als sie schon zum Schluss gelangt war, dass sie vielleicht einen großen Fehler gemacht hatte, spürte sie eine sanfte Berührung am Arm.

»Mrs Bennett?«

»Ja. Ja, das bin ich. Und Sie müssen Mrs Barlowe sein.«

»Mrs Bennett und Mrs Barlowe, das klingt wie ein Showduo«, sagte Angela Barlowe lächelnd. »Ich bin Angela.« Sie streckte ihr die Hand hin. Ein Drachen schien sie nicht zu sein, mit ihrem hellen und sanften, aber erschöpften Gesicht und dem altmodischen Kleid, das unter dem Mantel hervorschaute. Ihre ungewöhnlich großen Füße steckten in schäbigen Schuhen.

»Und ich bin Grace. Ich habe Kaffee bestellt, das ist hoffentlich in Ordnung.«

»Unbedingt. Ich hatte noch keine Zeit für irgendetwas, seit ich aufgestanden bin. Haben Sie Kinder?«

»Nein«, sagte Grace. »Nein, habe ich nicht.«

»Oh ... na ja. Kinder sind wunderbar, eine große Freude, aber auch ziemlich anstrengend.«

Ein unbehagliches Schweigen entstand. Schließlich kam der Kaffee.

»Dann spiele ich mal die Mutter und schenke uns ein«, sagte Grace und kicherte matt über den unangemessenen Scherz. »Ich freue mich sehr, Sie zu treffen. Eigentlich weiß ich gar nicht, was ich erzählen soll, aber ich dachte, es hilft Ihnen vielleicht, wenn Sie erfahren, was ich weiß. Viel ist das leider nicht. Aber für Sie muss das alles ein bisschen ... dürftig sein. Habe ich gedacht.«

»Ja«, sagte Angela, »mehr als dürftig. Und ich bin Ihnen furchtbar dankbar. Bitte erzählen Sie mir alles. Was auch immer es ist und wie … wie unschön es auch sein mag. Ich weiß, dass es mir helfen wird, besser mit dem Tod meines Mannes klarzukommen.«

Grace erzählte es ihr: dass Charles und Colin zusammen geflohen waren; dass Colin verwundet worden war und Charles ihm geholfen hatte; dass ein freundlicher Bauer ihn aufgenommen und ihm medizinische Hilfe verschafft hatte. »Viel mehr weiß ich nicht, tut mir leid. Ich weiß, dass er von einem britischen Soldaten gefunden wurde, aber da … da war er schon tot. Ich weiß nicht einmal, wo das war. Vermutlich auf diesem Bauernhof. Vielleicht hat der Bauer ihn ja verraten. Oder vielleicht hätte er ins Krankenhaus gemusst, und das war nicht möglich. Es war eine schlimme Wunde, hat Charles gesagt. Aber soweit wir wissen, war er immerhin in guten Händen und wurde anständig behandelt. Tut mir leid, das klingt immer noch so dürftig. Vermutlich hat es sich für Sie gar nicht gelohnt, dafür nach London zu kommen«, fügte sie hinzu, plötzlich beschämt.

»Doch, im Gegenteil«, sagte Angela, »es hat sich mehr als gelohnt. Das fängt schon damit an, dass ich nie genau wusste, ob der Mann, den man gefunden hat, tatsächlich Colin war. Die ganze Zeit habe ich mich gefragt, ob er nicht ein anderes grausames Ende gefunden hat. Oder ob er« – sie zögerte – »vielleicht doch nicht tot ist.«

»Doch, ich denke … Und das hat Ihnen wirklich geholfen?«, fragte Grace.

»Ja, sehr. Es gibt nichts Schlimmeres als die Ungewissheit.«

»Na ja, dann … Doch, ich bin mir sicher, dass er es gewesen ist. Ihr Ehemann. Vor allem weil er ja die Erkennungsmarke meines Mannes hatte. Das hat man Ihnen sicher mitgeteilt, oder?«

»Das klang alles ein bisschen merkwürdig. Aber ja, in der Tat …«

»Charles' Erkennungsmarke ist abgerissen. Er hat Ihrem Mann ja geholfen und ihn mit sich herumgeschleppt. Vermutlich war das ein ziemlicher Kampf. Die beiden dachten, er habe sie verloren, aber sie muss sich in der Kleidung verfangen haben. Aber egal, Ihr Ehemann bestand jedenfalls darauf, dass Charles seine nahm, weil es zu gefährlich war, ohne Erkennungsmarke herumzulaufen. Dann hätte man ihn für einen Spion halten können.«

»Verstehe.«

»Das beweist also, dass die beiden zusammen waren, nicht wahr? Dass Ihr Mann mit Charles unterwegs gewesen ist. Es tut mir so leid, so unendlich leid. Ich fühle mich regelrecht … schuldig.«

»Ach, Unsinn«, sagte Angela Barlowe mit einem matten Lächeln. »Sie haben doch auch die Hölle durchgemacht. Immerhin haben Sie ein Jahr lang geglaubt, Ihr Ehemann sei tot, nicht wahr?«

»Oh … oh ja«, sagte Grace und musste denken, dass dieses Jahr in der Hölle das glücklichste ihres Lebens gewesen war. Für Angela Barlowe, die ihren Mann sichtlich geliebt hat, musste der Verlust tragisch sein, und es war schon bittere Ironie, dass sie beide ihren geliebten Mann verloren hatten, weil Charles heil nach Hause gekommen war.

»Wissen Sie eigentlich, wer … wer ihn gefunden hat?«, fragte Angela.

»Nein, nicht so genau. Ein Jeep mit Alliierten unter deutscher Bewachung. Es waren ebenfalls Gefangene, die man irgendwohin brachte. Sie erstatteten Bericht von ihrem … Fund. Dann muss sich das Rote Kreuz der Sache angenommen haben. Und hat uns informiert.«

»Verstehe«, sagte Angela.

»Er wurde sogar angemessen beerdigt. Von den Deutschen.

In dieser Hinsicht waren sie offenbar zuverlässig. Haben sich an die Genfer Konventionen gehalten und so.«

»Ja, ich weiß. Irgendwann will man mich darüber informieren, wo sich das ... das Grab befindet. Allmählich lichtet sich der Nebel.«

Ihre ohnehin schon leise ·Stimme verlor sich. Grace verspürte schreckliches Mitleid. »Charles sagte, es habe ein unbeschreibliches Chaos geherrscht«, erklärte sie. »Da kann man vielleicht verstehen, wie so etwas passieren konnte. Besonders in Italien. All diese Straßenkämpfe, buchstäblich Mann gegen Mann. Ein Albtraum.«

»Ja. Wenn man darüber liest, ist alles so weit weg, so unwirklich, nicht wahr? Ferne Schüsse und Bombenabwürfe, all diese Dinge. Nicht zwei Männer, die sich Aug in Aug gegenüberstehen. Aber ... Ihr Ehemann hat nicht zufällig erzählt, wo genau das war? Dieser Bauernhof? Wo er Colin zurückgelassen hat?«

»Nein. Nein, das konnte er nicht sagen. Aber es muss in der Nähe der italienisch-französischen Grenze gewesen sein.«

»Das hilft mir auch nicht weiter. Ich dachte, ich könnte vielleicht den Namen einer Stadt oder eines Dorfs in Erfahrung bringen. Dann könnte ich vielleicht hinfahren. Irgendwann später natürlich. Dann könnte ich vielleicht den genauen Ort ausfindig machen, vielleicht sogar den Bauern, der ihm geholfen hat, und mich bei ihm bedanken. Das kommt Ihnen bestimmt töricht vor.«

»Überhaupt nicht«, sagte Grace. »Ich werde meinen Ehemann noch einmal fragen, aber ich glaube nicht, dass er es weiß. Tut mir leid.«

Sie ging zu Florence, wo sie übernachten würde. Florence redete ziemlich wichtigtuerisch über ihre politische Arbeit und tat so, als gehöre ihr die Partei persönlich. Wer das Gespräch zufällig mitbekommen würde, müsste denken, Florence sei Mitglied des Schattenkabinetts.

»Glaubst du wirklich, du kommst ins Parlament?«, fragte Grace. »Dann würdest du Geschichte machen – so als Frau, oder?«

»Das nicht«, erwiderte Florence. »Es gab schon einige vor mir. Lady Astor war die Erste, dann gab es noch dieses schreckliche Weib, diese Braddock, und dann natürlich Jennie Lee. Viele waren es natürlich nicht. Mir würde es allerdings schon gefallen, die erste Premierministerin zu werden«, sagte sie mit einem Grinsen. »Aber wie geht es dir denn?«

»Oh, gut, gut«, sagte Grace.

»Und wie läuft es so mit allem?«

»Gut. Alles in Ordnung.« Für ihr Empfinden konnte sie sich Florence gegenüber nicht abfällig über Charles äußern.

Am nächsten Tag ging sie zu Clarissa, und die brachte sie wie immer zum Reden.

Am Morgen nach der Show hatte sie mit Clarissa geredet und sie auf die Lüge eingeschworen, die sie Florence erzählt hatte. Das hatte ihre Beziehung verändert. Grace empfand jetzt keine so übertriebene Ehrfurcht mehr vor Clarissa und hatte das Gefühl, ihr Leben in den Griff zu bekommen. Clarissas Exzesse nahm sie ihr nicht mehr so übel und verspürte stattdessen eine eigentümliche Nähe zu ihr.

Nun schaute Clarissa sie besorgt an. »Du siehst zum Fürchten aus, mein Schatz.«

»Ich kann eigentlich nicht klagen«, erwiderte sie. »Ich bin nur die ganze Zeit über so schrecklich deprimiert. Als könne ich nie wieder richtig glücklich werden. Ich meine, natürlich bin ich glücklich, und Charles ist auch sehr nett zu mir, aber ...«

»Aber das macht es noch schlimmer«, sagte Clarissa forsch. »Das verleiht dir das Gefühl, dass du zu ihm stehen musst.«

»Na ja, das muss ich ja auch. Das gehört sich so. Du weißt doch, wie wichtig es Charles ist, dass alles seine Richtigkeit hat.«

»Was er dir auch ständig unter die Nase reibt«, sagte Clarissa mit einem grimmigen Lächeln. »Oh Grace, mein Schatz, ich wünschte, ich könnte dir irgendwie helfen.«

»Das kannst du nicht«, sagte Grace. »Das kann niemand.«

Sie fragte Charles noch einmal, ganz vorsichtig und beiläufig, ob er wisse, wo genau sich der Bauernhof befand, auf dem er Colin Barlowe zurückgelassen hatte. Wie immer, wenn sie ihn nach seinen Kriegserlebnissen fragte, äußerte er sich nur vage dazu. »Ich habe dir doch schon gesagt, dass ich das nicht weiß. Drei Tage auf der Flucht, fast immer in der Dunkelheit. Woher soll ich das denn so genau wissen? Und warum interessiert dich das überhaupt?«

»Oh … ich dachte nur … vielleicht hat der Bauer ja etwas gesagt. Irgendetwas, das auf den Ort hindeutet.«

»Hat er aber nicht.«

Später kam es ihr irgendwie komisch vor, dass Charles den Bauern nicht gefragt hatte – schon allein, um herauszufinden, in welche Richtung er weitergehen sollte. Aber sie mochte das Thema nicht noch einmal ansprechen.

»Tut mir leid«, sagte sie zu Angela Barlowe bei einem weiteren Treffen, »er kann es mir wirklich nicht sagen. Er weiß es einfach nicht.«

»Machen Sie sich keine Gedanken. Es ist schon so nett von Ihnen, dass Sie das alles auf sich nehmen! Ich würde Ihren Ehemann wirklich gern mal kennen lernen, um mich dafür zu bedanken, was er für Colin getan hat. Wie auch immer es ausgegangen ist, er hat schließlich alles getan, um ihm zu helfen. Warum kommen Sie beide nicht mal vorbei? Vielleicht sonntags zum Lunch? Ich könnte Sie auch für eine Nacht beherbergen, wir haben ja ein großes Haus.«

»Das ist furchtbar reizend von Ihnen«, sagte Grace. »Aber es ist so ein weiter Weg, das wäre im Moment etwas schwierig. Das Benzin wird ja immer noch rationiert. Aber danke für die Einladung, das ist wirklich nett.«

»Ich finde, eine Mahlzeit und ein Bett für die Nacht ist denkbar wenig für das, was Ihr Ehemann für Colin getan hat«, sagte Angela. »Und ich würde ihn wirklich gern kennen lernen. Sollten Sie es sich anders überlegen oder sollten Sie zufällig mal in der Gegend von Cirencester sein, melden Sie sich einfach.«

»Ja, das tu ich, unbedingt«, sagte Grace.

***

»Hast du dich eigentlich mal bei dieser Frau gemeldet?«, fragte Sandra Meredith.

»Bei welcher Frau?«

»Dieser Frau, deren Ehemann du tot aufgefunden hast. Du weißt schon, Brian, der mit dem Ring, den du eingesteckt hast.«

»Nein, habe ich nicht«, sagte er. »Und ich habe schon ein schlechtes Gewissen deswegen. Aber um ehrlich zu sein, weiß ich nicht, wie ich ihre Adresse herausfinden soll. Im Kriegsministerium wird man nicht begeistert sein von dem, was ich getan habe.«

»Du musst es ihnen ja nicht erzählen«, erwiderte Sandra. »Sag einfach, du möchtest ihre Adresse. Die Nummer seiner Erkennungsmarke und seinen Namen hast du ja, oder?«

»Den werde ich wohl nie vergessen«, sagte Brian und schüttelte sich unmerklich. »Er ... er ist ja nicht an dem Tag gestorben. Nicht einmal in der Woche.«

»O Brian, hör auf«, sagte Sandra. »Mir vergeht der Appetit.«

Noch am selben Abend beschloss Brian Meredith, ans Kriegsministerium zu schreiben.

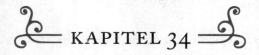

KAPITEL 34

Frühjahr 1946

Charles hatte Grace mitgeteilt, dass er mit ihr reden müsse. Sie wusste, was das bedeutete.

»Ich denke, es ist an der Zeit«, sagte er eines Abends nach dem Dinner. »Wir sollten eine Familie gründen.«

»Wirklich? Aber ...«

»Grace, ich wüsste nicht, was es da für ein Aber geben sollte. Wir sind jetzt schon sieben Jahre verheiratet.«

»Nicht ganz«, sagte sie.

»Was soll das heißen?«

»Mindestens fünf Jahre davon warst du weg.«

»Das ist Haarspalterei«, sagte er mit einem missmutigen Lächeln. »Tatsache ist, dass wir vor fast sieben Jahren geheiratet haben. Länger muss man meines Erachtens nicht warten. Ich werde bald vierzig, Grace, das ist ziemlich spät, um zum ersten Mal Vater zu werden. Mir ist schon klar, dass das mit dem Krieg zu tun hat und ich selbst darauf bestanden habe, aber jetzt denke ich, dass wir es lange genug vor uns hergeschoben haben.«

»Ja, mag sein«, sagte sie und hörte selbst, wie dumpf sie klang.

»Schatz, versuch doch bitte, ein bisschen mehr Begeisterung aufzubringen! Möchtest du denn gar keine Kinder?«

Nein, dachte Grace, nicht von dir.

»Doch, natürlich möchte ich Kinder«, sagte sie und rang sich ein Lächeln ab. »Natürlich. Es ist nur ...«

»Ja?«

»Na ja, du weißt doch, was ich gesagt habe. Ich brauche noch Zeit, und ...«

»Du hattest eine Menge Zeit, Grace. Wenn du auf diese ... diese Geschichte anspielst, dann würde ich denken, dass ich überaus geduldig war. Und das liegt jetzt sehr weit zurück.«

»Charles ...«

»Grace, bitte! Offenbar hast du vergessen, was zu den ehelichen Pflichten gehört.« Wieder lächelte er, dieses selbstbewusste, schmeichelnde Lächeln, das sie so hasste. »Sinn der Ehe ist es, sich fortzupflanzen. Und abgesehen von allem anderen: Das muss mittlerweile auch komisch wirken. Die Leute müssen ja denken, wir ... aber egal. Sind wir uns also einig?«

»Ja, natürlich«, sagte Grace und zwang sich dazu, ebenfalls zu lächeln. Vermutlich konnte sie es unter der Hand noch ein wenig hinauszögern. Er schien ohnehin nie zu wissen, ob sie ihr Pessar benutzte oder nicht.

»Gut, dann wäre das ja geklärt. Oh, noch etwas. Ich würde gern sobald wie möglich ein opulentes Dinner geben. Das stelle ich mir wunderbar vor. In letzter Zeit haben wir eine so rührende Gastfreundschaft genossen und uns nie richtig revanchiert. Würdest du dich darum kümmern, mein Schatz? Wie wir das am besten organisieren und so?«

»Kann ich schon machen, aber ...«

»Grace«, sagte Charles, »du hast dich selbst beklagt, dass während des Kriegs keiner unserer Freunde Zeit für dich hatte. Ist das verwunderlich, wenn du dich nicht im Mindesten um sie bemühst? Du könntest schon einmal eine Gästeliste erstellen, dann werfe ich später ein Auge darauf. Jetzt gehe ich aber erst einmal spazieren, um mir die Beine zu vertreten. In der Kanzlei gibt es ein paar Probleme, da brauche ich ein bisschen frische Luft.«

»Was denn für Probleme?«, fragte Grace.

»Oh ... nichts, wofür du dich interessieren würdest.«

»Vielleicht ja doch. Vielleicht würde ich dir ja gern helfen und etwas über deine Arbeit erfahren.«

»Nein, wirklich, mein Schatz. Das ist alles furchtbar kompliziert. Es würde viel zu lange dauern, dir das alles zu erklären. Kümmere du dich einfach um die Gästeliste. Am besten kannst du mich unterstützen, indem du dich um unser Gesellschaftsleben kümmerst, das habe ich ja immer gesagt.«

»Gut, in Ordnung«, sagte Grace kleinlaut.

Als sie später ins Bett ging, beugte er sich über sie und küsste sie auf den Mund. Ihr wurde übel. Offenbar wollte er seinen Plan, eine Familie zu gründen, sofort in die Tat umsetzen.

»Ich liebe dich doch«, sagte er unerwartet. »Und ich möchte so sehr, dass du unsere Kinder zur Welt bringst. Du liebst mich doch auch, oder?«

Sie lächelte rasch. »Ja, natürlich. Das weißt du doch.«

»Dann sag es.« Seine Stimme hatte einen sonderbaren Unterton, und sie erschrak.

»Du weißt, dass ich das tue.« Sie hatte sich noch nicht dazu überwinden können, es wirklich auszusprechen, seit seiner Rückkehr nicht.

»Ich weiß nur, dass du mir nie sagst, dass du mich liebst.«

»Oh Charles ...«

»Sag es«, forderte er und klang jetzt grob, wütend. »Sag es, Grace. Jetzt.«

»Ich ... ich tu es.«

»Sag, dass du mich liebst.«

»Ich liebe dich.«

Sie beschloss, sich in die Vorbereitungen für das Dinner zu stürzen. Große Lust hatte sie nicht, aber so hatte sie wenigstens ihre Ruhe und konnte etwas gegen ihre Schuldgefühle tun. Charles hatte sie gebeten, ein Zelt zu mieten und die Lieferanten der Speisen einzuweisen; offenbar hatte er wirklich hochtrabende Pläne.

»Bitte meine Mutter, dir bei der Gästeliste zu helfen«, sagte er. »Wir dürfen niemanden vergessen, keinen meiner alten Freunde und niemanden, der sich während meiner Abwesenheit als besonders nett erwiesen hat.«

Grace sagte nicht, dass es da niemanden gab, weil ihr das nur noch mehr Probleme eingetragen hätte.

»Ich habe eine Idee, wer die Speisen zubereiten könnte, Charles«, sagte sie. »Jeannette. Du weißt schon, das Mädchen, das Florence geholfen und dann Ted Miller geheiratet hat. Sie ist eine großartige Köchin und könnte uns ein wunderbares Büfett zaubern. Tatsächlich will sie sich mit einem eigenen Unternehmen selbstständig…«

»Grace«, sagte Charles, und in seiner Miene spiegelte sich der Ausdruck äußerster Verzweiflung, »dieses Mädchen ist beim besten Willen nicht das, was man sich für eine solche Aufgabe wünschen würde. Ich möchte sie nicht in meinem Haus haben. Das ist eine dreiste Schlampe, die vermutlich ihren Bastard mitbringt, und…«

»Clarissa hat sie für ihr Fest in London engagiert«, sagte Grace und schenkte ihm ein unschuldiges Lächeln. »Jeannette hat für fünfzig Leute gekocht, und es war anscheinend exzellent.«

Charles schaute sie kühl an. Dann sagte er: »Du suchst jemand anderen, ja?«

Mit diesen Worten begab er sich in sein Arbeitszimmer.

Sie verbrachte viel Zeit damit, sich über ihre Gefühle für Charles klar zu werden und sich irgendwie damit abzufinden. Gut gelang ihr das nicht. Sie wusste, dass sie ihn nicht liebte, aber es war auch nicht so, dass sie ihn nicht ausstehen konnte.

Sie wünschte ihm nichts Schlechtes und brachte manchmal durchaus zärtliche Gefühle für ihn auf, trotz seiner Fehler, seiner Arroganz, seiner mangelnden Sensibilität. Er war nur einfach nicht der Mensch, mit dem sie zusammen sein wollte; nicht der Mann, mit dem sie morgens aufwachen und abends zu Bett gehen wollte. Sie wollte ihn nicht über den Tisch hinweg anschauen, wollte nicht seine Freunde einladen, wollte nicht mit ihm schlafen und seine Kinder zur Welt bringen. Die schlichte Tatsache, dass sie ihr Leben lang in dieser Ehe gefangen sein würde, lastete schwer auf ihr und erstickte jede Lebenslust.

***

»Ich habe ihr geschrieben«, sagte Brian Meredith. »Dieser Dame. Wegen des Rings.«

»Ah, sehr gut«, sagte Sandra. »Sie wird sich wahnsinnig freuen, da bin ich mir sicher. Wo wohnt sie denn?«

»In Wiltshire, in der Nähe von Salisbury. Ich dachte, ich bring ihn ihr einfach vorbei, wenn sie das möchte. Der Post traue ich nicht.«

»Das wirst du bestimmt nicht tun, Brian Meredith«, sagte Sandra. »Wiltshire ist weit. Denk doch mal an die Kosten.«

Sie war schwanger, sehr zu ihrem Unmut. Es würde ziemlich eng, wenn sie noch ein Maul stopfen mussten, und jeder Gedanke an zusätzliche Ausgaben machte sie nervös. »Bring sie dazu, nach London zu kommen. Vermutlich schwimmt sie in Geld. Wie lautet die Adresse?«

»Mill House. Thorpe St. Andrews.«

»Siehst du«, sagte Sandra, als sei die Sache damit besiegelt.

***

Grace war außerordentlich gerührt von Brians Brief. *Sehr geehrte Madam,* begann er,

ich hoffe, Sie verzeihen mir, dass ich auf diese Weise Kontakt zu Ihnen aufnehme. In meinem Besitz befindet sich ein Ring von Ihrem verstorbenen Ehemann. Ich bin der Soldat, der ihn gefunden hat. Ich habe ihn an mich genommen, weil ich dachte, dass Sie vielleicht gern etwas von ihm haben wollen. Ich hoffe, Sie nehmen mir das nicht übel und sind jetzt nicht schockiert. Ich wollte ihn nicht mit der Post schicken, damit er nicht verloren geht, aber ich kann Ihnen den Ring persönlich übergeben. Für mich ist London am besten. Wenn das für Sie in Ordnung ist, würde ich Ihnen den Ring dort geben. Sie können mir an die oben genannte Adresse schreiben.

Hochachtungsvoll,
Brian Meredith

»Ist das nicht reizend?«, sagte sie zu Charlotte und Puppy, die ihr gern Gesellschaft leisteten, wenn sie ihre Post las. Oft entwendeten sie ihr die leeren Briefumschläge, um sie im Garten zu verteilen. »Was muss das für ein netter Mann sein.«

Nachdem sie eine Weile nachgedacht hatte, gelangte sie zu dem Schluss, dass es besser wäre, wenn sie sich selbst mit Mr Meredith traf, obwohl es sich natürlich um den Ring des Mannes von Angela Barlowe handelte. Man wusste ja nie, vielleicht gab es Neuigkeiten, die schmerzhaft für sie wären.

Außerdem würde sie auf diese Weise herausfinden, wo Colin Barlowe seine letzten Stunden verbracht hatte.

Es bestand nicht der geringste Grund, beschloss sie, Charles etwas davon zu erzählen.

***

Ben und die Jungen hatten eine Passage auf dem Flugboot gebucht, das am 27. Mai nach Melbourne aufbrechen würde. Ausweise und Visa lagen bereit und auch die Arbeitserlaubnis für Ben. Anfangs würde er im Büro arbeiten, da er beschlossen hatte, erst einmal zu schauen, was ihm das Land der unbegrenzten Möglichkeiten so zu bieten hatte. Die Jungen waren aufgeregt und wurden von ihren Freunden beneidet, vor allem wegen des Fliegens. Die Reise würde ewig dauern, fast sechs Tage, mit Zwischenhalten in Kairo, Karatschi, Singapur... David musste lächeln, wenn er daran dachte.

Das Leben da unten, so verkündeten großspurig all jene, die schon einmal etwas über Australien gehört hatten, bestehe aus einer einzigen Strandparty; man liege ständig in der Sonne, gehe surfen, trinke eiskaltes Bier und fahre gelegentlich zum Tiefseeangeln raus. Die Mädchen seien alle blond und liefen immer im Bikini herum. Weihnachten grille man am Strand einen Truthahn. Schlecht klang das nicht, und anders als Daniel fand David das mittlerweile ziemlich verlockend, vor allem die Sache mit den Bikinimädchen. Daniel hingegen wurde immer wieder von demselben Albtraum verfolgt: Sie wurden in ein großes Flugzeug geschubst, nur er und David und viele andere Kinder, so wie man sie vor all den Jahren an der Waterloo Station in den Zug gestoßen hatte. Die Menschen sagten immer nur, seid tapfer, seid tapfer, während sein Vater viele Meilen entfernt hinter einer

Schranke stand und winkte. Aber er kam nicht vom Fleck, sein Vater, sondern blieb einfach dort stehen, und nun setzte sich das Flugzeug auch schon in Bewegung, obwohl sein Vater immer noch nicht drin war. Und da stand dann auch Grace, weit weg von ihnen allen, zusammen mit Charlotte und Flossie, und rief ihnen etwas zu. Und während er noch versuchte, ihre Aufmerksamkeit auf sich zu lenken, und immer »Grace, Grace« schrie und wild fuchtelte, erhob sich das Flugzeug in die Lüfte, aber sie hörte und sah ihn immer noch nicht. Schließlich wachte er schweißgebadet auf, das Gesicht tränennass, und starrte auf das Foto von Charlotte und Flossie. Er wünschte, sie würden ins Mill House zurückkehren und nicht nach Australien gehen.

Ben hatte mitbekommen, wie Daniel nach Grace schrie, und fragte sich, ob er es im Schlaf auch tat.

Am Abend vor der Dinnerparty strich Grace über den Tisch im Festzelt und dachte, dass alles glattzulaufen schien. Plötzlich kam Charles heraus und erkundigte sich, wo seine Smokingjacke sei.

»In der Reinigung, Charles, das hatte ich dir doch gesagt.«

»In welcher Reinigung?«

»Bei Townsend's in Salisbury.«

»Wieso nicht in Shaftesbury?«

»Weil ich im Moment kaum nach Shaftesbury komme.«

»Dann wirst du sie wohl abholen müssen. Ich habe bestimmt nicht die Zeit dafür.«

»Das kann ich nicht, Charles. Morgen nicht, nicht den ganzen Weg nach Salisbury. Bestimmt kannst du …«

»Nein«, sagte er, »kann ich nicht. Ich habe den ganzen Tag Besprechungen. Warum hast du sie nicht heute abgeholt?«

»Weil ich heute Nachmittag in einer Lehrveranstaltung

war, und danach war die Reinigung schon geschlossen. Es ist Mittwoch, da schließen sie eher.«

»Oh Gott«, sagte er, »da werde ich wohl extra nach Salisbury fahren müssen – weil du in einer Lehrveranstaltung warst!«

»Das ist Unsinn, Charles. Du hast doch den Wagen und bist in einer halben Stunde dort. Es ist nicht gerecht, meine Veranstaltung dafür verantwortlich zu machen.«

»Das tu ich aber«, sagte er. »Ich mache sie für vieles verantwortlich. Sie nimmt zu viel von deiner Zeit und Aufmerksamkeit in Anspruch. Wenn ich es recht sehe, laugt dich die Sache aus. Es würde mich nicht überraschen, wenn sie auch schuld daran wäre, dass du noch nicht schwanger bist.«

»Aber wirklich!«, rief Grace. »Das ist doch absurd. Es ist doch kaum Zeit vergangen, seit du ... seit wir das beschlossen haben. Ich kann doch nicht ...«

»Es ist schon ein paar Monate her«, sagte Charles. »Und ich bin der Ansicht, dass diese Ausbildungsgeschichte schon viel zu lange dauert. Ich möchte, dass du das drangibst. Du wirst sowieso keine Zeit zum Unterrichten haben, wenn du ein Kind hast. Die ganze Idee ist Unfug. Anfänglich habe ich zugestimmt, als du noch ... als ich heimkam. Aber mittlerweile habe ich wirklich die Nase gestrichen voll, zumal es als Ausrede für alles Mögliche herhalten muss. Ich bin der Ansicht, dass du ihnen mitteilen solltest, dass du nicht mehr kommst. Habe ich mich klar ausgedrückt?«

»Ja«, sagte Grace, »sehr klar. Danke. Aber das werde ich nicht tun.«

»Du wirst es müssen«, sagte Charles schlicht. »Tut mir leid. Die Sache ist ja auch ziemlich teuer. Ich kann einfach die Zahlung der Gebühren einstellen, verstanden? Und wenn ich sogar meine Smokingjacke selbst abholen darf, dann werde ich wohl jetzt noch ein bisschen arbeiten müssen. Ich schlafe im Gästezimmer. Gute Nacht, Grace.«

Manchmal dachte sie immer noch darüber nach, ihn zu verlassen.

Die Dinnerparty war ein großer Erfolg, das sagten alle. Das Festzelt war prächtig, der Blumenschmuck wunderbar, der sündhaft teure Speiseservice aus London vorzüglich. Grace stand auf der Schwelle des Mill House und wusste, dass sie wunderschön aussah in ihrem neuen blassblauen Satinkleid mit dem fast bodenlangen Rock; Mrs Babbage hatte es ihr genäht, nach einem Modell aus der *Vogue*. Ihre Haare hatte sie für den Abend hochgesteckt, und sie hatte sich auch stärker geschminkt als sonst. Charles, der sich einer steifen, unbeholfenen Waffenruhe befleißigte, hatte erklärt, dass sie wirklich äußerst hübsch aussehe. Clifford sagte, sie sehe zauberhaft aus, und sogar Muriel äußerste sich lobend. Dann trafen die Gäste ein, fast Fremde; all die Leute, die sie während des Kriegs ignoriert hatten, küssten sie und erklärten, wie sehr sie sich freuten, sie zu sehen. Wie im Traum wanderte sie während des Essens von Tisch zu Tisch und plauderte mit ihnen, innerlich nur halb anwesend.

Später tanzte sie mit einem Mann namens Reggie, dem sie noch nie begegnet war, der ihr aber schon dreimal gesagt hatte, wie schön es sei, sie wiederzusehen.

»Der gute alte Charles hat sich wunderbar gefangen«, sagte er. »Ich habe ihn schon ein halbes Jahr nicht mehr gesehen. Was er im Krieg alles erlebt haben muss! All diese Monate ganz auf sich gestellt, fast die ganze Zeit in irgendwelchen Verstecken, nur um dann wieder in Gefangenschaft zu geraten... Man mag gar nicht darüber nachdenken.«

»Nein«, sagte Grace.

»Und dann die schlimme Verwundung und die Monate im Kriegsgefangenenlager. Himmel, ich habe keine Ahnung, wie er das alles aushalten konnte, ohne durchzudrehen. Wie ich hörte, hat er einen Orden bekommen. Für die Sache in Italien.«

»Ja.«

»Sie müssen sehr stolz auf ihn sein.«

»Ja, das bin ich«, sagte sie mechanisch.

Als sie in jener Nacht im Bett lag und Charles' Entschuldigung und seinen Dank für die Dinnerparty entgegennahm – außerdem das widerwillige Zugeständnis, von seiner Forderung abzurücken, dass sie die Ausbildung aufgab –, hatte sie das Gefühl, eine Art Wasserscheide erreicht zu haben. Plötzlich konnte sie sich vorstellen, irgendwann zur Ruhe zu kommen und glücklich zu werden. Vollkommen unbedarft war sie ja nicht; sie würde schon noch die Frau werden, die Charles sich wünschte, würde Dinnerpartys geben, hübsch aussehen und immer das Richtige sagen. Das war nicht das, was sie wollte, aber war es wirklich so schlimm?

Und wie könnte sie überhaupt auf die Idee kommen, ihn zu verlassen – ihren Ehemann, diesen Helden?

KAPITEL 35

Anfang Mai 1946

Charles hatte ein Pferd gekauft. Oder besser gesagt, ein halbes Pferd. Muriel habe die andere Hälfte gekauft, erzählte er ihr.

»Die Hinterbeine, meinst du? Wie im Zirkus?«, fragte Grace eisig. Sie konnte sich nicht erinnern, je so wütend gewesen zu sein. Zum einen musste er ein Vermögen für sein Pferd ausgegeben haben, obwohl sie schon seit Ewigkeiten vergeblich um einen Wagen bettelte; zum anderen hatte er sich offenbar heimlich mit seiner Mutter verbündet.

Selbst Clifford geriet für seine Verhältnisse fast an die Grenze zur Illoyalität, als er erklärte: »Mach dir nichts draus, Grace. Du bekommst ein halbes Auto von mir, wenn du möchtest.«

Es war ein Rassepferd, umwerfend schön, eine hellbraune Stute namens Lara. Grace hatte panische Angst vor ihr; sie war sehr jung und das, was ihr Züchter »temperamentvoll« nannte. »Da haben Sie ein absolutes Rasseweib«, sagte er zu Charles, als er sie, nachdem er sie aus dem Anhänger befreit hatte, über die Pferdekoppel jagen sah. »Mit der werden Sie viel Freude haben, das weiß ich. Allerdings muss man ihr«, sagte er zu Muriel, die gekommen war, um der Ankunft beizuwohnen, »ein wenig die Flausen austreiben. Da wird Ihr Sohn noch seine liebe Mühe haben.«

»Oh, er wird schon mit ihr zurechtkommen«, sagte Muriel. »Und er wird begeistert sein. Ein Pferd war immer sein großer Traum. Aber seit seiner Hochzeit stand das leider nicht mehr zur Diskussion.«

»Muriel«, sagte Grace, die nicht an sich halten konnte, »Charles hatte kein Pferd, weil Krieg herrschte. Er war gar nicht hier.«

»Nun, das mag auch eine Rolle gespielt haben«, sagte Muriel missgelaunt.

Sie hatte Brian Meredith geschrieben, dass sie sich gern in London mit ihm treffen würde, irgendwann nächsten Monat, und dass sie ihm sehr dankbar für seine Freundlichkeit sei. Sie hatte ihm drei Termine vorgeschlagen und erklärt, dass sie sich sicher auf ein Datum einigen könnten, wenn er ihr schreibe oder sie tagsüber anrufe – das Wort »tagsüber« hatte sie unterstrichen. Dass der Ring eigentlich Colin Barlowe gehörte, hatte sie nicht erwähnt; es würde bedeutend leichter sein, das mündlich zu erläutern.

Als er zehn Tage später immer noch nicht geantwortet hatte, war sie überrascht und schickte ihm noch einen Brief, für den Fall, dass er den ersten nicht bekommen hatte.

***

Daniel hatte das Stipendium für die Grammar School erhalten und wollte es Grace erzählen. »Ohne sie hätte ich das nie geschafft«, sagte er. »Ohne sie und Sir Clifford. Ich möchte es den beiden gern mitteilen.«

»Dann schreib ihr«, sagte Ben. »Aber ich weiß nicht, ob sie sich diesmal mit dir treffen kann.«

Grace hatte den Jungen einen kurzen, traurigen Brief geschrieben, in dem sie ihnen mitgeteilt hatte, dass sie sich für eine sehr lange Zeit nicht mehr mit ihnen treffen könne – sie sei zu sehr mit ihrer Ausbildung zur Musiklehrerin beschäftigt. Die Jungen waren am Boden zerstört. Ben, der zwischen den Zeilen las, verstand den Grund und erklärte es ihnen.

»Ihr Ehemann ist vermutlich sehr eifersüchtig. Das kann man ja auch verstehen. Er möchte nicht, dass sie euch sieht, weil er denkt, dass sie mich auch wiedersehen will.«

»Will sie bestimmt auch«, sagte Daniel sachlich. »Alle wollen dich wiedersehen.«

Ben umarmte ihn. »Na ja. Aber danke. Ich wünschte, du hättest recht.«

»Vermisst du sie noch, Dad?«

»Schrecklich«, sagte Ben. »Manchmal vermisse ich sie so sehr, dass ich denke, ich halte es nicht aus.«

Als er seine Sachen packte, stieß er auf ein Buch, das ihm Clarissa mal geliehen hatte: Erzählungen von O. Henry, die er ihrer Meinung nach sicher mochte. *Clarissa*, stand auf dem Vorsatzblatt, *die fantastischste Erzählung von allen. In Liebe, Jack.*

Das musste er ihr unbedingt zurückgeben, nur dass er ihre Adresse nicht wusste. Er schrieb ihr einen Brief und dann noch einen an Clifford, mit der Bitte, ersteren weiterzuleiten, und schickte alles an die Abtei.

Eine Woche später schrieb Clarissa zurück.

Ben, mein Schatz,
wie schön, von Dir zu hören. Und danke für das Buch. Wie aufmerksam von Dir, ich hatte es tatsächlich schon gesucht.
Den Gedanken, dass Du so weit fortgehst, ertrage ich kaum. Aber ich verstehe Dich und halte es für eine kluge Idee. Auch für die Kinder ist es natürlich großartig.

Grace schlägt sich bewundernswert. Es ist sehr schwer für sie, aber sie meistert das tapfer.

Du schreibst, Ihr reist von der Victoria Station ab. Da muss ich aber drauf bestehen, dass Ihr in der Nacht davor bei uns wohnt. Das ist viel leichter, als wenn Ihr an dem Tag den ganzen Weg von Salisbury aus zurücklegt. Dann können wir uns auch verabschieden. Florence würde Dich ebenfalls gern sehen und lässt Dich herzlich grüßen. Sie ist nun furchtbar wichtig, als Ratsmitglied, während Giles eine Rolle in einem absolut wunderbaren neuen Musical hatte. Fast die Hauptrolle! Imogen ist jetzt in der Schule. Unter uns gesagt, sie hat einen gewaltigen Sprung getan. Und ich habe ebenfalls Neuigkeiten: Ich werde Mama! Wie findest Du das? Absolut unpassend, was? Aber Jack und ich sind vollkommen aus dem Häuschen. Das Baby wird wohl mit mir zur Arbeit kommen und still in der Ecke hocken müssen, da ich ja die Agentur nicht sich selbst überlassen kann. Wir stecken bis zum Hals in Arbeit und ziehen bald in ein größeres Büro um.

Jack liebt sein Medizinstudium und hat die ersten Prüfungen mit Saus und Braus bestanden.

Alles Liebe, mein Schatz. Am 26. Mai werden die Betten für Euch bezogen sein. Ausreden lasse ich nicht gelten!
Clarissa

Ben grinste matt und setzte sich hin, um Clarissas Angebot anzunehmen.

***

Als Grace Daniels Brief las, brach sie in Tränen aus. Sie antwortete ihm mit einem langen Brief und versendete ihn mit einer großen Schachtel Ölfarben, von denen sie wusste, dass er sie immer gern gehabt hätte.

Nimm die mit nach Australien, wie das Foto von Charlotte und Flossie. Wir sollten uns auch noch einmal zum Tee treffen. Am 27. reist ihr ab, schreibst Du? Wie wär's mit dem 24.? Das würde mir gut passen, und Ihr hockt noch nicht zwischen Kisten. Wenn ich nichts mehr von Dir höre, sehe ich Euch beide um vier im Bear.

***

Brian Meredith hatte eine Magen-Darm-Grippe. Allmählich wurde es besser, aber er fühlte sich immer noch schwach und kränklich. Der Arzt erklärte, er solle noch eine Woche zu Hause bleiben.

»Was Sie eigentlich bräuchten, ist ein bisschen frische Landluft«, meinte er.

»Schön wär's«, sagte Brian.

Die Rede von Landluft erinnerte ihn allerdings an Mrs Bennett, der er immer noch nicht geantwortet hatte. Einer der von ihr vorgeschlagenen Termine war bereits verstrichen, der nächste war in wenigen Tagen.

»Am besten rufe ich sie an«, sagte er zu Sandra.

»Denk an die Kosten«, sagte Sandra. »Du schreibst.«

»Na gut«, sagte er, um im nächsten Moment das Gesicht zu verziehen, weil sich sein Unterleib zusammenkrampfte. Eine Stunde später lag er wieder im Bett. Mrs Bennett musste warten.

***

»Ich gehe reiten, mein Schatz«, sagte Charles und legte die Sonntagszeitung nieder. »In einer Stunde bin ich wieder zurück. Möglicherweise ruft Mutter an, weil sie neugierig ist, wie sich Lara macht. Vielleicht kann sie ja zum Lunch kommen. Vater ist beim Golf.«

Grace war gerade dabei, ein Hühnchen zu füllen, ein ziemlich mickriges Hühnchen. Sie wusste, was sie erwartete: Muriel würde nicht nur ihren eigenen Anteil, sondern auch den von Grace verputzen.

»In Ordnung«, sagte sie mit einem Seufzer.

Charles, der den Seufzer gehört hatte, blitzte sie an. Als er kam, um ihr einen Kuss zu geben, drehte sie den Kopf weg.

Um elf erschien Elspeth, um Klavier zu üben. Grace lauschte auf die Tonfolgen, die durch den goldenen Morgen schwebten, und fühlte sich etwas besänftigt. Als Elspeth fertig war, servierte sie ihr eine Tasse Kakao und lud sie ein, mit in den Garten zu kommen.

»Wie läuft's in der Schule? Besser?«

»In Ordnung, Miss.«

»Wirklich? Du klingst nicht gerade begeistert.«

»Nein, das stimmt«, sagte Elspeth und schenkte ihr ein schüchternes Lächeln. »Die meisten Mädchen sind schrecklich, und die Arbeit ist so langweilig.«

»Ich habe mir ein paar Gedanken gemacht«, sagte Grace. »In St. Felicia's gibt es ein Musikstipendium. Du weißt schon, das ist die große Schule auf der anderen Seite von Shaftesbury. Ich bin der Ansicht, dass du dich dafür bewerben solltest. Wenn du einverstanden bist, rede ich mit deinem Vater darüber.«

»Ach, ich weiß nicht, Miss«, sagte Elspeth skeptisch. »Das andere Stipendium habe ich ja bereits vermasselt.«

»Das weiß ich, aber das hatte auch nichts mit Musik zu tun. Bei diesem hier hast du meines Erachtens gute Chancen. Wenn du noch kurz wartest, schreibe ich deinem Vater schnell einen Brief. Wir müssten uns nämlich ein wenig sputen – in zwei Wochen ist Bewerbungsschluss. Ich habe auch nur davon erfahren, weil an meiner Hochschule darüber gesprochen wurde. Sag ihm, er soll mich heute noch anrufen, wenn er die Idee gut findet.«

»In Ordnung, Miss.«

Als Elspeth fort war, schenkte sie sich einen Drink ein, was sie sonst niemals tun würde, setzte sich auf die Terrasse und versuchte ihn zu genießen. Aber sie war nervös, ohne zu wissen, warum. Vermutlich weil Muriel ohne Clifford zum Lunch kam. Sie würde sich stundenlang dieses Gerede über Pferde anhören müssen, während sie selbst wie ein dummes Dienstmädchen die beiden bediente.

Als sie gerade dachte, dass sie besser hineingehen und mit den Vorbereitungen zum Lunch weitermachen sollte, sah sie in der Ferne Lara mit Charles erscheinen, bewundernswert langsam den Thorpe Hill herabschreitend. Nachdem sie kurz im Wald verschwunden war, sah man sie über den Pfad am Waldrand auf die Koppel zureiten. Es war ein idyllischer Anblick, fast wie ein Aquarell: die Sonne, die Laras Fell zum Glänzen brachte, ihr Schwanz, der die Fliegen verscheuchte, dahinter der Wald im Frühjahrskleid. Aber dann geschah es.

Niemand würde den Grund je erfahren, aber irgendetwas erschreckte Lara. Grace sah, wie sie wild scheute, zweimal hintereinander buckelte, wie sie es gern tat, um dann, als sie Charles immer noch nicht abgeworfen hatte, auf das Tor zur Koppel zuzugaloppieren. Sie sammelte ihre Kräfte, vollführte einen hohen Sprung, landete aber unglücklich und strauchelte. Wäre das nicht passiert, wäre alles gut gegangen. So aber schoss Charles über ihren Kopf hinweg und landete mit schauderhaften Verrenkungen auf dem Boden. Lara, die sich wieder gefangen hatte, stupste ihn mit der Schnauze an und fragte sich offenbar, warum er nicht aufstand und wieder aufsaß, wie er es schon so oft getan hatte. Oder warum er sich überhaupt nicht mehr bewegte.

KAPITEL 36

Ende Mai 1946

Grace hatte nur einen Gedanken im Kopf, als sie über die Koppel raste und ausnahmsweise einmal keine Angst vor Lara verspürte: dass sie nämlich, bevor Charles aufgebrochen war, den Kopf weggedreht und ihm den Kuss verweigert hatte.

Das war vielleicht die gerechte Strafe. Für ihren verdorbenen Charakter.

Sie stand da und schaute auf ihn hinab. Stocksteif lag er da, totenstill, und sie fragte sich, ob er tatsächlich tot war. Oder schwer gelähmt, sodass er den Rest seines Lebens im Rollstuhl würde verbringen müssen; das wäre vermutlich noch schlimmer. Sie wollte ihn nicht anfassen, weil sie wusste, dass es gefährlich war, Menschen nach einem Unfall zu berühren, das hatte sie bei ihrem Erste-Hilfe-Kurs gelernt. Aber sie musste wissen, ob er noch lebte. Sie sank auf die Knie und legte ihm behutsam die Hand an den Hals, um nach dem Puls zu tasten. Nichts. Gütiger Gott, er war also tatsächlich tot.

Hektisch schaute sie sich um und fragte sich, was sie tun sollte. Lara, die mit ihren Leistungen an diesem Morgen zufrieden war, rupfte ein paar Meter weiter Gras. Drüben in der Einfahrt erblickte sie Muriels Wagen. Grace winkte frenetisch und dachte, dass es vermutlich das erste und letzte Mal war, dass sie sich über ihren Anblick freute. Muriel bückte sich unter dem Tor hindurch und kam auf sie zugerannt.

»Was ist los? Was ist passiert?«

»Charles. Er ist… sie… er…«

»Ich sehe, dass das Charles ist. Aber was ist passiert? Selbst du dürftest…«

»Entschuldige«, sagte Grace und dachte innerlich, dass nicht einmal Muriel sie dafür verantwortlich machen könnte, dass Charles abgeworfen worden war. »Sie ist über das Gatter gesprungen und gestrauchelt, und er ist heruntergestürzt. Ich kann keinen Puls fühlen. Ich glaube… ich glaube…«

Muriel kniete neben Charles nieder, legte ihm die Hand an den Hals und drückte ein bisschen daran herum. Grace sah wie erstarrt zu.

»Was zum Teufel machst du da?«, fragte eine gereizte Stimme.

Er hatte sich ein Bein gebrochen und eine leichte Gehirnerschütterung erlitten, sagte Dr. Hardacre. Man hatte ihn mit dem Krankenwagen fortgebracht, Grace und Muriel hinterher, und hatte das Bein geschient. Am nächsten Tag kam er wieder heim. Grace hatte schon die schlimmsten Befürchtungen, als er ins Haus gebracht wurde. Charles war ein fürchterlicher Patient. Er kam mit den Krücken nicht zurecht und lag die meiste Zeit über im Bett und schimpfte. Über die Schmerzen, die beträchtlich sein mussten, beschwerte er sich nicht, über alles andere schon: über die Langeweile, die Unannehmlichkeiten, die Hitze, das Essen, die Bücher, die Grace ihm brachte, das Radioprogramm, das die BBC sendete, die Arbeit, die sich aufhäufte, die bellenden Hunde, Grace' Unfähigkeit, mit Lara umzugehen. Das Problem mit Lara erledigte sich von selbst; die wurde zum Züchter zurückgeschickt. Alles andere erwies sich als schwieriger.

Grace stellte für Charles ein Bett in den Salon, damit er bei offener Schiebetür dort liegen und die herrliche Sommerluft genießen konnte. Prompt beklagte er sich, dass er dort keine Ruhe fand. Das konnte sie zwar nicht nachvollziehen, trotzdem stellte sie das Bett in sein Arbeitszimmer. Das gefiel ihm besser, weil er von dort mit der Kanzlei telefonieren konnte, aber nach wenigen Tagen beschwerte er sich, das Telefon raube ihm den letzten Nerv. Ab sofort musste Grace beim ersten Klingeln alles liegen und stehen lassen und hinrennen. Wenn sie auf die Toilette ging oder die Wäsche aufhängte, nahm sie immer erst den Hörer von der Gabel. Da es fast immer für ihn war, war das eine unglaubliche Zeitverschwendung, aber es verlieh ihm offenbar ein besseres Gefühl, wenn die Anrufe gefiltert wurden.

Mit dem Essen gab sie sich alle Mühe, aber auch hier konnte sie es ihm nicht recht machen. Er erklärte, er brauche Fleisch, um wieder zu Kräften zu kommen, aber nach ein paar Mahlzeiten beschwerte er sich über die schwere Kost, da er sich ja kaum bewege. Also servierte sie ihm Eier und Käse, von denen er angeblich Verstopfung bekam. Er verlangte nach Süßspeisen, obwohl Zucker noch rationiert war, und hatte Heißhunger auf Brot, befand das selbst gebackene Brot von Grace aber als zu klebrig.

»Lass dir das Rezept von meiner Mutter geben, das ist viel besser.«

Grace wusste, dass seine Mutter noch nie in ihrem Leben Brot gebacken hatte, aber sie sagte nichts dazu. Irgendwann bekam sie Jeannettes Rezept in die Finger, und damit war das Problem gelöst.

Er konnte nicht schlafen und behauptete, vom Lesen Kopfschmerzen zu bekommen. Grace bot an, ihm etwas vorzulesen, aber bereits nach dem ersten Kapitel erklärte er die Geschichte für zu langatmig, das könne er nicht ertragen.

Nach einer weiteren Woche hätte sie ihn am liebsten mit der Kordel seines Schlafanzugs erdrosselt.

Mr Dunn hatte sich einverstanden erklärt, dass sich Elspeth um das Stipendium für St. Felicia's bemühen solle. Da es ausgeschlossen war, dass sie ins Mill House kam, wenn Charles da war, hatte Grace Miss Merton gefragt, ob sie in der Schule üben könne.

»Du kannst jeden Tag nach der Schule hingehen«, sagte sie zu Elspeth, »und wenn du fertig bist, lieferst du den Schlüssel bei Miss Merton ab.«

»Danke, Miss. Was soll ich denn spielen, was meinen Sie? Den Mozart oder den Haydn?«

»Beide«, sagte Grace bestimmt. »Sie wollen mindestens zwei Stücke hören. Außerdem ein paar Etüden. Ich denke, du solltest auch das Stück spielen, das du komponiert hast, dieses Wiegenlied. Das zeigt, wie musikalisch du bist. Alles klar? Also, ich werde benachrichtigt, wann sie dich hören wollen, um welche Uhrzeit und so, da ich ja deine Lehrerin bin. Ich bring dich auch hin. Am 25. Mai. Schau nicht so ängstlich, Elspeth. Ich weiß, dass du das wunderbar machst.«

»Ja, Miss.«

»Oh Gott«, sagte Brian Meredith, der sich irgendwann wieder vollständig erholt hatte, »ich habe mich immer noch nicht bei Mrs Bennett gemeldet. Morgen ist der Neunzehnte, nicht wahr? Den Tag hatte sie mir vorgeschlagen. Was soll ich nur tun, Sandra?«

»Da musst du wohl anrufen.«

»Das sollte ich vielleicht wirklich tun. Es scheint eine so nette Person zu sein. Was muss sie nur von mir denken? Ich gehe zum Telefon an der Ecke. Ich muss sowieso in die Praxis und mir meine letzte Krankschreibung abzeichnen lassen.«

»Du willst wirklich wieder arbeiten?«, fragte Sandra. »Da bin ich aber froh, dass ich dich endlich los bin.«

»Das meinst du nicht ernst, oder?«

»Nein, natürlich nicht«, sagte sie und gab ihm einen Kuss. »Ich werde dich vermissen.«

Und so ergab eins das andere, wodurch Brian auch später aufbrach als beabsichtigt. Er beschloss, erst in die Praxis zu gehen, weil er sonst vielleicht den Arzt verpassen würde, und dann wäre der Teufel los, wenn er am nächsten Tag bei der Arbeit erschien.

***

»Ich muss einkaufen gehen«, sagte Grace. »Wir haben nichts mehr im Haus, und ...«

»Kannst du es nicht liefern lassen?«

»Nein, das kann ich nicht, Charles. Es ist immer noch schwierig, sich Dinge liefern zu lassen. Abgesehen von Fisch vielleicht, aber den isst du ja nicht. Es dauert auch nicht lang, und wenn etwas ist, greifst du einfach zum Telefonhörer. Deine Mutter kann in zehn Minuten da sein. Ich habe mich extra erkundigt, ob sie zu Hause ist. In einer Stunde bin ich wieder zurück.«

***

Die Nummer, die Brian von Mrs Bennett besaß, war immer besetzt; die Frau in der Telefonvermittlung hatte schon Mitleid mit ihm.

»Es ist schon den ganzen Nachmittag besetzt.«

»Es gibt doch wohl keine Probleme, oder?«

»Keine Ahnung, ich bin nur aushilfsweise hier.«

»Oh Gott«, sagte Brian.

»Ist es denn dringend? Ich weiß, dass Mrs Boscombe, die sonst hier arbeitet, in dringenden Fällen auch Nachrichten übermittelt.«

»Gütiger Himmel«, sagte Brian, »das würde einem hier in London nicht passieren.«

»Das denke ich auch, mein Lieber«, sagte die Vermittlerin. »Hören Sie, verraten Sie mir Ihren Namen, dann versuche ich es weiter. Können die Leute Sie zurückrufen?«

»Nein. Mein Name ist Meredith. Brian Meredith. Ich kann mich nicht mit Mrs Bennett treffen, so lautet die Nachricht. Ach so, und ich rufe später noch einmal an.«

»Gut, ist notiert. Oh, wer hätte das gedacht, jetzt klingelt es. Bleiben Sie dran, Anrufer.«

Ein Mann meldete sich; er klang nicht sehr entgegenkommend. »Nein, die ist nicht da. Mit wem habe ich die Ehre?«

»Hier ist Mr Meredith«, sagte Brian.

»Hören Sie, wenn Sie von der Musikhochschule sind und wegen eines Stipendiums anrufen, damit will ich wirklich ...«

»Nein, bin ich nicht«, sagte Brian und steckte noch zwei Pennys in den Schlitz. Der herrische Tonfall brachte ihn wieder zu sich, und die fünf Jahre in der Armee machten sich bemerkbar. »Tut mir leid, Sir, mir geht das Geld aus. Nichts mit Musik, Sir. Ich hatte eine Verabredung mit Mrs Bennett und kann sie nicht einhalten. Tut mir leid. Ich war ...«

»Was für eine Verabredung? Was soll das?« Der Mann klang noch übellauniger. »Sind Sie Arzt, oder was?«

»Nein, kein Arzt. Das ist etwas kompliziert zu erklären, Sir.«

»Dann geben Sie sich Mühe. Ich habe Besseres zu tun, als Ratespielchen zu treiben.«

»Ja, Sir, natürlich. Ich habe etwas für Mrs Bennett, etwas, das ihrem verstorbenen Ehemann gehört. Etwas, das er ... verloren hat. Im Krieg. Ich habe es behalten, Sir.«

Schweigen, dann sagte die Stimme: »In welchem Regiment haben Sie gedient?«

»Paras, Sir.«

»Wie können Sie dann etwas von ... von Major Bennett besitzen?«

»Ich war es, der ihn gefunden hat. In Frankreich. Nach seinem ... nachdem er ...«

Ein langes Schweigen entstand. Schließlich sagte der Mann: »Was ist es denn, das Sie haben?«

Wieder piepste es. Er hatte nur noch zwei Pennys und steckte sie in den Schlitz. »Ich muss mich beeilen, Sir, ich habe nicht mehr viel Geld.«

»Geben Sie mir Ihre Nummer, ich rufe Sie zurück.«

»Das geht nicht, Sir, ich rufe aus einer öffentlichen Telefonzelle an.« Hatten diese Leute überhaupt eine Ahnung von irgendetwas? »Könnten Sie Mrs Bennett bitte einfach ausrichten, dass ich ihr wegen eines anderen Termins schreibe?«

»Das ist zwecklos«, sagte der Mann. »Sie ist verreist, für eine ganze Weile sogar, tut mir leid. Es ging ihr nicht gut. Hören Sie, schicken Sie einfach, was Sie da haben, was auch immer es ist. Ein Brief, sagten Sie?«

»Nein, das hatte ich nicht gesagt, Sir.«

»Was denn dann?«

»Einen Ring, Sir. Einen Siegelring.«

Noch ein langes Schweigen; wieder piepste es. »Herrgott«, sagte die Stimme, »schicken Sie ihn her. Ich begreife sowieso nicht, wieso Sie ihn an sich genommen haben. Das ist absolut vorschriftswidrig. Und belästigen Sie Mrs Bennett nicht mehr. Ich kümmere mich darum, verstanden?«

»Ja, Sir. Wohin soll ich ihn schicken?«

»An mich. Mein Name ist Jacobs. Michael Jacobs. An diese Adresse. Und ich hätte gern Ihre Adresse, um …« In diesem Moment war die Leitung tot.

Das war vermutlich Mrs Bennetts neuer Lebensgefährte, dachte Brian und legte den Hörer auf. Kein besonders netter Typ, wie es schien. Er beschloss, es mit der Zurücksendung des Rings nicht zu überstürzen. Vielleicht meldete sich Mrs Bennett ja selbst noch einmal.

***

»Könnte sein, dass ein paar Sendungen für die Kanzlei hier eintreffen«, sagte Charles abends. »An Jacobs adressiert. Er ist zwar im Ruhestand, aber er bekommt immer noch gelegentlich Post. Bring sie mir einfach, ja? Und komm nicht auf die Idee, sie aufzumachen.«

»Ja, natürlich«, sagte Grace. »Ich würde nicht im Traum auf die Idee kommen, deine Post zu öffnen, das weißt du doch. Du würdest meine ja auch nicht aufmachen, denke ich.«

»Nein, natürlich nicht.«

»Hat übrigens John Stokes heute Nachmittag angerufen? Wegen der Musik für Sonntag?«

»Nein. Niemand hat angerufen.«

»Dann rufe ich ihn selbst an. Charles, ist alles in Ordnung? Du siehst so komisch aus.«

»Nein, mir geht es wunderbar. Ich bin es nur leid, hier herumzuliegen und mich zu Tode zu langweilen.«

***

Am nächsten Morgen in der Frühe rief der Musikbeauftragte von St. Felicia wegen Elspeths Bewerbung um das Stipendium an.

»Ich möchte Sie nur vorwarnen. Wir bitten die Kinder auch, ein Stück vom Blatt zu spielen. Und ein paar zusätzliche Etüden, gebrochene Akkorde und so. Darf ich Ihnen die Tonarten nennen, damit Elspeth sich darauf vorbereiten kann?«

»Ja, natürlich«, sagte Grace, »ich muss nur schnell ein Blatt Papier holen. Könnten Sie kurz dranbleiben, damit ich …«

»Grace!«, ertönte ein Schrei aus dem Arbeitszimmer. »Kannst du schnell kommen? Ich habe den verdammten Tee verschüttet.«

»Oh Gott«, sagte Grace und kramte hektisch in ihrer Tasche nach etwas, auf dem sie sich die Angaben notieren konnte. Schließlich fand sie den Brief von Brian Meredith, drehte ihn um und kritzelte mit. »His-Moll, Ges-Dur, ja, Akkorde, ja … ja, habe ich notiert. Vielen, vielen Dank. Bis nächste Woche. Auf Wiederhören.«

Sie steckte den Brief wieder in die Tasche und kehrte ins Arbeitszimmer zurück. Charles blitzte sie wütend an. Der Tee hatte sich über die *Times* ergossen. Sie gab sich Mühe, angemessenes Mitleid zum Ausdruck zu bringen.

Nach dem Lunch schlief Charles ein, und sie beschloss, das zu nutzen, um einen Spaziergang zu machen. Sie rief nach den Hunden, betrat die Weide und dachte, wie schön es doch war, dass Lara nicht da war. Das Pferd würde aber vermutlich bald zurückkehren. Sie hatte Charles überreden wollen, es zu verkaufen, aber davon hatte er nichts wissen wollen.

Sie ging weiter, als sie beabsichtigt hatte. Auf dem Rückweg sah sie den Schulbus kommen. Elspeth stieg aus. Sie winkte ihr zu.

»Elspeth! Heute Morgen habe ich einen Anruf bekommen. Du musst noch ein paar Skalen und Akkorde üben. Wenn du mich ein Stück begleitest, könnten wir sie durchgehen, ja?«

Elspeth nickte. »Wie geht es eigentlich David?«, fragte sie beiläufig, als sie die Einfahrt betraten. »Ich höre gar nichts von ihm. Er hat gesagt, dass er mir schreibt, aber ...«

Ihre Stimme klang verloren. Grace lächelte sie an. »Oh ... dem geht es gut. Er ist ganz schön erwachsen geworden. Und immer schrecklich beschäftigt. Sie gehen nach Australien«, fügte sie hinzu, um einen sorglosen Tonfall bemüht. »Vielleicht schickt er dir ja von dort eine Karte.« Wenn ich ihn sehe, muss ich ihm sagen, dass er das unbedingt tun soll, dachte sie.

»Australien! Das ist aber weit weg. Da werde ich ihn ja nie wiedersehen.«

»Wer weiß«, sagte Grace. »Wenn du eine berühmte Pianistin bist, kannst du ja auf Tournee dorthin gehen.«

»Ja, Miss«, sagte Elspeth und grinste.

Charles war in die Küche gehumpelt und saß jetzt mit versteinerter Miene am Tisch und aß ein Marmeladenbrot. »Ich bin fast vor Hunger gestorben«, sagte er. »Wo zum Teufel warst du?«

»Spazieren. Ich habe Elspeth mitgebracht. Sie absolviert in einer Woche die Prüfung für das Stipendium. Ich würde ihr gern kurz Unterricht geben, Charles ...«

»Würdest du mir vielleicht erst einen Tee kochen? Ich bin absolut ausgetrocknet.«

»Ja, natürlich, das mache ich. Hör zu, Elspeth«, sagte Grace und griff nach ihrer Tasche. »Ich habe mir die Tonarten notiert, dann kannst du schon einmal anfangen ... Komisch, ich könnte schwören, dass sie hier waren.«

Verwirrt schaute sie sich in der Küche um. »Charles, hast du vielleicht einen Umschlag aus meiner Tasche genommen?«

»Nein, natürlich nicht. Was denn für einen Umschlag?«

»Einen kleinen braunen. Ich habe ein paar Notizen für Elspeth auf die Rückseite gekritzelt.«

Sie konnte nur hoffen, dass er ihn nicht hatte – dass er den Brief nicht gelesen hatte. Es war vielleicht nicht so wichtig, aber ... Sie musterte ihn eindringlich, aber er starrte stirnrunzelnd in seine Zeitung. »Hör zu, Grace, ich habe Besseres zu tun, als in deiner Tasche herumzukramen. Na ja, ein bisschen Besseres jedenfalls.«

»Oh Gott«, sagte sie. »Ich frage mich ... Elspeth, geh schon einmal und spiel irgendwelche anderen Tonarten. Ich suche dann ...«

»Muss das wirklich jetzt sein?«, fragte Charles. »Ich würde gern etwas essen. Es ist schon nach fünf ...«

»Ja, muss es«, sagte Grace bestimmt. »Es dauert auch nur eine Minute. Na ja, fünfzehn vielleicht ... Wenn ich nur diese verdammte Liste finden würde.«

Als sie den Tee kochte, entdeckte sie den Brief: Er lag auf dem Boden, unter dem Küchentisch. Er musste aus ihrer Tasche gefallen sein, als sie ihr Portemonnaie herausgeholt hatte.

Als Elspeth die Übungen halb durchhatte, hörte sie, wie Mr Bennett aus dem Arbeitszimmer nach Mrs Bennett rief. Er befahl ihr, ihm endlich eine Tasse Tee zu kochen, da er nicht länger warten könne. Sie dachte gerade, wie gemein er zu ihr war, als er auf seinen Krücken hereingehumpelt kam und ihr einen Brief in die Hand drückte.

»Würdest du das für mich auf die Post bringen?«, bat er. »Es ist sehr wichtig. Es geht um eine Überraschung für Mrs Bennett, daher darf sie nichts davon erfahren.«

»Ja, Mr Bennett«, sagte Elspeth und steckte den Brief in die Tasche.

***

»Oh Gott«, sagte Brian Meredith. »So etwas hatte ich schon befürchtet.«

»Was ist das denn?«, fragte Sandra.

»Ich wünschte, ich hätte diesem Mann nichts erzählt. Diesem Mann am Telefon, wegen Mr Bennetts Ring. Schau dir das an, Sandra.«

Er reichte Sandra den Brief. Der Briefkopf lautete: Bennett & Bennett, Rechtsanwälte, Bell Street, Shaftesbury.

Sehr geehrter Mr Meredith,
bezüglich unseres Telefonats neulich muss ich noch einmal wiederholen, dass Sie keinerlei Kontakt mehr zu Mrs Bennett aufnehmen sollten. Abgesehen davon, dass Sie ihr nur Leid zufügen, könnte es auch sehr ungünstige Konsequenzen für Sie haben. Ihnen dürfte bekannt sein, dass Sie eindeutig gegen Recht und Gesetz verstoßen haben, indem Sie Mr Bennetts Besitztümer an sich genommen haben. Das stand Ihnen nicht zu und könnte als Diebstahl vor Gericht gebracht werden.

Da ich mir sicher bin, dass Sie das nicht wünschen, senden Sie mir bitte den Ring, wie bereits verlangt, an oben genannte Adresse, zusammen mit einer Erklärung, dass Sie die Sache von Ihrer Seite aus als abgeschlossen betrachten.

Vor allem möchte ich noch einmal betonen, dass jeder Versuch, Kontakt zu Mrs Bennett aufzunehmen, Ihrem Fall höchst abträglich wäre.

Mit freundlichen Grüßen,
Michael Jacobs

»Oh Gott«, sagte Brian Meredith noch einmal.

»Tu besser, was er sagt«, erklärte Sandra, »aber mach dir keine Sorgen, Brian. Sie können dir nichts anhaben.«

Sie hoffte, überzeugender zu klingen, als sie sich fühlte.

***

»Und dann gehen wir jeden Tag surfen«, sagte Daniel und versuchte so zu klingen, als freue er sich darauf, »und picknicken am Strand und so. Dad sagt, die Menschen sind alle furchtbar nett. Und ...«

»Jetzt halt doch mal für einen Moment den Mund, Daniel«, sagte David. »Grace will das gar nicht alles wissen.«

»Doch«, sagte Grace, lächelte aber, um David zu zeigen, dass sie seine Aufmerksamkeit zu schätzen wusste. Er war sehr einfühlsam und sensibel. Genau wie ... Na ja, genau wie sie es schon immer erwartet hatte.

»Egal, wie geht es Sir Clifford?«

»Dem geht es bestens. Er lässt euch ganz herzlich grüßen. Ach so, und das hat er mir für euch mitgegeben.« Sie holte zwei Päckchen aus der Tasche und reichte sie ihnen.

»Wahnsinn!«, sagte Daniel.

»Super!«, sagte David.

Es waren Portemonnaies, solche für Erwachsene, aus Leder. Wo Clifford die aufgetrieben hatte, war Grace schleierhaft. Sie lächelte die Jungen an. »Schön, nicht wahr?«

»Sehr schön. Wir dachten, Sir Clifford kommt vielleicht mit ...«

»Nein, der ist ... Er ist bei meinem Ehemann«, sagte Grace, die einen liebevollen Gedanken an Clifford verschwendete. Auf ihre dringliche Bitte hin hatte er sich nicht nur bereiterklärt, sich nachmittags um Charles zu kümmern, sondern hatte ihm auch mitgeteilt, dass aus dem Londoner Büro ein paar dringende Dokumente eingetroffen seien, die er, Charles, sich unbedingt anschauen müsse.

»Tatsächlich liegen sie schon ein paar Wochen hier herum«, sagte er und zwinkerte Grace zu, »aber ich hätte das wirklich nicht so lange vor mir herschieben dürfen. Ein paar der Akten sind ziemlich komplex. Das wird ihn eine Weile in Anspruch nehmen. Grüß die kleinen Lümmel von mir.«

»Wir wohnen bei Clarissa«, sagte David, »Dad und wir. In der Nacht, bevor wir das Flugboot nehmen.«

»Wirklich?«, sagte Grace und versuchte sich nicht anmerken zu lassen, dass sie von glühender Eifersucht gepackt wurde, als sie sich vorstellte, dass Ben und die Jungen einen Abend mit Clarissa verbringen und lachen und scherzen und plaudern und sich von ihr umarmen und küssen und »Schätzchen« nennen lassen würden. »Das ist aber sehr schön für euch. Sagt ihr... na ja, sagt ihr einfach, dass ich sie bald besuche.«

»Ja, machen wir.«

»Habt ihr schon alles gepackt?«

»Fast. Daniel hilft nicht mit. Er hat nicht einmal die Hälfte seiner Sachen gepackt«, sagte David.

»Tu ich doch.«

»Tust du nicht.«

»Doch.«

»Immer mit der Ruhe, Jungs. Was für Sachen denn?«

»Vor allem die Sachen, die du uns geschenkt hast«, sagte Daniel. »Das Bild von Flossie und Charlotte, dann diese Farben, und... das war's eigentlich schon.«

»Und deinen alten Teddybären.«

»Stimmt, den Mum mir geschenkt hat.«

»Und die Puppe, die Grace dir geschenkt hat.«

»Und du hast auch noch das Foto von dir und Elspeth an eurem letzten Schultag!«

»Oh, da fällt mir etwas ein«, sagte Grace und spürte, wie die Eifersucht etwas abklang, als sie diesen Katalog an Erinnerungsstücken vernahm. »David, du musst mir versprechen, dass du Elspeth aus Australien eine Postkarte schickst. Sie vermisst dich sehr ...«

»Schau dir mal sein Gesicht an!«, rief Daniel. »Der ist ja knallrot.« Er legte die Hand ans Herz und verdrehte dramatisch die Augen gen Himmel.

»Sei ruhig, Daniel. Elspeth hat übrigens morgen eine Prüfung für ein Stipendium. Ein Musikstipendium, genauer gesagt. Ich hege große Hoffnungen für sie.«

»Ah, schön«, sagte David. Sein Gesicht war immer noch rot.

»Willst du ihr nicht herzliche Grüße ausrichten lassen?«, fragte Daniel. »Und ihr Glück wünschen und so?«

»Nein«, sagte David.

»Das ist aber nicht nett«, sagte Grace.

Sich von ihnen zu verabschieden war das Schlimmste, was sie je in ihrem Leben erlebt hatte. Sie stand in der Tür des Bear, schlang die Arme um Daniel und drückte seinen kleinen, mageren Körper an sich. Sie dachte daran, wie sie ihn zum ersten Mal gesehen hatte, dieses winzige blasse Wesen mit den großen Augen in dem verängstigten Gesicht; wie er sich beim Verlassen des Rathauses an ihre Hand geklammert hatte, als wolle er sie nie wieder loslassen. Sie dachte daran, wie er mit wichtiger Miene losgezogen war, um die Eier einzusammeln oder die Hühner zu füttern oder mit Flossie zu spielen. Sie dachte daran, wie er immer schmutzig von der Schule gekommen war, übersät mit blauen Flecken, oder sich auf dem Sofa gern an sie gekuschelt hatte; wie er bleich und still im Krankenhausbett gelegen und die Krankenschwester gesagt hatte, sie sollten nach Hause gehen, ins Bett, das sei das Vernünftigste, was sie tun könnten. Sie riss sich diese Erinnerungen aus dem Herzen, löste sanft die Umarmung und versuchte trotz der Tränen zu lächeln, scheiterte aber hoffnungslos.

»Ich hab dich lieb, Grace«, sagte er. »Ich werde dich so sehr vermissen. Ich wünschte, du könntest mitkommen.«

»Das kann ich nicht«, sagte Grace, »und das weißt du auch«, und dann stand sie da und kämpfte nicht nur gegen die Tränen an, sondern gegen ihre Schluchzer.

David sagte ganz leise und sanft: »Auf Wiedersehen, Grace.«

Als sie wieder zu Hause war, teilte sie Charles mit, dass sie Migräne habe, und bat Clifford, ihm sein Abendessen zuzubereiten.

»Und du möchtest nichts?«, fragte er leise, als er ihr bleiches Gesicht und ihren Kummer registrierte und genau wusste, was los war.

»Nein«, sagte sie, »danke, Clifford. Nichts jedenfalls, was du mir besorgen könntest. Tut mir leid.«

»Entschuldige dich bitte nicht«, sagte er und begriff nicht, wieso sie plötzlich das Gesicht verzog und ohne ein weiteres Wort nach oben rannte.

Am nächsten Morgen fühlte sie sich fast munter – vermutlich weil die Qual endlich vorbei war. Sie hatte sich verabschiedet, die drei waren praktisch fort, und sie konnte sie endlich aus ihrem Leben streichen.

Charles war gereizt, schwierig, schlecht gelaunt, weil sie schon wieder wegging, um Elspeth zu ihrer Prüfung zu begleiten. Sein Bein, das nun nicht mehr schmerzte, juckte plötzlich unerträglich unter dem Gips.

»Mrs Babbage kommt heute Vormittag und kümmert sich um dich. Ich sage ihr, sie soll eine ihrer extralangen Stricknadeln mitbringen, dann kannst du dich damit unter dem Gips kratzen«, fügte sie hinzu.

»Nun«, sagte Grace, »bist du bereit, Elspeth?«

»Ja, ich denke schon, Miss.«

»Gut. Also, Charles, wir sind in ein paar Stunden wieder zurück. Ich hole noch in der Kanzlei deine Post für dich ab. Und Mrs Babbage bereitet dir deinen Lunch zu, wenn du früher essen möchtest. Herrgott…«

Das Telefon klingelte. Mrs Boscombes Stimme erklang. »Mrs Bennett, meine Liebe, eine Nachricht für Sie. Oder eher für Elspeth. Von dem jungen David. Er lässt ausrichten, dass er ihr viel Glück wünscht. Er hat es schon früher versucht, aber da kam er nicht durch. Der Major hatte vermutlich viel zu tun.«

»Oh, das ist aber nett von ihm«, sagte Grace, und ihre Augen füllten sich mit Tränen. »Das ist aber sehr nett von Ihnen, Mrs Boscombe.«

»Nun ja, lange werde ich das hier wohl nicht mehr machen«, sagte Mrs Boscombe. »Bald läuft hier alles automatisch, wie ich gehört habe.« Sie klang empört.

»Oje«, sagte Grace, »das tut mir aber leid.«

»Das ist doch nicht richtig, oder? Doch nicht hier in unserer Gegend! Ach so, da fällt mir noch etwas ein, Mrs Bennett. Ich habe neulich eine Nachricht für Sie gefunden, sie wurde an meinem freien Tag hinterlassen. Hat man sie Ihnen je übermittelt? Von einem Mr Meredith?«

»Von wem?«, fragte Grace.

»Mr Meredith, so steht es hier. Er kann nicht zu der Verabredung kommen, aber er meldet sich. Können Sie etwas damit anfangen?«

»Ich denke schon, ja«, sagte Grace sehr langsam. »Ja, danke. Mrs Boscombe. Wann war denn Ihr freier Tag?«

»Letzten Donnerstag. Wünschen Sie Elspeth von mir auch viel Glück, ja?«

Grace legte den Hörer ganz sanft auf die Gabel. Dann schenkte sie Elspeth ein gezwungenes Lächeln. »Eine Nachricht für dich. Von David. Viel Glück. Ist das nicht nett?«

»David?«, sagte Elspeth. »David Lucas? Gütiger Gott!«

Grace hatte sie noch nie so glücklich gesehen.

Sie saß draußen und lauschte, als Elspeth (überaus schön) spielte. Ihr Verstand raste. Donnerstag. Als sie einkaufen war und Charles betont hatte, dass niemand angerufen habe. Vielleicht hatte er geschlafen. Oder Mr Meredith war nicht durchgekommen. Charles' Telefonate dauerten ja ewig. Ja, das war es vermutlich. Aber dann gab es noch diesen eigentümlichen Zwischenfall mit Mr Merediths Brief, der plötzlich unter dem Tisch lag. Dabei hatte sie ihn sorgsam ins Reißverschlussfach ihrer Tasche weggepackt. Schließlich war ihr bewusst gewesen, wie wichtig diese Informationen für Elspeth waren. Für gewöhnlich sprangen Briefe nicht freiwillig aus solchen Verstecken. Aber warum sollte Charles wegen so etwas lügen? Es sei denn, er wollte nicht, dass sie Mr Meredith traf – wobei sie sich beim besten Willen keinen Grund dafür vorstellen konnte. Aber egal, sie würde ihm einfach noch einmal schreiben und ihn um einen anderen Termin bitten. Vermutlich sollte sie Charles gar nicht mit diesen Dingen belasten.

Als Elspeth herauskam, strahlte sie. »Ob ich das Stipendium bekomme, ist fast egal. Das war richtig toll da drinnen. Die Frau war so nett! Ich musste sogar singen. Sie sagte, wir erhalten in ein paar Tagen Bescheid.«

»Das werden sicher lange Tage«, erwiderte Grace lächelnd. »Gut gemacht. Hör zu, Elspeth, wenn es dir nichts ausmacht, fahren wir auf dem Rückweg über Shaftesbury. Ich muss aus der Kanzlei meines Mannes ein paar Dinge holen.«

»Kein Problem«, sagte Elspeth.

Die Sekretärin von Bennett & Bennett hatte einen ganzen Stapel Post für Charles. »Und dies hier ist für Mr Jacobs. Aus London. Offenbar von jemandem, der nicht weiß, dass er im Ruhestand ist. Möchten Sie das auch mitnehmen, Mrs Bennett?«

»Ja«, sagte Grace. »Das nehme ich auch mit. Danke.«

Als sie nach Hause kam, war Mrs Babbage fort. Charles lag mit schmerzerfülltem Gesicht auf dem Sofa.

»Sie hat mir einen ekelhaften Salat gemacht, vollkommen in Essig ertränkt. Und zu trinken hat sie mir gar nichts gegeben! Ehrlich, Grace, ich habe ja eine Engelsgeduld, aber…«

»Tut mir leid«, sagte Grace und flüchtete sich in die Küche. Den Stapel Briefe legte sie im Vorbeigehen auf den Stuhl in der Vorhalle.

»Und hol diese Hunde hier raus, ja? Sie machen mich wahnsinnig.«

»Puppy!«, rief Grace. »Charlotte! Kommt da raus.«

Dieser Tag erwies sich als echte Herausforderung. Aber wenigstens musste sie dann nicht ständig an gestern denken – oder an übermorgen.

Deutlich später, als Charles ein Nickerchen hielt (nachdem er dreimal vergeblich versucht hatte, seine Sekretärin zu erreichen, und immer übellauniger wurde), ging Grace erschöpft in den Garten. Es war ein schöner Tag, und plötzlich war auch der Sommer gekommen, wie es oft geschah: Der Himmel war von einem dunstigen Blau, die Lavendelbüsche und das Geißblatt wimmelten von Bienen, die Luft war von Vogelgezwitscher erfüllt. Ihre Gedanken schweiften, obwohl sie sich hartnäckig dagegen gewehrt hatte, zu Ben und den Jungen hinüber, die in nur achtundvierzig Stunden London verlassen würden. Sie versuchte sich vorzustellen, wie es war, das Land für immer zu verlassen und es buchstäblich aus dem Blick schwinden zu sehen.

Plötzlich tauchte Puppy neben ihr auf, stolz etwas im Maul haltend: ein halb aufgerissenes Päckchen.

»Oh Puppy«, sagte Grace streng, »das darfst du doch nicht. Mittlerweile solltest du diesem Alter entwachsen sein. Und dann auch noch Post für dein Herrchen. Gib her. Oje ...« Aber dann verstummte sie und öffnete vorsichtig, ganz vorsichtig, das Päckchen im Innern. Erst Seidenpapier, dann Watte, und dann konnte sie schließlich erkennen, was es enthielt: einen Ring, einen goldenen Siegelring, in den die Initialen CB eingraviert waren.

Und daneben, nur leicht angenagt und noch problemlos lesbar, ein Brief. Ein Brief mit der Unterschrift Brian Meredith.

Sehr geehrter Mr Jacobs,
hiermit schicke ich Ihnen, wie versprochen, den Ring zurück. Es tut mir so leid. Ich wollte niemandem schaden und auch nichts Illegales tun. Ich versichere Ihnen, dass ich keinen Kontakt mehr zu Mrs Bennett aufnehmen werde, und wünsche ihr gute Besserung.
Hochachtungsvoll,
B. Meredith

»Oh Gott«, sagte Grace laut. »Oh mein Gott.«

»Tja«, sagte Ben. »Die letzte Nacht im alten Heim.«

»Es gibt ein Bild, das so ähnlich heißt«, sagte David.

»Ja, ich weiß. Du bist nicht der Einzige, der zur Schule gegangen ist. Sollen wir uns etwas gönnen und Fish and Chips essen?«

»Au ja«, sagte Daniel. »Denkst du, in Australien gibt es Fish and Chips?«

»Nein«, sagte David.

»Da gibt es viel Besseres«, sagte Ben.

***

»Oje«, sagte Sandra, »ein Telegramm. Gütiger Gott, hoffentlich ist nichts mit Mum. Deirdre, sei bitte so lieb und schalte das Radio aus. Oh Gott, ich kann gar nicht hinschauen! Warum ist denn dein Vater nicht hier? Wenn etwas mit Mum ist, werde ich mir das nie verzeihen.«

Sie riss den Umschlag auf und las das Telegramm. »Na so was«, sagte sie. »Was es nicht alles gibt! Dachte ich doch gleich, dass das ein komischer Brief ist. Keine Antwort«, sagte sie zu dem Telegrammjungen. »Danke.«

Sie ging wieder hinein und setzte sich. Ihr war der Schreck in die Glieder gefahren, was sogar das Baby zu registrieren schien. Na gut, wenn Mrs Bennett am nächsten Tag kommen wollte, würde sie wohl ein bisschen putzen müssen. Was wohl Brian sagen würde, wenn sie ihm das erzählte?

***

»Charles, ich muss morgen nach Salisbury«, verkündete Grace munter.

»Du musst was?«

»Ich muss morgen nach Salisbury. Tut mir furchtbar leid, aber ich habe zwei absolut wichtige Veranstaltungen an der Musikhochschule. Mrs Babbage kümmert sich wieder um dich.«

»Das geht nicht«, sagte Charles. »Auf gar keinen Fall. Wie kannst du nur so herzlos sein? Ich werde hier noch wahnsinnig! Du solltest deine Ausbildung für den Moment ruhen lassen.«

»Charles, tut mir wirklich leid, aber ich werde meine Prüfung nicht bestehen, wenn ich die Veranstaltungen nicht wahrnehme.«

Er schaute sie an, der Blick stählern im bleichen Gesicht. »Du triffst dich doch nicht wieder mit diesen Jungen, oder?«

»Nein«, sagte Grace, »ich gebe dir mein Wort. Ich treffe mich nicht mit diesen Jungen.«

»Aber diese Babbage will ich nicht noch einmal hierhaben, Grace. Die ist ein Albtraum.«

»Dann rufst du am besten deine Mutter an und fragst sie, ob sie nach dir schauen kann«, sagte Grace. »Ich habe keine Zeit, um neue Vereinbarungen zu treffen, tut mir wirklich leid, Charles.«

***

»Hört zu«, sagte Ben, »unsere Reisekisten werden fest verschlossen für den Transport mit dem Flugboot. Ihr könnt jeder ein kleines Köfferchen mitnehmen, ja? Da könnt ihr alles reinpacken, was ihr für die Nacht bei Clarissa braucht. Also, Daniel Lucas, keine riesigen Fotos von Hunden und Ziegen, verstanden? Das kommt in die Kiste, ja?«

»Ja, Dad.«

***

»Ich hoffe, es gibt keine Probleme«, sagte Brian Meredith.

»Natürlich gibt es keine Probleme«, sagte Sandra. »Schau doch genau hin, Brian.«

Er las das Telegramm noch einmal. *Komme morgen Mittag 26. stopp Brief von Jacobs ignorieren stopp nicht richtig stopp kerngesund stopp Grace Bennett.*

»Soll das heißen, es ist nicht richtig, dass das illegal war? Oder dass sie krank ist?«

»Kann ich hellsehen, Brian? Aber irgendetwas stimmt da offenbar nicht. Kannst du morgen Mittag hier sein?«

»Natürlich nicht. Sie wird wohl warten müssen. Aber ich habe Frühschicht und bin um halb drei wieder zurück. Glück für die Dame. Oh Gott, hoffentlich gibt es nicht noch Riesenprobleme! Ich wünschte, ich hätte nie damit angefangen, wirklich.«

»Dafür ist es jetzt ein bisschen spät«, sagte Sandra.

***

Grace saß im Zug, schaute aus dem Fenster und hoffte, dass es sich nicht um ein vollkommen sinnloses Unterfangen handelte. Sie war von Furcht und Freude gleichermaßen erfüllt und wusste selbst nicht, wieso.

Brian Meredith wohnte in Paddington, 57 Queen's Avenue, W2. Von der Waterloo Station aus war das mit der Untergrundbahn gut zu erreichen. Am Blumenstand vor der U-Bahn-Station in Paddington blieb Grace stehen und erwarb einen leicht angestaubten Strauß Goldlack für Mrs Meredith. Sie ging einfach davon aus, dass es eine Mrs Meredith gab. Und falls nicht, würde das Haus von Mr Meredith sowieso ein bisschen Freude gebrauchen können.

Kurz vor zwölf erreichte sie die Adresse und klopfte. Ein

hübsches Mädchen mit blonden Locken öffnete. »Hallo«, sagte Grace. »Ist deine Mummy da?«

Hinter ihr erschien ein weiteres hübsches Mädchen, nur ein Stück größer. Und schwanger. »Ja?«, sagte sie.

»Sie sehen genau aus wie Ihre Tochter«, sagte Grace lächelnd und hielt ihr die Hand hin. »Ich bin Grace Bennett. Freut mich, Sie kennen zu lernen.«

»Sandra Meredith. Erfreut. Sie wollten zu Brian?«

»Ja, aber ich gehe davon aus, dass er nicht da ist. Das war so dumm von mir. Ich hatte einfach nicht daran gedacht, dass er ja arbeiten würde, daher …«

»Ja, aber er wird um halb drei zurück sein«, sagte Sandra. »Er hat diese Woche Frühschicht.«

»Ach so. Soll ich später wiederkommen?«

»Nein, ist schon in Ordnung. Sie können hier warten, wenn Sie mögen.« Sie öffnete die Tür noch ein Stück. Grace lächelte und trat ein.

Das kleine Haus war ziemlich dunkel, aber tadellos sauber und aufgeräumt.

»Was für ein schönes Haus«, sagte Grace. »Oh, wie dumm von mir … die Blumen sind für Sie.«

»Danke«, sagte Sandra, »das ist aber nett.«

»Na ja, mir ist schon bewusst, was ich Ihnen zumute, wenn ich einfach so hier aufkreuze. Aber ich muss ein paar Dinge klären.«

»Meine Mum hat extra für Sie geputzt«, sagte das kleine Mädchen. »Den ganzen Morgen über. Und gestern Abend auch.«

»Halt den Mund, Deirdre. Das stimmt gar nicht.«

»Doch, das stimmt!«

»Kinder!«, sagte Sandra Meredith. »Sie fallen einem immer in den Rücken. Haben Sie auch Kinder?«

»Äh … nein«, sagte Grace. »Nein … noch nicht.«

»Ah.« Schweigen entstand. Dann fragte Sandra: »Hätten Sie gern einen Tee oder so?«

»Das wäre sehr liebenswürdig.«

»Treten Sie schon einmal ein«, sagte Sandra und zeigte auf einen Raum. »Ich bringe Ihnen einen.«

»Danke«, sagte Grace. Sie ließ sich schwer auf ein Sofa sinken; plötzlich fühlte sie sich furchtbar schwach.

»Die ist aber hübsch«, hörte sie Deirdre sagen.

»Psst«, machte Sandra.

***

Gillian Waters von Bennett & Bennett hatte einen hochkomplizierten Mandanten am Telefon. Sie versuchte ihn zu beruhigen, war aber nicht sehr erfolgreich damit. Hinterher beschloss sie, sich zu vergewissern, dass sie alles richtig gemacht hatte. Da der junge Mr Bennett nicht da war und der neue Partner immer im Gericht oder bei Mandanten zu sein schien, war sie immer häufiger auf sich gestellt. Im Prinzip genoss sie das, aber die Verantwortung war beträchtlich.

»Mr Bennett?«, sagte sie, als er endlich ans Telefon ging – der Arme, wo war nur seine Frau?, fragte sie sich –, »Mr Bennett, soeben hatte ich Mr Morton am Apparat. Er sorgt sich wegen des Vertrags. Ich habe ihm gesagt, er solle sich mal keine Gedanken machen, und habe dann Mr Rogers angerufen, um sicherzustellen, dass alles seine Richtigkeit hat. Aber ich dachte, ich vergewissere mich noch einmal …«

Charles bestätigte, dass alles seine Richtigkeit habe, lobte sie aber dafür, dass sie noch einmal nachfrage. Dann teilte er ihr noch mit, dass er jede Menge Briefe zu diktieren habe und ihr die wichtigsten vielleicht schon einmal per Telefon durchgebe. »Nächste Woche hoffe ich wieder in der Kanzlei zu sein, dann haben wir die schon einmal im Sack, um es mal so zu formulieren.«

»Gern, Mr Bennett. Ach übrigens, dieses Päckchen, das gestern kam, für Mr Jacobs – ich hoffe, es war in Ordnung, dass ich es Ihnen mitgegeben habe. Offenbar weiß der Absender nicht, dass Mr Jacobs im Ruhestand ist.«

»Päckchen?«, fragte Charles. »Was für ein Päckchen?«

»Oh, ein ganz kleines, mit Londoner Poststempel. Ich habe es Ihrer Frau ausgehändigt. Sie sagte, sie gebe es Ihnen. Mr Bennett, sind Sie noch da?«

***

Die Sekretärin der Musikhochschule in Salisbury teilte Mr Bennett mit, dass es ihr sehr leidtue, aber sie könne seine Frau nicht verständigen. Als er laut wurde, klärte sie ihn mit bewundernswerter Geduld und Höflichkeit darüber auf, dass ein Missverständnis vorliegen müsse, da es für Mrs Bennetts Studiengang an diesem Tag gar keine Veranstaltungen gebe.

Es waren sehr lange zweieinhalb Stunden, die sie im kleinen, muffigen Wohnzimmer der Merediths herumsaß. Grace wollte aber nicht weggehen, falls Brian Meredith eher nach Hause kommen sollte. Tatsächlich wurde es eine Viertelstunde später. Nervös kam er hereingestürzt, schüttelte ihr die Hand und entschuldigte sich noch einmal kurz, um sich frisch zu machen.

»Es ist sehr nett von Ihnen, dass Sie sich all diese Umstände machen«, sagte Grace, als sie ihm schließlich gegenübersaß. »Das weiß ich wirklich zu schätzen.«

»Ich hoffe nur, wir bekommen keinen Ärger«, sagte er. »Der Brief von Mr Jacobs hat uns einen gehörigen Schrecken eingejagt.«

»Ich versichere Ihnen, dass Sie keinen Ärger bekommen. Mr Jacobs hat das falsch verstanden. Aber... wie sind Sie überhaupt an ihn geraten? An Mr Jacobs, meine ich.«

»Ich habe die Nummer angerufen, die Sie mir genannt haben. Tagsüber, wie Sie geschrieben hatten.«

»Bei uns herrscht tatsächlich ein gewisses Durcheinander. Die Sache ist die, Mr Meredith, ich wollte Ihnen einfach persönlich danken. Was Sie getan haben, war so nett. Und ich... ich wollte Sie auch noch ein paar Dinge fragen.«

»Was denn, Mrs Bennett?«

»Mich würde interessieren, wo... wo Sie ihn genau gefunden haben. Den... fraglichen Mann. Wissen Sie, wir dachten nämlich lange, mein Mann sei bei der Flucht erschossen worden, aber... Na ja, ich würde einfach gern alles darüber wissen. Bitte.«

»Aha, verstehe. Na ja, das war in Italien, wo genau, kann ich unmöglich sagen. Wir wurden durch Italien transportiert, aber Richtung Deutschland. Man hatte uns nämlich gefangen genommen, müssen Sie wissen. Es war in der Nähe der französischen Grenze, und ich kann mich noch erinnern, dass wir durch ein Städtchen namens Brianca gefahren sind. Das weiß ich noch, weil es mich an meinen Namen erinnert hat.«

»Ja, stimmt. Aber an das Dorf oder den Weiler, wo Sie ihn – Major Bennett – gefunden haben, daran haben Sie keine Erinnerungen?«

»Da war kein Dorf, Mrs Bennett. Es war meilenweit weg von allem.«

»Ach so. Aber es gab dort einen Bauernhof, nicht wahr? Da, wo Sie ihn gefunden haben?«

»Nein, nichts. Das war offenes Land. Keine Häuser weit und breit. Jedenfalls soweit ich sehen konnte.«

»Aber, Mr Meredith, wo war denn Major Bennett dann? Wo haben Sie ihn gefunden?«

»Er lag ... Oh Gott, Mrs Bennett. Ich möchte nicht, dass Sie sich grämen ...«

»Ich gräme mich nicht«, sagte Grace bestimmt. »Bitte erzählen Sie es mir. Alles, an das Sie sich erinnern können.«

»Na ja, er lag ... er lag einfach da, wissen Sie. In einer Art ... Graben.«

»Oh«, sagte Grace, den Blick auf Brian Meredith gerichtet. Plötzlich schien er weit weg zu sein; seine Stimme dröhnte durch den Raum. »Aha, verstehe. Es war also niemand zu sehen, der ... der sich um ihn gekümmert hätte? Oder Anzeichen dafür, dass sich jemand um ihn gekümmert hat?«

»Nein, bestimmt nicht, tut mir leid. Ich wüsste nicht, wer das gewesen sein sollte. Wie ich schon sagte, er war meilenweit von allem entfernt.«

»Ja, verstehe. Und warum ... Ich meine, woher wussten Sie, dass es sich um ihn handelt? Um Major Bennett, meine ich?«

»Na ja, er hatte ja seine Erkennungsmarke.«

»Hing sie um seinen Hals?«

»Nein, nicht um den Hals. Er hielt sie fest. In der Hand. Mrs Bennett, möchten Sie eine Tasse Tee? Sie sind plötzlich so blass.«

»Ja, bitte«, sagte Grace, »das wäre nett.«

»Sie wirkt geschockt«, sagte Brian Meredith leise zu Sandra, als er in die Küche trat, um Wasser aufzusetzen. »Ich befürchte, es ist ziemlich hart, sich vorzustellen, wie es im Krieg wirklich zugeht. Sich dieses Grauen vorzustellen.«

***

»Meine Schätzchen!«, rief Clarissa, als sie die Tür öffnete, und schlang die Arme um alle drei. »Meine Schätzchen, wie wundervoll, euch zu sehen. Meine Güte, seid ihr groß geworden. David, man kann dich kaum noch von deinem Vater unterscheiden. Schaut mich nicht so an, ich bin so hässlich mit meinem dicken Bauch. Kommt rein, eure Zimmer sind schon fertig. Jack müsste auch gleich da sein. Ach, ist das ein Glück, ich habe mich so darauf gefreut, das kann ich euch gar nicht sagen. Eigentlich hatte ich gehofft, dass Florence auch hier ist, aber Giles hat einen Auftritt in Cambridge, und da ist sie natürlich hingefahren. Ihr müsst euch also mit uns alten Langweilern begnügen.«

***

Charles wartete auf Grace, als sie nach Hause kam. Alles war ungewöhnlich sauber und ordentlich; der Tisch fürs Abendessen war gedeckt, das Kaminfeuer im Salon brannte, und durch das ganze Haus zog der Duft von gebratenem Huhn.

Er kam auf Krücken in die Vorhalle gehumpelt, als sie die Haustür aufschloss.

»Hallo«, sagte er. »Hattest du einen schönen Tag?«

»Ja, danke«, sagte Grace knapp.

»Schön. Meine Mutter war da und hat sich wunderbar um mich gekümmert. Sie hat uns sogar etwas zum Abendessen gekocht.«

»Nett von ihr.«

»Möchtest du einen Drink?«

»Ja, ich denke, den könnte ich gebrauchen. Das passt gar nicht zu mir, nicht wahr, Charles?«

»Ich habe schon den Gin herausgeholt«, sagte er. »Und Tonicwater. Wäre das in deinem Sinn?«

»Ja. Ich hol schon. Lass uns in den Salon gehen.«

Sie nippte an ihrem Drink und hoffte, dass es kein Fehler war, etwas zu trinken. Sie konnte es sich nicht leisten, ihren klaren Verstand einzubüßen.

»Ich war nicht in Salisbury«, sagte sie schließlich.

»Ich weiß. Ich habe in der Hochschule angerufen.«

»Ach ja? Aber egal, ich war bei Brian Meredith.«

»Bei wem?«

»Corporal Meredith. Der Mann, der den Toten gefunden hat, den man erst für dich gehalten hat. Der Mann, den du einschüchtern wolltest.«

Er schwieg.

»Ziemlich gemein von dir«, sagte sie. »Er ist so ein netter Mann, so freundlich und bemüht darum, das Richtige zu tun. Er hat es nicht verdient, dass man ihm so übel mitspielt. Ich habe ihm aber versichert, dass er nichts zu befürchten hat.«

»Du hattest kein Recht, das zu …«

»An deiner Stelle würde ich ganz still sein, wenn es um Recht und Unrecht geht«, sagte sie und vernahm erstaunt den kühlen, herrischen Tonfall in ihrer Stimme. »Würdest du mir also jetzt erzählen, was wirklich vorgefallen ist? Mit dem armen Colonel Barlowe?«

»Hab ich doch schon.«

»Nein, hast du nicht. Du hast mir eine Menge Lügen aufgetischt. Wenigstens gehe ich davon aus. Was ist passiert, Charles?«

»Um Himmels willen, das habe ich dir doch erzählt«, wiederholte er noch einmal. »Er wurde verwundet. Die Wunde hat sich entzündet, und er bekam Fieber. Ich habe ihm, so gut es ging, geholfen. Dann kamen wir auf diesen Hof. Der Bauer hat uns Hilfe angeboten, hat ihn untergebracht und wollte auch einen Arzt verständigen …«

»Wo hat er ihn untergebracht?«

»In seinem … na ja, in einem seiner Gebäude.«

»Nicht im Haus?«

»Nein, nicht im Haus. Das wäre viel zu gefährlich gewesen. Für ihn selbst, meine ich.«

»Ja, vermutlich. Aber er hat ihn auf jeden Fall irgendwo drinnen untergebracht? In einem Gebäude?«

»Ja. Wie oft muss ich das denn noch sagen?«

»Weiß ich nicht. Bis wir der Wahrheit auf die Spur kommen. Wie kam es also, was würdest du sagen, dass Colonel Barlowe tatsächlich in einem Graben gefunden wurde? Mitten im Niemandsland?«

»Keine Ahnung«, sagte er. »Ist mir schleierhaft. Vielleicht hat er Panik bekommen, hat sich aus dem Staub gemacht und …«

»Ich dachte, er konnte nicht mehr laufen? Ich dachte, du musstest ihn schleppen?«

»Vielleicht hat man sein Bein behandelt, und es ging ihm besser. Herrgott, Grace, da war ich doch schon gar nicht mehr da!«

»Nein«, sagte sie, »warst du nicht. Du warst schon meilenweit fort. Viele Meilen. Mit Colonel Barlowes Erkennungsmarke. Das habe ich immer noch nicht so recht verstanden, aber das kommt schon noch. Wirst du mir also erzählen, was wirklich passiert ist, Charles? Oder soll ich es dir erzählen?«

»Erzähl es mir«, sagte er, »wo du doch so verdammt schlau bist.«

»Gut«, sagte sie, »mach ich. Aber erst hole ich deine Eltern dazu, damit sie sich das ebenfalls anhören. Ich denke, sie sollten wissen, was du, ihr heldenhafter Sohn, tatsächlich getan hast. Was du deinem Freund und Waffenbruder angetan hast. Und wenn du es mir nicht selbst erzählst, werde ich auch ein paar anderen Leuten mitteilen, was ich denke. Deiner Schwester und deinen Freunden hier, deinen wunderbaren Freunden, die während deiner Abwesenheit so gut zu mir waren. Vielleicht interessiert es ja sogar die Lokalpresse. Und dann ist da auch noch Colin Barlowes arme Witwe. Sie wird ziemlich schockiert sein, wenn ich ihr erzähle, was ich denke. Es ist natürlich nur eine Theorie, das ist mir bewusst. Mr Meredith hat allerdings noch ziemlich klare Erinnerungen an die Geschehnisse. Aber egal, lass uns mit deinen Eltern beginnen. Ich rufe sie schnell an und …«

»Das würdest du nicht tun«, sagte er, und aus seinen Augen sprach blinde Panik, »du würdest es ihnen niemals erzählen. Das kannst du nicht tun – sie so zu verletzen, ihnen einen solchen Schock zuzufügen.«

»Gern würde ich es nicht tun, das stimmt. Besonders deinem Vater, den ich so liebe und der dich so liebt, möchte ich kein Leid zufügen. Ich kann mich nicht erinnern, dass du ihm eine solche Loyalität entgegengebracht hättest, als er in Ungnade gefallen war und Hilfe brauchte. Das blieb mir überlassen. Du hast mir sogar ausdrücklich verboten, Kontakt zu ihm zu haben. Aber egal, ich würde es ihnen erzählen, wenn ich müsste. Eigentlich möchte ich aber nur erfahren, was los war. Für mich selbst, damit ich Ruhe finde. Was ist damals vorgefallen, Charles?«

»Wenn ich es dir erzähle«, sagte er mit brüchiger Stimme, »wird es dann unter uns bleiben? Gibst du mir dein Wort?«

»Ja«, sagte sie. »Ich gebe dir mein Wort.«

Es war genau so, wie sie es sich auf der langen, schmerzlichen Rückfahrt von London zurechtgelegt hatte. Charles hatte Barlowe zunehmend als Last empfunden; der Mann behinderte ihr Fortkommen, wenn er es nicht gar verunmöglichte. Ihn in ein Krankenhaus zu bringen würde bedeuten, wieder in

Gefangenschaft zu geraten. Also hatte er ihn einfach zurückgelassen. »Ich habe es ihm so bequem wie möglich gemacht und ihm sogar Wasser aus einem Bach geholt. Ursprünglich wollte ich sogar zurückkommen, aber ...«

»Und die Erkennungsmarke? Wie ist es dazu gekommen?«

»Ich hatte meine verloren.«

»Charles, sei nicht albern. Du hattest sie nicht verloren. Colin Barlowe hatte sie in der Hand. Ich weiß nicht ...« Urplötzlich kam ihr etwas in den Sinn, das sie bei einer Dinnerparty gehört hatte: Je höher der Rang, desto besser die Überlebenschancen. Colonels seien ziemlich gut dran gewesen, so hatte es gelautet, Colonels hätten in der Ecke sitzen und sich gemütlich einen runterholen können. Sie schaute Charles an, der sie mit wächserner Miene anstarrte. »Du hast sie an dich genommen, nicht wahr? Du hast sie ihm weggenommen und ihm deine in die Hand gedrückt. Wohl wissend, dass du vermutlich nicht zurückkommst.«

»Nein«, sagte er, »das ist nicht wahr. Ich habe sie ihm nicht weggenommen. Das habe ich dir doch erzählt: Er hat darauf bestanden, weil es für mich besser sein würde, wenn ich geschnappt werde.«

»Aber du hast doch gesagt, dass du deine verloren hattest.«

»Vielleicht hatte er sie ja gefunden.«

Es war leichter, ihm das abzunehmen. Sie wollte es ihm abnehmen. »Gut, in Ordnung«, sagte sie müde. »Erzähl weiter.«

Aus den Stunden wurden Tage, erzählte er, und er hatte immer noch niemanden gefunden, der ihm helfen würde. Mittlerweile wusste er auch gar nicht mehr, wo er war. Barlowe dürfte zu diesem Zeitpunkt entweder gefunden worden sein oder tot; es hatte wenig Zweck, zu ihm zurückzukehren.

»Dich dem Risiko auszusetzen, meinst du?«, sagte Grace.

»Ja. Nein. In Gottes Namen, verschone mich mit deinen

beschissenen scheinheiligen Blicken.« Sie hatte ihn noch nie fluchen hören; offenbar war er wirklich in Panik. »Es steht dir gar nicht zu, mich zu kritisieren. Du hast keine Ahnung, wie das war. Das war die absolute Hölle! Monate- und jahrelange Kämpfe, Gewalt, Grauen. Ständig Freunde verlieren, Männer verlieren, ohne Atempause, ohne jede Hoffnung am Horizont. Während du hier in England gehockt und Krieg gespielt hast – die gute Fee der Landarmeemädchen. Du hast Gesindel in mein Haus geholt und mit diesem Soldaten geschlafen und bildest dir jetzt auch noch ein, du könntest mich verurteilen?«

Sie schwieg. Irgendwann sagte sie: »Du hast mich nicht verstanden, Charles, tut mir leid.«

»Ich habe dich sehr wohl verstanden«, sagte er, »ich habe dich nur allzu gut verstanden. Du hast diese ... diese Geschichte über mich herausgefunden und setzt dich jetzt aufs hohe Ross. Für dich gibt es keine Grautöne, nicht wahr, Grace? Nur schwarz und weiß. Einst war ich weiß, in deinen großen, unschuldigen Augen, und jetzt bin ich so schwarz wie die Hölle. Ich verstehe nur zu gut.«

»Nein«, sagte sie, »du verstehst gar nichts. Was ich verurteile, Charles, und was ich nicht ertragen kann, sind deine Lügen über die Ereignisse. Dass du mir gegenüber Ehre und Pflichtgefühl predigst, während du selbst ... getan hast, was du eben getan hast. Wenn du ehrlich gewesen wärst und mir einfach erzählt hättest, was passiert ist, dann wäre ich vielleicht schockiert gewesen. Bestimmt wäre ich schockiert gewesen, aber ich hätte mir Mühe gegeben, es zu verstehen. Wie es passiert ist, warum es passiert ist. Ich weiß, wie schrecklich der Krieg für dich war, und ich sehe, wie sehr du gelitten hast. Aber du hast mir in dieser Sache nicht vertraut. Du wirst mir nie in irgendetwas vertrauen, nicht wahr? Du hältst mich für dumm, unfähig und schlicht, in jeder Hinsicht. Ich wünschte, ich wüsste, warum du mich geheiratet hast, Charles. Das wüsste ich wirklich gern.«

»Ich auch«, sagte er, und seine Stimme troff vor Bitterkeit und Zorn. »Im Nachhinein weiß ich es selbst nicht mehr. Ich hoffe, dein Soldat hatte mehr Vergnügen an dir. Das kann ich ihm nur wünschen.«

»Vorsichtig, Charles«, sagte Grace. »Ganz vorsichtig.«

»Ich habe den Beschluss gefasst, dich zu verlassen«, sagte Grace. »Das ist das Einzige, was ich im Moment sicher weiß.«

»Ach, sei doch nicht albern«, sagte er. »Du wirst mich doch nicht verlassen. Nur wegen so einer Geschichte.«

»Nein, nicht wegen dieser Geschichte. Du hast kein Wort von dem verstanden, was ich gesagt habe, oder?«

»Warum also dann?«

»Weil du mich einfach nicht verstehen willst. Du verstehst mich nicht und weißt nicht zu würdigen, wer ich bin. Wir haben gar keine richtige Beziehung. Du wünschst dir eine ganz andere Person, und die wirst du in mir nie finden. Ich verlasse dich nicht wegen dem, was du Colonel Barlowe angetan hast. Jedenfalls steht das nicht im Zentrum. Ich habe dadurch nur erkannt, was du mit mir machst.«

»Grace«, sagte er, und nun schwang Panik in seiner Stimme mit. »Grace, bitte geh nicht. Ohne dich komme ich nicht zurecht. Ich brauche dich ...«

»Nein, du brauchst mich nicht«, erwiderte sie, »das ist es ja gerade, was ich dir sagen will. Du brauchst mich nicht im Mindesten. Du brauchst nichts von dem, was ich für dich tun könnte. Wenn ich mir etwas anderes einbilden dürfte, würde ich mich sogar weiter bemühen, und ich wage zu behaupten, dass wir am Ende vielleicht glücklich miteinander sein könnten. Aber du brauchst mich nicht, und damit kann ich mich nicht abfinden.«

»Dann wirst du es vermutlich überall herumerzählen, oder? Mit diebischer Freude. Du kannst alle darüber aufklären, was für ein Schuft ich bin – einen Freund in der Stunde der Not so allein zu lassen.«

»Charles ...«

»Ich weiß übrigens gar nicht, wieso du davon ausgehst, dass man dir glaubt«, sagte er. »Ich werde einfach alles abstreiten, was dieser Idiot von einem Corporal von sich gibt. Was würde sein – und dein – Wort schon gegen meins zählen?«

»Nicht viel vermutlich«, sagte Grace. »Außerdem würde es so viel Leid verursachen, wenn die Leute die Wahrheit wüssten, dass ich nicht im Traum auf die Idee kommen würde, sie ihnen zu erzählen. Vermutlich werde ich der reizenden Mrs Barlowe den Ring schicken und ihr mitteilen, dass er mir anonym von jemandem zugeschickt wurde, der sich um ihren Mann gekümmert hat. Oder irgendetwas in der Art. Etwas Tröstliches jedenfalls.«

»Was hast du denn jetzt vor?«, fragte er. »Willst du mich mein Leben lang mit deinem Wissen verfolgen? Um alles von mir zu bekommen, was du willst? Ist es das?«

»Nein«, sagte Grace, »das ist es nicht. Aber ich kann nicht mehr mit dir zusammenleben. Das geht einfach nicht.«

»Und was soll ich den Leuten sagen?«, fragte er. Plötzlich wirkte er verunsichert.

»Um Himmels willen, wen interessiert schon, was man den Leuten sagt?« Grace klang nun wirklich wütend und verzweifelt. »Erzähl ihnen, was du willst, mir ist das egal! Für deine Freunde zähle ich sowieso nicht. Du kannst einfach sagen, dass ich fort bin, dass ich dich verlassen habe. Deine Mutter wird sagen, dass das ja zu erwarten war. Vermutlich ist sie sogar erleichtert. Deinem Vater werde ich eine Halbwahrheit erzählen, mit der er leben kann. Du musst dir wirklich keine Sorgen machen, Charles. Du kannst dich von mir scheiden lassen und eine andere Frau heiraten, die besser zu dir passt. Eine, die reiten kann und Cocktailpartys schmeißt und ...«

»Sei doch nicht so theatralisch«, sagte er.

Aber sie konnte erkennen, dass ihm die Vorstellung durchaus gefiel. »Du liebst mich wirklich nicht im Mindesten, nicht wahr?«, fragte sie. »Du hast mich nie geliebt.«

»Nein, eigentlich nicht«, sagte er und war selbst überrascht über die Entdeckung. »Nein, vermutlich habe ich dich nie geliebt.«

»Vermisst du Grace noch?«, fragte Clarissa.

»Natürlich vermisse ich sie«, sagte er. »Ich vermisse sie unendlich. Ihr Gesicht, ihre Stimme, ihre Haut. Ich glaube auch nicht, dass ich je darüber hinwegkomme.«

»Oh Ben«, sagte Clarissa, und ihre dunklen Augen glänzten feucht. »Meinst du nicht, du solltest wenigstens jetzt ...«

»Nein«, sagte er entschieden, »das werde ich nicht tun. Das haben wir einander versprochen. Sie ist so ... so geradlinig, Clarissa. Und so tapfer. Ich würde alles nur noch verschlimmern. Außerdem ...«, sagte er mit einem schiefen Grinsen, »... woher soll ich wissen, dass sie noch dasselbe für mich empfindet? Es ist jetzt ein ganzes Jahr her, und sie hat sich vermutlich mit ihrem ... mit ihm arrangiert.«

Clarissa sah ihn an – Grace' Worte »Es ist so schwer, dass ich immer noch nicht weiß, ob ich je darüber hinwegkomme« noch gut im Ohr – und fasste einen Entschluss, von dem sie nur hoffen konnte, dass sie ihn nicht für den Rest ihres Lebens bereuen würde.

»Ich denke, du solltest sie anrufen und dich verabschieden«, sagte sie. »Das wäre ein paar weitere Tränen wert. Du wirst es immer und ewig bereuen, wenn du es nicht tust.«

Ben schaute sie lange an, dann sagte er schließlich: »Das geht nicht. Ich glaube nicht, dass sie meine Stimme hören will. Und das könnte ich nicht ertragen. Außerdem, was ist, wenn er ans Telefon geht?«

Clarissa dachte einen Moment nach. »Du könntest Clifford als Vermittler benutzen«, sagte sie.

***

Die Hunde jaulten. Sie hassten es, allein in der Küche zu sein. Grace ging hinein und gab jedem einen Keks. Dabei wurde ihr bewusst, dass sie Hunger hatte. Sie fand ein Stück Brot und schmierte sich etwas von Mr Dunns Honig darauf. Charles hatte recht, das Brot war glitschig; jetzt würde sie zu allem Überfluss auch noch an Verstopfung leiden. Sie beschloss, einen Spaziergang zu machen, dann würde sie wenigstens einen klaren Kopf bekommen. »Kommt«, sagte sie zu den Hunden, »nur einen kleinen Marsch.«

***

»Zeit fürs Heiabettchen«, sagte Clarissa. »Dieser kleine Wicht macht mich grauenhaft müde. Es wird ein Junge, und ich werde ihn Benjamin nennen. Wie findest du das?«

»Du willst mir nur schmeicheln«, sagte Ben und schenkte ihr ein Lächeln. »Aber es würde mir durchaus gefallen. Ich werde dich vermissen, Clarissa.«

»Ich dich auch. Euch alle.« Sie lehnte sich auf dem Sofa zurück und schaute ihn an. »Die Jungen sind göttlich. Ich habe soeben noch mal reingeschaut: Daniel schläft tief und fest, ein gerahmtes Bild von Charlotte und Flossie unter dem Kissen. Das muss entsetzlich unbequem sein.«

»Das macht er jede Nacht«, sagte Ben.

»Also, wie ich schon sagte, Zeit fürs Bett. Gute Nacht, schlaf gut.«

»Gute Nacht«, sagte Ben, »und danke für alles.«

Er verließ den Raum. Clarissa dachte, dass sie noch nie einen so einsamen Menschen gesehen hatte. Es zerriss ihr schier das Herz.

***

Als Grace zurückkehrte, stand Charles in der Küche. Er lächelte matt, immer noch erkennbar auf der Hut.

»Mein Vater hat angerufen, als du draußen warst. Er sagte, er wolle mit dir reden, es sei dringend. Um was es geht, wollte er mir nicht sagen. Würdest du ihn bitte zurückrufen?«

»Ja, natürlich«, sagte Grace. »Danke.«

***

Clarissa begann damit, Kissen aufzuschütteln und alte Zeitungen wegzuräumen, als ihr einfiel, dass sie May noch anrufen musste. Sie hatten einen Eilauftrag bekommen, und es war niemand mehr da, um ihn zu erfüllen. In solchen Fällen ging May selbst zu den Kunden. Sie nahm den Hörer ab und wählte die Nummer. Die Leitung war tot. Ein Gewitter hatte sie lahmgelegt, wie ihr die Frau in der Zentrale mitteilte.

Dann würde sie eben früh ins Büro gehen und May dort abpassen.

***

»Clifford, hier ist Grace. Ist etwas passiert?«

»Nein«, sagte er, »eigentlich nicht. Ich habe nur vorhin einen Anruf bekommen. Von Ben.«

»Oh«, sagte Grace und ließ sich auf einen Stuhl sinken. »Was … was hat er gesagt?«

»Er wollte nur, dass ich dir von ihm auf Wiedersehen sage. Ich soll dir ausrichten, dass er dich noch sehr liebt. Das ist alles.«

»Oh Clifford«, sagte Grace. »Jetzt ist es zu spät.« Sie brach in Tränen aus.

»Na ja«, sagte Clifford, und sie merkte, dass er krampfhaft überlegte, was er antworten sollte. »Noch ist er bei Clarissa.«

Also war es doch noch nicht zu spät. Nicht ganz. Überhaupt noch nicht. Sie verabschiedete sich von Clifford, legte den Hörer auf die Gabel und schloss die Tür des Arbeitszimmers.

»Tut mir leid«, sagte die Telefonvermittlerin, »die Nummer funktioniert im Moment nicht. Die meisten Nummern in diesem Gebiet sind tot.«

»Das kann nicht sein«, sagte Grace töricht.

»Wie bitte?«

»Das … Ach, egal.«

Sie könnte Florence anrufen. Die war immer bis spät in die Nacht wach.

»Könnten Sie bitte Sloane 543 versuchen? Bitte!«

»Bleiben Sie dran.« Nach einer Ewigkeit: »Tut mir leid, dort scheint sich niemand zu melden.«

»Können Sie es noch einmal versuchen?«

Noch eine lange Wartezeit.

»Tut mir leid. Keine Reaktion.«

Oh Gott. Er wird denken, sie habe es nicht einmal versucht. Er wollte sich verabschieden, wartete sicher, hoffte auf ihren Anruf und musste denken, es sei ihr egal. Er würde ans andere

Ende der Welt gehen, und dies war ihre letzte Chance, ihm zu sagen, dass sie ihn noch immer liebte, aber es war aussichtslos. Sie musste es aber tun, musste einfach. Sonst würde sie sich nie verzeihen, und er ihr auch nicht. Sie sah auf die Uhr. Halb elf. Hektisch fragte sie sich, ob sie nicht einfach den Wagen nehmen und nach London fahren sollte. Dann dachte sie, dass sie mit dem Frühzug am nächsten Morgen schneller und sicherer hingelangen würde. Sie könnte mit dem Taxi zu Clarissa fahren, könnte gegen ... na ja, acht oder so ... bei ihr sein, könnte Ben noch erwischen. Ben sehen. Und sei es auch nur, um sich von ihm zu verabschieden.

In Clarissas Haus träumten David und Daniel von Flugzeugen, Sonnenschein und Haien. Ben lag wach, schaute in den Nachthimmel, an dem sich die Gewitterwolken nun aufgelöst hatten und in Fetzen am Halbmond vorbeieilten, dachte an Grace, wünschte fast, er hätte Clifford nicht angerufen, und hoffte verzweifelt, sie würde ihn zurückrufen. Und sei es auch nur, um sich von ihm zu verabschieden.

***

Es gab nur zwei Dinge, die Grace ernsthaft Sorgen bereiteten, als sie morgens um vier die Treppe hinunterschlich: das eine war Charlotte, das andere Puppy. Kurz kam ihr der verwegene Gedanke, sie einfach mitzunehmen, aber dann verwarf sie ihn. Clifford würde sich schon um sie kümmern. Es bestand ohnehin nicht die mindeste Aussicht, dass sie nach Australien mitgehen könnte. Abgesehen von allem anderen hatte sie nicht einmal eine Fahrkarte. Sie könnte die Hunde also am nächsten Tag wieder abholen. Oder am übernächsten.

Sie kritzelte eine Nachricht für Clifford und steckte sie in einen Umschlag, den sie unter der Tür der Abtei durchschieben würde. Charles schrieb sie auch eine Nachricht – sein Wagen stehe am Bahnhof in Salisbury, der Bahnhofsvorsteher habe den Schlüssel – und legte sie auf den Küchentisch. Dann brach sie auf. Sie hatte panische Angst, dass er aufwachen und den Wagen hören könnte – bis ihr klar wurde, dass er gar nichts tun könnte, außer ihr hinterherzuschauen. Bei dem Gedanken musste sie lächeln.

Der Frühzug verließ Salisbury um fünf und sollte um ungefähr halb acht in London sein. Grace ließ sich erschöpft auf ihrem Sitz nieder und bat den Schaffner, sie vor der Waterloo Station zu wecken.

»Mach ich, meine Liebe«, hatte er gesagt. »Und jetzt schlafen Sie erst einmal gut.«

»In Ordnung«, sagte sie. Und schlief ein.

***

»Spätestens um acht müssen wir das Haus verlassen«, ermahnte Ben die Jungen. »Wir müssen uns zur Victoria Station durchschlagen, wo der Zug an die Küste abfährt, und wir kennen den Weg nicht. Außerdem haben wir unser ganzes Gepäck dabei und können uns nicht hetzen. In Ordnung?«

»Gut«, sagten die beiden.

»Geht euch also waschen und kommt dann runter, damit wir frühstücken können. Clarissa wartet, um sich von euch zu verabschieden, dann muss sie schnell ins Büro.«

»Sie sieht so anders aus, so dick und fett«, sagte Daniel.

»Ich finde sie immer noch sehr hübsch«, sagte Ben bestimmt.

Clarissa weinte, als sie sich von ihnen verabschiedete.

»Ich weiß nicht, wie ich das ertragen soll«, sagte sie. »Ihr müsst mir Hunderte von Fotos und Briefen schicken, vergesst das nicht. Und sobald ich als erste Wirtschaftsmagnatin Großbritanniens ein Vermögen gescheffelt habe, komme ich rüber. Vielleicht gründe ich sogar in Sydney ein Tochterunternehmen von Marissa.«

»Mach das, unbedingt«, sagte Ben und umarmte sie verzweifelt. Clarissa sah zu ihm auf und lächelte verständnisvoll.

»Es wird ihr schon gut gehen«, sagte sie. »Ich passe auf sie auf.«

»Sag ihr, dass ich sie liebe«, bat er Clarissa. »Sag ihr, dass ich sie immer lieben werde.«

»Das mach ich. Oje … ich muss los. Jack, mein Schatz, schließ ab, wenn du gehst, ja?«

»Ja, Clarissa. Ich glaube, ich schaffe es gerade noch, daran zu denken.«

***

In der Waterloo Station versuchte Grace es noch einmal bei Clarissa, aber die Leitung war immer noch tot. Sie rannte zum Taxistand. »Campden Hill Square, bitte. Schnell.«

Es war bereits zwanzig vor acht.

»Das dauert aber eine Weile, Madam. Mit der U-Bahn wären Sie schneller, um ehrlich zu sein. Notting Hill Gate.«

»Oh, in Ordnung. Danke.«

»Gut«, sagte Ben. »Dann wären wir so weit. Daniel, was ist los?«

»Ich muss mal, Dad.«

»Na, dann aber schnell.«

»Ja. Gut. Aber ich habe Bauchschmerzen.«

Seit seiner Blinddarmentzündung war er ein bisschen neurotisch, was seinen Bauch betraf.

»Dann mach.«

Fünf Minuten später war Daniel immer noch nicht zurück. Ben sah auf die Uhr. Zehn nach acht. »David, geh hoch und sag ihm, er soll sich beeilen.«

David kam wieder herunter und erklärte: »Er sagt, ihm sei übel.«

»Oh Gott«, sagte Ben. »Gut, ich geh hoch.«

***

Die U-Bahn blieb im Tunnel stecken. Fast eine Viertelstunde stand sie dort, schnaufte, gab dann schrille Geräusche von sich, schnaufte wieder. Grace dachte, dass sie noch nie so kurz davorgestanden hatte, jemanden umzubringen, wie jetzt diesen kleinen Mann neben ihr, der ihr seine Lebensgeschichte erzählte. Im Wesentlichen schien es darin zu bestehen, mit der U-Bahn zwischen seinem Zuhause und seinem Büro hin und her zu fahren oder gelegentlich mit dem Fahrrad zu seinem Kleingarten zu radeln. Beet für Beet klärte er sie darüber auf, was dort alles gedieh.

»Nehmt besser ein Taxi«, sagte Jack. »Ich rufe euch eins. Die Leitung ist soeben instand gesetzt worden.«

»Ich wusste gar nicht, dass sie tot war.« Ben starrte ihn an und fühlte, wie ein gewaltiges Gewicht von ihm abfiel.

»Doch, die ganze Nacht schon«, sagte Jack. »Offenbar wegen des Gewitters.«

»Gütiger Gott. Ja, bitte, würdest du uns eins rufen?«

***

»Campden Hill Square, bitte«, sagte Grace zu dem Taxifahrer.

»Das lohnt sich von hier kaum noch, Madam.«

»Egal. Bringen Sie mich einfach hin, ja?«

***

»Puh!«, sagte Ben, als das Taxi schließlich vorfuhr. »Auf den letzten Drücker. Aber vielleicht ist es besser so, dann müssen wir nicht mit dem Bus zum Bahnhof fahren. Wenn wir Glück haben, bekommen wir den Zug noch. Ehrlich, Daniel, du und dein Bauch. In der letzten halben Stunde habe ich bestimmt ein Pfund abgenommen.«

»He, hast du das gesehen! Wir wären gerade fast mit dem Taxi zusammengestoßen, das den Hügel runtergekommen ist.«

***

»Grace! Was für eine nette Überraschung«, sagte Jack. »Clarissa ist aber schon bei der Arbeit, tut mir leid.«

»Ist … ist Ben noch da?«

»Nein, tut mir leid. Der ist vor ungefähr … fünf Minuten aufgebrochen. Mit dem Taxi.«

»Mit dem Taxi, oh Gott. Wann geht das Flugboot?«

»Gegen zwei. Sie waren ziemlich spät dran, deshalb auch das Taxi. Der Zug fährt um neun. Wenn du sie noch erwischen willst, komme ich natürlich mit. Aber ich glaube nicht …«

»Nein!«, sagte Grace. Sie setzte sich auf die Treppe und brach in Tränen aus.

***

»Daniel, was um Himmels willen ist denn jetzt schon wieder los?«

»Das Foto, Dad. Das von Charlotte und Flossie. Ich habe es im Badezimmer vergessen.«

»Du hast was?«

»Ich habe es im Badezimmer vergessen. Ich hatte es bei mir, und als ich aufs Klo musste, habe ich es mitgenommen. Dann hast du mich so angebrüllt, und ich habe es vergessen. Das Bild brauche ich, Dad. Ich muss zurück.«

»Das geht nicht.«

»Ich muss aber.«

»Daniel, wegen eines Fotos werde ich nicht das Risiko eingehen, unseren Flug zu verpassen. Das ist doch lächerlich. Wir bitten Clarissa, es nachzuschicken.«

»Grace hat aber gesagt, ich muss es mitnehmen.«

»Daniel, nein.«

Daniel bekam einen Tobsuchtsanfall. Er schrie und kreischte und trat gegen den Sitz.

Der Taxifahrer schaute in den Rückspiegel. »Was ist denn los, Meister?«

»Mein Sohn hat etwas vergessen.«

»Scheint ja ziemlich wichtig zu sein.«

»Oh … nicht wirklich.«

»Zeit wäre noch«, sagte der Taxifahrer. »Wir könnten trotzdem um neun an der Victoria Station sein.«

»Nein«, sagte Ben bestimmt.

Leider hatte Daniel das Gespräch mitbekommen. »Dad, mir ist wieder schlecht. Ich muss brechen, jetzt sofort.«

»In Ordnung«, sagte Ben erschöpft zu dem Fahrer. »Lassen Sie uns zurückfahren.«

***

»Könnte ich bitte euer Telefon benutzen, Jack?«, fragte Grace.
Sie war überrascht über sich selbst, aber plötzlich musste sie
unbedingt wissen, ob Elspeth das Stipendium bekam. Das
würde nämlich bedeuten, dass an diesem sinnlosen, verzweifelten, grauenhaften Morgen wenigstens etwas funktioniert
hatte.

»Ja, natürlich, es steht in meinem Arbeitszimmer.«

»Danke. Eine meiner Schülerinnen hat kürzlich die Prüfung für ein Stipendium absolviert. Heute Morgen sollen die
Ergebnisse vorliegen ...«

Grace war am Telefon und wartete darauf, dass man sie zur
Musikabteilung des St. Felicia's durchstellte, als sie ein durch-
dringendes Klingeln an der Haustür hörte. Der Postbote oder
ein Lieferant, nahm sie an. Wieder klingelte es. Vielleicht
sollte sie öffnen. Sie hätte gedacht, dass Jack noch zu Hause
war, aber vielleicht ...

»Mrs Bennett?«, sagte die Stimme der Leiterin der Musikabteilung von St. Felicia's.

»Ja, hier ist Grace Bennett.«

»Mrs Bennett, ja. Ich habe die Ergebnisse vorliegen ...«

Wieder klingelte es. Die hiesigen Lieferanten waren
offenbar wesentlich ungeduldiger als die auf dem Land. Nun,
sie würden sich gedulden müssen. Sollten sie sich doch eine
Scheibe von ihren Kollegen auf dem Land abschneiden.

»Ja?«, sagte sie. »Bitte, erzählen Sie.«

»Wunderbare Neuigkeiten, Mrs Bennett. Es wird Sie freuen
zu hören, dass Elspeth das Stipendium bekommt. Ihrem Vater
habe ich natürlich schon geschrieben, aber ich bin mir sicher,
Sie würden auch gern ...«

Komisch, sie hätte schwören können, unten in der Vorhalle
Daniels Stimme gehört zu haben. Das konnte nicht sein. Sie

musste halluzinieren, wegen der Erschöpfung und der Aufregung. Das war Jack, das erkannte sie jetzt, laut und tief wie
das Dröhnen der Luftschlacht um England, wie Clarissa zu
sagen pflegte. Sie zwang sich, ihre Aufmerksamkeit wieder auf
Elspeth und das Stipendium zu richten.

»Ich freue mich unendlich«, sagte sie. »Danke …«

Sie hörte, wie sich hinter ihr die Tür öffnete, streckte den
Arm aus und reckte den Daumen. Das konnte nur Jack sein.
»Danke«, sagte sie noch einmal in den Hörer. »Es tut mir sehr
leid, dass …«

Dann fühlte sie eine Hand an ihrer Schulter, die sanft über
ihren Nacken glitt und ihn streichelte. Und während sie noch
versuchte, sich umzudrehen, um zu sehen, wer das war, obwohl
sie genau wusste, wer das war, auch wenn sie es nicht zu wissen
wagte, vernahm sie eine Stimme, liebevoll, zärtlich, belustigt.

»Entschuldige dich bitte nicht.«

EPILOG

Juni 1948

Der *Tatler* wäre normalerweise nicht die Lektüre ihrer Wahl gewesen, aber etwas anderes war nicht im Angebot, als sie geduldig auf ihren Arzt in Dublin wartete, um sich zu vergewissern, dass Ben und sie der kleinen Kate Lucas tatsächlich ein Brüderchen oder ein Schwesterchen schenken würden. Also nahm sie die Zeitschrift und blätterte müßig darin herum – und da war sie plötzlich, eine ganze, reich bebilderte Seite, die der Hochzeit von Major Charles Bennett DSO mit der ehrenwerten Caroline Pennington gewidmet war, im Ambiente eines wunderschönen georgianischen Hauses in Somerset, wo die Braut aufgewachsen war.

Sie hatte es natürlich gewusst, da sowohl Florence als auch Clarissa ihr davon berichtet hatten, vor und nach dem Ereignis. Selbst Charles hatte sie mit einer kurzen, steifen Nachricht davon in Kenntnis gesetzt. Aber die Bilder zu betrachten war absolut faszinierend, als wäre sie dabei gewesen, wie eine unsichtbare, fast geisterhafte Beobachterin. Über die Nachricht hatte sie sich wirklich gefreut. Nicht der leiseste Schatten eines gehässigen Gedankens war ihr durch den Kopf gegangen, und sie empfand Charles gegenüber nicht den geringsten Groll, wie sie zu ihrer Genugtuung feststellte. Caroline war eine mehr als angemessene Braut für ihn, hübsch, temperamentvoll, eine fantastische Köchin und gute Reiterin (wie Florence berichtet hatte), ein bisschen jung vielleicht, aber das dürfte seiner Selbstherrlichkeit und Kontrollwut nur entgegenkommen. Sie war so viel angemessener als sie selbst, dachte Grace, als sie Carolines strahlendes Lächeln und ihren ziemlich üppigen Busen sah; das Spitzenkleid, in das er gezwängt war, erinnerte stark an jenes, in dem Prinzessin Elisabeth im vergangenen Jahr ihren Philip Mountbatten geheiratet hatte. Caroline würde all die Dinge tun, in denen sie selbst so jämmerlich versagt hatte, würde mit ihm ausreiten, Gesellschaften ausrichten, Wohltätigkeitsorganisationen unterstützen, ein vollwertiges Mitglied der lokalen Gesellschaft sein – und ihm zweifellos innerhalb eines Jahres den ersehnten Sohn und Erben schenken.

Charles sah blendend aus in seinem Cut, dachte sie, trotz der Narbe. Und obwohl die Hochzeit auf dem Standesamt stattgefunden hatte, hatten sie sich von der Kirche den Segen erteilen lassen – eine »zauberhafte Zeremonie«, laut Reporter.

Sie hatten vier kleine Brautjungfern in Rüschenkleidern und vier Pagen in weißen Satinanzügen, die alle artig in die Kamera lächelten, bis auf ein einziges Mädchen – Imogen –, das zornig in die Kamera blitzte.

Ein Bild zeigte die beiden Elternpaare, die Braut und Bräutigam in die Mitte nahmen. Muriel wirkte selbstzufrieden und froh, dass Charles endlich ein Mädchen heiratete, das annähernd sein Niveau besaß. Clifford schien bestens aufgelegt, und Lord und Lady Pennington boten einen Anblick reinsten Glücks.

Sie konnte sich gut vorstellen, was all diese Gäste (die auf den Fotos im Festzelt standen und Champagner tranken) gesagt hatten: wie schön es sei, dass der arme Charles endlich die Richtige gefunden habe; man habe es doch immer gewusst, dass seine erste Ehe nicht von Dauer sein könne; klar, die erste Mrs Bennett sei auf ihre Weise schon reizend gewesen, aber sie sei einfach nicht die Frau gewesen, die Charles hätte heiraten sollen; da habe man sich auch nicht groß gewundert, dass sie davongelaufen sei, um mit diesem anderen Mann zusammenzuleben, dem Vater dieser beiden Jungen, die sie – gegen Charles' ausdrücklichen Wunsch – aufgenommen hatte, direkt aus der Gosse.

Und da waren auch Clarissa, absolut überwältigend in ihrem New-Look-Outfit, und Jack, der kerzengerade neben ihr stand und sein entschlossenes Lächeln lächelte. *Kriegsheld Jack Compton Brown*, lautete die Bildunterschrift, *kurz vor dem Abschluss seines Studiums zum plastischen Chirurgen.* Wie tapfer er war, viel tapferer als alle diese Leute zusammen! Ben hatte schon gesagt, dass er die beiden gern einladen würde. Es wäre so schön, sie wiederzusehen.

Nun, sie kämen natürlich zu dritt, da sicher auch die bezaubernde Vanessa mit von der Partie wäre, vermutlich auch noch eine Nanny. Es wäre also schon eine kleine Gruppe. Aber ihr Haus war ja groß genug, das wunderschöne graue Steinhaus in dem kleinen Dorf bei Dublin. Clifford hatte es ihnen gekauft, der gute Clifford. Sein schönes, altes Gesicht war rot angelaufen, als er ihr den Scheck in die Hand gedrückt hatte. »Nicht nötig, irgendjemandem davon zu erzählen, mein Schatz, nicht einmal Ben, wenn du nicht magst. Kleines Erbe, würde ich sagen – von deiner lieben alten Großtante in Schottland vielleicht, die während dieser ganzen dramatischen Verwicklungen leider verstorben ist.«

Sie hegte die Befürchtung, Ben könnte misstrauisch werden, aber er hatte es einfach hingenommen. Vielleicht weil er so dankbar gewesen war. Damals lastete eine erhebliche Verantwortung auf ihnen: Er hatte seine Lehrerausbildung erst zur Hälfte absolviert, Kate war unterwegs, und die Jungen gingen beide zur Grammar School, was mit hohen Kosten verbunden war – während Bens Ersparnisse gänzlich für die unbenutzten Fahrkarten nach Australien draufgegangen waren. Irland war eine ausgezeichnete Idee von Ben gewesen, weit weg von all dem Klatsch und Tratsch, die Häuser bedeutend preisgünstiger, die Menschen äußerst freundlich, die Landschaft wunderschön.

Und da war auch Giles, so umwerfend und schön. Sie hatte sämtliche Besprechungen seines jüngsten Triumphs gelesen, der Hauptrolle in einem neuen Musical, einer ziemlich gewagten, aber viel gepriesenen Adaption von Shakespeares *Wie es euch gefällt*, die durch alle wichtigen Provinzbühnen tourte, bevor sie im West End Premiere feiern würde. Es ging das Gerücht, dass die Produktion auch nach Dublin kommen würde, was wunderbar wäre. Florence hatte versprochen, es noch zu bestätigen: »Und dann komme ich auf jeden Fall mit, sollte der Wahlkampf es erlauben, aber dieses Mal habe ich eine reelle Chance, ins Parlament einzuziehen (auf lokaler Ebene natürlich nur), und das geht selbstverständlich vor. Euch kann ich ja immer sehen.«

Grace nahm an, dass Takt keine notwendige Eigenschaft von Politikern war.

»Mrs Lucas? Entschuldigung, dass es so lange gedauert hat. Der Doktor hat jetzt Zeit für Sie. Möchten Sie die Zeitschrift behalten, die Sie da in der Hand halten, Mrs Lucas. Das wäre sicher kein Problem.«

Grace erhob sich. »Nein danke. Entschuldigung, ich war nur in Gedanken. Und machen Sie sich keine Sorgen wegen der Warterei. Ich bin glücklich und zufrieden.«

»Das höre ich gern. So viele Menschen regen sich auf. Sie sehen auch tatsächlich glücklich aus, Mrs Lucas, wenn ich mir das erlauben darf.«

»Danke«, sagte Grace.

Sie ließ die Zeitschrift liegen und betrat das Sprechzimmer. Kurz hatte sie darüber nachgedacht, sie mitzunehmen und Ben zu zeigen, aber eigentlich war das keine gute Idee. Das war Teil eines anderen Lebens, eines merkwürdigen, unglaublichen anderen Lebens, auf das sie immer seltener zurückblickten. Das Jetzt war das, was zählte – das Jetzt und die Zukunft und sie beide und die Kinder. Die Vergangenheit war ein anderer Ort: zwar kein gefährliches, verbotenes Terrain mehr, aber am besten rührte man gar nicht daran.

DANK

Wie immer haben viele Menschen dabei geholfen, dieses Buch auf die Bühne zu bringen. Ich möchte sie ohne bestimmte Reihenfolge vor den Vorhang rufen:

Captain A.R. Simpson, RE. TM.; John Casson, O.B.E.; Jill Saxton; Ronald Wilson; Mrs Estelle Lee, die Mitglied der Freiwilligenorganisation der Frauen war; Mrs Joyce Haydn Jones, Mrs Glenys Thomas und Miss Pam Elson, allesamt Wrens; Mrs Jean Proctor und Mrs Irene Price, die für die Landarmee der Frauen gearbeitet haben; Monica Joyce und George Kiddle.

Folgende Bücher haben mir herausragende Dienste geleistet: *Elizabeth's Britain* und *London at War*, von Philip Ziegler; *McIndoe's Army* von Peter Williams und Ted Harrison; *Spitfire Patrol* von Group Captain Colin Gray und *The Day they took the Children* von Ben Wicks.

Bessere Verleger als meine kann man sich beim besten Willen nicht vorstellen. Katie Pope und Caroleen Conquest haben das Buch sicher in den Hafen gebracht (eine etwas fragwürdige Metapher, aber was soll's) und Tausende von losen Fäden brillant verknüpft. Claire Hegarty hat ihm sein wundervolles Aussehen verpasst, und Louise Page hat es überall bekannt gemacht. Rosie Cheetham, die überragende Lektorin (und erstaunlicherweise immer noch gute Freundin), wusste genau, wo es hingehen soll, und hat dafür gesorgt, dass ich es ebenfalls begreife.

Desmond Elliott, der weniger einen Agenten als einen herrlichen Lebensstil verkörpert, hat viel dafür getan, um mich bei Verstand und Laune zu halten. Und zu guter Letzt hat mir natürlich auch meine Familie enorm geholfen, indem sie einfach da war, meinen häufigen Verzweiflungsausbrüchen gelauscht hat und mir mit bewundernswerter Geduld versichert hat, dass am Ende schon alles klappen werde.

Autorin

Penny Vincenzi (1939–2018) zählt zu Großbritanniens erfolgreichsten und beliebtesten Autorinnen. Mit sechzehn Jahren fand sie eine Anstellung als Bibliothekarin in der damaligen privaten Leihbücherei von Harrods in London. Danach ging sie aufs College und arbeitete anschließend als Journalistin, unter anderem für die *Times*, *Vogue* und *Cosmopolitan*, bevor sie sich der Schriftstellerei zuwandte. 1989 erschien ihr erster Roman, insgesamt hat sie über 20 Bücher veröffentlicht, die sich weltweit über 4 Millionen Mal verkauften. Sie gilt als »Königin des modernen Blockbusters« *(Glamour)*.

Penny Vincenzi im Goldmann Verlag:

Rosenblütenträume. Roman
Das Versprechen der Jahre. Die Lytton-Saga Band 1. Roman
Die Stürme der Zeit. Die Lytton-Saga Band 2. Roman
Die Stunde des Schicksals. Die Lytton-Saga Band 3. Roman
Die Zeit der Erbin. Roman
Der Glanz vergangener Tage. Roman

(Alle auch als E-Book erhältlich)

Unsere Leseempfehlung

448 Seiten
Auch als Hörbuch.erhältlich

416 Seiten
Auch als Hörbuch erhältlich

Königsberg und Masuren Ende des 19. und Anfang des 20. Jahrhunderts: Drei Familien verwickeln sich in Intrigen, Liebesaffären und verhängnisvollen Entscheidungen. Eine Welt im Wandel bestimmt ihr Schicksal.

www.goldmann-verlag.de
www.facebook.com/goldmannverlag

Die international gefeierte
Sieben-Schwestern-Reihe

Band 1

Band 2

Band 3

Band 4

Band 5

Band 6

www.goldmann-verlag.de
www.facebook.com/goldmannverlag

GOLDMANN
Lesen erleben